收获

NOVEL HARVEST

长篇小说　2021 秋卷

上海文艺出版社

目录 2021 秋卷

002 ■ 纪念碑（下卷） **王小鹰**
　　198 理想之光与显微之镜 　潘凯雄

204 ■ 金色河流 **鲁　敏**
　　397 写作、财富与传承
　　　——鲁敏《金色河流》读札 　刘大先

405 ■ 角斗场的《图兰朵》 **田浩江**

纪念碑（下卷）

王小鹰

"兰畦"别墅

下卷　青瓷麻将

入麻将局　如入红尘
炼品炼性　方圆动静
方如行义　圆如用智
动如逞才　静如遂意
得勿骄狂　失亦坦荡
浑涵宽大　斯为上乘
　　——录佚名牌友句

32

史引霄在以后的几十年日子里，每每想起自己曾经用冗长的絮叨唤醒了昏迷中的平楚，便会油然而生成就感！那个下午她跟平楚说的话，没打过草稿，没有深思熟虑，情由心生，言随情出，故而那样绵长，那样生动。

平楚苏醒后，陆医生马上为他做了一次全面检查。陆医生惊讶平楚的状态恢复得那么快，压迫脑神经的血块竟被吸收得几乎看不见了。史引霄向陆医生的高超医术表达由衷的钦佩和感谢，陆医生撩了下头发，很认真答道："这是病人肌体发生的奇迹！引霄书记，你不要忽视了你的作用哦！"

史引霄是恨不得马上就带平楚回上海的，可是陆医生特别谨慎，让平楚转到普通病房，留院观察三天，生命体征都还平稳，这才同意让平楚转回上海继续就医。

陆医生说，平楚同志可能会留下后遗症，其一，语言能力减退，说话会含糊不清；其二，右半边手脚麻痹行动不便，要加强功能性康复训练，也许会有所改善。对于这个结果，史引霄已经是千谢万谢的了，只要平楚眼睛会脉脉深情地注视着自己；只要平楚会咧嘴露出珠贝般的虎牙朝自己微笑！

瓢城市医院专门拨出一部救护车送平楚去上海，说是市委何书记特批的，并且得到了市委委毡们一致赞同。何书记说：平楚同志是为瓢城和瓢城人民做出过重大贡献的，他现在得病了，我们难道不应该伸出援手帮他一把吗？

史引霄考虑到平楚的病情，便接受了何弱之的好意。她悄悄跟代表何书记前来送行的市府孙副秘书长道："这救护车的费用，一定得由我们家属承担，届时我与司机直接清账如何？"孙副秘书长不说"好"也不说"不好"，笑道："引霄书记你尽管放心，这位司机是救护大队最有开长途车经验的师傅了；随车的重症病房护士，也是瓢城医院技术最全面的护士了。有什么需求，你尽管跟他们提出来。"

来送行的还有瓢城市府办公室的小翁秘书以及县委宣传部的艾部长。小翁姑娘几日前没把史引霄一行留在迎宾馆吃午餐，回去已经挨了孙副秘书长好一顿训，此刻见了史引霄几人还有些忸怩不安，腼腆道："引霄书记，我们何书记原是说好要来送您的，省里临时召开重要会议，他昨晚赶去省城了……"史引霄打断她道："本来就不用来送的嘛！代我向何书记和阿香问好，谢谢他们的招待。"

护工们把平楚送上了救护车，随行的护士因要照顾病人，仍是一身白衣白裤白帽白口罩，只口罩沿上方一对俊目扑闪扑闪，含着笑意。史引霄一把捉住她的手道："你就是绿野呀，怎么不早说呢？真要好好谢谢你了！"

绿野道："不谢，自家人嘛。"又道："我爹也是一定要来送行，是被我吓住的。我说市里县里领导都会去送大姑妈大姑父的，你想去抢风头啊？我爹便退缩了。整了一包土特产，我都放车后备厢了。"说罢吃吃地笑起来，隔着口罩声音像哼吟小曲般。

青玉原想跟绿野一起乘救护车，好给绿野做个帮手，一起照拂楚爸爸。可是史引霄坚持要坐在救护车里，她说她不坐在平楚身旁，她心不安，平楚心也不安。绿野便道："青玉姐，你放心，我一个人能行的。"史引霄因道："我也可以搭把手的嘛！"

众人正待上车，远远地，晨风送来一波一波的呼喊："大姐——大姐——"晓雾渐散，两个人像暗房显影液中的照片，一点一点清晰起来：却是麦佬与水珠！麦佬一瘸一瘸，上气不接下气的；水珠挽着只鼓囊囊的旅行袋，也是满头的细汗，胸脯小山丘般起伏。

史引霄嗔道："麦佬水珠，要你们赶来送行做啥？"

麦佬不待喘平气，便道："大姐，不是来送行的，我让水珠这就跟你回上海！我们家三间茅舍两张嘴，没啥好收拾的。你看平楚大哥一回家，是不是更需要人手了？"

水珠脸涨得血血红，道："大姐，你就让我去吧，否则麦佬他要聒噪不停了。"

史引霄不再阻拦，道："麦佬啊，那我就把你老婆带走了呢！"麦佬嘿嘿笑道："说不定麦蛹做生意也会到上海去呢⋯⋯"

于是，青玉让南渡坐小贝边上的副驾驶座，自己和水珠坐后座；绿野扶着史引霄上了救护车，就坐在平楚担架床边上的靠椅上。史引霄捏住了平楚凉凉的软软的手，心里道："平楚，我们又要渡江去上海了。"

救护车在前，小贝紧随其后。后来小贝说，回程的车开得太爽了，不仅车速快，并且一路通行无阻。

车启动的时候，史引霄看了看表，七点才过几分钟。说好是要赶早，中午时分可从扬州渡江，傍晚有望赶到上海。救护车没有侧窗，史引霄借着司机的前窗望出去，碧空如洗，白杨树簇簇新绿缀成天地间的帷帐，青青麦田与泛黄的稻田相间，一派锦绣。

临回上海前一晚，史引霄跟青玉商议究竟将平楚送哪家医院继续治疗。青玉的意思，让楚爸爸上她的医院，方便她亲自负责楚爸爸的身体康复。史引霄一是担心青玉的医院路太远，家里人探视起来不方便；二是怕那么重的担子压在青玉瘦弱的肩上，她能挺得住吗？史引霄主张送平楚到区中心医院治疗，中心医院有顾观我医生和杜蘅医生在，他们对平楚的身体状况一直以来比较了解；再则，自己区里的医院，上上下下都熟悉。青玉最后同意了霄妈妈的意见，心想，自己争取每星期都回家一趟，配合顾医生杜医生对楚爸爸的康复治疗。

然而她们都没料到，救护车过了入上海的收费站便被两个穿白大褂的急救人员拦下了，声称是文艺医院急救大队的，奉命到此接送著名画家平楚同志入院。史引霄跟青玉对视了一眼，文艺医院怎么会晓得平楚得病？又怎么会晓得送平楚回上海的车此时此刻会进上海？

离收费站五十米外的路边，真停着辆救护车，正从车上下来一位戴太阳镜的男士，一边朝她们挥手，快步向她们走来。

史引霄迎上去，问道："同志，您是文艺医院的……"

"不不不，我是美协创联室的，我姓陈。史区长，你们叫我小陈好了。"那人摘下墨镜，伸出手与史引霄握了握。

史引霄长长地"哦"了声，道："小陈同志，这是怎么回事？"

小陈头发齐颈，卷曲的长发被公路上的风吹得零散了，他五指撑开插入发中理了理，又戴上墨镜，道："史区长，我们得知平楚同志在苏北老区采风期间不慎发病，领导很重视，从美协办公室、创联室及人事部门各抽调一位同志成立了平楚同志医疗协调小组。我们查阅了上面关于文艺干部享受医疗保健级别的文件，平楚同志完全应该入住文艺医院干部病房。我们马上与文艺医院医务处取得联系，文艺医院十分配合我们的工作，派出了救护车。我是昨天跟瓢城医院联系的，得知你们今天一早出发返沪，下午三点，就在这里等候了。"

史引霄瞄了眼手表，已是五点多钟了。让人家等了两个多小时，实在有点不好意思，忙道："小陈啊，太让你们费心了！瓢城医院没告诉你，他们有救护车送吗？再说，我们也联系好了区里的中心医院……"

小陈随即打断道："史区长，区中心医院医疗条件哪里比得上文艺医院啊？我们现在的出发点，就是看怎么样更有利于平楚同志毛病的治疗，你说对吧？你看，文艺医院的急救车都等在这里了！"

史引霄又跟青玉对视了一眼，她们母女已经默契到从对方的眼神中就能晓得对方的看法，于是史引霄便对小陈道："好吧，恭敬不如从命了！"

史引霄是被小陈说怎样更有利于平楚同志毛病治疗的话打动的，当然啰，文艺医院无论是病房条件还是医疗水平都要高出一筹。她便跟瓢城医院的救护车说明了情况，又跟绿野道："也好的，你们现在返程，明天午前能返回医院了。一定代我谢谢你们侯院长，谢谢陆医生哦！"又道："绿野你跟你父亲说说，让他抽空到上海看看，你陪着一同来，就住大姑妈家。"

两边救护人员齐心协力将平楚移至文艺医院的救护车。因了小陈的缘故，史引霄便让青玉带水珠跟救护车走，路上好照顾平楚。自己便邀小陈上了小贝开的轿车，南渡坐副驾座，自己和小陈坐后座。一路上，她极想问问小陈，美协是如何得知平楚发病的消息的？终究没有开口，担心让小陈误会。

小陈先向史引霄问了平楚病情发展的状况，又客套地说了番安慰的话，美协领导已跟文艺医院医务处表了态，要用最好的药，上最好的医疗器械，尽最大比例的报销。随后，话锋一转，笑着，口气也暧昧起来："史区长，有件事，现在提可能不太合适。可是……"

史引霄侧脸盯了他一眼，这小陈在车里还戴着墨镜，又有几缕弯曲的散发遮了半张脸，让人看不清他表情。因道："什么事情？有什么合适不合适的？说吧说吧。"

小陈中指将墨镜往上推了推，道："情况是这样的，本届全国美展，画家们都踊

6

跃投稿,件数远远超过规定的数目了。美协便成立了一个专家评选组来甄选最后送展的作品,这些专家不仅有知名画家,还有美术评论家,甚至还请了文学、历史学方面的权威人士参加,就是希望评选能公正、透明、全面……"

史引霄肚子里已明白什么事了,打断他道:"小陈啊,你就直说好了,平楚的作品落选了对吧?"

小陈略有些尴尬,支吾道:"其实,平楚同志的作品我个人还是很欣赏的……哦,专家组对每幅作品都有评语,回头,我可以把平楚同志的评语找出来……"

史引霄笑笑,道:"不用了,我们尊重专家组的评判。"心想,跟平楚的病情比起来,参加不参加全国美展已经不重要了。不过,暂时是不能让平楚晓得这个结果,否则,会对他的康复治疗十分不利!

小陈听史引霄这么表态,神色便自然了许多,道:"抽个时间,美协派人把平楚同志的作品送回家?"

史引霄道:"不急,美协放一张画的地方总还有吧?到时候,我让家里人去美协取回就是了。"

南渡扭头插道:"引霄阿姨,让美协送回家不好么?美协有车,对吧?"

史引霄锁眉瞪了南渡一眼。还是小贝晓得史区长的意思,道:"没关系,到时候我开车去一趟美协,方便得很。"

史引霄这一趟苏北之行,算上来回路上的时间,搭头搭尾不过一个星期,她自己的感觉,好像把三十多年前那风雨交加、生死存亡的日子又重新经历了一遍。

他们在文艺医院安顿好了平楚。平楚住的干部病房两人一间,同病房的是位京剧院文武老生演员,很有些名气的,是因为突发脑梗进院抢救的,现在已经恢复得能够依靠助步器下床走动了。

史引霄讯问了床位医生种种相关问题,这才离开了病房。走到大门口,已是万家灯火的时候。小陈先行告辞了,青玉说,她不回家了,已经让同事代了一个礼拜的班,她可以搭乘去郊区的公交车赶回医院,不耽搁明天上班。南渡也说,要急着回家看看,不晓得她那位牢骚满腹的母亲怎么样了。史引霄也不强留她们,只让小贝送她和水珠回花园弄堂。

小贝拐进弄堂,快到"兰畔"门口时,摁了两下喇叭。麦蛾是蹦跳着出来开门的,先喊了声"姨娘",便一头扑进母亲怀里,又哭又笑。水珠在她厚墩墩的背脊上拍了两下,嗔道:"这么大人了,还撒娇!快、快给你姨娘打洗脸水,这一路车坐的!"

客堂间门咚地推开了,翠姑妈像是跌出来一般,捏住史引霄的手问道:"阿翱毛病到底怎么样了呀?真真急煞人了!"

史引霄人有点撑不住,仍撑着,道:"阿翠你不要这样哇啦哇啦好吧?阿翱脑袋里的出血点已经止住了,美协安排他住进了文艺医院干部病房,你就宽宽心吧。"

麦蛾道:"姨娘,你们走的这几天,翠姑妈天天来家问姨夫的毛病,弄得我也心惊肉跳的。"

水珠道:"快让你姨娘洗把脸,有什么吃的吗?你姨娘一天都没好好吃口热的。"

翠姑妈拍下手,道:"有吃的!中午接到区里钱主任电话,说你们今天就到家。连买带烧,忙了一下午。都凉了,我再去热热。"

史引霄忙道:"没什么胃口,有没有热

粥？麦蛾啊，你娘一定饿坏了。她一路晕车，倒真是什么都没吃。"

说话间进了客堂间，果然，餐桌揭罩下，端整着四五样小菜。翠姑妈道："就是没烧粥，要不把中午剩的泡饭热热？"

史引霄总是能将就，道："好，好，泡饭也好的。"

于是洗了脸，几个人围着餐桌坐下了。正端起碗，但听走廊里一阵橐答橐答皮鞋后跟叩击地板的声音，随即一道亮丽的喊声扬起："妈回来了吗？你回来了吗？"

史引霄摇摇头："雪墨这疯丫头！"

客堂门被撞开，雪墨鲜龙活虎地跳进来。天气热了，她剪去童花头，修了个男孩头，双眸愈显深且亮。上身橙红T恤，下身水磨蓝紧腿牛仔裤，充满活力却又妩媚。

"妈，爸爸的病情控制住了？"她一屁股坐到史引霄边上，问道。

史引霄眯起小眼，钟爱地打量小女儿，却平淡地答道："嗯，送进文艺医院了，康复治疗。"又道："你不认识？水珠阿姨！你吃过她的奶的！"

雪墨噌地跳起来，朝水珠深深鞠了一躬，"水珠阿姨，热烈欢迎你再次来兰畦！"又搡了麦蛾一把："这下你可成了名副其实的嗲妹妹了。"

麦蛾双颊喷红，屏住笑，回敬道："你才是姨娘的嗲妹妹呢。"

翠姑妈用调羹在碗沿上当当敲了两下："都到当妈的年纪了，还闹！"又道："雪墨你还没有吃晚饭吧？快坐下，陪你妈安安稳稳吃顿饭。"

雪墨两根手指捏了只油面筋塞肉填进嘴巴，"嗯，中饭只啃了只面包……"

史引霄用筷子敲她的手背，"洗手去！"

雪墨耸了下肩膀，乖乖地去洗了手返回来，扳住史引霄的肩膀，道："妈，让我审视一下，我们的大区长胖了？瘦了？有没有照顾好自己呀？"

史引霄推开她的手，"没大没小！快吃饭。"

雪墨喝了勺汤，道："妈，明天你在家好好休息，实实足足睡一天。我替你去医院探视平楚同志。"

翠姑妈追着道："我去我去，我去陪护阿翱，你们忙你们的！"

史引霄心想：哪能在家睡觉？一早得去机关！因道："文艺医院探视病人下午三点开始，雪墨你不要摇摇记者证乱窜，我们得遵守医院的规章制度。"略忤，又道："病房里虽有护士，一个要管两三间房的病人。我跟床位医生申请了，水珠上午十点进病房，下午探视时间结束离开。这也是对平楚的特别照顾了。"

正琢磨着如何安排轮流去探视平楚，不要开头许多人川流不息地去病房，吵得平楚无法好好休息；后头来又没人去了，让平楚心理上落差太大。便听得"笃、笃、笃"很节制的三下敲门声。麦蛾去开门，原来是二楼的顾医生杜医生夫妇。

史引霄忙起身迎客，道："晚饭吃了吗？一起随便吃点？"

顾观我忙道："吃过了，史区长你不要客气。雪墨的女高音声遏行云啊，让我们都听到了，才晓得史区长回来了，赶忙下楼，问问平楚同志的病情！"

雪墨把脸埋在臂弯里笑岔了气。史引霄拍了她一下："看你疯的！"便跟顾医生杜医生详详细细说了平楚发病经过，瓢城医院救治的经过。特别提到顾医生临行前开的方子，瓢城医院的医生十分重视，专

8

门开会研究，认为对平楚日后康复很有帮助。她只是省略了平楚发病的大概原因，以及她如何用整整一下午的絮叨唤醒了平楚。

顾观我听得很仔细，遗憾地摩挲着下巴，道："要是平楚同志直接送我们区中心医院做康复，就包在我身上了！"

史引霄道："我跟小贝都说好了，车直接开到区中心医院的。没想到美协那么重视，入口处把我们拦下了，换了文艺医院的救护车。"

顾观我摆摆手，"那当然啰，平楚同志是著名文化人士嘛！这样吧，隔两天我抽空去文艺医院看平楚同志，根据他的现状以及病况的发展，随时调整药方。"

史引霄道："老顾啊，这叫我怎么好意思呢？"

杜蘅笑道："史区长你还不晓得他的臭脾气？没有人找他开药方，那才是要了他的命的！何况是平楚同志呢？"

顾观我横扫了她一眼，"不开药方，不治病救人，那还叫医生么？"

送走顾医生夫妇，史引霄咚地坐进沙发，动弹不得了。水珠忙让麦蛾端盆热水来，替姨娘烫烫脚。

翠姑妈便收拾东西要走，史引霄道："这么晚了，阿翠你住下嘛，阿翱书房里有张小床，你不会嫌脏吧？"

翠姑妈顺水推舟应下了，其实前几天她一直就在阿翱的书房过的夜，麦蛾替她换了干净的被褥。

水珠便道："大姐，我就在你床边搭个地铺吧，半夜三更也好照应你。"

史引霄回道："我还没有到手脚不便的地步，你要不嫌挤，就跟麦蛾一床睡？"

麦蛾双手挽住水珠的肩胛，笑得合不拢嘴，"我娘瘦，挤不着我的。"

雪墨看着麦蛾的得意样子，便道："水珠阿姨，你放心陪你的宝贝女儿去，有我呢。今晚我陪史区长睡。"

史引霄忙道："谢谢了，我的大记者！你那横七竖八的睡相，我还睡不睡得着啊？去去去，各归各房间，都早点歇息吧！"

终于，史引霄将自己平展展地放倒在床上了，她希望自己能迅速入睡，养足精神，明日方可投入区政府里冗杂繁缛的工作。不想区里的工作还好，一想到区里的工作，心境哪里还平静得了？掐指一桩桩算下来，亟待解决的不下十几档。自然，重中之重那就是双西改造工程；双西改造工程中，重中之重又有两处，一是工程资金众筹的方案市里面批了没批？二是对董家老宅动迁的问题如何妥善解决？提起董家老宅，不由得想起董双成，平楚画的寒城的素描刷啦啦地在她脑海里翻过……

电话铃突然在她耳畔炸响。这座机原是区里为史区长工作便利而安装的，客厅里是主机，史引霄床头柜上是分机。她睡不着，似乎就在等这个电话。她一把抓起话筒就道："钱龟龄是你吗？怎么弄到这个时候才来电话？"

果然是钱龟龄，不疾不徐道："史区长，我跟美协小陈联系了，他告诉我，你们安顿好平楚同志，离开医院已经快七点了。我估摸着，你回家要吃饭吧？要和家人聊几句吧？这个时候你恐怕才空得下来。"

"你倒是算得候分刻数！"史引霄不知是赞还是嗔，转即问道："平楚发病的事，是你通知美协的吧？"

"是的是的。我想平楚同志属美协管的干部，当然要告诉他们啰。"钱龟龄稍顿，从区长的语气中听出点不满，便问道："史

9

区长，有什么不妥吗？"

史引霄道："没什么不妥，你做事向来周到。"转了话题："说说吧，这几天区里情况怎么样？关于双西工程市里批文下来了吗？上周办公会议开得如何？"

钱龟龄清了下嗓子，道："史区长，正要向你汇报。你走后两天，市里批复就下来了，批准我们的筹资办法。所以，开办公会议时几乎没有任何反对的声音了。"补了句："办公会议是余副区长代为主持的。"

史引霄顿时觉得心中一松，道："太好了，要开个动员会，旧里动迁工作要跟上去。"

钱龟龄马上道："还有个好消息，董家老宅这个钉子户终于拔掉了。不过动迁组不是跟董有成签约的，而是跟一家什么美术贸易公司签的约。这家公司出高价把董家老宅整个儿地买下了，相当有实力呢！"

史引霄马上想起了吴独摇衣袂飘飘的背影，暗道，糟糕，急着去苏北，吴独摇留给自己处理董家老宅的三个方案都没来得及看！

电话那头钱龟龄问道："史区长，有什么问题吗？"

史引霄嗤地笑道："老钱，你也太敏感了吧？我不过喘了口气。"又道："我想约那家美术贸易公司的经理谈一谈，他叫吴独摇，你帮我安排一下吧。"

钱龟龄忙应下。后来，他又啰啰嗦嗦讲了几桩事情，史引霄却捏着话筒睡着了。

一切又都回到了正常秩序。

小贝准点候在"兰畦"门外，史引霄嘴巴里嚼着块酱萝卜，匆匆出门上车。酱萝卜是水珠带来的，她自家腌制，咸酸适度，都是随着史引霄的口味，史引霄早上就着它吃了两小碗泡饭。

车子缓缓启动，史引霄从车窗探出脑袋，喊道："水珠，上午十点去医院哦！"站在门阶上的水珠和麦蛾朝她挥挥手，说了什么，她已听不清了。

车子临近钱龟龄家时，钱龟龄已在路口一座早餐亭前候着了。他坐进副驾座，从后视镜中看看史引霄，双颊拱起绵暖的笑，道："史区长，去了趟苏北，没掉什么肉，更精神了。"

小贝便道："钱主任这后视镜看人不准的，史区长在苏北太累了，掉了好多肉呢。"

钱龟龄像是没听见小贝的话，只道："去接徐副区长哦，前几日都是区公安局派车接送他上下班的，一听史区长回来了，非要过来挤小贝的车。史区长，区里人都说，徐副区长天不怕地不怕，就怕史区长对他瞪小眼……"

史引霄拍了下前座椅背，斥道："钱龟龄你也信这种鬼话？这还不是徐亦道自己自说自话？"

小贝勉强屏住没笑出声。

车在徐家弄堂口停住，只见徐亦道和黄岑夫妻俩正走出弄堂，徐亦道招招手，朝车走过来；黄岑调头往反方向去了。史引霄忙道："老钱，去喊住黄岑。坐得下，一起去机关嘛。"

钱龟龄忙下车追了过去，拦住黄岑。黄岑又是摇头又是摆手，推辞着。

这时徐亦道已经坐进车厢，笑道："老史啊，是你定下的规矩，家属不能搭乘办公用车，你想让我犯错误啊？过了马路就是公交站，你让她自己去嘛。"

史引霄道："你不要给我扣大帽子，正好碰上了，顺路的，犯什么错误啊？"

言词间钱龟龄独自返回车内，道："史

区长，黄岑她执意要去乘公交，马路上，众目睽睽，我又不好强拉她。"

徐亦道"嘿嘿嘿"笑起来："老史你看看，这就是你培养的好干部嘛。"随后又道："你那位老战友的儿子，非要去刑侦队，我批准了。"

史引霄点点头："年轻人，让他去第一线锻炼锻炼。"

一路上徐亦道话题不断，问了平楚的病情，又问何弱之和徐亦香调去瓢城任职的情况，感慨道："我这位老妹夫啊，总算是遂了他心愿。"又道："老史，什么时间我和你一起去瓢城做客，哦，你不是做客，你是故地重游。亦香，还有我们的何书记，一定会盛情招待啰。"

史引霄"哼哼"两声，心想：哪里再有时间去瓢城呢？

车进机关大门了，史引霄瞥见前面有辆银灰的轿车正靠路边停下，有点眼生，市里来人还是……？旁边徐亦道手指朝那车戳戳，"余芳菲又换车了，最新的奥迪，她是额头上生角的嘛。"

史引霄淡淡一笑，没应，这种事不屑一谈。她下了车，却见余芳菲正在雪松的荫头里，波浪长发拢到脑后挽了个髻子，穿一袭黑底灰点的纺绸连衣裙，将中年人微微发福的腰杆修饰得恰到好处。

史引霄诧异道："余芳菲同志，你是……在等我？"

余芳菲迎上一步，无框变色镜幽光一闪，"史区长，您回来就好了。平楚同志的身体无大碍吧？"

史引霄对她这般眷顾的口吻略有些不习惯。她和她在工作上经常针锋相对，弄得史引霄常常疑惑这余芳菲是不是存心和自己作对？不过史引霄总是尽量理解为这是余芳菲对工作的认真负责，不去过多计较。却因性格相去较远，两人私底下鲜有交往，因礼节道："生命危险是没有了，要完全恢复恐怕还得过一段日子。"马上就转了话题，热忱道："余芳菲同志，辛苦您了，双西改造工程终于得以顺利推进，老钱已经向我汇报了。"

余芳菲的双眸被变色镜挡着，让人看不清她的表情，不过从声音中可以感觉到，此刻她心情不错，感叹道："史区长，你离开那几日，正逢市里举办进京剧目选拔会演，我被他们特邀作评委会专家，天天晚上要看戏。又要兼顾区里双西改造工程种种问题，上下左右，各有各的诉求，我真恨不得一个人劈成两片来应付呢。"又道："还有一个好消息，钱龟龄恐怕还没向您汇报，我也是昨晚上才得到通知。"

"噢？"史引霄心里犯嘀咕：区里的事竟也有钱龟龄不晓得的？

余芳菲嘴角微微上扬，上弦月般道："我们区沪剧团新创排的红色题材大戏《魔窟中的火凤凰》，还记得吗？首演时你去的。这次文艺会演，被选送去北京，作为向国庆献礼的剧目，全上海一共只有三台戏呢！"

史引霄道："这的确是桩喜事，可以着力宣传一下，找记者，采访一下主创人员，要推出我们区沪剧团自己的明星。不过嘛……"略沉吟，道："我上回看了，这出戏，还需要精益求精不断打磨。有些情节，逻辑上讲不通，表演还欠些火候。另外……"

余芳菲嘴角往下压了压，正色道："所以呀，史区长，双西工程的担子我就要卸下，还给您了。我分管文教，得花大力气去抓这出戏的修改，务必在进京汇演前以全新面貌展示在舞台上。我有信心，将它打磨成精品中的精品。史区长，还得靠区政府大力支持哦！"

史引霄道："这没问题，沪剧团需要区里做什么？你尽早提出，拿到办公会议上进行讨论。一旦形成决议，区里会不遗余力去做。"

余芳菲的红唇又成上弦月状，道声："先谢谢啦！"掉头去她的办公楼了。史引霄望着她黑天鹅般的背影，愣怔片刻。恍惚间她看到四十年前在运河码头的轮船底舱里，那个包着细格土布围巾的背影！她用力眨眨眼，马上赶掉自己的幻觉。

史引霄一旦跨进区长办公室就闲不下来了。下属各局各委办各街道，条条块块，要汇报工作，要解决问题，要政策解读，要财政支持……一上午分分秒秒都排满了。钱龟龄好几次探进脑袋望望，都插不进空档。

机关原规定有一个半小时午饭及午休时间的。史引霄觉得口干舌焦，茶杯中水已凉，顾不得了，咕咕咕喝了个精光。钱龟龄正巧进来，道："史区长，你喝不得凉水的。"史引霄道："现在这个天气，没关系。看你张望了好几次，有事吗？"

钱龟龄道："我好不容易联系上那个吴独摇，怪里怪气的名字。先打到他公司，说是吴经理出差去了。不过半小时，吴独摇回电话了。他们这种私企老板，现在都用上大哥大，联络方便。吴独摇想跟你通话，我告诉他，史区长的时间是针插不进，水泼不进的。他便让我转告区长，对董家老宅，他采用了第三种方案，也是不得已而为之。他这趟去浙江、安徽两地，就是想给董家老宅找一处合适的安身之地。"

史引霄的想法是，何必把董家老宅搬到外省去？区里城乡结合部就找不出一块风水宝地吗？便跟钱龟龄道："你去跟吴独摇回个话，让他不要急急忙忙跟别人签约。他何时回来，请他来区里找我，或者给我电话。把我家的电话号码也告诉他！"

钱龟龄不解地望着她，习惯地不提疑问，只嗯了声，转而道："史区长，你休息会，我去食堂帮你打饭来。想吃什么？"

"钱主任不用去打饭了。"虚掩的门推开了，马英华拎着只藤编腰篮走进办公室，笑道："史区长，晓得您今天来上班了，专拣了午休时间过来的。"便从藤篮中取出两只精致的食盒，"我替史区长买了份霉干菜红烧肉卤面……"

钱龟龄抢着道："霉干菜肉？吃了怕不易消化吧？史区长有胃病的。"

马英华道："看来钱主任市面还不太灵光。离区政府不远嘛，开了一家卤面店，店名就蛮诱人的，叫'面壁功深'。我去吃过几次，那面又软绵又有劲道。他们的霉干菜肉，可以称得上入口即化，肥而不腻。"

史引霄笑笑道："被英华这么一说，我真觉得肚子饿了呢。老钱去食堂吃饭吧，有英华在，你就别管我了。"

钱龟龄笑笑，便离开了。马英华随即打开食盒，递了一份给史引霄，道："史区长你尝尝，保险你喜欢。"

史引霄撩了一块霉干菜放入口中，果然好吃，是家乡味。史引霄原籍浙江新昌，虽则上小学就去杭州叔父家生活，可家乡的味道是与生俱来的，离开再久也不会忘记。史引霄胃口长久没这般好了，一下子就挑去了小半盒面。她抬眼朝马英华面前的食盒瞟了眼，忙道："英华你是什么浇头呀？怎么都是素的？"

马英华笑道："史区长，我这是素

什锦。"

"你年轻,不吃点荤怎么行?来来来。我俩对半分分。"史引霄端着食盒站起来。

马英华一只手护着自己的食盒,一只手挡着史引霄:"史区长,您可不能觊觎我的小菜哦。平时应酬多,你晓得的。就想吃口清淡的。"她没告诉史引霄,她已开始吃素,还去佛寺敬香供奉。史区长晓得了一定会批评她,质问她,你还是共产党员吧?

两人边吃边聊,史引霄兴趣盎然地听马英华介绍英华公司下属两家分公司经营的状况。马英华下海经商后,整个人从外貌到精神都和以往迥然不同了。史引霄微眯着眼欣赏地望着马英华,但见她一改以往清汤挂面的齐耳短发,显然烫过,向外翻卷,衬得面庞愈发端丽韶秀;说话也不像从前那样一板一眼咄咄逼人;却是眉飞色舞秋波灵动笑声泠泠。史引霄暗自庆幸,当初自己力排众议支持她下海,方才有了眼前的马英华啊。

两人吃完"面壁功深"的盒面,马英华收拾了餐具,转身又从藤篮中取出一只搪瓷茶缸,白漆上印着深蓝的"上海色织染纱厂"的字样,揭开盖子,竟是满满一茶缸的新鲜草莓。

史引霄拈起一只殷红且带着嫩绿冠叶的草莓,问道:"这可是时鲜货,你又发现什么新奇的水果店了?"

马英华美滋滋笑道:"史区长,正要向你汇报呢,这是我们英华公司自己的果园里生产的第一批草莓,你尝尝,口味与众不同呢!"

史引霄把小眼撑到最大:"你们英华什么时候有自己的果园了?"

原来马英华在近郊租赁了数百亩地,种下上千株桃树,建起了几十座草莓生长的大棚,她的"野心"很大,她要把英华发展成多种经营的实体,做果园也是基于英华的员工大都是返城知青,有过田间操作的经验。

史引霄咬了口草莓,清香。她提醒马英华,刚开始创业,不要把战线铺得太大。马英华道:"史区长你放心,现在租赁郊区土地价钱比较便宜,我们只签了五年合同,走一步看一步。中央领导不是说嘛,摸着石头过河呀!"

史引霄长长吁了口气,她想到区里的双西改造工程,困难重叠,正是一步一步摸索着走过来的。因道:"党中央部署的改革开放大业,真正是前无古人,后无来者的宏伟工程。有时候,我甚至觉得比当年打鬼子还难。打鬼子你只要把准星瞄准敌人,扣响扳机。可现在,每每下一步怎么走才不会犯错?不会陷入沼泽?都须思量,走错一步,便可能牵涉到国家几个亿的资金啊,反倒不像以前那样敢打敢拼了。"

马英华偏着脑袋想了想,道:"史区长,最近我常常会对比前头那十年的我和现在的我,前头那十年我也以为自己是响应党中央的号召,结果走歪了路。思考下来,还是要怪自己读书太少,看问题就像矮人观场,只有半截。我已报考了电大的哲学班,想好好充实充实自己。"

"好,太好了!"史引霄最欣赏马英华的地方,就是她敢于正视自己的缺点,勇于改正,并且付诸于行动。这说明她不是口头革命派,而是改革的实践者。史引霄忽然灵光一现,马英华不是承租了几百亩地吗?能不能捐出几百平米来安置董家老宅?这样,董家老宅便可留在本地,她心里也可对得起……

史引霄迫不及待将这个想法对马英华叙述了一遍,马英华眼珠子灼灼发亮,道:"史区长,这真是踏破铁鞋无觅处,得来全不费工夫。我原想把我们的果园打造成一座可以耕读、品茶、听曲,富有古典传统文化魅力的园子,那座老宅子能够原封不动搬迁进来,正是求之不得呢!"

史引霄去抽屉里翻寻,翻出了吴独摇的那张名片,交给马英华,道:"你抓紧时间联系他。这几天他正在安徽浙江转悠呢,不要等他跟别人签下了合同,就麻烦了。"

办公室的门又搁了一下,人面晃了晃,缩回去了。可就这一晃,史引霄便认出她了,喊道:"黄岑,进来嘛,又没有外人。"

"黄老师,我是英华呀。"马英华也叫了声。当初马英华刚调入区机关,史引霄还让黄岑带了她一段。

黄岑这才进来,虽穿着半高跟鞋,脚步却无声息,轻柔得就像一阵吹面不寒的杨柳风。

"黄岑……"史引霄奇怪地盯住她,"你怎么也戴变色镜了呀?"

原来黄岑破天荒架了副无框变色镜,那变色镜呈浅棕色,她的半张脸就像被乌云遮盖了似的。

马英华笑道:"听讲机关里有不少年轻同志仿效余副区长戴变色镜,说是显得神秘而有腔调。"

"不,我不是学余副区长的,"黄岑急着解释,却也不改变语速,仍轻软婉和道:"体检时医生说我已患有轻度白内障,要避免紫外线直射。老徐催着我去配了这副眼镜。"

史引霄方才释怀,问道:"找我有事?一点半要去出席区委扩大会,还有半个多钟头。"

黄岑云遮雾绕般的面孔侧向马英华,马英华十分知趣,即道:"史区长,黄老师,我不打搅你们了,得赶回公司去呢!"摆摆手,便出门去。

史引霄追了句:"抓紧联络吴独摇……"

办公室门已合拢了。史引霄陡然记起解红旗向她反映徐亦道的情况,颇含深意地望着黄岑脸上两片浅棕色的镜片,笑道:"好了,坐下来,慢慢谈。要喝水吗?"

"不用忙,史区长,我不喝水。"黄岑略退一步,"我是想,史区长你离开一礼拜了,我便将这一段收到的群众来信分类整理,摘录了重要的,拿给你看看。"黄岑轻轻一笑,"我一直记着史区长到信访站检查工作时说过的,信访站是下情上达最真实最直接的途径嘛。"

史引霄便从她手中接过装订齐整的一叠纸,也只有黄岑能把汇报材料做得这么细致,一目了然。便笑道:"是嘛,群众若不是真正有解决不了的困难,也不会写信给区里,所以有老百姓说信访站是他们最后的防线。"边说,边随手翻了两页,"我会逐条认真看的,黄岑,谢谢你哦!"顺手拍黄岑的肩膀,不料黄岑齿缝中"哇"的一声,下意识地挪开了肩膀。

史引霄忙道:"我打痛你了?对不起对不起。"撑开手掌看看,"我小女儿总说我是通贯手,拍人特别重。"

黄岑连连摇头,"没有啊,史区长,一点都不痛。"故意耸了耸肩膀,"时间差不多了,史区长你忙吧,我回信访办了。"

史引霄总有点疑惑,问道:"老徐最近……没再犯臭脾气吧?"

"没、没有啊。您上回说过他了,他哪里再敢啊!"黄岑用力一笑,赶紧跨出门去。

　　史引霄对着那扇"梆"地合拢的门琢磨着,总觉着有什么地方不对头。是黄岑的笑!都说黄岑的笑容好看,云破月来花弄影。当年,徐亦道便是被她的笑容迷得神魂颠倒的。可方才黄岑那一笑,笑得很勉强,甚至有点难看,双颊肌肉僵硬,唇形像快沉没的小舟。

　　史引霄又撑开五指看看自己的手掌,暗忖,我拍人真那么痛吗?只是轻轻地拍了两下呀!

　　没时间容她再推敲,钱龟龄来催她去区委开会了。

楔子

　　少年时候的春天是绵长的,经久不衰的。从柳条上冒出第一粒嫩芽,草坪远远望去有淡淡的浅绿,你要耐心等呀等呀,等风儿雨儿一阵阵地吹呀淋呀,方能等到柳树戴冠青草铺毯,春光明媚,阳光灿烂。

　　记得那年在南京小外公家,草坪上有一座圆盖顶带六根水泥圆柱的亭子,我和元同表哥坐在亭子环形的石椅上闲谈,他拉琴我唱歌。后来他提议我们比赛背诵描写春景的诗词,谁接不上来了,认输罚唱歌。我那时才上小学三年级,却不知天高地厚敢与元同哥哥比输赢。元同哥哥让我先来,我抢上句"春眠不觉晓,处处闻啼鸟",元同哥便接"池塘生春草,园柳变鸣禽";我又道:"不知细叶谁裁出,二月春风似剪刀。"元同哥哥笑道:"雪消门外千山绿,花发江边二月晴。"我看难不住元同哥,急了,道:"等闲识得东风面,万紫千红总是春。"心想,元同哥这下定没诗了,不料他笃悠悠念道:"昨日春如,十三女儿学绣。一枝枝、不教花瘦。"当时我还没学过词曲呢,便耍赖了,扭着身子道:"不带长短句的,你输了,你输了!"元同哥当然不和我计较,认输认罚,边拉琴边唱起苏联歌曲《莫斯科郊外的晚上》,那旋律配上元同哥演唱时的神情,是我记忆中最动人的一幕。

　　接到霜玉的来信了,她说了许多让人心安意顺的事。大洮已在省城找到了工作,小洮被省里数一数二的大学录取;重生说,将来也要像青玉妈妈那样当医生,给许多人看病,救许多人的性命。霜玉到最后才提到元同表哥,她说元同身子没有好透就出差去了,是他自己三番五次向研究所领导申请的。霜玉说,跟以往一样,他不说自己去哪里出差,也不说出差多久能回来,只是叮嘱霜玉,不要宠坏了重生。

　　元同哥哥,我知道,你和许多像你一样的无名英雄在为我们的国家做着惊天动地的人事!我敬佩你们,永远永远……祝福你们。

　　　　　　　　——史青玉日记

33

　　在史青玉的感觉中,随着人岁数增长,春天却变得愈来愈短暂而局促了。才留连柳眼梅腮碧草萋萋,转瞬已是夏木阴阴红紫成尘,接下去便应是秋风萧瑟草木摇落了。

　　"兰畦"里的雪墨妹妹打电话到医务处请转告史青玉医生,她的楚爸爸本周末就要出院了!青玉接到这个信息,又是惊诧又是欢喜:楚爸爸从苏北回来住进文艺医院尚不足一月,已经能挂着拐杖缓行,实属奇迹呀!

幸而这个周末史青玉预约的病人没有超限，她得以按时下班。她替附近鹤盘村的石蕙婆婆配了一疗程的中药，顺道送过去，随后便返程回家了。

史青玉掏出钥匙"咯答"推开门，但听有声喊道："是大姐么？小心脚下滑！"原来是雪墨，挥舞着拖把清洁走廊，弄得到处都湿答答的。

翠姑妈从厨房探出半截藕状的身子，怨道："青玉姑娘，你得管管这个小姑奶奶！老古话说，秋要冻，春要焐，现在还没入伏呢，你看她脱得！"原来雪墨上身只套件黑色吊带背心，下身的牛仔热裤，整条大腿都露在外面了。

"大姐，我浑身每个毛孔都在冒汗呢，不信你摸摸。"雪墨说着便将脑袋伸到青玉跟前。青玉趁势拍拍她的腮帮，道："现在你是在劳动，待会不可对着风扇猛吹，最好披件外套！"

水珠闻声从客厅跑出来，道："小妹妹，叫你歇着，我会拖的嘛。要绞绞干，这么好的地板，浸了水容易发霉的……"便夺过拖把，转去花园里清洗去了。雪墨吐了下舌头，朝青玉做个鬼脸。

青玉朝客厅张了眼，问："楚爸到家了？"

雪墨"哼"了声，道："我们的史引霄同志说，做私事不能占用上班时间，非得等下班后才去医院接爸回家！她绝对包庇儿子，让哥哥和姬瑜去医院候着，陪爸一起回家，却让我在家协助水珠阿姨打扫卫生、调整房间。"

史青玉和雪墨一起进了客厅，团圈转下来，原来史引霄让水珠麦姨动手把原先的主卧室搬到二楼，把平楚的画室搬到楼下来了。青玉叹道："别看霄妈妈平常粗针大麻线的，其实心思很细呢。楚爸腿尚未恢复，上下楼不方便嘛。"

雪墨翘起下巴道："这说明什么？说明我们史引霄同志心里面装着平楚同志，他们在战斗中结下的革命感情长盛不衰！"

青玉笑道："不晓得我们雪墨以后心里会装进怎样的一位青年才俊呢？"

雪墨一扭腰身，道："我才不要装个什么人到心里去呢。大姐你看平雪砚，向来蛮有主见的人，现在变得优柔寡断起来。我最烦她说，"雪墨掐扁了嗓子，模仿雪砚说话："听听小宋的意见吧！"

青玉笑弯了腰，道："好吧，大姐拭目以待哦！"又问："雪砚和她心里那位小宋今天总该露面吧？"

雪墨道："我哥把去淮海路采买点心的光荣任务交给他们了呀，待会就要看宋大才子柴米油盐的事做得像不像样了。"

史雪弓是想趁今天这个时机向全家人宣布自己和姬瑜的行程。父亲出医院，家里人肯定到得整齐，择日不如撞日，索性来个家庭聚餐。他的建议得到母亲和两个妹妹的赞同。姬瑜出了个主意，平楚伯伯回家，家里事体原就繁杂，再要烧一桌小菜，水珠恐怕得有三头六臂才行。不如来个中西合璧，关照水珠阿姨只需烧一锅皮蛋瘦肉粥备着。随后她开了一张食单，各色点心，光明邨的香菇麻油菜包、高桥食品店的薄脆饼、乔家栅的擂沙圆子、和合坊的生煎馒头，统统能在淮海路上一网打尽。雪砚和宋嘉本自告奋勇承包了采办的任务。

青玉与雪墨姐妹俩扫地抹桌铺台布，才将客厅布置好，雪砚和宋嘉本就拎着大包小包回来了。他们不仅买齐了姬瑜食单上的点心，还多加了哈尔滨食品厂的白脱布丁和水果蛋糕，还有老大昌的掼奶油杯。

雪墨高兴得跳起来，她最喜欢吃甜品。

雪砚嗔道："都是小宋的主意，说什么咸的甜的搭拢来吃，开胃！"口气里全是赞赏。

雪墨朝青玉姐姐做了个怪脸，青玉假装没看到。

稍后到来的李沫丁竟然拎着一只十二时的红宝石蛋糕！天气热起来，他把披肩银发在脑后扎了根马尾，穿了件本白仿绸对襟褂子，足蹬千层底圆口黑布鞋，飘飘欲仙的样子，道："听小娘娘讲小爷叔今朝病愈回家，立马去红宝石订蛋糕，总算订着了。这家红宝石才开个把月，英伦口味，生意红得不得了。"

雪墨嬉皮笑脸道："白丁哥，今天没人过生日呀。莫非？是你过生日？"

李沫丁极其认真道："小爷叔大病初愈，便像重生一样。重生日比生日还要紧呢！"

直到窗口擦黑，水珠"啪啪"地将走廊和房间的灯都拧亮了，院墙外汽车喇叭终于"笛笛"叫了两下，小贝发信号了：史区长接平楚同志到家了。

史引霄和姬瑜一边一个搀扶着平楚进了门，雪墨上前用肩膀挤开姬瑜，自己牵住了爸爸的一只胳膊。

平楚人虽瘦减了几分，气色却清朗。才发病时为上仪器检查方便，被剃光了头发。现在已长出寸许，倒显精神。最要紧的是他那颗珠贝般的虎牙在唇间闪烁，说明他一直笑对家人。文艺医院的专家下的结论：平楚同志要坚持有序的康复训练，他的语言功能和右半侧手脚的行动会得到一定程度的恢复的。至于恢复到什么程度，谁也无法妄下定论。

在家人们的簇拥下，平楚终于在餐桌边坐下了。

今天"兰畦"里的家宴虽是临时起意，却比那次精心准备了许久的生日聚会人到得齐，气氛也炽热。姬瑜又提议，人多，围坐餐桌怕太挤，反正都是点心，不如像自助餐那样，端着盘子随意坐。翠姑妈虽是爱讨好姬瑜，对她这个意见却反对，道："阿翱病愈，好不容易一家子到齐了，当然要团团圆圆坐起来啰。"史引霄道："就依阿翠吧，讨个口彩。"

于是挤挤插插一张餐桌满满腾腾。水珠道："我要端上端下的，就不挤进来坐了。"麦蛾拽住她道："妈，今天我来端东西，你坐下来。"母女俩拉拉扯扯。史引霄道："挤挤嘛，闹猛闹猛。"于是大家都略略仄了身子，让水珠挤着坐下了。

众人都等着一家之主史引霄发话，史引霄却道："雪弓，是你和姬瑜发起这种聚餐形式的，你来说两句嘛。"

雪弓当仁不让，站了起来，"嘿嘿"一笑，道："史引霄同志在机关，一天下来肯定说了不下千言万语，嗓子肯定累了。好吧，我就来代言几句。"姬瑜用手臂轻轻撞了他一下，他并不理会，端起茶杯，继续道："今天我们以茶代酒。这茶颇有深意，是史引霄同志苏北带回来的蒿叶茶，是让我们喝了不忘本！妈，我说的对吧？"仰面喝了一大口，啧啧道："谁说这茶苦，我怎么觉着不苦，却是甜津津的！"

麦蛾"扑哧"笑道："我妈生怕你们上海人吃不惯那味道，煮茶时放了一些甘草和几颗红枣。"

于是众人都尝了，赞不绝口。连最挑剔的翠姑妈都道："水珠，这许多年不见，你烹茶的手艺倒是练出来了。"

雪弓拍了拍手，道："我主题词还没说呢！"

雪墨在他腰眼里揎了一拳，"哥你别卖关子了！"

雪弓替自己斟满了茶，道："今天是我提议聚餐的，这第一嘛，当然是祝贺平楚同志大病初愈回家，老爸在家，家里便会色彩斑斓啊！"

大家都伸长胳膊朝平楚拍手，雪墨向来娇憨，立起身走到父亲身后，环臂圆住他的颈项，在他头顶心"叭"地亲了一口。平楚眼窝愈深，眼珠却愈亮。

雪弓喝道："雪墨你坐好，我话还没说完呢。"接着道："这第二贺，要贺我的毛脚妹夫宋嘉本，毕业分配方案公布，他被市委办公厅正式录用了……"

翠姑妈拍拍胸口，"乖乖，这官是市里的，比引霄还要高呀！"

李沫丁忙凑到她耳畔分解几句。宋嘉本含笑不语，镜片后的双眸却是炯炯有神。

雪弓继续道："还要贺雪砚正式成为一名光荣的检察官！"

史引霄对平楚大声道："听到吗？雪砚是检察官了。她才上中学时你就说过，这孩子顶真踏实，以后从事法律工作不错的。"

平楚那颗珠贝般的虎牙完全露出来了。

谈笑声中隐隐听得大门门铃响了一下，又响了一下。麦蛾跳起身去开门，不一会就转回来了，手中捏着一只大牛皮纸信封，"姨妈，是萧同志，噢，就是南渡姐，她说这是她采访您的通讯报道，要您审阅，要给她提意见的哟。"

史引霄接过大信封，问道："麦蛾怎么不叫她进来？都熟悉的嘛！"

麦蛾道："我是要拖她进来，她不肯，甩开我就跑了。"

史引霄轻轻叹了口气。其实大家是心照不宣的。

这时翠姑妈推开椅子站起来，抬高嗓门道："雪弓你贺了两贺了，轮到我也来贺一贺了。我要贺贺我们阿丁。阿丁的聚艺轩，上个礼拜正式开张了，就在老城厢里面，离你们爷爷当年想顶下的楼不远。地方是小了点，阿翱啊，你侄儿总算替我们圆了阿爸当年的一个梦啊！"

大家自然都向李沫丁贺喜，李沫丁连连躬腰还礼，道："晓得姊姊和弟妹们都忙，也不敢来打搅。也没办什么开张典礼虚张声势，白花那几张钞票。事情嘛，还是要慢慢做起来。"

雪墨一本正经问道："白丁哥哥，你那铺子叫什么聚艺轩？跟水泊梁山一个名？你手下也有一百零八将？"

翠姑妈嗔道："雪墨你这样捣蛋，以后哪个婆家敢要你！"

李沫丁却认真答道："雪墨妹妹，我那聚艺轩是艺术的艺，梁山泊聚义厅是义气的义，意思完全不一样的。"

雪墨咯咯咯笑得伏在臂弯里。

史引霄拍拍小女儿后脑勺，便道："我也有一贺呢。麦蛾考取了纺织工学院的成人学院，读服装设计大专班。该不该庆贺一下呀？"

团圈一桌人都哄起来，麦蛾双手捂住脸又是笑又是抹眼泪。

雪弓耐心候了片刻，喊道："安静，安静，听我讲嘛！我还有一贺，就被阿丁哥和麦蛾抢去了风头。现在好听我讲下去了吧？"

翠姑妈叽咕道："雪弓脾气像他娘，讲起闲话来一套一套的。"

雪弓眼睛看住姬瑜，道："我这第三贺

其实不算贺,是宣布一下,"吸口气,"我和姬瑜赴美留学的机票已订好了,下星期三就飞啦!"

举座惊愕。史引霄当即道:"不是9月才开学吗?这么早走?"

雪弓道:"我和姬瑜是经过慎重考虑的。这一嘛,提早点去,要做许多准备工作。姬瑜是自费留学,没有奖学金,所以先要和姬瑜亲眷家联系,安排好她的生活。"

翠姑妈插道:"姬家还有谁在美国呀?姬慎之当年可是撑起了姬家的半边天的,姬瑜你去,姬家任谁都不敢怠慢的。"

姬瑜不响,只缓缓点了下头。

雪墨撅唇斜眼,道:"哥,跟姬家亲眷联络,打长途电话就行,你就这么急着离开我们呀?"

雪弓捋了下雪墨的脑壳,道:"小妹,这两张飞机票我是托了同学的朋友的亲戚,好不容易买到的特价票。如果晚走几天,票价要贵一倍呢!"

雪墨双手捏住雪弓的胳膊,摇晃着:"哥,你真要飞啦?"

雪弓拍拍雪墨手背,"小妹,哥去看看外面的世界。哥一定加倍努力,以最快速度完成学业,尽早回家。"

姬瑜掀起眼皮刮了雪弓一眼,并不言语,只一勺一勺舀着粥往嘴里送。

这时平楚对着史引霄叽里咕噜,那支健康的左胳膊上下左右比划着。

翠姑妈挑起铅丝般的细眉急急问道:"阿翱你哪里不适宜?吃力了吧?还是……憋不住了?"

史引霄道:"阿翠你不要瞎猜。"便立起来,踅进平楚的画室,捧了一叠画稿出来,道:"雪弓啊,你要出国留学,你爸爸要送你礼物呢。"

雪墨带头,大家都鼓起掌来。

平楚用左手在那叠画稿中翻了翻,抽出一张。雪弓连忙走到父亲身边,双手接过那页纸,学着京剧的道白:"谢、谢、爸!"一手捏着画稿一角,朝大家团圈展示了一遍。

"阿翱,你这是画的啥东西?乌漆墨黑一团团?"翠姑妈锁着眉头道,"从前你的画不是这样的嘛。"

雪砚和雪墨两姐妹用眼神相互询问着,她们一时尚未读懂父亲。倒是李沫丁率先解疑,笑道:"小娘娘,小爷叔是用印象派的笔调画出晨曦中海边芦苇荡瞬息变幻的气势呀!"

史引霄道:"果然阿丁是学画的,眼光不错哦。"

翠姑妈马上又神气起来,"毕竟阿丁少时跟你们爷爷,吃过萝卜干饭,有童子功呢。"

李沫丁双手抱拳一揖,道:"婶婶,我斗胆相求,求小爷叔一帧素描,用镜框装裱起来,挂在聚艺轩中,那肯定是蓬荜生辉,助我生意兴隆!"

翠姑妈抢着道:"阿翱,引霄,阿丁这点要求你们是回头不得的!"

史引霄道:"当然,当然。阿丁,不晓得你喜欢哪一张?"

李沫丁道:"小爷叔的画,张张是精品!"

平楚已随意抽了一张,李沫丁双手恭恭敬敬捧了过去。他小心拎着画页,伸直臂眯起眼远观,又收拢臂瞪大眼近看,道:"小娘娘,您可以选十张小爷叔的精品,放到我聚艺轩中寄售。我们不为赚钱,像小爷叔这般高雅的艺术,自家人当为他推广,扬名,对吧?"

雪弓马上道："阿丁哥的主意不错，艺术品也不能束之高阁嘛。"

这席间一直未开口的宋嘉本缓缓站起，食指推了下眼镜，道："我经常听雪砚说起叔叔阿姨当年在芦苇荡里打鬼子的故事，所以，所以我也想要一张叔叔画的芦苇荡。我想把它压在办公桌的玻璃底下，让它时时刻刻激励我，继承老一辈的革命传统，把革命进行到底！"

"好。"史引霄赞赏地递给宋嘉本一张画，雪砚咬住下唇，忍住不露出笑容。

史引霄瞥见小女儿在一旁翻白眼，皱鼻子，便竖起食指点点她，道："雪墨，我可有重要任务交给你，你要负责把你爸爸去苏北画的这些画稿一一登记在册，每张画，不管是素描速写还是创作，都要拍照留底，为你爸爸出画册做准备！"

雪墨面孔立即云开雾散晴空万里了，道："保证完成任务！"又趴到青玉肩胛上，轻轻道："大姐，你要帮我一起整理编排哦。"

史青玉朝雪墨笑笑，这个笑有点迷离。她已经被楚爸爸的画带到她童年的日子。周围是成片的芦苇，她跟茆围子的小伙伴们一起钻进去游戏，摸野鸭蛋，拔芦苇根，乘小木舟给鸭子喂食。

楔子

好似和针吞却线，这几年，日日在牵肠挂肚，揪心忧心悬心的事还是发生了！

接到霜玉这封信时，不及拆封心中便有不祥的预感，这邮戳不是霜玉家乡县邮局的号码，却是组陌生的数字！没有地名，仅仅是一组神秘的数字，我的心不由分说便怦怦地撞击肋骨！

抽出一页字迹歪扭且模糊的信笺，那信笺上方印着××××研究所的字样……

元同表哥在夜以继日的工作中旧病复发，因身处大漠深处，医务室没有完善的抢救设备，在送往千里之外的县城医院途中，终因多脏器衰竭而停止了呼吸。

我不晓得自己失去了意识多长时间，醒来时只觉得内衣被凉汗湿透。屋里已是昏黑一片，窗户外一枚半残的月亮呆呆地停驻在云层中。

是下班回宿舍时，医院门卫交给我这封信的，当时晚霞正动人心魄地绚丽。

元同表哥其实早知道自己身体不济了，他是想抓住生命的最后时间为这项举国瞩目的研究留下尽量多的数据。要是他早半个月，甚至早两天赶往县城医院呢？也许……

霜玉写这封信的时间与信封上邮戳的时间相距了二十几天，她一定是思虑再三、犹豫再三，要不要告诉我这个噩耗？

信封中夹着一张六吋大小的照片，缓缓起伏的沙丘上，整齐地排列着一列列一座座石碑。虽说是彩色照片，整张画面却是灰蒙蒙的，只有石碑上一个个用红漆填没的名字粲然耀眼，灼灼如一处火苗。

我看见了其间的一块石碑上是元同表哥的名字，我的食指按在上面动弹不得了。

我唯一的心愿就是去那大漠深处，去元同表哥的墓碑前，跟他说说这几十年来积蓄心底的……话！可是我晓得我不会被允许去那个神秘的地方，因为我不是他的妻子……

肠断关山不解说，依依残月下帘钩。

——史青玉日记

霄妈妈离休了。

那天晚上她留我住在"兰畦",终于向我揭秘了我生母盛若兰的结局,是一个没有结局的结局。

那年我陪她去茆围子接楚爸爸回上海,中途夜宿扬州小旅馆。霄妈妈拉着我与她共宿一室,那个晚上她特别激动,跟我说了大半夜的话,都是关于她和我生母盛若兰的往事。从她们一起就读于蚕桑学校,到一起参加抗日流动宣传队;又一起打入国民党十六师,奔赴抗日第一线;九江战役失败后又一起历经艰险跋涉千里到安徽云岭参加了新四军。

霄妈妈说,她和我生母在云岭新四军教导大队生活的那段日子是她们最欢乐的日子,可我极想知道的是,我生母后来的踪迹,为什么她会消失得无影无踪?难道真是在皖南事变突围中牺牲?难道真是传言中那样成了可耻的叛徒?

霄妈妈的讲述在扬州小旅馆中戛然而止。这以后几年,其实我是有许多机会向霄妈妈追问结局的,可每每我就失去了追问的勇气,生怕结局令我伤痛和绝望。霄妈妈一定能从我眼中看透我心里所思所想的,可她也故意回避着,不将这层薄薄的纸戳破。我们俩心照不宣却都小心翼翼地躲开这个话题,好几次就我们俩独处时竟然因找不到合适的话题而沉默。

我一直记住一个地名:天长县。霄妈妈在扬州小旅馆中言之凿凿道,就在天长县下的一座小村庄中,我生母跟她道别,从此再无音讯。

日本鬼子投降那年,霄妈妈把四岁多点的我从皖南山村接到茆围子,此后四十年,我一直跟她生活在一起。我敢肯定,我比雪弓、雪砚、雪墨们更了解霄妈妈。

我晓得霄妈妈很在意她"区长"的这个头衔,她并不在乎"区长"是什么级别,局级还是副局级,她在乎的是,主政一方,她能够为一方老百姓做些什么事,解决些什么困难。所以她很欣赏六十岁生日时秦汝贞叔叔送她的礼物,手书郑板桥题画诗:"……些小吾曹州县吏,一枝一叶总关情。"

可惜霄妈妈还是没能够做完这一任区长就卸任了,市委组织部同志找她谈话,中央有新的政策,担任局级正职职务的干部,到某个年龄档就要从这个岗位上退下来。组织部同志说,可以安排她到市政协某委办过渡两三年,再办离休手续。霄妈妈当机立断,婉拒了组织部同志的好意,笑道:"胃病、糖尿病、冠心病,这部机器是该报废了,只只零件都要不灵了。正好,我退下来,可以多陪陪我的老爱人了。他几年前突发脑溢血,留下后遗症,右半边手脚不大灵便,要出去采风,总得有个人陪陪吧!"

傍晚时分,竟然是霄妈妈亲自给我打来电话,声音从听筒九只小孔中溢出,不像以往的爽朗豁亮,闷闷的,像感冒塞了鼻,道:"青玉啊,今天是周末,明天没值班吧?回家吃晚饭!"依然有股不可违拗的威势。

其实我体会得霄妈妈威势背后的软弱,这几年,"兰畦"中冷清得多了。雪弓出国留学;雪砚去年跟宋嘉本结婚搬到市委机关分配的新房去了;雪墨依然没日没夜定选题找采访对象,时不时出差;麦蛾学了两年设计,成了英华公司正式员工,平时都住在公司宿舍里,也只周日回"兰畦"看看。"兰畦"里,日常只有水珠陪霄妈妈和楚爸爸。楚爸爸数年坚持康复治疗,已经能够撑一根手杖自己行走了。右半边手脚功能虽还欠缺,他已迫不及待用左手握笔画画了,仍与从前一样,一旦钻进画布便不肯出来。有时霄妈妈下班回来,喊他吃晚饭,喊破嗓也不见他回应,只好和水珠两人面对面胡乱吃点。霄妈妈是生性喜欢热闹的,没人陪她吃饭,她一定没什么胃口。所以一旦她召唤我,我是再忙再累也要赶回去的。

看完最后一个病人已经五点多了,白大褂一脱便赶往公交车站。城郊班车相隔时间长,赶到花园弄堂时便听得哪家的钟摆"当、当、当"地敲了七下。我生怕霄妈妈楚爸爸已经吃了晚饭,有点心虚,掏出钥匙,尽量轻地拧转锁心,"阔答",还是重重地响了一下,这锁老古董了,该上点油了。

水珠阿姨迎了出来,扯了我一把,压低声道:"就等着你呢,菜都热过一遍了,不肯先动筷子。"我心里滚过一阵酸楚,紧着跨进堂屋,却见餐桌边孤零零地只坐着霄妈妈一个人,煌煌灯影里,霄妈妈瘦了一圈,眼圈乌青,眼倒是显大了,却有点黯淡,有点疲惫。

我急着问:"雪墨呢?还没回呀?"霄妈妈拽住我手让我坐下,道:"这个疯丫头不晓得又疯到哪里去了,不要管她。"我转头问水珠:"礼拜六麦蛾怎么不回来?"还是霄妈妈抢着道:"英华公司现在有点小名气,订单来不及做,常常要加班。麦蛾现在是马英华的得力助手了嘛!"水珠为我和霄妈妈舀饭,抿嘴噙着满足的笑,倒是胖得些,面孔泛出红润。我侧目瞟了下画室门,道:"楚爸爸呢?吃过了?"霄妈妈道:"喊过他了,说不饿。随他去。"水珠忙道:"临暮时姐夫说饿了,我给他热了碗白木耳莲心枣子羹,他一气喝了下去。"霄妈妈摇摇头,道:"新一届全国美展又开始征稿了,他又蠢蠢欲动了。"长长吐出口气。

我替霄妈妈舀了碗黄豆芽小排骨汤,又替她揿了一碟水芹炒肉丝。水珠对上海小菜不陌生,做得也很到位。可是霄妈妈近年来见上海小菜就皱眉头,小山子叔叔寄来的苏北特产也渐渐引不起她的兴趣,却愈来愈馋她老家浙江的味道,吩咐水珠:"去搞一块霉千张过来,下下饭。"水珠看看我,我忙道:"没关系,我不怕臭。"霄妈妈嗔道:"臭什么臭?吃到嘴巴里,香得不得了!"

果然,就着麻将牌大小的一块霉千张,霄妈妈很快就把半碗米饭吃光了,又喝了几口黄豆芽小排汤。我加快了咀嚼的速度,我感觉到霄妈妈不时瞟过来的目光,我猜想她一定有话要对我说。当我放下碗筷,却听得画室中传出丁零当啷物件散落的声音。

我和水珠几乎同时撞开画室的门,但见楚爸爸垂着脑袋,紧闭双目,软塌塌地斜靠在圈椅里。在他脚下,画笔颜料攒了一地。我心一紧,以为他旧病又犯,扑上去要掐他人中,却被他晃着脑袋躲开了,嘴里发出含混的声音:"我没事……"

霄妈妈随后进来,摇摇头,直拨拨道:"平楚啊,又画得不顺心?也别拿笔出气嘛。急也急不得的,告诉你,从明天起我就可以不上班了。陪你到处走走,开拓开拓思路。"

被霄妈妈三言两语这么一说,楚爸爸情绪渐就平复了。霄妈妈便吩咐水珠收拾一下房间,又道:"平楚啊,今天思路卡住了,就不要画了,早点休息,说不定明朝醒来灵感就来了,对吧?"

我看见楚爸爸的画架上,一团团,一

块块，灰白青黛，挤压叠盖，哪像是画？倒像是打翻了各色颜料瓶。待服侍楚爸爸躺下后，我跟着霄妈妈退出画室，合闭门扇时，我却依稀听到海风呼啸和芦苇摇晃的声音，忍不住又朝画架盯了一眼。

我满心疑点问霄妈妈，楚爸爸在画什么呀？霄妈妈哼哼道："准备参加全国美展的新作嘛……"

数年前，楚爸爸送去参加全国美展的《烈火中永生》被退了回来。那时楚爸爸刚刚发病，霄妈妈取回画后，瞒着楚爸爸，让水珠用旧被单包了，塞到厨房后的壁橱里了。楚爸爸逐渐康复后，倒也没追问那幅画的下落，或许那段记忆在他脑神经中已经消失了。

我仍疑惑，追问霄妈妈，您真可以请假陪楚爸爸出去采风？您真请得出假？霄妈妈像是很随意，潦草答道："请什么假？我退下来了呀，享清福了！"

我这才恍然大悟，霄妈妈为什么眼圈乌黑，眼神黯淡，为什么一定要我回"兰畦"陪她吃饭。霄妈妈原打算在这一任区长内完成三桩实事，一是要将以知青为主的英华公司打造成一流的民营企业；二是要圆满完成双西改造工程，打通交通咽喉，让老百姓安居乐业；三是以桃浦地为试点，以姚秀琴烈士为榜样，在全区各街道各居委会开展基层党支部的凝聚力活动，培养更多的像姚秀琴那样的优秀基层干部。我替霄妈妈算算，四年多下来，这三桩实事应该说是初见成效的。可是霄妈妈心里一定是有许多遗憾的。接任区长是何方神圣？会不会把霄妈妈没做完的事情继续下去呢？我忍不住问了，霄妈妈面无表情道："代理区长非余芳菲莫属了。"其实余副区长仅比霄妈妈小了几个月。

我懂得霄妈妈并不需要任何人的宽慰，于是我圈住她的肩膀，笑道："真退下来了，太好了！要不您住到我们医院的高干病房去？郊区空气好，我也好彻彻底底调理您的老胃病。"

霄妈妈扫了我一眼，嘴抿成硬邦邦的一条线。我忙补充道："正好，楚爸爸也一起去，一间双人病房嘛。"

霄妈妈的思路已经跳过了我的话题，沉吟片刻，才道："青玉，我晓得我欠你一个交代……来，你跟我上楼去！"

好一阵眩晕！等待了多久？几乎已经不抱希望了，突如其来它就降临了。霄妈妈一级一级地上楼去，我深吸口气，连忙跟上。

……

下面是霄妈妈的话，我尽量照着她的口气记下来的。

青玉，不是我故意不告诉你盛若兰的下落，实在是我也不清楚她去了哪里，现在是死是活！想到她我就心口痛，便竭力不去想她。工作中有多难有多烦我不怕的，愈是难愈是烦愈是想方设法解决它做好它，心里反倒是充实。好了，现在退下来了，时间倒是空闲了，心里面更是空洞得慌。你让我去郊区休养治病？我怕我要得神经病了！

言归正传，说盛若兰，兰畦，你的生母！

上回说到我和她终于参加了新四军，头上半年时间，我们都在教导大队女生队学习，那真是一段无忧无虑、快乐祥和的日子。许多赫赫有名的革命家来为我们讲课，我们学习马列，学习毛泽东同志的著作，拓宽了视野，愈加坚定了把侵略者赶出去的信心和决心。有时候，我们带着自制的草编凳去军部大礼堂听军长、政委做报告。教导大队其他队都是男生队，见女生队进来，会报以持久的掌声；接着男生队和我们女生队互相拉歌比赛，歌声笑声一阵接一阵，在云岭的崇山峻岭中萦绕盘旋。

部队中毕竟女同志是少数，女生队就像高高山上盛开的山茶花，引动多少双炽热的目光。女生队驻地在离军部十多里的山坳里，黛瓦粉墙的土房前蜿蜒一道清溪，每日下午，操练结束，正是夕阳西下之际。队员们纷纷到溪边洗涤衣物，嬉笑玩耍。溪水中倒映着青黛的山影，山影间环绕着鲜艳的晚霞，晚霞浸在透明的溪水中，映红了女战士们的面庞。

礼拜天的傍晚，清溪畔便会出现几匹高头骏马，斜挎着步枪的警卫员们牵着马缰绳立于马头旁，不停地朝女生队的宿舍张望。他们是奉命来接军部首长们心仪的女队员的。首长的恋人们梳洗得清清爽爽，甜蜜地骑上高头骏马，马匹撒蹄奔入群山，一晃就看不见了，只余"嘚嘚嘚"的马蹄声渐渐远去。到了礼拜天的晚上，清溪畔间或响起"嘚嘚嘚"的马蹄声，却是由远渐近的。首长们把他们的恋人又送回女生队了。队员们对这一去一回的马蹄声昵称为"幸福圆舞曲"。

我可一点都不羡慕这种"幸福圆舞曲"，首长的年纪一般都比女队员长一截，我若想成为首长太太，何必离家出走参加新四军？我把自己的想法告诉你母亲，她说她完全赞同我的观点。我们俩订下誓约：一不找"爸爸"，二不当被人拎来拎去的"小皮箱"，三不嫁没有文化的工农干部。我是一直坚守这个誓约的，后来还为此受过组织的批评和处分。可你母亲啊，被你父亲几句话一说，就缴械投降，背弃了我们的誓约。

霄妈妈双手垫在脑后，"哼哼"笑了一下，道：不过，你父亲高大英武，战功赫赫，极少有女人抵御得住他的进攻。盛若兰很快就成为他的妻子。半年后，女生队学习结束，她就留在军部，成了军部机要班的机要员。

我是教导大队中第一批离开军部上前线的队员，队伍开拔的时候兰畦没有来送行，她和你父亲结婚后就改名兰畦了，当时她正在机要班监听敌讯，不容分身。这么一来，我们就有很长时间没见面，也得不到对方任何信息。我随新四军江北指挥部出云岭，渡长江，去开辟津浦路东敌后根据地。我所在的民运工作队要深入广大农村，发动广大贫雇农民成立农会，建立抗日统一战线的民主政权。当时农村敌伪豪绅面目不清，开展工作十分困难，局势不容我分心。直至1941年初，震惊中外的皖南事变发生，我猛然想起了兰畦，事变时她在云岭吗？她突围出来了吗？一直没有她片言只语的消息，我几乎绝望了。经常做噩梦，梦见她浑身是血躺在山林草丛沟壑中，身边开满了一丛丛的兰花。

霄妈妈属于女性中性格刚强一类的，我几乎没看到她流过眼泪。可说到我母亲生死不明之时，她声音哽咽了，只好停下来。我赶紧将杯子递给她，她咕咚咕咚一气把一杯水喝干了。

那年年底，我们民运小组在天长县下面一座偏僻的小庄子里蹲点，那庄子都是贫雇农，上无片瓦下无寸土，干打垒茅草土屋，一家人没有几两棉，下雪天盖的是芦花絮填的被子。我们带去的薄棉被都让给老人孩子盖了，我住在一户人家的磨房里，四壁透风，不敢脱衣睡，裹着芦花被浑身瑟瑟抖。幸好那个晚上风虽凛冽却无雨雪，一枚碎纸般的残月无精打采地贴在光秃秃的杨树梢上。你母亲幽灵般出现了，我真不晓得她是如何打听得我的住处，又如何仅凭似有似无的月色摸到我的门前。这都不重要了，我们俩互相拥抱着，感受着对方的体温，确定这不是梦！

你母亲变得差点让我认不出来，原来光滑的鹅蛋脸变成了尖脸，标致的五官像被拆散随便丢弃似的，环在我手臂中的身子仅一根秆粗细。她极其简单且快速地讲述了这一年多她的遭遇。

皖南事变发生时，你母亲已经怀上了你。机要班先是随军部行动，天黑，又下雨，你母亲体力不支，脚步迟缓，半夜里便迷了路，与大部队失去了联系。她在乱石荆棘中摸索了许久，便失去了知觉，醒来时是躺在一户山民的草铺上。新四军在云岭驻扎了两年多，皖南老百姓对新四军战士有深厚的感情。这户山民只有一对老夫妻，他们的两个儿子都参加了新四军，随部队撤离了。你母亲要想去追赶部队，那山民大娘泣涕涟涟，道："姑娘，你听听，四下都是枪声，天杀的刮民党朝新四军开枪呀！你可千万不能出去，出去就是一个死，你这一死就是两个……"你母亲是为了你，才在那山民家中滞留下来。你母亲渐渐打听清楚，这地方是南陵境内的村落，陷在山的皱褶里，没几户人家，被叫作牙洞。原来你母亲摸黑走错方向，与大部队真正是南辕北辙。

令人心碎的消息一点一点传进几乎与世隔绝的牙洞，有一天，大爷大娘在土屋里点起蜡烛香火，长拜不起。原来他们得知大儿子所在的连队在掩护军部突围的阻击战中全部壮烈牺牲！又过了几天，消息更为惨痛，叶军长谈判被扣，政治部袁主任突围牺牲，项政委和周参谋长被叛徒所害。虽然没有你父亲的消息，你母亲自知凶多吉少，却又不能问，强忍悲痛，愈是坚定了要把你生下来的决心。

经冬复历春，又熬过炎夏，当山色黛绿深红出浅黄之际，你出生了。你母亲看着你的面孔，想着你父亲。不久前，大爷去县城卖柴，换了些盐和糖回来，准备替你母亲坐月子的。包盐的旧报纸上有新四军在苏北重建军部的消息，并且公布了新四军所属各师之军政负责人的名单。在这份名单中，你母亲看见了你父亲的姓名，不由得潸然泪下。你母亲对牙洞的大爷大娘说，她是个战士，必须归队，她必须去苏北寻找新四军，寻找你的父亲。

老区的群众是有这个觉悟的，大爷大娘没有阻拦你母亲，好心建议她将未满月的婴儿留在牙洞，由他们照顾。远水遥岑，路途艰险，带着孩子太不方便了。待找到孩子父亲，再来接回孩子。于是，你母亲忍痛将你留在了皖南大山的牙洞里。日本鬼子投降后，我和你小山子叔叔翻山越岭找到牙洞，把你接到茆围子，你才成了我史引霄的闺女。我千叮嘱万叮嘱抚养你的大爷大娘，若你的母亲来接你，就说是我史引霄接走了，她会来找我的。可惜，我一直没等到她。

那晚在天长县的小庄子里，你母亲告诉我，她跋涉一个多月终于到了苏北，部队对每个突围归队的同志要有一番审查甄别，这是必要的手续。可是你母亲一没有同行战友的见证，二没有沿途地下党组织的介绍信，组织上对她描述的突围经过十分怀疑，一个柔弱的女同志，还怀着孩子，如何能冲出国民党反动派的枪林弹雨而得以幸存下来呢？对于你母亲所说在老百姓家里生下孩子的事更是质疑，调查人员去问了你父亲，你父亲也表示怀疑，他说他从未听你母亲说起怀孕的事情。怀孕才两个月，部队就要撤退，军情紧急，你母亲尚来不及对你父亲说呀。你母亲对负责审查的干部提出，要见你父亲一面，可军部领导没有批准。当时你父亲正接受了一项十分重要而绝密的任务，率精干队伍送中央领导回延安！

你母亲为了不给你父亲添麻烦，决定离开军部。你父亲让他的警卫员飞马给你母亲送来一封信和两块银元。信封里，没有丈夫对妻子的殷殷关照，只是一封盖了政治部红印的介绍信，介绍兰畦同志于某年某月在教导大队学习时由某某介绍加入中国共产党，曾担任军部机要员，荣立个人二等功。你母亲非常理解你父亲，也很感激他。这样的介绍信比说上几遍爱你想你有用得多了。你母亲把这封介绍信小心翼翼缝进鞋垫里，揣着两块银元，那上面有你父亲的余温，她一咬牙便离开了军部。

我捉住你母亲枯瘦的双手，我说兰畦你就留在津浦路东好了，我们又可以并肩战斗了！可你母亲说，她要回皖南，好几拨突围出来的新四军将士重返战友血染的山岭，组织游击队，创立皖南抗日根据地。她要加入其中，为牺牲的战友报仇。我知道，还有个最重要的原因，你在那里呀！

"可是，霄妈妈，我母亲并没有来接我呀！"

霄妈妈沉默了许久，重重地吐出一口闷气。

抗战胜利后，我去皖南，上下打听，根据地的同志都说，他们这里并没有一位叫兰畦的女同志，也没有叫盛若兰的。当时我是想，不要真被她自己说中了。在天长县的小庄子里，凌晨，她要离开，我俩拥抱告别。忽然，她咬着我的耳朵道："引霄，在这个世界上你是我最信任的人，万一我……出了什么意外，打败鬼子后你一定要去牙洞找回我的女儿，把她交给她父亲！"我狠狠推开她道："若兰我不准你出意外，你一定要活着……"

她重又捉住我的双臂，道："引霄你给我听仔细了，我离开家乡时母亲塞给我的那副青瓷麻将，你看到过的，我母亲是让我关紧处换钱解困的。我把这副麻将留在牙洞了，只取了一张兰花牌随身带着。你到牙洞，只需对大爷大娘说起这副少了一张兰花牌的青瓷麻将，他们就会信你的！"

霄妈妈曾经给我看过这副麻将，青瓷烧得如同翡翠般沉着纯净，叫人恨不得沉醉其间，我不得不佩服我外公烧瓷的高超技巧。可惜这副牌十年动乱中被抄走后，便神秘失踪了。

"霄妈妈，我生母让你把我交给我父亲，你……为什么没有交还给他？"我问出这句话，忐忑不安，生怕霄妈妈会生气。

霄妈妈真的生气了，一拍床沿坐起来。

你父亲已是兵团级指挥员了，正率部渡黄河，出山海关，跨越五省，进军东北。我曾拜托庞司令员想想办法，把你的存在告诉他，可是始终得不到回应。顺便说一下，那时他已另组家庭了。

"霄妈妈，我父亲，他还健在吗？有人说，那位什么部长，就是？"

霄妈妈有点累了，合上眼帘，道："要真是他，我早就把你送过去了。"停停，方道："你父亲早在1960年代初就病逝了……"

青玉啊,这就是你母亲最后的故事,我晓得你一定不满意,我也不满意呀!我托了许多战友打听她的下落,得到的总是不知其下落。

我估摸着,你母亲一定是在返回皖南的途中遭遇了不测,就像很久很久以前我梦见的那样,她躺在山林草木丛中,她的血汩汩渗入泥土之中,在她身旁,涧边,岩上,冒出了一丛丛的兰草。

青玉啊,在抗击外来侵略者,争取民族独立解放的斗争中,有多少人默默无闻地献出了青春与生命,你母亲就是其中的一员……

霄妈妈终于讲完了我母亲的故事,而我对母亲的悬念和追寻才刚刚开始。母亲,我要尽我所能,寻踪你在这世上最后的蛛丝马迹,给我也是给你一个确切的结局。

——史青玉日记

34

平雪墨千年难得在下班时间准时回家的,水珠都惊讶了,道:"小妹妹这么早回来?病啦?"

雪墨撅起嘴道:"我晚回家你们说我野,我早回来又要咒我病!"

水珠哑然笑道:"是水珠我不会说话,其实阿姨心里是稀罕你嘛。"

雪墨道:"水珠阿姨,你早点开饭行不?我晚上还有采访任务呢。"

水珠道:"你看看,我就晓得你不会平白无故早歇下的。想吃什么?阿姨替你做去。大姐他们不过七点是不会想到吃晚饭的。"

雪墨眼珠骨碌一转,点点画室门,压低了嗓:"平楚同志在里面?解衣盘礴,横扫素缣?"

水珠不大懂雪墨说的词汇,只就实答道:"大姐夫成精了,日日躲在里面,画了涂,涂了丢,丢了又画。大姐只由着他,说只要他愿意,一日三餐我送进去的。"雪墨在画室门前收住脚,用食指摁住双唇,慢慢后退几步,方道:"我们的史大区长呢?离休了,还那么忙?这时辰,还不着家?"

水珠满脸荡开笑意,竖起食指往天花板戳了戳,道:"我方才上去看过,大姐今日手气蛮好,自摸和了一次,又抢和了一次,正在兴头上,到点了也不肯休战。"

原来史引霄从岗位上退下来后,虽然也有方方面面请她去开开座谈会,或者什么庆典请她去剪个彩,或者有单位聘她为顾问等等,终究比在任时空闲得多了,弄得她常常大叹气,胃口愈是不如以前。顾观我医生为她望闻问切了一番,笑道这是闲出来的心病。顾医生也到了退休年龄,一周只需要去医院开三个半天的专家门诊,自然也空闲出不少时间。顾医生便提议在"兰畦"里开局打麻将,顾医生说麻将既是运动又是休息,有健身益智,预防老年痴呆的作用。史引霄仍是区长的思维方式,道:"打麻将可以,但不能赌钱。政府到处禁赌抓赌,不见得我一任区长刚退下来就赌钱,让老百姓晓得了,还能相信政府吗?"顾医生说,我们来小的,输赢只在几块钱之内。史引霄却坚持哪怕一分钱输赢都不行,她以从前根据地医务所为例,当时轻伤员们可以玩麻将,每天规定只来四盘且输赢不能赌钱。输的人或者表演节目,或者打扫卫生,伤员们戏称此为"卫生麻将"。

青瓷麻将

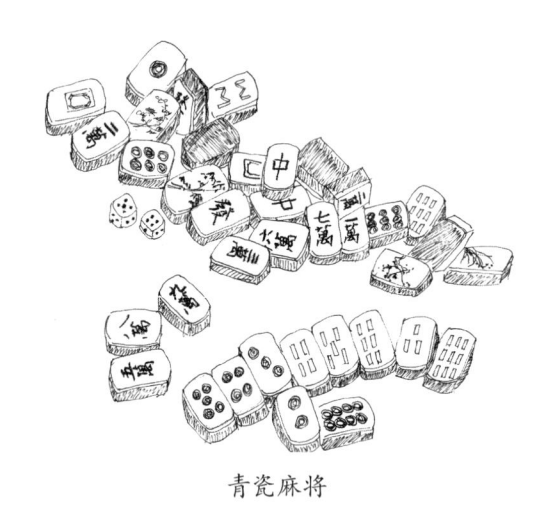

顾医生自然是顺遂史区长的主张，两人商量着麻将桌放在哪里妥当？既要有一定空间，又要不妨碍家人和邻居。顾医生家虽有三间房，两间小间那真是小，又朝北；向南的大间是顾医生一家人主要活动区，也不合适。史引霄向来当机立断，道："就到我房间来，反正平楚现在是不会上楼来的。"平楚康复回家，右腿仍不灵便。引霄做主，将他的画室换到底楼，并在画室中为他安了一张睡铺，引霄自己便搬到二楼来睡了。顾医生道："为何不放在雪弓房中？他出去几年了？不会回国了吧？"史引霄小眼珠一瞪，"谁说雪弓不回来了？我儿子我晓得，说话算话的。麻将桌放在我房中窗台下不好嘛？"顾医生大笑，"那是再好不过了！"于是将家中一张四边带抽屉的八仙桌搬来，又找了一块老旧的毛毯铺在桌面。史引霄让水珠到文具店买了小朋友玩游戏计分用的塑料牌子，一块硬币大小，黑白红黄绿五种颜色，作计分筹码。还定下规矩，一个礼拜至多开两次牌局，每局两圈无论输赢就收摊。每每由史引霄发出召集令，顾观我总是积极参与，还有两位便是铁打的营盘流水的兵了。杜蘅医生还在上班，休息天会坐上来摸几轮。三楼秦汝贞精神好的时候，也会下来凑热闹，摸牌手气很背，只是想跟人说说话。有时翠姑妈正巧来"兰畦"，引霄便拖她上桌，只是赢了也没有钞票进账，翠姑妈兴趣不大。实在缺人，史引霄便会一个电话把姚秀帘叫过来充数。姚秀帘晓得史引霄正干得热火朝天，辣猛头里让她退下来，浑身地不适意，也想陪陪她，所以是召之即来的。

雪墨耸耸肩胛，道："那我就不上去了，不要搅了他们的雅兴。"

水珠道："小妹妹，索性我给你下碗面去，有中上烧的鳝丝，做浇头岂不正好？"

雪墨绞住水珠肩头，摇着，道："那还得再卧两只荷包蛋。我中饭只啃了只法棍，饿死了！"

"好好好，你这小馋嘴！"水珠转身要去厨房，突然被雪墨扯住后衣襟，雪墨破天荒忸怩起来，问道："水珠阿姨，今天牌局是哪几个人呀？"

水珠顺口答道："喏，顾医生夫妇加上秦先生嘛。"

雪墨好不失落，脱口道："啊？姚阿姨没来呀？"

"大姐没打电话去喊，今天杜医生出夜班调休在家。"水珠阿姨有点奇怪地瞟了雪墨一眼，"你找姚阿姨？"

"不找她，人家随便问问嘛！"雪墨推着水珠背脊，"烧面去烧面去！"被水珠阿姨一句点破，雪墨只好耍赖。她也是突然想到的，可以问问姚阿姨，她那位外甥……究竟什么时候可以回来呢？

雪墨已经好几个礼拜联系不上解红旗了。

事实上，雪墨早已经从心里藏不住事的老妈口中晓得了双方长辈的意思，她虽没有明确表态，内心却是愿意的。为此，她主动请缨，调到事发频繁、任务重人手少的社会部，专门跑政法条线，私心想有更多的机会接触解红旗。令她苦恼的是，这个解红旗一点不解风情，从不主动邀约她，哪怕偶遇上了，总是敷衍几句便逃避似的离开了。说他对自己没那个意思吧，雪墨从他见到自己慌乱的眼神手足无措的举止中窥测到他是喜欢自己的。可既然心中有意，为啥不表露？为啥要逃避？雪墨常常被这个哑谜纠缠得寝食不安，只有拼命工作，不让自己有闲暇忧伤烦闷。

老天还是见怜雪墨，给了她一个走近解红旗的机会。去年底公安系统评选十大优秀青年警官，解红旗光荣当选。获知这个信息，平雪墨第一时间报了选题，理直气壮地闯进区公安局长徐亦道的办公室。徐亦道见到史引霄的宝贝女儿，有点惊诧，却是十分热情，让座，倒茶。雪墨直截了当道："徐叔叔，我没时间喝茶闲聊，您必须全力支持我的工作！"徐亦道嘀嘀笑道："说话跟你妈一个腔调！说吧，让我怎样支持你？"雪墨道："你们刑警队的解红旗不是评了市里面十大优秀青年警官的吗？我要采访他！"徐亦道摩挲着青渣渣的下巴，道："这是好事嘛，我打个电话，把他替你叫过来。"雪墨忙道："徐叔叔不用不用，我想到他家里去采访，时间蛮紧的。您要命令他，这是政治任务，要他努力配合，不准敷衍了事！"徐亦道盯着雪墨清澈透明的眼睛，稍顿，道："雪墨你的工作作风也跟你妈妈一个样！好吧，我这就给红旗这戆小子下命令，放他半天假，接受你的采访。"

当日下午，雪墨按捺住嘣嘣乱跳的心，敲开了解红旗家黑漆石库大门。开门的正是解红旗，脱了警服，套了一件紫酱红的粗毛线衣；没戴警帽，一绺黑发搭在眉梢上，与往常比，平添了几分斯文，愈是让雪墨动心。她不敢直视他的眼睛，只盯着他领口第一颗扣子，伸出一只手，道："解警官你好，谢谢你愿意接受我的采访。"解红旗便与她握了握手，侧身让她进门，边道："雪墨妹妹，徐局长跟我说了……可是，我，实在没什么值得你写的呀。"

雪墨咬住嘴唇，把笑含在嘴里。解红旗没有称自己为"平记者"。而是叫"雪墨妹妹"，这让她紧张的心弦松弛下来。

她随他走进客堂间，劈面看见墙上挂着红旗母亲姚秀琴的大幅遗像，遗像下供着团团一簇紫色的勿忘我花。算来姚秀琴已经去世三年多了。雪墨恭恭敬敬朝遗像三鞠躬。

解红旗搓着手，道："我这里有点乱，也才到家，来不及收拾了。"

雪墨憋不住嘴角翘起来，她早就将屋里的邋遢相收入眼中了，桌上堆着没洗的碗碟，椅背上搭着晾干了没折叠的衣服。她听妈说过，解红旗的父亲解九江住进了干休所，解红旗的姨妈姚秀帝只每星期过来一次，替他清扫洗涮烧几只小菜。老妈说着就叹道，红旗啥辰光讨个老婆，帮他管管家呀！雪墨眼珠子滴溜溜一转，道："红旗哥，我来帮你收拾，很快的。"其实雪墨在家从来不收拾房间，青玉大姐每回来一次就得帮她收拾一次的。

解红旗忙道："罢了，我只请了两个钟头的假，若不是徐局长下了命令……"

雪墨想想采访是头一位的，只把餐桌

上的杂物推至一边，能放下采访笔记本就行。

雪墨事先已做了功课，将解红旗参评优秀青年警官的材料看熟了，对红旗哥哥破案的机智神勇愈是钦佩，愈是为他的安危牵肠挂肚。最为人称道的是智破那桩诡异的交通肇事案。交警大队的警员在事故现场找不到刹车的痕迹，心存疑惑，将此案移交给刑警队侦破。解红旗负责侦破此案，他与法医反复研判，断定死者致命伤在后颅骨，却为锐器所致；而胸骨腿骨的碾压伤都是后加的。事故现场在城乡结合部的一条机耕道上，空旷，少人迹。解红旗判断这不是第一现场，而是将人杀后移尸到此，伪造车祸。解红旗故意把判定死者不是死于车祸的结论传扬出去，并且细节描述得十分详尽，如后脑伤口为尖头锐器所为等等。接下来便午夜去殡仪馆的停尸房守候，一夜无动静，未过三九天，冻得半死人般。同事们不解，那凶手真有那么胆大吗？解红旗却胸有成竹，第二夜仍去守候，果然捕得一本地农户，立马招认了，是有人出高价，要他夜入尸房，只消用砖头将那死者后脑勺砸碎即可。这农户贪得钱财，方壮了胆夜入停尸房的。于是解红旗便顺藤摸瓜挖出了幕后真凶，还牵出了一桩侵吞集体财产的贪污大案。这死者是会计，因分赃不匀，扬言要揭发他们，这才身遭残害，横尸街头。

雪墨连珠炮般向解红旗发问：你怎么能判断这不是一桩普通的交通肇事案呢？你去停尸房守候就没有恐惧心理吗？你怎么敢肯定犯罪嫌疑人一定会去停尸房动手呢？解红旗是有问必答非常配合：发现这不是一起交通肇事案，首先归功于交警队，是他们最先提出了怀疑；其次是法医的功劳，勘破那头盖骨伤口的秘密。如果你是个真正的唯物主义者，分析掌握犯罪嫌疑人的心理是很重要的一环，既然他们要伪装成交通事故的现场，我们放出风去，说死者身上留下了不像交通事故的伤痕，那么他们一定会来掩盖这个破绽的。雪墨道："我懂了，你这是引蛇出洞之计呀！"

解红旗定睛望住她，郑重道："平雪墨同志，你若要写通讯，一定要把交警队的同志们都写进去，千万不能变成我一个人的专访！"雪墨很肯定地点了点头。

雪墨开了两个夜车写成了一篇三千字的人物通讯，在报纸"星期六特刊"上整版刊登了。老妈史引宵看了先翘大拇指，还让水珠去报亭多买了几份报纸，说是要分发给亲戚朋友老战友们都看看。青玉大姐特为打电话来，夸赞雪墨文章愈是写得好了，其所谓精诚由中，文语感人啊！又在话筒那边柔声问道："小妹，你跟红旗到底说穿了没有？你也三十而立了，有这样芝兰玉树般的人物在跟前，你还端什么架子？"雪墨怔忡一下，掩饰道："大姐，谁端架子啦？我这是完成报社领导交付的任务嘛。"雪砚礼拜天回"兰畦"，看到雪墨，大声念道："浩然正气斗宵小，火眼金睛辨奸邪，哎，好肉麻呀！"这句话正是雪墨那篇人物通讯的通栏标题，雪墨追着雪砚要拧她的嘴，跺着脚道："妈，你也不管管雪砚！检察官能这样贬损人的吗？"

雪墨其实最想听听红旗哥哥自己的反应，她以为他一定会看到报纸的，也许，他会打电话给她？也许，他索性直接到"兰畦"找她？她左等右等，等了好几天，却一点也没有他的动静。她心里恼恨他，青玉姐还说我端架子，岂不知他的架子搭得比天还高！

雪墨终于忍不住了，她一横心，跑到刑警队去找他了。因为采访，刑警队员们都认识她了，亲切地唤她平记者，说，解红旗呀，出差去了。她心一顿，忙问，几时回来？在场的几位你看看我，我看看你，又说，这可说不准的。

雪墨不气他了，心里为他解释：他一定是突然接到出差的任务，根本来不及通知自己了。从警队出来，雪墨心里空落落的，两只脚却像负了重的小船，沉沉的。外面飘着溟濛小雨，雪墨却像久旱逢甘露似的扑进雨幕，她想让清凉的雨丝抚慰自己焦灼的心。她大约在雨中漫步了好几十分钟，快到花园弄堂时，那雨却停止了。雪墨看见脚下的马路很干燥，难道这边压根没下过雨？她突然想起刘禹锡《竹枝词》里的句子："东边日出西边雨，道是无晴却有晴。"她自己好笑自己，原来心里面喜欢一个人，真的会让人变得很傻的！

雪墨稀里呼噜把水珠阿姨煮的那碗鳝丝面倒进肚里，碗一推，嘴一抹，喊道："水珠阿姨，我走了。待会你跟我妈关照一声，我恐怕会回来很晚。"

雪墨前一段曾接到过一封匿名举报信，说是近来十分走红的KTV歌厅中暗藏赌场，甚至容留卖淫女。雪墨近两年专事报道公安政法条线的新闻，有了点小名气，经常会收到群众的来信。在老百姓心目中，报社的舆论监督很有威慑力。雪墨喜欢具有挑战性的工作，心里就按捺不住，想去闯闯这家KTV歌厅。她先将举报信给部主任看了，希望得到领导的支持。部主任说，因涉及刑案与治安，先要将线索提供给公安部门，雪墨便放下了。不料昨日，那匿名举报信又寄了过来，情绪是愤慨，

言辞愈是激烈，这才让雪墨下了决心，独自夜探KTV，如能摸到关键线索，也好协助公安部门破案。她虽不是"麦霸"，却也和同事们去KTV唱过歌，晓得那种娱乐场所分隔周密，颇具私密性，要发现举报信上所说"赌博""卖淫"，难度极大。别看雪墨平时风风火火莽莽撞撞，其实内秀得很，一夜未眠，想好了步骤。临出门前，她进卧室换了件黑白大方格粗呢短外套，木头锥形扣子，还是当年刚上大学时特意买的，在那年头算时髦的，日久势长，袖肘都起了球，套在身上，顿时粗硕了一层。雪墨又将自然斜垂于眉梢的一绺刘海用枚嵌着红绿假珠子的发夹别到脑顶心，虽掩不住她一张高鼻深目面孔的洋气，稍远点儿看，倒像是坐在保姆介绍所里等东家的乡下大姐。连水珠都看不过去了，追着她背脊道："小妹妹，你衣服换不过来啦？怎么拣出这么一件？"

雪墨当作没听见，旋风般出了门。这晚她不能骑她新近才买的"霸伏"电动车，最新款式，且鲜红似火，太扎眼，不妥。她便倒了两部公交车，才到了位于城郊结合部的一座集镇。

这一片城中村，房屋密集，人口众多巷陌交错，看上去有些破败。却在镇口，一座极普通的六层楼商场，日里看着生意清淡，沿街都下着卷帘门，只侧边一扇双开门敞着，进去不过百米大的超市。然而一旦暮色降临，沿街霓虹灯闪亮登场，一人多高的行草"万紫千红"四个字，不停变幻着色彩，赤橙黄绿青蓝紫，周围是霓虹灯组成的牡丹、玉兰、菊花、玫瑰各色花朵，这一列霓虹灯图案足有二十米宽，两层楼高，隔着两三条马路就能看到，十分吸人眼球。就是这家"万紫千红"歌厅，

生意兴隆，提早半个月预订，还不一定包到房间。

雪墨被霓虹灯炫得有点头晕，定定神，做出一副刘姥姥初进大观园的愚拙样子，东看看，西看看，蹬上台阶。便有一位身着红绿彩缎旗袍的迎宾小姐伸出一根玉臂，拦在她跟前，绽开标准笑容，道："这位大姐，您有预约吗？"

雪墨将斜挎的帆布包挪至胸前，那包鼓囊囊的，并且棱角分明，很容易引人发生各种联想。她"啪啪"拍拍布包，用安徽方言道："是我兄弟叫我来送这个的嘛！"插队几年，让她的安徽话说得蛮地道。

"你兄弟在哪个包间？"迎宾小姐收回了臂膀，眼睛盯着她那只鼓鼓的包，声音便柔和了。

雪墨想着那封匿名信中的内容，这片"万紫千红"是幢六层楼的建筑，底层一半做了超市，一半是歌厅大堂；二、三、四、五层依次为万字号，紫字号，千字号，红字号，六层为老板办公区。便道："哎呀，我兄弟只说是什么，什么千字，千字……数字忘了呀！"

迎宾小姐请她稍候，便去前台叽里咕噜比划了一番，旋即便有一位西装革履的汉子过来引领雪墨上电梯。那汉子虽穿西装打领带，却是肩宽膀粗显得彪悍。电梯门徐徐关上，那汉子突然发问："你要找的人怎么称呼？"雪墨用安徽土话道："我，我喊他大伯哥呀。"她寻思他们一定看重自己的包，便双手将包搂在胸前。果然汉子剜了她一眼，不再讯问。

电梯到了四层停住了，雪墨赶紧跨出去，没想到那汉子也随她下电梯，紧贴在她身后，像狗皮膏药似的甩不开。

四层长长的甬道，幽暗的顶灯，深棕色的纤维地毯，阒寂无声，像一条僵死的蟒身。隔一段距离便有一扇密闭着的柚色门，门楣上钉着黄铜房号牌，猩红色数字："千字05""千字07""千字09"……

雪墨心里打鼓，正盘算如何撞开那些门看清室内情景，那汉子忽然双手拢嘴喊道："哪位大伯哥？你妹子给你送笃码来了！"声音如雷轰隆隆在甬道里滚过。

雪墨着实吓了一跳，灵机一动，装作被吓得趔趄着往左前方摔过去，撞开了一扇门。房间里一张阔大的麻将桌，桌边却不止四个人，有坐有立有男有女，均都惊愕地盯住突然跌进来的乡下女子。雪墨嘴里念念道："大伯哥，我找大伯哥……"眼珠子的溜溜转，桌上四散的麻将，还有一堆堆的五色笃码，还有一叠叠的百元大钞！她还想看得更清楚些却被那汉子揪住后衣襟拖着出门去。

雪墨挣扎着，嘴里不停地念叨："大伯哥，我找我大伯哥呀……"

汉子将雪墨拖出门才松开手，凶巴巴道："叫归叫，不准推门！你那个什么哥听到了自会出来了。"

雪墨便走到一扇门前喊两声"大伯哥"，走到另一扇门前再喊两声"大伯哥"，渐渐那汉子便有些松弛，离她远开了些。再到一个门前，雪墨喊了两声，瞄见那汉子背着手看天花板，趁机把门推开了。这间房愈是宽敞，摆下两张麻将桌，桌边团圈围着的，喊着，叫着。雪墨肩膀上重重挨了一拳，又被拽出房间，摔在墙壁上，胸肋骨撞得很痛。那汉子压着声音吼着："臭婊子，你不是来找人的！偷钱的吧？你要钱有办法呀，走，我送你上红字号去！"一边就抓住雪墨的手拖向电梯。

雪墨刹那间醒悟，所谓红字号一定是

卖淫场所！她两只手十指抠住墙角不肯移步，仍嘶喊：“我是来找大伯哥的呀！大伯哥，大伯哥——你快出来呀！"

甬道里回旋着雪墨有点绝望却不屈不挠的呼声，那汉子用力扳她的手指，她几乎要坚持不住了。这时，甬道笃底的双开门启开一条缝，探出一个光头的脑袋，喊道：“阿四，这里洪老板让你把人带过来，是找他的。"

被叫作阿四的汉子终于把雪墨的手扳开了，推搡着她往甬道底走去。事实上是雪墨自己松开了手，她心里犯疑：所谓"大伯哥"原本是自己杜撰出来的，怎么真有人认了呢？莫非凑巧了，那人真有这么个妹妹？倒是可以趁此机会进那扇门中探究一番。可万一是个圈套呢？自己如何脱险？没等她思虑周全，已到了那门前，门里的光头汉子招呼道："萍姑娘，你大伯哥正等你呢。"

雪墨愈是毛骨悚然，里面的"大伯哥"竟然晓得自己姓"平"？他要是戳穿了自己是记者怎么办？脚步愈是延滞，却被后面一个推，前面一个拽，跟跄进了门。

雪墨一时睁不开眼，被强光晃的。屋内一盏缠枝花形水晶吊灯，上面几十只灯泡灼灼闪亮。待面前的轮廓渐渐清晰起来，她惊愕得遭电击般！就是这张她日夜念想着的面孔，却因换了装束，竟使她觉得陌生和恐怖。

他？正是解红旗！头发前梢染成了金黄色，头颈里一根小指粗的金项链蛇一般蠕动着；指头夹着雪茄，无名指上蚕豆般大的翡翠戒指十分吸人眼球。他竟和一位披着皮草肩搭，裸露着半截酥胸的娇艳女子相拥着坐在沙发里，那女子轻展玉臂挽住他肩膀，咬着他耳朵低声细语，又吃吃地笑起来。

雪墨一时间胸口痛得要裂开来，她想诘问他？斥责他？可喉咙像被人掐住似的，根本发不出声音。

"洪老板"倒先发声了："小妹，东西放下，你先回吧。进了家门什么也不要说哦！"屋里的人都捧场地哄笑起来，雪墨唯一能做的就是愤怒地盯着那张变得丑陋了的面孔，却是四肢发软，能站立看就已经耗尽全部力气了。这时，那娇艳的女子款款立起来，妩媚地笑着，道："洪哥，我送小妹下楼吧，你们继续，不要再失手哦！"

那女子轻移莲步，走到雪墨身边，扶住雪墨，一只手抓住了雪墨的帆布包带，道："小妹，东西交给我好了。"雪墨搌住布包不松手。这包里只是她胡乱塞了十几本杂志，若被她发现怎么办？没想到那女子看上去身如柔柳无缚鸡之力，手上却很有劲道，雪墨竟抵不过她。她从雪墨肩上取下布包，往沙发脚跟后一塞，笑道："你放心，你大伯哥的东西，谁敢动啊！"屋里的人又用力哄笑起来。

雪墨在那女子的"挟持"下走出了房间，跨出房门那一瞬，她勉强扭头瞟了眼，"洪老板"正朝她挥挥手，戒指上滴滴绿的翡翠像只青蝉飞东飞西。

甬道里暗黝黝，雪墨好一会才辨出处境，却见"阿四"双手背在身后，塔似的杵在一道门前，朝她们躬了躬腰。那女子便笑道："阿四辛苦了，进去摸两把嘛。""阿四"不动声色，仍杵着。

她们来到电梯口，那女子捏雪墨的手便松弛了，左右张张，忽然吹气般道："平记者，下了电梯直出大门，不要回头！"

雪墨吓了一跳，直勾勾盯住她浓妆的面孔。而她只看着电梯门上方的数字，更低了声："有行动，危险！尽快离开！"

电梯门开了，她将雪墨推了进去。雪墨想仔细问个究竟，电梯门竟合拢了。

电梯直笼统下到底层，雪墨捣翻糨糊缸似的脑袋渐渐清晰起来：难道……红旗哥他们是在执行任务？她极想返回去找那个女子打听个水落石出，可着彩缎旗袍的迎宾小姐已颔首弯腰作送客状，红唇轻启道："欢迎下次再来！"

雪墨克制住自己的冲动，只一个念头，横竖不能给红旗哥添麻烦了，便径直走出"万紫千红"的大门。

已近午夜，近郊小镇的街道稀有人迹，周边房屋沉船般陷没于茫茫夜色之中，偶有几处窗户还亮着磷火般的灯光。雪墨站在台阶上极目搜寻着，却没发现丝毫"行动"的痕迹。夜风卷着落叶壳秃秃在街面上翻滚，雪墨缩了缩头颈，将衣领竖了起来。

接下来，自己该如何举措？回家去？一来她实在牵挂着那女子方才说的"行动"，牵挂着红旗哥；二来，公交末班车早就开走了，步行的话起码走到"雄鸡一声天下白"了。远远的，隔着一个街口，雪墨眺见有一只橘红色的灯箱还亮着，便走了过去。那灯箱差不多齐雪墨肩高了，顶头三寸仿宋体写着"夜宵"两字，好像两只含笑的眼睛专门等着她。下面潦草地写着食单，炒面、锅贴、烧卖，还有咖喱牛肉汤，单档双档粉丝汤，红枣赤豆汤等等。雪墨并不饿，不过至少可在这小店里稍事歇口气，等等头班公交车……便推开门走了进去。

店面仅有三十多平米见方，依墙顺序放着十几只长条形桌子，桌面上有酱、醋、胡椒粉的罐子。此刻没有顾客，只一位戴着白帽，系着白围单的服务员趴在最靠底的桌子上打瞌睡。倒是惊醒得很，雪墨没出声，她就抬起了头，见是来客了，惺忪的眼睛便有了笑意，道："姑娘，想吃点啥？我们这里的锅贴是远近有名的，早上上班辰光排队要排过横马路呢？"

雪墨拣了靠门的桌子坐下，抬头便能透过门上的方格玻璃看到大街上的情景。她随意点了客锅贴，再叫了一碗咖喱牛肉汤。锅贴一定是煎了又煎剩下的，皮子粘牙，肉馅还没热透；牛肉汤几乎没有牛肉味，都是咖喱兑出来的，喝了口，呛得咳了好一阵。

那服务员闲得慌，有一搭无一搭跟雪墨聊天，"姑娘，你哪能深更半夜在街上面逛呢？哦——你是从前头'万紫千红'里出来的吧？"

雪墨翻她一眼，没好气道："阿姨，你帮我把锅贴拿进去热热，里面的肉还石骨铁硬的！"

那服务员好不情愿地将锅贴拿进后厨，没两分钟出来了，将碟子往雪墨面前一送，道："看不出，年纪不大，嘴巴倒蛮刁的。你不要以为现在客人少，这锅贴就是陈的了。再过半个时辰你看看，'万紫千红'中客人们搓麻将赢了钞票，都要到这里来叫夜宵的，做都来不及呢！"

雪墨也不与她计较，小小咬了口锅贴，慢慢嚼着；一手托着腮，呆呆地望着玻璃门外的马路。路灯无力地撑出一方光环，却又被树杈与房檐挡住。整条街晦明不定，令人陡生疑虑与惶恐。

雪墨大概只吃了两只锅贴的时间，忽地一辆警车从街面上飞驰而过，紧随着又一辆，一辆又一辆！都没拉警笛，警灯却闪着。雪墨按住桌面"咚咚"地立起，差点把汤震翻了。

一定是红旗哥他们的行动开始了！雪墨冲动地拉开门要出去，却被服务员拦住了。服务员一手摁住了门，正色道："姑娘，你不能出去。公安要取缔'万紫千红'，昨天派出所就通知我们了，若有从'万紫千红'跑出来的，尽量拦住，不能放行！"

雪墨惊诧地发现，这位服务员阿姨一脸的正气，与方才的闲散慵懒判若两人。她还想坚持到街上去，眼角却扫到后厨钻出来一位胖胖的厨师，手中还握着把锋利的菜刀！雪墨无奈放弃了出门的打算，但她不肯回桌边坐下，只站在门边，盯着街上的动静。那服务员便也不坐，就站在雪墨背后，雪墨甚至能感到她的呼吸，重重地拂过她的颈项。

街那头隐隐传来吆喝声、呐喊声。雪墨将额角抵住玻璃，踮起脚尖，想尽量看远些。服务员立马发声："姑娘，你不要心存幻想，不会有人来救你的，我们已经通知公安了。"

雪墨扭回头看，果然，那胖厨师已不在店堂间了。她又好气又好笑，却也佩服他们协助警方办案的认真和执著。

东方的天空渐渐清明起来，就像往浓墨中兑点水，又兑点水。雪墨估摸着，头班公交车快有了吧？一夜未归，父亲母亲对她这种生活方式早习惯了，倒是水珠阿姨，肯定一遍一遍地跑到自己卧室来张望，肯定彻夜未眠啊！可她并不急着回去，既然已经来采访了，公安对"万紫千红"行动的情况总该了解得全面些吧？何况也是身不由己，服务员阿姨把自己当作了"战利品"呢！

警车终于往回开了，这回拉响了警笛，呜啦呜啦地，一辆一辆又一辆，行动结束了？雪墨双手撑住门玻璃，好想从警车的窗户中看到红旗哥。自是枉然，警车风驰电掣般闪过了，警灯刷刷地缀成了一条光带。

不过没让雪墨焦虑太久，警车过后，但见胖厨师领着一簇人正急匆匆朝小店过来……有几个穿警服的公安，随着胖厨师走在头里的人却没穿警服，晨曦中，他头顶上的一团金黄和脖子间的一线黄金都很显眼！

雪墨心似鹿撞，要拉开门，被服务员阿姨用力推到一旁。服务员阿姨自己开了门，喊道："解警官，你们才来呀，我急煞了呢！"让开身子："喏，人在这里，我可完成任务啰！"

解红旗跨进门，也不跟雪墨招呼，也不向胖厨师和服务员阿姨解释什么，只热情地跟他们握手，连声道谢，说，这次成功破获地下黑赌场和卖淫窝点，有你们一份功劳！服务员阿姨忙道："解警官，这姑娘点了两份锅贴，一碗牛肉汤，钞票还没付过！"解红旗忙上下摸口袋，又回头问同事："你们谁带钱啦？"雪墨气不打一处出，从外套兜里抓出几张纸票，"叭"地拍在桌上，恨道："谁想吃白食啦！"

解红旗一把捏住雪墨胳膊，道："走吧，走吧！"

雪墨被他拽得踉踉跄跄，出了小店门，她猛地甩开他，哭声喊："我不是你的犯人！"

解红旗也有点急赤白脸的，低声嗔道："叫你回家，你为什么不回家？"

雪墨开口说了句："末班车开走了……"哽咽住了，眼泪不争气地滚落下来。

解红旗闷住了，许时，方吼道：

"谭姐！"

被他唤作谭姐的正是方才千字号房中与他相拥而坐的女子，此刻穿了件公安的长大衣，面孔虽还妆着，神情却已庄重。她上前一步，道："红旗，我送平记者回家，是吗？"

解红旗瓮瓮道："你把你的摩托借给我，我送她吧！你……"

谭姐笑道："我搭警车回局里。"便掏出车钥匙，递给解红旗。

红旗勾着脑袋，对雪墨道："等在这里，别动！我去把车推过来。"声音还是粗重，语气却已柔和。

公安们离去，那服务员阿姨从店里端出一张凳子给雪墨坐，笑嘻嘻道："姑娘，原来你是记者呀！对不起，我不晓得咃！"

不一会解红旗骑着一部摩托过来了，将一顶红黑相间的头盔递给雪墨，道："上车吧。"

雪墨看他并没有第二顶头盔了，忙推还给他。他不说话，只把头盔往雪墨头上重重一扣，便发动了车子。雪墨一个趔趄，连忙搂住他的腰背。

35

这是从缃色旧毛毯上裁下来四四方方的一块，杜蘅医生拿到裁缝铺，在拷边机上用同色绒线拷边，铺在八仙桌上，不宽不窄正正好好。这块毛毯还是杜蘅医生嫁给顾观我医生时的嫁妆，她母亲翻箱底挖出的老货，用了三十多年，色泽依旧像初绽的阳光般柔软，只是中间已磨损得露出经纬，四角缎条包边也已散落，方才舍得拿出来裁作麻将桌垫布。

史引霄见状也慷慨地将前几年过甲子寿辰时平楚的侄子李沫丁送的那套龙泉窑青瓷麻将拿出来，真一个绝配！一百多块将牌泼在纯毛的垫布上，丝毫没有撞击的嘈杂声，就像竹影扫阶，月轮穿沼；而那一派青翠无声无息地在浅黄的垫毯上铺展开来，好一似春草萋萋，春水渌渌，十分赏心悦目。

器具精良，已是一大享受。加之每到中局，一脸菩萨笑容的水珠阿姨总会端上精致可口的点心，让众人稍事休整，吃点，喝点，馋馋嘴，提提神。再开局，摸牌手气也好了，组牌脑袋也灵光了。

史引霄家麻将桌上的常客秦汝贞，也是花园弄堂里的一个怪人，进出弄堂总是阴沉着一张面孔，从不与街坊邻居搭腔，好似人欠了他什么，便有人背地里喊他"无常面孔"。近几个月来，"无常面孔"的面孔亮堂了许多，像是阳光照进了幽谷，面对面碰到似曾相识的邻里，竟也会咧咧嘴笑笑，点点头了。人们向服侍照顾他的保姆佘爱仙打听：你们那位"无常面孔"莫非得了什么宝贝？抑或吃了什么补药？佘爱仙笑道："哪有什么宝贝补药，每个礼拜去楼下史区长家打几圈麻将，回来饭也吃得多了，觉也睡得长了，牌气也不大发了！"

医名在外的顾观我是史引霄家麻将桌上的主将，常有退休在家东痛西痛，这也不适意，那也不适意的老年人向他求医问药，一番望闻问切后，开了药方，顾医生也会顺便对病家道："闲在家里，可以邀几个亲戚朋友，搓搓卫生麻将嘛，消愁解闷，健脑心，还可联络感情，增进友谊。"病家便问，何为卫生麻将？顾医生耐心解释道：所谓卫生麻将，关键有两条，最重要的就是输赢不赌钱，没有了钱财的诱惑，方能

36

真正享受其中智力技巧博弈的趣味，起到滋养心性的效果；再次便是要理性控制好时间，不能长时间无休无止地搓下去，老年人玩个两三小时就该偃兵息甲，伸伸懒腰，踩踩腿，打打哈欠，相对嘀嘀嘀嘀笑一阵，便不至于腰酸腿痛脖子僵，岂不是身心俱佳健康卫生啊！

这么一传二、二传三，花园弄堂"兰畦"史区长家客厅里的"卫生麻将"便有了些名气。那日史引霄去区里参加离休支部的座谈会，区委王书记见了她，笑道："老史啊，听讲你家客厅中开设麻将牌局，什么时候我也来见识见识。"史引霄直拨拨道："你书记大人日理万机，我可担不起让你玩物丧志的罪名！"王书记因晓得史引霄一根肠子通到底的脾性，也只哈哈笑了一串。

史引霄暗自嘀咕：哪个爱嚼舌根的告诉王书记的？先是怀疑小贝。史引霄退下来后，按规定，要有公家活动以及就医，可提早向老干部办公室预定车辆，区里有专门为离退休老干部服务的公车。不过，凡史引霄区长要用车，老干部办公室及司机班每每还是派小贝去接送她。那天座谈会结束后，小贝送史引霄回家，史引霄先问夏妮的情况。去年夏妮下岗，咬咬牙就去了马英华的公司。马英华组织了一支嫂子服装队，夏妮很快就成了里面的骨干。小贝故作不满道："人家现在是大明星了，三日两头在外面走秀。我也搞不懂她的肉都藏到哪里去了，穿上旗袍看看像二十几岁小姑娘，还有十三点兮兮的愣头青给她写求爱信呢，都叫我给撕了！"

史引霄听得出小贝心里的得意与满足，笑道："那你可要盯得牢一点呢！"

小贝嘿嘿一笑，道："史区长，别的我不敢打包票，对夏妮嘛，我是放一万个心的哩。"

于是史引霄话锋一转道："小贝呀，是不是你把我们打卫生麻将的事告诉钱龟龄的？"史引霄分析，只有这一条通道会传到王书记耳中。小贝却立马否认："史区长，钱主任现在被余区长调排得团团转，哪里还有心思和我们讲闲话？这么多年，史区长你还不晓得我？从来不喜欢播嘴弄舌的！"

史引霄拍拍小贝肩膀，"当然啰！我也只是随便问问。"

初始，"兰畦"史家的麻将桌是放在二楼主卧内的。虽说将牌友引进卧室有些不大妥当，但当时平楚正在创作送全国美展的新作，病后留下后遗症，他改用左手作画，画风大改，愈是殚精竭虑布局谋划。若在客厅开麻将，势必要打搅平楚的创作。寻常日子里，史引霄处理事体毅然决然说一不二，看似平楚对她服服帖帖，了解他们夫妻的人都晓得，史引霄什么事情总是把平楚放在头一位考虑的。

顾医生和杜医生让出家里一张旧八仙桌，直接就搬进史区长的卧室了，卧室里阳光常常从上午九十点钟一直踟蹰到傍晚，窗外两株老梧桐，盛夏阔叶密缀，遮挡了不少暑气；隆冬只剩干枝，阳光可充分汩汩入内，恰似天然可调节的窗帘。自然也有不足，窗与床之间的空地，塞进一张八仙桌，还得留出放椅子的余地，便显得逼仄了。他们动足了脑筋，将八仙桌顺时针转十五度角，四张椅子就放下了，只是东南西北方位略偏了而已。

麻将桌在二楼卧室中放了近两个月，就有点不稳当了。因平楚错过了递交参选全国美展作品的截止日子，他始终没有画出自己满意的作品，他变得沉闷而脆弱，时常自己向自己发脾气，摔笔撕画，将颜料泼得满地。麻将开局的时候，水珠阿姨时不时要替他们续茶水，送点心，也会立在史引霄背后出出主意，耽搁些时间。便会听得底楼砰砰梆梆造反一般，平楚见不着人，正发作呢。

也是顾医生提出来的，说平楚总是一个人闷在书房里不好，让他出来搓上几圈麻将，宽宽心，松松脑，说不定还能激发创作灵感呢！

史引霄一拍桌子，刚码起的牌城哗啦倒了一段，道："顾医生你不早点讲，我还不敢喊他玩麻将呢。要不就把牌桌搬到楼下去？拉平楚上座，我在他边上帮他理牌。"

于是几个人立马行动起来，水珠和秦汝贞家的钟点工爱仙抬桌子，其他人各自端椅子，很快就在底楼客厅里摆开了阵势，到底客厅地方宽势许多，天气晴好，拉开落地窗，一阵阵似有似无的草兰香气沁人心脾。

引霄到画室去喊平楚，平楚气还未消，坐着不肯挪动。引霄略忖，双臂环抱于胸前，小眼睛眯成一线，只望着窗外，叹道："当年在茆围子，我几次受伤。环境险恶，都只能在老乡家歇两日，便又钻进芦苇荡里。只有1945年打下瓢城，我得了伤寒症，才住进军部医院治疗。稍好些，他们拉我去玩卫生麻将，盘盘输，被逼着唱苏北小曲扭秧歌。正好你来看我，代我上阵，坐上去不久就妙手回春和了牌，且是高分值的大三元，一下子帮我把筹码都赢回来了。你还记得吧？"平楚左手一拍椅把手，含混发声："我、我……"引霄肚子里欢喜："走吧，不要搭臭架子了。"平楚转身抱起他的紫砂石瓢壶，踏出了画室，候着的几位都立起来招呼。

八仙桌就放在客厅落地窗前，透亮、通风，且坐北向南，方位不差毫厘。众人都说让平楚先掷骰子，引霄即将两颗骰子塞给平楚，故意塞入他右掌，是想督促他加强右肢的锻炼。李沫丁送的这套青瓷麻将，连骰子也是用白石土烧成，先点朱红乌青，再上釉，进窑烧，烧得光泽熠熠，握在掌心，婴儿皮肤般润滑细腻。只是形制上略大一圈，比寻常的边略长出两毫米。平楚右手毕竟使不出力，捏不紧。两颗骰子骨碌滚落下来。大家脑袋凑拢来看，叫道："艺术家手气就是好，平楚坐庄！"平楚略有得意色，拢过茶壶"吱溜"吸了口水。

顾观我医生转动平楚的紫砂石瓢壶看了一圈，道："这是只老壶，质地精良呵！特别是壶上刻的这副对子，有讲究。邺候身有神仙骨，邺候是谁？历经唐四君的名臣李泌呀！他有首《咏方圆动静》的小诗，道尽为人处世之道。方如行义，圆如用智，动如逞才，静如遂意。我们行医中常作训诫，麻将桌上也可以此练品练性……"

秦汝贞道："老顾你不要掉书袋子了，牌等不及了。"

众人动手找出东西南北四张牌，合扑，洗匀，各人摸一张，便定了座位。平楚坐在东首，引霄便取张方凳在他身后坐了，好帮他摸牌。顾医生坐北边，为庄家上首；秦汝贞摸到张南，成了下家；姚秀帘摸到一张西，坐庄家对面。引霄事先已关照秦汝贞，平楚在场，不好抽烟的，烟瘾熬一熬，搓完一局，到阳台上去吸一支。秦汝贞爽快应允。

洗牌时，平楚出左手，引霄出右手，

倒很和谐，如同一人。滴绿的牌滑过柔顺的毛垫窸窣有声，互相撞击铿铿回环不尽。顾观我笑道："有一出戏，叫双推磨，看过吧？一男一女边唱边推磨，煞是好看。史区长，你和平楚这一左一右地洗牌，也可称为双推牌了。"

史引霄手不停搓动牌，回道："倒真省力不少，杜蘅呢？叫她上桌，也和你一道双推牌嘛。"

杜蘅正从厨房出来，拎了一只生铁吊子。她今天轮休在家，看看牌桌上没空位了，便去厨房捣鼓着煮茶。水珠随其后，托盘里六只玻璃杯。杜蘅应道："史区长，我跟老顾弄不到你们那样和谐，他瞧不上我们看妇女病的。"顾观我接道："杜医生啊，你说这话就不实事求是了，我是最看好妇科的，妇女能顶半边天。在我们家，妇女就是整个宇宙。"杜蘅忍住笑，白了他一眼。

这边餐桌旁水珠已玻璃杯一行列开，杜蘅道："这杯子是寻常待客的，品药理茶，最好有精致点的茶盅，瓷器、紫砂，都行。"水珠道："杜医生，我们乡下人，口渴了，海碗倒满了，一口气灌下去，哪里懂得这许多讲究？橱架上有的，我去换来。"杜蘅忙道："不用麻烦了，说到底，器皿毕竟是第二位的，要紧的是看这茶煮得合不合口味。"

便拎起生铁吊子，一一往杯中注水，注至半杯略胜，便打住。和水珠两人端着一杯杯送至麻将桌上。顾观我道："嗳嗳，杜医生，我们正码牌呢，小心翻了！"杜蘅冲着他道："你码牌管码牌，没你的份！"又问众人道："我今日这道茶，叫玫瑰三花茶，除了玫瑰，还加了合欢花蕾和绿萼梅，另加了五颗红枣调味，功效嘛，疏肝理气解郁。虽说主要是为妇女配的，你们大老爷们也尝尝。"

姚秀帝先端起杯子细细吮了口，咽下后，定了定，方道："杜医生，你这茶香气清雅，先苦后甘，甘味弥久，好喝！"

杜蘅欢喜道："姚大姐是懂茶的知音了。我这茶是专为我们这个年纪的女人配的，没有放茉莉，怕它过于浓郁；也没入菊花，嫌它性寒伤胃。你若喜欢，我给你带一罐回去，每日午后泡一杯，慢慢饮至日落月升，疏肝理气还助眠。"

史引霄先将杯子送至平楚鼻下，平楚嗅了嗅，将面孔仄去一旁，史引霄便咕咚咕咚自己喝干了。杜蘅摇摇头："史区长，你这般品茶，茶都被你糟蹋了呢！"又道："今天青玉姑娘不在，史区长，我留几包放你这儿，你帮我转给青玉，我晓得，她对药膳有许多独到见解的。"

一旁秦汝贞早已按捺不住，勾指笃笃敲桌面，"杜医生，这里不是你的问诊台，你看看，牌墙肃立许久，我手指都痒痒了。"

杜蘅笑道："品茶用心，又不妨碍你们动手，开牌嘛。"便也端了张方凳，在顾观我侧后坐下。顾观我低低嘱道："你只能观战，不能出声！"杜蘅气恼地揉了他一把，偏伸手去理他面前的牌。

平楚只能用左手摸牌，却不让史引霄帮忙，且一面摸一面就组顺子。引霄看着，心中暗喜。平楚初开张手气就不错，摸上来的牌大都是条子，若要和个清一色，很快就能成。清一色也不算太小的番种了。不料在行牌过程中，平楚却破了两个顺子。引霄拼命戳他背脊，拿小眼狠狠瞪他，平楚好像没感觉，自顾出牌摸牌。引霄突然间看明白了，平楚竟企图打一副"九莲宝灯",胃口何其大也！平楚打牌和他画画一样追求完美,"九莲宝灯"是最高分番种,很难组成,可平楚马上就要成了,只差一张幺九牌了！引霄侧目看平楚,平楚嘴中那颗珠贝般的虎牙,许久含而不露了,此刻白生生地裸出来。

顾观我斜一眼引霄,道："史区长,莫非平楚快和了？看你满面红光的。"

史引霄啐道："老顾你不要声东击西好吧,你快和了吧？"

正当他俩互相试探之际,但听得惊堂木般"叭"地一记,秦汝贞把牌用力往桌上狠命一拍："我和了！"愈想大声,愈是破锣一般。

众人都吓了一跳,个个伸长头颈看秦汝贞翻在桌上的牌。秦汝贞摸着下巴哼哼冷笑道："我是不求人,没有吃牌,没有碰牌,自摸成功！"

顾观我点点他道："老秦啊,你这眼界也太窄了吧？这个番种仅值四分,你就来不及地和了？你看看我。"说着将自己牌摊倒,"色饼子,东西北,只差一张南风,就可和个混一色,比你还多两分呢。我嫌太小儿科,要打一色四同顺,或者连七对,这才给了你偷袭成功的机会呢！"

平楚小虎牙缩入双唇中,垂着双手颓然靠在椅背上。史引霄朝上下两家挤眉瞪眼,道："平楚打九莲宝灯,也只差一张幺九牌了。我说老秦啊,你这真是三两拨千斤啊。不过,你也要高标准要求自己嘛。我建议,从下一盘开始,基本番种初级番种都不能和牌,要和就从中级番种和起……"

秦汝贞呼地从座位上立起,喷着满口烟味道："史引霄你这是歧视弱小,譬如你们双西改造工程,住在棚户区旧房危房中的老百姓,你能置之度外吗？"

史引霄也有点急,这个秦汝贞一点不通晓人情？便道："老秦你这顶大帽子我可戴不动,也没这样上纲上线的嘛！"

秦汝贞面孔上霎时聚拢了乌云,"像我这种无名之辈,天地之间一刍狗,人微言轻,你堂堂史区长这几句话就听不起么？"

姚秀帘扯着秦汝贞的后衣襟让他坐下,朝对面史引霄眨眨眼,道："玩牌嘛,不就图个心情和顺？能和即和嘛,不用管番种大小。我看嘛,不管什么番种,和了,统一记十分。"

顾观我斜拗着身子正看姚秀帘的牌,叫起来："姚大姐,你分明是一副三色三同顺嘛,为什么不和呢？"

姚秀帘朝顾观我微微一皱眉,摇摇头,笑道："我合巧晚了一步,牌技不如人,甘拜下风。"双手抱拳朝秦汝贞作个揖。

其实史引霄是最了解秦汝贞的,空怀大志,命途多舛,至今仍孑然一身,他有满腹牢骚是可以理解的。自己方才是看到平楚满脸沮丧,于心不忍,方与他计较了几句。心里着实感谢姚秀帘给自己搭了个梯子,赶紧顺势下台,道："秀帘讲的对,玩得开心最要紧。不过统一计分,太简单了。我看这样吧,我们不是有五种颜色的筹码吗？红、黄、绿、白从大到小分别代表四个级别的番种,黑码专门用来付罚分,如何？"

杜蘅一旁连连道好,省得算分数麻烦,催道："老秦和了不求人,绿码,绿码。"代顾观我从面前抽屉中寻了块绿筹码放在秦汝贞面前。姚秀帘也摸了块绿筹码递上。史引霄瞄了眼平楚,从抽屉中拿出黑、绿两块筹码,笑道："平楚是庄家,自罚一块。"

秦汝贞面孔渐渐云开雾散，拉开抽屉，将面前的筹码稀里哗啦拢了进去。

史引霄趴在平楚肩胛上叽里咕噜了一阵，平楚便坐直了身子，伸出左手洗牌。史引霄与对家姚秀帝互视了一下，会心一笑。

这时钟点工保姆佘爱仙推门进来，笑道："秦同志，你家乡侄子方才打来电话，歇几日他们一家就到上海了。"这个佘爱仙虽年过半百，徐娘半老，过日子惠而不费，素食精调，粗缯细裁，看上去面目清爽，衣着得体，意态款款，十分讨喜。她每日上午九点多钟上门，一番洗晒熨烫，随后端整饭菜，一阵切炒煸煮，屋子里便香气扑鼻。陪同秦汝贞吃了午饭，趁秦同志午睡，她便清扫房间，手脚轻盈又麻利，将秦汝贞稍嫌局促的两间屋子收拾得窗明几净，仿佛宽敞了许多。常常秦汝贞午睡醒来，左右打量，道："哦哟，我都认不出自己家了，还以为在五星级宾馆呢！"这是对佘爱仙最高的赞赏，佘爱仙总是冲秦汝贞同志眯眼一笑。她面孔扁平，笑起来两眼弯弯，很像元宵节的汤团，让人心里软绵绵的。

秦汝贞家近日也装了一部座机，跟老家的亲眷们联系也热络起来。秦汝贞一边洗牌一边问道："究竟哪日呢？也总要准备准备啰。"佘爱仙不急不缓道："说是火车票订了再告诉你，倒是不用大动静的，只需把那间带老虎窗的储藏间收拾一下，搭张铺就行，头两个钟头就够了。"秦汝贞道："他们难得到上海，让人家住储藏间，讲不大过去。还是我睡储藏间，他们一家三口睡大房间吧。"佘爱仙笑道："哪有烧香的赶走菩萨的道理？史区长，顾医生，你们说对吧？"

顾观我码着牌，道："这就要看关系亲疏远近了。譬如我儿子媳妇要来住的话，我准定让出主卧的。"

佘爱仙撇了撇嘴："哪里有那么亲近？前几年，秦同志级别没有改正，从来不联系，就像没那门亲一样！"

秦汝贞嘶哑着喊道："好了你就不要啰嗦了，我们要开牌了。"

佘爱仙蓦地受了斥责，有点落不了台，怔着。可巧水珠拎着热水瓶进来续水，解围道："佘阿姨，我正做桂花酒酿圆子，你有空，相帮搓圆子好吧？"

佘爱仙这才弯了眉眼，笑道："我哪里得空？赶着回家，夜饭家里四五张嘴巴等着吃呢！"又扶着秦汝贞的椅背道："秦同志，小菜和饭都在蒸锅里放好了，啥时候想吃，煤气一开，水一滚，就好吃了。"

秦汝贞并不瞧她，只"嗯"了声。佘爱仙不失礼仪，跟众人笑着点头再见，这才匆匆离去。

听得外面大门"咣唥"一声关牢，杜蘅先开口道："老秦啊，怎么你家里亲亲眷眷粒粒屑屑的事情，她一个钟点工'门前清'，全晓得？"

姚秀帝诧异道："啊？引霄，她不是你给老秦牵的红线啊？我看着，倒真像里外管事的家主婆呢。"

史引霄正在帮平楚码牌，笑道："我是给他找保姆，他俩若情投意合，老秦未娶，佘阿姨丧夫，做成一家也未尝不可嘛！"

顾观我马上否决，道："史区长你不要乱点鸳鸯谱！这个佘爱仙，儿子媳妇孙子一大堆人，你不要给老秦背个大包袱……"

"好了好了，这牌还搓不搓呀？"秦汝贞忽然哑壳壳地喊："这盘轮到我做庄，开牌开牌！"

众人忙噤声，伸手摸牌，理牌，一片极力阁落声。

这一盘又被秦汝贞和了副碰碰和，他又做庄，赢了一大堆绿筹码，心情不错，青灰的面孔泛出微微红光，道："史区长，你看平楚同志盯着我的眼乌珠冒火光，像机关枪连梭子扫！"

史引霄没好气道："你看看你抽屉里全是绿牌，加起来也抵不上一张红筹子呢！"

下一盘轮着姚秀帘做庄，秀帘与对家史引霄眼对眼望望，便运筹帷幄，鉴貌辨色，或以假乱真，或各个击破，甚至忍痛割爱，终于助得平楚和了一副大三元，赢回一把红筹码。平楚乐得嘿嘿笑，史引霄这才定了心。

一圈牌搓下来，日头已斜。顾观我好歹也和了一副不大不小的牌，赢回几张黄筹码，便是皆大欢喜了。水珠端着一只钢精锅进来，往餐桌上一放，笑道："歇歇吧，活动活动，吃碗桂花酒酿圆子汤。"便又踅去厨房取了碗勺来，一碗碗舀好，逐个递到手中。

史引霄道："我只要浅半碗，糯米圆子，怕消化不了。"

水珠道："大姐我给你只两只圆子，酒酿桂花汤喝喝，开胃的，顾医生，你讲呢？"

顾观我稀里呼噜正吃得滋味，哼哼道："水珠快成半个医师了。我们到这里来玩，总要烦劳你。"

水珠一边喂给平楚吃，一边道："顾医生你这般说，折煞我了。上月你给麦佬开的药方，还送了我十四帖。我家老头子打电话来，说是吃了你的药，背脊酸痛好多了呢！"

顾观我笑道："哦哟，你这个讯息，让我胃口大开！夫人啊，我再来一碗怎么样？"

杜蘅道："不行不行，亏你还当得名医！过度进食伤脾胃，况且又是糯米食物，又是下午点心。点心点心，点心即可。"

"遵命，夫人。"其实顾观我这么说也是讨水珠欢喜而已。

大家都放下了碗，水珠收拢了送去厨房间，一脚刚踏出客堂间，便喜滋滋笑道："麦蛾这时候你怎得空过来呀？"

原来麦蛾搬离"兰畦"时要交还钥匙，是史引霄说的，麦蛾跟自家姑娘一样，收着钥匙，来去自由。

麦蛾亮开嗓门道："娘，快告诉姨娘，我们马董事长来了！"

果然，麦蛾身后随着一长溜人，头一个马英华，一身时髦的西式短裙套装，漆黑浅口高跟鞋，走起路来咯答咯答，齐颈的黑发在耳朵边雁翅般掀动着，别有一番端丽和高傲。在马英华身后还有几位西装笔挺的先生，手里都提着盒子篮子什么的。

马英华进了客厅，先朝史引霄鞠了一躬，道："史区长，长久没来看你，真该负荆请罪的。"

史引霄道："我们英华愈来愈像个企业家了呢！你何罪之有？公司办得好，解决了许多知青的就业问题，又打出了自己的品牌，你是我们区大大的功臣嘛！"

马英华只是浅浅一笑，道："史区长，早闻听你这儿的麻将局开战起来捭阖纵横、硝烟弥漫，今日却让我撞上了！"

史引霄挥下手："你不要听人家瞎扯，不过几个退休下来的遗老解解闷罢了，也不晓得怎么就传得满城风雨。上回碰到王书记，他竟也来问我。"

这边杜蘅捶了顾观我一拳，道："喏喏

喏，王书记找老顾开点调理身子的方子，他倒好，开了方子，还劝王书记不要一天到晚考虑工作，也要松松脑筋，譬如搓搓卫生麻将！"

史引霄直指顾观我的鼻子，"这下'奸细'被我抓住了！"

顾观我辩解道："王书记年底也要退居二线了，我就把你史区长的经验传授给他了，这没什么原则性问题吧？"

大家笑了一阵，史引霄招呼马英华一众人坐，吩咐道："麦蛾，你去厨房让你妈给客人们泡茶。"

早坐不住的秦汝贞立了起来，道："史区长来客了，我们散了吧。"

马英华忙道："史区长，不用泡茶，我们一歇歇就走，还有好几家协作单位要跑呢，你们归你们继续开战。"

秦汝贞笑道："我实在憋不住了，去花园里抽棵烟。"便拉开落地窗出去了。

史引霄望着一地的礼品盒，皱起眉头道："英华你这算什么意思？"

马英华倒有些不好意思："史区长，今年英华集团五周年庆，我记着你的话，不吹嘘，不夸饰，踏实干活，低调行事。所以我们连庆典活动都不搞，只是给每个员工发放奖金。然后，然后，想着方方面面给予我们帮助的单位和领导，总要有所表示的。这些都是我们公司自己的产品，一点心意……"

史引霄眉结舒展开来："都是英华公司的产品？那好，我便照单全收啰。比较比较，我们英华比那些大品牌洋品牌好在哪差在哪？"

马英华神情开朗起来，道："是嘛，史区长，你是英华公司的创始人，你还得多关心关心我们英华嘛。"

落地窗拉开来，秦汝贞探进脑袋道："老史啊，我有个建议，请你的爱将暂留步，行吗？"

史引霄翻他一眼，道："有什么话，进来说，缩头缩脑，作啥啦！"

秦汝贞掐灭了烟头，侧身进屋，还是带进一蓬烟味。谦恭地笑道："马董事长，现在的英华公司，搞得挺大，可以说是草窠里飞出了金凤凰。你们有没有帮困扶贫的打算呢？"

史引霄不以为然道："老秦你现在也算正处级离休干部，还需要人家帮什么困扶什么贫？"

秦汝贞摇头道："老史啊，我送你一顶帽子，得鱼忘筌，你慢点骂人哦！我秦汝贞本来就不想求什么高官厚禄的，如今衣食无忧，家有四壁书，笔墨皆精良，一礼拜还能到你史区长屋里搓搓卫生麻将，还有何求？可是我老家侄子几番写信来讲，皖南山区的乡亲们日子还是尴尬。山地田少，也只有靠几座茶山，青壮年都外出打工。我侄子好歹是村支书，他总托我找找门路，能不能帮山里办个厂子什么的，让乡亲们有个赚钱养家的活路。"

史引霄一拍大腿道："老秦，你批评我批评得对。我们这些从老区出来的人，真不能忘记老区的老百姓啊！"边说边盯着马英华看。

马英华领会得史引霄的意思，这些年她办企业，与方方面面多少人打交道，鉴貌辨色的功夫已炼得炉火纯青。笑道："我们公司确有这方面的打算，小平同志说，改革开放，让一部分人先富起来，然后带动全体人民一起富裕起来。史区长，老秦同志，我们另外找个时间，一起研究研究，如何为老区人民使一把劲，出一把力！"

秦汝贞青灰的面孔陡然熠熠光彩起来，双手抱拳连连作揖，道："马董事长，那我先代老区的乡亲们谢谢你了！"

马英华连退几步，摆摆手："先别谢呀，等事情做起来，看效果。"随后她朝身后一位先生翘翘下巴，那位先生便从公文包里取出一只牛皮纸信封，交给马英华。马英华双手捧着信封，道："史区长，我们英华公司能走到今天，全仗您的支持与鼓励。这是我们董事会开会的决议，是您应该得的！"

史引霄先有些疑惑，手捏住信封，厚厚一叠，刹那间明白了，生气地将信封往马英华手中一掷，道："马英华你怎么也来这一套？你想让我犯错误啊？"

马英华哭笑不得，道："史区长，不过区区两千块钱，是您付出辛劳的报酬呀。"

史引霄瞪着小眼珠，斥道："区区两千块钱？马英华你口气怎么越来越大了？两千块够老区人家几年的口粮了！我批准你办公司，这是我当一区之长应该做的事，你今天不把这只信封收回去，我们以后就不是朋友了！"

马英华面孔一阵红一阵白的，连连说对不起，又道："史区长您保重！"便讪讪告辞了。

马英华一众人离去后，史引霄仍气鼓鼓的，道："现在这世风也不知道怎么搞的！前几日被人请去参加一个什么集团的成立大会，吃了顿豪华餐，一人还发个红包，两百块，说是车马费。你们说说看，来的人都是一定级别的干部，都有公车接送，还需要车马费？"

一直在旁看"风景"的顾观我插嘴道："史区长，这点你还参不透吗？你们这些老家伙，虽则从岗位上退下来了，影响力还在嘛。再则，主政多年，总有千条万条的人脉吧？人家送这个红包，也是感情投资吧！"

秦汝贞却着实心痛方才史引霄退还马英华的两千元钱，道："老史你也太大方了，英华公司出给你两千元是毛毛雨，你该收下来，作为投给老区的头一笔善款，不好么？"

史引霄道："这是两码事，不过你倒提醒了我，我们可以联络从云岭出来的老战友，发起对老区的募捐。"

这当口，姚秀帘揉了史引霄一把，朝平楚努了下嘴，道："我们还是另找时间商榷援助老区的事吧，我看平楚撑不大住了。"

顾观我道："平楚去休息，史区长代他上嘛，还有一圈牌呢。"

姚秀帘因道："顾医生你瘾头那么大？我们在这里极力搁落弄牌，平楚哪能休息得好？我看到此结束，恰到好处。"

秦汝贞便道："老史，索性等马董事长约谈时，一并商讨研究。正好，我侄子歇两日也到上海，三头六面一起谈妥了。"又道："方才我抽了两口烟就掐了火，憋不住了，回家过烟瘾去。"

顾观我点点他："你和了两盘，自然不想再战啰。"

杜蘅道："老顾，你今天手气不怎么的，歇歇吧。"

顾观我便道："那就散了散了。"

顾观我夫妇跟着秦汝贞一起上楼了。史引霄劝得平楚去画室的小床上靠一会，随后跟姚秀帘道："你再坐一会吧，难得来'兰畦'，索性吃了晚饭走。"姚秀帘道："那哪成？近来老太太吵得厉害，说是电视新闻里看到了，1949年跑到台湾去的好多人回大陆探亲了，逼着我写信把儿子叫回来……"姚秀帘说不下去了，眼皮红红的。

史引霄重重叹了声，道："秀帘啊，你不易！一个谎，守了近四十年！何止四十年？对你来讲，就是一辈子！"

姚秀帘低缓地道："我倒没什么，心里面，好像他是一直和我在一起的！就是在老太太跟前，怕是瞒不过去了。"

"你打算如何对她说呢？"史引霄真觉得这桩事体比自己遇到的工作上的难题还要难。

姚秀帘吁了口气，轻轻道："看看吧，能瞒多久就多久……"勉强朝史引霄作个笑脸。"我走了，怕老太太在家有什么事，劳动大姐晚饭前要走的。"

史引霄便送姚秀帘到大门口，在那嵌着"兰畦"木匾的门槛下站住了。两人不约而同地仰脸看那锈绿的"兰畦"两字，都想起了青春年少时在蚕桑学校的日子，三个姑娘好得发誓一辈子不嫁人，生生死死在一起。谁能料到人生的波谲云诡，变幻莫测呢？

"若兰还是没任何消息吗？"姚秀帘幽幽地问了句。

史引霄摇摇头，道："怕是我们永远找不到她，她不定在天上或者九泉，眼巴巴盯着我们呢。"又补了一句："我已经全告诉青玉了。"

姚秀帘略惊讶地瞥了她一眼，稍顿，叹道："也该让她晓得的……"下了石级，又道："我有两个礼拜没空去秀琴家了。你问过雪墨没有？她和红旗的事，准备什么时候办？"

史引霄道："我催过几次，雪墨那个丫头，嬉皮笑脸的，从来不正经回答你。他们俩都忙，年轻人，奔事业，也是应该的。"

姚秀帘道："早过了嫁娶的年龄……我想，秀琴一定想着儿子早点给她添个孙子的。"

史引霄道："你还是要问问红旗。"

姚秀帘"嗯"了声，两人又互相叮嘱几句，秀帘便告辞了，沿弄堂走出去，她身前身后的几盏路灯霍霍地点亮了。

史引霄转回屋里，水珠已收拾好麻将桌，正在扫地，抬头道："大姐，姐夫一躺下就起鼾声了，幸而方才吃了几只圆子，待他睡醒后再给他弄吃的。你呢？啥时候想吃夜饭？要不，先上去躺一歇？"

史引霄确实有点乏，这时间却很尴尬，躺也躺不安稳，道："我就在沙发上靠靠，看看报纸。晚上，我们两个弄点泡饭就行，胃里面实墩墩一点空隙都没有。"

水珠应道："晚一点再吃，我去弄两只爽口开胃的小菜。"又道："大姐，我把马董事长送来的礼物清理了一下，有新米，还有小米薏米仁几包粗杂粮；桂圆干、红枣、核桃、蜂蜜，都是营养品；这一大篮新鲜水果，恐怕要早点吃了。另外，还有两只礼盒，一件羊绒衫，一条真丝围巾，大姐你倒是需要的呢。"

史引霄暗忖，这马英华没说实话，哪里全是她们公司自产的？盘算了一下，道："水珠啊，你把那些杂粮营养品分一分，给顾医生和秦汝贞家各一份，再留几样给翠姑妈……"

水珠打断道："大姐，水果留下吧，小妹妹要减肥，每日就吃猫食样那么一撮，就爱吃时鲜水果呢。"

史引霄点点头，心想着平楚也是爱吃水果的。随即拿起羊绒衫的礼盒塞到水珠胸前，"水珠，这件衣服你拿去穿，我绒线衫好几件，哪里穿得过来？"

水珠慌得连步后退，那礼盒叭答落在地上。水珠忙捡起来，道："大姐，这是羊绒衫，听说抵得上一件丝棉袄呢。我是整天在动，汗叠汗，糟蹋了的。你老是东痛西痛的，正需要保保暖呢！"

史引霄便不再坚持，心想，羊绒衫留给秀帘吧，那条真丝围巾嘛，最合适戴的人便是青玉呀！

水珠收拾了东西去厨房了，史引霄便靠倒在沙发里，拧亮落地台灯，拿起报纸看了几行大标题，眼皮便沉沉地耷下来。忽听大门"呼梆"一声，客厅门又"吱呀"推开了。忙撑起眼皮，却是麦蛾！

"咦？你没跟你们马董事长走啊？"史引霄仄起身子问。

麦蛾道："马董事长说，接下去几个单位，用不到我陪着了，让我回来陪姨娘你嘛。"

史引霄笑道："我看你们马董事长是生怕我生气，让你回来劝劝我的吧？"

麦蛾拖了张板凳，坐在史引霄跟前，撅了嘴道："姨娘，那钱又不是单你一个人得，我们董事长哪个不想到啊？王书记、余区长、徐副区长包括钱主任；还有工商局、税务局、银行，哦哟，那名单好几页呢。人家都收的，为什么独独你不收呀？"

史引霄伸手揪了下麦蛾的耳朵，道："你这个丫头，走出'兰畦'这两年，说起话来，眼界不一样了，腔调也不一样了！你去问问你娘，是不是有句老话，叫做无功不受禄的？"

麦蛾笑笑道："这句话我晓得的。可是……姨娘。你不晓得，现在外面时兴这样的。你不这样，人家都当你怪物。方才公司里那几个一出'兰畦'大门就议论开了，说这个老太太装腔作势，是不是嫌红包太薄了吧？"

史引霄"嗤"地冷笑道："他妈的，简直以小人之心度君子之腹！"气得直喘气，说不出话来了。

麦蛾晓得自己说漏嘴了，忙拐弯道："不过我们董事长当下就批评那人了，说他根本不能理解姨娘你这样老前辈的思想境界……"

水珠在厨房里听到动静跑出来，见到麦蛾自是欢喜，故意板下面孔道："都工作的人了，不能有事无事就往家里跑的。"

麦蛾道："我压根没想提要求。董事长主动说，让我回来陪陪你们嘛。"便将面孔凑到水珠跟前，调皮道："你不想我吗？你不想我吗？"

水珠轻轻拍拍她的面颊，道："我更想你工作努力，不要辜负姨娘的一番苦心。"

麦蛾灿烂地笑开了，道："姨娘，我设计的一套村姑装，入选夏季南方服装展了，马董事长让我抓紧时间，把征集来的意见进行汇拢，能修改的就尽快修改好，届时她会陪我去广州参展的。"

水珠欢喜得双手捂住胸口，叹道："你这傻丫头，哪来这么好的运气！"

史引霄也荡开笑颜，道："当然跟麦蛾自己刻苦努力分不开的。水珠啊，快去炒几只小菜，我们要为麦蛾庆祝庆祝！"

水珠"嗳"了声，兴冲冲转身去厨房忙了。麦蛾重在史引霄跟前坐下，扑闪着眼睛，红唇翕张嚅动。史引霄在她手背上敲了下，道："还有什么话，尽管说，你姨娘怎么大的风浪没见过？还怕几句闲话么？"

麦蛾忙道："姨娘，是不是……我想说，姨娘你要多找我们董事长说说话，宽宽她的心。"

史引霄一挑眉头:"马英华她怎么啦?公司发展不是蛮好吗?个人问题?"

麦蛾连连摇头,道:"什么问题我也不晓得呀,反正……我觉得董事长心里并不高兴。也许,找她的人太多?出席这个会出席那个会;还有找她化缘的也没断过,学校呀,文化团体呀,这个基金会那个基金会……有一次,蛮晚了,我从设计室出来,看到董事长办公室亮着灯。我朝门上玻璃望进去,董事长一个人在喝闷酒,面孔红得像要喷出血来。我也没敢进去,我想,董事长是最相信姨娘的,她有什么心事,一定肯告诉姨娘的。"

史引霄怔忡了一会,一时也猜不透马英华究竟为什么苦闷。因道:"麦蛾,这桩事情你跟姨娘说了就行,不要跟别人说了,姨娘会找机会问你们董事长的。另外,你在公司,也要多关心关心董事长哦。"

麦蛾用力点点头。

水珠探头进来问道:"你们饿了吧?要不要开夜饭了?"

史引霄道:"加了几只菜呀?"

水珠笑道:"麦蛾又不是外人,有现成的醉鸡,炒了两只素菜尽够了。"

麦蛾蹦蹦跳跳去厨房帮她母亲端整碗筷,史引霄忍不住想去厨房看看还能添出什么小菜吧?虽说麦蛾不是外人,毕竟离开了"兰畦",大小也是客嘛。她跨出客厅,却见走道里有条窄窄柔柔的影子飘飘忽忽移过来。走道里一串头顶灯都是十五支光的乳罩灯,本就昏黄,又灭了几盏,愈是幽暗,竟分辨不出那人的面容。

"您,找哪家呀?"史引霄觉着陌生,便追问了句。

那人却张口招呼道:"史区长,是我呀!我是黄岑呀!"

史引霄真就吃了一惊,几个月不见,这黄岑怎就瘦得脱了形?昏晕的灯光中,她两只眼竟像两只黑洞!

"你怎么啦?病了吗?"史引霄一把捏住黄岑的手,像捏了一把竹筷子。

黄岑竭力一笑,原先俊俏的巴掌脸竟像枯萎的丝瓜,道:"史区长,最近是有点毛病,浑身没劲,胃口也不好。所以我约了杜医生,让她替我开点中药调理调理……"便抬腕看了眼表,慌道:"已经晚到半小时了,是杜医生给我留开门的。"急上了三级楼梯,忽收步,仄回身子望着史引霄:"史区长,您退是退了,还是,还是希望您,多关心关心我们信访办的工作……"停顿片刻,言犹未尽般,却像受惊蝴蝶倏然转身上楼去了。

史引霄叹口气,一定又是徐亦道造的孽!可是人家夫妻间的纠葛,又不能像处理工作问题那样判定是非赏罚分明。摇摇头,暗忖,明日找杜蘅打听打听,黄岑究竟得了什么病,或许能探出些端倪?

这顿夜饭因为有麦蛾加入,气氛活跃了许多。平楚大都在自己画室中进餐,但凡有客人来,史引霄就会拉他上餐桌,她晓得他喜欢听各种各样的人聊聊社会上各种各样的事情,这大概是艺术家共同的癖好。麦蛾呖呖莺声,眼波灵动,叙述公司中种种世态人情。平楚听得专注,时而拍掌,时而嗟叹。水珠最愿意女儿能给"兰畦"带来欢声笑语,可她却注意到了,引霄大姐此刻有点心不在焉,小眼珠悬在半空像两只无枝可依的雀儿。

这时候,茶几上的电话机丁零零响起来,餐桌边四个人八只眼齐刷刷投向它,又互相眼神询问:夜饭时间会有谁打来电话?自史引霄离休后,这电话机作响的几率便逐渐减少,特别是晚上。

还是水珠几步跑过去拎起话筒"喂"了声,对面不知说了些什么,水珠一手捂住话筒,道:"大姐,是大弟弟美国来的电话!"

史引霄摔下筷子便跑过去了。平楚也要过去,手脚不便,把椅子绊倒了。麦蛾连忙扶住他:"姨父,你小心了!"

史引霄捏住话筒喊:"雪弓啊,出什么事了?怎么没到规定时间就长途过来啦?"自雪弓出国后,史引霄就开通了国际长途业务。从美国过来的长途电话,一分钟就要七八个美元好几十块人民币,雪弓不想让父母为他多花钱,就约定了,每月最后的那个礼拜天的中午,家人应到得最齐,他就打长途回家。家人也为他省钱,在场的每人问候两句,都满足了。具体细节雪弓隔段日子会写信详述。

雪弓的声音越过了太平洋,乘着风,裹着云,遥远而飘逸:"妈,你和爸爸都好吗?"

史引霄听到儿子依然开朗通透的声音,便放心了,道:"好,我们都好。你呢?工作还顺心吗?"平楚站在她边上,伸出左手要抢话筒,引霄笑道:"雪弓,先让你爸听哦,他急煞了。"

雪弓道:"妈,你摁一下免提键呀,都听到了。"

麦蛾在边上当即摁下了免提键,雪弓的声音一下子放大了,像鹏鸟展翅在房间里旋转:"爸,妈,今天打电话回家,就想告诉你们,我决定回国了!"

"啊?你不是说,已经找到工作,待两年看看吗?"

"妈,这是国际长途,我们见面详谈好吗?你不想我回家呀?"

"想想想,当然想!"史引霄和平楚一起对着电话机喊。

"那这个礼拜天我就省一个长途费啰,下月初就到家了。"

史引霄想问问要不要找车去机场接他,雪弓那边却挂断了。

麦蛾欢喜地问道:"姨娘,姬瑜姐姐一起回吗?"

史引霄不假思索道:"那当然一起回啰。"

又道:"水珠,这几天你要忙点了,把雪弓的房间收拾收拾。"

水珠道:"他们夫妻一起回来,大弟弟房间得换张宽床吧?"

史引霄笑道:"还是你想得周全。这样吧,我跟雪弓换间屋不就成了?平楚腿不好,不会上楼睡。雪弓和姬瑜虽然去美国就在一起了,但对我们家来说,他们还是新婚夫妻头一遭呀。把我那间房好好布置,像个新房的样子!"

麦蛾双手一合跳起来:"太好了,等雪弓哥哥回来,我们一起闹新房!"

36

史雪弓最终也没说服姬瑜同自己一起回国;同样,姬瑜也说服不了史雪弓陪自己留在美国学习工作申请绿卡。他们互相钟爱着对方,是愿意为对方牺牲一切的呀。可是,面对人生道路的选择,面对生命价值的考量,爱情竟会如此脆弱而不经一击。

平旦之时,雪弓便蹑手蹑脚起床,怕扰醒了姬瑜。其实,他当然晓得姬瑜没有睡着,他自己也是一夜未眠,只是俩人都假装睡着了。说定了的，姬瑜不送雪弓去机场，姬瑜还是常规去学校上课，由晏枰开车送雪弓去机场。雪弓都不敢开灯，借着窗帘缝隙中泻进来的晨曦，迅速穿上外衣。他立在床前定定地，深深地看一眼姬瑜，姬瑜面朝里侧睡着，薄薄的星光勾勒出她身体舒缓起伏的曲线，几绺散发披在她苍白的脸颊上，小巧的鼻翼稍有夸张地翕动着，这就是他心爱的女人熟悉的模样。他极想俯下身去亲吻她，却忍住了。他亲她，她自然要醒来。他和她能心平气和地说声"再见"吗？于是雪弓吞咽了涌上喉口的酸楚，别转身，走出房门。

晏枰已将车开出车库，停在草坪前的沙道上。他背靠着车身，夹着支烟，吸一口，慢慢地吐出，烟柱在蛋青的晨雾中画出一串环圈。待烟散入天际，却见启明星似有似无地闪了一下。

雪弓想招呼，无奈喉咙口哽咽着，便只抬手招呼。晏枰便掐灭烟头，掏出一扁扁的铁盒，丢了进去，随即掀开后车盖，相帮雪弓将一只大号行李箱塞了进去。晏枰侧目问道："走了？"雪弓勉强一笑，点点头。于是两人左右上了车。

晏枰的这辆二手宝马，前年才换的。晏枰惜如珍宝，每日擦拭得车身照得出人影。雪弓道："不劳驾你的宝马，租一辆车去机场，岂不简单。"晏枰当胸给了他一拳，"我接你来，送你走，有始有终嘛。"

这一始一终，之间一千多个斗转星移，日往月来啊！

晏枰拧动车钥匙，发动机"咔吱吱"地响了起来。晏枰一手放在了方向盘上，另一只手中指推了下眼镜，故作轻松道："雪弓兄，现在后悔，还来得及，不就浪费一张飞机票嘛。"

史雪弓面孔上高山峡谷无风无雨，冷静得像一帧肖像，道："开车吧，国际航班要提前三小时验关吧？"

宝马车稍稍颠簸一下，便驶出了一箭地。史雪弓抬头朝三楼尖顶的窗户看了眼，他敢肯定，那淡紫色的蕾丝纱帘掀动了一下。

史雪弓清晰地记得，当初他和姬瑜初到美国时的情景。

他们在天上飞了二十多个小时。所幸是两个相爱的人在一起，所以并不觉得路途遥远时间难挨。一路上，他们有说不完的话，对留学生涯种种好奇与猜测，对美好前景按捺不住的憧憬和兴奋。他们因为要去的学校不同，下了飞机就要暂时离别，所以相互之间殷殷叮咛，砥砺慰勉，柔情缱绻，万千不舍。

姬瑜是被著名的 NYU 录取，攻读比较文学硕士学位。这是她最中意的专业，况且学校又地处纽约城中。消息传开去，亲戚朋友多少羡慕的目光啊。姬家人洋洋得意了一阵。接下来要面对的却是棘手的钞票问题。像 NYU 这样的私立大学，国际学生要拿到奖学金十分困难。姬瑜的父母是有点老底的，却也只能凑起头一年的学费。姬瑜父母厚厚脸皮给远在美国的亲眷写信求助，有的反过来述说艰辛，有的索性泥牛入海。终于，姬爸爸的一个表弟，应承下来，说侄女来纽约读书可寄宿在他家，这已经替姬瑜省却一笔租房费用了，至于还有一年的学费嘛，表弟说，早年他到美国求学，都是靠打工挣学费的。姬瑜安慰父母，假期里自己会打工挣钱，再说了，史雪弓是公派留学，给导师当助教，每月有助教金。姬瑜相信爱情的力量，姬瑜的父母却建议他们把婚事办了再出国，这样史雪弓就有义务照顾姬瑜了。姬瑜甜蜜蜜笑着对父母说，没必要用一张结婚证去拴住雪弓，他是至诚君子，哪怕是普通朋友，他也会出手相助的。姬瑜是打算到纽约市政厅领取他俩的结婚证。

史雪弓要去的学校是纽约南边的弗州VPI工学院，原本他可以乘飞机直接过去，一来他想和姬瑜搭一班飞机；二来，他与晏枰约定，离开学还有一段时间，他们要开怀畅饮，继续十多年前在茆围子荒岛上关于人生价值的倾谈。于是，他陪姬瑜先到纽约，打算开学前再搭灰狗车去弗州。晏枰信中说，这段旅程可替雪弓省下一百多美金。

初到JFK国际机场，雪弓和姬瑜都有点头晕目眩，抵达大厅高敞宽阔，晃来晃去的金头发蓝眼睛，着装五花八门，有西装革履华服美艳，也有T恤牛仔洒脱不拘。雪弓和姬瑜因想着头一次到异国他乡，总要顾着体面，便都换了新做的外衣。雪弓穿了件浅米灯芯绒夹克衫，下面一条咖啡色卡其西裤，高帮回力球鞋；姬瑜是一套豆沙红毛涤短裙套装，外披银灰风衣，颈项里一条月色真丝纱巾。在上海机场，这一对人引动多少欣赏羡慕的目光啊！可这一刻，他们却莫名的局促不安，甚至自惭形秽。

他们有一堆行李。姬瑜的父母又怕女儿吃苦，又想为女儿省钱，除了四季内外衣服，连卫生巾香皂护肤霜都为她带足了，还有送给亲亲眷眷的礼物，塞得两只大号旅行箱满腾腾实墩墩，有一些杂物实在塞不进了，就塞到雪弓的箱子里了。

雪弓从裤兜里摸出一枚考特（二十五美分），租了一部手推车，将三只箱子堆了上去，并将自己背上的双肩包也叠加上去，小山般高。是晏枰在信中叮嘱他，一定要事先准备好钢币，否则你给人家一美元，没人会找你七十五美分的。

雪弓人高臂长，推着车随人流向外走；姬瑜在边上护着行李，小碎步跟着。出口处护栏后站着许多来接机的，有的举着纸牌，有的招手呼喊。雪弓与姬瑜在人群中搜索着，没看见熟悉的面孔。雪弓晓得晏枰不会这么准时来接自己，晏枰信里说了，他要下班后才能去机场，他叫雪弓在机场耐心等待，看看书，听听口语磁带。雪弓问姬瑜："你给你表叔表婶发去的航班号不会写错吧？"姬瑜道："绝对不会错的，我对了好几遍呢。"雪弓又问道："你表叔表婶年纪大了？会不会忘记了呀？"姬瑜犹豫道："不会吧？听我爸说，他这个表弟要比他年轻七八岁呢。现在还在公司上班的，不会那样糊涂吧？"雪弓再追问："你也没有见过表叔，会不会错过了？"姬瑜一边拿眼往人群中扫，一边道："我爸给我看过他的照片，从前的，现在的都有。没看见像他的……"

这时，他们听到有人喊："姬小姐——姬小姐——"

他们遁声望去，却是一位女子，正朝他们挥手。姬瑜疑惑地望望雪弓，雪弓果断道："过去问清楚了再说。"便推着行李车，越过车行道。

那女子站在一辆宝蓝的轿车前，没等他们站稳，便惊呼道："My God！这么多行李啊！"

姬瑜刹那间涨红了面孔，怯怯道："您？是表姐吗？"她是根据眼前女子的年龄来判断的。这女子清汤挂面长发垂肩，随意套一件本白色套头线衣，下面是浅蓝的牛仔裤，看得出身材仍曲折有致，化妆过的面孔过分精致，带点儿倦容。姬瑜毛估估她最多比自己年长几岁了，是听父亲说过，表叔有儿有女，便推断这位应是表叔的女儿，称她"表姐"该不会错。

那女子"嗤"地一笑，道："姬瑜，你父母没告诉你吗？你哪里有什么表姐？你该称我婶娘！"

姬瑜惊惶地扫了眼雪弓，却见雪弓正凝神盯着那女子的面孔，中邪了一般。姬瑜气得揉了他一把，雪弓慌忙收回目光，讪讪道："婶娘，您好，麻烦您来接姬瑜。"

婶娘瞟了他一眼，将双臂环抱于胸前，面孔只对着姬瑜，正色道："亲戚归亲戚，有些话呢我还是早一点跟你们说清楚的好。"

姬瑜后退一步，躲避着婶娘的眼睛。婶娘的眼珠是深棕色的，裹着烟晕，很魅惑，也很灼人。雪弓一直在打量她，便道："婶娘有什么话尽管直说。"

婶娘又瞟了他一眼，仍对着姬瑜："你表叔并不是什么富豪阔佬，他只是普通的公司职员。半年前他又得了帕金森病，只好提前退休。"略停，"我原本是不愿意担保姬瑜来留学的，你们姬家在美国的人不少，凭什么独要你表叔来承担？可是你表叔是个知恩图报的君子，他说他表兄，就是你父亲，当年赞助过他读书。其实当年那点钱，放在现在算不了什么，可是你表叔说他不能推卸这个责任……"又停下，再次用烟晕中深棕的眼珠剜了雪弓一眼，道："不过，我们跟表兄表嫂说好的，只能接待姬瑜一个人的住宿噢！"

雪弓连忙道："婶娘你放心，我不去你们家，待会我朋友会来接我的。"

婶娘淡淡一笑："那就好。"转身打开了汽车后备箱。雪弓朝里面张了一下，原来不大的后备厢里已放了一辆折叠的儿童独轮车，再要把姬瑜的两只箱子塞进去很困难了。雪弓恭恭敬敬略弯了腰，笑对婶娘道："能不能把这辆小车放到汽车后座上呢？反正，只姬瑜一个人，横竖坐得下。"

婶娘撇着嘴，极不情愿地将儿童独轮车拖出来，一边数落着："我真搞不懂你们从大陆过来的人，带那么多东西漂洋过海，还当是去乡下插队落户啊？"

雪弓不搭腔，用力将姬瑜的两只箱子塞进后备厢，勉强合上箱盖。扭头看到姬瑜咬着嘴唇，满脸通红，楚楚可怜的样子，故意咧嘴笑道："还有一些东西在我箱子里，我不会收你寄存费的。等安顿好了，我帮你送去，全免送货费！"

雪弓是想逗姬瑜开心些，不料却引得姬瑜止不住眼泪溢出眶。雪弓慌忙抚着她的肩膀，喉咙堵着，不晓得如何宽慰她。姬瑜紧紧拽住了他的手臂，雪弓晓得，他们在这个陌生的国度里要暂时离别了。

婶娘已钻进驾驶位，"笛、笛"摁了两下喇叭。

雪弓咬着姬瑜的耳朵道："我们不是说好了吗？熬它两年！我到了晏枰家就给你打电话……"便将姬瑜半拥半推送进汽车。他不忍看姬瑜贴着窗玻璃梨花带雨的面孔，大幅度摆手挡住视线。

宝蓝色的轿车迅速在他的视野中消失了，史雪弓用力吐出口气，排遣着对姬瑜的担心与怜爱。他找了张长条椅坐下，有点累，也有点饿，想去买个面包，想想自己口袋里仅有的两百元美金，还不知往后这两年日子怎么过，便忍住了。他遵照晏枰的办法，从包里拿出一台索尼随身听，将耳机塞进耳洞。他不是外语专业毕业，虽然考过了英语六级，但在口语与听力方面还是很大差距。出来前半年，在姬瑜的敦促和帮助下，他恶补口语与听力。这台索尼随身听是姬瑜送给他的。姬瑜有经验，学英语只看书做做语法练习终是纸上谈兵，一定要有语言环境。她让他只要有可能就把这随身听开着，让自己耳边一直有个声音在讲英语。雪弓这么做了，真觉得听力水平进步得很快。开始他听《英语900句》，后来换成《新概念英语》，此刻随身听里的磁带是"美国之音广播"。

史雪弓听着脑筋便开了小差，眼门前两张女人的面孔风车般交替重叠，姬瑜细巧面孔上的愁云密布；婶娘薄粉妆容下的傲慢冷峭……特别是这位婶娘，不晓得哪一处让雪弓觉着似曾相识？况且，当她用猫儿般的眼珠瞟自己的那一瞬，雪弓感觉到她的挑衅和奚落，她似乎是了解自己的？老天，但愿她能善待姬瑜……

"雪弓兄，你好修养，这么喧闹的地方也能打坐入定啊！"随着一声调侃，雪弓肩上挨了重重一拍。挑起眼皮，面前的人让他一时怔忡：彩格上衣洗得发白的牛仔裤，典型的美国装束；纷乱的头发染成酒红色仍掩不住鬓角点点霜白，鼻翼两旁深深的人字纹和唇上的青髭都让人辨不出他的年龄。只架在鼻梁上无框眼镜背后的双目，那热切的眼神，猛地把雪弓拽回茆围子凤沙滩的渡口，一叶小舟剪破水面徐徐靠近，芦篷中立起细条条的身影儿，晨雾中他鼻梁上的眼镜片在晓光中一闪一闪。

"晏枰！"雪弓蹦起来，喊道。

虽然两人都很激动，毕竟不是年少轻狂的时候，中间又嵌入十几年的岁月，总有些疏离感，便只是双手握在一起，晃了晃。

晏枰道："对不起雪弓，让你等了。幸好我老板也是华人，听说我要去接当年的'插兄'，让我提早一个钟头下班呢！"

雪弓看他一说话，面颊便被皱纹切割得像七巧板，惨不忍睹，稍稍调开目光，道："你工作辛苦，还来接我，实在是对不起……"

晏枰拍他一下，道："你史雪弓什么时候也变得这么虚伪了？"

晏枰开的是一辆陈旧的丰田车，车身漆水已斑驳，行驶起来不晓得哪里嘎吱嘎吱作响。雪弓坐在副驾位上心惊肉跳，不时问晏枰："这车会抛锚吗？"晏枰道："你放心，它的内脏没大毛病，只不过岁数大了点。"雪弓暗忖，看来晏枰经济状况并不宽裕，原打算开口向他借钱帮姬瑜一把，只能作罢了。

晏枰像是猜透他心思，道："买一部好点的二手车其实也花不了多少钱。我只是不想太招摇。"停停，又道："现在还不到摆谱的时候。"

雪弓笑道："祝愿你可以摆谱的那一天早点到来！"寻思着，晏枰还是茆围子的晏枰，有理想有抱负，并且握筹布画，胸有成竹呢。

晏枰在后视镜中钩深致远般看着他，小心翼翼道："可惜我来晚了，没见到你那位美人。她亲眷来接她还顺利吗？"

雪弓苦笑道："她叔叔没来，来了位婶娘，劈头好一顿教训！"

晏枰犹豫了一下，道："对不起，雪弓兄。"

雪弓道："怎么让你说对不起呢？人家是长辈，教训几句也是应该的。"

晏枰道："其实，嫂子到NYU上课，从我家搭地铁去，很方便，我应该把你和嫂子一起接到我家住的……只是，只是我太太好静……"

雪弓顺手揎了他一拳，"好你个晏枰，信里一点不露口风！怎么办？我都没给尊夫人带礼物呀！"

晏枰摇摇头："没关系，她倒也不计较这些。"

雪弓一拍大腿，"有了，你嫂子有一些礼品塞在我箱子里呢！有丝巾，还有香木扇子，你挑。"

晏枰似乎不想把他太太的话题继续下去，忽就换了方向道："我索性带你兜兜纽约，看看夜景吧。在上海，一到晚上黑漆漆一片。这里是愈到晚上愈是灯光璀璨的。"

雪弓往车窗外望去，入城了，高楼间狭窄的空隙沉淀着血红的晚霞，灯线描画出快剑长戟般的天际线。他有些眩晕，想着要尽快跟姬瑜通话，便道："留下些精彩以后欣赏吧。二十多个钟头在天上飞，我恨不得一跤跌入睡梦中。你上了一天班，不累吗？"

晏枰沉默了一会，道："见了你，像打了鸡血针，睡意全无！"忽就加大油门："好吧，回家！"

晏枰的家在麦德逊河对岸的Q区，一排彩色的联排公寓。晏枰的车在其中一幢紫罗兰的门前停下了，他摁了下手中自动开关，车库的卷帘门"咔咔咔"地卷起来，于是将车倒进车库。车库不大，贴墙一圈铁架，放了些锤、钳、锥、锯等工具，却收拾得有条不紊。计划性，条理性，是晏枰的做派，雪弓一边环顾着一边道："晏枰，当年我离开茆围子的时候，上陆公岛去看过，你那理想国的沙盘自然是无从寻觅了，不过贴在墙上的那副对子还在，少了几个字而已。真正是尘世不须伤往事，桑田更变几回春啊！"晏枰像是没听清他说什么，不回应，只拖着雪弓的箱子，推开车库笃底的一扇木门，原来从这里可以直接进入客厅。

客厅对角有两盏落地灯，乳白的灯光因罩着雪青的纱罩，让整个房间光线幽冥微茫。前半间是一圈葡萄紫的布艺沙发，落地窗静静地垂着淡紫的蕾丝幔子，后半间便是开放式的厨房兼餐厅。

雪弓原是做好了跟晏枰太太寒暄的准备，却不见人影。问道："晏枰，你夫人呢？引见引见嘛。"

晏枰竖起一根指头往天花板戳了戳，"大概已休息了吧？把女人从梦中拽出来是最愚蠢的，算了吧，总见得着的。"

雪弓鉴貌辨色，暗忖："不定两口子正闹什么矛盾吧？"嘻嘻一笑，"好吧，今晚就让你金屋藏娇了！"

晏枰没有被他逗笑，只问道："你是先填饱肚子，还是先安顿行李？"

雪弓感觉，晏枰有意无意要淡化他太太，便不再追究下去，道："我就这么只箱子，随便往哪个犄角旮旯里一塞便成。喏，晚上睡这沙发就蛮好了。"

晏枰神情松弛开了，道："我若如此怠慢你，不要被你骂死了！"变戏法似的又推开隐在餐柜旁边的一道门，"早为你准备好住处了！"

那门因与墙壁同色，雪弓开始没发现。门里面是一间小小的书房，书架环壁，中间抛置一张小圆桌，一把沙发圈椅。看来此处是归晏枰平日攻书独修之处。雪弓啧啧叹道："人生有这么一处书穴，足矣！"

晏枰道："你没看出来？我是把车库后

半截拦出来改造成书房的。雪弓兄，当初也是受你的感染，与书结缘。这些书陪我渡过苦难坎坷，落定于此，没有金碧辉煌，总算避风遮雨了。"

雪弓点点头，"可谓灵魂伴侣。"脑袋左右转转，"你是想让我席地而宿，以书为枕，以书香为盖被啰？"

晏枰终于露出七巧板似的笑，道："我还不舍得让你糟蹋我的书呢。"从角落拎出一只黑帆布长卷，"这是只睡袋。我在北方B城读大学时，夜里常常在图书馆过夜，就钻在睡袋里御寒的。怎么样？你行吗？"

雪弓耸耸肩膀，道："这已经够舒适了，别忘了，我和你一样，在茆围子荒岛上度过月当灯地当床的日子的。"

于是，晏枰教雪弓如何使用睡袋，又告诉他，餐厅边上有卫生间，小是小了点，可以洗漱冲淋。雪弓从箱子里捡了块印满紫藤花的方丝巾，道："我看你们家装饰大多以紫色为主，想必尊夫人偏爱紫色。这条丝巾她会喜欢吧？"

晏枰稍迟疑，道："雪弓兄眼光独到，哦，应该说嫂子眼光独到，确实不同一般。你见不她，自己送给她吧，我就不作二传手了。"

雪弓点点头，将丝巾依缝叠好，装入透明玻璃纸袋。晏枰道："冰箱里有现成热狗，也可以做三明治，还有啤酒。今晚就马马虎虎了，明天下班回来，我来做中国菜。"

雪弓拍拍肚子，"倒真是饿瘪掉了。不过……能不能让我先给我女朋友亲戚家打个电话？"

晏枰道："那当然那当然。"便引雪弓到客厅茶几边，茶几上坐着一部雪白的电话机。

晏枰拨了三四遍号码，对方一直是忙音。晏枰让他核对号码，不要拨错了。雪弓对着通讯录本本一个数一个数地拨，仍是忙音。雪弓跟姬瑜约定的，姬瑜到达后先给上海父母打电话报平安，再托姬瑜家人给雪弓家报平安。国际长途价钱贵，雪弓对入了美国籍的晏枰心里没底，而姬瑜的表叔总会给大洋彼岸的亲眷打电话的呀。他们自以为盘算得很妥当，雪弓从晏枰处给姬瑜打电话，市内电话大概花不了几个钱。雪弓狠狠心合上通讯录，道："或许她亲眷家有什么要紧事体占了线呢！没关系，明天再联系。"

晏枰在电烤箱里烤了两只热狗，又煎了几个荷包蛋，外加一碟坚果巧克力，再开了两罐啤酒。雪弓因没联系上姬瑜，心神不宁，却又要装出饥不择食，大口饕餮的样子，几口下肚，已无滋味。他也感觉到晏枰的心不在焉，但凡天花板稍有动静，便紧张兮兮站起来朝楼梯张望。于是雪弓佯作不胜酒力，撑着脑袋道："不行了，脑壳像要炸开来了。"晏枰便顺水推舟，"我扶你早点休息去，反正，我们有的是谈话的时间。"雪弓推搡着他道："哪里用得着你扶？快上去吧，夫人恐怕等急了呢。"

这一个晚上史雪弓自然是无法入睡的，虽然是浑身疲乏，脑神经像永动机停不下来。打不通姬瑜表叔家的电话，他设想了好几种理由，没有一种理由能让他心安定下来。他是极想守在话机边上，不停地拨那组号码，直到听见姬瑜的声音为止。可这毕竟不是在自己家中啊。他躺着耐心等待整幢房子沉没于寂静，才赤足走到门边，极缓极轻地拉开门——偏偏门闩不解人意，委婉地"伊——呀——"一声，便听二楼有个脆利惊惶的声音喊："老晏，你快去看

54

看，是野猫还是贼啊？"吓得雪弓趴在地板上，匍匐钻进睡袋，再不敢动弹。

这间小书房因是车库后半截改造而成，没有窗户。幸而雪弓昨晚急促间没拉上门，半开的门缝泻进刀片般的一条光柱。雪弓是眼睁睁看着那刀片从深灰变成蛋青再变成明晃晃的白，方才像获赦般跳起来，套上外衣。

客厅里的蕾纱幔子拉开了，灌进了一屋子温煦的初阳，通透而静谧。水池里，浸了些杯碟刀叉子，莫非晏枰夫妻已经用过早餐？果然，餐桌上还留着一副杯碟刀叉，像是给自己的。雪弓疑惑：难道自己临晓时睡着过？竟没听到丝毫动静。

雪弓惊讶地发现，落地窗处是一片扇形的园子，不大，中间铺设木条，沿墙有两盘紫藤，藤蔓攀沿布满栅栏，又顺着木格架子千丝万缕地垂悬。虽已过了花季，青藤条间或缀着残瓣，星星点点的紫，半老徐娘一般。

真是个清雅所在，虽不阔绰，却极有韵致，便是晏枰了！雪弓自在心里赞叹着，推开落地窗走到园子里，做了几个护胸动作，大口吸着清早带着草木香的空气，似乎一夜的担忧纠结散解了许多。

他听见衣裙窸窣的声音，风拂草叶似的，不由得抬头望去，二楼阳台铸铁镂花杆栏后，袅袅婷婷立着一妇人，玫红的真丝睡袍裹着她玲珑窈窕的身子，爆炸式的乌发烘托着她粉妆玉琢的面庞，好一位冶艳的丽人！

必是晏枰的夫人了！雪弓笑着摆摆手，称道："晏太太，早哇！"

那女子向阳而立，面孔白生生，像颗刚出蚌的珠儿，但见，殷红的唇线一弯，道："史先生，不再睡会了？老晏关照莫惊动你。"

"打搅您了！"雪弓躬了躬腰，又问："晏枰他……出去了？"

"晏枰早走了，他公司在NJC，路上要开两个钟头。"晏太太侧过身避开阳光，面孔躲进阴影，道："史先生，待会我也要出去。您自便吧。今日周末，老晏会早些回来的。"随着最后几个字飘落下来，那玫红的身影已不见了。

雪弓耸耸肩胛，心想，晏枰艳福不浅啊！可是，把这位女士跟晏枰放在一起，总觉得方榫头插不进圆卯眼，哪里不对劲。

既然女主人请自己"自便"，雪弓也不客气了。打开冰箱，拿了面包、牛奶、鸡蛋，又见有火腿肠，也取了出来。自己动手，做了顿差强人意的早餐，独自坐在餐桌边，慢慢享用起来。心里面盘算着如何安排这一天，首先要跟姬瑜联络上，看看她有什么需要自己帮忙做的。思绪正绸缪缱绻，便听得楼梯咯答咯答的响动，晏太太下楼了。

雪弓赶紧抹了下嘴，站了起来，一时眼花缭乱：晏太太换了装束，明黄的乔其纱低胸连衣裙，银色的细高跟鞋，脑袋上斜扣了顶英伦风的草帽，帽檐下，漆黑的眼线勾勒得雀舌一般，红唇兜住盈盈的笑，道："史先生您慢用，我朋友来接我了。"

雪弓忽然想起，忙道："晏太太您留步！"起身去书房取出那块紫花方丝巾，道："晏太太，一点薄礼，请笑纳。"

晏太太抖开丝巾，披在肩上，转了个圈，道："嗯，这颜色倒蛮衬我的裙子呐，谢谢啦。"竟就披着往外走去。雪弓冲着她曼妙的背影道："晏太太，我想给我女朋友打个电话……"

晏太太的声音隔着门传进来："史先

生，您自便……"

余音缭绕，还夹带着淡悠悠的香水味。雪弓吸了下鼻子，感慨地摇摇头。看来晏太太是不用上班的，晏枰是如何宠着她的哟！

雪弓一口喝光牛奶，将面包胡乱塞入口中，便去拨电话，那号码他已经背出来了。这次终于拨通了，而且就是姬瑜接听电话。两人分开不过十多个钟头，却像久别重逢一般。

姬瑜解答了昨晚上表叔家的电话一直忙音的缘由，原来是表叔婶娘十二岁的小女儿一直在跟同学煲电话。姬瑜说，她也着急呀，晓得雪弓打不通电话会发疯的，可她一点办法都没有。婶娘几次催女儿放下电话去写作业去洗澡，小姑娘都置若罔闻。婶娘安排姬瑜住在女儿的房间里，让女儿跟自己睡。这小姑娘看着姬瑜就瞪眼皱鼻，一副深仇大恨的表情，姬瑜哪敢提要求呀。他们觉得有满肚子的话要说，一时却又不晓得从何说起，互报了平安。姬瑜说，方才婶娘送女儿去赶校车，直接就上班去了；表叔腿脚不便，住在楼下他自己的房间里，婶娘向她盘问他的来历，细枝末节都不放过，弄得她心里七上八下的。因为表叔前妻留下两个儿子，她生怕婶娘有什么别样的算盘。

他们都不敢在电话里说得太久，怕电话费太贵，便约好了下次通话的时间。雪弓说，下星期他去学校报到，就可以买电话卡，畅畅快快与她通话了。

雪弓挂了话筒，怔忡片刻。这位婶娘，难不成果然是她？虽然少小离开后便没见过她，但那双猫儿般警觉的眼睛还是让他似曾相识啊。

这半日，史雪弓独自一人坐在客厅葡萄紫的沙发中，对着园子里点缀着残瓣的紫藤树，梳理着自己即将开始的留学课程。他主修哲学，其中包括东西方哲学的发展和比较，与哲学有关的还有历史学、政治学、经济学等等，要翻阅大量原版经典书，溯源穷流，方能有所心得，写出言之有物、剀切中理的论文。这期间最大的困难还是自己差强人意的英文水平，语义理解上差之毫厘便谬以千里！他又拿出随身听，"美国之音"广播磁带有一个好处，播音员涉猎内容博及古今，对自己深入了解美国社会形态风土人情帮助极大。

雪弓一旦进入研学状态便忘却自我，磁带换了一盘又一盘，遇到不甚理解的词句，倒退回去反复听，并且记录下来。他已不知觉时光的流逝，紫藤细密的卵状叶筛淘着日光从东渐移向西。他甚至没听见汽车倒进车库，没听见门闩咔吱——直至晏枰重重地拍他肩膀，他方才如梦初醒，仰起面孔，拽下耳机，"啊？你下班啦？"

晏枰摇摇头道："雪弓兄，你一定没吃午饭吧？被我猜准了，紫萝姐，幸亏我让你带了食盒吧？"

史雪弓又是大大的惊愕，张了嘴却出不了声，晏枰身后，竟还立着位妇人，却不是今早看到的晏太太！

晏枰镜片后的眼珠悄悄躲开雪弓设问的目光，伸开手臂将那妇人揽前一步，道："我来介绍一下。雪弓，这位是我的恩姐，滕紫萝女士；紫萝姐，这位就是我跟你说起过的患难与共的插兄史雪弓，他将去NJC州大攻读哲学硕士。"

于是，雪弓礼貌地伸手与滕紫萝握了握。滕紫萝戴着长及手臂的黑色网状细丝手套，雪弓仍感觉到她的指尖冰棱子般。雪弓迅速打量了她一下，绛紫的小立领衬衣，领口袖口都镶着同色蕾丝花边；下身系一条黑色开后衩的旗袍裙，像是极随意地搭了条黑色蕾丝镂空纱巾，恰到好处地把身体上最会暴露年纪的部位遮盖住了。她及肩波浪大卷发，将面庞修饰得宽窄适度，细而挺的鼻梁上架着副无框有色镜，镜片逞淡淡的雪青色，过滤得双目幽秘深邃，摄人心魄。雪弓满肚子的疑惑，用力盯了晏枰一眼。

晏枰装作没理解雪弓发出的问号，道："紫萝姐，你累不？要不先上楼歇会？"

滕紫萝微微一笑，点点头，道："那你把食盒中的鸡仔饭加加热，给你的插兄尝尝，这是正宗的粤菜。"她的声音柔和圆润，不急不缓。

雪弓听着，觉得他俩更像是老夫老妻的对话。又疑惑：晏枰就让这位恩姐上二楼歇息？二楼不是晏枰和太太的卧房么？

晏枰动手将食盒中的鸡仔饭倒入玻璃器皿中，放进微波炉热了几分钟，便端到雪弓跟前，笑道："你尝尝，这是我恩姐紫罗兰餐厅的招牌菜，每天要卖出上百份呢。"

雪弓便舀了勺塞进口中，是那种酸酸甜甜的滋味。他一边咀嚼一边连连道："好吃好吃，越吃越饿！"他自然是为了讨好晏枰，随后需要他释疑解惑，可没拨几口，就听得滕紫萝在楼梯口唤道："晏先生，你能上来一下吗？"滕紫萝的声音仍是匀速的，只是提高了声频。

看得出晏枰对她是有求必应的，连忙起身，对雪弓抱歉道："你慢慢享用，我去去就来。"

雪弓并不是有意听壁脚，这桩事情似乎对滕紫萝很要紧，她等不及与晏枰返回二楼卧室，在楼梯口就开始责问晏枰："你和姚怎么睡在我的床上去了？"

晏枰几乎喊起来："没有！怎么可能？没有的事，我发誓！"

滕紫萝明显压低了嗓门："你先别急着发誓，证物俱在，姚的胸罩、短裤！你们也太放肆了，连收拾也不收拾一下！"

晏枰恨声道："我想起来了，上星期移民局来人察访，我们总要做出夫妻同床的样子吧？我吩咐姚要替你打扫干净、恢复原状的……"

声音消失了，他们进了房间，"砰"地关上了房门。只方才那几句，便足以让雪弓疑窦丛生、浮想联翩了。

直到紫藤蔓生出一片一片的暮霭，夕阳从小楼倾斜的屋顶上缓缓滑落，晏枰与他的恩姐才从楼上下来，一路莞尔低语，毫无方才龃龉的痕迹。

雪弓连忙礼节性地立起身来，晏枰道："你管你练习英文，有紫萝姐在，我们不愁没晚饭吃了。"

雪弓戴上耳机，却不时地用眼角余光瞟着他和她。在雪弓看来，这位滕紫萝倒更像是这屋子的女主人，她褪去网状长手套，围上隔水橡皮围裙，洗涮切剁，不时地吩咐晏枰做这做那。

不久小菜便布排停当，三菜一汤，不算很丰盛，却很实惠，茄汁小明虾、糖醋小排骨、蒜茸西兰花、外加干贝豆腐汤。雪弓故意惊讶道："紫萝姐不是开广东菜馆的吗？竟还会烧上海菜啊！"晏枰道："还不是为了给你这个上海人接风啊。"便开了瓶干红，先给滕紫萝斟酒，滕紫萝却把那头杯酒放到了雪弓跟前，浅浅笑道："史先生，我听晏先生说起过，您和他，在黄海滩的孤岛上，你们是过命的朋友。"

雪弓瞥了眼晏枰，看来，这位滕紫萝

57

女士不仅是你的恩姐,更是你的知音呵。

饭毕,滕紫萝泡了一壶茶,说是她餐馆自制的,红茶中加入紫藤干瓣,愈是口味馥郁,并且消食平胃。在餐厅,她都是奉送给顾客的。久而久之,有老顾客单为喝这壶紫藤花茶,特为来餐馆吃饭。

雪弓饮了一口便大大称道,什么至雅素馨,入口香泽,纷缊宜修,醇味自得。晏枰晓得他东拉西扯为搏滕紫萝的好,更是为搏自己的好,竟有些羞赧,捧着杯子默默无言。那滕紫萝却来了兴致,道:"今晚月色甚好,正可以茶代酒,对月抒怀。晏先生,我们也长久没有一起吟唱了吧?去,去把你的琴拿来!"

晏枰迟疑着,还是去了小书房,不晓得从哪个犄角旮旯里摸出把胡琴。雪弓感慨万分,他一眼就认了出来,正是这把二胡,胡把已成枣红。仿佛已是上辈子的事了,在陆公岛,他们坐在茅屋前的石墩上,晏枰由着心情拉一曲深沉忧怆的曲子,拉出了满天银晃晃的星星。

晏枰闷头调了调弦,试了一串音符,便拿眼看住滕紫萝。他始终回避着雪弓的眼睛。滕紫萝嫣然一笑道:"晏先生,还是茉莉花吧,许久不唱了。"说罢,"吭吭"地清了清嗓子。

晏枰低眉信手运弦,熟悉的茉莉花曲调如流水清清泠泠地流淌起来。滕紫萝站起来,双手叠交在胸前,深深吸了口气,便唱了:"……好一朵茉莉花呀,好一朵茉莉花……"她嗓音低沉舒缓,属女中音范畴,虽气息有些跟不上,仍听得出运用了一些专业的控声技巧。一曲唱毕,雪弓拼命鼓掌,道:"紫萝姐,您好像是受过专业声乐训练的吧?"

晏枰道:"你还不错,还能听得出来,紫萝姐移民前原是上音声乐系的高材生嘛!"

雪弓不由得对她刮目相看了。可惜看不清滕紫萝的表情,客厅落地灯的光线原就调弄得幽暗,滕紫萝架着的紫色镜片便由雪青成深紫,黑洞洞两团。

这一晚,滕紫萝是留宿在小屋里的,雪弓自己对自己解释:这也说得通,二楼本就有她的一间卧室嘛。滕紫萝先上楼去了,雪弓看晏枰替大门上了锁,赶紧问道:"你太太呢?不给她留门了?"晏枰云淡风轻道:"姚,今晚住她朋友家,不回来了。"雪弓看着晏枰跨一步跳两步地上楼梯,竟有些紧张,晏枰会走进哪一间卧室呢?

雪弓仍是似睡非睡,似梦非梦地辗转了一夜,或许是倒时差?或许是地板太硌硬?或许是晏枰身边两个女子的事搅得他思绪紊乱?天刚拔白,他便起来。既然睡不好,不如抓紧时间练习英语听力。

雪弓用凉水冲了脑袋,顿觉神志通透了许多,决定再去园子里跑上几圈,让浑身脉络都顺畅起来。推开落地窗,却见滕紫萝已在园中紫藤树下聚精会神地打太极拳。她穿了一身藏青蓝镶酱紫边的运动衫裤,略显出微微凸起的小肚腩。不过,她一招一式都很到位,架势也摆得有模有样。她是听见有人开窗出来,仍坚持着把一套拳打完,稳稳地收势。雪弓便喝了声彩:"好!"滕紫萝扭头看住他,笑道:"史先生,起得早哇!"

像有一把小锤子"当"地敲了他脑壳一下,雪弓懵住了:滕紫萝没戴变色镜,并且把大波浪卷发用青紫的发带在脑后束成一根马尾,她整张面庞完全裸露在蛋青的晨曦中,他看清了她眼角密密的细纹,眼睑下乌沉沉的眼袋;他还惊悚地看清了

58

她前额和耳畔发际处，疙疙瘩瘩的疤痕，那是整容手术的后遗症！

滕紫萝大概意识到了，抬手将发带抽去，波浪卷发飘落下来遮住了额头和双颊。她垂下眼帘，让长长假睫毛阴影模糊了下眼睑的青肿，十分标准地浅笑着，道："史先生，您来吧，我去做早饭啰。"

雪弓挥臂抬腿乱动了几下，颈项慢慢旋转，却挥不去滕紫萝前额耳畔处蜈蚣状的伤疤。暗暗估摸了一下，滕紫萝恐怕年过半百了吧？

晏枰立在落地窗框里，喊道："雪弓兄，你就不要张牙舞爪的了，一点章法都没有，还不如人家耍猴呢！吃早饭了，待会我还要赶去公司加班，顺便送紫萝姐回家。"

雪弓一听滕紫萝要走，先去自己箱子里翻找，找出一把香木扇，镂空雕花，那花一串一串形似紫藤。便作为礼物送给滕紫萝，笑道："紫萝姐，都怪晏枰，不早告诉我您要来。幸而这把小扇，看着与您气质吻合，礼轻意真，还望您不要见笑哦。"

滕紫萝添了妆，换了裳。月白的一袭斜襟及踝无袖旗袍裙，领圈与裙摆处有天青色的碎印花，肩披一条天青色乔其纱长围巾，俨然一朵过了盛花期的百合，憔悴着，忧悒着，是一种叫人怜惜的美艳。她暗红带珠光的唇翕开一线，吐出"谢谢"两字，便接过了香木扇，缓缓地展开，靠近面孔嗅了嗅，又悄悄合拢了。

她未及套上网状手套，她的手苍白精瘦纤长，手背上，青筋暴突，细蛇纠缠一般。

用毕早餐，雪弓送走了晏枰和滕紫萝，他突然觉得轻松了许多，手脚都灵活起来。他洗涮了餐具，戴上耳机，坐在客厅沙发里，一抹朝阳正投进他怀抱，便迅速收拢了思绪，竭力去捕捉美国之音的播音员吐出的每个音节……

"Hello, I am coming."门口传来一声娇滴滴的招呼，并伴着浓郁的香水味，雪弓才发现自己整个身子都浴在阳光里了。他摘下耳机站起身，晏太太正袅袅婷婷进来。她又换了装束，翠绿色Ｖ字领无袖Ｔ恤，鼓突的胸前缀着玛丽莲·梦露的笑脸；下身一条水磨蓝紧身牛仔裤，勾勒出她修长的双腿，短短的卷发乌缭绕着她唇红齿白的小脸，乍看却像个青春美少女。雪弓悄悄挪开目光，回道："Hello，晏太太，你用过午餐吗？我去烤热狗。"

晏太太瞪大了眼线飞翘的双目，道："史先生您还未用餐？都下午两点了呢！老晏呢？他就这样款待贵客啊？"

雪弓忙道："不不不，我不饿……晏枰，他去公司加班了。"

晏太太面孔忽就沉了下来，稍顿，"哼"的一声道："加班？他那个公司加什么班？是不是老巫婆来过啦？"

轮到雪弓发呆了，"老巫婆？"旋即便明白过来，道："是，是晏枰的恩姐来了……"

"恩姐？"晏太太歇斯底里地笑起来，笑得弯下了腰。终于笑停了，冷冷道："都好做他妈了吧？是老晏的前妻！"

这座紫藤披拂的园子，渐渐地，大半已被青霭笼罩，只余一角仍被残阳涂得血红。

雪弓心神不宁了小半天，终于等到晏枰回来了。

雪弓听到门锁落下的声音便迎了上去，瞪住晏枰，一时又不知从何说起。晏枰朝他耸耸肩膀，道："怎么了？你？我？"雪

紫罗兰小屋

弓伸手往楼梯一指,瓮声道:"她……晏太太回来了!"

晏枰只把手中拎着的大纸兜抬了抬,道:"今天晚餐不愁了,瞧,足够我们三人吃的了。"说着将纸兜放在桌上,朝雪弓咧了咧嘴,上楼去了。

不过三五分钟后吧,雪弓便听得天花板上惊天动地砰一声,倾零光啷,东西碎裂!接着,便是叽里呱啦吵闹声急雨般泼洒下来。雪弓无意去分辨他们吵些什么,他终于明白了一个事实,晏枰生活得并不快乐!

37

晏枰夫妻俩这一架吵得很凶,敲碎了一只鱼缸,晏枰还甩了晏太太一记耳光!这两个细节是晏枰后来告诉雪弓的,当时,雪弓只看见晏太太披了件长风衣,发疯似的跑下楼梯,撞出大门去了。雪弓一时不知道应该去追晏太太呢?还是应该上楼劝说晏枰?正迟疑间,晏枰站在楼梯口喊:"雪弓,上来吧,帮我收拾一下。"

雪弓到了两天,头次踏上楼梯。二楼走廊满地是水和碎玻璃,其间还有数条彩色的鱼儿甩着尾巴挣扎着。晏枰从卫生间拿来拖把和塑料桶,雪弓紧张道:"晏枰,晏太太跑出去了!这么晚了,要不要去寻她?"晏枰面孔上没有表情,道:"你放心,她不会有事的。刚才她打过一个电话,一准有人来接她,恐怕回她自己的豪宅去了吧!"

雪弓愈是纳闷,这两口子葫芦里究竟卖的什么药?

收拾完走廊上的残渣余孽,晏枰拍了拍雪弓的肩,苦笑道:"我晓得,你肚子里早就堵满烂泥了。原想早点告诉你，信里头说不清楚，我又懒笔头。今晚正好，有酒有菜，我保证吐无留言，你听了我的故事，可千万不能以白眼相待哦！"

他们端了张活动小木桌放在紫藤架下，把晏枰从紫罗兰餐馆带回的几样熟菜摆开，有什锦糟杂碎、明炉烤鸭、鲍汁目鱼和凉拌生菜，晏枰还从冰箱取出一大堆罐头啤酒。初夏夜晚的凉风在紫藤叶中絮絮穿行，月儿初起，深蓝的天空偶有几点星烁。这让雪弓想他和晏枰在陆公岛上畅谈人生的那个晚上，不同的是那个晚上天上的星星繁密得多。

晏枰拉开罐口，仰头"咕咚"一大口酒，第一句话便让雪弓吓了一跳："我和姚，只是名义上的夫妻！"

晏枰无疑是他家族的骄傲。晏家有人在香港做成了企业家，有人下南洋成了富敌一方的巨商，却唯有晏枰去美国取得了计算机硕士学位，并在一个规模不小的科技公司里做研究员的工作。公司的顶头上司很欣赏他，许诺尽快为他申领"绿卡"。晏枰说他漂洋过海，历经磨难，当时唯一的愿望便是拿到美国的"绿卡"，然后就可以将母亲接到自己身边，让她安享晚年。母亲嫁进晏家后，受祖父和父亲的牵连，没有过几年消停的日子。父亲去世后，她凭一己之力抚养孩子，并且变卖家当，举债借贷，送长子晏枰出国求学。晏枰提起母亲，脱下眼镜，掩面饮泣。

晏枰为了"绿卡"，已经把两项技术发明的专利奉送给公司。那年他接到家乡姐妹的信件，说母亲得了不治之症，缠绵病榻已半年之久，只捏着晏枰的照片不松手。晏枰急得火烧火燎，闯入上司办公室，讯问自己何时能拿到"绿卡"，他要回国探望母亲。以往上司总是应付他"快啦"，"没几天就会下来啦"，这次却王顾左右而言他，反问他手中项目进度如何。有同情他的华裔同事悄悄告诉他，上司压根就没有替他申报"绿卡"，这样公司就可以一直无偿获得他的发明专利。

晏枰说，因为家庭的关系，他从小养成了隐忍的性格，母亲日日敲木鱼般叮嘱他："吃亏就是福，忍得一时忿，终身无烦恼。"他忍啊忍啊，从乡下忍到城里，从中国忍到美国，那一刻他终于忍不住了，声嘶力竭地与上司评理，言称要与上司对簿公堂。上司只是冷笑着丢给他一张解聘书，并警告他不准带走手中项目的任何技术参数，否则以泄露机密告他间谍罪。

两天后，晏枰收到姐妹电报，告知母亲三天前咽了气，临终前让她们告诫晏枰，没拿到"绿卡"不要回国奔丧；母亲在九泉下看着他，要他好好工作，就在异国他乡讨房媳妇，生儿育女，为晏家延香火，母亲便可安眠了。

晏枰说，那一段日子是他三十多年人生中最绝望的时刻。他说，当年在茆围子，也艰难，也困顿，可自己年轻，有理想，相信通过努力能够实现人生目标。可经过十多年的腾挪周折，坎坷蹭蹬，只觉得人心叵测、世途凶险，理想成为泡影，激情消磨殆尽，活着就像行尸走肉一般。没过几天，他的双鬓已落满点点霜痕。

因为没有了生计，晏枰被迫从租赁的公寓搬了出来，与另外两个亚裔打工者挤在一间地下室里。他只能出去打工，小餐馆里洗盘子，超市里搬货物，替别墅人家除草涂抹房顶，提心吊胆躲避着移民局警官的明查暗访。有一度他觉得自己真的撑不下去了，深夜，他独自坐在麦德逊河畔，黛蓝的河流轻轻喘息着，流水流淌着。他想，要是自己一头扑进河里，是不是就能与父亲母亲乃至祖父见面了呢？

在那人生最低谷的地方，晏枰遇到了滕紫萝。

滕紫萝丈夫的家族从南洋移民美国已是第三代了，她丈夫在纽约开了餐馆和超市，不算巨富却也绰有余裕。她丈夫不幸病故，当时她两个儿子尚在求学，她便接手家族公司董事长的重任，经营管理得有条有理更有声有色。

晏枰先在紫萝兰餐厅做服务生，滕紫萝见他做事规矩，说得一口流利的英文，便又要他到超市做了仓库总管。就在晏枰独自坐在麦德逊河畔自怨自艾的那晚，滕紫萝寻到他，跟他说，她考察了他几个月，鉴于他的学历，更鉴于他的人品，她打算聘任他为公司财务主管，问他愿不愿意接受这个职位？

晏枰已经不相信天上会掉馅饼这种传说了，狐疑地问道："紫萝姐，您晓得我没有绿卡，打工是黑工。您让我做您的财务总管，这不违反美国劳工法了吗？"

他和紫萝姐都坐在河畔华灯的阴影中，互相看不清对方的面孔。紫萝姐早年学声乐的，说起话来音质浑厚，尾声带点金属共鸣，就像这沉沉的河水缓缓地打着漩涡向前流淌。紫萝姐说，她了解晏枰的志向。在纽约像他这样打黑工的人很多，要等到美国政府何时大赦，方有可能拿到"绿卡"，三年五年？八年十年？谁也说不准。唯一有个办法，可以保证他在三年之内拿到"绿卡"，甚至有可能成为美国公民。

"什么法子？"晏枰有点激动地站了起来。

滕紫萝也徐徐起身，与他面对面，看不清五官，但感受得到对方的气息。她极其平静地道："我和你结婚呀。我是美国公民，很容易帮你申请到绿卡。只有解决了你的身份问题，才能寻找到合适你专业的公司，才能实现你的抱负！你说呢？"

在一瞬间晏枰成了泥塑木雕，不会思想不会说话不会动弹。不晓得过了多久，也许只有几秒钟，也许已经地老天荒。他终于清醒过来，深吸口气，却轻轻道："紫萝姐，您，为什么？这样帮我？"

依旧是看不清对方五官的，但晏枰晓得滕紫萝深深地望着自己，他感觉到面孔上热烘烘的两团。

滕紫萝道："因为我喜欢你呀。"

晏枰说，他和滕紫萝是在纽约市政厅领的结婚证，随后，只他们俩人，到郊区一个教堂，请牧师为他们见证了简单的没有宾客的婚礼。作为女人来说，滕紫萝是挑不出缺点了，温柔、体贴、善解人意。她生怕晏枰与自己家人接触有心理障碍，结婚后就搬出豪宅，与晏枰两人住进了这座紫罗兰色的联体公寓。当年滕紫萝的丈夫是根据妻子的喜好来布置房子的，并且在园子里植下紫藤树。后来他们事业做大了，重新在高档社区置下豪华别墅。滕紫萝舍不得卖掉这座小屋，闲置着，有时会临时租借给亲戚朋友。

晏枰说，结婚三年多，他和紫萝姐举案齐眉相敬如宾，那三年是他人生中过得最安宁最舒坦的日子。他全心全意帮助紫萝姐打理公司财务，并且对公司管理结构进行优化改革。紫萝姐是无条件地信任他，放手让他干。并且鉴于公司许多年积累下的财务信誉，一年多晏枰就拿到了"绿卡"，三年后便宣誓成了美国公民。

晏枰举起啤酒罐与雪弓碰杯，两人都一气喝干。

晏枰看住雪弓依然布满问号的眼睛，笑道："我晓得你想问什么，我从来没有正面问过紫萝姐多大年纪，只在登记结婚那一刻看到了她出生的年月，她比我年长十多岁……"又开了罐酒，大口喝了口，"刚开始，和她躺在一张床上，我很别扭，没办法和她亲热。紫萝姐并不强迫我，她只是宽慰我，抚摸我，像抱孩子似的把我拥入她的怀抱。渐渐地，我熟悉了她身上的气息，熟悉了她身体的每一处柔软和炙热，熟悉了她心灵的焦渴与欲望，我不能不满足她。"又喝了口酒，朝雪弓眨眨眼："其实……我们还是很和谐、很激情的！"

雪弓将酒罐往桌上"啪"地一刹，道："我看得出，你跟紫萝姐是有感情的。可是为什么？又有了现在的晏太太？年轻？漂亮？或者说本来就只是利用滕紫萝转身份？"

晏枰也将罐头狠狠地刹在桌上，道："雪弓兄你竟然这样看我？"黑下面孔，"哧哧"地吐气。

雪弓晓得说错了，忙道："对不起晏枰，我一时性急，口出妄语。单只看紫萝姐对你的态度，便是另有隐情了。"

晏枰长叹一声，道："曾经，我打算和紫萝姐和和睦睦过一辈子，帮助她把企业做好做大，做到上市，做进五百强，倘若能那样，也不负我少年时的激浊扬清、彰善瘅恶，建一番功业的雄心了。可是……"晏枰咕噜咕噜灌下一罐酒，抹了抹脸。

滕紫萝的两个儿子先后大学毕业了，分别接管了餐厅和超市的经营管理权，当时紫萝兰餐厅在纽约州已有四五家连锁店，超市面积扩展了十多倍，日子却开始纷扰不安起来。先是由晏枰招聘来的餐厅经理接连被辞退，后来超市突然宣布收支独立，与总公司财务部门划清界限。晏枰明白，他们这是向自己开战了！他想辞职离开公司，紫萝姐却拦着，并说她一定会说服孩子们的。可每每紫萝姐从豪宅返回小屋，面容憔悴、嗓音嘶哑，睡在床上辗转反侧，长吁短叹，毕竟，豪宅那边是她血脉相连的儿子，儿子背后还有整个家族，何止一座大山！

是晏枰咬咬牙做出了决断：与滕紫萝离婚，并辞职离开公司，"否则，紫萝姐肯定会被她两个儿子纠缠死的！"晏枰抬手捋了把紫藤叶在掌心中轻轻地揉搓着。

雪弓转动着啤酒罐，沉吟道："要让女人在儿子和情人之间做选择，真是天底下第一难解的题！"

滕紫萝一心想把紫罗兰小屋留给晏枰，只是这屋子产权证上登记了滕紫萝及两个儿子的名字。儿子们自然是看不上这屋子的，但他们不肯松口，一定要晏枰起码付清三分之二的房款，这笔钱对于晏枰来讲仍属天文数字。他在与滕紫萝婚姻存续的这些年中，一心一意为滕紫萝打拼企业，却未曾想着替自己留一笔退路的钱。其时，滕紫萝亦将董事长的权柄交给了大儿子，她已无法替晏枰还清这笔房款。

晏枰说，他又一次被命运逼入生活的狭弄，转身腾挪都很艰难。又要迅速找到赖以生计的工作，又要觅一处地段合适租金恰当的住处。他每天要寄出十几份简历，并且把报纸夹缝中的租房信息看了一遍又一遍。

滕紫萝又一次解衣推食，给他送来了解决方案。滕紫萝在纽约华人圈是出将入相一等的人物，正巧有生意交往的旧友托她帮忙,说是有位女子从上海初到纽约,家庭颇有背景,在长岛已置房产,意欲入行投资业,目前迫切要解决的是身份问题。滕紫萝因家庭纠纷与小丈夫离婚的风波早已传遍华人圈,旧友的意思,若能劝滕紫萝前夫与这位女子"结婚",待女子取得"绿卡"后,她愿出不菲的"酬谢"。滕紫萝一听"酬谢"的数目不仅能让晏枰还清房款,还能有一些结余来缓解他眼下的窘迫,便一口答应下来。

晏枰酒喝多了,已有些不支,含混道:"既然紫萝姐已替我揽下这笔生意,我也只能接受了。"自嘲地哼哼笑道:"何况,还是一位风情万种的美女!"

雪弓恍然,"就是这位脾气火暴的晏太啰?"

晏枰道:"结婚证是实打实在市政厅里开的,私下里签了一份合约,言明只是名义夫妻,她先付了一半的酬谢款,待拿到绿卡,再全部付清。"

雪弓调侃道:"面对这样一位尤物,又住在同一屋檐下,晏枰你真是柳下惠转世哦。"

晏枰摆摆手,"二楼主卧一直替紫萝姐留着,摆设布局丝毫没改。客卧是给姚住的,我睡在三层阁上,那里原是储藏间。"晏枰又要开酒罐,被雪弓拦下。晏枰褪下眼镜,用力拧着眉头,道:"有桩事情我真是搞不懂,明明是紫萝姐替我拿的主意,塞给我一个老婆,可她偏偏每礼拜都要来查看一番,拐弯抹角打听我跟姚是不是睡到一张床上了。那个姚也是的,在人跟前做出夫唱妇随的模样,在屋里从不拿正眼瞧我,我稍在她房门口站一站,便训斥我不怀好意。可是只要紫萝姐来过一次,她就要发一次脾气,什么难听的话都骂得出来!"

雪弓笑道:"孔夫子早说过嘛,唯女子和小人为难养也!近之则不逊,远之则怨,是这样吗?"

晏枰"啪"地拍了下桌子,"快了,移民局官员,已上门三次了。不出半年,姚的绿卡申请就可以下来了,我也好解脱了!"

史雪弓托着腮帮子定定地看住晏枰纹络像七巧板似的面孔,问道:"到那个时候,这座紫罗兰的小楼就真属于你晏枰的啰!你成功了,入了籍,有了稳定的工作,又有房有车。想来,你很快会再找一位各方面都相称的女子结婚,生儿育女……晏枰,你觉得,你的生活目标人生价值实现了吗?"

雪弓问晏枰,也是在问自己。却听到轻轻的鼾声,晏枰面孔埋在臂弯里睡着了。

月已爬上中庭,小园子里铺满了紫藤散乱的影子。细细的凉风不动声色地淌过,蝉子躲在叶丛中,偶尔叫唤两声,知了——知了——

两天后史雪弓离开纽约去NJC州立大学攻读哲学研究生,此后两年间,他没有再踏进那座紫罗兰小楼。因为学业太紧张,他必须在规定时间里修满十八门基础课以及若干选修课,最终还要交出一份独具匠心、别开生面的论文。作为助教,他还需帮导师完成许多繁杂事务;休假日,还要去图书馆或者教务办寻些临时工作,赚些外快。他的助学金并不宽裕,他答应姬瑜要帮她筹措第二学年的学费,何况他想着她寄宿表叔家手头一定很拮据,所以他还尽量匀些零花钱给她。他尽可能地节省着自己的花销,早上出门,两片面包夹一个荷包蛋；晚上回住处，冲包方便面再打进一只鸡蛋。几个月下来，一米八高个称称只有百三十斤了。

圣诞节学校放假，雪弓原打算哪里也不去，只窝进图书馆看书翻资料，既抓紧时间又节省了路费。他跟姬瑜每到周末会通一次电话，姬瑜让他无论如何要到纽约表叔家来过圣诞，姬瑜听他哼哩哈啦推三推四，电话里声音就变了，啜泣着，埋怨雪弓不关心她，不定有了金头发蓝眼睛的相好，渐渐地冷落她。姬瑜的端庄温婉是出了名的，雪弓从不见她如此胡搅蛮缠的样子，心想必定是有非他过去不可的难事了，连忙答应了她。

要去表叔家过圣诞节，少不了要准备圣诞礼物，这让雪弓挠着头皮想了半天。姬瑜留在他箱子里的礼品还有几件，有一条印着水墨山水的真丝领带，正好送给表叔；表叔与前妻育有两个儿子，都成家立业独立过日子了，现在的婶娘只生了一个女儿，十多岁光景，雪弓翻出一串珍珠项链，半大的女孩或许会喜欢。最伤脑筋的是给婶娘的礼物，雪弓想起她深棕的眼珠掩在烟晕里挑剔而傲慢的样子，那些丝巾啊，香木扇啊，珍珠项链啊，肯定都入不了她的眼，说不定被她嘲弄两句。雪弓终于想到能守能攻的武器，他随身带了英译本《诗经》，原来为自己消磨时光解困之用备的，拿它作为给婶娘的礼物，婶娘再想不恭，反显得她粗鄙了。

史雪弓为了省几块钱车费，买了夜行灰狗车的票，颠簸了一夜，清早就到了纽约。他在长途汽车站买了盒牛奶和两只苹果，喝着，啃着，直到九点敲过，才搭地铁去表叔家。

表叔家是一幢前后花园的独立别墅，占地并不很宽敞，被雪弓看来已是很舒适了。带人字形廊檐的大门上挂着迎圣诞的彩色花环，雪弓摁响了门铃，开门的就是姬瑜，她好像候在门边等雪弓摁铃的。

要不是在表叔家，姬瑜一定会扑上来吊住雪弓的脖子，他们好几个月不见了。此刻姬瑜只能目不交睫地看着雪弓，泪水在眼眶里打转。雪弓勉强笑道："姬瑜，我不是召之即来了？"姬瑜忍不住笑，眼泪却滚了出来："你瘦了？头发那么长，多少时间没剪了？"雪弓凑到她跟前，悄悄道："我们要节约每一个钢镚，把它用在刀刃上，对吧？"姬瑜揍了他一把："还闹！人家愁也愁死了！"

婶娘闻声迎了出来，依然颐指气使道："姬瑜，把客人堵在门口作甚？先把东西安顿安顿，出来帮我布置圣诞树！"

雪弓恭恭敬敬地喊了声"婶娘"，四目相对，他从她棕色的猫儿似的眼珠中又感到居高临下的审视与挖苦。

姬瑜领着雪弓上二楼，进了她住的小卧室，把门一关便扑入雪弓怀里，眼泪鼻涕一齐往雪弓肩胛上蹭。雪弓轻轻拍着她背脊，许时方道："怎么啦？受委屈了对吧？放心，你的白马王子来了，看谁还敢欺侮你！"

姬瑜"嘘"了声，"轻点，这种房子看似豪华，都是木板墙，隔音很差的！"压抑着声音委屈道："要说谁欺侮我，倒也谈不上。表叔人倒和善，他身体不好，很少出房门，吃饭也总是护工端进屋喂他；偶尔碰到，客客气气，总像隔着千山万水，亲近不起来。我现在已习惯了婶娘的呼么喝六，就那脾气。只是……自我住进来，她就把下午两个钟头的babysitter辞退了。燕燕下学回来，我就要负责陪她玩，陪她做功课，还要准备晚餐……"

雪弓食指勾了勾她弧线优美的鼻子，道："在上海，你是你妈的大宝宝，来这儿，你倒要照顾人家的小宝宝了。行啊，进步很大。"

姬瑜重重叹口气，道："后来想想，也理解婶娘了。她在附近公立医院做全科医生，表叔只有退休金，她也得拼命挣钱养家。她不收我房租伙食费，在美国人中间已经很了不起了，她爱训人就由她训几句吧。"

婶娘在楼梯下拔直喉咙喊："姬瑜，晚上有时间好亲热的，差不多就下来吧！"

姬瑜羞得脸红得像熟透的樱桃，扭扭捏捏道："你看婶娘，这屋原是燕燕的房间，就一张单人床。他们以为男女朋友就应该睡在一起的……"

雪弓哈哈一起，挽住她肩膀道："没关系，我打地铺，保证不侵犯你。"

姬瑜垂下眼帘不敢瞧雪弓，慌慌张张去柜子里取出一只纸盒，道："这里不开午餐的，你吃几片饼干垫垫饥，要熬到晚上才有的吃呢。"

雪弓忙说下了灰狗已饮餐了一顿，正想留着肚皮吃圣诞大餐。便将三份圣诞礼物取出来让姬瑜审定一下，姬瑜点点头，沉吟着，道："怎么少了一份？"

雪弓明白她的意思，实在是没有时间为姬瑜买合适的礼物，拍了下胸膛，道："不少啊，在这儿站着呢，一百多斤肉和骨头，外加一颗火热的心！"

姬瑜屏住笑，啐道："就你皮厚，便宜了你！"

于是两人稍稍整理了仪容，便下楼了。

客厅长沙发边上，已立着一棵齐肩高的圣诞树，婶娘依树站着，穿了一袭羊绒藏青袍裙，耳坠、项链、手镯清一色的翡翠绿，清爽、干练，仿佛也是一棵树。

雪弓走近她，愈肯定是她，尤其是那对棕色的眼珠。

"史、雪、弓！"婶娘挑衅地，一个字一个字，像是从齿缝中逼出来。

雪弓迎上去，大声道："果真是你，元珊……"稍顿，"姐！"

姬瑜顿时懵了，"你们？早就认识？"

雪弓笑着拉过姬瑜，"来来来，我来给你介绍一下，她是我表舅的小女儿，比我早出世半年，所以我得称她姐。几十年未曾谋面，机场乍见，仍觉得面熟陌生的。毕竟，我们是吃过同一个奶妈的奶啊！"

元珊板住面孔，道："史雪弓你还得称我婶娘，否则，你和姬瑜就错开一个辈分了！"

雪弓连喊两声"婶娘"，笑道："无论如何要感谢元珊姐，哦，感谢婶娘对姬瑜的关照，我马上写信告诉父亲母亲……"

"史雪弓！"婶娘呵了一声，"不要告诉上海姑妈我的姓名，我不想成为别人家茶余饭后扯谈的资料！"停停，又补了句："每个人都为自己而活着，无需人家说三道四地评判！"

雪弓从元珊的这几句言辞中品味出许多沧桑，忙道："我不说，只告诉他们姬瑜有一位能干而善良的婶娘，而且……还很漂亮！"

姬瑜朝雪弓皱眉挤眼，她生怕婶娘不习惯雪弓的幽默而动气。不过婶娘只浅浅一笑，道："我早听元玥姐姐告诉我，上海姑妈家的独养儿子才辨无双，能咳唾成珠，谢谢，我当补药吃了。"

雪弓因为证实了姬瑜的婶娘真是自己的表姐，倒是安心多了，愈显得殷勤，使出浑身解数来布置圣诞树，弄得这棵树像个花枝招展的女人，又像琳琅满目的杂货铺。姬瑜摇头道："乱七八糟，一点章程都没有。"雪弓却自我欣赏，道："圣诞节嘛，不就是要热闹吗？"婶娘在准备晚上的烤火鸡，听他们议论，探出脑袋张了一眼，不禁"扑哧"笑起来，道："史雪弓，亏你还是哲学研究生。小时候，我大哥元同领着我和元玥颂读屈原的《橘颂》，我记得有一句，纷缊宜修，姱而不丑。便是说，修饰合宜，恰到好处，才是美呀！"

雪弓与姬瑜欣喜地对看一眼，真难得婶娘这般没有阴影的笑容！

姬瑜告诉雪弓，原本，表叔是邀请了前妻所生两个儿子合家过来度圣诞夜的，两个儿子都寻了种种借口不来了，雪弓的到来便为这个家庭的圣诞晚餐增添了不少色彩，况且又与婶娘认了亲戚，看得出，婶娘心里是高兴的。姬瑜又神秘兮兮加了句："晚饭后，婶娘还有重要事情跟你商量呢！"

傍晚时分，姬瑜骑了辆自行车去校车车站把燕燕接回来，婶娘也将表叔从房中挽扶到餐桌边坐定。

燕燕十几岁的小姑娘已经齐雪弓的胳肢窝高了，她一对跟元珊像极了的猫儿眼凶巴巴地盯住雪弓，道："你是姬瑜姐姐的男朋友？今天晚上也要睡在我的房间里？"

雪弓一向旷达不羁，却也被小姑娘问得张口结舌。元珊一旁斥责道："燕燕，怎么跟客人说话的？要有礼貌，忘啦？"

雪弓灵机一动，决定不按美国人圣诞送礼的程序进行，此刻即将礼物献出以"收买"小姑娘。随即从马夹袋里取出装珍珠项链的锦盒，笑盈盈道："燕燕，这只盒子里的礼物是专门给你买的，不晓得你喜欢嘛？"

燕燕扭头看看妈妈，元珊点了点头，她才接过锦盒，揭开后双脚跐了跐，欢喜道："妈，这个我能戴去上学吗？"

姬瑜抢着道："为什么不能？珍珠看似素净却最雅致，来，姐姐替你戴上。"

小姑娘正好穿了件粉红色的羊毛膨膨裙，配上银白的珠串，跟童话中的公主一样。

雪弓趁机吟道："燕燕于飞，差池其羽……终温且惠，淑慎其身。"念着，便取出那本英译《诗经》，双手捧着，毕恭毕敬递到元珊面前，道："婶娘，这是给你的礼物。'邶风'中有一首'燕燕'，一唱三叹，缠绵悱恻，你可以用中英文分别读给燕燕听，她也许会喜欢呢！"

元珊接过书，横竖看了看，道："现在国内出书，装潢也很考究嘛。"又道："史雪弓，我吃不准你究竟来不来，所以没替你准备礼物。"

雪弓嘿嘿笑道："不用不用，婶娘收留姬瑜，便是比什么礼物都重呢。"

一边姬瑜已将水墨山水领带给表叔戴上了，表叔显得很高兴，说话吐词不清，只是竖大拇指。

电烤箱嘟嘟地叫唤了，火鸡烤成了。元珊另外还做了凉拌芦笋和红菜汤，特地为雪弓开了瓶赤霞珠红葡萄酒。

雪弓大快朵颐，称赞婶娘火鸡做得鲜嫩入味。

元珊将棕色的眼珠搁在酒杯沿上，问道："小姑妈还是那样危言危行，做事不讲一点人情？听讲小姑父是受了什么刺激突发脑溢血，留下了后遗症，小姑妈发誓要查出真相？"

雪弓擎了酒杯与她叮咚一碰，笑道：

"我妈的脾气,是历经血火铸就的,改不了的。她刚直磊落,在现行环境中却并不讨好。青玉大姐上次来信说,没到任期我妈就退下来了,虽说符合政策,却是首当其冲。"雪弓抿了口酒,啧啧道:"好酒!"又道:"我爸发病的原因嘛,扑朔迷离,记得哪本古书上有言,察察者有所不见,恢恢者有所不容。青玉大姐说,追寻所谓真相已没有太大意思,关键是治好我爸的毛病。听讲近来我爸已经开始用左手挥毫弄彩,我在电话里听他声音,中气蛮足了。"

元珊微微颔首,道:"难得青玉大姐如此通透!有时,我跟元明姐说起元同哥,着实为他和青玉大姐的悲剧惋惜……"

一旁姬瑜忍不住了,也举着酒杯与元珊碰了下,道:"婶娘,你不是说,有要事跟雪弓商议吗?"

元珊深棕色的眼珠子从姬瑜缓缓挪向雪弓,顿了顿,又挪向姬瑜,道:"虽然是我给你的建议,主意还得你们自己定哦。"

原来,姬瑜攻读比较文学,文史哲各科阅读量极大,导师每星期都会布置必读书,摞起来小山一般。姬瑜在国内虽是英语专业的学生,但在文化背景和阅读量方面与欧美学生还是有不少差距,一学期下来,考试成绩垫底,使她倍感压力,成天愁眉苦脸,晚上睡不踏实,饭也吃得极少,珠子般圆润的小圆脸熬得像颗桃核。

元珊渐渐看出了端倪。

姬瑜不敢跟雪弓倾吐烦恼,怕损害自己在雪弓心目中的相貌出众、成绩优秀的"女神"形象,只好晚上在被窝里独自饮泣。元珊敲开房门,并不劝慰她,直截了当问她:"你来美国留学究竟为了什么?仅仅想取得一个体面而响亮的比较文学硕士学位呢?还是想找份工作,拿到绿卡,永久地留在美国?"姬瑜不假思索道:"自然是要想留在美国的。"元珊便道:"那你就要拿出壮士断腕的勇气,放弃NYU比较文学的专业,重新找一门读出后比较容易找到工作的专业呀!"

元珊在医院工作,知道医院中护理工作急需人手。纽约有一些社区大学都开设护理专业,并且较容易申请奖学金,至少可免学费。学制长短不限,四年结束可拿到护理硕士学位,应聘到医院直接可任护师岗位,从事管理工作。

"你现在读的这门比较文学,即便你能取得硕士学位,恐怕也很难找到工作;除非你再花三年攻博,方有可能留在大学里当老师。然而你想取得大学终身教授的席位,那是难上加难。何况这几年的学费、生活费不啻天文数字,表哥表嫂能替你负担吗?你男朋友,他又负担得起吗?"元珊直陈利害,很快打动了姬瑜,她只是担心雪弓会瞧不起自己,这么轻易就放弃理想。

元珊朝她眨了眨猫儿似的眼珠,不动声色道:"史雪弓吗?你放心,婶娘来说服他。"

雪弓耐着性子听元珊一番条分缕析,将姬瑜应该改专业的理由论证得无可辩驳,便扭头去看姬瑜的面孔。姬瑜把脸埋进食盘中,不敢看雪弓的眼睛。雪弓心里顿时明白了,三江五海地翻腾了一阵,一口一口啜着红酒,方才平静下来。他再一次扭过头,拍拍姬瑜的背脊。又故作轻松道:"婶娘,姬瑜没告诉你呀?我和她之间有一条定规,我们俩愿意共度人生,但决不干扰对方的自由!"

姬瑜忽然从食盘中拔出面孔,双臂环住雪弓颈脖,在他面颊上啄了一口。小燕燕用食指划着小脸,快乐地喊:"没羞没羞，姬瑜姐姐亲大哥哥!"

元珊斥道："燕燕别吵!"又道："你们两人意见统一了，转学的手续我可以帮忙解决。"

数年后，当史雪弓独自登上飞回祖国的飞机，身边没有了那位面庞儿白皙甜美的姑娘陪伴，望着机窗外悬浮变幻的云层，心口一阵痉挛，他又一次丢失了他的钟爱。

他懊悔万分，在姬瑜表叔家的那个圣诞夜，自己因顾及元珊姐的情面又怜惜姬瑜，便没有反对姬瑜放弃比较文学而改读护理专业。其实当时有许多话涌在他喉口，他想诘问姬瑜，难道我们来美国读书仅是为了一张"绿卡"吗？他想激发姬瑜，难道你忘了成为中外文化交流使者的理想了吗？他更有许多安慰鼓励姬瑜的话，都被那一口接一口的红酒吞回肚子里去了！他想，他会不会因为自己的软弱痛悔一辈子呢？

雪弓是在规定的两年时间里顺利完成了学业，他可以留在美国实习一年，若有公司愿意长期雇佣他，便有机会为他申请"绿卡"。雪弓自己的意思是打算完成学业便回国的，可当时姬瑜改读护理专业还有一年的学业。不用姬瑜恳请，雪弓自觉两人本是一体，有责任留下来陪伴她。于是遍投简历，一次次面试，有幸被纽约博物馆录用。

雪弓搬回纽约，心想着总不能和姬瑜一起挤在她小表妹燕燕的闺房里蜷缩度日，便去与晏枰商量，租借他紫罗兰小屋的三层阁楼。晏枰的名义妻子姚已顺利拿到"绿卡"，他们按私下合同办理了离婚。听晏枰讲，姚搬离时打扮得千娇百媚，有一辆银白的雪佛莱高档轿车来接她，她朝晏枰送了个飞吻，娇滴滴一声"baby"，扬长而去。

晏枰仗义道："雪弓兄，你与妻子终于团聚，住阁楼太寒碜了。你们俩就住二楼的客卧，这样，我们兄弟便可日日对酒当歌叹人生几何了!"

雪弓连连摇头，乜斜着眼道："主卧门对门，紫萝姐来时岂不要惊扰她？你呀，还是把三层阁租给我的好。"

晏枰不再坚持，道："三层阁你只管搬上去住，我不收你租金。"

雪弓道："你们美国人不是总说friendship is friendship, business is business吗？租金总要付的，念在我实习期薪酬不高，打个折扣。"

晏枰横他一眼："你呀，死要面子活受罪。这样吧，你付得起多少就付多少。"

雪弓双手揖了揖，又道："请问房东，三层阁能否做成两间？大一点的能放进一张床，一只梳妆台即可；小的嘛，我只需卷进睡袋横得倒……"

晏枰猛捶了他一拳："你这个假道学者！你和嫂子还需要分房睡呀？"

在晏枰紫罗兰小屋的三层阁里，雪弓与姬瑜太太平平生活了十个多月。"太太平平"这四个字是姬瑜在家信中提及的，她跟父母描绘她在纽约的日子就用了这四个字。她说他们租住的房间虽不很宽敞，但是很舒适很典雅，紫罗兰的墙纸淡紫兰的纱帘，窗外园子里是一丢丢的紫藤花。她说雪弓早上起得早，上班前每每替她准备好早餐。雪弓博及古今，口才又好，博物馆上司很欣赏他，估计很快就会为他申请"绿卡"。她说自己换了专业，虽然不是一流大学了，但却得以免了学费，身上的压力减轻许多。她为自己定了规划，修完护理本科再修两年护理研究生课程，毕业后便可直接面试护师的职位。她还说起房东晏枰是雪弓插队落户时的"铁哥"，对他们很照顾，有月亮的晚上，他会邀请他们一起坐在园子的紫藤花架下，饮酒、赏月、谈古论今。她让父母放心，不久的将来，她和雪弓就会拿到"绿卡"，就会拥有自己的房子自己的车，到那时，她一定要将父母接到美国来共享天伦之乐。

姬瑜深爱着雪弓，无条件地信赖雪弓。她每次写完家信，都要拿给雪弓看后才寄出。雪弓晓得，姬瑜信中描绘的一切就是姬瑜向往的"美国梦"，虽说他对此有许多不同的见解，他总是谦让她，不想跟她争论，不想惹她生气，不想破坏她愉快的心境，说到底，他也深爱着她！

可是，最后，还是雪弓毫不留情地打碎了姬瑜的美梦，使他们的感情出现了不可弥补的裂缝。

机窗外的大气层渐渐沉入黑暗，像巨大的磐石压得人透不过气。雪弓头痛欲裂，只能紧闭双目，都挥不去姬瑜的种种表情：乍听雪弓辞职时的惊恐状，面孔刹那间变得青灰；苦苦劝说雪弓不要回去时的讨好委婉，哀戚涕泪模糊了妆容；彻底绝望以后的冷漠怨怼，眼神冰棱子一般令人心寒。雪弓心如刀绞，不停地叩问自己：是我太愚蠢吗？是我刚愎自用、泥古不化、不识时务吗？这些贬词都是姬瑜恨恨地投掷在他身上的，难道，互相热恋了那么多年，自己在姬瑜心目中竟是那样一个斗筲之器？

史雪弓对SMI博物馆的工作还是蛮称心的，一来，这工作与自己的专业很契合，他毕业论文的题目就是《从哲学的角度看历史发展的逻辑》；二来，博物馆内丰富的藏品让他大开了眼界，每天的工作就像在翻看一部部深奥的古书。而更令他兴奋的是SMI博物馆竟还专门设有一间中国馆，陈列着精美的青铜、陶、瓷、玉各种器物以及历代书画作品。雪弓作为实习生，什么活都要干。上司便让他专门负责中国馆的引领与讲解，正中他下怀！但凡有观客走进中国馆，雪弓便纵横捭阖介绍中华五千年灿烂文化，并不回避帝国主义列强的侵略与掠夺，使无数华夏国宝流落他乡。时间一长，这样的解说点点滴滴传进上司的耳朵。上司召他到办公室谈话，说是很欣赏他的才华，隐隐告诫他艺术就是艺术，不要借讲艺术把政治混淆其中。雪弓自然不服，反驳道："我只是客观地讲述历史真相，美国不是最标榜言论自由吗？"上司火了，警告他，倘若他不认错，这份工作他就不能再做下去了。雪弓憋着一肚子气想了整整一夜，第二天，没等上司给他解聘书，他就将辞职信放在上司面前了。

雪弓没有了工作就不能在美国长期滞留，他扳指算算，姬瑜还有几个月就能读完护理本科学分，那时正好双双返回家园。姬瑜原来是铁了心要拿美国"绿卡"的，为了争取早一日拿到"绿卡"，她甚至忍痛割爱，放弃了NYU这样的一流大学，放弃了自己擅长的比较文学专业。她怎甘心雪弓一时激愤的草率行动而毁了自己苦苦追求的人生目标？曾经那么相爱的一对璧人竟为去留问题闹得豆剖瓜分的地步。

晏枰最是了解他们矛盾的来龙去脉，他劝雪弓："能遇到姬瑜这样才貌双全贤淑温婉的女子是你史雪弓人生最大的幸运了，你不要意气用事，一旦失去了她，你会后悔一辈子的！"

雪弓跟晏枰是患难之交，无话不说的，他拿出一叠剪报，说自己早有学成回国的想法，正是为了姬瑜，才忍着，挨着，想着总可以说服她跟自己一起走的。

晏枰翻了几页剪报，都是新华社有关上海改革开放的报道，"上海在反思中奋起""大上海的新觉醒""起来，不愿上海衰落和萎缩的人们""寻找上海人才新高峰"……

晏枰收拢剪报，拍拍雪弓，感慨道："雪弓兄，我晓得我没有资格阻拦你，也阻拦不了你。不过我相信你，佩服你，也……羡慕你！"

人的感情真是玄妙幽秘，史雪弓已经看清自己跟姬瑜在人生选择上的冰炭不容，但他对姬瑜的爱却愈是炽热得心痛。他安慰自己，只要两个人相爱，假以时日，慢慢疏导，姬瑜一定能回心转意的。为此，临离开纽约前，雪弓特地去了趟姬瑜表叔家，跟元珊推心置腹倾谈了一次。

元珊已从姬瑜的口中了解了一切，她定定地看住雪弓，棕色的眼珠像X光线般透视着雪弓，许时方道："史雪弓，你想听客套话还是真话？"

雪弓道："当然想听真话，我晓得元珊姐不会跟我客套的。"

元珊淡淡一笑，道："史雪弓，我们虽然没在一起长大，但我相信我的判断。你和小姑妈，小姑父，青玉大姐，包括元同大哥，你们是一类人，家国情怀，社会责任，是你们人生价值的第一要素。可姬瑜和你们不一样，我跟她接触这几年，很奇怪你会爱上她？你们终究是要分道扬镳的，就像《钢铁是怎样炼成的》中的保尔和冬妮娅，长痛不如短痛，不如趁眼下这个机会一刀两断！"

雪弓蹬一下从沙发中弹起来，叫道："元珊姐，我是来求你帮我做做她思想工作的呀，哪有你这样劝离不劝和的！"

元珊有点怜悯地将他摁进沙发："我答应你好好照看她，她若不想租住你那位插兄的三层阁，搬回我们家住也可以。不过，我真的不敢保证能够劝得了她放弃她的美国梦啊！"

雪弓垂下脑袋，搓着双手，默然多久。

元珊道："你那样沮丧做什么？你应该欢欣呀，你马上就能实现你的愿望了嘛！"又道："我曾经跟你一样，有激情也有许多不切实际的幻想。可是当初，种种原因，我不得不背井离乡、远渡重洋。"

雪弓抬头，道："元珊姐，其实你跟元同哥哥应该是同类对吧，所以，我们也是同类，对吗？"

元珊难得地荡开笑容："谢谢你这么判断。我从小就想学医，救死扶伤。应该说，我还是实现了我的人生目标。"停停，又道："姬瑜也有她的人生目标，雪弓，你若真爱她，就祝愿她能够顺利实现她的人生目标吧。"

38

平雪砚在周围亲朋好友同学同事中就是个顺风顺水的幸运儿。大学毕业后如愿进入检察院，成为一名检察官；丈夫更是了得，被选拔进市府机关工作，没几年工夫便升任正处级办公室主任，上下班都有公车接送。夫妻俩工作都忙，三岁多的儿子全权由公婆照料，雪砚并不用操心奶粉尿片诸等琐碎之事，得以全身心投入工作，连续两年被评为市优秀检察官的称号。

雪砚一直很享受周围人投来的赞赏、羡慕甚至妒忌的眼光。有时在分析案情时她发表的观点切中要害，检察长表扬她敏锐,同事们便会起哄:那当然了,平雪砚背后有宋主任的熏陶和操练嘛!检察长包括政法委的领导见了她,常常会托她带话,向宋主任问好哦。雪砚会在一众人的关注中矜持而谦恭地笑答:谢谢,谢谢。检察院与雪砚差不多年纪的女检察官陆续都有了孩子,午餐时会坐拢来叹叹苦经发发牢骚,职业女性带孩子多少辛苦。每每把矛头对准雪砚,平雪砚例外,从没为孩子熬过夜吧?怪不得皮肤那样光滑,一点青眼袋都没有,宋主任把你宠成公主一般了!

近年来,雪砚却愈来愈害怕别人的赞赏和羡慕,一旦有人讨好地跟她提起"宋主任",她总是三言两句含糊应对,匆匆躲开。在周围人看来,她还是那个事业成功婚姻美满的幸运女人,她也很珍惜这只美丽的光环,却只好兀自在心里忧心而苦恼着。

细想起来,雪砚觉得一切都是从打网球开始的。

宋嘉本进市府机关工作不久,就开始迷上了打网球。机关附近有一座区级体育馆,内设网球场向民众开放,每场球票价不便宜,如果要请教练更是昂贵的。网球场与其他场馆比较起来就显得冷落了。体育馆负责人想出一个推进网球运动的好办法,每个礼拜天网球场免费对市府机关的工作人员开放;安排专职网球教练培训陪练;市府机关工作人员要为家属朋友买网球票一律八折优惠。

在这之前宋嘉本从来没捏过网球拍,就连网球拍与羽毛球拍的区别都搞不清,头一次就带着家里一副旧羽毛球拍上了网球场,弄出一场笑话。却仅仅十来个月,宋嘉本就成了市府机关赫赫有名的网球高手了。他还发明了把办公室每礼拜的例行碰头会搬到网球场上去开,说是运动起来脑袋特别灵活,主意迭出,各类问题迎刃而解,既有利身心健康,又推动了工作进度。

开始,平雪砚并不反对丈夫去打网球。宋嘉本脑袋硕大,身架子却极单薄,办公室的工作又总是坐着,雪砚劝他早点起床跑跑步打打太极拳动动身子,宋嘉本却不是因为忙就是因为累,坚持不了几天便荒废了。他对网球感兴趣,每礼拜都能坚持去打,好事呀。

头两个月,宋嘉本上午去体育馆打网球,每每赶回家吃午饭,跟雪砚聊聊打网球的技巧啊,规则啊,一些趣闻啊。雪砚见他胃口颇佳,面色红润,神采飞扬的模样,倒也欢喜。渐渐地,宋嘉本礼拜天起大早去体育馆,中午就不回来吃午饭了,说都是同事,打完球一起聚聚,吃个饭,喝点小酒,增进友谊,下午两三点会回家。再下去,宋嘉本打网球一打就是一整天,晚饭都不回家吃了,总有各种各样的理由,遇到老同学啦,陪兄弟单位的领导啦,与相关行业协商工作啦。有时回来得很晚,身上散发着酒气。当初雪砚看中宋嘉本,有一条便是他没有吸烟酗酒的恶习。雪砚天性贞静,疑窦只窝在心里,不会当面试探盘问,更不会纠缠不休,斥责相骂。

有一个礼拜天,宋嘉本的母亲一大早就打来电话,说孙子昨晚上闹腾了一夜,摸摸额角头滚烫,她做老娘姨,通宵未合眼,实在吃不消啦!你们小囡亲爹亲娘甩手掌柜做惯了,还不过来带小囡去儿童医院挂急诊!婆婆的嗓音像一条从草丛中急蹿出来的蛇又猛又凶,雪砚只好将话筒稍稍挪开耳朵,哼哼哈哈应付着,一边用眼睛去招呼宋嘉本,想让他来跟母亲直接对话。却见宋嘉本正整装待发，一身名牌运动服跑鞋与网拍，还戴了顶同牌子的遮阳帽，这顶帽子还是宋嘉本托了工商局的朋友从厂家特制的，他脑袋大，门店里没有合适他的号。

雪砚忙叫住他："嘉本，皓皓病了，你妈妈要我们带他去医院呢！"说着便将话筒递给他。

宋嘉本略锁眉头，接过话筒唤了声"姆妈"，便只默默地倾听话筒对面的发作，那呱啦呱啦尖利的声音把话筒震得隐隐颤抖。待母亲嚷嚷得够了，宋嘉本才开口，依然不疾不徐："妈，你辛苦了，你不要急，小孩子有点头痛脑热，是正常现象。待会，雪砚会过去领皓皓去医院的。我今天实在请不出假，市里有重要会议。过几日有空我过来看你，你不要节省钞票，想吃什么就买什么……"

雪砚吃惊他撒起谎来面不改色心不跳的镇静样子，将细目撑成杏眼，忍不住喊道："宋嘉本，你明明是去打网球……"

宋嘉本"叭"地挂了话筒，道："能跟妈说去打网球吗？可是今天确实有公安方面的同志约在网球场碰头，有重要事务沟通，我能爽约吗？"见雪砚仍怔忡着，过来挽住她的肩膀柔婉道："好了，我的检察官老婆，今天就辛苦你了，为了我们的宝贝儿子嘛。"在雪砚额角唼了一下，便急着往门口走，忽又回头道："雪砚，叫出租车去医院啊，发票留着，我替你报销。"

雪砚同宋嘉本的母亲横竖热络不起来，见到叫声"妈妈"，便找不出第二句话。结婚前自己的区长母亲曾关照过她，"到了人家家里不要搭干部子女臭架子，不要让人背后头骂我教育孩子无方！"所以雪砚尽管对婆婆有许多意见，看不惯婆母处世待人虚伪势利的那一套，却总是忍耐着，尽量回避着，不与她发生正面冲突。

雪砚刚嫁到宋家头半年，住在宋家石库门的亭子间里。当初宋家因女儿宋嘉卉的婚事引发了一场爆炸案，还出了人命，便在周边街坊邻居中留下了恶劣影响。婆母为挽回面子，就把雪砚像一面旗帜般高高举起，逢人便炫耀，儿媳是区长的姑娘，娘家是住在花园别墅里的，研究生毕业当上检察官了。最后还会有意无意补上一句，现在风气开放了，读书时是儿媳主动追的儿子……雪砚上下班在弄堂里走进走出，常常会有人在她背后点点戳戳。雪砚枕边跟宋嘉本抱怨，宋嘉本便笑道："这是我姆妈喜欢你，以你为荣嘛！"

后来宋嘉本分到了房子，夫妻俩从亭子间搬了出来，再后来雪砚生了儿子，宋嘉本考虑到自己和雪砚工作都忙，便拜托自己姆妈相帮带孩子，同时将自己工资卡一并交给了姆妈。

随着宋嘉本职位一级一级地升迁，婆母对雪砚的态度也渐次改变，常常在儿子跟前嘀咕媳妇"懒"，不会做娘，给小囡换块尿布都换不灵清。与隔壁邻舍闲话时更是抱怨，真不该娶干部人家的女儿做媳妇，啥事体也不会做，生了小囡自己都不肯带，好比请回尊菩萨，只好养着供着。这种话难免滴滴答答传入雪砚耳中，雪砚便跟宋嘉本商量，要把儿子接回来自己带。宋嘉本才跟姆妈提了一句，姆妈便一把鼻涕一把眼泪地作，天可度，地可量，真正人心不可防！小囡刚落地会走，张口会喊奶奶，你们就想扯断根拉断藤啦！她区长的女儿有啥了不起，好歹我也是主任的娘呀！宋嘉本一听姆妈讲话越来越不入调，慌忙偃旗息鼓，道："雪砚只是怕姆妈你太吃力了，你喜欢皓皓，皓皓就不走嘛。"又塞了一只信封厚厚一叠人民币过去，方才摆平。

雪砚心里明白，婆母舍不得孙子，更舍不得儿子的那张工资卡。最让雪砚愠怒且堵心的，婆母每每拿皓儿作招牌，在儿子跟前叹苦经，说这石库门房子如何如何不方便，楼梯陡峭，烧饭洗衣一天上上下下十几趟，脚骨都蹩伤了。最要紧是皓皓，刚学会走路，一个眼神豁边，他就爬到楼梯上去了，万一滚落，人命关天啊！宋嘉本原是个孝子，便动脑筋在新起的一幢商品房中为父母购置了一套一百多平米的公寓。雪砚盘问他哪来的那么多钞票？宋嘉本哈哈哈地笑着，道："我承认，我是藏了点私房钱，勉强付了首付。以后每个月还贷款就是了。"又凑着雪砚的耳朵道："其实，归根结底，还不都是为了我们的儿子！"

宋嘉本的网球愈打愈成精了，据说还得了机关网球友谊赛的冠军。又是一个礼拜天，宋嘉本照例去了网球场，雪砚对此已然习惯了，不多过问。休息天夫妻俩各干各的，相安无事。雪砚带了一些案卷回家，本想抓紧时间处理掉一些积存下的文件，近中午再去婆母家看儿子。却有不速之客上门，竟是宋嘉本的姐姐宋嘉卉和姐夫龚建国。雪砚天性不好交际，也听说过宋嘉卉婚姻闹出的那场风波，心里面对丈夫的这个姐姐便有些不齿，平素不多走动，顶多逢年过节在婆母处一起吃顿饭。她惊讶地问道："姐姐姐夫，你们不晓得呀？嘉本他礼拜天都要去打网球的呀。"

龚建国自工厂改制后成立了服装贸易公司，出任董事长。他做事果敢却也谨慎，稳扎稳打，倒也做出了一番天地。当年他对宋嘉卉真是一见钟情，因而引发一场悲剧，事后自己十分内疚，尽所能赔付蔡家一笔抚恤金，并叮嘱街道有关部门，千万不要透露是他出的钱。至今，逢年过节，他还会以街道名义给蔡家送慰问金。因得之不易，结婚后龚建国十分宠爱宋嘉卉，不久后就得了个千金，长相酷似嘉卉的俏丽，夫妻俩奉若掌上明珠。

宋嘉卉本就是个七窍玲珑之人，龚建国便派她去与英华联营的女装分公司做品牌经理。宋嘉卉也不负众望，跟马英华合作相得益彰，两人还成了惺惺相惜的闺蜜。

宋嘉卉见雪砚立在门口，摆出不想让他们夫妻进屋的架势，忙笑开了，她的笑很妩媚，吊梢眼弯成月牙儿，巴结道："好妹妹，平素晓得嘉本和你都忙，决不敢来打扰的。今日，建国有十分重要的事体，有关公司运营及国家法规政策的，就想来请教一下嘉本，他毕竟在市府里工作，站得高，看得全……"

雪砚便将门拉直了，侧了身子，让他们看清屋里全貌，道："嘉本真不在家，一会我也要去姆妈那里看皓皓的。"

龚建国走上一步道："雪砚妹妹，我们公司外贸业务遇到一些麻烦，有艘货轮被海关扣了……"宋嘉卉悄悄扯了扯他后衣襟，龚建国瞅她一眼，道："雪砚妹妹是检察官，法规法条恐怕比嘉本老弟还要精通，相帮一起拿拿主意嘛。"

雪砚听出端倪，掂量着如何应对？她在跨进检察院大门第一天起，就暗暗发誓，廉政无私，依法行事，认理不认人，帮理不帮亲。所以她从来不向宋嘉本打听他姐姐姐夫公司经营状况，此刻更不想染指他们的事务，便道："要不这样，区体育馆离这儿不远，我陪你们过去。你们有事直接跟嘉本说吧。"

宋嘉卉向来顾忌着这位不苟言笑的弟媳，忙道："那太好了，只是麻烦雪砚妹妹要跑一趟。"

雪砚道："只不过绕几步路，领你们过去后，我就直接看皓皓去了。"

龚建国将手中提着的礼品盒水果篮抬了抬，笑道："雪砚妹妹，这些东西让我放下吧？还是拎到网球场去？"

雪砚心中恼怒：这不是逼人收礼品吗，照她性子是非让他们夫妻带回去的，想到答应了带他们去网球场见嘉本的，大包小包拎过去，众目睽睽太扎眼，只好让龚建国把东西放在门厅里了。龚建国是开了辆旧奥迪车过来的，想着找大舅子办事，不好太招摇。雪砚说去体育馆要不了十分钟，车开过去还要进停车场，不如抬抬脚方便。于是三人便一路行去。

区体育馆的门卫看着雪砚面熟陌生，猜想定是市府干部的家眷，也不盘问，由他们径直去了网球场。

网球场上聚了十多人，有两人正对阵，其他散坐着观战助威。雪砚团圈搜寻一遍，并没有宋嘉本的身影，却看见熟识的办公室文书，便招呼道："小尚，你们宋主任呢？"

小尚甩着马尾辫跑过来，瞪大眼道："哦——平检察官，你？你不晓得吗？宋主任早不在体育馆打球了呀！"

雪砚闪了下神，问道："那——他去哪里打球呢？"

小尚道："东方威尼斯国际网球中心的老总替他们处级以上的领导办了会员卡，他们去那儿打球了呀！"

雪砚怔忡着，一旁龚建国忙替她谢了小尚。

宋嘉卉轻轻摇摇雪砚的胳膊，道："雪砚姐，没关系的，建国也去东方威尼斯打过球，认得的。"说着便看住龚建国，龚建国忙道："对对对，雪砚姐，我们开车先送你去姆妈家。待会走318国道，半小时就到了东方威尼斯了。"

雪砚镇静下来，道："你们不用送我，忙你们的去吧。我乘两站公交就到姆妈家了。"

那日雪砚一整天郁郁气闷，她实在想不通宋嘉本为什么要瞒着她去东方威尼斯打网球？中午给皓皓喂饭，差点把调羹塞到孩子鼻孔里去。皓皓午睡前一定要妈妈先讲故事，雪砚靠在儿子小床边，讲了个"龟兔赛跑"，皓皓说还要听；又讲了个"狐狸和乌鸦"。皓皓还不肯睡，雪砚心烦，拍了他两下屁股，皓皓便"哇哇"地哭起来。婆母闻声进来，推开雪砚，一边搂着皓皓，一边翻媳妇白眼。待皓皓睡着，婆母走出房间，见雪砚坐在沙发上发呆，便没好声气数落道："一个礼拜统共陪小囡睡一次觉，还弄得小囡哇哇叫，你看你这娘当的！稍微放点心思在小囡身上嘛，嘉本又不需要你在外头出什么风头，更不作兴把外头的气出在小囡头上……"雪砚听不下去了，道："姆妈，一大叠文件还在家里呢。皓皓只好辛苦你，我先回去了。"

雪砚气归气，还是要顾宋嘉本周全的。心想宋嘉卉龚建国必是要托宋嘉本找人通关系说情，这种事情最是忌讳，宋嘉本一定会把姐姐姐夫带回家来商议。下了公交，她便去菜场转了圈，买了几件荤素小菜备着，万一嘉本要留姐姐姐夫吃饭呢？

回到家，雪砚动手将排骨炖起来，将鱼剖肚刮鳞洗净晾着，将蔬菜该切丝该刨皮该剁丁，都端整好，她做这些琐碎事，也是借以松快松快心境。

然而直等到天擦黑,也未见宋嘉本回家。雪砚只胡乱下了筷面条,就着排骨汤吃了。只开了落地灯,强迫自己定下心来看案卷。看着看着,也不知什么时候就睡过去了。

是宋嘉本开门关门惊醒了雪砚,慌忙迎上去扶他,闻到他一身酒味,嗔道:"现在倒好,成酒鬼了!"宋嘉本挥挥手道:"不能说得诗意点吗?我成酒仙了!"又道:"今天姐姐姐夫来找我,总得请他们吃顿饭吧?又不想累着你,就在外面饭店里吃了,还是龚建国抢着付了账……"

雪砚扶着他在沙发上坐下,问道:"要不要洗个澡?浑身臭!"

宋嘉本捉住她的手笑道:"怎么臭?是酒香,法国路易威士忌,你再闻闻。"

雪砚狠狠甩开他,恨道:"你偷偷去东方威尼斯打球,为什么瞒着我?那张会员卡要多少钱你晓得吧?"

宋嘉本迷迷糊糊瞌上眼皮,含混道:"难得去,去一次,都是党校学习的同、同学,约了一起聚一聚、聚一聚的……"

雪砚断定他撒谎,待追问,宋嘉本已经轻轻打起鼾来。雪砚只好拖他去卧床上睡定,暗忖,此刻他借酒装醉想混过去,你总要清醒过来吧?

雪砚打算把堆在客厅茶几上的案卷收拾一下,自己也休息了。灯影中,她蓦然见宋嘉本的网球拍套斜躺在茶几脚下。这套器具是宋嘉本极心爱的,球拍是进口的,皮套是头层小牛皮,柔软轻巧,平素宋嘉本经常用绒布擦拭得锃亮,每次用后都要放进柜子里,莫非今日真是醉糊涂了?便拎起皮套的提手,心想:这球拍为啥那样重?却见皮套底部鼓囊囊凸起一块,便拉开拉链,伸手进去一摸,竟摸出厚厚两捆簇新的百元人民币!

一时间,雪砚头皮发麻,浑身起鸡皮!她在检察院刚刚处理过两起贪污受贿案,看那两捆钞票,毛估估有十万!冷汗潋潋地沿脊背往下淌,她冲进卧室,拼命摇撼着宋嘉本,终于把他撼醒了,含混道:"雪砚你作啥?梦游啊?"一边伸手去摸眼镜。

雪砚把两捆人民币狠狠砸在床上,气急得声音都发不太清楚了:"这是什么?谁塞给你的?宋嘉本你昏头啦?"

宋嘉本戴好眼镜,拿起一捆钱看了看,轻轻放下。他缓缓立起身,扳住雪砚的肩膀让她在床沿边坐下。雪砚欲挣脱,宋嘉本瘦归瘦,力气却不小,雪砚动弹不得,恨声道:"宋嘉本你给我听好了,你拿了不该拿的钱,我们立马去民政局离婚!"

宋嘉本咬住她耳轮道:"雪砚你不信任我,让我很伤心!你不问情由就乱下定论,让我很寒心!"

"那你说,这是什么钱?"雪砚别过脑袋,问道。

宋嘉本习惯地推下眼镜,撩一下头发,笑道:"这是我姐和姐夫让我带给我姆妈的钞票,姆妈六十五岁寿辰快到了嘛。现在人都讲实惠,买什么礼物又怕不称心,不如送钞票,你爱买什么就买什么。"

雪砚狐疑道:"嘉卉姐作啥不自己交给姆妈?绕个大圈到你这里转?"

宋嘉本笑道:"你还不晓得我姆妈的脾气?她觉得女儿女婿总是外人,用儿子的钞票最心安理得。嘉卉姐若直拨拨送过去,肯定被她退还的,只好曲线救国啰!"

雪砚盯着宋嘉本看,宋嘉本也不回避,迎着她的目光。两人隔着宋嘉本的镜片四目对了好一会。雪砚还是信了宋嘉本,搡了他一把,道:"你又不说清楚,害得我脑壳差点爆裂！"

平雪砚半月前就晓得雪弓哥哥要回来了。妈妈告诉她具体日子，并叮嘱道："那天无论如何要回家吃晚饭，小宋也要来，把皓皓也带来，一个都不能缺席，给你哥哥嫂嫂接风洗尘！"

雪砚当然晓得哥哥在妈妈心中的地位，何况又是留学归来，这对老布尔什维克史引霄来说，实在是太重要了！雪砚爽爽快快答应了妈妈，好几年不见哥哥的面，不晓得妈妈心中最标准的革命事业接班人史雪弓会不会被资产阶级生活方式熏染得变了颜色？还有她的老同学姬瑜，原就是资产阶级家的大小姐，在学校，雪砚心里每每看不惯她的打扮和做派，如今却成了自己的嫂子，她和哥哥真能比翼双飞一生相守吗？

雪砚当即将这个消息告诉宋嘉本，宋嘉本一口答应为大舅兄接风洗尘，兴致勃勃道："雪弓兄不是在纽约SMI博物馆工作过吗？他对纽约这座世界第一大城市的历史、现状、发展过程的得与失，一定有许多自己的见解，我打算建议市党校请雪弓兄为学员们做一次讲座，这对我们上海现在的改革开放进程是有借鉴意义的。"雪砚很高兴宋嘉本如此表态，便对这次家宴充满了期待。

那天，早上临出门前，雪砚就跟宋嘉本约定，大家都要准时下班。雪砚乘公交三四站路，要不了半小时即可到市府机关门口，候宋嘉本的车出来，一起去花园弄堂。

雪砚为了能按时下班，午餐时候只托同事带了两只菜包充饥，分秒必争处理手头的事务。到了下班的点，她匆匆收拾了拎包，跟同事招呼一声："我先走喽。"同事问："平检，这么急，家中有事啊？"雪砚云淡风轻道："我哥从美国留学回来了。"随着话音落地，人已出了门。

平雪砚下了公交，紧着脚步没几分钟就到了市府大门对过，她是生怕宋嘉本的车先出来了，隔马路举目搜索，陆续有车从市府大门进出，都不是宋嘉本那辆奥迪0798。稍等了会，雪砚觉着自己一身检察官制服老这么站着朝市府大门张望，很扎眼，略盘算了下，便穿过马路，索性到警卫室窗口，道："同志，我找办公室宋嘉本主任，能不能给他办公室打个电话？"

倒是雪砚这身检察官制服帮了她的忙，那警卫瞟了她一眼，拎起了话筒。叽咕了几句，那警卫就将话筒递给雪砚。

"平检察官，我是小尚呀。"却是办公室文书小尚接的电话，她告诉雪砚，宋主任在开会，要稍晚一些方结束得了。小尚本意是讨好宋主任吧，热情道："平检察官，要不您上来，到宋主任办公室坐坐，吃不准宋主任的会还要开多久嘛！"

小尚在电话里对警卫说了几句，警卫便放雪砚进大门了。

出了电梯门，小尚已笑盈盈候在那里了，双手一合："哇，平检察官，您穿制服好神气哦，我都想到你们检察院去了呢。"

雪砚随小尚进了宋嘉本的办公室，还是里外一个套间，外面是一张椭圆的会议桌，围着靠十张椅子；里间窗下是一张L型的办公桌，还有一圈沙发加只茶几，标准办公室配置。

小尚道："平检察官，您沙发上坐，舒服点。想喝茶还是咖啡呀？"

雪砚忙道："不用不用，一杯白开水就行。现在这光景，喝茶喝咖啡，通宵好不用睡觉了!"

小尚熟门熟路拿了杯子给雪砚倒了杯水,放在茶几上,道:"您休息会,我就在对面办公室,有事您喊我。"

雪砚道:"耽搁你的时间了,你别管我,先回去吧。"

小尚吐舌头,道:"头儿还在开会嘛!"咯咯笑着,退出去了。

雪砚还是头一次进宋嘉本的办公室。依她性格,宋嘉本职位高了,她愈是不愿意到他机关窜出窜进地招摇。她漫无目的地打量着他办公的地方,书橱的书、书桌上的文件,整整齐齐有条不紊,确是他一贯爱整洁的习惯。墙上并排挂着几张照片,雪砚立起身凑近了看,居中一张是宋嘉本跟市长的合影,两人都戴着安全帽,估计是到哪个重点工程工地视察时拍的;有一张是宋嘉本出席市长国际企业家咨询会议时与一群外国企业家的合影;还有一张是宋嘉本陪同政法委书记及局长为年度"警界达人"颁奖后的合影,雪砚从中看见一张熟悉的面孔,妈妈的老部下徐亦道叔叔。

平雪砚了解宋嘉本对这些照片的珍爱,它们记录了他一步一步实现理想的脚印。雪砚也为丈夫的这些行迹自豪过、满足过,也曾将这些照片挂在自家的客厅里,凡有亲眷朋友来作客,便指点着一一介绍,不知从何时起,雪砚渐渐觉出自己的肤浅与浮夸,她悄悄将相框取下,将照片塞进抽屉深处。

雪砚将目光从照片上收回,办公室的这面墙还有一大半空着,她想:嘉本一定还等着有更加精彩的照片挂上去吧!

当雪砚回转身,便看见写字桌上还放着两只镜架,顺手拿起来,一张是皓皓周岁时的生日照,她记得,他们夫妻俩带皓皓去了长风公园,阳光灿烂,皓皓趴在青草地上,仰起面孔笑得多么乐呀!自从宋嘉本迷上了网球,多久没带皓皓出去玩了?

另一只镜架竟是她和宋嘉本的合影!他和她在校园里散步,有说不完的话,嫌路短,缓缓地踱着,有时甚至立定了,说完一段再走。有一日正巧遇上学生会负责摄影的同学,抢着摄下了他们,他正侃侃而谈,而她崇拜而钟情地看着他。雪砚很喜欢这张照片,清新,自然,这就是他们本真的模样。

雪砚料想不到宋嘉本会将这张照片放在他办公桌上,不禁心口荡起一阵涟漪。她不知不觉坐进他的圈椅,端端正正地将这两只镜架斜放在桌角上,想象着宋嘉本平日起草报告或看文件累了摘下眼镜,揉眼角,再戴上眼镜时必定先看到这两只镜架,他一定会定睛含笑观赏片刻,神清气爽地再继续工作……

雪砚忽觉自己的膝盖触碰到什么发出"倾零零"的声响,低头察看,原来办公桌一侧下层抽屉上挂着一串钥匙,定是宋嘉本匆忙去开会,忘了取下。雪砚想替他锁上抽屉保管好钥匙,那抽屉余了寸把宽的一道缝,露出一张照片的下半截,挑起了雪砚的好奇心。雪砚索性拉开抽屉,那里除了一些笔记本,还有厚厚一叠照片。雪砚随手一张张翻看,原来都是宋嘉本打网球时勃勃英姿,发球的,跳击的,扣杀的,千姿百态;还有与网友的合影,谈笑风生的,集体列队的,多人的,双人的……

雪砚突然像被施了魔法动弹不得,眼前这张照片,宋嘉本志满意得地坐在网球场边的白色条椅上,球拍横放在胸前,而他身后,一位头戴网球帽身着网球服的女子,迷人地笑着,将下巴搁在宋嘉本并不宽阔的肩上!

"雪砚——?"宋嘉本推门进来,略显惊惶,"对,对不起,让你久,久等了……你怎么上来的?"

雪砚"咚"地立起身,用膝盖将抽屉关拢,"小尚带我上来的……哦,刚上来的……那,我们走吧!"她不晓得自己在说什么,语无伦次,好像自己的什么隐秘被宋嘉本撞破了。

宋嘉本很快恢复了常态,笑道:"你连制服都不换掉啊?那我也不用换了啰?我橱里倒有一件休闲装的。"走到办公桌前,拔下钥匙。大概见抽屉闭合得严丝合缝,心放得四平八稳,嘴朝桌上的两只镜架努了一下,道:"你看,你和皓皓时时刻刻陪伴着我呢,嘿嘿……对了,给青玉大姐挂个电话,要不要我们车绕一绕去接她?"

雪砚摇摇头,她晓得青玉姐肯定下午就去花园弄堂相帮水珠端整晚上聚会的小菜了;再则,她很讨厌宋嘉本时不时地炫耀他有一部可自由支配的专车。跟在宋嘉本身后出门,进电梯,缓缓下沉,出电梯,上车,雪砚一路无语,她感到自己像只木偶,被人牵了手脚在动。

39

一大早,南渡便叩开了"兰畦"的门。开门的是水珠,南渡稍有些尴尬,喊了声:"水珠……阿姨。"水珠倒是坦然,喜道:"萧同志,你早哇。大姐正在吃早饭,这两天胃口又不太好了,你去陪陪她。"

原来,儿子史雪弓今日归来,航班近午时分抵达虹桥机场。雪弓在信中说,不用去接他,机场有大巴,他可搭乘到静安寺,再转一部公交就可到家了。史引霄晓得儿子是不想给家人添麻烦,可雪弓出去三四年,行李总不会少,上下公交太不方便了。小贝倒是打电话来问过,表示愿意去机场接雪弓。可史引霄拒绝了,自己已经不在岗位上,小贝现在为另两位副区长开车,怎么再能麻烦他?区里规定,离任了的干部,有公务外出或去医院看病,可提前一天给老干部办公室打电话订车。史引霄寻思,接儿子回家是私事,自己在位时定下的规矩,公车一律不能私用,退下来了,更不能去破坏规矩了。所以,引霄想到了南渡。她晓得南渡不久前买了部桑塔纳轿车。南渡调回上海好几年了,但一直兼着苏北《铁军》杂志的特邀记者,采访任务不少,跑东跑西实在太需要一部车了。再则她母亲卞璟如近年来身体状况也不好,经常跑医院,总是南渡送她。南渡下决心买了部车,用尽了自己的积蓄,还跟卞璟如"借"了五万块钱。

南渡接到引霄阿姨的电话,自然是一口答应的。虽然引霄阿姨说雪弓是和姬瑜夫妻俩一起回来,南渡心里不免有些酸楚。不过南渡生性旷达,心里不痛快,开一瓶可口可乐,咕咚咕咚一气喝完,便不去想它了。

南渡走进客厅,餐桌边只引霄阿姨独自在喝稀饭,朝她招呼道:"南渡来了,没吃早饭吧?坐下,坐下,水珠熬的珍珠米粥,还有她做的酒酿馒头,你都吃惯了的。"

南渡确实没吃早饭,她不善扭捏作态,便自己拿碗舀了稀饭,呼噜喝了口,由衷道:"好稠啊,水珠阿姨手段是好。我们在知青屋时,任谁煮珍珠米粥都是像沙砾拌水一样,嚼不动,囫囵吞进肚子里。"

水珠笑道:"萧同志,这种鸡零狗碎的

事体哪能是你们做的？你们是做大事体的人嘛！"

南渡被水珠这么一说，双颊微微发烫，想起从前自己对水珠做的那些事，当时却做得那样理直气壮！

史引霄见南渡闷声不响只顾喝粥，便问道："南渡啊，你妈妈近来身体如何？脾气，还是那么躁？"

南渡方道："我陪她去医院上上下下里里外外检查遍了，医生说在她这个年龄，还差强人意。心脏早搏，不是太严重；血糖偏高，血管老化，都是老年人的常见病。主要是这里，"南渡用手指指脑袋，"医生配了些药，据说不能根治，只能延缓。"

史引霄"哼"了声，道："荒唐！现在医生看见上了点年纪的人，有点脾气，就说是脑筋出了毛病。璟如从前的事一桩桩记得多少清爽，哪里会有毛病？"停停，问道："上礼拜，璟如有没有收到北京寄来的讣告，去参加庞司令员的追悼会呀？"

南渡道："没有没有，我爸我妈早年都在津浦路东根据地，从未到过茆围子，庞司令员的追悼会怎么会让她去参加？"瞅一眼史引霄面孔上的神态，南渡忽就明白了，道："引霄阿姨，怎么？你也没收到讣告啊？"

史引霄挥挥手，像拂去横在眼前的灰尘粒子，道："当年茆围子上千的干部，不见得人人都能去参加庞司令员的追悼会……我只是搞不懂，庞司令员和臧政委是我和平楚的证婚人，他们对平楚的艺术才华都特别欣赏，治丧委员会至少应该给平楚寄一张讣告吧？"

是何弱之打电话告诉史引霄庞司令员病逝的消息的，并要她做好上北京参加庞司令员追悼会的准备。何弱之告诉她，文汉兴已升任省委副书记，又是庞司令员的老部下，理所当然成了庞司令员治丧委员会的成员。便是文汉兴关照何弱之开一张当年茆围子根据地主要干部的名单，将邀请大家到北京参加庞司令员的追悼会，军报还要举行一场"庞司令员战斗岁月追思会"。何弱之嘀嘀笑道："老史，你要写个发言稿，好好讲一讲庞司令员如何指挥我们打赢茆围子反扫荡这一仗的，这可是要上军报的哦！"

史引霄认认真真思考了两天，觉得庞司令员最值得自己学习的品质就是实事求是、敢作敢为。就以茆围子反扫荡战斗来说，主力部队反攻胜利后，军区收到种种反映，作为区武工队主要负责人的引霄因擅自分散军粮给老百姓而造成一部分军粮的损失，受到了严重处分，撤职到党校整风学习班学习。然而，庞司令员与臧政委他们在进行深入调查研究后，发现情况有误。在当时，敌我力量对比悬殊，若不是及时将军粮分散到老百姓家保存，待主力部队反攻时恐怕连一粒军粮都没有了。庞司令员一旦认识到先前下达的处分是错误的，马上要臧政委飞马赶到党校，当众宣布，为引霄同志平反并进行嘉奖。臧政委还代表军区领导向引霄道歉，并谆谆告诫整风学习班的学员们，切记毛主席的教导，解决一切问题的办法产生于深入调查研究之后。

史引霄以茆围子反扫荡战斗为例，起草了悼念追忆庞司令员的发言提纲，并在心里默默地记熟了。可是，直到报上登出了八宝山公墓举行庞司令员追悼会的新闻，她也没收到任何讣告！

史引霄难免气闷，其实她有点猜到为什么不给她发讣告，自然是有人不愿意她

80

出现在庞司令员的追悼会上。史引霄还是给何弱之打电话，希望能求证一下。不料何弱之在电话那头先埋怨起来："老史，你现在架子大了，请不动了，我寻遍追悼会现场都不见你人影，怕你北京路不熟，还让阿香在大门口一直等到默哀开始。到底为什么不来呀？"

史引霄没好声气道："你让我凭什么出席追悼会？我压根没收到讣告，准确日期时间地点都不晓得！"

何弱之长长地"咦"了一声，道："怎么会呢？我给文汉兴开的名单头一个就是你嘛！会不会你那里的邮局出了问题？"

史引霄冷笑道："邮递员日日来送报纸的，偏偏要丢了你一份讣告？算了算了，不就开个追悼会吗？我们在心里悼念庞司令员也就够了。噢，那个追思会开得还成功吧？"

对面何弱之的言词含混起来："追思会嘛，还马马虎虎吧，几十年前的事了，各人说各人的……"忽就转了话题，道："老史，你还记得当年军部公安处的钟处长吗？现在也是中顾委的委员，前几年续了弦。我在庞司令员的追悼会上见到他新太太了，听讲跟你是一个区的干部，叫什么芳菲的，人也长得洋气，打扮也出挑，一下子把孟隐给比下去了呢……"

史引霄哪有心思听这种八卦！"叭"地撂了话筒。

平雪墨是属夜猫子的，不过半夜不会睡，早上就喜欢赖床。她在睡梦头里听到客厅里有叽叽咕咕的讲话声，猛然惊醒，哎呀，今天说好要去机场接雪弓哥的，睡过头啦？雪弓哥已到家啦？眼睛没睁开，身体已翻下床，拉开卧室门就喊："哥——"

史引霄嗔道："疯丫头，总算醒来啦？我还以为你不想去接雪弓了呢！"

雪墨定睛见妈妈是在跟南渡讲话，抚着胸口道："吓死我了，我还当哥回来了呢。"又道："南渡姐你等我，洗把脸换身衣服。"便冲进厕所。

雪墨三下五除二就梳洗停当，水莹莹的面孔，深瞳漆亮，双唇艳红。自与解红旗公开了恋爱关系后，雪墨也晓得作女儿态了，留长了头发，却总是随意用橡皮筋在脑后扎把刷子，哪有工夫去伺候它呀。南渡忍不住叹道："雪墨妹妹，真正的天生丽质。现在外面有的年轻小姑娘，绞眉毛，文眼线，夸张得失真，还不如我们雪墨自然美看着舒服。"

雪墨朝南渡皱鼻子，催道："南渡姐，好去机场了吧？不要让雪弓哥先到了呢。"

史引霄道："还早呢，我查问过了，雪弓的航班近午才到。你坐下来吃早饭，有一顿没一顿的，当心把胃搞坏了。"

雪墨坐下来，抓住一只酒酿馒头咬了一大口，道："我要是有胃病，就是继承史引霄同志的光荣传统嘛。"

史引霄轻轻搯了下她的后脑勺。

这时史青玉拎着两大包荤素菜进来了，大家忙招呼她吃早饭，青玉道："去早市场买菜时吃过了，还替雪墨带了副大饼油条，就没料到南渡来得那么早。"

南渡忙道："水珠阿姨的珍珠米粥已经把我撑饱了。"

雪墨便毫不谦让，抓起大饼油条啃起来。

水珠翻看青玉带来的菜，啧啧道："青玉姑娘，你们那边的蔬菜就是新鲜，看看，还带着露水呢。这么多，一时哪里吃得完？"

青玉道："水珠阿姨，今朝雪弓回家，是大事，多做点。待会翠姑妈和沫丁兄弟也会来凑热闹。雪墨，不要忘记把你那位神探也请过来哦！"

雪墨不无得意，笑容灿烂，道："不晓得红旗今天有没有任务，我得问问看，总不能因为家事耽误工作吧。"其实，她早就通知了红旗。

青玉自然欢喜小妹感情有了归宿，故意逗她，道："看看，还没嫁过去呢，就处处护着他了！"

雪墨嘴里塞进一团油条，说话不方便，跺着脚，以拳捶青玉姐的肩胛。史引霄道："没大没小，都是你大姐从小把你宠的！"一旁南渡插道："雪墨，理直气壮点，你维护解红旗是应该的嘛。你看雪砚，结婚后言必提宋嘉本，对吧？"

雪墨偏着脑袋道："是嘛，小时候雪弓哥也是左一个南渡右一个南渡，我还吃醋呢……"

雪墨没心没肺一语挑破旧疮疤，屋里众人顿时失声，不晓得说什么好，史引霄小眼珠钢珠般弹向雪墨。还是青玉绕开了禁区，从包里拿出一盒点心，将手臂伸直了，道："楚爸爸最爱吃的粳米糕，我在我们那边的早点摊上看到了，赶紧买了两块。不晓得味道还像老早一样吧？雪墨拿去给楚爸爸尝尝，还热乎乎的呢。"

雪墨正愁无处下台阶，便捧了盒子跑去画室了。

青玉便道："南渡，雪墨总是长不大，说话不动脑子的……"

南渡撑开笑容，道："没关系，小时候在'兰畦'的事情我都记不大清了，雪墨记性好，以后让她写一本'兰畦纪事'，大家品鉴品鉴。"

史引霄松了口气，道："雪墨毛毛糙糙的，坐不定。南渡，你笔头好，你来写。"

南渡含笑不语，她确实计划写一本书，题目暂定为《献给爱情的颂歌和挽歌》，意在梳理总结自己近二十年来经历的坎坷蹭蹬，特别是思想上的揉搓和煎熬。开始的命题很直率，《献给理想的颂歌和挽歌》，其中最主要的段落剖析了她父亲萧瑟母亲卞璟如的爱情和婚姻，以及她自己与史雪弓及陈拂野的两段感情破裂的原因。她体会到理想的光辉是能催生出璀璨的爱情；可是，当理想打碎了，破灭了，爱情的火焰便也随之化成了灰烬，理想与爱情竟是那样紧密地相依相偎，相生相灭！她决定将书名改为《献给爱情的颂歌和挽歌》。她没有对任何人透露自己的计划，只有些段落涉及父亲母亲们战斗年月，她会摘录一段拿到《铁军》杂志上发表。

雪墨从平楚画室中出来，向青玉姐一翘大拇指，道："大姐，你什么事都做到爸爸心坎上了，他拿到手就吃了一块，还有一块说放到下午当点心呢。"又道："妈呀，平楚同志的画我都不晓得怎么评论了，印象派抽象派野兽派？油画水粉画水墨画？都搭上了，又都不像，老爸他究竟想画什么呀？"

史引霄叹道："你爸爸近来画得入魔障了，有时候呆在画布前几十分钟不动弹；有时候胡乱往画布上泼颜料；深更半夜爬起来，用毛巾扎在脑门上，画了又涂，涂了又画的。雪墨你也要关心关心你爸爸的创作嘛！"

青玉道："我倒是看懂了楚爸爸的画，他画的是不同视角下的芦苇荡，真的，你们在他画跟前静静地站一会，准能听到芦苇在风中的呼啸声呢。"

史引霄拍了拍掌,笑道:"青玉可以说是平楚画的知音了,平楚这次想创作组画就叫《芦苇荡》。"

青玉看雪墨撅了嘴不高兴的样子,拽一下她脑后的小刷子,道:"雪墨你没去过茆围子,没在芦苇荡里迷过路,所以一时看不懂楚爸爸的画。没关系,你让霄妈妈跟你讲讲茆围子的故事,什么时候有机会,去茆围子转转。"

这时水珠阿姨往客厅里探了下脑袋,笑道:"青玉姑娘,你空了吗,帮我配配小菜,这么多人的席我头一次做,吃不太准。"

青玉应道:"我就来。"又对着雪墨道:"好了,迎接雪弓的光荣任务就交给你和南渡了呢,你不想你哥看到你小脸耷拉着的样子吧?"雪墨这才不好意思地笑开了。

因雪墨不停地催促,南渡一路上把车开得飞快,她们赶到机场航站楼时,离雪弓的航班抵达时间还有一个多小时呢。

航站楼显然进行过整修,宽敞明亮了许多。南渡的意思就在等候大厅找个地方坐坐。雪墨不肯,拉着南渡走进新开张的咖啡厅,找了个挨着落地玻璃墙的座位坐下。透过玻璃墙,抵达大厅的情况一览无余。

雪墨问南渡爱喝什么咖啡?南渡心不在焉道:"随便"。雪墨便叫了卡布基诺。南渡凑近杯沿嗅了嗅,道:"就这么一杯黑黝黝的水,太贵了!"

雪墨笑道:"南渡姐,我请客哦!"又点了两份松饼,权当午餐。

少小时,雪墨对南渡一直不友好,妒忌她抢了雪弓哥哥的"爱"。后来,南渡与雪弓分道扬镳。雪弓哥哥考上大学回上海,又有了新的女友,并且双双出国留学,正可谓"春风得意马蹄疾,一日看尽长安花"。而南渡兜兜转转起起伏伏结婚离婚,独自一人黯然回来,倒让雪墨起了恻隐之心。再则两人工作性质相近,渐渐便有了不少共同话题。

雪墨用细勺慢慢搅动咖啡,探询地盯住南渡,道:"南渡姐,这几个月的《铁军》杂志我都翻了,你写的那几篇《父母的爱情》,真的很感人呢。冒昧问一句,你文中的那位S女士,是不是我们史引霄同志啊?"

南渡呷了口咖啡,皱皱眉,反问道:"像引霄阿姨吗?其实,我只是用那个字母代替我父亲生命中曾经出现过的一位十分出色的女性,我父亲曾经很爱她,可是他必须放弃她。"

雪墨忽闪着眼,略沉吟,道:"倘若当年萧伯伯没有跟那位S女士分手,南渡,那我们不就成了亲姐妹了吗?"

南渡"扑哧"笑道:"傻瓜,那这个世界上就不会有你和我了。"深吸口气,叹道:"可是萧瑟同志必定会离开S女士去和卞璟如同志在一起,这是他的承诺,他的责任,是他做人的原则。"随手端起杯子猛喝了口,愈是皱起了眉。她觉得这咖啡远不如茆围子的蒿叶茶好喝。蒿叶茶苦得清爽,苦得煞根;而咖啡,你说它苦,却有点甜,你说它甜,却又是苦,真像人"剪不断,理还乱"的闲愁忧闷。

这边雪墨狡黠地捉摸着南渡的神色,忍不住,问道:"南渡姐,那么,在茆围子,你离开雪弓哥哥,也是因为你做人的……原则?"

南渡没想到雪墨会这样直截了当,她的心隐隐作痛,猛咬住自己下嘴唇。

雪墨见她面色发青,忙道:"南渡姐,

你不用回答的,当我没问……我以为已经过去了那么多年!"

南渡忽地抬起眼帘,直对着雪墨,道:"每个人在生命中都会遇到许多选择题,却不能保证每次都作出正确的答案。错误的苦果往往会伴随你一生……"眼皮撑不住,忽地又垂下,两指捏住眉心揉着,道:"好了,雪墨,今天我们不讨论这个问题了好吧?我早上起得早,有点困,你让我眯一会好吧?"

雪墨晓得自己太唐突了,吐下舌头,连连点头,脑后的小刷子颤颤的,像只扑腾的喜鹊。

南渡脑袋朝椅背上一靠,真合上眼。雪墨咖啡已见底,没人说话,有点无聊,透过玻璃墙看风景,抵达大厅里人头攒动,一定是有航班到了,出口处的栏绳边挤满了人,有举牌的,有挥手的,有踮脚张望的……鱼贯地有堆得小山似的行李车推出来,看到来接的熟人便欢天喜地,找不到人的东张西望,也不能停步,沿着通道往外走,后面的行李车络绎不绝。大厅里熙熙攘攘了差不多半个小时,这一班飞机的旅客差不多走完了,方才空廓下来……雪墨像看完一出大戏,也有点乏,也眯一会?正待收回目光,大厅正中央的一个孤单的身影吸引了她。高高瘦瘦宽肩细腰大长腿,背着鼓囊囊的双肩包,头发竟和自己一样拢到脑后扎了把刷子。显然他没找到接他的人,团圈张望着,一边推着滑轮箱往大厅外走去。当他的面孔转向咖啡厅的那一瞬,雪墨"咚"地立了起来,大声喊:"哥——"旋即往外跑去。

南渡倏地睁大眼睛,却动弹不了。

却说史雪弓虽在家书中说了不用到机场接他,可他想象得出,对于他的回家,父母姐妹喜出望外的样子,说不定就会到机场来迎接他呢?他行李简单,推着箱子走出通道时不停地在人群中搜索,却没找到一张熟悉的面孔,略有些失落,抖抖精神朝机场大巴的方向走去,方要跨出徐徐开启的自动门,背上的双肩包却被拽住了,并有一阵清脆的笑声贴着后脑勺响起,像惊散了一窝雀儿。雪弓旋踵回身,便看见小妹灿烂的笑容!兄妹俩拥抱着笑着跳着转着圈。

雪墨当胸捶了雪弓一拳,道:"哥,你怎么比当年从茆围子回家时还黑还瘦?哪里像吃了几年洋面包的样子!"

雪弓勾指在雪墨光滑的脑门上叩了一下,笑道:"所以呀,以后你想减肥,就去美国留学两年得了。"又道:"怎么?史引霄同志和平楚同志就派你全权代表迎接游子回家?"

雪墨朝他一皱鼻,道:"我哪有那么大本事?有专车来接你呢。"扭头努努嘴。

雪弓顺势望去,丈把远外,南渡默默地立着。方才她看见两兄妹腻在一起,便不上前打搅。

雪弓低声问:"为什么让她来接?"

雪墨道:"她有车呀。你晓得我们史引霄同志是不会动用公车的。"顺手在他腰里揿了一把,"哥,去招呼一下呀!"

雪弓便跨上几步,双手抱拳作个揖,笑道:"萧南渡,有劳你了!幸亏你开车来接,候机时逛了下免税店,身上只剩几只硬币,回家车费都不够呢!"便朝南渡伸出手。南渡有点僵硬地与他蜻蜓点水似的一握,慌忙松开了,道:"停车场在后边,我们走吧。"

雪墨突然意识到什么,叫起来:"哥,

嫂子呢！你怎么把嫂子给丢了？"

雪弓很响亮地笑起来，道："什么话？大活人哪里丢得了？你嫂子还有一年才能拿到学位，我先回来了嘛。"

雪墨把眉毛抬得像燕翅一般，"这样啊？你也不说清楚，史引霄同志还把自己的卧室让出来给你们做新房呢！"

南渡瞥了他一眼，她感觉他笑得很做作。却因为姬瑜不在场，她连呼吸都顺畅了许多。因问道："史雪弓，你就一只箱子？"

雪弓收拢笑，"嗯"了声，道："还有十箱书，我托了海运，个把月才能到。"

他们三人上了车，雪墨坐进副驾座，道："哥，你腿长，让你独自盘踞后座吧。"

雪弓笑道："萧南渡，没想到你开车挺稳的。路不近，待会我换换你。"

南渡直视正前方，道："这点路算什么？我一夜天开回苏北都可以不休息呢。"

雪弓便无声息了。雪墨晓得他们之间有重重叠叠的疙瘩，故意东一搭西一搭地找话题。南渡朝后视镜瞄瞄，轻声道："雪墨，你哥累了，你也歇歇吧。"雪墨看看后视镜，雪弓头挨着靠背睡着了，吐了下舌头，也不出声了。南渡调节频道，苏北民间小调《拔兰花》轻快稍带淡淡忧郁的曲调充溢着车厢。雪墨透过后视镜看雪弓，雪弓纹丝不动。雪墨却从雪弓眉心深深的"川"字纹上断定，哥一定在听这首曲子。

史雪弓的回家在一度稍嫌沉默的"兰畦"中掀起了融融其乐的浪花，客厅中笑声连连，连平素极少凑热闹的平楚也坐到客厅中来了。在外人看来，平楚跟女儿特别是小女儿雪墨更亲近些，与独养儿子雪弓却显得疏远。翠姑妈总怪弟媳太强势，阿翱就这么一个儿子，偏让他随了母姓。只有史引霄晓得，平楚对儿子的器重与期望，那年雪弓赴美留学，平楚大病初愈，不能去机场送行，硬是把自己多年积存下的八千元稿费托李沫丁设法换成美元，让引霄悄悄塞进儿子的背包里。引霄差不多个把月给儿子写封信，她不善抒情达意，总是就事论事。天冷了，要添衣；学业再紧也不要熬夜；学开车要注意安全，等等。引霄每寄封信，平楚便画一帧小方斗随信附上。引霄说他，寄那么多画给儿子作啥？弄得封封信都超重。平楚却我行我素，不管不顾。

史引霄目不转睛地看着瘦了黑了的儿子，心痛地嗔道："电视里看美国人都大腹便便，怎么就你掉了那么多肉？姬瑜后来不是跟你在一块了吗？也不晓得照顾你？"

翠姑妈和李沫丁先于雪弓到了"兰畦"。能在大门口迎到雪弓，翠姑妈俨然李家长辈的派头，捉住雪弓手臂，眼泪汪汪笑道："雪弓消瘦些，反倒精神了。跟阿翱年轻时候简直一个模子印出来的！"又稍稍埋怨道："雪弓，你作啥独个人急急忙忙跑回来？作啥不在那边陪姬瑜？"

雪弓"嗬嗬"两声，道："姬瑜在边有表叔婶娘陪伴，可我也想念妈妈了呀。"说着长臂揽住史引霄的肩膀。

史引霄晓得儿子言不由衷在应付翠姑妈，她心里断定，儿子跟姬瑜之间一定有什么问题了，便帮儿子调开话题，道："雪弓，我记得你哪封信中说意外遇到什么亲戚，是谁呀？不要胡乱攀亲。"

雪弓因对元珊有许诺，只好再"嗬嗬嗬嗬"打哈哈，道："妈，在彼岸，一片黄头发蓝眼睛白皮肤的人群中，猛然看见一个跟自己一样黑头发黄皮肤的人，真比亲戚还亲呢。"

南渡站在圈外见他们一家人久别重逢地亲热，觉出自己的多余，道："引霄阿姨，我可把你的宝贝儿子毫毛不差地送到你跟前啰，任务完成，先告辞了。"

引霄一把拉住她的手道："南渡怎么也见外了？'兰畦'也是你的家嘛，留下来吃晚饭。"

南渡道："那不行的，我只请了半天假，还得赶回单位呢。"

引霄道："那你下班了直接过来，我替你跟卞璟如请假，最好把小櫈一起叫过来。今天是给雪弓接风！"

南渡心里一动，儿子小櫈升高三了，考大学的事倒是可以咨询一下雪弓的。转而又想，有的是时间，何必凑在人家合家团圆的时候？便道："引霄阿姨，你晓得我妈的脾气。改天我带小櫈来看您。"想起什么，又道："最近一期《铁军》你收到了吧？看了，有什么意见和建议，要告诉我。我们主编特地关照的，要多听听你们这些老战士的意见。"

史雪弓正犹豫着，要不要去跟南渡说几句话，道谢？挽留？她却一阵烟似的飘出门去了。

水珠拎起雪弓的箱子，欢喜道："大弟弟，我把你箱子送到二楼房间里去。"水珠永远记得当年史雪弓力排众议为她仗义执言的情景，到底是引霄大姐的儿子啊！

雪弓忙道："水珠阿姨，把箱子拿到客厅去吧，这里面是无价之宝呢。"朝水珠挤挤眼。又道："妈，听雪墨讲你跟我换了房间？现在不用了吧？我一个人，还是睡小房间习惯。"

史引霄在儿子背脊上拍了一下，"你让妈空欢喜一场，原指望明年做奶奶了呢！"

众人进了客厅，雪弓把箱子推到中央，"嘭嘭嘭"，拍了拍，笑道："爸，妈，我给大家带回一些纪念品，不值什么钱，但却是我一片心意。心意是不是无价的呀？"

雪墨叫起来："哥，不要卖关子了，快打开，快打开！"

雪弓前后张望着，"你不是说青玉姐早到了的吗？"

水珠忙道："青玉姑娘在厨房忙呢，我去叫。"

青玉系着围单，两手湿漉漉地跑进客厅，双眼也湿润起来，叹道："我们家的黄花后生长成男子汉了！"

雪墨蹲在雪弓身边，催促道："哥，雪砚夫妻要下了班才能到呢，其他人都到齐了，阿里巴巴好开门了。"

雪弓道："还有我的小妹夫红旗呢？"

雪墨扭着身子道："他现在还只是毛脚，不算数的。"

雪弓刮了下她的鼻子，"那你得尽快让他转正！""嚯嚯"笑着，解开皮扣打开锁，掀起箱盖。

箱子里属于雪弓自己的衣物仅三分之一强，其余都是他精心为家中人等准备的礼物。临回国前，雪弓盘算着这些年在美国结余下的钞票，主要是最后一段日子在博物馆工作的薪金，虽然他和姬瑜之间产生深刻的分歧，可他仍想尽可能多地为姬瑜存一笔生活费。扣除机票费用，可供他买礼物的钞票已经不多了，所以他给家中每个人的礼物都是经过充分考虑和精确计算的。他备齐了所有的礼物，将自认有价值的书以运费相对便宜的海运方式付寄，他口袋里可供旅途花销的仅不足二十美金了。

雪弓先从箱子里取出一盒美国花旗参

和泰国燕窝，道："爸、老妈，这些年儿子没能在你们跟前尽孝，想起来便于心不安。这西洋参含有多种人体必需的氨基酸，补气提神，强精益力，每日给爸爸煎服，有助爸爸全面康复。听讲老妈在爸爸的强烈要求下已戒烟，这燕窝清肺功效最好，用莲心红枣熬来，每日一碗。"

史引霄心里受用，仍皱眉嗔怪儿子太浪费，大手大脚的脾气总改不了！

雪弓又从箱子里抽出两件针织披风，一件黑色的。领口袖口缀着闪闪的珠片；另一件玫红色的。他抖开黑色的那件，往水珠肩上一搭，道："水珠阿姨，春秋季清早外出买小菜，挡挡风，红的给麦娥。"

水珠又是惊喜又是惶恐，道："大弟弟，亏你还想着我们。这衣服太摩登了，哪舍得去菜场穿啊！"

雪弓变戏法似的捧出一圈深棕色毛茸茸的东西，看着像只小动物。雪墨吓得"哇"地叫起来，引霄斥道："雪弓你疯啦！"雪弓却很潇洒地将那团东西抖开，原来是条人造毛的围脖。雪弓恭恭敬敬擎到翠姑妈跟前，道："姑妈，上了年纪的人冬天最怕脖子漏风对吧？这虽不是真皮，不过工艺考究，摸着比真皮柔软，不晓得您老人家看得上看不上？"

翠姑妈接过来，不顾初夏天气已有几许燠热，就将围脖圈在颈脖间，道："哪能看不上呢？外甥皇帝送的东西自然是一等一的好货啰！"

李沫丁也在一旁帮腔道："姑妈围着，愈显得雍容气度呢！"

雪弓随手拿起装潢精美的图册，道："阿丁哥，给你选礼物最难，你见识广，什么样的好东西能入你的法眼？这本图册是纽约SMI博物馆馆藏文物介绍，我想，这恐怕会对阿丁哥辨识文物有帮助吧？"

李沫丁接过图册，叹道："知音者，果然是雪弓兄弟，好了，现在你回来了，你这位艺术顾问该走马上任了。"

史雪弓道："没问题，哪天去你那艺廊参观参观。"说着又从箱子里取一只巴掌大小的皮盒子，转身递给青玉，道："大姐，这是给你的，你看你腕上的上海牌已经十多年了，所以……"

青玉轻呼道："Armani！雪弓，你疯了，这牌子的表，多贵呀！"

雪弓道："我买的是旧款的，没你想象得那么贵。其实性能与新款的差不多，你戴上试试。"

青玉冲雪弓一笑，真戴到腕上。一元硬币大小的表面，字母都是玫瑰金色的，秒针尖上顶着芝麻粒大小的碎钻，细细的米色羊皮表带绕两圈搭住，古典又时尚。众人都夸这表正合青玉的气质，夸雪弓有品味。

雪弓十分得意，从箱中拎出一只印有卡通图案的衣物袋，道："这是我给雪砚儿子买的衣服，我是照四岁孩子的尺寸买的，一年四季全齐了，待会给他套套看，看看没见过面的大舅眼光准不准。"

偌大的箱子已空了大半，一直眼巴巴守着自己礼物的雪墨气鼓鼓地坐到沙发上，恨恨地拿了张报纸刷拉刷拉翻着。雪弓故意重重地把箱盖合上，引霄轧出苗头，急道："雪弓，没有啦？"小眼珠在雪弓雪墨间滑过来滑过去。

雪弓不吱声，将双肩包拉链吱地拉开，取出仅杂志般大小的笔记本电脑，一边道："这玩意儿最合适跑东跑西的记者用了，采访完毕，当场便可记录下来……"雪墨从沙发上跳起来，欢快地喊着："哥，这是给我的!"勾住雪弓的头颈,在哥的脸颊上"叭嚓"亲了一口。

史引霄笑着点点他们,道:"这兄妹俩从小就吵了好,好了吵的。"

雪弓双手一摊道:"阿里巴巴山洞里的宝藏都显摆完了。哦——妈,还有一条在机场免税店买的牡丹烟,爸您别急,我想让妈转送给楼上秦叔叔;我替顾医生杜医生买了一只自动血压器,他们替病人搭脉,如果结合病人当时的血压心跳,是不是判断会更准确?"

翠妈妈双手一拍:"雪弓啊,你做事体这般周到,滴水不漏,真像你爷爷的做派呢!"

雪弓道:"还有一样东西,不是礼物,是物归原主!"又从双肩包中取出一本册页,捧着,送到平楚面前:"爸是你寄给我的呀!"

平楚一只手托住册页,引霄替他接过了,翻开,竟都是前几年平楚夹在信中寄给儿子的画,不同姿态,不同视角,不同光影中的芦苇画,雪弓一帧一帧装裱起来,装订成册!引霄刷拉拉将册页展开,便组成了绵延的芦苇长卷!

平楚看着眼前的长卷,"嘿嘿"地笑了。

平楚已经很长时间没有这样畅快地笑了。不过,平楚笑了一串后戛然而止,眼珠潜入深深的眼窝,纹丝不动,如老道入定。

40

"兰畦"客厅里,餐桌已摆布得当。那块兰草图案的细纱台布,自那年为史引霄庆六十寿诞时铺过,再也没拿出来用,塞进壁橱的抽屉里休生养息。此番还是青玉想到了,取出来铺上。所谓画龙点睛,只一块台布便使整间客厅显得清雅古朴了。

碗碟都放齐了,冷菜也上桌了,就等雪砚一家和解红旗到便可开席,水珠阿姨隔个三五分钟便去大门口张望。

雪墨已迫不及待在茶几上摆弄她的笔记本电脑,雪弓冲她道:"小妹,我早听说我那准妹夫身手了得,擒拿格斗样样精湛。怎么?今天来拜见我大舅哥,却这般磨磨蹭蹭,迟迟不肯露面?"

雪墨看看墙上挂钟,也有点急了,再一想,红旗电话里难得应承得十分爽快,他不会食言的。便道:"哥,待会你敢跟红旗拼酒吗?到时候不要输得很难看哦!"

雪弓道:"你放心,哥的酒量这几年被洋酒练大了,就看你胳膊朝哪里拐了。"

兄妹俩若斗起嘴来一向喋喋不休妙语连珠的,突然间走廊里响起门铃声,雪墨跳起来冲出去,水珠阿姨已经开了大门,进来的却是雪砚一家三口。

皓皓一溜烟地跑进客厅,扑进引霄怀里喊"外婆",引霄起掌在他小屁股上拍了两下,道:"皓皓坏,多久了才来看外婆!"便搂着他用力亲了口,举首又嗔雪砚:"有四只轱辘,还来得这么晚!你哥给皓皓带了一堆衣服,去看看吧!"

雪砚道:"妈,你看我制服都来不及换,还要绕道去接皓皓,已经是马不停蹄的了。"

宋嘉本忙道:"对不起,妈,我开会开得长了点,雪砚是等我的。"

雪弓踱上来,展长臂挽住雪砚的肩膀,道:"我们雪砚这身制服一穿啊,吓我一大跳,仿佛史引霄第二嘛!"

李沫丁退后几步,眯起眼打量着道:

88

"真是像吔！我这里藏着一张叔叔婶婶在苏北根据地的照片，两个人盘腿坐在芦苇荡口，乍看，雪砚就像那时的婶婶。"

那边雪墨叫起来："皓皓别动小姨的电脑。喏喏喏，这些是大舅送给你的礼物！"雪墨说着把那袋衣服推到皓皓跟前，抱着她的笔记本电脑逃进闺房，砰地关上房门。皓皓追到房门前，进不去，"哇"地哭起来。

雪砚便呵斥儿子："皓皓闭嘴，你再嚎，妈妈就把大舅送的衣服统统给皎皎姐姐穿了。"皎皎是宋嘉本姐姐宋嘉卉的女儿，皓皓听了，转身扑在那堆衣服上，还是哭。

史引霄佝下腰，道："皓皓不哭了，把眼泪擦干，咱们是男子汉！走，外婆带你去看外公的画，好吗？"皓皓终于闭上嘴，把小手塞进外婆手掌中。史引霄牵着外孙，摇摇头，道："雪砚你把小孩子丢给你婆婆，都惯成什么样子了！"

这边史雪弓、李沫丁、宋嘉本三个围坐在沙发边交谈得热烈，雪弓恳切道："小宋，现在可称你妹夫了，刮目相看啊，能进入市府首脑部门工作！不瞒你们说，我之所以着急要回来，正是被新华社一系列有关上海的通讯所感召。上海迎接新挑战，上海要在反思中奋起，还有一篇通讯特别激动人心，起来，不愿上海衰落和萎缩的人们！当时的心情，真像老杜那首《闻官军收河南河北》中写的，白日放歌须纵酒，青春作伴好还乡，即从巴峡穿巫峡，便下襄阳向洛阳。如果我缺席了这场伟大的变革，我想，我一定会后悔的！"他忽然想到姬瑜无法理解自己而导致两人分手，阴影重重叠叠布满胸襟，便不说下去了。

李沫丁感慨叹道："雪弓兄弟，到底是在小爷叔和婶娘的熏陶中长大的，就像上等的玉料，不管外面包裹了多少岁月的尘埃，一刀切下去，内芯仍是剔透晶莹！"

宋嘉本照例用中指推了下眼镜，顺便把额前一绺头发撩到脑后，稳稳笑道："雪弓大哥，不愧是学哲学的，目光十分敏锐啊。自小平同志以深邃的历史眼光和远大的战略定位，打出了我们上海这张牌，上海大发展的机遇就来了。小平同志对市委市府的要求是思想更解放一点，胆子更大一点，步子更快一点。伟大的事业需要出色人才，改革开放以来，上海向几十个国家派出几千名留学生。党和国家注视着你们，人民期待着你们……"

"嘉本——你来管管你的儿子呀！"雪砚喊起来，声音因急促而尖细。她眼睛盯着皓皓，提防他跟外婆捣蛋，耳朵却竖起来捕捉沙发边哥哥与宋嘉本的谈话。她听到宋嘉本官样文章地侃侃而谈便恶心，忍不住要打断他！

宋嘉本原想在大舅哥面前尽兴地表现一番，不料被妻子喝停，不知为何他有些心虚，讪讪地站起来，道："两位大哥，我们待会再谈，我若不过去带儿子，回家雪砚不会饶我的。"做出怕老婆的样子，跑过去了。

李沫丁"嘿嘿"笑道："我们这位妹夫，现在已是市府大管家，却对雪砚妹妹这般言听计从，好一出现代版狮吼记呢。"

雪弓揣着自己的重重心事，勉强一笑。

恰好水珠阿姨端着一只白瓷腰盆进来，一边吆喝着："老鸭冬瓜扁尖汤来了，清火解暑的！"青玉托盘中四只炒菜，放下了，看看餐桌边无人，招呼道："怎么？都不想吃晚饭啦？快坐下来呀，小菜都做好了。都自家人，不分主客。"说着，便要去画室挽楚爸爸。水珠拉住她，低声道："好像小妹妹的男朋友还没到。"青玉眼珠兜了一圈，果然没有解红旗，略忖，道："没关系，红旗素来忙。先吃起来，一边吃一边等嘛……"

门铃却应声响起，水珠欢喜道："来了来了。"跑去开门，却被雪墨撞出房门抢了先。

雪墨一边拉开大门，一边恨道："解红旗你好大的架子……"倏然噤声：门外站着的并不是解红旗，却是解红旗的大姨姚秀帘！

姚秀帘看着雪墨因失望而沮丧的面孔，忙道："雪墨，雪墨，姚阿姨代红旗来跟你道歉的呀！红旗下班回家，匆匆忙忙洗澡换衣梳头，诚心诚意要过来聚会。不料大哥大又叫起来，我最怕听它的叫声，催命似的。红旗是不能不接听的，听了几句脸色就变了，只跟我说，大姨快去雪墨家代我告假！便冲出门没影了。雪墨，好孩子，你晓得的，案情刻不容缓啊！"

雪墨硬是屏住眼泪，道："姚阿姨……我懂，我晓得的……"

青玉闻声过来，笑道："雪墨，怎么不请姚阿姨进屋啊？霄妈妈哪天不把姚秀帘三字挂在嘴上呀！"

雪墨缩了下鼻子，挽着姚秀帘的手臂进了客厅。史引霄自然是高兴的，拉着姚秀帘挨自己左边坐下，她右边居中是平楚，依次下去是雪弓、宋嘉本、雪砚；雪墨升了级，坐在姚秀帘边上了，她下方才是翠姑妈、李沫丁；青玉总是坐在靠近门的下位，说，去厨房端端菜方便。皓皓这个小捣蛋却被水珠阿姨"收服"了，水珠阿姨把两只小沙发间的茶几拉出来尺把宽，将皓皓放进去，茶几顶住，皓皓跑不出来。再往茶几上丢几件玩具，一边跟皓皓玩家家，一边喂皓皓喝鸭汤。

史引霄因道："雪砚你看看水珠怎么带小孩的。我真搞不懂，皓皓到你们手上不是哭就是叫的！"

水珠忙道："大姐，这不一样的。我们乡下小囡丢丢掼掼，在烂泥地稻草堆中爬来爬去就长大了。皓皓不一样，皓皓是金窠里的宝贝疙瘩嘛。"

史引霄正经道："水珠这话不对，我们共产党人，素来提倡人人平等。你就看青玉，我把她从皖南牙洞接到茆围子时，头顶上一根冲天小辫，也是烂泥地上爬稻草堆中钻，对吧？今天要是麦蛾来，恐怕雪弓是认不出来了，比雪砚雪墨还时髦。"

水珠道："她一直念叨雪弓大哥呢！可惜马董派她领着服装模特队去广州表演，赶不回来，懊死了。"

雪弓拍下大腿"看起来我是老眼光了，还当麦蛾是小姑娘，送她玫瑰红的披风，她会嫌土吧？"

水珠道："哪里会嫌弃？你看电视里，外国人都穿得红红绿绿的。麦蛾一定喜欢的。"

于是引霄先把酒杯举起来，道："我这杯中是白开水，今天给雪弓接风，青玉，你给他，还有他们，备点什么酒啊？"

青玉道："我拿了瓶古井来。霄妈妈，有皖南的老乡到我们医院看病，硬送我一大堆土产，还有这瓶酒。土产我分给科里的同事们了，酒嘛，我就想着留到雪弓回来。阿丁兄弟，还有小宋，你们男士陪雪弓喝，我们几个嘛，有杜医生调的药酒，养生兼美容。楚爸嘛，跟我们喝养生酒？"青玉说着就替众人斟酒，先给宋嘉本，再给李沫丁。

轮到雪弓了，雪弓却用手遮了酒杯，苦着脸道："大姐，我在天上飞了二十多个小时，到现在人还有点头重脚轻，糟蹋了这好酒。不如向我们史引霄同志学习，以水代酒吧！"生怕拂了青玉姐的好意，追了句："阿丁哥，小宋，你们口中留情，古井给我留半瓶下来，待我养足精神，一醉方休。"实在是方才聊天时勾起了对姬瑜的思虑，胸口堵得厉害，生怕酒入愁肠愈加控制不住。

青玉看他眼圈乌青，眼球上有血丝，便凑近了道："今天你就让他们尽兴，大姐那里给你留着一瓶呢！"

水珠开了药酒的罐盖，先斟给平楚，引霄边上喊："够了够了，少一点。"平楚侧了身挡住引霄，让水珠给他斟满了。儿子回来，心里高兴嘛。

水珠又给翠姑妈和姚秀帘斟满了，这两人都道，太多太多了，晚上还得赶回家呢。正好给了宋嘉本表现的机会，推下眼镜道："翠姑妈，姚阿姨你们放心，我开了部suv来，好坐七个人哩。晚上保证把你们平平安安送回家。"雪砚横了他一眼，"你喝了酒，谁还敢坐你的车？"便将自己的酒杯倒头合在桌上，道："水珠阿姨别给我倒酒，待会我开车送翠姑妈和姚阿姨。"

史引霄忍了忍，没忍住，道："小宋啊，你开的车是公家派给你的吧？现在处一级干部都一人一部公车了？"

宋嘉本将额发撩后，道："妈，这也要看工作需要。我在这个位置上，每天来自八方四面联络工作沟通信息需要处理的事体比蛛网叠蛛网还复杂，如果没一部车，一天根本做不了几桩事。"

史引霄道："处理工作也用不到开七人座的车吧？要多用多少油啊？"

宋嘉本仍斯文地含笑道："这个嘛，也是为了工作需要，有时接外省市来往的同志方便些。不过……"正了正眼镜框，"我承认，我是掺杂了一点点私心的，比如送皓皓去医院看病，带皓皓去公园游玩，我母亲要一起去的话，五人座车就太挤了。"

史引霄斜了他一眼，摇摇头道："我在区长任上，给我派部专车，我一个人用都觉得太浪费了，拉了副区长和办公室主任一起上下班。"

雪墨很响亮地"哼"地一笑，道："我说史引霄同志，你那是老皇历了！"

雪砚双颊发烫，连忙转移话题："水珠阿姨，给雪墨斟酒呀，她有酒量的。"

雪墨语气冲冲道："谁说我要喝药酒啦？一点劲道都没有。大姐，我也要古井！"直将酒杯伸到青玉跟前。青玉挑她一眼，替她斟了半杯。雪墨不依，仍喊："大姐，倒满，倒满！"解红旗没到场，雪墨原就一百个不痛快了。

斟满酒，席面就算开始了，众人自然都等着"兰畦"女主人史引霄先作开场白。宋嘉本却捏着酒杯站了起来，雪砚在桌子底下踢他脚，他并不知觉。这些年他平步青云身居要职，习惯了出人头地，一改从前临深履薄、谨言慎行的行事风格，呵呵笑道："套用一句俗话，时光如梭啊，记得前几年，我们在这间屋子里为雪弓大哥饯行，先是雪弓哥提议，每人说说自己的人生格言。当时雪弓哥说的是屈原离骚中的句子，路漫漫其修远兮，吾将上下而求索。我这杯酒啊，代表我和雪砚欢庆大哥回家；更代表市府办公厅向史雪弓同志表示热烈欢迎！你们怀着振兴中华的远大理想艰难跋涉出国留学，现在，又怀着报效祖国的赤子之情归来……"

"我说姐夫，你这祝酒词也太长了点吧？又要回忆往昔，又要展望未来，我们什么时候才能动筷子呀？"雪墨不喜欢宋嘉本一开口便居高临下的口气，不耐烦地打断了他，弄得宋嘉本立不好，坐也不好，眼镜架滑到了鼻尖上。

雪砚恼小妹不给人留点面子，更恨宋嘉本口吐莲花、表里不一，又不能明说，下巴抵住胸口，咬住嘴唇装聋作哑。

雪弓看出场面尴尬，忙举起盛了白开水的酒杯与宋嘉本碰了一下，道："谢谢小宋妹夫，我也记得当年你的人生格言，北宋老范的千古名句，先天下之忧而忧，后天下之乐而乐。我跟你约定了，抽你的空暇，详细地把市委市府关于上海改革发展的目标、规划，各方面的政策跟我讲解讲解，以便我准确定位迅速投入！"

李沫丁也应和道："对对对，我也想听听宋主任的讲解，雪弓兄弟，你约好时间，别忘了叫我。我想多学习学习，如何将我的聚艺轩融合到上海城市文化发展的战略框架中去。"

雪弓和李沫丁给足了宋嘉本面子，宋嘉本面色渐渐回暖，中指推上眼镜，笑道："没问题没问题，我们等雪弓大哥休息几天，调回时差，一起聊聊，互相学习。"说着，缓缓坐下了。

青玉便回旋道："霄妈妈，你不是有很重要的话要跟雪弓兄弟说吗？我们也很想听听呀，对吧？雪砚雪墨。"

雪砚才松了口气，连连点头。

雪墨满嘴塞满了小菜，学着史引霄的腔调道："雪弓啊，你回来头一桩大事，是向党组织递交入党申请书，争取早日成为无产阶级先进队伍中的一员！"转而向着史引霄："妈，我可是说出了你的心里话？"

举座都笑了。史引霄忍住笑，嗔道："疯丫头！秀帘，你可当得红旗半个母亲了，以后我就把雪墨交给你管教了！"

姚秀帘抚抚雪墨的背，"这可是我前世修来的福，有这么个出挑的外甥媳妇！"

史引霄因道："雪弓啊，你妹妹说得没错，前些年你要出国，把入党的事搁下来了，现在可得抓紧了。你可以跟青玉大姐，还有雪砚多交流交流。"又补充了句："明天先去把头发剃了。扎个小辫，男不男女不女的，给人印象不好！"

雪墨为哥打抱不平了，先瞄了眼李沫丁，偏偏李沫丁修剪了垂肩银发，只齐耳了。眼珠骨碌碌一转，道："妈，你不是说爸爸在根据地时头发老长的，你怎么就相中他了呢？"

小辈们都憋住了不笑出声，平楚却"嘿嘿嘿"笑得很响。史引霄狠狠瞪了眼雪墨。

宋嘉本便接口道："妈，大哥加入组织的事您尽管放心，我去跟党校的同志打个招呼，让雪弓哥参加一次党课学习班。有了这个经历，可以说一只脚已经跨入党组织大门了。"还言犹未尽，被雪砚往他腰眼里戳了一下，才停歇。

雪墨朝对面的雪弓做个鬼脸，道："哥，为了感谢你送我的笔记本电脑，你的入党申请书，还有思想小结什么的，包在我身上了。当初我争取入党时的许多材料，党章学习辅导材料啦，党史资料啊，马列著作讲稿啊，我都保存着呢，现在决定全部移交给你啦！"

雪弓"嘿嘿"笑道："小妹，这些材料那年还是我帮你收集的吧？别忘了，你哥在茆围子荒岛上，通读了马、恩、列全集，西方哲学史，中国哲学史，世界战争史，世界经济史，中国共产党史……"

"雪弓，你就不要再吹嘘你的读书史了，"史引霄时时警惕着纠正儿子的浮夸情绪，"关键要看你如何学以致用。当下最迫切的，就是要尽快解决你的组织问题。"

翠姑妈听着他们的谈话，一句插不上嘴，颇有些寂寞，忽然想起一桩事，生怕遗漏了，立马插入，道："阿丁啊，你怎么不向小叔叔小婶娘报喜呀？过年的时候，你不是说你入党了吗？"

团圆一桌子的眼睛齐刷刷投向李沫丁，李沫丁白纸一张的面孔顿时涂上一层粉红，道："哎呀小娘娘，你真是冬瓜缠在茄门里了。我参加的是农工民主党，也是由文博圈子里的几个朋友介绍进去的。同道之人聚聚，互相有个帮衬。这和加入中国共产党不可同日而语的！"

大家又都笑了，翠姑妈咕哝道："你又不讲清爽，不都是入个党吗？"雪墨高举酒杯与李沫丁碰了下，道："阿丁哥，我们家可以开政治协商会了。"

谁都没注意到平楚左手从裤兜里摸呀摸，摸出一张折叠着的纸，塞给身边的儿子。雪弓展开一看，高声道："静静，静静。老爸对我的期望写在这里呢，我来念。"平楚这些年来，身体是逐渐康复，只是右半边手脚动弹尚不利落，最关键在于说话功能没完全恢复，吐词含糊不清。所以，他常以笔代口表达心意，且左手书写字形畸曲，乍看像抽象画。雪弓上下左右辨认一番，念道："观察，记录，研究，思考……写！"最后那个"写"字，大大的，惊叹号又粗又浓。

"爸，您的意思……"雪弓探询地问："要我把美国留学的经历写、出、来？"

平楚挤挤眼，"嘿嘿嘿"笑起来，露出颗晶莹的虎牙。

雪弓猛拍下桌子，面前的碗碟杯盘叮当作响，"老爸到底是艺术家，一语破的，令儿子茅塞顿开啊！曾经，约翰·里德写过《震撼世界的十天》，埃德加·斯诺写了《西行漫记》，美国人能够记述他们所看到的十月革命和中国革命，作为一个中国人，我为什么不可以写写我所看到的美利坚呢？"

雪墨首先喝彩："哥，我举双手赞成爸的提议。你可以先写千字文的所见所闻，到我们报纸的'灯花'专刊上连载，写得多了，便可以结集成书嘛。"

李沫丁沉吟片刻，道："雪弓兄弟是研究哲学的，他对所见所闻进行形而上学的思考，高屋建瓴地进行谋篇布局，这恐怕比泛泛的记录所见所闻有意思得多。"

雪墨脖子一挺，道："阿丁哥，你不要小看了我们'灯光'专刊上的小文章，所谓言简意赅，要言不烦，小文章往往蕴藏着大道理。"

史雪弓"嘀嘀"笑道："索性，雪墨做我的文字编辑，阿丁哥做我的文学顾问得了。"

史引霄故作恼火道："你爸爸写了不到十个字，你就当圣旨啦；我对你提的要求呢？"

雪弓恭敬道："妈，'兰畦'中向来由你垂帘听政，你的要求自然是比圣旨更圣旨的啰！"

这一来，连一直闷闷不乐的雪砚也忍不住掩嘴笑起来。史引霄点点儿子，对身边姚秀帝道："我这个儿子，不像爹不像娘，讲话经常荒腔跑调，容易得罪人！"

姚秀帝道："你若不喜欢，过继给我好

了！老天送给你一块卞氏玉，你不要老眼昏花不识宝哦。"

雪墨撇了下嘴，"姚阿姨，你别听史引霄同志骂儿子，她骂谁骂得凶，心里面就是最器重谁。你要跟她抢儿子，她会跟你拼命的！"

姚秀帘认真道："嗯，我不稀罕她的宝贝儿子，我只要你雪墨嫁入我们解家就心满意足了。"

"姚阿姨，不兴这样的嘛……"雪墨将额头抵住姚秀帘的肩膀，扭捏着。席间又是一派笑声。

姚秀帘突然想起什么，因道："雪弓我问你，你在美国是不是碰到我外甥女啦？"

史雪弓朘睁着眼看住姚秀帘，一时想不出何时何地遇到过姚阿姨的外甥女，他也并不认识姚阿姨的外甥女呀。

姚秀帘道："你大概碰到人太多，记不起来了？"又转向史引霄，"是紫缇特地给秀璋写信提起的。"

数年前，神通广大的余芳菲把女儿送去了美国，为此事姚秀璋跟前妻大吵了一场。女儿并没有通过托福考试，到美国要从语言学校上起。余芳菲向姚秀璋撂下狠话："女儿出国留学一切费用不需你操心，你只当没有这个女儿！"

史引霄道："雪弓没见过紫缇嘛，你有照片吗？拿给他认认。"

姚秀帘这才起身，去包里摸出一张四时彩色照片，递给雪弓，笑道："我这个外甥女是个大美女呢！"

雪弓接过照片定睛看，差点厥倒：照片上的摩登女郎分明就是晏枰假结婚的妻子"姚"嘛！雪弓晓得姚阿姨和母亲都等着自己回答呢。要说不认识吧，人家已写信回来说遇到自己了；要据实奉告吧，不知"姚"假结婚骗绿卡的事她家人清楚否？雪弓决定含混以对，摸着头皮道："哦——记起来了，在一次朋友派对上见过，好像，大家叫她'姚'？"

姚秀帘双手一合，"是嘛，她随父亲姓姚，叫姚紫缇。"又长叹一声，"现在秀璋也只有这点安慰了，女儿总算随他姓了姚。多少年没见到紫缇了，听讲她现在过得不错，顺利拿到绿卡，独幢别墅，宝马车。"

雪墨看看雪弓，又转向姚秀帘，"姚阿姨，你那外甥女那么优秀啊？她学什么专业？哪所大学毕业？现在做什么工作啊？"

雪墨一连串问号，掷得姚秀帘晕头转向，稍定定神，扑哧一笑，道："雪墨倒真是记者的本性，凡事要探本寻源。可惜姚阿姨也不清楚。紫缇的一切都是她母亲在操控的，也不告诉我们，我们也不打听。曾经风闻，紫缇做的是国际贸易生意。"

雪墨猜疑地再看雪弓，雪弓只哼里哈啦笑着。一旁宋嘉本却像发现新大陆般叫道："好！"一下子把众人的注意力吸引过去了。他推下眼镜，撩起额发，道："上海要大发展，要重新起飞，经济国际化是必然的途径。市委市府果断决策，把外贸出口作为上海经济的命脉，大刀阔斧调整产业结构，逐步形成高度国际化的格局。姚阿姨，你外甥女从事国际贸易生意，正是我们眼下所急需的人才，你可否引见一下呢？"

姚秀帘重重一叹道："小宋啊，你不了解，我这位外甥女被她母亲调教得六亲不认，就生怕亲眷们要去沾她的光。她给她父亲的信件都是由她母亲在上海转寄的，我们根本没有她的通讯方式啊。"想想又道："若要联系上她，倒有一条捷径。"

"哦？但请姚阿姨指教呢！"宋嘉本将

姚紫缇的照片横看竖看，被雪砚夺下，还给姚秀帘。

姚秀帘收好照片，朝史引霄翘翘下巴："问你的丈母娘呀。"

史引霄扬起眉毛："秀帘你不要搞错了，我怎么联系得到姚紫缇？小时候倒是抱过她，秀璋和她母亲离婚后，只在那晚替秀琴守灵时匆匆见过。"转向儿子，"雪弓，你有她联系方式吗？"

雪弓双手一摊，"我们只在派对上偶尔遇到，她也没有挑明她跟姚阿姨的关系，哪里会贸贸然留下通讯方式啊。"雪弓心里想着：恐怕连晏枰现在也联系不上她呢！

姚秀帘笑道："引霄，你只需要去找你那位同事，现任区长余芳菲嘛，姚紫缇便是她长线牵着的木偶。"

史引霄不屑道："我若是向她打听她女儿的通讯地址，她保证一副阶级斗争的面孔，你什么用意？你的企图是什么？你妄图从中得到什么？算了算了，我不去做她的怀疑对象！"

宋嘉本忙道："妈，真不用麻烦你了。原来这姚紫缇就是余芳菲同志的女儿啊，市里面开会经常碰到的，我直接问她就是了。"

姚秀帘与史引霄对望了一眼，道："引霄，我们真是愚笨了，怎么就忘了这一层？这样就不用我们操心了嘛。"

史引霄心里一紧：对呀，以宋嘉本现在的地位，他想联系谁联系不上啊？那么，反之呢？忽就有些心神不宁起来。

这时雪砚放下筷子起身离席，道："水珠阿姨，我来喂皓皓，你上桌吃饭吧。"

水珠道："大妹妹，我不饿。你们姐妹也难得聚拢来，你再吃会嘛。"

雪砚却硬从水珠手中抢过皓皓的餐具，道："我又不喝酒，真饱了呢。"

史引霄道："水珠你让雪砚喂嘛。青玉，给水珠也弄杯酒。"

青玉便替水珠倒了杯药酒，水珠双手接过，道："罪过罪过，让青玉姑娘替我斟酒！"恭恭敬敬沿席一圈敬下来，自己仰面喝干了，方才坐下吃饭。

史引霄顺手给宋嘉本搛了筷菜，随口道："小宋，雪砚跑开了，你自己吃哦……对了，前几日我们区的副区长徐亦道有没有联系到你呀？"

宋嘉本正有滋有味嚼着一支鸭腿，有几秒钟的停顿。用餐巾纸擦擦捏鸭腿的手指，又推了下眼镜，诧异道："徐——亦道？副区长？妈，全上海那么多副区长，我一下子哪里记得清啊？有什么事吗？"

史引霄松了口气，挥挥手："没什么事，随便问问。你吃菜，酒还有么？青玉，再给小宋斟满了，反正今晚他不开车。"

几天前，徐亦道给史引霄打电话，说是老家有一艘货船被海关缉私队扣下了，拜托史引霄找关系给通融通融。史引霄一听就来火了，"你要搞清楚这艘船到底有没有走私，真走私了，我劝你也不要去通融，该怎么罚就怎么罚；若没走私，缉私队也会查清楚的呀。"徐亦道冷笑道："我说老史啊，你是真不懂还是跟我装傻呀？人进了缉私队，有人通融没人通融，那可是大不一样的。根据地的乡亲们勒紧裤带省钱，集资买船搞运输，共同走富裕的道路，多不容易啊。老史，你不是总是振振有词说，老百姓在我们共产党人的心中么？怎么？现在乡亲们遇到难题，你就这样袖手旁观见死不救啊？"史引霄一时被他堵住了口，徐亦道的老家就在苏北，离茆围子不远。他拿捏住史引霄对老区的别样情怀，方才托她疏通关系的。史引霄暗忖，先敷衍他几句，找人搞清楚究竟是怎么一回事再说，便道："我一个离休的老太太，一时找什么人能通到海关缉私队？你得容我想想办法呀。"徐亦道哈哈大笑起来："老史你不要谦虚了，你现在是顺水行舟万事通嘛。你有个好女婿，市府办公室主任，只要他出面，哪有摆不平的事情？"当时史引霄断然拒绝了徐亦道，这只老狐狸歪脑筋动到小宋身上去了！她不想给孩子们增添任何负担和麻烦，只答应徐亦道尽量想办法托人摸清情况，解决问题。却不过两日，徐亦道又来了电话，说是海关缉私队调查清楚货船并没有走私，已经放行了。又说，无论如何，他还是代表老区人民感谢史区长哦！

史引霄存了个疑团：这徐亦道会不会自说自话去找了宋嘉本摆平此事的？及至此刻才释怀，听话听音，看来小宋并不认识徐亦道！

席已过大半，酒酣耳热间，翠姑妈用胳膊搡了下李沫丁，李沫丁领会得，站起来，将酒杯举起。他杯中只剩下小半杯古井了，白面成了红脸，杯子在空中画了个圈，道："大家自便，我干了。"一口饮尽，杯子倒覆于桌上，"这杯酒，我是为小爷叔干的。我佩服小爷叔对艺术孜孜不倦的追求，真可谓锲而不舍、水滴石穿！小爷叔的左手画在圈内声誉鹊起，放在我聚艺轩中的几张小品竟全部售出，还有追捧者愿出高价向我定购呢。"便从他对襟白褂子的大贴袋中掏出一只印有"聚艺轩"字样的白信壳，双手捧向平楚："小爷叔，这是你那几张画的润笔费。我是严格按照聚艺轩财务规定，与作者对半分成，不多，不过我敢肯定，小爷叔你的画价钱有很大的上升空间！"

平楚拼命摆动左手推辞着，不接信封。史引霄嗔道："阿丁你这是做什么？你原说拿了平楚的画去你那里挂挂的，怎么就拿去卖钱了呢？"

李沫丁道："小婶娘，艺术品买卖古来有之。听讲巴尔扎克是为了还债才拼命写小说，竟成就了煌煌巨作《人间喜剧》；也听讲齐白石大师为自己的画定价毫不客气，画一只虾多少钱，你钱给的不够，他就给你画半只虾，虾头让水草挡掉！"

翠姑妈一旁帮腔："阿丁开这个聚艺轩，租房费、装裱费、鉴定费、员工费，这个费那个费，他若不做买卖，哪里开得下去呀？"

宋嘉本总是不失时机发表高论："国家现在对艺术品买卖是支持的，海外几家著名艺术拍卖公司陆续进入我国艺术品市场，这对于艺术品的传播、普及是有好处的嘛！"

李沫丁连连点头，道："毕竟宋主任站得高看得远。其实，我早说过，我办这个聚艺轩的初衷是完成阿爷的遗愿，赚多赚少那是次要的，只想尽力挖掘发现保存我们的传统艺术……宋主任，有机会一定要请您到我们聚艺轩来参观指导哦。"

言语间，平楚扯住引霄，口中喝喝有声，还用手指蘸着汤汁在桌面上划着。史引霄搞清楚他的意思了，道："阿丁，你小爷叔说，这钞票就算他投资你聚艺轩的，你收好了。"

李沫丁便不再坚持，将信封塞回口袋，兴奋道："也好，小爷叔，您就是聚艺轩的股东了，什么时候聚艺轩赚钞票了，爷叔婶娘，你们也有分红了。"

史引霄皱一下眉头，"阿丁，你不要老

想着钞票,你爷叔不稀罕做什么股东股西的。只要你记住,做生意可以,要遵纪守法,赚钞票也要赚干干净净的钞票。"

李沫丁十分恭敬道:"婶娘的话阿丁记住了,阿丁不会给爷叔婶娘丢脸的。"灵光忽一现,道:"对了,小爷叔这些润笔费,还得用在小爷叔身上。我索性为小爷叔筹备一次画展,组织专家开一次平楚艺术研讨会,如何?"

这话一出,满席皆道好。引霄也不作反对了,心想,自平楚发病,这些年一直蛰伏"兰畦",让他到社会上露露面也好。

到了这个时候,桌面上菜盘子已是残山剩水,酒瓶也已告罄,众人也都意兴阑珊。先是皓皓闹了起来,雪砚便道:"爸、妈,你们也都累了吧?哥下了飞机还没歇过吧?皓皓也到了睡觉的时间,他奶奶还等着呢。"于是就散了席。

青玉帮着水珠将杯盘碗筷收入厨房。雪砚喊她:"青玉姐,你也搭我们的车吧,我把你带到长途汽车站。"雪墨叫起来:"青玉姐今天不回医院,她睡我屋里。"很得意地朝雪砚皱了皱鼻子。

李沫丁作揖,道:"雪砚妹妹,有劳你把小娘娘送回家,我可以去乘公交的。"

雪砚道:"阿丁哥,一起走吧,坐得下的呀,你别太见外了。"

史引霄挽着小外孙的手,雪墨扶着姚秀帘,母女俩送客送到大门外。雪砚拉过皓皓,道:"跟外婆说再见。"皓皓吧嗒着小嘴"拜拜"一声,史引霄又在他屁股上"啪啪"拍了两下。

宋嘉本多喝了几口酒,已经在副驾座上坐好了。雪砚板着面孔吩咐道:"宋嘉本,你抱儿子坐后面去,这里让姚阿姨坐。"又道:"阿丁哥,你跟翠姑妈只好坐三排了,我开慢些,不会颠的。"

宋嘉本"嘿嘿"笑着,一副对雪砚言听计从的样子,抱着儿子坐到二排去了。

雪砚要绕到驾驶座去,略顿片刻,对史引霄道:"妈,有桩事体,蛮奇怪的,前几天我接到一只电话,说是你们区信访办的,问我,区里信访办收到群众来信,涉及领导干部作风问题的,能不能直接给我们检察院?"

"噢——?"史引霄顿生疑窦,"他叫什么名字?群众来信涉及哪位领导?是匿名来信还是具名举报?"

雪砚摇摇头,"我也跟你一样,问了,她都不说,就挂断了。对了,是位女同志。"

史引霄心一颤,马上想到黄岑。沉吟片刻,道:"雪砚我晓得了,我去打听打听。不过妈现在不在其位不谋其政啊!"

雪砚道:"妈,没关系的,倘若她真把信转到检察院,我们会处理的。"便转身上了驾驶座。

史引霄与雪墨转回客厅,却见雪弓正对着父亲眉飞色舞地描述着什么,那平楚听得入神,面孔上欣欣有喜色。引霄便道:"雪弓啊,你说什么呢?你看你爸,平常这个时候该他休息了,今天精神气那么好!"

雪弓道:"我跟爸讲讲我在 SMI 博物馆工作的情况。方才爸看见我送给阿丁哥的博物馆画册,其实爸心里也想要。我跟爸说了,等我那十箱书运到,里面有更完整的画册,我特地为爸买的。"

引霄道:"是嘛,刚才我也在想,平楚宁可不要西洋参而要画册的。雪弓哪能不晓得爸爸的心思呢?"

雪弓挠挠头皮,"妈,那完整的画册上、下两本,太重了,随身带不动。再说

97

了，我不见得当着翠姑妈的面厚此薄彼哕！"

雪墨道："哥，人人说你面孔像老爸山高水深，脾气像老妈直筒肠子。原来你肚肠也会打个弯啊。"

引霄道："你哥哥这样处理事情是对的，哪像你，莽莽撞撞，没大没小，没里没外的！"

雪墨撅嘴道："喏喏喏，被我抓住证据，史引霄同志无原则包庇儿子！"

雪弓道："小妹，没关系，妈妈包庇我，我包庇你，你也不吃亏呀。"说得雪墨又是捶他又是笑。雪弓想起什么，忙道："妈，下午人太多，我不方便讲。我在美国遇到元珊姐姐了。"

史引霄撒撒嘴，"你也太提防了，元珊是我的外甥女，有什么不方便讲的？"

雪墨道："我晓得的，元珊就是引豪娘舅的小女儿对吧？我在照片中见过，他们兄妹三人拍的合照，那时候元同表哥还在……"

客厅门被推开，青玉从厨房转回来，雪墨连忙闭上嘴，青玉还是刮到最后几个字，警觉地问道："小妹你在说什么？"

雪弓笑呵呵接话道："我告诉妈我在美国碰到元珊了。"

青玉吁了口气，道："元珊啊，是听说她去美国念书的，现在。她好吗？"

雪弓道："元珊……她比我早出生没几天，可也得叫人家姐呀。元珊姐真不简单，在纽约一家公立医院做全科医生呢！"

史引霄怪道："她那样出色，那你当着众人有什么不方便讲啊？毕竟是亲戚，让大家也高兴高兴嘛。"

雪弓道："妈你做梦也猜不到，我跟她见面太戏剧性了。最初我和姬瑜到美国，姬瑜的婶娘开车来接她，这婶娘竟然就是元珊！我们俩其实都认出了对方，都假装不认识，后来才点穿的。"

史引霄张着嘴半天才出声："她成了姬瑜的婶娘？姬瑜的表叔有多大年纪了？"

雪弓道："我哪敢问表叔的年龄？看上去嘛——总有六十朝上了，而且现在坐在轮椅上，行动很不方便。我琢磨，元珊姐嫁给一个年长她二十多岁的老人，一定有她不得已的缘故。元珊姐跟我说，她不想成为亲眷朋友茶余饭后闲聊的内容，所以下午当那么多人面，我不方便说呀。"

史引霄薄薄的嘴瘪叽瘪叽了几下，方出声："要找个时间去南京看看引豪和瑞了……"在以往那个荒唐的十年中，为了不受牵连，引豪夫妇与史引霄断绝了音讯来往，一晃都快二十年了！

雪弓道："元珊姐姐给了我引豪舅舅现在的地址，她说她父母现在生活得很安稳。还说，要感谢老妈你，当初是你鼓励引豪舅舅去大学教书，现在有一份退休金，吃住不愁。"

史引霄点点头，叹道："我和引豪舅舅从小一起长大的，就像亲兄妹一样。幸好元玥元珊都不错，引豪和瑞老有所依了。只可惜……"不说下去了，瞄一眼青玉大理石般毫无表情的面容，忙转移了话题，问雪弓："你说姬瑜还有一年的学课，她还住在她表叔家吗？要不要我写信跟元珊联络联络？让她多关照一下姬瑜？"

雪弓"嘀嘀"两声，道："妈，姬瑜和我早搬出元珊家了，在我朋友的公寓里租了房子住。姬瑜是不好意思过多打搅她表叔和婶娘。"

此刻青玉适时开口了，道："霄妈妈，你看楚爸爸眼皮都耷下来了，雪弓几十个钟头没合眼了，话是说不完的，还有明天，后天，大后天呢！"

史引霄便立起身："对对，睡觉睡觉。雪弓，你真不睡大房间啊？"

雪弓道："妈我还是习惯睡我自己的房间。"

青玉和雪墨一左一右扶平楚进画室，将他安顿好，两人方才退出。

自雪砚结婚后搬出"兰畦"，雪墨便独自占据闺房。青玉团圈看看，先动手收拾她横一件竖一件乱抛乱掼的衣服。雪墨拖住她道："大姐，你理也白理，过两天还会更乱的，我们说会话嘛。你现在难得来了！"

青玉"扑哧"笑了，点着她的额角道："都快做新娘的人了，不见得你嫁到解家也这么乱七八糟？"

雪墨头皮硬撬撬，"我就这样，解红旗要嫌弃我，我就一辈子住'兰畦'里。"

青玉道："你真舍得不嫁过去？"看雪墨扑闪着眼皮撅着嘴迟疑不决的样子，搂着她肩膀笑道："傻丫头，姐逗你呢。待你真成了红旗的家主婆，就晓得收拾屋子了，恐怕比姐收拾得还勤快呢。"

雪墨有点难为情，却很享受地把脑袋拱在青玉姐的肩窝里。

青玉让她靠了片刻，才道："雪墨，大姐有桩事情要拜托你。"

雪墨坐正了，道："姐，你说。姐，你的事就是我的事。"

青玉道："市卫生局组织下乡巡回医疗队，我报名参加了，下礼拜就要出发的。"

雪墨叫起来："大姐你要去多久啊？妈晓得了吗？"

青玉道："我一报名就告诉霄妈妈了，大概三个月至半年，说不准。"

雪墨做出苦巴巴的表情，"大姐，我会想死你了。"

青玉拧下她的腮帮子，"没关系，大姐会给你写信的。"因问道："你还记得有一年，楚爸创作的《烈火中永生》吗？"

雪墨略忖道："是一位奋勇杀敌的新四军女战士吧？没有入选全国美展的那幅？我和雪砚都以为爸是以妈为模特画的。"

青玉吐出口气，道："其实画中人是楚爸和霄妈妈共同的战友，她在那场战斗中牺牲了……可是，因为种种历史遗留的问题，她一直没有被追认为烈士，苏北悼念烈士的纪念碑上也没有刻上她的名字……"

雪墨眼珠晶莹像浸在水中，"为什么呀？那不是太不公平了？"

青玉沉默片刻，"这个世界上，不公平的事情，真还有很多。楚爸就是要为牺牲了的战友抱不平，近几年，他隔一段日子，就给国家民政局和中纪委写信反映这位战友的情况……"

雪墨不解道："可爸，他左手写信？人家看得清楚吗？"

青玉浅浅一笑，"所以我就成了楚爸的同盟军，每每楚爸涂鸦后，我帮他誊清寄出。"

雪墨期期艾艾道："我妈……她……不同意？"

青玉并不晓得霄妈妈对这桩事情的态度，楚爸爸没说，她不会去打听的。她按照自己的理解回答雪墨："霄妈妈怎么会不同意为老战友申诉？楚爸一定觉得霄妈妈太忙了，不忍心拖累她；再则，霄妈妈老光度数越来越深，她哪里看得清楚爸的左书？"

雪墨笑了："妈的字现在也越写越潦草了，有一次看她签名，引霄的霄，雨字头与下面的肖,一个在东一个在西。"

青玉便道:"所以嘛,我下乡巡回医疗期间,为楚爸誊写申诉信的任务就交给你了,我已跟楚爸关照过了。"

雪墨想着能成为爸的同盟者而兴奋,大声道:"放心吧青玉姐,我还可以用电脑把它打出来。"

这个时候,史引霄总算把身子四平八稳地放倒在床上了,身下是一张簇新的藤席,原是为儿子媳妇准备的。儿子独自一人回国,坚持睡小房间里的单人床去了,这新席子倒让自己享用了,引霄却觉得硌得背脊不舒服,到底骨头老了。

睡前水珠放了大半浴缸温水,还滴了小半瓶青玉送的所谓活血的精油,硬要她在里面泡了二十分钟。

"青玉姑娘说的,这药水安神助眠的嘛!"水珠现在把青玉的话当圣旨一般执行。史引霄却觉得泡了澡,血脉通畅了,头脑清醒了,愈发睡不着了。平素她会吞一粒舒乐安定下去,将自己送入梦乡。她却瞥见床头柜上放着新一期的《铁军》杂志,封面竟是庞司令员骑马挎枪的黑白照片!

史引霄索性不睡了,将床头灯调至最亮,拿起《铁军》杂志翻看起来。封面上的庞司令员一身戎装,戴着副近视眼镜,神色闲淡地眺望前方,只当他是军中秀才,却是骁勇善战的大将。

原来这期《铁军》是纪念庞司令员的专刊呀!史引霄摸摸索索戴上老花镜,先浏览一下目录。第一辑总标题为"庞司令员战斗岁月追思会纪要",头一个名字便是"文汉兴"。史引霄暗忖:这位老兄1959年时拼命鼓动我揭发庞司令员在茆围子反扫荡战役后对我的迫害,倒要看看他如何来追思那场战役中的庞司令员呢!便翻到那页。

整辑追思会纪要里属文汉兴的发言最长,两千多字的篇幅,讲述了茆围子的武工队员如何在庞司令员英明的战略战术指导下,最终取得了反扫荡斗争的胜利。战役过程大致不错,只是坚持在芦苇荡与鬼子周旋的武工队队长成了文汉兴;把军粮分藏于民,从而最大限度保护了军粮的也是文汉兴,文汉兴因此得到庞司令员的赞赏和嘉奖。文汉兴在发言中数次提到何弱之和孟隐,何弱之是武工队副队长,这没错,那孟隐什么时候竟成了武工队政委了呢?

史引霄捏杂志的手瑟瑟颤抖着,心里面喊:"那我在哪里呢?"文汉兴的发言从头到尾没提"史引霄"三个字,他竟那样冠冕堂皇又轻而易举地将"史引霄"从那段刻骨铭心的历史中剔除了!

史引霄撑着身子坐起来,满腔愤懑压抑不住,胸膛几乎要爆裂开来。无耻!下流!她必须马上揭露文汉兴捏造事实篡改历史的卑劣行径。她首先想到要给何弱之打电话,她要责问何弱之:你是茆围子反扫荡战役直接见证人,你是出席那场追思会的,你亲耳听到了文汉兴在胡说八道,你为什么不当场纠正他、驳斥他、谴责他呢?

史引霄抬手去抓电话机话筒,没够到,眼门前一阵黑,便合扑从床上滚落下来。

41

……乌云低垂,雪花漫舞,密匝匝的芦苇丛冰雕玉铸一般。史引霄率领武工队员们埋伏在芦苇荡中,全身都被白雪覆盖,与茫茫雪滩融为一体,引霄觉得浑身血都凝固了,呼吸困难,喘不过气……突然,风起雨骤,一排排芦苇在风雨中摇撼着,挣扎着,鬼子的炮弹在湖荡中激起数丈高的水浪。有一发炮弹就在引霄身边炸响,她被汽浪抛起又摔下,嗖嗖地沉入湖底……

史引霄被一声接一声的呼叫唤醒,难道是敌人又冲上来了?她想去腰间摸驳壳枪,却动弹不得,手被摁住了!她睁开眼睛,正对着两只淡紫的变色镜片,镜片后静卧着的丹凤眼,虽朦胧却仍感受到那眼神的凌厉而傲骄!她一阵惊悚,心里面弹出一个埋没在记忆深处的名字,张了张嘴,却发不出声。

"史区长,余区长听说你病了,特为来看望你了!"说话的人声音绵软温和,不疾不徐,史引霄听出来了,是钱龟龄。

这一刻史引霄真正清醒过来,她记起前日自己郁愤过度失去知觉,被家人送进医院。进了医院便由不得自己做主了,抽血化验,X光超声波,几乎全身每个细胞都被放大进行了检查。

"余芳菲同志,我没什么大毛病,真不该麻烦您的。"史引霄勉强仄了仄身子。

"老史,你别动别动!"余芳菲连忙摁住了她,"现在我们区有两个街道在创建全国文明社区,其中一个就是桃浦地;另外,市里面还在考察西北与江苏省毗连的地块,计划一个新的经济开发区。千头万绪啊,忽略了对老同志的关心。"余芳菲十分诚恳地握住了史引霄的一只手,侧脸朝钱龟龄示意。

钱龟龄先拿出一只黄牛皮纸印有区政府字样的信封,道:"这是区政府的慰问金。"塞到史引霄手中。史引霄想推辞的,转而作罢了:这一定是区政府办公会议的决定吧。

钱龟龄又从地上拎起一只精致的稻香邨礼盒,笑道:"史区长,这是余区长个人送你的礼物。她问我买些什么好,我晓得史区长你喜欢自然一点的东西,这里面有绿豆红豆白木耳黑木耳,还有枸杞薏米莲芯。"

"钱主任你也真是的……"史引霄这一刻十分讨厌钱龟龄周到把细的行事作风,你去为余芳菲出什么馊主意啊!

余芳菲拍拍钱龟龄的肩,浅笑道:"老史啊,你现在要称他钱副区长了!老干部办公室归他管,以后有什么诉求,尽管找他!"

史引霄小眼撑大了一圈,道:"祝贺,祝贺,钱……副区长!"

钱龟龄谦恭地笑道:"我钱龟龄名字后头跟什么职务不重要,要紧的是要做好服务工作。为老同志服务,为各级领导服务,为全区人民服务。"钱龟龄说话你很难挑出他的毛病。

余芳菲立了起来,道:"我们还有其他老同志要去慰问,就先告辞了。"伸出一只手与史引霄握了握,"老史啊,你一定要安心养病哦!"

余芳菲头里走出病房,钱龟龄落后了几步,略显急促地跟史引霄道:"史区长,钟老到上海来休养,就住在南楼,所以余区长日日要来医院的!"说罢便匆匆跟上余芳菲去了。

南楼都是带客厅的单人病房,专门为部级以上高层领导设置的病区。史引霄肚子里怪道:"这个钱龟龄,跟我说这个作啥?难不成让我去探望一下钟老?"稍稍动了下心，倒是可以趁机问问钟老，四十多年前，他任军区公安处长时，为什么要释放那个企图当逃兵的女民运队员？转而一想，这么多年过去了，钟老还会记得那桩事情吗？甚至，钟老还会记得当年军区辖下一位普普通通的女武工队长吗？便将这念头掐灭了。

与史引霄同住一间病房的是S大学党委郁书记，一位清瘦干练的女同志。方才见史引霄有客来访，便识相地踱到走廊中去了，此刻转回病房，笑道："老史啊，你这个午觉睡得很有效果，若不是余芳菲来看你，你恐怕还醒不过来吧？"

史引霄动动胳膊，道："医生替我调整了安眠药的剂量，这两天是睡得好些。"忽想到了，问道："老郁啊，你方才作啥跑开？你应该跟芳菲蛮熟的吧？1949年以前，你们都是上海地下党组织的嘛。"

郁书记眼珠朝天像在追踪什么，稍时，摇摇头，"你应该晓得的，地下党组织纪律很严，各个条线的同志互不交往。我是大学这条线的，不晓得余芳菲她是哪条线上的？我跟她原不熟悉的，不过……"犹豫着，停了下来。

"不过什么呢？"史引霄猜度着，道："老郁，是不是余芳菲跟钟老再婚的事情？"

郁书记哈哈一笑，"这个嘛，双方都是单身，你有情我有意，值得祝贺嘛！"稍压低了嗓："余芳菲跟前夫有个女儿，长得蛮出挑的，原是我们学校中文系大二的学生。"

史引霄忙道："这个姑娘我熟悉，她父亲也是你们特殊战线上的老同志了。她不是已经去美国念书了吗？"

郁书记重重一叹，"前几年出国留学并不像现在这么方便，这女孩子下学后经常去KTV夜总会勾搭外国客人，想通过这种关系找担保出去，被派出所治安队的同志收网时捋进看守所。你说说，出了这种事情，多少坍我们学校的台？校党委原是决定开除她学籍的，就是这位余芳菲，一次次到学校找人谈，从校长办公室到教务处，也找过我两三次。她确实神通广大，帮她来疏通的方方面面人不少，钟老自然会助她一臂之力。最后达成协议，以她女儿主动退学而了结这场公案。听讲不出半年，她女儿就出国去了。"

史引霄暗暗吃惊，这姚紫缇出国当中还有那么一段隐情，秀弓从没跟自己提及？也许，她也并不知情。姚紫缇自搬出去独自租房生活，跟她生父和小姑妈是疏远了。史引霄沉吟道："我儿子出国留学，前几日刚回来。他在美国碰到过姚紫缇，是说发展得还不错啊……"

那郁书记却对姚紫缇续后的发展不感兴趣了，她发现了新大陆，道："老史你儿子没留在外头等绿卡呀？不愧是你史引霄的儿子哦！他学的是什么专业？现在工作定下来了吗？"

史引霄道："我这个儿子，满脑袋不切实际的想法。当初考大学，我想让他学点派得上用场的专业，他偏偏报考了哲学系。这次回来，不晓得他母校会不会留他。"

郁书记笑道："研究哲学好哇。现在我们国家国门大开，各种思潮蜂拥而入，世界观价值观道德观发生剧烈碰撞，极需专注研究现代哲学的人才啊！你跟你儿子说，我们学校张开双手欢迎他加盟哦！"

史引霄双手抱拳作个揖道："老郁谢谢你，雪弓今天大概会到医院来看我的，你可以亲自跟他说呀。"

话音刚落，就听有人喊："妈，说什么

呀？"正是探望病人的时间，进来的不是儿子雪弓，是女儿雪墨。

史引霄脱口道："怎么是你来了？你哥呢？"

雪墨撅起嘴道："妈你也不可以这样明目张胆向着哥呀，我真不该来的！"

史引霄忙拉着雪墨的手笑道："喏喏喏，看你的小心眼！是这位郁阿姨想跟你哥谈谈哲学问题！"

雪墨方才笑开脸，先喊了声："郁阿姨您好。"道："我哥说好要来医院看妈，临时接到系里面电话，要他去学校讨论他课程的事，所以我就代他来跟史引霄同志发嗲了，可惜我妈不领情。"

郁书记笑道："老史啊，你这女儿又漂亮，嘴又巧，真好福气。"

史引霄不免得意起来，"我有三个姑娘一个儿子，她是最小的，现在报社当记者。"

雪墨连忙掏了名片递上，郁书记接过，特为戴上老光镜，仔细看了看，道："社会部啊，教育战线的事你管不管？我们学校正在尝试新的教学改革，你愿意的话，欢迎你过来听听，看看，帮我们总结总结。"说着，也去抽屉里找出自己的名片递给雪墨。

雪墨看着名片，原来这位干瘪的老太太还是大学党委书记！忙道："郁书记，您觉得你们的教学改革中有哪些问题值得弘扬光大？或者值得深入探讨？您直接给我打电话好了。"

郁书记握住雪墨的手，欢喜道："老史啊，你把这个女儿给我当媳妇吧，我儿子也很优秀呢，搞建筑设计的，双手能起高楼呢。"

史引霄愈是示宝一般道："老郁，可惜你晚了一步，我的毛脚女婿是位刑警，当选过上海十大优秀民警哦！"

郁书记连连摇头："可惜可惜，那我们是抢不过他的了。"

两人相对哈哈笑起来，弄得雪墨都脸红起来。这时水珠拎着一包衣物和一只三层搪瓷食盒进来，她身后还跟着顾观我和杜蘅夫妇。水珠笑道："大姐，今天看上去神气好多了。那天夜里我真吓得魂灵出窍，一张面孔煞白，比乡下淮戏班击鼓骂曹里的曹操面孔还要白！"

史引霄便道："顾医生杜医生，我已经住进医院了，你俩还跑来作啥呀？"

杜蘅笑道："老顾讲你们这个医院就是给老同志休养休养的，特别是中医，就是摆摆样子的！"

史引霄点点顾观我，道："你这话要让这里中医内科仇主任听到，看你怎么交代！听讲你和他还是老同学？"

顾观我并不接她的腔，只拽过她的手腕搭起脉来，大约十几秒钟方松开，才道："老史你住进来两天了吧？中医内科来替你诊断了吗？"

史引霄道："什么CT超声波，X光都做过了嘛，自然不必再让中医来了。"

顾观我斜着眼道："做了那么多检查，结论出来了吗？你为什么会突然晕倒？"

史引霄摇摇头："哪有那么快呀。"

顾观我一拍大腿："我现在就点出你突然昏厥的原因，老史，那天晚上你是不是遇到什么很刺激的事情？让中医说起来，便是急火攻心，一时间血脉阻滞引起不省人事。"

史引霄像是被他点中穴位。呆呆地盯着他。

水珠忙道："顾医生你真灵光，那天是

大姐儿子从美国回来，全家人聚会。大姐太高兴了，也太吃力了，睡觉前我又替她泡了澡……"

顾观我稍有些迟疑，"太高兴了……也有可能引起心火旺盛的吧？老史啊，你是个特例呐！"

史引霄回转神来，顺着水珠的思路道："到底要服老啊，不好随他们年轻人闹腾了。"又道："顾医生，还是你手段高，就这么一搭，便水落石出，我也放心了。"

顾观我"哼哼"笑道："老史，你既然住进来了，就安安心心休息一段。待你出院，我给你开个调理的方子，保你越活越年轻。"

在一旁听了许久的郁书记开口了："老史，有那么好的中医不给我介绍介绍啊？我特别崇拜中华传统医学呢！"

史引霄连忙互相引见。雪墨便说还要回报社发稿，先行离开，水珠追着她背影问："小妹妹，吃夜饭吧？"雪墨脚步快，笑渐不闻声渐悄，隐隐送回来几个字："不要等我……"

顾观我已摆开阵势，替郁书记搭脉，看舌苔，问以往病史。史引霄便向杜蘅打听黄芩的情况。黄芩在杜蘅这里看病吃药调理身体已有一段时间了，杜蘅蹙眉屏神想了想，方出声："黄芩的身子蛮难弄的，时好时坏，像是妇女病，又不全像。我原想叫老顾替她把把脉，她死活不肯，搞不清是啥道理。"说着杜蘅往前凑了凑，戳下额头，"我恐怕她是不是这里出了毛病？"

史引霄锁紧眉头道："不会吧，她工作一直是非常出色的，有条有理，从来没有出过什么差错。"

杜蘅犹豫了一下，道："不是我妄下诊断，我感觉到她总是心事重重。有一次，我也是随口问问，问她心里头是不是有什么解不开的结？她便笑起来，边笑边说，没有啊，我很好啊，我们老徐待我也很好啊。我根本没问徐局长待她怎么样，而且，我看她笑归笑，眼圈却红起来。"

史引霄点点头，"这是个包袱，她和徐结婚这么多年，一直没怀上孩子，总有点内疚的……"因道："她再来找你开药，你尽量多开导开导她。什么时候，我跟你讲讲她前头那个男人的事。你判断是对的，她心里头纠结的东西太多了。"

那边顾观我已经替郁书记诊断完毕，扭过面孔道："老史啊，郁书记身体底子比你扎实多了，我开一副温和理气顺脉的方子，想着煎了吃几帖。老史你的问题比郁书记难弄多了。"

郁书记十分高兴，道："顾医生你这么一说，我比吞了仙丹妙药还开心呐。"

史引霄板下脸道："好你个顾观我，你说我难弄，你的意思，我没得救了？"

顾观我道："我的意思，你的身体状况，这个仪器那个仪器横照竖照，问题多多，是不是很难弄嘛，可到了我顾观我手中，就没那么难弄了！"

几个人相视纵声而笑，顾观我和杜蘅起身告辞了。史引霄与郁书记一起送至病房门口，迎面遇见两位不速之客：徐亦香和儿子何奔腾！

史引霄情不自禁叫道："阿香你什么时候到上海来啦？"没说出口的是：我正想找你们呢！

徐亦香笑道："太巧了，顾医生杜医生也在呀！我们今天上午才到上海，你晓得的呀，老何那些年被隔离审查的时候患上了前列腺的毛病，时好时坏的，最近又犯了。省医保局开了介绍信，到上海全面检

104

查一下，研究个治疗方案。昨天晚上给你家打电话，你家里告诉我你的病房号的。老何住南楼，现在医生正给他会诊。奔腾吵着要来看大妈妈，我就先带他过来了。"

史引霄心中咯噔一下，"何弱之也住南楼了，瓢城市委书记级别提高了？"

边上水珠道："是我接的电话。大姐，凡有人找你的，我统统告诉他们你的病房号，让人家到医院找你，就怕耽误了公家大事。"

史引霄便捏住何奔腾的手道："奔腾大学毕业了吧？现在做什么工作呢？阿香，来也来了，进去坐会，就是地方窄点。"

徐亦香看见顾医生杜医生哪里肯放行？拽着他们一起进了病房。这双人病房每张床边都有一把沙发圈椅，另外再配一把椅子和一只方凳，是给家属探病时坐的。史引霄请徐亦香坐沙发圈椅，徐亦香却要让给顾观我坐。顾医生哪里肯呢？硬推徐亦香去坐。这般让来让去，一旁郁书记便叫水珠将自己那把沙发圈椅端过去，两个人方才坐定。

郁书记见来客陌生面孔，知趣地到走廊散步去了。水珠跟史引霄悄声道："大姐，夜饭在饭盒里，是冬瓜苦瓜排骨汤，还有一只芹菜虾米，都是你喜欢的。你这里有客，我先回了，讲不定大弟弟小妹妹都要回来吃夜饭的。"史引霄挥挥手，"去吧去吧！"

徐亦香转动头颈左右看看，道："老史啊，照你参加革命的年限，也该住到南楼去的嘛，这里毕竟局促了一点。"

史引霄道："蛮可以了，阿香，你去老百姓的病房看看，六个人、八个人，甚至还有十几个人一间的！"

徐亦香咯咯地笑了，道："我们老何说的一点不差，那么多老同志中，交往起来最轻松最自如的就是史引霄了，大度，直率，上交不谄，下交不骄啊。"

史引霄冷笑道："阿香你一来就送我偌大一顶高帽子，不怀好意！爽气点说吧，求我办什么事？"

徐亦香又咯咯一笑，道："老史你那机关枪的脾气看来要跟着你去见马克思了！不过，你猜错了一点，不是我和老何求你办事，是你干儿子找你，要你这个干妈支持他创业。"

史引霄"噢"了声，看住何奔腾，"奔腾倒是有魅力，不去寻铁饭碗，要自己做老板啊？"

何奔腾能长能大的身子坐在方凳上，压得方凳"咯吱"作响。态度十分谦恭，口气却不小，道："干妈，一方面，我十分想得到您和干爹的认可和支持；另一方面，你们，包括我父母在内的老同志，为了建立新中国付出了一切，至今仍两袖清风一尘不染。如今改革开放了，我创办这个基金公司，就是想为你们这些为国家流过血流过汗的老同志谋点福利，增加点收入，改善一下生活。"

史引霄拉住何奔腾厚墩墩的手，笑道："奔腾这么有担当，有责任心。不过嘛，国家和人民也没有忘记我们这些老家伙，给我们的离休工资也不少了，还有种种福利，看病住院基本不要钱，阿香，对吧？其实我们是不需要什么了！"

徐亦香只是嘿嘿笑笑。

史引霄稍忖，仍说道："不过，据我所知，有些老区的老百姓，日子过得还相当艰难。当初他们可是豁出身家性命来支持我们的呀。奔腾啊，干妈希望你们创办公司赚了钱，应该去为老区的老百姓谋福利，帮助他们生活一点点好起来。"

何奔腾鼓掌，道："干妈说得太好了！我听说是您发起的，许多当年新四军教导大队的老同志都出了钱，成立了专为皖南山区脱贫致富的公司。在这里我向您保证，我们基金公司只要有赢利，首先就投资你们这个公司，共同为改善革命老区的现状出力。"

这话才真正说到史引霄心里头去了，欢喜得她连连叫好，还重重地拍了何奔腾一掌。史引霄是通贯手，何奔腾尽管壮硕，这一掌也令他痛得"哎哎"直叫，史引霄忙道："哦哟对不起，干妈是太高兴了，下手重了些。阿香你晓得的，老同志们集资有限的，你三千，我五千，至多也不过万把块，统共也不到二十万。现在是秦汝贞，就那个从死人堆里活过来的，做董事长，他老家的内侄任总经理。虽然与英华公司签了合同，英华公司答应帮助他们村子建一个制衣厂，毕竟资金少，运转困难。现在有奔腾一句话，我可吃了定心丸了。"

徐亦香因道："所以嘛，你可要大力支持和帮助奔腾嘛！"

史引霄爽快道："奔腾你说，要干妈如何支持帮助？干妈现在只是一个离休了的老太太，能帮你出力的地方恐怕不多了。"

何奔腾便以极高感染力的言辞描绘他参与创办的基金公司的宏大前景。原来这两年股票市场很红火，奔腾读大学期间已小试牛刀，赚了几万块钱。大学毕业，他决定下海专做股票生意。个人炒股毕竟体量太小，奔腾便与两位志同道合的同学商议成立基金公司，以他们的专业知识吸引股民投资，底盘大了，自然收益也会呈几何倍的增长。奔腾说，万事开头难，他们要有显著的业绩方能在股民中建立威信，他们迫切需要筹集一笔可观的资金方可保证首战必胜。

史引霄听到这个份上大致已经晓得徐亦香带儿子来找自己的目的了，苦笑道："奔腾啊，你爸爸妈妈的经济状况你总归了解吧？我们这些老家伙，大致差不多。国家给的工资足够我们衣食无忧的，可是要拿出一笔可观的资金，那可真是没有的。阿香，你说对吧？"

徐亦香道："老史啊，怎么会要你一个人出一笔可观的资金呢？这几日，我已陪着奔腾造访了好几位老同事老战友，正所谓众人拾柴火焰高嘛，有的三万，有的五万，聚拢来就蛮可观了。"

史引霄揣摩着，阿香说三万五万，大概就是这个范围吧？

何奔腾恳切道："干妈，我做过调查，老干部大都有一些存款，不过银行哪怕定期利息也很有限的。而我们给你们的红利收益，要远远高出银行利息好几个百分点。这也是为老干部着想。否则，我们尽可以直接跟大企业或者一些文化机构联络，何必点点滴滴聚沙成塔呢？"

史引霄迅速在心中盘算自己的"财富"，自平楚发病后，他们的存款一直是托青玉管理的。引霄依稀有印象，平楚的存折一万不到点，自己的有两万块了吧，统共三万块钱，似乎少了点。正想着如何凑满五万块，顾观我先说了："我们夫妻不是老干部，可以参加入股吗？"

徐亦香抢着道："顾医生，欢迎欢迎。奔腾对吧？像顾医生杜医生这样的大爱之人，巴不得越多越好呢！"

何奔腾使劲点头应和他母亲。顾观我便道："方才跟杜蘅合计了一下，我们先投五万块吧。"

史引霄跟着顾观我话音道:"那我也投五万好了。"心里已算计好了:青玉外出巡回医疗去了,雪弓刚回国,听他讲把钱都留给姬瑜了,雪砚已出嫁,她有钱也不能由她一个人支配了。只能让雪墨相帮自己凑齐五万元,这小丫头除了工资还时时有点稿费,估计没什么问题。

何奔腾拱手笑道:"谢谢干妈,谢谢顾医生。"便从手提包里取出几页纸来,道:"我们公司简单草拟了份参股合同,你们看看,没什么意见就签上名字。一式二份,各持一份。合同上有公司财务账号,干妈、顾医生,你们方便时把钱打入账号,行吗?"

顾观我接了合同,与杜蘅两颗脑袋凑在一起一条条看起来。史引霄懒得去摸老光眼镜,道:"奔腾,你把笔借给干妈用用,我不看了,先签了。"

顾观我两口子听史引霄这么一说,后面的条文也就马马虎虎扫了一下,也签了名。

徐亦香见状,便立起身道:"老史,那我和奔腾先过去了,不晓得老何病房安排得怎么样了呢。改天,我再来看你。"

顾观我和杜蘅也立起身。杜蘅道:"我们早该走了的。"顾观我却道:"亦香同志,索性跟你过去,跟何书记打个招呼再走。"扭回头道:"老史,你也一起去看看?"

史引霄道:"就隔一幢楼,我什么时候想过去不能过去啊?"忽就道:"奔腾,你先领顾医生杜医生到你爸爸那里去,我有几句话要跟阿香讲。"

徐亦香被留在电梯外,怪道:"史引霄你这般神神秘秘作啥呀?什么话要背着人讲啊?"

史引霄一张面孔刷了糨糊似的板起来,道:"阿香,上回在北京开庞司令员追思会,你一定在场吧?"

徐亦香道:"我去了呀,请柬上没有我的名字的,可我不放心我们老何的身体,就陪他一起去了嘛。"

史引霄吐了口粗气,道:"他文汉兴发言,你听清楚了吗?"

徐亦香一撇嘴:"这个白衣秀才讲起话来啰嗦得要命,我压根没听进去,无非对庞司令员歌功颂德罢了。"

史引霄恨声道:"信口雌黄,捏造事实,篡改历史!"

徐亦香吓一跳,左右看看,"老史,你骂哪个?文汉兴?"

史引霄道:"就是骂的他!他那次的发言在最近一期的《铁军》上登出来了,通篇都在放屁!借悼念庞司令员为自己面孔上贴金!你没听进去,难道老何他耳朵也聋了?"

徐亦香嗯吱了几声,"倒没听老何说过什么……要不你现在跟我一起过去找老何问问?"

史引霄道:"今天不去打搅他了,他刚进来嘛。你抽空先给他透个风,就说我考虑给《铁军》杂志编委会写信,阐明事实真相,要求他们刊登,以正视听。老何是茆围子反扫荡战斗的亲历者,我希望他能挺身而出,说句公道话。"

徐亦香面呈难色,道:"这桩事情,你最好还是自己去跟老何说……"看史引霄小眼珠锃亮怒不可遏的样子,忙转环道:"好好好,我先去跟老何透透风!"

恰好电梯又到了,徐亦香逃似的钻进去,下电梯的人反倒被堵住,慌忙用手挡住徐徐要关拢的门,跳了出来。

从电梯里跳出来的人却是麦蛾,一见

史引霄便惊喜道："姨娘，您怎么晓得我要来看您？一定是我娘说的？我也没告诉我娘什么时候到呀。哦——姨娘您在电梯间候了多久啦？这里有穿堂风，您就在病房等着嘛！我不好意思请假，省得人家背后瞎嚼舌头，说我是马董的过房女儿，还有更难听的呢！所以我要等到下班，才骑了电动车赶过来的。"

史引霄笑道："你这张鹦哥小嘴，滴滴嘟嘟，说起来就没完。"眯起小眼上下打量她一遭，"啧啧"道："麦蛾你现在被大上海熔化了，你要转回茆围子，谁会认得出你是麦佬的傻闺女呢？"

麦蛾确实比以前瘦了许多，也留起了时尚的长直发，合体的藕色小套装裹着她曲折有致的身体，脚上一双银色细高跟鞋，愈使她显得苗条而挺拔。不过在史引霄跟前她仍是那般娇憨活泼，皱起鼻子道："姨娘，我一点也不喜欢穿套装和高跟鞋，老要挺胸吸肚皮的，累也累死了。没法子，这是公司的规定。"

史引霄拍拍她腮帮子，"要漂亮嘛，总要付出点代价的！"顺口问道："公司情况怎么样？你们马董情绪现在好点了吧？"

麦蛾对史引霄很少有话不能直说的，这时她舌尖却悄悄蜷缩起来。来医院前她特为去董事长办公室找马英华，问她要不要一起去医院探视史区长？马英华曾经深情款款地对麦蛾说过，在这个世界上，除了父母，她最要感激的人就是史区长，史区长是她马英华命中的贵人、恩人和导师！可是近期来，麦蛾却觉得马英华愈来愈疏远了姨娘，说起去史家她总是推三推四，找理由推托。姨娘生病住院了，她理该马上去探视的呀，可她却说，晚上有重要约会了，麦蛾啊，你去医院，买点你姨娘爱吃的东西，到公司财务报销。你一定代我向史区长问候，要她安心养病。这些话，你为什么不自己来跟姨娘说呢？麦蛾还想起，前不久，自己跟马英华发生过一场争吵，蛮激烈的，两人都有些激动。马英华希望麦蛾在设计理念上要更前卫些，更大胆些，并说这是许多客户的意见；麦蛾却认为应该坚持自己品牌特色，挖掘展示传统文化的风采。麦蛾心里掂掇了一下，姨娘身体不好，这些让她烦心的事还是不要告诉她吧。便展开甜美的笑容，道："姨娘，我们公司嘛，挺好的。马董嘛，现在业绩不错，她心情也好多了……噢，夏妮姐辞职了，她说她儿子马上要考大学，她要回家督促儿子学习。马董劝了她好多次，给她升职加工资，她还是要走，马董只好放行了。"

史引霄肚子里嘀咕了一下："小贝不是说夏妮做得很出色吗？"一阵淡淡的涟漪很快就消失了，夏妮的理由很有说服力嘛。便拉起麦蛾的手，道："走，到姨娘病房坐下谈。方才你妈送来几只小菜，你今天陪姨娘吃了夜饭才能走哦！"

史引霄特别愿意听麦蛾无拘无束天南海北地摆摆龙门阵，好让她郁闷的心境轻快一些，平静一些。

楔子

楚爸爸霄妈妈：见信如晤！

十分抱歉，霄妈妈住进医院，我却不能在病榻前菽水承欢。巡回医疗队出发的时间是早定下的，我先是想请假晚走几天，等霄妈妈病情稳定些再赶过去。可是，霄妈妈从小教育我们要公私分明，先公后私，公而忘私。霄妈妈如果晓得我为了她而请假，肯定会瞪起眼珠批评我的。所以我还是硬硬狠心肠随医疗队走了。

霄妈妈的病无甚大碍吧？楚爸爸潜心创作，不过还是要劳逸结合，晚上不要熬夜。

我这里情况都还顺利。偏远农村缺医少药状况比较严重，我们一到便全力投入到为乡亲们诊治工作中。

霄妈妈，我应该向您坦白，我这次竭力报名参加巡回医疗队的目的并不是很纯粹，掺杂了一点私心。医疗队巡回的范围是浙江、安徽和江苏的农村，仿佛冥冥之中我母亲在召唤我！我记得，霄妈妈您讲述中，我母亲的生命轨迹应该就在这三个省的范围内。

需要我们救治的病人太多了，现在已是深夜十一点多，却又送来了急诊病人。就此打住！

敬祝夏安！

女儿青玉
×月×日

霄妈妈：

半个月没给家里写信了，念念！您让水珠阿姨给我寄的包裹辗转了几个县，今天刚收到。千万别再寄东西给我了，我们经常一个地方驻扎几日便要到下一个点去，没有固定的地址。况且，乡亲们对待医疗队像亲人，我们不缺吃的。顺便告诉您，我终于吃到了霄妈妈您经常赞不绝口的家乡菜，腌苋菜蒸豆腐，还有虾米豆皮笋尖煮米面！

霄妈妈，我是在雀窑庄吃到可口的家乡菜的，您一定猜到了，我们医疗队开进了龙泉，并且，我也寻访到了盛家的亲眷，一大堆人呐！因为我在雀窑庄子里四处打听"盛若兰"，盛家听说了，便齐插插地找到医疗队驻地来了。为了招待若兰的女儿，他们在盛家大台门里摆流水席庆贺，那一晚，我从亲人们对我的眷顾和关爱中感受到了我母亲的气息，如兰斯馨。

很可惜，我的外公外婆都已不在人世了，盛家人带我去叩拜他们的坟茔，霄妈妈，我却在外公外婆墓区边上的小树林里看见了我母亲的一座坟。用青砖砌起小小的一抔，竖着块青石条石碑，上书"爱女若兰千古"的字样。当时我万分惊骇：莫非当年，我母亲在天长县的小庄子里与您分手后，先回了老家？这就可以解释为什么她最终没有到皖南的牙洞来找我了。我忍悲含痛询问盛家长辈，我母亲是怎么去世的？是病逝的还是牺牲在敌人的屠刀下？盛家长辈仰天长叹，说，若兰姑娘参加抗日流动宣传队离家以后再也没回雀窑，曾托人带口信回家，说是在皖南参加了新四军，并且结了婚，女婿还是个将军，之后便了无音讯了。这坟冢是我外公外婆为爱女立的衣冠冢，听说皖南事变中新四军战士大都阵亡了，外公外婆便认定我母亲一定也不在人世，否则怎么会多少年没有片言只语传回家呢？

霄妈妈，我在我母亲坟前点了香，磕了头；我也为您在她坟前拜祭了。但在我心里仍存着一丝奢念：我母亲正在天涯海角的某一处殷殷地盼着我去与她相见！

还有一桩事您一定会感兴趣，盛家长辈在酒席上帮我引见了我外公的高徒金师傅，他现在已经是雀窑首席烧瓷大师了。长辈悄悄告诉我，我母亲若不去杭州上蚕丝学校，我外公是打算招金师傅入赘盛家的。我理解我母亲，她逃婚不是嫌金师傅人品不好，她只是不想被父母之命媒妁之言囚禁在雀窑，做传宗接代的工具。霄妈妈，你们俩真像啊。您不是告诉过我，小外公替您物色的黄先生也是个不错的人，只是在那个风起云涌家国危难的年代，你们向往自由，向往投身抗日洪流，向往成为保家卫国的女战士，岂是一个衣食优渥的婚姻能够囚禁得住的？

在我的请求下，金师傅破例带我去参观了他的雀窑，现在掌控瓷窑的是他的大儿子小金师傅。我心里代我母亲向金师傅告罪了一声，幸而我母亲的逃婚并没有妨碍他成家立业延续子孙。

霄妈妈，你可能猜到了，我之所以要去大名鼎鼎的雀窑参观，就是想摸清楚外公送给我母亲的那副青瓷麻将究竟与众不同在哪里？

青瓷麻将是龙泉雀窑的特产，它的工艺是对外保密的，是我外公单传给金师傅的。在雀窑的特色商品展示馆里，我看到了各种各样的青瓷麻将。有的就像阿丁兄弟送给您六十寿礼那副一样，青色明丽透明得像春天的池塘；竟也有像极了我母亲留下的那副，青色很厚很重，千年古潭水一般。倘若有人买了这样一副青瓷麻将，只须取走一块兰花牌，说这就是史区长您在动乱岁月中遗失的那副青瓷麻将牌，我们真的很难辨别啊！

霄妈妈您别急啊，我终于发现了我母亲留下的青瓷麻将与现在烧出的青瓷麻将最细微的差别了，原来就在那四张花牌上啊！当时我就是感觉那四张花牌在什么地方有些别扭？琢磨许久，方醒悟过来。我记得我母亲留下的麻将中的花牌，梅、竹、菊都是从左侧出枝的，兰花牌虽然没见着，我敢断定也一定从左侧出叶。而现在展示柜里的麻将，不管它青色是明丽是厚重，四张花牌统统是从右侧出枝出叶！我特地询问了金师傅，我坦诚说，我曾见过我母亲留下的麻将牌，花牌的图案都是左出枝叶的，现在为何改为右出了呢？金师傅长叹一声："若兰小姐得到的那副定是恩师他老人家亲手绘制的了。后来我们烧制麻将，花色均拷贝恩师的图样。为了防止有人冒充恩师作品欺蒙大众，我们拷贝恩师图样一律用反向图式。"

霄妈妈，以后再有人说帮您寻到了遗失的麻将牌，向您索要高额回报，仅凭这一点我们就可以辨别真伪了！

这封信写长了。

我们在农村，已感觉到早晚天气有些凉意了。霄妈妈楚爸爸千万保重身体哦！

女儿青玉
立秋日

42

史引霄在医院住了三五日便待不住了，跟床位医生说，自己感觉一切正常，要回家了。床位医生向主任医生汇报了，主任医生不同意，各种检查的结果陆续出来了，史引霄的身体状况不容乐观！除了老毛病胃窦炎外，还查出颈动脉狭窄引起的脑缺血，还有慢阻肺，肺底部少许积液等等。主任医生说，要进行一个疗程的治疗，打点滴，活血化淤，消炎抗菌，一天要吊好几袋药。有什么法子呢？史引霄跟同病房的郁书记自嘲道："机器老了，派不上什么用场了，只好由着人家修理打磨了。"

水珠每天下午会烧些史引霄对胃口的小菜送过来，顺便带来信件和报纸。于是史引霄及时看到青玉寄回家的信，不由得感慨万分！青玉终于回到她母亲的老家了，兰畦不管还在不在人世间，她应该是欣慰的。此一刻，史引霄最想见到的人是姚秀帘，她觉着这个消息应该跟秀帘分享。她这才疑惑地想起，她住进医院也一个多星期了，陆陆续续来探望她的人也不少了，偏偏最应该来的姚秀帘没有出现。秀帘是不晓得自己住进了医院吗？

史引霄关照水珠，回家马上给姚同志家里打个电话，告诉她，史同志生病住医院了，要把病区病床号讲清楚！

次日，水珠来医院告诉史引霄，她从晚上七点多开始拨号码拨到十点多，姚同志家的电话一直没人接。早晨起来再拨，方才拨通了，是姚同志家的劳动大姐接的，她说姚同志的婆婆心脏病发作送进医院了，姚同志没日没夜在老太太病床边陪着呢！

史引霄闷了片刻，自语道："秀帘这个婆婆，可千万不要出什么意外啊！"秀帘跟婆婆隐瞒了她丈夫早已被国民党特务杀害的真相，每隔几个月还要装作丈夫的口吻给老太太写信。几十年下来，不断地修补圆满这个谎言成了秀帘生活中最重要的事情，也成了她的精神依靠，仿佛丈夫真的还活在人世间。倘若她婆婆有个三长两短，不需要她再维护这个谎言了，秀帘她该如何调整她的日子啊！

医院里中午之后有一段午休的时间，史引霄睡眠原本就不好，晚上靠吞吃安定，午后只能躺着翻翻报纸杂志，稍微迷盹一会。自晓得姚秀帘的婆婆急病住院后，她愈是心绪不宁，满脑子叠映着自己和盛若兰姚秀帘从蚕桑学校开始的交往，至死不渝的友谊、战斗岁月的生离死别，近半个世纪的守望、思念、寻觅……就这么混混沌沌似醒似睡，忘记了时光流逝。

竟已到了探访时间，水珠准时拎着食盒走进病房，立刻惊呼起来："大姐，吊瓶都空了，危险啊！"连忙上前按了管子上的锁扣，又揿响铃声。邻床病友郁书记笑道："老史，你家这位阿姨蛮灵光的，这些护理常识都懂。"说得水珠面孔通通红，忸怩地笑笑。史引霄道："那当然了，她是我干妹子！"

护士来撤去了史引霄身上的针头和管子，史引霄伸展了几下双臂，看窗外蓝天白云的，便道："水珠，陪我到楼下花园里走走，气闷得来！"

郁书记也起身下了床，"对，我也正想散散步呢。一道下去。"

三个人走到门口，却被一个人堵住了，是徐亦香，短发掖在耳后，愈显得小方脸棱角分明，穿了件米黄色真丝衬衣，腰间收了褶子，下身的纺绸裤子也烫了裤缝，这对于徐亦香来说已是破天荒的了。

史引霄嚯嚯一笑，道："阿香会打扮了，这才像省委常委的夫人嘛！"原来文汉兴当上省委副书记后，即调何弱之任省委发改委主任，直接进入省委常委核心班子。也是何奔腾给史引霄送来转账收据时才透露的。

徐亦香要作嗔，却忍不住笑意泛上脸庞，道："哪里打扮了？只不过清爽点罢了。"马上又道："老史你哪里也不要去了，跟我去南楼，亦道夫妻俩正好来看老何，老何让我一定把你叫上，你若再搭架子，绑也要绑你去的！"

史引霄"哼"地鼻孔里出气，道："这个何麻子，官升一级，口气却大得像天皇老子了！"史引霄一直没去南楼看望何弱之，一方面，何弱之对文汉兴发表在《铁军》杂志上的发言稿一直保持缄默，这让史引霄十分不满；另一方面，史引霄特别腻烦看到徐亦香仰首伸眉的得意状。自己跟何弱之在茆围子时是脚碰脚的战友，如今他住进部长级的南楼，自己心里面没有一点不平和失落？

徐亦香一把挽住史引霄，道："老史你还不晓得老何这个人？只有对自家人才这么呼来喝去的。"又道："黄岑还特意做了几只苏北小菜，这一桌少了你哪能成？"

史引霄是觉得自己再坚持不去看何弱之就过头了，再则，她也极想会会徐亦道与黄岑，便道："去就去嘛，你不要拖呀。"拿眼歉意地看看郁书记，郁书记摆摆手，"老史你去吧，我正好想小跑步一下。"水珠也道："大姐，那我不跟你过去了，早点回家好做掉点事情，花园几天没收拾了呢。"

何弱之的病房在南二楼北侧笃底，一长统间隔成前后两间，前面是病床，有一张简易沙发床，是供陪护者睡的；后半间作会客厅，有一对小沙发，电视机，还有一张方桌和四把椅子。

徐亦香领着史引霄进门时，何弱之与徐亦道正坐在沙发上谈论得很投入，两颗脑袋越过小茶几凑得很近。让史引霄惊讶的是方桌上竟然铺着毡布，码起了四方麻将墙。黄岑独自坐在方桌边，像是在听何弱之徐亦道谈话，又像是自顾调弄心事，一只手下意识地将两颗骰子抛上抛下。

徐亦香一边推门一边大声道："阿哥，你说我请不动史引霄，怎么样？只说嫂子烧了苏北菜过来，老史就巴巴地跟我来了呢。"

黄岑忽地站起来，迎上一步，却又立定了。

徐亦道冲上来挤开黄岑拉住史引霄双手晃了几晃，道："老史啊，我实在怀念你在区里主政的日子，我们俩配合，文武之道，一张一弛，区里工作哪样不走在前头？这个余芳菲啊，眼珠子长在额角头不算，脾气还尖刁促刻，在她手下工作，一天也不舒心。你想想，她会把个资历又浅又没有魄力的钱龟龄提拔成了副区长，鬼晓得钱龟龄帮她做了多少事情！"

当初史引霄离休，徐亦道满以为自己能接替区长的位置，不料却被余芳菲占了便宜，为此他一直耿耿于怀。

何弱之拍拍他肩胛，"我这位内弟就是牢骚太盛，毛主席有联诗讲得好，牢骚太盛防肠断，风物长宜放眼量嘛。你干的是公安，受不了首长夫人的脾气，想想办法，调到市局去干。"

史引霄"哼哼"一笑道："徐亦道才不肯调去市局呢，在区局他是一只鼎，到了市局他便是小八腊子了。"

徐亦道喷口哈哈笑起来，"知我者史引霄也！"

史引霄没好气道："阿香叫我来吃黄岑烧的苏北菜，怎么？原来要开四方大战？"

何弱之笑道："老史啊，你家里的卫生麻将都已传遍四海了。今天亦道特地带了副麻将来，当然及不上你的青瓷麻将啰。"

徐亦道抢道："我这副也不差哦，白玉面子南竹底，滴溜溜的滑爽呢！"

何弱之感慨道："老史，那回你受伤住在军区卫生院，我到军区开会，顺道去看你，陪你搓了三盘卫生麻将，盘盘皆输！今天我们搓真正的卫生麻将，第一在病房里；第二不输赢钞票；第三嘛，三盘为限，搓完一起吃黄岑的苏北菜！"

徐亦道摇摇头，"怪不得，何兄在电话里千叮嘱万叮嘱，嘱我带足四色筹码！"

史引霄看这架势便明白了，何弱之想借搓牌来缓解自己和文汉兴的矛盾，不觉暗自冷笑：如今文汉兴是你何弱之平步青云的贵人了嘛！就势在徐亦道对面坐下了。何弱之夫妻俩亦面对面坐下。史引霄扭头道："黄岑，你为什么不上桌？你跟我一起嘛。"徐亦道一挥手，"她不行，小儿科水平，脑袋一盘糨糊。"

黄岑也不出声，给史引霄倒了杯茶放在她手边，垂着眼皮回避着史引霄布满问号的小眼珠。

徐亦香讨好道："老史啊，你做庄，你先摸牌。"

史引霄却不领情，道："要来就按规矩来，还是掷骰子定庄家。不过，这牌墙得重新洗过，谁晓得有没有人趁码墩时作弊，把好牌都藏到他的手中？"

徐亦道冤枉鬼叫起来："老史你真是老眼昏花不识好人心啦？我和黄岑一起码的牌，绝对没有猫腻的，再讲我徐亦道从来不靠偷鸡摸狗赢牌的。"

何弱之给徐亦道使个眼色，徐亦香便先推倒了牌墙，笑道："阿哥，大家按规矩来嘛，一起洗牌一起码墙。"于是八只手同时均匀无序地在牌堆中搓转推送起来。

徐亦香因何弱之关照尽量找话题引开史引霄注意力，最好能够不提文汉兴的事，便一边推牌一边道："阿哥方才你说起的那位余区长，前日我乘电梯时碰到她来，戴着副蛤蟆镜对吧？我最讨厌这种戴有色眼镜的人了，人家看不清她，她却不动声色把人家看得煞煞清。我到二楼就出来了，她却神气活现一直往上去了。"

他们都晓得，这南楼五楼以上才是最高级的病房，宽大、敞亮，还带阳台。那都是为中央一级的领导准备的。

徐亦道"喊"地啐了声，道："人家半老徐娘攀了高枝，成了中顾委钟老的夫人。老史啊，我估计，组织部提早让你离休，扶她坐上区长位置，恐怕是钟老使了点手腕的！"

何弱之码了几垛牌，道："亦道啊，哪一级干部什么时候退位，这在组织条例里都有规定的。你成天破案子，看什么都是阴谋了！"说着，他把一堆麻将"哗"地推到徐亦香面前，提醒她快点转换话题，这话题正戳在史引霄的腰眼里！

徐亦香领会他的意思，琢磨着还是谈谈儿子的基金公司吧，才要张嘴，已经没有机会了。史引霄将最后一垛麻将"叭"地放下，目光灼灼盯住何弱之，道："前几日我让阿香带话给你，怎么？是阿香没带到还是你不想回答？还是因为文汉兴现在是你的顶头上司了，你就不敢批评他了？还是你默认了文汉兴这种说法？老何，横竖你总得有个立场，有个看法呀！"

何弱之正准备掷骰子的，停下了，捏着两只骰子在掌中把玩着。

徐亦道并不清楚来龙去脉，指着史引霄面孔道："老史你离休多久了？你这挺机关枪还不肯入库啊？"

何弱之终于想妥当了，慢条斯理道："老史啊，这桩事情我是想跟你解释清楚的。这里面有点小误会。文书记在庞司令员追思会上发言时我就坐在下面听嘛，他叙述了茆围子反扫荡战役的整个经过，突出了军区领导的正确决策和指挥，这并没有错吧？当然，他没有明确点明当时的武工队长是你史引霄，可他也没直接说他文汉兴是武工队长呀。后来，《铁军》杂志社的记者听录音记录文书记发言稿时，想当然把当年的武工队长写成了'文汉兴'，他们发稿时并没有征求文书记的认可，所以，你不能把这个谬误反扣到文书记身上对吧？"收住，偷窥史引霄的反应。

徐亦道问了："哪个文书记？"

徐亦香揉他一把，"我们的省委副书记，和你不搭界的。"

徐亦道长长地"噢"了声："怎么和我不搭界？是何兄的伯乐对吧？这就搭界了嘛！"

史引霄心里骂道：何弱之你这个实在人现在也学会诡辩了，倒想看看他会提出怎样的解决方案？

何弱之见史引霄沉吟不语，想必是说动了她，便道："老史啊，其实这篇发言稿主要反映了新四军指战员如何粉碎日伪敌军的扫荡阴谋，读者不会在意谁谁谁是当年的武工队长。如果你要求《铁军》杂志特地登文更正，会给人一种感觉，你史引霄非常看重曾经的一个头衔，以为你是个斤斤计较个人得失的同志……"

史引霄"啪"地拍了下桌面，垒好的牌墙哗啦啦倒了一片，"我史引霄脑袋上的头衔大大小小，戴上了又摘掉，又戴上，又摘掉，反反复复了多少次了，我哪一次计较过啦？笑话，说我斤斤计较！我计较的是历史真相！任何人都没有权利随意涂改历史来为自己脸上贴金！"

何弱之连忙堆起笑，白麻子都挤到一簇堆去了，道："不要激动不要激动。老史啊，我不是那个意思，我们半辈子的老战友了，都了解你的为人，我是怕别人误会嘛。"

徐亦道一边补救倒塌的牌墙，一边道："我们史区长的高风亮节是有目共睹的，何兄你真不会说话，该罚，罚你不能做庄家！"

史引霄刀子般扫了他一眼，"徐亦道你不要东拉西扯的！"

何弱之仍是心平气和地道："我向来是嘴笨的，老史晓得的。"又把面孔仄向史引霄道："我是打算这样来处理这桩事情，你看行不行？《铁军》的主编我熟悉，由我出面跟他澄清一下。杂志发出去了，要收回恐怕很难操作。不过《铁军》杂志每期三千多份，影响并不大。我要提出两点，第一，要对那位靠想当然整理发言稿的记者提出批评，甚至可以给予一定的行政处分；第二，倘若以后还要用到这篇发言稿中的任何内容，便一定要予以更正，万不能以讹传讹了。老史，你看呢？"

史引霄吐出口闷气，她了解何弱之为人处世，不偏不倚，这个处理方案他一定掂量千遍，计出万年了。便道："你既已说到这个份上，老何，这桩事情我就拜托你处理了。"

史引霄这句话一出唇，桌边其他三人都松了口气。何弱之连声道："这个你放心，绝对放心。"徐亦道催道："何兄你先掷骰子呀，再不开局，怕没有三盘的时间了！"

史引霄心思并不完全在眼前的牌上面，她肚子里的疑团并没有全然解开。《铁军》杂志的编辑竟会如此马虎，整理了首长的发言竟然不让首长本人审阅？会不会是何弱之刻意为文汉兴打掩护呢？

黄岑轻手轻脚地为牌桌上的人续了茶水，随后便立在史引霄背后看牌了。史引霄走神的时候，黄岑便轻轻推她一把；有两次还替史引霄去墙上摸牌。史引霄扭转面孔朝她笑笑，却见黄岑一双眼珠深陷在乌青的眼窝中，笑起来左右两道深深的唇纹，就像杏核上的裂口。史引霄扭回面孔，怔愣半刻。黄岑却附在她耳畔吐丝般道："史区长，我们打组合龙。你看，条子一四七有了，饼子三六九也齐了，二五八万字牌还差一张五万，再摸一张风牌东或者箭牌中，就成了！"史引霄扫了一下面前的牌，果然如黄岑所言。心中嘀咕：这个徐亦道，满脑子男尊女卑封建糟粕。他说黄岑小儿科水平，我看黄岑脑子灵光得很呢！

又摸了两次牌，史引霄发觉自己手气好得惊人，她想要什么牌就会来什么牌。一轮摸回一张风牌东，下一轮又摸回一张箭牌中。不禁怀疑起上家何弱之了，会不会是他故意成全自己。小眼珠滑到眼角窥视何弱之，何弱之正连呼："摔错了，摔错了！完了，只能绝处求生了！"倒不像有意为之的。

史引霄面前的牌只差一张五万便可和的，以她许多年搓麻将的经验，这种时候其实很难完美的，天底下哪里会有这样巧的事？偏偏巧事就在眼跟前发生了，何弱之迅速调整了牌路，摸回一张牌，又摔出一张牌，这张牌就是五万！史引霄愣在那里，黄岑替她抢过那张牌，细声细语道："史区长海底捞月，和了，组合龙！"将牌翻倒在桌上。

徐亦道喊起来："老何你作弊，暗中助老史和牌对不对？"

何弱之搓着双手道："也真是巧了，我是想改弦易张不要万字牌了，恰好合了老史的辙！"仰面"嘀嘀"笑起来："好嘛，谁和不是和？和为贵，和为贵嘛。"

史引霄自然听出这两句"和为贵"的含意，不作应答，揭了杯盖喝水，由黄岑替自己收那些赢回的筹码。暗中已拿定主意，下一盘任何弱之摔出什么牌，自己横竖不拿它便是了，宁愿输牌，也不让何弱之再做成一笔"人情贿赂"。她亦猜到了黄岑其实是何弱之布在自己身边的"托"，因笑道："黄岑啊，你看徐亦道输了牌，一张面孔气成关老爷了。你别站我边上了，去去去，去帮老徐赢一回大的。"硬把黄岑推到徐亦道身边去了。

那徐亦道横了眼黄岑，道："你在家不是这里痛就是那里痛的，现在倒活色生香起来！"

黄岑一声不响，退到小沙发，呆墩墩地坐下。

徐亦道这一盘抱着非赢不可的决心，并且赢就要赢高分。初审手中牌，东、南、西、北均有一二张不等，有望做成大四喜或者小四喜，不觉"嘿嘿"乐出声。不料几圈走下来，北风南风就是凑不成三只。偷眼看对面史引霄，正眯着小眼静观牌面，胸有成竹的模样；再看何弱之，早已理好了牌，端着杯子优哉游哉品茗；只有徐亦香，皱眉摇头，唉声叹气，很无奈的样子摔出一张牌。徐亦道心想，再不能让史引霄和牌了。眼看手中要凑齐风牌的刻子和对子有难度，只能脱火求生，摔出风牌来个七星不靠。不料没等他收齐中、发、白三牌，徐亦香却和了个清一色，叫出个"和"字，咯咯咯笑个不停。

史引霄点点徐亦香，道："原来阿香你故弄玄虚，使的是哀兵之计啊。"

徐亦香得意道："我家老何常说起你们在茆围子芦苇荡里打游击的事情，最要紧一条，兵不厌诈嘛！"扭头对徐亦道："哥，你就是太喜形于色了，我一看你面孔就晓得你要打大牌了！"

徐亦道将牌推倒于桌面，叹道："我摸到一副难得的好牌，现成的大四喜小四喜呀！亦香，没想到你做了我身后的黄雀！"

徐亦香微微含笑道："阿哥，你是螳螂，谁是蝉？老何吗？老史吗？"

史引霄乜斜着眼道："徐亦道你这是贪大嚼不烂，一手好牌就烂在你手中了。"

徐亦道面孔唰地阴沉下来，面孔线条就像用直角尺画出来一般。停歇片刻，徐亦道忽就拍了下桌子，道："现在的年轻人啊，那才叫好高骛远好大喜功呢！老史，就说你推荐来的那位解红旗，仗着自己父亲是军人母亲是烈士，尾巴翘得老高，一点小事情就被他吹得天一般大。已经让他评上十大优秀警官了，我这个主管领导够意思了吧？欲壑难填啊，还要折腾，妄图挖出个惊天动地的大案子一鸣惊人。他是想接任刑侦队长的位置，更大的目标恐怕是我的这个公安局局长吧？老史，听讲你有意招他为小女婿，你可要当心哦，他不要造反到你的'兰畦'里去！"

史引霄先是一愣：这徐亦道风马牛不相及地提起解红旗，算是哪一出？忽又想起红旗曾经对徐亦道的质疑，似有所悟，莫非方才自己那句话戳着了他哪根经络？略忖，缓和道："我的徐局长，年轻人嘛，急于建功立业，是缺点也是优点，关键在于如何引导吧？你徐亦道部队转业进刑侦队，智破电厂敌特纵火案和连环杀人案，一举成名。恨你的人骂你比狐狸还精，赞你的人便封你为神探了。我还指望红旗在你手中锻炼成神探呢！"

何弱之附和道："现在的年轻人跟我们当时确实不一样了，他们不愿意按部就班，就想趁年轻鼓捣出一点名堂来。我家奔腾也是的，替他安排了省机关妥妥的工作不去，偏要自己搞什么股票基金公司。"

徐亦香忙朝史引霄凑了凑，"奔腾的公司开张了，行情不错呢！"

何弱之用手撞了下徐亦道，"洗牌，这最后一盘，亦道，我助你和大番，如何？"

徐亦道双唇抿成一条铁线，只顾推挪将牌，哗啦哗啦，弄出很大的响动。

这时娇俏的小护士推着小车进来，莺声婉啭道："何老，要打针了。时间差不多了，牌局好休战啦。"

史引霄趁机甩手立起身，道："休战休战，我得回病房了，那里的值班护士也要找我的！"

徐亦香忙道："老史啊，你不留下？一起吃黄岑做的苏北菜？"

史引霄道："我们家水珠烧来的也是苏北口味。你们吃，多吃点。"便要出门，那黄岑忽从沙发上跃起，道："史区长，我送您过去！"

何弱之道："也好也好，黄岑送送老史。老史啊，吃得消就常过来坐坐，亦道把这副麻将留下了呢。"因与史引霄在对文汉兴发言稿的问题上达成了统一的意见，何弱之心情蛮好，团脸堆笑，白麻子都隐没在笑纹中。

徐亦道用冰棱子般的目光瞪住黄岑，黄岑装着没看见，挽着史引霄就往门外走，直走出过道，来到电梯间，方才长吁了口气。

史引霄瞅着她问道："还……好吗？"

两个人心里都明白，这一句"好吗"里面包涵的内容太多太复杂！

黄岑缓缓出声："还好啦，吃了杜医生开的方子，人就轻快许多了。"

史引霄一时踌躇，该从哪个角度探究黄岑内心？片刻，忽地长叹一声，"黄岑啊，人有了点年纪，就是喜欢回忆从前的事体，像雕刻一样印在脑子里，是一位俏丽的苏北农村小媳妇，怯生生地跑到我们武工队驻地，还没开口先泪如雨下，憋了许久才说，她丈夫和公公是日本鬼子的眼线，已经去告密了，要武工队撤离。当时真是命悬一线啊，我们才离开一支烟的工夫，敌伪军就包抄过来了！我是真佩服你这位小媳妇，看上去像林黛玉般柔弱，却是深明大义，民族利益为重，宁愿毁了自己的家庭……"

黄岑紧紧揪住史引霄胳膊，身子似乎瑟瑟颤抖着，并不回应。

史引霄又犹豫了，要不要挑明了说？你现在怎么像变了个人似的？你年轻时候的勇气和机敏到哪里去了？

电梯这一刻停住了，门徐徐开启。黄岑迅速从裤兜里掏出折叠着的纸块塞进史引霄手掌中，轻轻一推，把史引霄推进电梯。

电梯门又徐徐合拢，夹在电梯门缝中的黄岑，穿一袭青灰色修身连衣裙，像一株孤零零的芦苇秆。

楔子

楚爸爸、霄妈妈：

见信如晤！

雪墨回信追着医疗队的踪迹走，终于到了我手中。听讲霄妈妈身体已渐康复，不日即可出院，甚是欣慰！

雪墨说楚爸爸的画她慢慢看出名堂了，这表明楚爸爸的创作渐入佳境！楚爸爸还是要注意休息，毕竟大病后尚未完全康复啊！

霄妈妈，这封信我是从皖南发出的，我们医疗队驻扎在南陵县城里，方圆几十里的乡亲们翻山越岭来找上海的医生看病；我们也派出两三人的医疗小组深入一些路途崎岖的山旮旯里为山民们送医送药。只是，县卫生局开出的偏远山村中没有"牙洞"这个地名！

我特地询问了县卫生局的同志，他们却并不知晓有"牙洞"的存在。我还是找了当地有点年纪的老乡打听，原来"牙洞"这个地名已经不存在了。"牙洞"原是半山腰间天然的牙嘴，仅就三四户人家，因地势太过险恶，全国解放后，政府组织他们陆续迁移到山脚下平坦的地方。现在"牙洞"所在的山峰被冠名为红崖岭，从我们所住的招待所的后窗能远远地看到它，不过，它常年被缥缈的云雾萦绕，很难见到它的真容。

可是，那里是我的出生之地呀，我真想上去看一看，或许还能触摸到我生母的隐踪？感受到她的气息？可是乡民们连连摇头：上不去啦！路早毁了，洞上的木桥早断了，山上怪石嶙峋，荆棘丛生，上不去啦！

霄妈妈，后来我终于找到县地方史研究办公室的同志，所幸他们不久前刚成立了《红崖岭抗日游击队纪实》一书的写作小组，准备挖掘当地红色史料，意图将红崖岭一带打造成红色旅游用地。皖南事变之后，许多被打散的新四军战士，也有被当地老百姓掩护下来的伤病员，还有一些从国民党息峰监狱越狱成功的战士，陆陆续续聚拢起来，组成若干抗日游击小队，继续与敌人作斗争，红崖岭周围也活跃着这样一支游击队。我觉得我几乎就要找到我母亲的下落了，我将母亲的真名与别名都写给他们，希望能从浩繁的史料中找出我母亲的蛛丝马迹。

却让我失望了，他们查阅了手中已掌握的游击队员的名单，却没找到盛若兰，也没有兰畦!

　　霄妈妈,您曾告诉我,我母亲在天长县的小庄子里跟您告别时说的,她要回皖南山区参加抗日游击队,要为在皖南事变中牺牲的战友报仇。可是,为什么在这些历史资料里找不见她的名字呢?莫非,她又改了姓名?莫非,她在哪场战役中默默无闻地牺牲了?莫非,她在返回皖南山区的路途中出了意外,压根没有抵达"牙洞"?

　　霄妈妈,请原谅我把这些不愉快的情绪发泄给您,悲莫悲兮生离别,您也一定很期望我能找到我母亲的踪迹……

　　祝

　　　　秋安

　　　　　　　　女儿　青玉
　　　　　　　　×年×月

43

　　史引霄今日出院,这信息当即打乱了"兰畦"里的日常秩序。

　　水珠一早起来,清扫了史引霄的房间,把她床上的褥子拿到花园里去透透气。服侍平楚吃好早餐,她便赶去医院,要帮大姐收拾带回家的衣物,虽不过一月有余,日复一日带到医院的杂物也真不少啦。

　　雪墨向报社部主任请了半天假,又跟约好的采访对象调整了时间,史引霄同志病愈归来是大事嘛。她好想让红旗陪她一起去医院接老妈,让老妈也高兴高兴,却忍住了没打电话。红旗太忙了,他已当上了探长,他们的工作是没日没夜,没上班时间下班时间的,让他请假简直是天方夜谭。好在他们俩已商定了结婚的日子,今年年底,红旗誓言铮铮,等他破获了手上一起大案,他就来迎娶他心爱的姑娘!

　　平楚"的笃的笃"挂着手杖从画室出来,对着小女儿叽里咕噜比划了一阵,雪墨看懂了,将父亲扶到沙发上坐定,笑道:"爸,你放心,我已经将史引霄同志藏在房间里的香烟统统搜出来了,全部送给了弄堂外面修车铺的老板,他们要应酬,高兴得很呢。我给老妈买了几包九制陈皮和拷扁橄榄,她若烟瘾上来了,可以含一块压一压。"平楚露出了贝壳般的虎牙,"嘿嘿嘿"笑了。

　　电话零郎零郎地响起,雪墨顺手抓起听筒,"喂"了声,拉开嗓门道:"史雪弓,你这个妈亲自喂过奶的宝贝儿子,怎么?不准备表示一下孝心,亲自去医院接妈回家呀?"

　　雪弓所在的大学在郊区,路上来回三四个小时,雪弓觉得这时间花得太不值,开学后便搬到学校教工宿舍去住了。

　　电话对面,雪弓摆出大哥的威严道:"好你个雪墨,电脑用得顺手吧?当初说得多漂亮?"掐尖了嗓门学女声:"哥你有什么事用得上我,我没二话,保证两肋插刀!"

　　雪墨咯咯咯一阵笑,"哥你说你说,你说呗,要我做什么?在妈跟前替你美言美言?"

　　雪弓道:"这才是我的好妹妹。今天下午,我的选修课开头一讲。选择这门课的学生有一百多人,系里临时决定把这门《中国哲学的智慧》放到阶梯大教室里上。你大哥没有日行千里的飞行术,实在赶不回家,雪墨,你要尽量发挥你咳唾成珠的口才,在妈跟前替我解释解释,就说雪弓无时无刻不在想念她,祝贺她身体康复,永葆青春!"

雪墨道："你才咳唾成珠呢！用不到什么花言巧语，史引霄同志一听她的宝贝儿子在大学开坛论道了，高兴还来不及呢，才舍不得责怪你不去接她。哥，星期天一定要回来哦！"

雪墨尚未放下电话筒，隔墙又响起叮当叮当的门铃。"小贝车来了。"雪墨撂下电话便跑去开大门。

真是小贝，他身后还跟着一位容貌冶丽打扮不俗的妇人。雪墨稍有些吃惊，问道："这位……女士，您找……？"小贝忙道："这是我老婆夏妮，跟史区长很熟悉的。雪墨你忙你的，不用去医院了，我们俩保证把史区长平平安安送回家！"

雪墨皱了鼻子道："那可不成，功劳苦劳都被你们夫妻占去了吗？难得今天我姐我哥都脱不开身，我可要去抢头功啰！"

小贝笑道："那就一起去医院吧，我现在换了部奥迪，座位蛮宽大的。"

雪墨转回来跟平楚招呼道："老爸，车来了，我去医院接妈了，很快就回来，您可要乖乖地待在屋里噢！"

平楚把那颗虎牙完全露出来，一个多月没见引霄，他已经焦灼不安，迫不及待想见到她了。

史引霄在医院也是愈来愈焦灼不安。

水珠日日烧了她喜欢吃的小菜送到医院，史引霄看到医院的病号饭实在没有胃口。水珠总是守着她吃夜饭，一边劝她多吃点，再吃点，一边历历碌碌说些家里头的事情。说得最多的自然是关于平楚的点滴，史引霄人在病房心里就挂记着他，毕竟他落下后遗症，生活不能完全自理。有一次水珠疑虑道："大姐，今早上姐夫莫名其妙让我把客厅中你的肖像摘下来搬到他画室中去了，也不叫挂起来，就靠在橱边上，他就端把椅子坐在跟前，一坐老半天不动身。"又隔了两日，水珠有点紧张道："大姐，方才出门前，姐夫拼命催我快走，还用拐杖戳我小腿骨，大声喊叫。我听出来是喊你的名字呢！"

史引霄心里明白，平楚是想她回家了。

最让史引霄疑窦满腹的是黄岑匆匆塞给她的那张纸条。那日她返回自己病房，立马打开纸条看个明白，竟是黄岑抄录的一封群众来信。瞄了眼举报人，她的心不由得怦怦一跳，竟是吴独摇啊！一目十行扫了下内容，愈是忧心忡忡。吴独摇举报的却是英华公司啊！当初，正是史引霄牵的线，让吴独摇的公司与英华达成协议，吴独摇将斥资购得的董家老宅全部建筑构件无偿赠予英华公司。还派出一支高级古建筑技工小队，协助英华公司下属建筑装潢公司将老宅按原貌重起于英华公司名为"美丽新生活"的果园之中了。吴独摇请海上著名书法家书写"春秋繁露"四个字，高扁悬挂在大门的重檐门楣上。吴独摇在与英华公司签协议时坚持加入一条："春秋繁露"旨在弘扬传播中华优秀传统文化，可以用作举办一些公益书画文物展览、知识讲座、艺术研讨会，但不能将它用作商业赢利，更不能辟作餐厅、歌厅、酒吧、夜总会之类的娱乐场所。这是双方法人都盖了章签了字的。

吴独摇的公司致力于发掘抢救古建筑的工作，在长三角地区已有十几处项目；他还一直游走于乡野僻村寻寻觅觅。"春秋繁露"项目完成后，他已近两年没过来了。最近正好路过上海，时间虽紧，仍挤出空来赶往"美丽新生活"果园，却在"春秋繁露"的高扁下被一身制服的保安拦住了。

保安说，这里是高级会所，不是会员一律不得入内。吴独摇亮明身份，百般分说，仍无效。吴独摇便要求保安领他去前台办理会员卡，一名保安马上道："并不是有钱就能办卡，每个会员的资历都要由董事会审定批准的。"

吴独摇忿忿不平，给马英华董事长打电话，公司秘书说，马董出差了，"春秋繁露"的管理权现在归陈拂野的建筑装潢公司，有什么问题可直接找陈经理解决。吴独摇又给陈拂野打电话，陈拂野的助理讲，陈总手中有许多项目，天南海北跑，哪里联系得上他？再说，"春秋繁露"的经营，我们公司已经承包给一家实力很强的商务管理公司了。吴独摇追问那家公司的全称及负责人电话，秘书却支支吾吾说不清楚。吴独摇一气之下，便给区信访办写了这封举报信，举报英华公司及下属建筑装潢公司违约，要求立即恢复"春秋繁露"原貌，整修工匠费一律由英华公司承担。

黄岑将这封信草草抄录下来，最后还注了一笔：原件已转区工商管理局。

史引霄疑惑的是：吴独摇遇到问题为什么不直接来找自己？自己可以联络马英华，三头六面坐下来谈嘛。转而一想，自己留给吴独摇的名片，上面是机关办公室的号码，吴独摇一准已经晓得自己不在位子上了。

还有一个更大的疑团：黄岑每日经手的群众来信少则也有百封以上，她为什么偏偏挑这一封抄录给自己？在史引霄看来，这封举报信涉及到商业合同问题，然而问题并不是很重大，也并不涉及商业贿赂职务犯罪等官员腐败，黄岑为什么偏偏抄了它塞给自己呢？难道仅仅因为她晓得马英华是自己竭力扶起来的吗？

既然黄岑以这种近似偷偷摸摸的方式传递出这封举报信，史引霄就必须要关注它了！

一日傍晚，同病室郁书记拉着史引霄去花园里运动运动。这座医院的中心便是一个城市里难得的大花园，中央一块青芷芷的草地，其间散落着白色的条椅。草地周边被繁茂的树木围拢，高大的玉兰树，丰茸的翠柏，水塘边还有婀娜的杨柳和矮矮的竹林，树丛中一条沙石小路蜿蜒其间。她们沿着小路一边展动双臂作扩胸运动，一边小碎步慢跑。渐渐地，史引霄便跟不上郁书记了，落后了小半圈。

小路从南楼前绕过，史引霄忽见有两个颇为眼熟的身影从门洞里出来，门檐上有一盏乳白色的顶灯，将两人的面容映得五官清晰。

史引霄心想：正要问问他们情况呢！不及思虑，穿出树丛，喊道："老钱，余芳菲同志！"

那两位在亮处，猛地树丛中冒出个人来，一时竟呆着。

史引霄道："没几天工夫嘛，我就病得让你们认不出来啦？"

钱龟龄一个箭步上来握住史引霄的手，道："史区长啊！太巧了，探望了钟老，正想去您病房看您呢！"

史引霄晓得后面一句是临时编出来的，心想，这个钱龟龄，愈来愈滑头了。便道："我是真的有事情要问你呢！"

余芳菲道："老史，不管话长话短，你们到里面沙发上坐着谈嘛。"

原来南楼病房底层大厅有两圈皮沙发，是方便住院的首长们接待客人用的。

史引霄道："余芳菲同志，我也正想找你反映问题，一起吧。"

于是三人返回大厅，找了圈沙发坐下了。钱龟龄欠欠身子问道："余区长，史区长，我去自动售货机上买点饮料来吧？"

史引霄道："我不渴，才吃了夜饭的。"

余芳菲道："钱龟龄你不要啰嗦了好吧？"钱龟龄"哼哼"一笑，坐定了。

史引霄不喜欢绕圈子，单刀直入问道："老钱，有没有一个叫吴独摇的来机关找过我？你应该看到过的，是江苏叔齐工艺美术公司驻上海办事处的？"

钱龟龄抬手挠挠头皮，道："有的有的，那天也是个巧，我进机关时在门卫处看见他正僵持着。陌陌生生，开口要找史引霄区长，门卫自然是不让进的。我认出他了，领他到我办公室，询问了他的诉求。史区长，其实不是什么大问题，只是在老建筑的用途上有一些不同看法。我劝了他半天，希望他能顾全大局。英华公司的'美丽新生活'项目已经上过报纸，是我们区的明星工程嘛。"

史引霄小眼珠不满地瞪住钱龟龄，"后来他怎样表态？"

"他也没多说什么，还是蛮通情达理的。"钱龟龄恐怕是感觉到史引霄的不满，搓着双手道："对了，他想打听史区长您的电话和住址，我自然不会告诉他啰！"

余芳菲接嘴道："老史，你要跟我反映的就是这桩事情吗？你放心，钱龟龄已跟我汇报过了。"南楼大厅里灯光偏暗，余芳菲脸上的变色镜呈绀紫色，完全遮蔽了她半张面孔，"老史啊，马英华是你树起的典型，当初对她这个人我是跟你有分歧，不过事实证明她做得不错，我承认我当初对她的看法是片面的。"

钱龟龄团脸上堆满了笑，面砣砣似的，道："余区长大会小会经常表扬英华公司和马英华的，这一点我们大家看在眼里，心里面都特别佩服余区长的胸怀和气度。"

余芳菲挥挥手制止了钱龟龄，道："听讲江苏这家公司写了举报信，我已跟工商局的同志关照了，英华公司是我们区里民企的一块招牌，每个人都有义务爱惜它保护它。要尽量做江苏那家公司的工作，如果要赔偿就赔偿嘛。尽量不要闹上法庭，不要让媒体抓了负面新闻，不要给英华公司抹黑。"话毕，上身朝史引霄倾了倾，"老史，我这样处理，你还有什么建议？还要补充点什么？"

史引霄一时像被堵住了嘴巴，不晓得该怎么表态。她的初衷是想摸摸那个"高级会所"究竟是怎么回事？看来从余芳菲和钱龟龄那里是摸不到什么情况了，搞得不好自己会落下个给英华公司金字招牌抹黑的"罪名"，便委婉道："余区长处理得很周全了。不过，还是要辨明是非，倘若真是英华公司违约，就要迅速彻底地改正，你们看呢？"钱龟龄抢着道："这一点余区长已经想到了，她把英华公司的法律顾问找来详细询问了有关法律条文，做好了充分的备案。"

余芳菲嘴角朝上抬了抬，不再多说什么。

史引霄眯眼看着钱龟龄，因想起了自己在位时钱龟龄鞍前马后殷勤投合的样子，"哧"地笑出声。便立起身，道："余芳菲同志，对不起，耽搁了你一点时间，我这也是杞人忧天了。告辞告辞，代问钟老好哦！"

水珠一大早赶到医院，帮史引霄收拾生活用品，七七八八也装了两大塑料袋，还有一些零星杂物。

121

史引霄跟郁书记告别，相处个把月，两人脾气相近，很对胃口。郁书记因身体哪处查出一个可疑物，被医生扣下了，需复查。史引霄拍她一下背脊，道："老郁啊，你比我年轻，又天天坚持锻炼，保证没问题。什么时候出院，到我家做客。"

郁书记道："他们医生就会大惊小怪，没法子，就由他们再折腾一回吧。"

雪墨的声音先冲进病房："引霄同志一切准备就绪了吗？"随着"咯咯咯咯"的笑声，人便闯了进来，拉住史引霄左看右看，道："嗯，验收合格，面色红润了，眼珠虽小却更有神的。"

史引霄甩开她的手，嗔道："没大没小的！"

郁书记在一旁叹道："好一个开心果啊，老史，你们家一定整天充满笑声的。"

雪墨连忙收敛起来，毕恭毕敬鞠个躬道："郁书记您好！对不起呀，今天我先把我妈接走了。也祝您早日康复哦。"

郁书记笑道："别忘了，一定要到我们学校来采访！"

史引霄这才发现夏妮倚在门框上，一只脚在门内，一只脚留在门外，"夏妮啊，你也来接我？抽得出空的啊？"

夏妮浅浅一笑，道："小贝在下面车里等着呢。史区长，我想你了呀。"于是帮水珠拎了东西，雪墨扶着妈妈，郁书记直送她们到电梯口。

史引霄上了小贝的车，前后左右打量了一下，道："小贝啊，鸟枪换炮了，好嘛！"

小贝笑道："史区长，机关里的车大都换新的了。要您恐怕不会批准吧？"

史引霄道："小贝你们背后都在骂我葛朗台吧？"

小贝道："有人骂有人赞。史区长，我是属于赞的那一派的。我跟他们说，史区长是该省的省，该花的花。马英华办公司，她大笔一挥就批了十万元。"

史引霄叹道："夏妮呀，小贝是真正了解我的人。我们一支笔批下去是公家的钞票，总得掂掂分量对吧？"

雪墨忙道："我妈从来不管家里的钱，你问她每月工资多少她肯定讲不清楚。"

夏妮嘴唇嚅动着想说什么，终究没说出来。

进了花园弄堂，开到"兰畦"门口。史引霄随口说道："小贝，夏妮，到了家门口了，进去坐一会吧？"史引霄以为他们夫妻会推辞的，不料小贝爽快道："好啊，夏妮提了好几次，要来看望史区长的。"史引霄有点意外地瞟了夏妮一眼，她感觉到夏妮一定是特地来找自己的。

众人跨进客厅都吃了一惊：平楚端坐在餐桌边上，餐桌上放着一丛兰草，紫砂六边形的盆，兰叶猗猗穿插披拂，唯有一朵未开足的花蕊颤颤地从绿叶纠缠中探出脸来。

这是平楚以兰草表心意，欢迎妻子病愈回家。

史引霄跺了下脚冲上去扶住平楚，嗔道："你一个人把这盆兰草弄到桌上的呀？万一硌着了摔着呢？"

水珠急得脸通红，道："我早上出门时姐夫好好地在画室里画画的呀！"

平楚却开心地"嘿嘿"笑起来，虎牙嵌在嘴角一闪一闪。

雪墨忙道："还好还好，老爸天天坚持用左手挥毫，左手的力度已锻炼出来了呢。"又道："妈，这是爸的一片心，你别虎着脸了，耷拉着小眼，就不漂亮了呢。"

便将史引霄也逗笑了。

水珠替小贝夏妮泡了两杯茶，便拎着物什去二楼卧室了。雪墨扶老爸进了画室，片刻出来，亲亲热热搂住妈妈的脖子道："史引霄同志，你有客人在，我也有采访任务，我们各司其职啰。"

史引霄拍了她手背，"去吧去吧，晚上早点回家！"

雪墨跟小贝夏妮打个招呼，一脚跨出门槛，又缩回来，大声道："妈，哥来电话了，他赶不回来，今天下午，他的选修课开讲，在一百多个位子的阶梯教室呢。"话音未落地，人已经没了影。

小贝道："史区长，机关里许多人议论起主要领导同志的家事，都说你史区长家庭最幸福了，丈夫是著名艺术家，四个儿女个个有出息。最要紧的是家庭和睦，不像有的人家，子女为了上辈的一点财产，弄得跟仇人似的。"

夏妮慢悠悠道："这自然是史区长家教好嘛。上辈人积德。"

史引霄只笑笑，她不想去跟别人家比家庭幸福不幸福，每个人对幸福的理解不同，感觉也不同，无法比。因道："夏妮，你们晓得的，我这个人喜欢直来直去，有啥说啥。我觉得你有心事，爽爽气气说出来，看看我能不能帮你消解。我虽不懂心理学，毕竟做了大半辈子群众工作。"

小贝看住夏妮道："我早跟你说，跟史区长反映反映英华公司的问题是最合适的，史区长绝对不会护短，更不会打击报复。"调过目光对史引霄道："已经有一段日子了，夏妮为此思想负担很重，吃不下饭，睡不好觉。她有顾虑，一来马英华是她多年要好的姐妹，又很看顾她；二来英华公司是你史区长在位时树立的典型……"

史引霄忍耐不住打断小贝："不要一来二来的，夏妮你就跟我说实话，你在英华公司究竟看到什么？发生什么情况了？"

夏妮深深吸口气，道："史区长，我前几天刚从英华公司辞职了，我把辞职信寄给英华姐就不去公司了，我怕见英华姐的面，我怕她挽留我，我怕她责怪我，在她艰难的时刻不留下帮她……"

史引霄猛地想起麦蛾曾说起过马英华不正常的精神状态，问道："为什么说现在是马英华艰难的时刻？英华公司经营出现问题了？"

小贝道："史区长，我还有第三点没讲，英华'美丽新生活'果园里有座'春秋繁露'的高级会所，经营承包方是徐亦道副区长老家的亲戚。夏妮也顾虑事情传播开来会得罪徐副区长。"

史引霄心里一个激灵，问道："这个什么高级会所究竟是做什么的？会员是些什么人呢？"

夏妮道："会所里肯定都是有经济实力的人，会员卡年费从几万到几十万不等。企业家经常会请一些政府机构的干部到会所吃饭啊，泡桑拿呀，打麻将等等。会所后院还有一座古戏台，也经常请一些戏曲界名伶去表演……"略低垂了眼皮，"我们服装表演队也去表演过几次，后来，后来就不要我走台了，让我们尽量穿得漂亮，陪客人吃饭，搓麻将……"咬了嘴唇，不说了，眼圈一点点红起来。小贝伸手轻轻地抚着她的背脊，喃喃道："好了，都过去了，我们不做了……"

史引霄马上明白夏妮曾遭遇过的不堪，激愤地立起来，道："小贝趁你有车在，我们去英华公司跑一趟。我倒要问问马英华，她在搞什么名堂！"

夏妮神色惶遽，急道："史区长，您这般堂而皇之开进公司找英华姐，这消息肯定比光速还快，马上会传遍整个公司，甚至是公司背后的董事局！"

小贝见史引霄一脸狐疑，眉头结成疙瘩，忙解释道："史区长，如今的英华公司跟前几年大不相同了，不仅建起了气派的英华大楼，还成立了董事局。董事局里方方面面的人都有，太复杂了。其实，有很多事情，马英华一个人根本做不了主。夏妮担心，一旦你去英华大楼见马董的消息传开去，不晓得会生出多少蜚短流长，马英华会面临更多压力的。夏妮对吧？"夏妮用力点下头。

史引霄气恼地拍了下椅把手，道："岂有此理，我就不能见马英华了？我作为一个长辈，一个朋友，就不能去看看她了？"

小贝沉吟片刻，道："史区长，您看这样行不？区里最近要举办经济文化联动发展研讨会，马英华是肯定会出席的，我一定有机会遇到她。我跟她说，史区长想见见你，让她上花园弄堂来看您。您刚出院，她上门慰问一下理所当然。"

史引霄摇摇头，"搞得像从前地下工作接头似的！好嘛，一定要替我带到话哦，越快越好！"

小贝松口气，道："史区长这你尽管放心。"

史引霄叹口气，"其实我倒真想去英华家里看看英华的母亲，一晃好几年，我还答应去吃她包的饺子的。"

夏妮道："英华姐搬家了，开发区里新造的高楼，很宽敞呢。不过老太太常给我电话，抱怨新家楼太高，乘电梯头晕。走道里家家户户门关煞，隔壁邻舍一个也不认得，讲讲闲话的人都没有。她还是喜欢住在工人新邨里，楼梯走上走下都认得，老邻居热热闹闹，有点事情也喊得应。"

史引霄道："搬新房子终究是好事嘛，老人家慢慢会习惯的。夏妮辞职了，还有几年好领退休金啊？经济上有什么困难吗？"

小贝"哈哈"一笑，"史区长，有我呢。再讲儿子大学马上就要毕业，好工作了呢！"

史引霄转回客厅，端起茶杯，闷闷地坐进沙发。她的思绪依然停留在那个"春秋繁露"的高级会所里，吴独摇写的举报信和夏妮反映的情况都牵扯到它了！可是，自己不在其位不谋其政，有必要去管吗？若是不管，自己心里平静得了吗？黄岑、夏妮们为什么都要捅消息给自己？还不是对自己的信任吗？可若是管，又如何去管？又如何管得了它？

水珠探进脑袋问道："客人走啦？没留他们吃中饭？"

史引霄摆摆手。她想到解红旗，红旗是探长，可跟他探讨探讨，看他有什么途径摸摸"春秋繁露"里的真实状况。她又想到雪砚，雪砚曾对自己提起，区信访办有位女同志打电话去检察院询问举报信的问题。现在可以肯定，这个女同志就是黄岑了。黄岑后来是否把信转给检察院了？凭这样一封举报信，检察院是否可以提前介入调查？

水珠端着一钢精锅下好的馄饨进来，笑道："大姐，就自家人，我简单了。裹了黄瓜虾米肉馅的馄饨，蛮爽口呢。"放下锅子，又道："小菜我留到夜饭时烧，你回家的消息一传开肯定有吃饭的人上门的。翠姑妈呀，姚同志呀，对吧？"

史引霄道:"水珠你倒可以当'兰畦'里的办公室主任了,操持家务,铺排得当。"

水珠笑道:"大姐你可折杀我了,家里这些零零碎碎算什么呀,你们在外头做的那才叫大事。"便去画室将平楚扶出来,替他们一人舀了一碗馄饨。

隔门传进一声叫唤:"水珠,妈到家了吗?"

史引霄立马道:"是雪砚!"心里高兴,真是想到曹操曹操就到了。

果然是平雪砚推门进来,一身检察官制服,显得秀爽而俊美,欢喜道:"妈,回来啦!爸,这下可不用成天长太息以掩涕了吧?"

史引霄嗔道:"上班时间急吼吼跑回家作啥?"

雪砚在她身边坐下,道:"人家是来负荆请罪的嘛。你住院期间,正巧为了一桩案子出差,没空上医院探你。我也不能保证什么时候能下班,晚上还要去看看皓皓。所以,索性趁午饭空档来看看你嘛。"顺手在史引霄碗里舀了只馄饨塞入口中。水珠连忙取了碗勺来,替雪砚舀了一碗。雪砚道:"水珠阿姨,你不够了吧?"水珠道:"我够,我还有早上剩的泡饭。"

史引霄看雪砚一口一只馄饨吃得有滋有味,晓得她平日上班忙,没工夫搞吃的,都是胡乱对付的,便又从自己碗中舀了两只馄饨给她。雪砚叫起来:"妈我够了够了!"又舀还了回去。

史引霄待她吞下几只馄饨后,便问道:"最近又忙什么案子呢?"

雪砚从碗沿边掀起眼皮瞟了她一眼,喝了口汤,方开口:"妈,人家在机关里不是看案卷就是讨论案情,难得今天中午好轻松一下,你又要跟我提案件,脑袋都胀死了!"

史引霄轻轻抚了下她后脑勺,道:"不谈案件就不谈案件。妈记得哪回你跟我说的,我们区信访办有个女同志给你们检察院电话,询问举报信的问题。后来这个女同志把举报信转给你们了吗?"

雪砚只顾吃馄饨,面孔埋在碗里不吱声。史引霄便也不催促她,让女儿定定心心吃完馄饨。

雪砚吃完最后一只馄饨,喝光碗中最后一点汤水,放下碗。看母亲一对小眼珠精精亮亮还盯着自己,方道:"妈你好记性,还记得呀?后来她就没有来联系过,我都差点忘了。"

"哦——"史引霄锁了锁眉,道:"你吃饱了吧?吃好了,妈给你看一封举报信。"

雪砚撅着嘴道:"妈,你还给我加任务呀?"

水珠来收拾碗筷,史引霄便让她先扶平楚回他房中休息,随后,她从裤兜中掏出黄岑塞给她的纸条递给雪砚。雪砚当即就展开看了,黄岑摘录下的举报信内容并不很长,史引霄等着雪砚看后发表看法。等等不见雪砚出声,却发觉她的目光并不在纸面上,昏鸦般不晓得落哪去了。便揉了她一下,"雪砚,你在想什么呀?看好了没有哇?"

雪砚倏然拉回思绪,定定神,道:"这封信举报的是一桩合同纠纷,合同双方可以通过调解,也可以自诉到法院,但是,这不属于我们检察院工作的范围。"雪砚这几句话答得干脆利落没一丝空隙。瞟一眼母亲,又道:"妈,这样的群众来信我们每天收到多多少少,你现在不在位置上了,身体又刚刚好一些，就别多管闲事了！"

史引霄剜了她一眼，雪砚通常不是这般冷漠的，今天的神情有点不对头！

雪砚悄悄躲开了母亲穷追不舍的小眼珠，道："好了好了，妈，我们下午还有个案情分析会，我进去跟爸说几句，就得走了呢。"便将那页纸放在茶几上，拿起电视遥控器压着。想想，又道："礼拜天带皓皓来看外婆！"

雪砚是聪明的，只要提到皓皓，史引霄有再大的火也发不出来了。

雪砚离开后，水珠便来催促史引霄上楼睡午觉，说下午肯定陆陆续续会有客人来，得抓紧时间休息一会。史引霄便问："平楚在干吗，还在画？"水珠笑："姐夫这会恐怕已进梦乡了，方才大妹妹扶他睡下的。"史引霄这才将茶几上的那页纸收起，小心翼翼折好，上楼去了。

水珠判断得十分准确，史引霄靠在床上不过迷糊了一阵，卧房门便被轻轻叩响。史引霄睁开眼瞪着天花板怔忡了一会，能直接来敲卧室门的，也只有顾观我医生夫妇了，他们的房门就在二楼走廊那一头，便撑起来开了门。

果然是顾观我和杜蘅。杜蘅见了史引霄不迭道歉："史区长，把您吵醒了吧？都怪老顾，一个劲催我过来喊你。你上楼时被他瞧见了，说差不多两小时了，午觉时间也够了。"

顾观我拎着一叠用细绳扎起的纸包，笑呵呵道："老史，前头去医院看你时说过，只要你出了医院，我就要负责替你调理，一诺千金嘛。喏喏喏，药已经替你配好了，煎上头有许多窍门，我会关照水珠的。"又道："医院里配给你杂七杂八的药，尽可不去吃它。"

史引霄捧过那叠包中药的纸包，笑道："谢谢谢谢，顾医生，你们夫妻悬壶济世积德积善，必有好报。"

杜蘅道："史区长你也会相信因果报应？老顾为了你这副调理药方，反复斟酌了好多天。"

顾观我道："什么报应不报应的，我们做这个事情，喜欢，高兴，就值了！"

"大姐你醒来了？"水珠上了半截楼梯，见史引霄站在房门口跟顾医生杜医生说话呢，便笑道："翠姑妈和她那个长头发的外甥来了，问你呢。我还说让他们喝盅茶，歇歇，让你多睡一会。"

史引霄跟顾医生杜医生双手一摊，"好了，没得睡了。今晚上让水珠多做几只小菜，你们下来一道吃吧？"

杜蘅连连摇手，"不了不了，我们老顾吃饭疙瘩得很，忌这忌那的。"又探头对水珠道："阿姨我待会到厨房教你如何煎药，里面有很多讲究的。"

顾观我道："老史啊，好好将养两天，我们手心都痒了，就等着你开麻将局呢。"

史引霄下楼来，客厅中只有翠姑妈一人坐着慢慢品茶。史引霄问道："阿翠，怎你一个人？水珠说阿丁也来了？"

翠姑妈立起来，双手一拍，眉开眼笑道："阿翱听到响动，撑了司的克出来，把阿丁喊到他画室里去了。现在他们叔侄俩倒成了画友知交，阿爸在天上晓得了，定是欢喜得合不拢口了。"笑着却笑出了泪珠子。

史引霄让她坐下，瞪着小眼珠道："阿翠，没两个月，你怎的瘦了一大圈？"

翠姑妈摸摸面颊，道："瘦了吗？瘦点好，不是说千金难买老来瘦嘛。"

史引霄关切道："胖了还是瘦了，倒是

顺其自然好，千万不要刻意去减肥什么的。"

翠姑妈道："都啥个年纪了，放在从前差不多好进棺材了，还减屁个肥。不过常常独个人吃饭，再好吃的东西也没胃口了。阿丁自从做了聚艺轩，来来往往人多，应酬多，也难得到我这儿来蹭饭。所以嘛，听到引霄你毛病好了，出医院了，多少开心，一定要过来凑凑闹猛的。"

史引霄道："你啥时候胃口不开了，尽管过来，'兰畦'里不多你一张口。真是这样的，你一筷我一筷的，胃口就吃开来了。"

两人正闲言闲语道着家常，门铃儿又闹起来。水珠跑去开了门，在走廊里就喊起来："大姐，姚同志来了呢！"

史引霄连忙起身迎出去，两人在客厅门口遇上了。史引霄冷不丁怔在那里：姚秀帘鬓边别了朵棉线绕的白花，映得她整张脸惨惨白！

"引霄！"姚秀帘轻声一唤，便扑在史引霄怀里了。

水珠扯扯翠姑妈，道："姑妈来得正好，帮我把握把握菜色。"翠姑妈领会了，便随水珠去了厨房。

史引霄扶着姚秀帘进屋坐下，亲自为她泡了杯茉莉香茶，放在她面前，问道："哪一天的事啊？什么时候落葬呢？"

姚秀帘叹道："我做完最后那个'七'，才敢看看你的。老太太早就起了疑心，特别是电视台《纪录片编辑室》栏目放了一部'重逢'，讲一个1949年去台湾的老兵，白发苍苍回大陆跟他原配妻子见面。一连放了好几天，老太太到时间就坐在电视机前一动不动。那天我出门，忘了拔下抽屉上的钥匙，没想到她早就注意我这只锁出锁进的抽屉了，趁我不在，来个兜底翻，翻出了我募仿她儿子口气写信的原稿，还翻出了政府颁下的烈属证。她什么也不说，躺在床上不吃不喝，送进医院没三天就……"秀帘深吸口气，"也好，她到那边跟她儿子团聚了，倒把我一个人撇在这一边。"

史引霄捏紧了她的手，道："秀帘你瞎说什么？这边还有你秀璋阿哥和我，秀琴还把解九江跟解红旗托付给了你，你可不能泄气啊。"

姚秀帘凄惨地一笑，道："引霄啊，我听讲民政局在青浦那边开了座公墓叫'人生后花园'。等你身体好一些，陪我去看看。我想给他和他母亲置一块墓地……"眼圈刷地红了起来："总算可以大大方方地为他竖一块墓碑，刻上他的名字。寒食清明，也好到墓前为他烧一炷香，敬一盅酒……"终于没有忍住，一颗黄豆大的眼泪从眼角缓慢地滚落下来。

史引霄拍拍她手背，道："隔几日，我给南渡打个电话问问她何时得空，让她开车送我们去那个什么花园。"停停，又道："秀帘你别回家了，省得一个人东想西想的。这几天就住在我这里，我让水珠在我房中再搭一张行军床。"

姚秀帘道："何必兴师动众的，我就跟你挤一张床上睡。你怕挤吗？"

史引霄忙道："不怕不怕，我那张床五尺宽，你我又都不胖，绰绰有余。"

临暮时分李沫丁扶着平楚从画室中出来，两人的面孔都熠熠发光，很兴奋的样子。

史引霄跟姚秀帘促膝抵掌细细密密说了好一阵体己话，秀帘的情绪平稳下来了。

史引霄便笑道："阿丁啊，看你们两个像喝了酒似的满面红光，中了头彩啦？"

李沫丁"嘿嘿"笑道："婶娘，小爷叔雄心大得很呢。他正在摸索一种用水墨法在油画布上作画的方式，作了一幅雪后芦苇，初见效果。我嘛，只提了点建议，在光影对比上可以更强化。中国画技法中的积墨法，各种皴法都可以叠加使用上去。小爷叔十分认可，当即试了试，立竿见影呢。婶娘，不是我故意给小爷叔吹喇叭抬轿子，这两年方方面面的艺术品我见得多了，待以时日，小爷叔这组'芦苇记忆'在气象上一定可追印象派大师高更，在技法上亦与元四家中黄鹤山樵媲美。信不信？我们拭目以待。"

史引霄由衷道："阿丁，婶娘信你。你小爷叔这些年有你跟他一起谈书论画，这才是他的幸运呢。"

翠姑妈和水珠正端着碗碟筷勺进来，听到史引霄的话，翠姑妈忍不住笑咧了嘴，两颊如涟漪荡开。

夜饭后，翠姑妈与李沫丁起身告辞，史引霄道："阿翠，啥时候胃口不开了，就过来轧闹猛。阿丁，常常过来跟你小爷叔摆摆龙门阵哟。"

送走这姑甥两人，平楚又钻回他的画布中去了，史引霄和姚秀帘坐在沙发上看中央电视台的正点新闻。她们俩听力都有所减退，故而把音量开得很大。两人都没注意到大门铃再次被摁响，并且响了蛮长时间。倒是厨房里水珠洗了碗，关了水龙头才听到铃声，跑去开的门。

水珠把脑袋探进客厅，客厅里，播音员的声音响亮地回旋着。水珠抬高嗓门："大姐，萧同志来了！"水珠改不了口，始终称南渡为"萧同志"。

史引霄连忙将电视机音量调低了，问道："南渡，怎么这么晚才过来，我们饭桌都收摊了呢。水珠，要不下碗面？"

南渡先礼貌地叫声："姚阿姨。"又道："引霄阿姨你不要张罗，我不陪我妈吃了饭，她哪里肯放我出门啊。"

史引霄摇摇头，"这个卞璟如！前几年有小櫆在家，南渡方才活络许多。南渡你不该让小櫆去上寄宿高中，小櫆不在跟前，你妈就盯上你了。"

南渡只是淡淡一笑，微风拂过一般。

史引霄感觉出来了，南渡有心事，闷闷的，话也没有了，直拨拨就问："南渡遇上什么难事了？"

南渡迟疑道："算是吧……"

姚秀帘知趣地起身，道："引霄，你们谈，我先上楼去了。"

史引霄忙唤水珠陪姚同志上楼，帮姚同志刷一下浴缸，放好洗澡水。关照妥当，方才在南渡对面坐下，笑道："南渡，是不是你妈又给你介绍对象了？有照片吗？拿出来，我替你参考参考。"

南渡道："引霄阿姨，不是我的事……哦，和我也有关系。不过主要牵涉到您哪！"

史引霄扬起眉头道："牵涉到我？我堂堂正正问心无愧，你尽管说嘛。"

南渡因道："前几天《铁军》杂志交给我一个采访任务，让我写一篇省委副书记文汉兴的专访，事先给了我一大叠相关材料。我看到上期《铁军》杂志中有一篇文书记的发言稿，他怎么说1943年茆围子反扫荡战斗时他是区委书记兼武工队长呀？引霄阿姨，我写过你的专访，我晓得您是茆围子的区委书记兼武工队长呀！"

史引霄冷笑道："你去采访文汉兴了

吗？你当面问问他呀。"

南渡道："我是当面问他了呀，不过没提您。我只是问，文书记，1943年茆围子反扫荡战役时您是区委书记和武工队长吗？他回答得那么肯定，毫不犹豫，让人不得不相信他，因为他是省委高级领导呀。"

史引霄面孔僵硬得像古人类化石，片刻，猛地拍下大腿，口中吐出四个字："恬不知耻！"

南渡追问一句："引霄阿姨，您……是在骂文书记？"

史引霄道："我骂的就是文汉兴，我才不管他现在头上戴着几品乌纱帽呢！"见南渡怔怔的，便解释道："上一期《铁军》上登了他的发言稿，我拿去给当年也在茆围子的老战友看了，我们分析，是记录发言稿的编辑搞错了，文汉兴他本人未必知情。今天听你这么一说，看来完全是文汉兴蓄意伪造履历往自己脸上贴金，这便涉及到他个人品质的问题了。"哼地冷笑一声，"他以为当年茆围子武工队那么多战士都死光了？他以为人家都得了健忘症，可以由他任意涂抹历史了吗？简直可笑可耻可悲！"

南渡吐出口气，道："引霄阿姨，其实我也可以当得半个证人……"沉默片刻，"当年我和雪弓到茆围子插队，乡亲们都晓得雪弓是抗战时神勇的女武工队长的儿子！"

史引霄略思索，道："南渡，你能事先来提醒我，真得谢谢你。这事也不能让你做难人，我想，你把材料什么的都留下，我来给你们编辑部写封信，详细说说来龙去脉，希望《铁军》杂志能坚持原则。你看呢？"

南渡道："引霄阿姨，我听您的。"

史引霄又拍了下大腿："他妈的，我索性直接写信给文汉兴得了，敲敲他脑壳，帮助他准确记忆起当年的人和事，不要信口雌黄！"

楔子

楚爸爸、霄妈妈：

蒹葭苍苍，白露为霜。俗话说，白露身不露，早晚的风吹到身上已是凉飕飕的了，你们千万要注意保暖，上了年纪的人最怕这不经意侵袭入体的凉意了。

我们医疗队已经走到最后一站江苏了，我们驻扎在茆围子镇上，服务对象便是方圆百里范围内的盐工渔民及庄户人家。

我终于又站在了茆围子浩浩荡荡苍苍莽莽的滩涂上，芦苇从我脚边一望无垠漫延开去，芦花随风起舞，芦叶簌簌吟唱。这里处处有我童年的痕迹，我和村子里的小伙伴们一起拨开密匝匝的芦苇丛，寻找野鸭子生的蛋，寻到满满一篮子。大家一致同意将它们送给军部食堂，给新四军叔叔哥哥们改善伙食。还记得有一个静悄悄的月夜，小山子叔叔划了一条小舢板，带我驶入雾霭氤氲的芦苇荡，去观看野鹤宿眠的奇妙景观……

不过，现在的茆围子里，晓得我就是当年小纺锤的人已经不多了，乡亲们都喊我"青玉医生"，我喜欢这个称呼，它寄托了乡亲们对我的愿望，让我时时刻刻记住我的责任。

县委县政府对我们医疗队非常重视，古县长亲自主持了欢迎上海医疗队的典礼，并且还组织我们参观了茆围子那座竖立在古淮河入海口滩涂上的抗日阵亡将士纪念塔，楚爸，就是您主持设计并浇铸的纪念塔呀。

霄妈妈，麦蛾的父亲麦佬仍在抗日阵亡将士纪念馆做门卫，他是极少数晓得我就是小纺锤的人，他腿不好，却仍一瘸一瘸陪我们参观，并且不时地作些讲解。在一块镌满烈士名字的石碑前，麦佬点着一个名字介绍道："这位葛之镛就是古县长的父亲呢，古县长为人低调，从不让媒体宣扬他是烈士的后代。"霄妈妈，我不清楚这个葛之镛是不是您和我母亲在流宣队时的队友葛同志？

对不起霄妈妈，凡跟我母亲稍有交集的人我就会特别留心，我想当时他会不会晓得我母亲的去向？他临终前又会不会告诉他的儿子古县长呢？这只是一丝非常渺茫的线索，并且，我决不会贸贸然去向古县长打听的。

小山子叔叔，现在该称呼他陈时模叔叔，也来找我问诊。他说他现在经常东痛西痛，在县医院做了各种检查，也没个结论。我看了他以往的病历，他的胸骨处有一条战争年代留下的伤疤。我感到他这毛病跟我在我们医院附近的鹤盘村收治的石蕙婆婆的状况有点相像，便给他开了相似的药方，让他先服起来看看。

霄妈妈，我还是没忍住，跟陈时模叔叔说了我母亲的事。我是这么分析的，根据霄妈妈您的叙述，我母亲生下我之后曾辗转到茆围子寻找我父亲，那段时间虽然短暂，可雪泥鸿爪，总会留下些许痕迹。我仔细排了排日期，那时茆围子的区委书记是陈时模叔叔的哥哥陈时楷。当时，陈时模叔叔虽则只有十几岁，或许会从他哥哥口中听到过一些什么呢？果然，陈时模叔叔隔了没几日就有信息带给我了，他听几位当年参加过武工队的老人说起，那年军部曾组织过几支南下工作队去支援常嘉湖地区的对敌斗争，我母亲极有可能是随工作队南下了。霄妈妈，您可能认为这信息不可靠，因为我母亲在天长县小庄子里亲口跟您说，她要回皖南。可是……这信息总为我们寻觅我母亲的下落另开了一条思路啊！

霄妈妈，陈时模叔叔千叮咛万嘱咐，一定要我及时告诉你，他想方设法打听出了一个秘密：那年楚爸爸回茆围子参加抗日阵亡将士纪念塔修复庆典，在县招待所打了一个电话后便突发脑溢血，跟他通电话的人是文汉兴的老婆孟隐。

陈时模叔叔再三强调要告诉你，孟隐的姐姐孟陵正是当年盐渎独立师司令员晁无咎的前妻，她在部队里改名为凌梦。

霄妈妈，陈时模叔叔要我传递的这个信息一定跟楚爸爸画的那幅《烈火中永生》中的女战士有关，是吗？

我们结束了茆围子的义诊后便要回家了，非常想念你们！

祝贺　康乐

青玉

×年×月×日

44

卞璟如的人生中长久没有过如此的高光时刻了！

陪伴两任丈夫度过半世坎坷蹭蹬的岁月，也曾柔心弱骨的卞璟如渐渐变得阴郁忌刻易暴易怒，白眼待人，冷语刺人，就连跟儿子通个电话，跟女儿一起吃顿饭，说不上几句话就要崩溃。唯一与她贴心贴肺的便是外孙陈小槭，这个女儿南渡在那荒唐年代冲动婚姻中生下的孩子，倒成了卞璟如灰色日脚中的一抹亮色。当年是她坚持把小櫆从茆围子爷爷奶奶身边接到上海念中学。小櫆的父亲陈拂野与南渡离婚后，很快另娶女人并又有了孩子，爷爷奶奶也是通情达理，没有加以阻拦。小櫆是个懂事的孩子，他总有办法哄成天板着面孔牢骚满腹的外婆舒展愁容露笑颜。卞璟如的苦心终于有了成果，小櫆高考一举夺魁，考上重点大学的人文学院，正是史雪弓任教的那所大学。

一清早卞璟如撞开女儿卧房的门，南渡夜里睡得晚，那一刻正似梦醒懵懂着，卞璟如撼醒她，道："南渡，我要设宴请客，你替我安排一下。"

南渡怀疑是不是日头从西边出来了？母亲一向节衣缩食，南渡每月向她交付伙食费，与她平摊水电煤费用，她每每算出算进，精确到几角几分。便问道："妈，你中头彩啦？要请什么人吃饭啊？"

卞璟如竖起眉头道："你这个当娘的怎么当的？小櫆考进大学比中头彩强多了，难道不值得庆贺庆贺？"

南渡心里迅速搜索了一下，这些年母亲在上海极少有走动勤快的朋友，两个同母异父的兄长一个在新疆一个在深圳，天南地北的，怎么聚得拢来呢？因道："妈，你为小櫆考取大学设宴啊？这样吧，你请客我结账，各担其责。只是，你得把想请的客人名单列出来，我好根据人数挑选餐厅，预订小菜。"

卞璟如横了女儿一眼，没好气道："你是明知故问啊？我开什么名单？就是史引霄一家嘛！他们夫妻俩，还有什么青玉啊，雪砚雪墨啦。最要紧史雪弓一定要请到，让他看看你的儿子有多出息！哼哼哼，史引霄事事顺遂，可她到现在还没福气抱孙子。"

南渡晓得母亲对父亲跟引霄阿姨曾经的恋情一辈子都耿耿于怀，对此她很不以为然。幸好引霄阿姨天性开朗爽直，从不计较什么，母亲请她，她肯定会来赴宴。只是平楚叔叔行走不便，恐怕无法出席；青玉姐住在郊区，又常值班，不一定请得出假；雪墨做记者的，哪天有空吃不大准；雪砚可以带儿子陪引霄阿姨过来，可她丈夫是市级干部，会不会搭架子？

其实南渡只是对要不要请史雪弓过来吃饭犹豫不决。自雪弓从美国留学归来近两年时间里，南渡一直有意无意回避着与他见面。她去机场接他，见姬瑜没有随他一起回来，心中曾经窃喜，并幻想着他会重拾旧情。有一段时间，她一直待他主动来找自己，却一直没等到当初的雪弓！说实在，她有点恼恨他，可自己有什么资格恼恨他呢？原是自己离开了他的，他倒是有理由恼恨自己呀！这么想来，南渡便定下了，不管他如何看自己，小櫆考进了他所供职的大学，成了他的学生，请他过来聚聚，让小櫆认识认识师长，总是应该的吧？

卞璟如已经走出女儿卧室了，又探回脑袋盼咐道："你那位贫下中农能联系到吗？不是说他公司有上海的业务的吗？叫上他！既是小櫆的父亲，从来也不担当一丁点责任，我们也不计较了，小櫆上大学的喜讯让他也分享分享吧！"

南渡心里一咯噔：她差点把他忘了！提起陈拂野，毕竟也和自己在一起生活过好几年。离婚后，南渡竟然极少想起他以及和他联系在一块的那段狂躁的日子，深刻的悔恨令她的记忆出现了局部瘫痪，母亲却残酷地撕开伤疤！南渡面对卞璟如静默片刻,轻轻地却沉重地吐出两个字:"好吧。"

南渡掂量着,这样近似家庭聚会太奢侈不行,自己母亲会心痛钞票,引霄阿姨也会批评自己太浪费。可是毕竟要请到史雪弓和陈拂野,一般街边小餐馆也太随便了。南渡想到家附近有一座警备司令部的招待所,叫"剑峰宾馆",改革开放后也对民众开放了,那里价格适中,环境也不错。南渡便去订了一个十人的包间,留足了余地,心想引霄阿姨家或多或少出席几个人都没有问题。

那是个周末,史雪弓恰巧从学校回家拿些换洗衣物,原本当晚就要赶回学校的,史引霄硬拖住儿子,要他跟自己一起去赴卞璟如的邀约。对此,史雪弓着实没什么兴趣。他这学年除了要给本系学生上哲学史的专业课,学院领导鉴于他"海归"的身份特许他在全学院开设一门"哲学漫谈"的选修课。史雪弓非常重视这个机会,他希望开创不落窠臼别开生面的课堂风格,切实有效地引领学生走进博大精深的哲学殿堂。这段时间,他一门心思钻在对课程的设计中,利用点滴时间翻书查资料做课件。掐指算算,去吃一顿晚饭,路上来回,客套寒暄,让菜敬酒,非有四五个钟头不行,太不值了。

史引霄道:"南渡的儿子现在已是你的学生了,你不去露露面,未免太没肚量了吧?"

雪弓晓得母亲误会了,以为自己还记恨南渡。茆围子的风风雨雨已经成了他人生遥远而模糊的底色,爱和恨早已融和于血液。他想到,陈小櫆刚入学,或许会选修自己的"哲学漫谈"?去问问他对课程的评价和意见,不失一个好机会,便应允了母亲。

虽则卞璟如脾气古怪,讲话尖酸刻薄,史引霄却总能体谅她容忍她。卞璟如电话里的声音高亢得有点变调:"史引霄,我们家小櫆考取上海的重点大学呐!这顿饭你是一定要来吃的,我邀请你全家,儿子女儿女婿外孙统统过来!"最后来一榔头:"雪弓的女朋友还在外国?他什么时候给你添个孙子啊?"

史引霄"呵呵呵"笑一通,道:"恭喜恭喜,璟如啊,我一定来,平楚手脚不便,就免了。现在什么时代了?外孙和孙子都一样嘛。"

史青玉结束巡回医疗队的任务后,就被任命为医院副院长,每每休息天,她总是把值夜班的工作自己顶下来,让其他医生能有时间与家人团聚,她回"兰畦"看望楚爸爸霄妈妈的机会愈来愈少了。史引霄是赞赏青玉的工作作风的,所以,她没有打电话叫青玉回来陪自己去赴卞璟如的饭局。雪砚嘛,平日忙案子,也只有休息天能陪儿子皓皓,史引霄心疼她清清爽爽的面孔过早出现了青乌乌的眼袋,决定不去惊动她了。

史引霄说服了儿子史雪弓后,便盯牢了小女儿雪墨,命令她礼拜天晚上不准安排其他活动。雪墨鼻孔朝天道:"我和红旗约了去看电影了!"

史引霄晓得她耍心眼,道:"我来给红旗打电话,你们电影不用去看了,一起跟我去吃饭,祝贺你南渡姐的儿子考上大学。"

雪墨慌忙抱住电话机不让史引霄碰。她确实没有跟红旗约好去看电影,红旗哪里有看电影的闲工夫啊!红旗悄悄跟她说,手上有一桩大案子,有点棘手。等破了这桩案子,他就和她一起去民政局领结婚证。雪墨克制住对他的思念,尽量不去打扰他,心心念念等待着那一天,他破了案子,欢欢喜喜把自己娶回家。雪墨扮个鬼脸,耍赖道:"妈,又不是你的孙子外孙考上大学,你跟着瞎起劲作啥呀?"

史引霄轻轻刮了下她圆鼓鼓的后脑勺,嗔道:"你南渡姐姐也算得我半个女儿了,她母亲又是我老战友,将心比心嘛!"做出要夺电话筒的样子。

雪墨咯咯笑道:"我去我去!史引霄同志真正是共产党人襟怀豁达啊!"

史引霄瞪了她一眼,便将替小樾置办礼物的任务交给雪墨。雪墨特地跑到大学里找哥哥商量,小樾已经成人,总不能送笔记本钢笔之类,太小儿科了;又不能直接塞红包,太俗气了。最后两人商定,买一台笔记本电脑,小樾一定特别需要它。雪弓关照小妹:"别让老妈出钱了,我和你劈硬柴!"

雪墨翻一眼哥哥,"那可要一万多块钱噢!"雪弓道:"你舍不得啦?"雪墨"哼"一声,"我怕你出不起。"她晓得雪弓现在还只是一名讲师,月工资并不高。雪弓"嘀嘀"笑道:"你别小看你哥喽!"

史引霄率着器宇轩朗的儿子史雪弓和明媚灵秀的小女儿平雪墨走进包间,卞璟如和萧南渡齐齐迎了上来。卞璟如因史引霄挺给自己面子,讲话声音难得这般舒缓:"史引霄,你小姑娘长得像平楚,比你年轻时漂亮多了。"又道:"史雪弓,出了一趟国,衣着举止都洋气多了。"

南渡生怕母亲会冒出什么不入调的话来,连忙把儿子陈小樾搡到前头,让他一一喊声人。小樾个头像南渡,瘦高挑;五官像陈拂野,阔嘴隆鼻,一笑两酒窝,恭敬叫道:"引霄外婆,雪墨小姨。"又朝雪弓深鞠一躬,"史老师好!"众人都笑了。

史引霄拉住小樾左看右看,"啧啧"咂舌,叹道:"好像他爷爷!小山子当年跟我打游击时,也就这么点大!"仄了脑袋问雪墨:"给小樾准备的礼物呢?"

雪墨朝雪弓努了努嘴,雪弓便从肩上褪下电脑包,擎到小樾面前,小樾眼都发光了。南渡慌道:"不用不用,小孩子,那么贵重的礼物……引霄阿姨,太破费了。"

史引霄道:"这是他两兄妹替小樾准备的,我不好贪天功为己有的!"

南渡瞟了眼雪弓,正巧雪弓也在看她,眼珠相撞,仿佛有把小榔头"当"地在南渡脑壳上敲了一下。两人都躲开了。

这时陈拂野从沙发上爬起来,挤上前,双手捉住史引霄的手狠命摇晃着,道:"大姑妈,上回您回茆围子,我忙生意去了,没尽地主之谊。今天承蒙赏光,我正可借花献佛,好好敬您一杯!"

这陈拂野,中等个头,却肩宽膀粗十分壮硕。穿一件时髦的印花仿绸衬衣,敞开的领口露出黄澄澄小指粗的金项链;左手无名指上戴一枚纽扣大的黄金方戒,随着他身体的动作晃动,映得他黑黝黝的面孔像涂了腊似的发光。他松开史引霄的手,又转而捉住史雪弓的手,叫道:"雪弓大哥,茆围子现在大变样了,欢迎你回来参观,指导哦。"

雪墨想着简朴刻板的萧南渡跟这位花骚的土老板生活在一起的样子,一龙一猪,如何调和?不觉扑哧笑出声。眼见得陈拂野已将黑金般的面孔转向自己了,雪墨赶紧后退一步,抢先道:"陈拂野,祝贺祝贺,儿子太有出息了。功劳苦劳,南渡姐一肩替你扛下了,你真是好福气。"旋即也斜起眼,"听讲你后来又得了两个女儿?"

史引霄背后扯了雪墨一把,卞璟如却很高兴雪墨代自己稍稍出了口气,笑道:"史引霄,你这小姑娘脾气像你,直来直去的!"

不晓得陈拂野是真傻还是装傻,"嘿嘿"笑着,双手抱拳朝南渡作个揖,道:"南渡姐,雪墨妹妹说得对,我代我们老陈家谢谢你了。"

南渡沧桑的面孔上不起丝毫风云,淡淡地招呼着客人们入座。卞璟如坐定主位,史引霄在她右首坐下。雪弓原想就势坐在母亲边上,不料被雪墨推开。雪墨自己坐下了,让哥哥坐自己下首。而卞璟如左首依次是小榭、陈拂野、南渡。于是就形成一个稍嫌尴尬的局势:南渡左边是陈拂野,右边是史雪弓。南渡心里面波涛汹涌,面孔上风平浪静,招呼道:"小榭,你想不想坐在史雪弓老师边上,跟他讨教讨教学习上的问题呢?"小榭立马站起身道:"史老师,您的'哲学漫谈'课热门得不得了,同学们都说不听您这门课会后悔一辈子的。我动作快,抢先报上了名。"一边说一边与南渡对换了位子,坐到史雪弓身边来了。南渡便坐在卞璟如与陈拂野当中。离开了史雪弓的磁场,她才得以呼吸顺畅,手脚自如起来。

南渡带过来一罐茆围子特产青蒿酒,她使了点小心计,她想让史雪弓喝了这种酒,会回忆起当年去茆围子插队时的情景。可惜雪弓用手蒙住了酒杯,道:"我今晚不喝酒了,吃完饭还得赶回学校去。"小榭连忙道:"雪弓舅舅,待会我跟您一起回学校。"雪弓笑道:"好哇,路上有个伴。小榭,你还是叫我史老师吧,和同学们一样。"小榭便马上唤了声:"史老师。"

因为是茆围子的酒,史引霄道:"南渡,给我倒小半杯。"又道:"璟如你也来点试试?保证你味醇且不上头的。"于是卞璟如也受了小半杯。

南渡替长辈斟好酒,因道:"引霄阿姨,我要开车,不能陪你们喝酒了。待会,我送你们回家,您就放心喝吧。"

陈拂野从南渡手中接过酒罐,咕咕咕,给自己斟了满满一杯酒。卞璟如不咸不淡道:"陈总啊,你不要把自己灌醉了。南渡的车上可没有你的座位了。"

陈拂野吭口酒,道:"没关系,我的司机在外面候着我,再说,这青蒿酒哪里灌得醉我?平时我们跟客户喝酒,不是茅台便是洋酒!"

史引霄从见他那刻起就想向他打听"春秋繁露"会所的事了,此刻趁机插上,问道:"拂野啊,听讲你们公司现在生意遍布华东数省,发展不错嘛。"

陈野把酒杯举高了,道:"大姑妈,多亏我们公司与英华公司合作,马英华这位女强人了不得,可以说是逢山开路逢水搭桥,没有她走不通的道。她清楚我跟您的关系,给我许多便利。所以归根结底我得谢您!大姑妈,这杯酒我干了,你随意。"仰面把酒倒入喉中。

史引霄嘴唇碰了碰酒,愈是问下去:"我听你们马董说,她把'美丽新生活'果园的经营权包给你的公司了?"

陈拂野满嘴食物,说起话来吧嗒吧嗒的,"我们是农民出身嘛,园子里的生计都是拿手的,这也是马董照顾我们生意,开园两年工夫,就扭亏为盈了。"

史引霄紧着问道:"园子里那座'春秋繁露'的古宅子,怎么就成了私人会所?是你们筹划的呀?"

陈拂野朝史引霄竖起大拇指,道:"大姑妈不愧是茆围子赫赫大名的女武工队长,我听我爹讲,当年日本鬼子出十块大洋买您的人头,说您有眼观四路耳听八方的本领。您现在不在位置上了,却连'春秋繁露'变成私人会所的事都逃不过您的法眼哪。"

南渡横了他一眼道:"你不要东拉西扯的,引霄阿姨问你那个会所的事,你就爽爽气气回答嘛。"

陈拂野抹了下面孔,道:"我这不就要说了吗?大姑妈,当初我们跟那个什么叔齐公司订的合同,说那座古宅子只能用作弘扬传统文化的场所。嘻嘻,大姑妈你晓得我念书只念到初中毕业,做生活没问题,肚皮里墨水少了点,如何弘扬传统文化?丈二和尚摸不着头脑,便去找马董想法子。也是马董牵线,把'春秋繁露'的经营权转包给了一个叫瀛洲的商贸公司。"

史引霄念了句"瀛洲?"问道:"瀛洲在哪个省?"

南渡道:"在茆围子听老船工闲话时说起,传说古淮河入海口处,万顷碧波中有三座仙山,蓬莱、方丈、瀛洲。秦始皇时曾派一名叫徐福的方士,率童男童女千余人,乘船出海寻找,却一去便无了踪影。那座仙山瀛洲和这个瀛洲公司有什么渊源吗?"

陈拂野一拍桌子,酒杯洒出一半酒,道:"这个瀛洲公司就是从赣榆过来的,听讲那里便是当年徐福出海登船的地方。我见过他们董事长,姓徐,就叫徐瀛洲,富富态态蛮斯文的一个人,说是赣榆徐姓人统统是徐福的后人,也数不清多少代了。"

史引霄稍有疑惑,"你们马董跟徐瀛洲有业务关系啊?"

陈拂野没有马上接口,抿酒、搛菜,片刻才道:"大姑妈,马董关照我,既然已经把'春秋繁露'转包给瀛洲公司了,我们就一不管二不看三不听四不说。不过,跟您说说,想来马董也不会在意的。"又抹了抹脸,"这瀛洲公司是你们公安局徐局长介绍给马董的,是徐局长的家乡人嘛。"稍顿,又道:"大姑妈,您可别小看了这家外地公司,能量大得很呢。去年,叔齐公司不是要告我们违约经营吗?徐瀛洲出面竟然把工商局和法院都搞定了呢,不过赔偿叔齐公司一点钱,九牛一毛,小意思。"

史引霄忽然爆出粗口:"他妈的,徐亦道这只老狐狸!"

陈拂野含了一口菜,吞也不是,咽也不是。

卞璟如朝他挥挥手,"陈拂野你少说几句吧,今天是给你儿子庆贺,倒成了你公司的工作报告会了!"转而对史引霄道:"引霄啊,你总也改不了老脾气,太好强,太好胜。都已经离休几年了?还去管这公司那公司的作啥?你不晓得老同志间怎么传你的……"

"妈,我们是点了松茸鸽子汤的吧?怎么还不上?"南渡突然插进来问道,把卞璟如的话截止了。卞璟如拔直喉咙招呼服务员去催促上汤,史引霄对南渡的用意看得煞清,也不追究下去。

这一边,小橄跟史雪弓谈得十分投合。小橄因久闻史雪弓大名,早有程门立雪、拜师求教之心。当即请教治学捷径。史雪弓笑道:"你跟我插队时一样,捧着一大堆书,恨不得生吞活剥立竿见影。其实古之圣贤早有教诲,荀子劝学篇道,不积跬步无以至千里,不积小流无以成江海。我们积累知识要至千里要成江海,其实就是一个修身的过程,这个过程恐怕是要贯穿人的一生的,切切不可急功近利、见异思迁。《论语》子张篇有曰:'博学而笃志,切问而近思。'其中笃志与近思尤为要紧,要有坚定的信念,对社会知识各方经验要有自己的研究和思考。如此方能达到如苏轼《杂说》中所举的效果,'博观而约取,厚积而薄发。'还是《论语》雍也篇,'子曰:知之者不如好之者,好之者不如乐知者。'当你在学习中品尝到了无穷乐趣时,知识便能真正成就你的智慧呢。"

小檍显得异常兴奋,他被雪弓点燃了内心求知的欲火,大声道:"雪弓舅舅,史老师,我想转到你们哲学系去,您看行吗?"

雪弓道:"你现在读历史不是蛮好嘛?学哲学少不了正确的历史观,学历史也必须有辩证的哲学方法。其实,人文科学,甚至包括自然科学,内在逻辑都是相通的。"

小檍便道:"史老师,那我本科毕业后,争取考您的研究生!"

服务员送来了一人一盅的松茸鸽子汤,卞璟如正向史引霄介绍这汤的好处,听到小檍言辞,忙笑道:"我们小檍真是有志气!"

陈拂野面孔逞紫酱色,张口是浓浓的酒味,伸手在儿子肩头捏了把,道:"小檍呀,不要读书读戆掉了,大学毕业就到我公司来,我这把交椅归根结底就是留给你的!"

南渡目不斜视,低声嗔道:"陈拂野你好少喝口酒了!"

小檍却忤逆他父亲道:"企业越走下去越需要有文化的人,研究生我是非考不可的呢!"

雪弓击节叹道:"桐花万里丹山路,雏凤清于老凤声。"

一旁雪墨因道:"小檍,本科是打基础的,你扎扎实实一锤一锤夯得结实,考研究生才有把握。不急的,你们史老师现在还是个讲师,还没有带研究生的资格。等你四年毕业了,差不多他总能评上副教授了。"

南渡忍不住问道:"史雪弓,听讲一般有海外研究生学历的,两年之内应该能升副教授的,你怎么……?"

雪墨抢了答道:"我们史雪弓超然物外,不求闻达嘛。申请副教授的表格拿到了,填了几个字,就攒在抽屉里了!"

雪弓"嘀嘀"一笑,"小妹,人要做到超然物外谈何容易?我若真做到了,也不会去领那张表格了。只是,看了参评副教授的各项条款,深感自己不够格呀。要在核心期刊上发表过论文,或者要有一本专著,还要参加过市一级人文科学的学术项目,或者为学校引进过相关的项目资金。我可是一无所有,人贵有自知之明,索性放弃申请,也可专心做自己的事情。"

南渡略迟疑,道:"我听到一些说法,有些核心期刊是可以出钱买版面的。另外,引进项目资金,我可以想办法帮你托托人……"

雪墨脑袋晃得像拨浪鼓,"南渡姐你省省力气吧!我姐夫的姐姐姐夫带着项目合同和支票上门送给他,他却客客气气说了很不客气的话拒绝人家,一点面子也不给。"

南渡一时没搞清楚这当中的关系:"雪墨你绕口令啊?什么姐姐姐夫的?"

雪墨水道:"你应该晓得的嘛,我姐夫宋嘉本的姐姐宋嘉卉和姐夫龚建国,龚建国的服装贸易公司已经在香港上市了。"

雪弓显然不喜欢她们展开这个话题，道："雪墨我哪里有说很不客气的话？只不过念了几句古圣人言，'凡学术之邪正，视其为人，''正已而不求于人，则无怨。'不晓得他们是否领会其中的意思。"

雪墨道："哥，我能领会你的意思，我是支持你的选择的呀。再说了，不管头上戴什么头衔，你史雪弓依然是史雪弓嘛。"

对面史引霄用筷子点点儿子，正色道："讲师也罢，教授出罢，雪弓你要抓紧把组织问题解决了。入党申请书写好没有？不能拖拖拉拉的，要尽快递上去！"

雪弓马上眉平眼正地严肃起来，道："史引霄同志请放心，你儿子正积极努力争取入党，重读马克思主义唯物辩证法以及有关人类历史发展规律的种种书籍，结合我在农村、在北美不同的经历，作一番深入的思考。我一定交出一份有切身感受不说空话令人信服的入党申请书的。"

雪墨"吃吃"笑得伏下脸，片刻方道："我写入党申请书，在插队的知青点，凑着煤油灯，翻了许多党章学习辅导材料，这里摘录一段，那里摘录几句，才写出来的。南渡姐，你呢？"

南渡尽快地瞥了雪弓一眼，垂下眼帘关闭心窗。

雪墨其实并不等南渡回答，她亲热地攀住雪弓的肩膀，笑道："史雪弓同志，你现在虽还没有在组织上入党，却比党员更党员呢！"

席面上。盘碟基本扫空了，青蒿酒罐也已罄尽，十有八成灌进了陈拂野的肚子里，当着儿子和前妻的面，这点架势他还是要撑的。

史雪弓先起身告退，说要赶回学校，不要误了末班车。小檥也站起来，说跟史老师一起回学校。南渡送他俩到宾馆大门口，小檥连连催母亲回去陪客人，道："妈，我和史老师一路，你还有什么不放心的？"南渡被儿子一语戳中伤疤，眼泪差点涌出来。她痴痴地望着雪弓与小檥并肩行走的背影，这不正是自己最向往的情景吗？

南渡返回包间，屋里也散席了。南渡对满面赤红的陈拂野吩咐："我把妈交给你，你让你的司机负责把她平安送回家噢！"

陈拂野一只手搭到南渡的肩上，喷着酒气笑道："南渡姐，你放一百个心，你妈不就是我妈吗？"

南渡见他脚步踉跄，便由着他胡言乱说，也由着他搭着自己的肩膀，半扶着他走出房间。

其实，卞璟如是想说，让陈拂野的司机送史引霄和雪墨回去不是更顺理成章吧？想想史引霄今天给了自己很大的面子，便忍住不说了，上了陈拂野公司的小车，南渡道："妈，你到家早些睡吧，我送引霄阿姨回去后就回来。"替她关上了车门。

南渡去车库将车开到宾馆门口，雪墨坐上副驾驶座，史引霄便坐进后排。南渡踩下油门，仄脸问道："雪墨你拿到驾照了吗？"

雪墨道："驾照是考出来了，不过还没正式上路开过，你别想让我替你代驾。"

南渡也是无话找话，避免触及尴尬话题，笑道："驾照考出来还是得多练手，否则要荒废的。"

雪墨道："红旗说，他破了手中案子，就给自己买辆车，作为新婚礼物送给我。到时候他会陪我练手的！"口气自得而

137

满足。

南渡着实羡慕雪墨拥有一份称心如意的爱情,不由得抬起眼想从后视镜中瞄她。却撞上了史引霄咄咄逼人的小眼珠,躲也躲不开。

史引霄在后视镜中盯牢南渡,道:"南渡,方才席间,卞璟如提到老同志间有关我的传闻,被你岔开了,你当我不晓得呀?现在好讲了吧?关于我究竟有点什么传闻?我倒想洗耳恭听呢。"

南渡卡了一会,含混道:"引霄阿姨,谁人背后无人说,谁人背后不说人?那些无聊闲话,听它作甚?"

史引霄伸手从背后拍拍南渡肩膀,"南渡你还不清楚我的脾气?有意见你当面点着我鼻子骂也没关系,最讨厌那种当面笑嘻嘻,背后阴丝丝的做派!从前面对敌人的子弹炮火都没退缩一步,还怕听几句骂你损你的话?"

雪墨道:"南渡姐你就说吧,否则我妈今晚要失眠了。"

南渡略斟酌道:"我妈到上海这些年,交往的老同志并不多。区里每季度会召开离退休中层干部座谈会,我妈也是三日打渔两日晒网的,不常出席。上个月她终于去参加了,便听来了一箩筐的闲话。也不是座谈会上正儿八经的发言,都是私下里攀谈时东一句西一句瞎扯的。"

雪墨道:"哦哟南渡姐,你现在也学会拐弯抹角兜圈子啦?"

南渡停顿片刻方道:"引霄阿姨,上回您给《铁军》主编写信,指出对省委文副书记的采访文章中有与历史真实不符的地方,希望能予以纠正,《铁军》主编还是蛮谨慎的,当即派编辑去向当事人求证。是文副书记的爱人出面接待,信誓旦旦说,采访文章写的俱是事实,还推荐编辑去向当年跟文副书记并肩作战的老战友、省发改委何弱之主任调查。何主任推说半个世纪都过去了,当年谁担任什么职务记不清了,但有一点不容置疑,无论职位高低,武工队员们个个临危不惧置生死于度外,奋勇战斗,方才取得了茆围子反扫荡战役的胜利!《铁军》主编另外派人去茆围子找当年的武工队员做调查,头一个就找到陈拂野的父亲。引霄阿姨,我这位前公爹倒是位耿介之士,一口咬定武工队长是史引霄,日本鬼子还出告示,出十个大洋买她的人头。可是……可是,县委里竟也有人说文副书记就是当年的武工队长,战功赫赫。否则现在怎么会成省委领导呢?如此这般莫衷一是,《铁军》主编一时无法定夺,只得将这个选题暂时压下。不料却被省报专刊部拣了便宜,全文刊登了对文副书记的采访记,整整一版呢。"

雪墨道:"明年是纪念抗战胜利五十周年,我们报社也收到许多老战士写的回忆文章。个人记忆总有误差,那位文副书记要往自己脸上贴金,就让他贴吧。怎么又说到我们史引霄同志身上去了呢?"

南渡道:"这桩事情我也觉得很奇怪,引霄阿姨给《铁军》主编写信的事不晓得怎么会传得沸沸扬扬,我发誓我没对任何人提起过,也许是《铁军》主编?他得派人出去调查,也情有可原。于是就有人说,说引霄阿姨心胸狭窄,斤斤计较,妒忌文副书记职位比她高。更有甚者,竟然说引霄阿姨已经老年痴呆,把自己想象成女武工队长的样子……"

雪墨用胳膊肘撞了南渡一下,食指摁住嘴唇,示意她不要说下去了。雪墨生怕母亲听了这些言辞会大发雷霆,她和南渡屏息等了几秒钟，后座的史引霄却毫无动静。她们不约而同抬起眼去看后视镜，只见史引霄仰头靠在椅背上，双目紧闭，嘴唇抿成一条直线，鼻腔里发出略有些急促的鼾声。

雪墨和南渡对视了一眼：她真的睡着了？南渡的话她听到了没有？

楔子

雪弓兄：

再过两日就是中华人民共和国的国庆了，我相信，在太平洋对面那片广袤的国土上，尧天舜日，莺歌燕舞，亿万人民正欢欣鼓舞庆祝祖国的生日。值此，我，一个海外游子，衷心祝愿祖国乘风扬帆，一往无前，物阜民丰，蒸蒸日上！

雪弓兄，在我写这封信时，我的心情异常矛盾，既感到兴奋，又感到羞愧……兴奋，因为再过两日，也是我晏枰大喜的日子，我要结婚了！这是我人生中唯一的为了爱情为了白首到老的相伴相守而举行的婚礼！

雪弓兄，此时此刻我又因羞愧而无地自容，但我必须告诉你真相，我的新娘是……（这里有两三行浓墨涂改）姬瑜！

雪弓兄，是你将姬瑜带进了我的紫罗兰小屋，也带进了我的生命。我敢跟你发誓，你跟姬瑜住在紫罗兰小屋三层阁的那些日子，以至你回国后差不多一年的日子里，我从没有对姬瑜有些许非分的心思，我一门心思把她当作我尊敬的嫂子。你临走那晚上，郑重地把她托付给我，要我替你关心她照顾她，我也郑重地应允下了，并且尽心尽力地去做了。

可是，雪弓兄，人和人之间相处久了总会产生感情，特别是一个孤独的男人和一个孤独女人生活在同一片屋檐下，这感情自然而然发酵而变质……终于在一个风雨大作的夜晚，姬瑜独自睡在三层阁被雷声惊醒，恐惧使她冲下楼，冲进了我的卧室，我们下意识就越过了男女大防！

古人云，顺乎自然是大道。雪弓兄，你是研究哲学的，对人的天性有充分的认识，你能理解我和姬瑜吗？那一晚我们从狂躁和激情中清醒过来后，抱头痛哭，内疚，羞耻，却再也割舍不了。

开始，姬瑜的意思，先不要告诉你真相。她说，挨两年，等你先另找对象了再说，你就不会很痛苦了。可是我做不到，我无法偷偷摸摸把我真心爱着的女人娶回家，更无法对我最钦佩最信任的兄弟撒谎。

雪弓兄，你能原谅我和姬瑜吗？你能祝福我和姬瑜吗？

我们衷心祝你身体健康生活愉快事业顺达！

茆围子夙沙滩旧友　晏枰
×月×日　纽约Q区

45

小樾在学校好几天没见着史雪弓老师，可他却有一桩很棘手的事想向史老师汇报，想听听史老师的建议。

数月前，小樾在酒席间结识了史老师，史老师的风度仪态让小樾着迷，最是史老师有关读书学习的一番高见直说到小樾心里去了。小樾暗自庆幸自己妈妈曾经和史老师一起下乡插队，自己爷爷又曾经是史老师母亲的警卫员，自己外婆跟史老师母亲也是老战友。有这么些特殊关系，小樾便觉得自己跟史老师冥冥之中是有缘分的，他在学习上遇到想不通解不开的问题，就会去哲学系办公室或者教工宿舍找史老师答疑解惑。史老师会同他一起辨析问题探踪寻源，每每经史老师举重若轻地点拨，小櫞便觉得思路开阔许多。

不过这一次小櫞急着找史老师却不是因为学习上的难题，而是……说爱情却又不是爱情，说不是爱情却又像是爱情。这种事情他不愿去对母亲说，更不能告诉外婆。

令小櫞牵肠挂肚的是一位叫邬秀秀的女同学。

小櫞就是在史老师"哲学漫谈"的课堂上认识邬秀秀的。

那天是"哲学漫谈"头一堂课，小櫞早早赶到梯形大教室，抢了头排的座位。史老师尚未到，讲台上却已放了一长排瓶瓶罐罐。有些学生踏进门却怀疑是不是走错了教室，莫非这里是化学系的实验课？犹犹豫豫堵在门口。史老师出现了，笑呵呵道："你们都是选修'哲学漫谈'的同学吗？为什么不进教室呀？难道哲学真那么可怕吗？"同学们都笑了，拥进教室，座位很快就被占满了。

史老师下身一条水磨蓝牛仔裤，灰色体恤外套了件本白劳动布夹克衫，敞着怀，露出内里体恤胸口印着一排英文字母，那是他就读美国大学的校名。他这身随意洒脱的装束跟学校大多老师不一样，教室里烟雾般腾起惊讶和欣赏的赞叹声："哇——"当然，大半是女同学发出的。

史老师微笑的面孔显得自信而狡黠，道："今天，我要以一个小实验来开始我们的哲学漫谈。大家看清楚了，这里有一只宽口大肚玻璃瓶，差不多有一加仑的容量，这个盘子里有十余块石头，跟女同学的拳头差不多大小；这里还有一瓶碎石子，还有一瓶细沙，最后是一瓶水。同学们，大家思考一下，我们能不能把这一堆东西，大小石头、细沙和水一起塞进这只玻璃瓶里去呢？"

"这哪行啊？"

"除非把瓶子打碎！"

史老师点点头："从直观上看，确实不可能。所以要大家开动脑筋想想办法，尽量把更多的东西放进玻璃瓶去。我给你们十分钟时间思考，也可以互相探讨。"

先头几分钟，教室里非常安静，渐次有琐碎的议论声泛起。史老师双臂环抱在胸前，走下讲台，在课堂的夹道中踱着步；时而停下，倾听身边同学们的讨论，时而加入到几个同学的争论中去，手舞足蹈地发表意见。大约过了刻把钟，史老师才返回讲台，拍了拍手，道："嗯，很不错，同学们已经想出许多点子了。哪位同学愿意上来展示一下自己的办法？抛砖引玉嘛！"

两位同学举了手，史老师便依次让他们上讲台演示。先上台的是两位男生，一个先将细沙倒入瓶中，再放碎石子，再放大石块，却只放了三四块就满到瓶口了。另一个改变方法，大小石块及细沙轮替加入，依然没有成功。第三位走上讲台的是位女生，其实她并没有举手，史老师却点了她，道："邬秀秀同学，我刚才在下面听你讲的办法与前两位同学不一样，你上来试试看。"

邬秀秀勾着脑袋，怯生生地走上讲台。她身形纤细，面孔窄小，并没有什么吸引人的地方，就像用淡铅笔随意勾勒的速写。她并不像前面两位男生那样侃侃介绍自己的想法，不发一言便动起手来。她先将那十几块大石头一块一块嵌榫头般放入玻璃瓶中，最后一块已经满到瓶口了。在她动作期间，教室里咕咕呱呱的议论声没有停止过。

史老师问道："大家看，这个瓶子装满了对吧？其他东西装不进去了对吧？"

许多同学齐口同声道："对呀！"

史老师却笑着示意邬秀秀继续。邬秀秀便拿起那瓶碎石子往大瓶里倒，倒一点，轻轻摇晃瓶子，碎石子便均匀地分布到大石块之间的空隙中去了。就这么倒一点，摇一摇，终于将碎石子全部倒入大瓶子。

史老师又问了："同学们，这回瓶子真的装满了吧？"

已经没人敢作肯定的回答了，有人道："恐怕……还没满吧？"

史老师"嗬嗬"笑得很开心，又示意邬秀秀继续。邬秀秀拿起装细沙的瓶子，缓缓地将细沙倒入大瓶子里，那细沙灵活而迅速地布满大石头与碎石之间所有的缝隙。

史老师仍问同一个问题："瓶子满了吧？"

同学们都笑了，大声道："没有满！"

邬秀秀在这响亮的回答中将那罐水倾斜着汨汨地倒入大瓶子中，直到水与瓶口齐平。教室里响起一片掌声，邬秀秀仍匀着脑袋跨下讲台。史老师喊住她，问道："邬秀秀同学，你可以介绍一下吗？你是怎么想到这个办法的？"

邬秀秀垂着眼帘道："我奶奶每年要做泡菜，她总是先把大块的萝卜放进瓮里，再放细长的豆角，再放剥了壳的毛豆……"

史老师大声赞道："这就是实践出真知！邬秀秀同学，我感谢你帮我上了哲学漫谈的第一讲！"

邬秀秀涨红了脸，快步回到座位上去了。

史老师踏上讲台，扫视着课堂，问道："有哪位同学晓得，老师给大家做这个实验的真正用意是什么？"

陈小橄拼命把手举得更高些，史老师终于点他发言了。

小橄道："这个实验提醒我们，学习的时间是挤出来的，不管你把时间安排得如何紧密，只要你努力尝试，总还可以挤出更多的时间。"

"Good idea！"史老师用英文夸了小橄一句，接着道："站在哲学的立场看世界，任何问题都没有唯一的、一成不变的答案。这个实验并不是史老师自己拍拍脑袋想出来的，我在美国读书时，我的导师一上来就让我做这个实验。幸运的是，我跟邬秀秀同学一样，做对了。我的导师便问我，你生命中的大石子是什么呢？当时我猛然醒悟导师给我做这个实验的真正用意是什么了。"史老师捧起保温杯喝了口水，"同学们，你们生命中的大石头是什么呢？"

议论蜂起。史老师又走下讲台到过道中穿行，聆听大家各种各样的阐述。片刻，回到讲台上，道："我来归纳总结一下同学们的意见，我们生命中的大石头是我们的人生观价值观，是理想和信念！是我们对社会的责任，对祖国和人民的爱！"

同学们不由自主都鼓起掌来。

史老师待掌声平息，又道："我们的先人说得好，太上有立德，其次有立功，其次有立言。现在社会上有一股急功近利浮躁的情绪在漫延，而我们却走进课堂专心致志地学习枯燥的哲学，为什么？我们就是要把自己生命中的大石头稳稳当当扎扎实实地放进自己的心里。否则，让那些碎石子啦细沙啦水啦恣意填满了我们的心灵，我们将永远无法安排这些至关重要的大石头了!"

这一次掌声愈是热烈长久了。

下课后,小樾瞄准那条淡笔速写的身形追了上去,礼貌地问道:"这位同学,你是从苏北来的吗?"

邬秀秀有点惊愕,掀起眼皮看了他一眼,嗫嚅道:"嗯……同学你,你怎么晓得的?"

小樾兴奋道:"我从你口音中听出来的呀。我也是苏北出生的,是瓢城的茆围子。"邬秀秀板滞的面孔上浮起一层生动,又掀起眼皮看他一眼,道:"哦,我是赣榆云台山的。"

茆围子与云台山相距不很远,他们可算是老乡了,继续交谈便顺理成章起来。

小樾自己也搞不清楚自己为什么要去搭讪邬秀秀?难道仅仅为她发言时的那点苏北腔?小樾常常想起她掀起眼皮的那一瞬,他感觉有一片朦胧的月色罩了自己。

他和她的交往逐渐频繁起来,当然是小樾采取了主动进攻的姿态。邬秀秀是英语系三年级的学生,比小樾年长两岁,不过她外形纤柔细弱,让小樾总有一种要保护她的冲动。每星期的"哲学漫谈"选修课是他们公开见面的机会。自然而然他们形成了默契,谁先到教室,就为对方占一个座位。这样,上"哲学漫谈"课他们总是坐在一起,互相借阅笔记,讨论问题。陈小樾越来越不满足与邬秀秀仅仅课堂上的交往,他果断而大胆地采取了措施。午餐时间,小樾早早地赶到食堂,买好两份饭菜,坐在最靠近食堂大门的餐桌边候着。他心里已经做好了准备,倘若邬秀秀不肯接受这份午餐,他就自己把两份饭都吃光,

撑破肚子也无妨!他终于看见那条淡笔速写的身影了,混在一群英语系的女生中间。他不顾一切大声招呼:"邬秀秀,你的饭在这里!"邬秀秀像受惊小鹿般左右望望,急步跑过来,低声嗔道:"你那么大声音干吗?我又不是聋子!"却坐了下来,停停,补了句:"谢谢!"食堂十几个卖饭的窗口,都排着长龙般的队伍,邬秀秀若自己去打饭,起码要排半小时队呢!那顿饭,小樾才品尝出了什么叫人间美味。

他们又达成了新的默契,午餐时间谁先进食堂,就为对方打好饭菜,坐在靠门的餐桌边等候对方。又因为一起吃午饭,闲谈的内容就有了纵深地拓展,不仅仅局限于学习上的问题了。有时他们也会谈起对史雪弓老师的印象,自然都是十分钦佩。小樾忍不住炫耀道:"你晓得吧?我爷爷打鬼子时是史老师母亲的警卫员,我母亲还跟史老师一起到茆围子插过队呢!"那邬秀秀咬住嘴唇屏了一会,终于忍不住,道:"我奶奶告诉我,她年轻时做过史雪弓老师的奶妈呢!"说完便趴在胳膊弯里"吃吃"地笑起来,笑了一会,抬起面孔,道:"陈小樾,千万不能把这个秘密告诉任何人哦!特别不能跟史老师说,你发誓!"小樾立刻竖起两根指头,庄重道:"我发誓不会告诉任何人的,特别是史老师。"邬秀秀看看他严肃认真的样子,扑哧笑出声。

小樾头一次面对面看到邬秀秀的笑容,他惊呆了。邬秀秀不起眼的面孔笑起来竟如此有魅力,就像初七、初八上半夜,蓝宝石般的天空上一枚静静的上弦月。

男孩子头一次对女孩子有了爱慕之心,总是焦灼而急切,恨不得马上得到女孩子的芳心。陈小樾想乘胜追击扩大胜利成果,他跟邬秀秀提出,索性晚餐两人也一块儿

吃，邬秀秀摇摇青豌豆似的小脑袋，轻描淡写道："晚上我不在学校食堂吃饭。"小檄又提出："周末跟我一起回我外婆家行吗？"又说，"我妈妈特别想见见你。"邬秀秀许时不出声，末了横空冒出一句："陈小檄，你不要再提要求了，否则，我们连朋友都做不成了！"小檄只得作罢，他生怕失去跟她一起吃午餐的机会。

时间长了，小檄渐渐发觉邬秀秀身上有诸多"谜"点，就像她的长相，冥蒙恍惚，雾里看花。她看似柔弱的身子却像包裹了一层无形的铠甲，拒人于千里之外。她甚至没有几个要好的女同学，每每独来独往，这在女生居多的英语系也是一道奇观，幸而她朴素得黯淡无彩，像墙角一株草茎让人忽视。

有一天，两人面对面坐着吃午饭，小檄吸取了教训，尽量拣她喜欢的话题展开，请教些英语语法问题啦，跟她讨论讨论宋词豪放派婉约派的优劣啦。这样的对话他们进行得都很愉快，很尽兴。忽然，餐桌底下某个角落转出"瞿、瞿、瞿"的声音，蟋蟀儿叫声般。陈小檄弯下腰低头寻觅，桌底下什么都没有。但那叫声依旧。邬秀秀神色略显紧张，手伸进身边的书包，取出一件长方形的东西，手指摁了一下，那"瞿瞿"声便消失了。邬秀秀慌忙起身，背起书包，道："小檄，我们系里有点急事，我先走了，麻烦你帮我把盘子带过去。"话音未落，人已离开，不给小檄一点询问的机会。不过，小檄却看清了，邬秀秀从书包里掏出的那件"瞿瞿"叫着的东西不是蟋蟀，而是一部时髦的诺基亚手机！小檄同宿舍有位家境富裕的同学也有这么一部，听说买一部要近万把块，还很难买到呢。小檄不由得心生疑窦：邬秀秀平素简朴得常常让小檄心疼，她怎么会花那么多钞票去买一部昂贵的诺基亚？宿舍楼下有供学生们使用的电话，她跟家里联系用得着买这样一部手机吗？最让小檄不放心的是邬秀秀听到那"瞿瞿"声的神色，惶恐？紧张？无助？仿佛那"瞿瞿"声是射向她的子弹。

还有一桩事让小檄纠葛。史老师推荐给他一本《周易初解》，说"可以一读"。小檄翻了一阵，虽未通透，却似有所得，便转手介绍给邬秀秀"可以一读"。半月余，邬秀秀将书还给他，推说功课太紧，要准备毕业论文，实在没时间读闲书了。小檄稍感遗憾，他原打算跟她交换读"易"心得呢。他却在她还回来的书中发现了一张名片，看来邬秀秀是翻阅过这本书的，顺手用这张名片作了书签。然而瞄了眼名片，小檄脑袋就涨大了，名片上赫然印着"徐瀛洲"三个字，抬头是"春秋繁露"文化传媒公司。这个徐瀛洲不正是那个从自己父亲陈拂野手中承包了"春秋繁露"古宅经营权的徐瀛洲么？小檄听父亲说过，"春秋繁露"被徐瀛洲搞成了一座高档私人会所。那么，邬秀秀跟"春秋繁露"怎么搭上关系的？她是绝对没有经济能力成为高档会所的会员的呀！一个恐怖的想法攥紧了小檄的心脏：邬秀秀跟那个徐瀛洲究竟是什么关系呢？

陈小檄愈是放不下邬秀秀，心里存的疑团愈是浓重。这日傍晚，他没兴致去食堂吃晚餐，在宿舍泡了盒康师傅熟泡面胡乱吞下肚，背起书包就去图书馆了。从历史系的学生宿舍去学校图书馆必定会经过英语系的学生宿舍，每每路过，小檄的步伐不由自主会放缓。林荫道上的路灯间隔丈把远，路面树影错落，半明半暗。小檄虽是朝前走着，面孔却半侧着，下意识去看英语系的宿舍楼。他看见从宿舍楼的门洞里闪出一个人来，一袭黑丝绒连帽长风衣把她裹成了一条黑影子。她紧着碎步窜入林荫道，幽灵般向校门方向飘忽而去。直到这条黑影隐入夜幕，小樾忽然意识到那纤柔婀娜的姿态正是邬秀秀啊！他发疯似的紧追上去，追出林荫道，直追到校门外。校门宽大的水泥门楼边，停着一辆漆黑锃亮的凯迪拉克轿车，一位中等身量体态壮硕的男士拥着那条黑影将她送入轿车。小樾想喊，想追上去拉住她，却来不及了。凯迪拉克轻盈无声地启动了，倏忽便消失了。

次日午时，小樾照例买好了两客饭在老位置等邬秀秀。他是做好邬秀秀不出现的思想准备的，邬秀秀准时出现了，如同寻常，薄薄的清汤挂面垂肩直发，不施粉黛，半旧的铁灰粗呢短外套，丢在人群中那样不起眼。小樾怔忡地盯了她一会，出口便问道："昨晚上你到哪里去了？"

邬秀秀也是一个怔忡，随即道："我什么地方都没去呀！有点不舒服，肚子痛……就待在宿舍里。"

小樾晓得她在撒谎，可是，他没办法戳穿她。

随后几日，傍晚时分，小樾便去林荫道通向英语系宿舍的岔道口"潜伏"，有人路过便装出叽里咕噜背英文单词的样子。这样"潜伏"了两三日，并没有再看见身条似邬秀秀的"影子"出现。

便是周末了，小樾因解不开邬秀秀的谜团，心神不宁而无精打采，甚至没心思去泡图书馆。下午没课，索性回家。上礼拜没回去，外婆连打了两个电话到宿舍盘问。

虽已过立冬，斗旋北指，日影南回。晴好的日子，午后的阳光依然明媚。小樾背着双肩包，耳朵里塞着随身听的耳塞，嘴中念念有词，慢吞吞朝校门口走去。

这才叫做狭路相逢啊！小樾跨出校门便看见门楼边停泊着的凯迪拉克轿车了！又是那位体态壮硕的男士，杲杲日光中看清了他一身深蓝隐条毛哔叽西装十分挺括，四方国字面孔上架一副无框眼镜，伸着一根手臂，腕上的钻石表忽忽闪亮，笑眯眯迎向一位披着藕荷色开丝米长大衣的女子，瞬间便将那女子拥在臂弯里，双双朝凯迪拉克走去。

小樾脑袋一片空白，身不由己紧上几步，吼出声："邬秀秀——"

邬秀秀正要弯腰进轿车，闻声倏忽扭回头，小樾惊艳得目瞪口呆！邬秀秀画了眉，点了唇，长发随意在脑后挽了个髻，雪肤花貌，柔情绰绰。

邬秀秀只尴尬了两秒钟，便咧嘴浅浅一笑，道："哦，陈小樾你回家呀？我表哥来接我去娘舅家。"又转头对那位男士道："陈小樾是瓢城茆围子人，也算是同乡了。"那男士朝小樾微微欠了欠腰，便拉直了车门。邬秀秀冲小樾摆了摆手，迅速钻进了车厢。

陈小樾身虽回了家，心却随着那部凯迪拉克不知驶到何方地去了。外婆卞璟如为了外孙回来，不惜破费大钞买了五只大闸蟹，往常小樾一气至少能吃下三只，这次吃了一只便懒得剥拆了。南渡看出儿子心事重重神情恍惚，追问了几次，惹得小樾不耐烦了，礼拜天下午就返了学校。

小樾在图书馆东翻翻西翻翻，终于熬到暮色四合华灯初起。他估摸着史雪弓老师这个时候差不多应该回到学校了，按捺不住，急忙赶去教师宿舍。史老师房间的窗户却是墨擦黑的，小櫆仍不死心，或许史老师赶路乏了，关了灯在休息呢？他到史老师房门前，轻轻呼叫了两声，用勾了手指"笃笃，笃笃"敲了几下，把耳朵贴在门板上倾听了片刻，确定屋内没有声响，这才失望地离去。

接下来的几日，陈小櫆的生活可用度日如年来形容。邬秀秀接连两三日没在食堂餐桌边出现了，缺少了邬秀秀身影的校园显得凋敝而荒凉。小櫆几乎日日去哲学系教师办公室找史老师，老师们都很忙碌，都说没见到史老师呀，不晓得他到哪里去了，图书馆？哪间教室？你找找看嘛。晚上去史老师的宿舍，那扇窗户又总是黑黢黢的，像一只揶揄的眼睛瞪着他。

好在次日便是史老师上"哲学漫谈"选修课的日子了，小櫆安抚自己，上课史老师绝对不会缺席的，明日无论如何可向史老师一吐块垒了。至于邬秀秀，小櫆暗存希望，或许她会在"哲学漫谈"的课堂上现身呢？她曾答应过小櫆，她一定会来听小櫆课堂上宣讲论文的。

学期即将结束，史老师提前布置了"哲学漫谈"课程考试的内容和方式。他让每个同学根据自己阅读的广度和深度，选自己所崇敬或喜爱的先贤先哲的一篇文章或一段语录或一首诗词，写一篇小论文，阐述这位先贤先哲在中国哲学史文化史上的功绩与地位，他的文章语录或诗词给了你什么启迪？在当下社会中还有什么作用？文章不用长，三五千字即可，但必须是自己切身体会，要言之有物。史老师还宣布了一项政策，谁愿意走上讲台向全体同学宣讲自己的论文，便可在原有成绩上额外加上五至十分，由全体同学作出评判。这样的考试方式让同学们感到新颖而跃跃欲试。

陈小櫆早就选好了自己的议题，他想围绕北宋大儒张载那句掷地有声的名言"为天地立心，为生民立命，为往圣继绝学，为万世开太平"来展开论述。他也晓得邬秀秀选的是周敦颐的《爱莲说》，当时他觉得《爱莲说》与邬秀秀的气质非常接近。邬秀秀说自己口才不好，不打算上台演讲了。小櫆却摩拳擦掌地准备去争那额外的加分。邬秀秀便道："你上台一定能讲得好，我在下面投你最高分。"

隔日，小櫆早早就去教室，用一本《大中华文化知识考》和一本《哲学词典》占了前排靠门边的两个座位，这两本书都很厚，表示这两个座位不可侵犯的决心。随后，他才去食堂吃饭。仍多买了一份饭，直到他把餐盘里的饭菜扫空，仍不见邬秀秀身影。小櫆仍心存侥幸：也许邬秀秀在何处吃了午饭再赶过来上课呢？她不会轻易放弃"哲学漫谈"课程的吧？

到底让小櫆失望了，直到史雪弓老师走进教室，邬秀秀仍未出现。一位迟到而寻不到座位的同学用手势问他，可以坐他边上的空位吗？小櫆无奈，将书册挪开，让那位同学入座。

史雪弓老师人高腿长，同平常一样，他阔步跨上讲台，"Are you ready?"微笑着用简单的英文短语开始了课程。史老师上课喜欢开宗明义，把每堂课内容的"底牌"亮给同学们看。他说本学期的"哲学漫谈"课还有四节，他将会在每节课后留出半个钟点时间，让完成论文的同学上讲台演讲。有这个愿望的同学现在可以递纸条报名，纸条上写明论题及演讲需要的时长，届时老师随机抽取两三位同学上台展示，提交了纸条而没有轮到的同学，下节课优先。

陆续便有纸条传了上来。小櫣犹豫良久，他自认自己准备得很充分，但他希望有邬秀秀在场为自己鼓劲。最终他没有递交纸条，自己安慰自己，还有三节课呢，也许下周邬秀秀就来了呢！

史老师的讲课一如既往的诙谐风趣，妙语连珠，引经据典却不晦涩艰深，衔华佩实更兼声情并茂，教室里笑声连连掌声不断。可是，小櫣却觉出了史老师些许异常。首先，史老师的声音不如往日的浑圆柔和，有点沙哑，有点沉闷；其次，史老师转动眼珠时露出眼角的血丝，眼圈也显得青乌乌的；再有史老师讲课习惯满教室来回走动，他返回讲坛时背对着小櫣，小櫣突然发现史老师后脑勺靠右的地方秃了硬币大小一撮头发，露出白生生的头皮。小櫣暗暗吃惊，小时候听奶奶说起过，这叫"鬼剃头"，医学上称"斑脱"。看来，前一段史老师一定是病了，怪不得到处找不到他。

课间休息十五分钟，许多同学拥上讲台，把史老师围了个水泄不通，千奇百怪的问题投向史老师，希望得到他的解答。小櫣破天荒没有挤到讲台前去，他此刻的问题是不能当众问史老师的。

下半节课，史老师看看递上来报名演讲的纸条不少，点点头，道："同学们希望上讲台演讲自己观点的热情很高啊！看来，史老师若再霸着讲台，怕是会被你们轰下去吧？"扬起几处笑声，有同学大声道："史老师，我们不敢轰你，你要给我们打分的呀！"笑声更稠密了。史老师摇摇头，道："史老师不是已经把评分的权利交给全体同学了吗？现在我宣布，下半节课全部让同学们上来演讲！"于是笑声掌声酿成一片，史老师大声道："每个上讲台的同学，演讲尽量控制在五分钟内，让更多的同学可以得以展示。"用力过猛，史老师最后那几个字碎纸一般散落。

这下半节课统共有十几位同学上讲台演讲，虽然史老师规定每人只能用时五分钟，几乎每个同学都超了时。史老师每每抬腕点着手表提示时间，他却并不打断人家，让演讲者尽兴发表观点。

这堂课足足拖了二十多分钟。总算挨到下课，陈小櫣尾随着史老师出了教学大楼，这才加紧脚步追上去，喊道："史老师！"

史雪弓惊讶道："小櫣啊，你今天怎么不报名演讲呢？你看到吧，效果多好啊。"

小櫣有许多话挤在喉咙口，反倒不知从何说起了，吭哧着，道："史老师，前几天我到处找你……"

史雪弓略停顿，道："噢，偶感风寒，我回家睡了两天。"马上追问："你找我？什么事？做论文遇上困难了？"

小櫣用力摇摇头，道："不是，论文早写好了……是关于邬秀秀的事……"一下子哽咽住了。

史雪弓记得那个叫邬秀秀的女学生，是她机智地解开了如何妥善安置大石头的难题。他也有印象，在"哲学漫谈"的课堂上，邬秀秀总是坐在陈小櫣边上的。莫非，小櫣已经谈恋爱了？便拍拍小櫣肩膀，道："你下面还有其他课吗？"小櫣不敢开口，怕控制不住情绪，只摇头。史雪弓便道："走，到史老师的宿舍去坐一会。"

陈小櫣一脚踏进史老师的宿舍便忍不住抽泣出声。史雪弓递给他一罐可乐，道：

"小樾满十九岁了吧?男儿有泪不轻弹嘛!"史雪弓自己刚从突遭恋人背叛的惨切中挣扎出来,是能够体会陈小樾的伤痛的,而且根据他自身经验,任何劝慰安抚对失恋的人没什么用场,不如重拳击醒他。史雪弓便敛容正色,道:"史老师晓得小樾你论文的议题是张载的名言,为天地立心,为生民立命,为往圣继绝学,为万世开太平,对吧?中唐诗人李贺有诗句言,少年心事当拏云,谁念幽寒坐呜呃?你心中既有鸿鹄之志,又怎能因小儿女之情而沮丧落泪呢?"

小樾用手背揉揉眼睛,哽声道:"史老师,小樾只是一时没忍得住……"勉强抬起嘴角做个笑脸,"我找老师,不是因为感情,只是,只是有些担心……"说着,从书包中抽出邬秀秀夹在《周易初解》中的那张名片递给史老师。

史雪弓定睛片刻,狐疑地盯住小樾。小樾这才一五一十将近来发生在邬秀秀身上的"怪事"告诉史老师。

史雪弓捏着那张"徐瀛洲"的名片,正面反面地看了几遍,问道:"这些事情你告诉你父亲了吗?"

小樾摇摇头。

史雪弓稍迟疑,又问:"你母亲,晓得吗?"

小樾仍摇摇头,嗫嚅道:"我怕我妈骂我,她规定我不满二十岁不能交女朋友。"

史雪弓暗自苦笑,少年往事突兀兀地在脑海中一一显影。因问道:"小樾你自己对这桩事有什么看法?打算怎么处理呢?"

陈小樾道:"凭我直觉,那个徐瀛洲根本不是邬秀秀的表哥……我,我想拨打110报警。"

史雪弓沉吟道:"你能肯定邬秀秀钻进那辆凯迪拉克是受到徐瀛洲的胁迫了吗?"

陈小樾翻着眼皮想了想,无奈道:"这,这还不能肯定……"

史雪弓心中已经有了主张,道:"所以嘛,你现在报警,理由并不充足。倘若那徐瀛洲一口咬定他和邬秀秀是表亲关系呢?农村中有些远开十万八千里的族人都可称表亲对吧?退一万步说,即便他们之间有暧昧关系,那也是道德范围的问题,110好像很难处理。"

小樾急了,一跺脚,道:"难道,只能由着邬秀秀这样神出鬼没的了?万一,她碰到的是坏人呢?"

史雪弓道:"这样你看行不行?待会你跟史老师一起回花园弄堂去。你晓得雪墨阿姨的未婚夫是刑侦队的探员,我们请雪墨阿姨把这桩事情的来龙去脉告诉解红旗叔叔,看看他们能不能介入,调查调查那个什么'春秋繁露'……"

没等史雪弓说完,小樾便蹭地站起来,急道:"史老师,我们还等什么?现在就走呗!"

史雪弓道:"不急不急,你雪墨阿姨哪晓得几时才回家?史老师先给报社打个电话。对了,你没有自行车吧?能不能问同学借一部?"小樾"嗯"了声,转身就走。

史雪弓下楼到门房间先给家里挂了个电话,正巧是水珠接的,倒省得老妈盘问,只拜托水珠晚上加两只小菜,自己要带个小客人回家吃饭。水珠问道:"小客人啊?多大的小囡啊?喜欢吃什么啊?"雪弓道:"不是小囡了,是我的学生。就是萧同志的儿子。"

雪弓再拨通报社要闻部的电话找雪墨,对面却说平雪墨出去采访了。雪弓便请转告平雪墨,她哥哥要她今晚务必回家吃饭。

随后史雪弓在学校的车棚里找到了自己那部老掉牙的永久牌二十八时锰钢自行车，许久没骑它了，座椅和书包架上积满了灰尘。他张开巴掌拼命拍打它们，是拍去灰尘，也是想拍去那段记忆。当年在学校读书时，他骑着这部车，书包架上载着姬瑜，穿街走巷，一路天女散花挥洒笑语。

小槭骑着借来的小凤凰过来，疑道："史老师，你肯定？这部车还能骑？"

史雪弓正往铰链处打机油，赤浪浪浪，转动踏板，道："这永久自行车最大的好处就是耐用，当然能骑喽。"

于是他们两部自行车一前一后，硿硿轧轧地出了校门。

却说"兰畦"里，史引霄听水珠讲雪弓要带南渡的儿子回家吃晚饭，心里面七上八下地猜度起儿子的意图。

其实，史引霄比雪弓更早些得知姬瑜在美国与他人结婚的消息。翠姑妈与一些老早金融界的太太们有一个圈子，经常聚拢来喝喝咖啡，拉拉家常，谈谈山海经。那一回，太太们东拉西扯说起姬家，翠姑妈正想显摆姬慎之的女儿如今是自己的外甥媳妇，却听一位太太道："你们晓得吧？姬慎之的姑娘最近在纽约办婚礼呢，老两口巴巴地赶过去风光了。听讲女婿已经是美国公民，在纽约有幢老漂亮的房子，给丈人丈母住的房间都留好了……"翠姑妈一听魂飞魄散，她明明在"兰畦"里好几次看见姬家的姑娘跟雪弓情意缱绻难舍难分的样子，怎么转眼就成了人家的新娘子了？当晚，翠姑妈就到"兰畦"来报信了。史引霄听翠姑妈急赤白脸那么一说，憋闷了许久。当初雪弓独自回国，说是姬瑜修完学业也会回来。她就担心着远隔重洋的，他们的感情经不经得起时间的磨砺啊！

史引霄跟家人们关照了，不要主动在雪弓跟前提到姬瑜，甚至不要议论恋爱啊婚姻啊此类的话题。前几天，儿子突然住回家来了，声称换了课，回家来休息两日。史引霄看出端倪：那几日儿子把自己关在房间里，只有喊他吃饭才显身，头发凌乱，衣衫不整，面孔虚浮，只拨弄几口便放下碗，说是体检查出有脂肪肝，要减肥。史引霄断定儿子已经得知姬瑜结婚的事了，心痛儿子，却晓得这种时候无人能替代儿子心中的挣扎，她相信儿子一定会从泥沼中跋涉出来。三日后，雪弓终于走出房间，去理发店修整了头发，换了身干净的衣服，宣布要回学校上课去了。史引霄跟在儿子身后，看见他后脑勺生生脱了硬币大的一撮头发，便叫水珠切了几片生姜来，摁着儿子坐下，用生姜片替他按摩那块头皮，边道："我让水珠给你带块鲜姜去，有空便切一片擦擦头皮，头发会长出来的！"

此刻史引霄揆情度理思前想后。陈小槭这个孩子还真是不错，到底是小山子的孙子啊，懂事、用功、有礼貌。可是学生再好，雪弓作为老师也没必要领他回家吃饭吧？难道……儿子经受了姬瑜的背叛之痛，终于想通了？毕竟，他和南渡"门当户对"，青梅竹马一起长大，知根知底嘛。在那荒唐的年代，年轻人头脑发热做出些荒唐的选择，是可以原谅的。史引霄早看出南渡对雪弓的情谊还在，前几年，只是碍于姬瑜的存在，才刻意回避着。现在姬瑜不存在了，雪弓或许回心转意，这才对南渡的儿子格外上心？

这么想着，史引霄随手拨了卞璟如家的电话，只对卞璟如道："璟如啊，今天雪弓带小槭到我这儿吃夜饭呢，南渡下班了，你让她也过来吧。"

待史雪弓和陈小橄两部自行车"咔嚓""阔答"在门洞里停好,雪弓还来不及掏钥匙,大门竟打开了。是南渡听到有自行车撑脚下架落地的声音,跑出来开了门。小橄喊道:"妈,你怎么也在呀?"见到母亲总是开心的,又有些担心邬秀秀的事让她晓得,她会起什么反应?雪弓也有些诧异,这些年南渡是极少进"兰畦"的!南渡躲开雪弓的眼睛,只对儿子道:"你引霄外婆打电话叫我过来的,小橄,你不想见到妈妈呀?"史雪弓听南渡这么一句,马上猜破史引霄同志的用意了。便不动声色,招呼着南渡母子一起进了客厅。

史引霄按照自己的思路,让水珠买了些水果啦罐装可乐雪碧啦,年轻人喜欢的;另泡了壶蒿叶茶,麦佬自制了寄来的,吩咐水珠蒿叶放少些,不要太苦,是为南渡准备的。史引霄考虑得可谓周全,生怕雪弓南渡一时尴尬,便将平楚从画室里拉到客厅来坐镇。平楚不明就里,兴冲冲捧了一叠画稿让雪弓和南渡评判。

当画稿在茶几上一列排开时,雪弓与南渡不觉对视了一眼。平楚画了各种场景千姿百态的芦苇,水天一色,浓彩泼墨,混沌不清。没到过芦苇荡的人或许看不明白这铺天盖地的色块和墨团,雪弓与南渡却身临其境般听到了海风呼啸中芦苇籁哗啦籁哗啦的抖擞声。他们最单纯最激情的青春岁月是伴着芦苇一起度过的。

小橄对着平楚外公的画横看竖看,远看近看,忽然叫起来:"哦——我晓得了,平楚外公画的是茆围子的芦苇荡!喏喏喏,这里,还有那里,小时候,爷爷划船带我去过,捡了一篮子野鸭子蛋!"

平楚用手杖"笃笃"敲敲地板,仰面"咯咯"地笑了,虎牙全然裸露出来。

雪墨"砰"地推门进来,一见屋里场景,气鼓鼓道:"哥!你让我们主任通知我赶快回家,就是来欣赏老爸的画么?我是天天跟平楚同志在芦苇丛中钻出钻进的,不信你问爸!"

小橄蹭前一步,急切地喊道:"雪墨阿姨!"

雪弓捋下她脑袋,道:"姑娘火气太大,面孔上容易长痘痘。"

雪墨跺下脚,"哥,我晚上还有很重要的事呢。"

雪弓也正色起来:"今天是陈小橄同学找你!事情蛮急的,他差点要拨110。我把他拉过来,让你去问问红旗,这种事情该怎么处理?"

雪墨眼珠子矬向小橄,小橄拼命点头。

南渡一听儿子遇上什么事竟要打110报警,有点慌,立起来差点被茶几绊倒,问:"小橄你被人盗了?被人打了?"

小橄正想张口,被母亲这么一问,又缩回去。雪弓因道:"南渡你看看小橄,身上一根汗毛都没缺嘛。"

史引霄已经晓得自己把事情想岔了,忙着帮平楚收画,又道:"小橄碰到什么事了?坐下慢慢说。索性让水珠端整餐桌,你们边吃边谈!"

雪墨道:"妈,我晚上有要紧事,来不及的。小橄,你快说,碰到什么难事体了?"

小橄瞅瞅史老师,就把那张"春秋繁露"徐瀛洲的名片拿出来了。因南渡在场,小橄省了自己跟邬秀秀交往的过程,只说了邬秀秀两次浓妆艳抹地上了徐瀛洲凯迪拉克轿车的事情。

史引霄听了就来火:"又是这个'春秋

繁露'！雪墨，我早就想跟红旗说说，他们是不是能够调查调查那个徐瀛洲，究竟有什么来头？"

雪墨轻轻夯了下小檄，道："看不出，小檄警觉性蛮高。放心吧，我马上就去告诉红旗叔叔。"

史引霄道："吃了饭再走，老是不按时吃饭，以后要吃苦头的！"

雪墨扫视着水珠端上来的小菜，两根指头伸到碗里夹了一只油面筋塞肉丢进嘴巴，嚼着，道："妈我老实坦白，今晚是红旗约了我，我得空着肚子跟他一起吃饭呢！"说完朝众人挥挥手，旋风似的出了门。

南渡趁势道："引霄阿姨，我也带小檄回家了，我妈一个人在家，要发脾气的。"南渡从小檄的叙述中感觉到他和那个邬秀秀关系不一般，急着要回家"审问"儿子。

史引霄道："我跟卞璟如说清楚的，今天要留小檄吃饭的，你们不能走，水珠，开饭吧。"

水珠端着一只砂锅放在桌上，道："萧同志，别走哇，这只罗宋汤是我特地为这位小同志烧的，不晓得合不合他口味呢。"

史引霄先拉着小檄坐下了，南渡也只得入座，雪弓扶着父亲坐定了。史引霄唤道："水珠你也一块来，又没外人！"水珠应声过来，将食品袋装着的生姜递给雪弓，笑道："大弟弟，今早我买到鲜姜了，用它擦头皮，效果更好，你要日日擦的。"

南渡瞟了眼雪弓。雪弓便仄过脑袋，用力"嗨嗨"一笑道："我中头彩了，鬼剃头了。"

南渡并不刻意察看雪弓的后脑勺，不动声色道："什么鬼剃头？这是用脑过度的缘故。药房里有卖专治斑脱的药水，可以跟生姜配合着一起擦拭。"

雪弓抬手挠了挠头皮，故作轻松样，笑道："哪有工夫去侍候它？爱长不长，长不出来，我索性剃它个精光，做和尚去。"

史引霄瞪眼嗔道："瞎说八道，妈还盼着抱孙子的！"

46

这条花园弄堂虽不及渔阳里、霞飞坊、万宜弄、愚谷邨那样有丰厚的历史掌故可供文人学者挖掘钩沉、作史写书，却也因它的建构别致，环境雅静而小有名声。二十几幢以各式花卉命名的小洋房错落排布，道路曲折通幽。

忽一日，这样的静谧优雅被一辆灰头土脸的小三卡刺耳的铿轧声划破了。有住家推窗望去，那小三卡屁股后面冒出一团团的灰烟，连忙关起窗，咕哝道："啥地方来的破车？怎么可以放它进弄堂的？"

这辆小三卡一路碾压过花园弄堂曲里拐弯的红砖路，咔剌——停在了弄堂笃底"兰畦"的门前。先从后车厢跳下三个中年汉子，随后，副驾座车门推开，一个汉子伸手搀住一个女子下了车。那女子朝"兰畦"大门扬了扬下巴，于是，三个汉子三脚两步跨上门阶，"砰砰砰"地敲响了大门。

那一刻恰是上午十点光景，平楚总在画室鼓捣他的笔墨，水珠自在厨房忙碌，洗拣切剁，搭配一天的菜肴。史引霄坐在客厅沙发上翻阅报纸，这是她在区长任上养成的习惯，每天浏览几张主要报刊，了解中央政策社会行情新闻花絮，帮助自己在处理千奇百怪大小事务时做出准确判断。

翻开日报二版，史引霄突然吃了一惊，

一则通栏消息，竟然是中顾委在八宝山为钟部长开追悼会，钟部长怎么就逝世了呢？史引霄马上想到余芳菲，不知她内心如何地酸甜苦辣、五味杂陈呢。消息下面配发了一张照片，是中央一级的领导向钟老家属致哀的情景。史引霄便在照片中寻找余芳菲，她作为钟老的现任妻子应当出现在追悼会现场。一个个人像看下来，却没有余芳菲。史引霄觉得是老花眼镜度数浅了，看不清楚面孔了。便拿了柄放大镜重新一一寻去，确实没有余芳菲，这实在不符合余芳菲一贯的行事风格呀！

史引霄正在百思不得其解，惊天动地的捶门声响起来，平楚从画室探出一对狐疑的眼珠，史引霄忙摘下老光镜，扯了嗓子喊水珠去开门。水珠甩着湿漉漉的两只手从厨房跑出来，高声道："来了，来了！"低声叽咕道："啥人啦？有门铃作啥不揿？门都要被你们击穿了！"

"哐啷"拉开门，水珠慌忙后退一步，门口凶神恶煞地堵着三个汉子！水珠定定神，问道："你们寻啥人？"

汉子们都扭头朝身后望。水珠这才看清，这三个汉子后头立着一个女人，白塌塌一张团扇面孔，虽有了点年纪，肩胛是肩胛，腰身是腰身，风韵犹存的样子。水珠喊出声："爱仙呀！你不是不做了吗？他们，是干啥的？"

爱仙哼哼地冷笑道："水珠阿姨，和你们家不搭界的，我只寻三楼那个从死人堆里爬出来的人说话！"爱仙一边说话一边就与水珠擦身而过，蹬蹬地上楼去了。那三个汉子也跟着她上楼，楼板隆隆地摇撼了一阵。

水珠慌忙关了大门，急急进了客厅报信，史引霄正等着呢。

"大姐，那个佘爱仙领了三个男人气势汹汹地寻秦同志麻烦去了！"水珠紧张道。

史引霄拍了下把手站了起来，道："看不出这个佘爱仙，面善心狠啊！水珠你陪我上去，老秦一把骨头没有百斤重，要吃亏的。"

水珠拽住她道："大姐，你不行的，你没见那三个男人满脸横肉，伤到你怎么办？"

史引霄道："我怕什么？他们敢对我老太婆动手啊？我只跟佘爱仙说话，上一回三头六面说得好好的，老秦已补偿了她三万块，还想怎么样啊？"

个把月前，"兰畦"三层楼上就不太平了，三日两头常常传出佘爱仙阿姨呼天抢地的哭声和骂声，倾零哐啷碗碟碎裂声。杜蘅医生来找史引霄，道："史区长，您再不出面管管，老秦要被那个女人折腾死了！"

史引霄也是十分纳闷，先前看看佘爱仙对老秦嘘寒问暖悉心照顾，还很得意促成了一桩美事，怎么一眨眼工夫就闹得剑拔弩张的地步？便让杜蘅将佘爱仙请到自己屋里究问根由。

佘爱仙对着史引霄是一把眼泪一把鼻涕地哭成个泪人，断断续续却言辞惊人，说她跟秦汝贞早已不是雇佣关系了，刚要讲细节，被史引霄喝住了，道："这也是你自己情愿的，既然双方都有这个心思，你闹什么？哭什么？"佘爱仙一拍大腿骂道："这只老棺材，开头花好稻好，要跟我正式做夫妻，现在翻脸不认人了！"

史引霄正色道："爱仙阿姨你听好了，有问题解决问题，骂粗话，出口伤人是不作兴的。"

史引霄暗忖，以自己对秦汝贞的了解，

他绝不是轻薄无情之辈，其中必有隐情。便又是批评又是劝慰，答应佘爱仙去做秦汝贞的工作，妥善解决他们的关系。先将佘爱仙劝走了，史引霄便由杜蘅陪着上三楼找秦汝贞，水珠拎着扫帚畚箕跟着上楼。

秦汝贞面如危崖，双目血红，道："老史，你不用劝我，我只恨我自己瞎了眼，识不透白骨精的真面目！"

水珠已动手清扫满地的碎瓷片。史引霄拉着火药筒般的秦汝贞坐下，让他先喝口水，灭灭火，消消气。

"老秦啊，我们都做过群众工作吧？解决矛盾的方法是什么？要抓住众多矛盾中的主要矛盾，以及矛盾双方中起主导作用的那一方，打蛇要打七寸嘛！"史引霄尽量放缓了语速，"那么你倒说说看，你和佘爱仙冲突的起因是什么？矛盾的焦点是什么呢？"

秦汝贞张开五指狠狠撸了下面孔，道："还不就是为了我原先住的那套房子！"

秦汝贞在落实政策搬进花园弄堂之前，一直住在天山路老公房内，底层一室户，直笼统的房型，卧室落地窗开出去有块小天井。年前政府颁布了房改新政，原由公家分配的租赁公房可依据租赁人的职位级别工龄长短，付相应的钞票买下产权。秦汝贞半世坎坷受尽磨难，早已心如止水，声名利禄于他如镜花水月。对于要不要买下天山路老公房的产权，秦汝贞开始无动于衷，反倒是爱仙阿姨在他耳根边絮絮叨叨，动员他一定不能放弃这个绝好的机会，还帮他去房管所拿来了购房合同，缠着他填写。秦汝贞毛估估自己这些年的积蓄大致可以付得起买房的钱，拗不过爱仙的缠磨，便填了合同交付了款项。那一段佘爱仙对他愈是柔情蜜意、百般温存。

这时候秦汝贞老家的侄子来上海探望大伯。前两年，在英华公司帮助下，皖南老区建起了竹器编织厂，秦汝贞的侄子做了厂长。侄子对秦汝贞说，为了推广厂子的手工编织艺术品，扩大销售渠道，他们想在上海设一个办事处。托大伯帮忙找找合适的房子，不用太大，但又不能离市区太远，最要紧租赁费用要便宜。秦汝贞不假思索道："大伯在天山新邨有套房子，你就拿去用吧！"侄子喜出望外，问到租金，秦汝贞道："要什么租金？大伯已经将这套房子的产权买下来了。这房子是大伯的，也是你的嘛。"

秦汝贞无儿无女，老家的侄子便是他的亲人了。再则，侄子用这房子是为老区的乡亲们谋福利的，那才是物尽其用啊。他也是顺口跟爱仙阿姨提起这桩事体，谁料会等闲平地起波澜？佘爱仙顿时跳起来，责问秦汝贞为什么不跟自己商量就作出决定？秦汝贞觉得很奇怪，我处置自己的房子为什么要跟你商量？佘爱仙珠泪滚滚逼秦汝贞给侄子打电话收回房子，秦汝贞当然不肯。佘爱仙一反常态，破口大骂，摔碟子砸碗，用秦汝贞的话，就是白骨精露出了原形：佘爱仙早就盘算好了，用秦汝贞天山新邨的房子给自己的小儿子作新房！

那一次冲突，史引霄请街道出面调解，让秦汝贞一次性补偿佘爱仙三万块钞票。当时佘爱仙并无异议，拿下了钱就离开了花园弄堂。事隔不过一个月，她怎么又来闹了呢？更有甚者，竟还带了人来，简直是无法无天！

三楼已经乱哄哄地唇枪舌剑起来，二楼的顾医生杜医生匆匆下来找史引霄拿主意。水珠急道："大姐非要上去劝架，我怕她吃亏啊！"顾观我眉头一皱道："打110！

152

只有打110！"

　　派出所的民警先找报案人问明原由。水珠是看到那三个汉子的相貌的，有鼻子有眼地描述了一番。史引霄又将事情的来龙去脉简要说了说。民警道："史区长你受惊了，这桩事情我们一定妥善处理，你尽管放心。"

　　两位民警便去了三楼，约莫刻把钟，他们领着三个汉子下来了。水珠是一直候在楼梯口听消息的，民警便道："这位阿姨，你跟史区长说一声，人，我们带回警署问话了。"水珠连声"谢谢"，送他们至大门口。

　　忽然从楼梯上传来裂帛刺耳的叱骂："秦汝贞你等着，我要告你强奸！"但见佘爱仙铁青着面孔，扭搭着腰身，下了楼，并不看水珠一眼，径直出门去了。

　　顾观我医生跟史引霄商量，老秦的神经哪里经得住佘爱仙这般感情上的摧残？任什么药也挽不回呀！唯一的办法是要让他自己想开了，放下了。"兰畦"里的麻将局因老史您身体不佳许久不开张了，不如重新开局，老秦抑郁的情绪也好有个释放的渠道。史引霄一听，击掌叫好，道："我怎么没想到这一招哇，这两天一直让水珠给他送饭，有时端上去的东西原封不动又端了下来！"于是，便张罗着搬桌椅、铺台布、端整茶碗。顺便给姚秀帘打了个电话："秀帘啊，一个人闷在家里做啥？这里下午开麻将局了，过来玩玩。"

　　顾观我以医生的身份终于劝得秦汝贞动身，他和杜蘅一边一个陪同秦汝贞下了楼。大家心照不宣，绝口不提佘爱仙三个字。

　　姚秀帘也到了，水珠替她开的门，笑道："姚同志，几个礼拜不见您又瘦了一圈。其实你住我们家蛮好的，为什么非要搬回去呢？"姚秀帘扯了下嘴角，算是应答。她哪里放得下自己屋里供着的婆婆与丈夫的碑位呢？

　　顾观我问道："老史，怎么不把平楚喊出来散散心？"

　　史引霄摇摇头道："近来平楚有点走火入魔，钻进他的画布就出不来了。"

　　于是各人顺势入座，其实，史引霄和顾医生使了眼色，故意让秦汝贞"自然而然"坐在了东边的位置。顾观我一坐稳当，便道："省得麻烦，不用掷骰子了，坐东者为坐庄。"史引霄立即表示赞同，秦汝贞便成了庄家。史引霄在他上家，顾观我是他下家，姚秀帘便是对家。

　　秦汝贞原就话少，自入座后一声不发，洗牌时手劲却很大，瓷牌在他掌中骨答骨答作响。

　　杜蘅端了张方凳，坐在顾观我和秦汝贞中间的桌角边，说是帮老顾关照牌，她是醉翁之意不在酒，老顾跟她说好的，要尽量帮秦汝贞做成和牌。杜蘅有这个本事，面孔向着顾医生，眼珠子却溜到秦汝贞的牌上去了。

　　先头两盘，他们设定的计策非常有效，杜蘅每每偷觑了秦汝贞的牌势，用眨眼，或手指作动作，暗示史引霄该送给他什么花色的牌；史引霄接到翎子，哪怕破坏了自己的大好牌势，也要将那张牌摔出去让秦汝贞收进去。由此秦汝贞和了两盘，一盘开杠抓进的牌和了；另一盘自摸了墙上最后一张牌而成和局，其实那张牌是史引霄调包给他的。姚秀帘开始不明就里，赞道："老秦啊，你又是杠上开花，又是妙手回春，手气怎么那么好！"

153

秦汝贞连着和牌，面孔上硬邦邦的线条稍微柔和了些。重新开盘之后，他前倾身子，抓牌、理牌、审牌，眼珠子骨碌碌从面前牌行这一头转到那一头，再骨碌碌地转回来。

史引霄朝顾观我努了努嘴，秦汝贞的注意力已经钻进牌局里去了，这正是他们想要的效果嘛。

水珠进来，俯向史引霄耳畔，轻声问："大姐，我包了一屉鲜肉虾米小馄饨，什么时候下呢？"

史引霄看看秦汝贞，也轻声道："过半个钟头吧，让我们再搓两圈。"

杜蘅伸出根手指在顾观我牌上指指点点，眼珠虮瞄向秦汝贞筑成的牌阵，有四万一副刻子，还有六条一副刻子，另外还有两张饼。不觉一乐：这老秦只需要再摸张五饼，便可"三色三节高"啦！张开五指托住腮，朝史引霄笑笑，又收拢五指捏成拳撑住下巴。史区长应该领会所指"五饼"了吧？

史引霄确是领会得了，可惜自己牌中无有这花色，从牌墙上摸了两轮也没摸着。急了，脚在桌子底下踢了姚秀帘一下。姚秀帘调过眼珠子询问地瞅住她，她张开五指拍拍桌面，又捏拳敲敲桌面。姚秀帘暗忖，引霄问我讨张五饼牌？难道她想和了？秀帘一向是让着引霄的，手中确有张五饼牌，原是自己凑和牌要派用场的，既然引霄要和，就让她和吧。姚秀帘毫不犹豫将五饼牌抛出去了。史引霄马上抓进，转手却抛给了秦汝贞。姚秀帘这才悟出点意思了，轻轻"哦"了声。

那秦汝贞收进了五饼牌，只要抛出张废牌，便可海底捞月，和成"三色三节高"了。不晓得他脑筋是拐弯拐错了还是神经搭错了，留下五饼牌，却将一张六条牌掼出去了。

杜蘅慌地叫出声："错了，老秦你抛错了！"

桌面上那三个人都呆住了，一时不晓得如何去补救。老秦张着双手，盯着自己的牌。许久，"哗啦"搅乱了牌阵，叹道："错了，是错了！错一步就步步错全盘错啊！"

史引霄举起通贯掌重重拍了秦汝贞一下，道："老秦啊，你也是枪林弹雨中过来的嘛，战场上战况瞬息万变，有时候看似违背常理的一着，反倒获得出其不意的效果，塞翁失马，安知非福呢？"

杜蘅因自己无意一句"错了"，引起秦汝贞情绪波动，连忙调和，察看了一下秦汝贞打散了的牌，道："老秦啊，你看看，你的牌不和三节高，还可以改做碰碰和嘛……"

"什么三节高，什么碰碰和，都全不靠了！"秦汝贞喷口一说，眼眶里冒出火星："老史你听到呀，那个佘爱仙叫嚣着要告我强奸！想我秦汝贞，十六岁投身革命，坐过蒋介石的牢房；后来又坐过'四人帮'的牢房，我都坐得坦坦荡荡理直气壮。现在若把我当作强奸犯抓进去，你让我这张面孔往哪里放？"

杜蘅道："史区长，你说那个佘爱仙要去告老秦，真能告得准吗？"

顾观我操了把杜蘅，道："扯淡！她要能告得准，这世界不就乱套了？"

史引霄道："法院断案有两个根据，以事实为根据，以法律为准绳。所以老秦啊，你担心什么？我们楼上楼下都可以为你作证。首先，她是钟点工，每天都回去睡觉的；其次，她对你眉目传情的腔调我们都看在眼里的，若是真有什么亲密行为，顶多是你情我愿的嘛，哪里扯得上强奸？"

杜蘅拍拍胸脯，道："史区长，听你这么一说，我也放心了。"

顾观我道："老秦啊，你不要庸人自扰了，把那个女人的事情像倒药渣那样彻底倒掉。也好的，佘爱仙走掉，我们'兰畦'里的日脚又可以恢复安宁平静了。"

秦汝贞长叹一声，道："还是'兰畦'幸运，索性政策规定花园洋房不能买断，倒也相安无事。也怪我自己，若不听信那个女人的聒噪，不去把天山新邨的房子买下来，哪里会生出那么多是非来？"

杜蘅冷笑道："老秦啊，我早就看佘爱仙狐媚的腔调不顺眼了，这把年纪的人了！"顾观我又揉了她一下，道："你不要做事后诸葛亮好吧？你差点还让佘爱仙代买小菜呢！"杜蘅白了他一眼。

秦汝贞没有听进他们夫妇的对谈，只顺着自己的思路："还是马克思恩格斯老人家们高瞻远瞩目光如炬啊，私有制就是万恶之源。想当年，我秦汝贞上无片瓦下无寸土，为'全世界无产者联合起来'的口号感召，投身革命洪流。现如今，连我这样的人也成了有产阶级。物质丰富了，有财产了，欲望也就多了。古人倒比现代人头脑清醒，老子曰：'祸莫大于不知足，咎莫大于欲得'呀。"

史引霄因道："老秦，你这么思考是有些偏颇的。我们共产党人的宗旨，不就是要让老百姓过上幸福美好的日子吗？改革开放以来，老百姓的日子是不是愈来愈好了呢？"又道："好了好了，你不要纠缠在那桩事情里面了，就像顾医生说的，把药渣倒倒清爽！来来来，重新洗牌，重起炉灶。"

其他人都动手洗牌了，唯有秦汝贞来回搓着双手，念念道："长恨此身非我有，何时忘却营营……"

姚秀帘方才听了桌上来来往往的言语，略知晓了头尾，便道："引霄，何不让水珠下了小馄饨来，吃点东西，或许？"眼珠子往秦汝贞斜了斜。

杜蘅附和道："对对对，姚同志或可开设心理门诊了。"

史引霄自然领会了她俩的心思，喊了声："水珠——"

门却推开了，水珠端着托盘进来，笑道："大姐，我掐好钟点的，每碗十只，垫垫饥。"

杜蘅忙起身，帮着水珠一人面前端一碗。史引霄看着秦汝贞一只一只吃得蛮香，道："水珠，锅里还有吗？给秦同志再加几只。"

傍晚时分，麻将局便散了。水珠将剩下的馄饨用只饭盒装了，还来了两块素鸡搁在上面，塞到秦汝贞手中，笑道："秦同志，夜饭够了吧？"杜蘅忙道："没关系的，等会我再送两只小菜给他。"

史引霄当然是挽留姚秀帘吃了晚饭再回去，秀帘道："哪里还吃得下夜饭？小馄饨都塞饱了。好久没去秀琴家，绕过去看看。红旗工作太忙，屋子里不晓得乱成什么样子。"

史引霄道："这你不用操心，雪墨现在是三日两头往红旗那里跑的，会帮他收拾的。"

姚秀帘摇摇头，"引霄你还不晓得你的小姑娘，聪明漂亮大方，样样出色，就是不会做家务，房间被她越理越乱，还不是被你宠的？"

史引霄哈哈大笑，很得意的样子，道："以后嫁到你们家，由你来调教她，怎么样？"

"妈，你让谁来调教我啊？"平雪墨应声推门进来。

史引霄愈是合不拢口，道："你这丫头，神出鬼没的！今天倒回来得早。我是拜托姚阿姨调教你，你服不服啊？"

雪墨朝姚秀帝妩媚一笑，规规矩矩叫道："姚阿姨您好！"又道："原本红旗说好跟我们一道过来的，临时又被一只电话叫走了。"

史引霄道："你们？还有谁跟你一道啊？"

"史区长，您好！"随即跨进门的是马英华，又蹦进来麦蛾，笑道："姨娘，不欢迎我们啊？"

史引霄抬手拍拍麦蛾红润的面颊，道："哪敢不欢迎麦大服装设计师呀！"扭头道："秀帝，你看红旗也不在家，你别走了，留下一起吃夜饭。"又抬高嗓门喊："水珠，晚上多弄几个菜，有客呢！"看得出，她心里是欢喜的。也有些许疑问：马英华有段时间没来"兰畦"了，今日突然上门，却为何来？

水珠因女儿陪马董上门做客，满脸绽花，精心泡了红枣蜂蜜蒿叶茶端上来，还配了两样茶点，椒盐炒豆和云片糕，瞟了眼女儿，道："麦蛾，让马董跟你姨娘正经说话，你到厨房帮我弄小菜。"

麦蛾看看马英华，马英华朝她点点头。麦蛾跳起来勾着母亲的胳膊去厨房了。

雪墨一气喝干了杯中茶水，两根指头伸进杯子把枣子捞上来嚼着，边赞道："苦涩加津甜等于好喝，水珠阿姨这茶可以去申请专利啦！"

马英华进门至此，一直心事重重，心神不宁的样子，或许在斟酌如何开口，只端着杯子，一小口一小口抿着茶水。

史引霄看出她的纠结，也在寻思打破僵局的话题。小眼珠兜兜转转落在茶几上的报纸上，上午翻报纸没翻完，就被佘爱仙的事情耽搁下来了。此刻正好借钟老追悼会询问一下马英华，打开她的话匣子。顺手拿起报纸，点点那张领导向家属致哀的照片，问道："英华，最近你跟余区长有联系吗？钟老的追悼会，她怎么没有出席呀？"

马英华放下杯子，接过报纸，看看照片，抬起眼皮看住史引霄，道："史区长，关于余区长的事情您一点不晓得？钱区长没告诉您吗？"

史引霄耸了下肩膀，钱龟龄许久没给自己打电话了。

马英华便道："我也是道听途说，不一定准确。听讲早两个月就闹开了。钟老病重期间，他的两个儿子两个女儿都回来了，向中央有关部门提出，要给父亲和当年冤死的母亲做合墓，竖合碑。余区长赶去北京与钟老的儿女们争辩，钟老要么单独立块碑，若要合碑也应该跟她合在一起，她才是钟老的合法妻子。"

"这个余芳菲也真是的，样样要争，连墓碑上的名字也要争！"史引霄不以为然道："结果呢？"

马英华浅浅一笑道："史区长，这墓碑上名字很有讲究的，也算是一种青史标名，流传百世吧。况且，她的名字只要和钟老并排在一起，对她以后的级别待遇有许多好处呢。"马英华端起杯子又呷了口茶，"不过这次余区长未能争得过钟老的子女们。听讲她离开北京时被迫在跟钟老的离婚协议上签了字。"

史引霄飞快地睃了姚秀帚一眼，姚秀帚也正在望她，眼中并无风雨，只轻轻地吐出个"哼"字。史引霄不无感慨道："怪不得呢，我在报纸照片上也找不到她！我只是没想到，她那样自命不凡的性格，竟会顺顺当当在离婚协议上落笔签字？至少该闹出点动静来吧？"

马英华道："钟家自然是给了她一笔钱的，三十万，是美金哦。听讲是余区长坚持要美金的，她有个女儿在美国定居嘛。"

史引霄又与姚秀帚对视了一下，莫非姚紫缇至今还要余芳菲给她寄生活费？

马英华咬了咬下唇，犹豫了一下，还是开口道："我从其他渠道听到另一种传言，说钟家是掌握了余区长历史上的什么污点，方才让余区长在离婚协议上签字的！"

史引霄定定地盯着马英华，其实她的思绪早就穿越时空回到1942年底1943年初那个堕指裂肤的冬天，她在运河码头的渡船底舱看到的那个裹着细格老布头巾的身影，那双料峭凛冽的丹凤眼！

姚秀帚晓得史引霄走神了，在她肩上推了一把，史引霄"唔唔"道："那，余区长……情绪还稳定吧？"

马英华挑起眉头道："钱区长连这个也没告诉您？余区长病了，住进了医院。钱龟龄现在是代区长，我以为他一定会来向您汇报这桩……钱区长认为是喜讯吧。"

史引霄"嚯嚯"一笑，"我离休好几年了，只是一个耳目闭塞信息不通的居家老太婆嘛。"

马英华垂目默坐片刻，忽然放下茶杯站了起来，朝史引霄深深一鞠躬。

史引霄惊讶道："马英华你这是什么意思呀？"

马英华眼圈红红的，瘖哑着嗓，道："史区长，对不起！我，辜负了您！"

史引霄连忙拉她坐下，道："我晓得的，我晓得的，现在做企业难，特别像英华公司这样的民营中小企业，更难。没有后台难，有了后台更难；没有关系难，有了关系更难，要想路路通，处处要打点，便是难上加难。"

一直倚坐在史引霄沙发靠背上的雪墨忽然张开双臂从背后抱住母亲的肩膀，赞道："妈呀，我真佩服你了！你对商场的潜规则这么了解呢？"

史引霄扳开雪墨的臂膀，嗔道："你当你妈妈真是不知有汉，无论魏晋的老古董啊？"

雪墨仍挽住史引霄的肩膀，还摇晃起来，笑道："我们史引霄同志是见多识广，揆古察今，明察秋毫的，对吧？"

史引霄在雪墨手背上拍了一下，道："别闹！"将上身朝马英华凑了凑，道："话又得说回来，想想近百年来中华民族发展的道路，哪一步是容易的呢？多少磨难，逆水行舟，甚至陷于绝境，都闯过来了。英华，再怎么难，总要守住底线，法律的底线，道德的底线！"

马英华默默地点了点头。

雪墨站直了身子，道："妈，英华姐这回立了大功，帮红旗获得了'春秋繁露'里边违法活动的第一手资料。"

史引霄半是惊讶半是惊奇，小眼珠亮灼灼盯着马英华。

客厅门被推开一条缝，麦蛾探进红通通的面孔，笑道："姨娘，我娘叫我来问，牛肉烧酥了，是做罗宋汤还是咖喱线粉汤？"

雪墨抢道："罗宋汤，罗宋汤，洋葱多放些！"

麦蛾朝雪墨吐了吐舌头，缩回面孔带上门。

马英华方道："我早该这么做了，又是担心公司的业绩，又是顾及方方面面的面子……真要谢谢麦蛾，她一直劝我，说哪怕公司因此损失许多业务，哪怕公司破产，她也会陪我一起从头再来……"

事实上，解红旗他们刑侦队半年前就盯上瀛洲公司和那座"春秋繁露"高档会所了，他们经手的几起走私案和洗钱案背后都与瀛洲公司有牵连。红旗怀疑，"春秋繁露"便是徐瀛洲进行不法交易的大本营。无奈"春秋繁露"防范十分严密，没有天价会员卡根本靠近不了。当雪墨将陈小樾对邬秀秀的怀疑告诉了红旗，红旗便觉得解决"春秋繁露"刻不容缓，刑侦队也曾接到过线报，"春秋繁露"会所里的三陪小姐有几个是被老板包养的大学生！为了避免打草惊蛇，雪墨是以记者采写龙头民企的理由进入英华公司董事长办公室。雪墨直截了当向马英华求助，希望她想办法让刑侦队得以进入"春秋繁露"探明真相。马英华便从抽屉角落里翻出一张白金会员卡，还是"春秋繁露"初开张时徐亦道塞给她的。马英华不好驳徐局长的面子，只好收下，却一次也没用过它。马英华叮嘱雪墨，这张白金会员卡中存了二十万块钞票，你们进去后，千万不能不舍得用它，要狠狠地花钱，做全套按摩，点高档洋酒，愈出手大方，愈不会引起怀疑。

雪墨硬挤着跟史引霄坐一只沙发里，扑在史引霄的肩上，道："妈，是我跟红旗化装成香港富商的儿子和情妇进'春秋繁露'侦察的，英华姐说，这样的身份不容易让里面的人起疑心。可我没有那种露背露胸的衣裳呀，也是英华姐替我找来一件。那些服务生真把我们当大款了，点头哈腰，我差点没吐出来呢！"偷眼瞄瞄史引霄，五官风平浪静，没有要责怪自己的预兆，便再说下去："开始一直蛮顺利的，我们做好按摩后就去酒吧。妈呀，不想就看见了徐局长！"

史引霄"嗖"地支起腰身，"什么？徐亦道他真敢去那种地方混？"

雪墨忙道："徐局长把我们拉到角落里的包厢座里，狠狠地骂了红旗一通，说他无组织无纪律，擅自化装侦察，差点搅黄了市公安局的部署。徐局长说，他是奉市局命令，凭借与徐瀛洲的同乡关系，打入'春秋繁露'监视他们行动的。红旗一时无法分辨真伪，我们只好退了出来。"

史引霄锁紧了眉头道："红旗他……下一步打算怎么样呢？"

雪墨道："红旗说，他首先要摸清市局有没有派徐局长进'春秋繁露'蹲点，一般来说，要设点也不会派分局局长去呀。"

史引霄点点头："倘若徐亦道真在撒谎，倒有点棘手了！"转脸道："英华，这两天你去区政府了吗？徐亦道他……"

马英华显得有些紧张："听讲徐局长的爱人病得很重，住在区中心医院里，徐局长好像是请了几天假在陪他爱人。"

史引霄心又一挫，喃喃道："黄岑住院了？怪不得没来找杜医生开药……"

雪墨把面孔贴近史引霄耳朵，道："妈，还有一桩事情，你听了不要跳起来哦，我和红旗做按摩时看到宋嘉本了！"史引霄整个身子往上耸了耸，被雪墨摁住了，"姐夫没认出我们……最气人的，他身边有一个女人，很肉麻的动作……"

史引霄用力捏住雪墨的手,让她不要说下去了。稍停,问道:"你告诉雪砚了吗?"

雪墨道:"还没有。红旗说,暂时保密,不要告诉姐。"

水珠和麦蛾母女俩搭档不一会工夫就端整出一桌丰盛的小菜。葱烤河鲫鱼,芙蓉鸡片,塔菜冬笋,香菇老豆腐,外加一只罗宋汤。

平楚因马英华不是常客,便说不上桌了。水珠舀了一碗汤,拣了几只小菜送进书房。

马英华头一次在史区长家吃饭,稍有些拘束。史引霄道:"麦蛾,你照应好你们董事长哦!"又道:"英华呀,多少年啦?我答应去你家吃你母亲包的馄饨,一直没兑现。听讲你搬家了,那顿馄饨你还欠着我哟!"

马英华不好意思地笑笑,这几年,自己确实跟史区长疏远了,今天能在史区长跟前一吐块垒,整个人都轻松了,直觉得史区长家简简单单的几只小菜比平素应酬时的山珍海味可口得多,又有麦蛾殷勤劝食,不觉吃了一碗饭,又喝了两碗汤。

姚秀帝虽常在"兰畦"蹭饭,却因准外甥媳妇在边上一口一个"姚阿姨"听得暖心,又一筷一筷为她拣菜,姚秀帝也比往常多吃了半碗饭。

只有史引霄少许舀了两勺汤,挑了几粒米嚼嚼,使劲地劝别人多吃些,自己一点没胃口。面孔上笑容可掬,心里面如拴着盘石磨沉甸甸。

席散后,雪墨殷勤地要送姚秀帝回家,还关照水珠不要给自己留门。家里人都晓得,雪墨要去解红旗那里。

水珠叫麦蛾别走了。麦蛾却说,她和董事长要赶回公司,还有几位公司骨干等她们回去开会呢。

送走客人,史引霄让水珠先去休息,说自己还想在客厅看看新闻。待水珠离开,史引霄便果断地拿起话筒,拨出一串熟稔的号码,是雪砚家电话的号码。

她想问问雪砚,宋嘉本的所作所为她作为妻子是否已经察觉?

她想让雪砚无论如何劝说宋嘉本去自首,戴罪立功,可以争取从宽处理。

她相信自己的女儿,她对雪砚的人格以及雪砚作为一名人民检察官的素养有百分之一百的信任。

她已经盘算好了,若是宋嘉本接起电话,她只说家常,不斥骂他,不教训他,不露丝毫口风;若是雪砚接起电话,她就说自己身体不适,让雪砚立时三刻回家一趟。

可是,雪砚家的电话却迟迟无人接听。

47

史引霄睁着眼听了一夜天的风敲窗棂。虽加重了安眠药的剂量,药物的力量仍无法抑制神经的躁动。

那么晚了,雪砚家的电话为什么无人接听?莫非雪砚与同学朋友聚会去了?社会上这种聚会很时兴的。可雪砚一向谨慎持重,也不会玩到深更半夜不回家呀。莫非雪砚去宋家看皓皓,时间晚了就宿在宋家了?可非周末,雪砚通常不会去宋家,即便去了宋家,有那位尖酸刻薄的婆母在,雪砚也不会留宿宋家的呀!设想了种种可能又否定了种种可能,不祥的预感愈来愈强烈,史引霄不得不坐起身,到床头柜底

159

层翻出半包中华香烟。自那回发病住院，她决意戒烟，整条的烟都被她送了人，只悄悄留下这半包中华烟，怕一时忍不住救急的。她抽出一支，摸出打火机点着了。深吸一口，长时间不吸了，乍然复吸，竟让她有呕吐的感觉。

辗转反侧，似梦似醒。终于看着窗户米汤色渐次清澈起来，史引霄睡不住了，翻身起床，头桩事，拔起床头柜上的电话筒，狠狠地摁下雪砚的号码。长长的拨号声，仍是无人接听！史引霄叭地摔了话筒，立起来，一阵头重脚轻。

她推开房门，正遇上要下楼去院子里打太极拳的顾观我和杜蘅，夫妻俩穿着宽松的对襟褂子和灯笼裤，顾观我一身黑，杜蘅一身白。史引霄不由道："哦哟，我还当哪里来的大侠呢。"

顾观我笑道："老史今朝起得早嘛，怎么？想跟我们下去动动手脚吧？"顾观我早就动员史引霄跟他们学打太极拳，只是史引霄学了后招忘前招，没有长性。

杜蘅道："史区长，你跟我打木兰拳吧，简单点，好记。"

史引霄小眼珠定了一会，忽道："你们没听说么？黄岑病得很重，住进中心医院了！"

杜蘅惊道："没听说呀！她这一段没来找我开药，我以为她身体无大碍了。"

顾观我道："徐局长一定安排她住特需病房了，那里的病人大都高深莫测。"

史引霄道："我是昨日才听说的。"看看顾观我，再看看杜蘅，道："老顾忙，就忙你的，不能耽搁你的病人。杜蘅，你能抽半天陪我去看黄岑吗？"

杜蘅略忖，道："今天上午去，行吗？下半天我看专家门诊。"

史引霄道："那真太巧了，我是愈快去愈好。"又问杜蘅，对黄岑这样的病人，带点什么营养品去最合适？杜蘅道："史区长，黄岑体质弱，补不起，不如买些水果，润润嘴巴。"

医院住院部探视病人时间一般在每日下午三点之后，一则杜蘅是本院医生，二则特需病房住院费昂贵，门卫常常睁只眼闭只眼的。杜蘅领着史引霄找到了黄岑的病房，却被护士小姐拦住了，说病人才经过心肺复苏的抢救，生命体征暂时稳定了，不过仍然处于深度昏迷中，所以拒绝任何人探望。

杜蘅道："我是本院的医生，帮这位病人看过病，也不能进去？"

护士小姐道："杜医生，我认识你。可……你不是她的主治医生……"

史引霄问道："她丈夫呢？她丈夫不是一直陪着她的吗？"

护士小姐迷茫地摇摇头："没有啊，没见她丈夫呀。"

史引霄心中暗暗骂道："徐亦道啊徐亦道，真是只老狐狸！"

杜蘅踮起脚从门上方的玻璃窗朝病房中张望了一下，转身问护士小姐："同志，你说任何人不得进去探望，这病房里不就有两位探望者？"

护士小姐舔了舔唇，放低声音，道："杜医生，千万保密哦！他们是公安局刑侦队的法医，来取病人的血样！"

杜蘅看住史引霄，史引霄也看住杜蘅！

护士小姐哀求道："杜医生，你帮帮我忙，别待在这里了，好吧？"

杜蘅点点头，拖着史引霄走出病区，就坐在电梯门对过的椅子上。杜蘅太了解史引霄了，悄悄道："史区长，我看病房里那位警官，很像你的毛脚女婿，我们就在这里候着。"

史引霄心事重重道："难道黄岑的病，还有什么猫腻？这个徐亦道，到底搞什么名堂？"

杜蘅道："史区长，定定心。待会问你毛脚女婿就晓得了。"

史引霄心急，不停抬腕看表。其实不过二十多分钟，解红旗和法医便出来了，一见史引霄，红旗惊讶道："引霄阿姨，您怎么等在这里？陈小樾是在外科病房……"

史引霄霍地立起，道："什么？陈小樾？南渡的儿子怎么了？"

解红旗看她神色，方知引霄阿姨并不知情，便如实禀告："昨晚十点光景，陈小樾在校门外的小树林里遭遇歹徒袭击，颅脑肩背十几处刀伤。幸而被散步的同学发现，报了警，被送进医院抢救。"

史引霄拽住红旗臂膀："要紧吗？没……没有生命危险吧？"

红旗道："引霄阿姨您坐，您别急，雪弓大哥和南渡姐一直守在病房外面的。"又道："我们正在全力追捕那两名歹徒。"

史引霄回头道："杜蘅，外科病房怎么走？我想去看看小樾。"

红旗道："我们正要过去，引霄阿姨，一起走吧。"

杜蘅轻轻揉揉史引霄的后腰，史引霄领会了，忙道："红旗，方才你们在黄岑同志的病房里对吧？黄岑是阿姨的老战友了，从根据地就跟着我的。她的毛病……究竟是什么毛病啊？"

解红旗沉吟道："引霄阿姨，黄岑同志的主治医生对她的身体状况有些怀疑，我们抽了血样，准备做一些毒物化验。在没有得出结论前，什么都很难说。所以，引霄阿姨……"

"我晓得的，我们不会声张的。"史引霄捏住了杜蘅的手，她们两人的手都冰凉冰凉，却满手心的汗。

一行人到了外科病房，红旗去护士台询问了几句，回转身道："引霄阿姨，陈小樾已经醒过来了。我跟护士打了招呼，你们可以进病房看看他，只能五分钟，最好不要跟他说话。"又道："我们要去另处。引霄阿姨您有什么问题，可以，可以让雪墨找我，她有我的手机号。"

"红旗你忙你的。有空，记得到'兰畦'来吃家常饭哦！"史引霄说出这话，自己也晓得是白说了，红旗哪里会有空呢？

她和杜蘅来到小樾病房前，正要拧门把手，门却开了。原来是同病房病友的护工出来倒便尿器。倒是病房里的史雪弓一眼看到门口的母亲，忙迎出来，道："妈，你怎么晓得小樾受伤了？"

史引霄抬手撩了下儿子的后脑勺，嗔道："你为什么不给我打电话？把妈当废人了对吧？"

史雪弓扶着她进病房，嗫嚅道："史引霄同志一柱擎天，我哪敢小看您那！是，是……"

南渡候上前道："引霄阿姨，是我不让雪弓给家里打电话的，不想叫您操心……"

史引霄道："陈时模千嘱万托，要我照看好他的宝贝孙子，你们倒好，还不告诉我！"看看南渡面孔青灰灰的，眼泡皮红肿红肿，便不忍心再埋怨她了，问道："你母亲，晓得了吗？"

南渡连连摇头。

史引霄道："暂时还是不要告诉她，卞璟如啊，神经太脆弱了！"

小樾的病房有四张病床，每张病床边

有两张方凳给家属探望时坐的。雪弓与南渡便站到病床后沿，两张方凳让给史引霄和杜蘅坐了。

小榭撑开一罅眼皮，吹气般叫道："引霄外婆！"

史引霄食指揿在唇中央，摇摇头，示意他别说话。

南渡道："这孩子爱逞能，关照他不要再管那个邬秀秀的事了，雪墨阿姨已经替他报了案，偏还要去跟踪邬秀秀。结果被人拖进小树林子打了一顿，头上缝了十几针呢。"

史引霄朝小榭翘翘大拇指，道："小榭这性格倒跟我蛮像的，这叫嫉恶如仇，爱打抱不平！"

小榭扯开嘴唇想笑，大概拉动伤处痛了，皱起了眉头。

小护士推开门探进脑袋，微笑道："杜医生，方才解警官说，你们只进去看一眼就出来的，现在已经超过五分钟了呢。"

史引霄只好站起来，道："我们不破坏规矩。小榭啊，好好养伤，隔两日引霄外婆再来看你。"

南渡道："史雪弓你陪引霄阿姨回家吧，你也一夜天没合眼了！"雪弓犹豫道："你一个人，行吗？"

南渡推他一把："我怎么不行？别婆婆妈妈，走吧走吧。"

雪弓便跟着史引霄杜蘅出了病房，走到楼梯口，史引霄站住了，盯着儿子，嗔道："雪弓啊雪弓，要我怎么说你呢？你没看到南渡两只眼睛通通红，人都直不起腰了！你就让她一个人守着小榭？那又是个男病房，她独自在里面多不方便啊！"

雪弓愣怔地看着母亲。

史引霄在儿子背脊上猛拍一掌："去呀，去陪陪南渡，这种时候她是最需要你的！"

雪弓终于明白了母亲的意思，想说什么，又不说了，转身回进病房去了。

杜蘅撞了史引霄一下，问道："史区长，你相中里面那位做媳妇了？她可是有过婚史还带着个儿子呢！"

史引霄道："我从来不干涉儿女的婚事的。"

杜蘅笑着，又撞了她一下，"史区长，你气场太强。说不干涉，你看看雪弓，还不乖乖地回去陪她了。"

史引霄道："雪弓和南渡，从小一起长大的，是有基础的。"

杜蘅道："我刮到一耳朵，当初是南渡负了你儿子。你宽恕她了？"

史引霄顿了顿，道："那么大的社会动荡，年轻人难免犯些错误，她也为此吃了苦头。"

杜蘅道："史区长，我和老顾时常说起，讲讲我们帮你搭脉诊断开药方，事实上，是你的豁达大度急公好义教育帮助了我们。"

史引霄浅浅一笑，道："杜蘅你说得好，可也有人背后骂我心胸狭窄斤斤计较。人活在这世上，总有人喜欢你也有人不喜欢你，哪管得了那么多？"

两人说话间已走出了住院部大楼，正巧看到解红旗和他的同事从对面办公楼门洞走出来，杜蘅双手一合，笑道："史区长你真有福气，让你这位高大威武的毛脚女婿捎你回家。我下午还要坐诊，就不陪你回'兰畦'喽。"

那个夜晚，史引霄差点没把家里电话机的按键揿得瘫痪，横竖找不到二女儿平雪砚，急得她一夜无眠。

那个夜晚，平雪砚却蜷坐在大姐史青玉宿舍的床上，两姐妹也是彻夜不眠。

平雪砚不久前做出了她平生最艰难的选择，她将近年来自己从各渠道获悉的丈夫宋嘉本违规违纪甚至违法的材料交给了反贪局。她很清楚，自己走出这一步，便是亲手毁了自己那个人人羡慕的小家，亲手断送了自己全身心投入其中的工作，也给儿子以后的人生道路抹上了难以消除的阴影。

可是，作为一名检察官，一名共产党员，难道她还有其他的选择吗？

她向反贪局举报了自己丈夫宋嘉本，随后，她又向检察局党委递交了辞呈。她反省自己，轻信宋嘉本，顾惜宋嘉本，发现问题萌芽时，掩耳盗铃般找些理由为宋嘉本解释。宋嘉本一步一步走到触犯法律的地步，自己是有不可推卸的责任的。她觉得自己没有资格再从事代表着公平正义的检察官的工作，请求组织给予处分。局党委慎重考虑了她的情况，决定撤销她在检察院的职务，调往监狱局下属女子监狱任党支部书记。

平雪砚在接到调令后第二天便去女子监狱上任了，她觉得这个新的工作岗位非常适合自己，她希望能用自己这么些年的切身体会去帮助那些在五光十色的诱惑中迷失了本心迷失了方向的姐妹们。

这座女子监狱地处郊区，离大姐史青玉的医院倒不远，乘公交只有两站地。雪砚不想每日里市区郊区地来回跑，消耗时间和精力；实在她也不想回到市区那套装修精致考究的房子里。宋嘉本被"双规"了，正接受组织审查和监察调查。她决定给青玉姐打电话，希望能在青玉姐的单人宿舍里暂居一段时间。

平雪砚在面临平生最艰难的选择时没有跟家里任何人商量。平常，她工作忙，至多一星期总得给"兰畦"里父母亲打个电话，报个平安，问候几句。这个礼拜，她把电话也省掉了，她生怕自己控制不住会失态。她觉得在家里兄弟姐妹中自己的生活是最失败的，她辜负了父亲母亲对自己的厚望，一时间她害怕面对家人，即便是家人的同情与安慰。

唯一例外的只有青玉姐，这一刻她好想扑在青玉姐怀里爽爽快快地痛哭一场。从小到大，在雪砚成长的过程中，母亲史引霄总是把全部精力和最大的热情投放在她的工作中，而艺术又占据了父亲平楚的整个灵魂，大姐史青玉在一定程度上代替了父母的位置，承担起关顾照拂弟弟妹妹的责任。

雪砚给青玉打电话，喊了声："青玉姐！"便泣不成声了。

"雪砚，都做妈妈的人了，还哭鼻子。皓皓晓得了，会刮你老面皮的！"青玉已接到霄妈妈的电话，她和霄妈妈分析种种，都猜测是宋嘉本出事了。此刻她是故作轻松，笑道："你跟霄妈妈闹什么别扭呀？不接她的电话，把她急出毛病来怎么办？你等着，我还有一个病人。下了班，我过去找你……"

雪砚缩了下鼻子，道："青玉姐，我调到女子监狱工作了。下班后，我去你宿舍，好吗？"

青玉陡然一惊，没想到情势这么快就急转直下，宋嘉本的问题已经影响到雪砚了，难怪她什么电话都不接！青玉忙道："好啊好啊，女子监狱对过有个公交站，两站路就到。晚上你想吃点什么？大姐帮你做。"

雪砚没有回答。青玉为她想想，雪砚妹妹外表看看娴雅贞静，其实内心是极要强的。遇到这么一个坎，一定巨创深痛，自然是没什么胃口的。下班前去医院食堂看看，有供病号吃的鸡茸菜糜粥，便打了一饭盒子，另外买了两块红枣松糕，清淡又可口。

雪砚踏下公交车，一眼看见站牌下幽兰绝尘般立着青玉姐，动唇想叫，却哽咽住了。青玉上前一把挽住她道："姐都晓得了！我们雪砚穿狱警服也一样挺拔俊俏。走，我们回房间再讲。"

在史青玉素朴洁净的小房间里，对着青玉姐温润如玉的面孔，听着青玉姐溪水般潺潺湲湲的抚慰声，平雪砚积压了许久的苦闷、悲愤、张皇、颓丧、紧张，千头万绪和着泪水决堤而出。抽抽泣泣、断断续续，她从宋嘉本打网球说起，说到藏在网球兜里的钞票，再到宋嘉本办公桌抽屉里的照片，还有"春秋繁露"天价会员卡……原本有理想有抱负有才干的宋嘉本就这么一步步走进了泥潭！雪砚凭着一个检察官的职业操守举报了自己的丈夫，可她的情绪也跌入深深的迷茫和绝望，悲切道："青玉姐，我真觉得无脸去见爸爸妈妈，想到周围同事邻居亲友们背后的点点戳戳，恨不得立刻从尘世间消失……还有皓皓，我该怎样跟他解释他父亲的事情？隐瞒得了吗？我是不是应该向宋嘉本提出离婚？我又不忍心让皓皓成为没有父亲的孩子，可是皓皓已注定有一个不光彩的父亲了，他以后的生活注定也是艰难的，没有光彩的了……"

史青玉静静地听着雪砚语无伦次的絮叨，寻思着如何才能将雪砚从个人遭际的痛楚中解脱出来？雪砚一向明事理晓大义，一般劝解的话她都懂，这时候触动不了她。青玉拿定了主意，说说自己的故事，恻隐之心也许能让雪砚妹妹挣脱桎梏？

史青玉虽然同"兰畦"里的弟弟妹妹们手足情深，却也是第一次敞开心扉，述说自己与史元同漫长的刻骨铭心的无望的爱情；述说自己从未谋面却从未忘却的生身母亲。

他们姐妹俩蜷窝在青玉的单人小床上，青玉说话不受情绪影响，总是不温不火不疾不徐，就像一根古箫哼吟出古老的曲调。

雪砚开始是靠着枕头斜躺着听，后来便坐起来，抱着双膝凝神聆听。窗户从漆黑渐渐变成深蓝，又变成鱼肚白，雪砚细巧的双目被泪水浸透了，活鱼儿似的。青玉姐说完了自己的故事，稍有点乏困了，双手枕在脑后，轻轻合上眼皮。雪砚看看小闹钟，快六点了，便蹑手蹑脚下了床。

"雪砚，不眯一小会儿？"青玉姐问了声。

雪砚双手搓了搓面孔，道："姐，你说了一晚，抓紧睡会。我要在女犯出操前赶到监狱。"

史青玉听雪砚说话已经恢复往常的音调和频率，略略放了心，道："那你把菜粥热热吃了，早上空腹，一天都会没精神。"

雪砚道："我去监狱食堂吃早饭，也好跟同事们熟稔起来。"

青玉仄起身道："抽屉里有这房间的备用钥匙，你带上。今晚上我值夜班，你自己回来睡。"

雪砚拿了钥匙，把狱警的帽子戴正了，竟向青玉抬手行了个礼，便出门了。

史青玉长长吁了口气，看来雪砚妹妹已经挣脱低迷情绪的樊笼。她也睡不住了，漱洗罢，喝了点粥，便去医院。想着头一件事，要给霄妈妈打电话，报告雪砚的行踪与状态，真不能让老太太再担忧了。

在地处郊区的女子监狱，极少有同事了解新来的党支部书记平雪砚以往的经历和遭际，这让雪砚得以放下包袱，脱胎换骨般全身心投入新的工作岗位。这一天，她巡视了各个分监所，随机与十来个女犯人进行交谈，并见缝插针召开了各监狱警的小型座谈会，听取大家对监狱工作可改进之处的意见和建议。她渐渐觉得监狱工作其实大有可为，做好了也是很有成就感的，沉浸于工作，让她空落落的心逐渐充实起来。及至下班时分，她突然觉得饿了！从她将宋嘉本的举报材料递交上去以后，许久没有"饿"的感觉了。

雪砚到监狱食堂狼吞虎咽吃下一碗大排面，恢复了唇齿间美味的享受，也恢复了思维的逻辑和活跃。她想，这个礼拜天一定要去宋家把皓皓接回来了。

平雪砚在监狱耽搁到八点敲过才离开，赶上了最末班郊区公交。下车后，她急匆匆过马路，脑子里正考虑着如何去跟婆婆交涉，要把皓皓带回自己身边恐怕得费一番口舌，忽听一声喝道："平雪砚，总算找到你啦！"雪砚惊举目：初冬郊区的夜风已经凛冽，路灯的光环被夜露浸湿愈是昏暗，昏暗中却有一对晶莹扑闪着，边上还有一团火。

那对晶莹竟是雪墨的眼睛，边上是雪墨鲜红的"霸伏"电动车。

"雪墨你，你怎么寻到这里来了？"雪砚脱口问道。

雪墨"嘿嘿"一笑，道："任你孙悟空七十二变本事再大，也逃不出如来佛的手掌。"雪砚恼怒道："平雪墨，你再这样油嘴滑舌，我不理你了！"说着进了楼门，蹬蹬蹬上楼。

雪墨踩着她脚踵紧跟着，一边道："二姐，我可是奉了老妈的圣旨，第一，要看看你情绪怎么样？身体状况怎么样？第二，你工作不忙的话就让你回家一趟，史引霄同志想跟你谈谈心。"

雪砚掏出钥匙开了房门，雪墨连忙跟进了屋。雪砚两手一摊，"你看见了吧？我情绪很正常，身体也健康。刚到新的工作岗位，自然是忙的，暂时还不能回家。你可以回去向老妈汇报了。"

雪墨团圆张望着，道："二姐，你就跟大姐挤一张小床睡啊？不如跟我回'兰畦'，省得妨碍大姐休息。"

雪砚道："大姐今天值晚班，不回来睡的。"

雪墨道："二姐，你晓得妈因为打不通你电话急成什么样子了吗？有天大的事，你也不能玩失踪啊！"

雪砚沉默片刻，哑壳壳道："你回去跟妈说，礼拜天我会带皓皓一起回'兰畦'看她，由她批评由她责骂！"

雪墨道："二姐你放心好了，妈这回绝不会骂你。她听青玉姐说了你的事，大为感叹，说你的举动像她史引霄的女儿！"

雪砚鼻根酸叽叽的，不敢开口，又沉默着。

雪墨坐在床沿上，拍拍褥子，道："青玉姐今晚不回来住对吧？二姐，我索性不回去了，跟你挤被窝。"停停，试探性地，笑道："本记者天性好奇，是职业病，正好采访采访你……"

雪砚"咚"地站起来，冷笑道："平雪墨，我最讨厌你们这种记者，就喜欢窥探人家隐私。现在我明确告诉你,你是不受欢迎的人,请马上离开这里!"

雪墨连忙赔笑脸:"二姐,我是跟你开玩笑的嘛。我向老妈发誓,我到这里来,绝没有带任何采访任务,真就是受老妈派遣。"

雪砚板着脸道:"我不管你带不带采访任务,我还有总结报告要写,你在这里会妨碍我工作的。"

雪墨长长地打了个哈欠,道:"我已经困死了。这样吧,我睡觉,你工作,肯定不妨碍你,我向老妈发誓!"

雪砚白她一眼。夜深了,她并不放心小妹一个人骑"霸伏"回城里。只恨声道:"你要再捣蛋,看我不把你摔到马路上去。"

雪墨吐下舌头,正准备去厕所间漱洗,却听得自己的漆皮双肩包里"笛笛嘟嘟、笛笛嘟嘟"一阵响。

雪砚已在桌边坐下,摊开了笔记本,准备先整理座谈会的记录,顺口问了句:"怎么?你也买了手机?"

雪墨匆忙伸手到包里摸着,边道:"工作需要嘛。二姐,你现在到郊区上班,也该去买部手机,方便多了。"

雪墨掏出一部银灰色翻盖诺基亚手机,这是解红旗送她的生日礼物。红旗谈恋爱不晓得浪漫,他绝不会送名牌包包之类的奢侈品,也不会送九十九朵玫瑰来抓人眼球。他看雪墨跑东跑西采访,常常为联系不上采访对象着急,便送了她这部手机。雪墨心里喜欢,这叫做"雪中送炭"。

雪墨翻开手机盖板,正是红旗来电!雪墨抑不住笑意,柔柔地"喂"了一声:"是我,我在……"

对面嘶哑的吼声截断了雪墨的话:"雪墨,记牢这个号码,苏,7842……快,快告诉谭姐……"

咔剌——砰——

对面突然间就没有了声音。任雪墨呼叫,一遍遍摁键,一片死寂!

雪砚欠起身子问:"怎么了雪墨?是解红旗吗?"

雪墨一时乱了方寸,"是……不是……断了!"突然拎起双肩包背上,"姐,我马上回城!噢,谭姐!找谭姐!"

雪砚意识到准妹夫必有急事,便不阻拦,从衣架上抽下一条羊毛围巾替雪墨围了,道:"风大,路黑,开慢点!"

雪墨"嗯"了声,转身出门,嘴里念念着:"7、8、4、2,7、8、4、2……"

雪砚扑到窗口往外张望,小妹已跨上"霸伏",突突地驶入夜色,一点红渐渐被漆黑吞没。

48

天气说冷就冷了下来。"兰畦"院子里两棵粗拙的老梧桐枝杈上仅存的几片焦褐的叶子在夜里几阵寒风中无奈地掉落,光秃秃的虬枝互牉盘屈在窗前。平楚没犯病前,这里是他的画室。平楚画累了,便端把椅子坐在窗前,托着下巴跷起二郎腿,饶有兴致地欣赏梧桐枝叶瞬息万变的构图,他说从这些图案中能看出许多哲理。

史引霄起床后,水珠便唰啦啦打开了窗帘。是阴天,天空灰蒙蒙的,梧桐虬枝构成的画面张牙舞爪阴森恐怖。史引霄跟水珠道:"还是把帘子拉上吧,又没有太阳。"

水珠晓得这一阵大姐心里不顺,便道:"下楼吧,大姐,我去把皓皓叫起来,一道吃早饭。"

上个礼拜天雪砚将皓皓送到"兰畦"来了，只要客厅里有皓皓的影子，史引霄的小眼珠便灼亮起来。

早些年，史引霄对小孩子的事情并不很上心，平楚母亲还健在时，家里一切由她打理，史引霄只需把钞票交给婆婆就百事不管了。那时她和平楚全身心扑在工作上。如今赋闲在家，史引霄自己也搞不懂自己怎么愈来愈儿女情长起来。孩子们都已有了他们自己的生活天地，她却操心了这个又操心那个，没有一日是安宁的。

史青玉虽非史引霄亲生，引霄一直以来最信任她。人家现在已是主任医生兼副院长了，引霄却总是觉得亏欠了她，没促成她与自己侄子元同的婚姻，没帮助她找到她生母的下落。

儿子史雪弓是史引霄最器重的孩子，其实雪弓也没有辜负她的期望，周围的亲眷朋友提及史引霄的大儿子谁不翘大拇指？可史引霄见儿子一次就要敲一次木鱼："雪弓啊，你的入党申请书交上去了吗？思想汇报要认真写！"史引霄还操心着儿子找对象的事，两任女朋友先后跟了别人，是我的雪弓不帅气吗？是我的雪弓不优秀吗？史引霄总结下来，是儿子太耿直，遇事不懂得委婉圆通处理；犟头倔脑又不会柔心下气讨女人欢心。思来想去史引霄决定自己要出面"干涉"了。最近一段时间，她跟卞璟如的通话频繁起来，两位老太太处心积虑设计着种种让史雪弓跟南渡碰头的机会。

平雪砚原是最让父母放心安心省心的孩子，实诚规矩，勤奋努力，从小到大，一步一个脚印，扎扎实实，稳稳当当。谁会想到身为国家干部的女婿会出问题？前几天联系不上雪砚，史引霄心急火燎，茶饭不思，差点又要被顾医生杜医生送进医院。雪砚到底没有让母亲焦虑得太久，她很快调整好状态，进入新的工作岗位。最让史引霄宽慰的是雪砚把皓皓接到"兰畦"中来了。亲家母这次还算爽快，一则原是她儿子出了问题，理亏一层；二则她住的房子因是宋嘉本受贿所得，将被法院拍卖，她已自顾不暇，竟没让雪砚费许多口舌，就对孙子放手了。

原以为皓皓来家后史引霄可以全心思放在外孙的培养上了。隔年皓皓就要上小学，史引霄已经开始谋划，是让皓皓就近上公立小学呢？还是送他上著名的民办外语小学？生活上皓皓有水珠照顾不成问题，那么学习上呢？雪砚现在工作调往郊区，一个礼拜周末能回来一次就不错了。史引霄心里已经有了不二的人选，倘若雪弓与南渡能够破镜重圆，南渡和她的儿子小榭不都可以在学习上辅导皓皓了吗？

正当史引霄沉浸在自己的运筹擘画中沾沾自喜的时候，小女儿平雪墨一向快快乐乐顺顺利利的日子陡起风波，如同遭遇强台风并掀起海啸！雪墨的未婚夫解红旗在电话里匆匆留下一串奇怪的数字后便莫名其妙地人间蒸发了！

那个深夜，雪墨骑着"霸伏"电动车发疯似的赶回市区，在刑侦队找到谭姐，把那个数字告诉她。谭姐说，这一定是嫌疑人的车牌号，一个多小时前还接到解警官发来的信息，说是跟踪到嫌疑人了。过后便断了联系，估计是呼机没电了。谭姐他们通过全市交警队排查这辆车，根本没有这个号码，显然是个假车牌。解红旗平时开的 SUV 车上安了定位装置，信号显示，解红旗的车开入东北向的一条过江隧道里，随后信号便消失了。侦察员们在进入隧道的监控摄像中发现了解红旗的车，搜遍出隧道的监控摄像，却找不到解红旗的车！谭姐带着队员们把那条隧道仔仔细细筛查了好几遍，仍未找到任何蛛丝马迹！

已经过去快半个月了，雪墨圆兜兜的面孔熬成了锥子般的三角形，眼眶更深了，眼珠更大了。她发疯似的天天跑到刑侦队打听消息，捧着诺基亚手机十遍百遍的摁那个稔熟的号码，得到的回应永远是"对不起，对方已关机！"史引霄屡屡要雪墨回家来住，好让水珠烧些好吃的滋补滋补她。雪墨道："妈，我已经有自己的家了，我要在家里等红旗回来。"解红旗石库门里的房间早已重新装修过了，原本，红旗说的，等破了手中这个大案，他就把雪墨娶进门。

雪墨原是史引霄夫妇最娇宠的老尾巴女儿，一想到她遭受如此巨创，史引霄便心如刀割，她拜托姚秀帘常去解红旗家照看雪墨，姚秀帘何尝不是锥心泣血回肠九转呢？三日两头去解家，帮雪墨烧几只可口的小菜；在妹妹姚秀琴的遗像前烧香叩拜，要秀琴在天之灵保佑红旗有惊无险，平安归来！

雪砚送皓皓过来时关照水珠，外公外婆吃什么就给皓皓吃什么，千万不要惯他！雪砚转身出门，史引霄嗔道："讲话也不动脑筋，哪有六七岁小孩子跟我们老头老太吃同样饭食的呀！"便跟水珠商量着安排皓皓的食谱，早、中、晚，一礼拜七天各有不同，史引霄对自己生养的孩子从没这样细致入微过。

这天早晨水珠给皓皓炖了碗蛋羹，还有杯牛奶，一只夹肉松的小面包，外加一只橙子，皓皓喝了两口牛奶就不肯喝了，抱起皮球跑到院子里踢球，水珠端着碗蛋羹在他屁股后面追，一边喊："皓皓，乖，吃口蛋羹再玩……"史引霄见状，摇摇头，心里嘀咕着，都是在宋家惯坏的。雪弓雪砚雪墨几个，小时候吃饭，都规规矩矩坐着，双手捧碗，哪像这样没形没状的？便立在阶台上斥训道："皓皓，你不听水珠婆婆的话对吧？好，外婆明天就让你妈妈把你送回奶奶家去！"这一招果然有用，皓皓皮球也不要了，自己就像只球似的骨碌碌滚进屋里。他扫了圈餐桌，道："外婆，我要吃你的早饭！"史引霄和水珠一样，早上吃杂粮稀饭外加一只白煮蛋。暗忖：小孩子喜欢新奇，只要他肯吃早饭就好。便让水珠给皓皓盛了碗杂粮稀饭。皓皓就着腐乳和肉松，稀里呼噜，很快就吃完了一碗粥。水珠又将橙子一片一片塞进他嘴巴里。史引霄挥挥手道："可以了，饿不到他了。大衣穿上，好去幼儿园了。"

水珠送皓皓去幼儿园，史引霄推开平楚画室的门，看见方才端给他的牛奶鸡蛋果酱面包原封不动地放在托盘里，平楚陷在圈椅中，痴呆呆地望着面前的画稿，如入定老道。平楚的画室团圈挂着靠着画稿，几乎没有一点空隙了。画布上都是千姿百态的芦苇，整个画室变成了密匝匝的芦苇荡！史引霄浑身一震，仿佛自己瞬间化作一株芦苇。平楚缓缓仰起面孔朝她咧了咧嘴，唇间晶莹一闪。这般表情令史引霄回到半个世纪前茆围子海边的芦苇丛中，她与平楚初次相遇。

许时，史引霄从恍惚中镇定下来，抬手拍了拍平楚的肩胛，又点点托盘里的早点。平楚"嗯"了声，并没有立即挪动身子。史引霄虽不太懂画画的技巧，但和平楚相濡以沫这么多年，她太懂得作画人创作起来的心态了。忖着：此时逼他吃早饭，吃下去也没味道的，由他去吧！便轻轻退出了书房。

史引霄站在露台上划手划脚来了几下太极拳的动作。她跟顾观我夫妇学过几式，住院期间康复医生也教过她几式，偏偏她记不清了，两下里动作搅在一起，胡乱动动，倒也冒了点汗。便进屋来，水珠把她早上该吃的药都放在一只碟子里，红红绿绿白的黄的一簇。她倒在掌心，往嘴巴中一丢，喝了两口水吞下去了。

"史区长你，你现在有空吗？"客厅门被推开一条缝，杜蘅探进脑袋问道。

史引霄咽水时呛着了，咳了一阵。招手让杜蘅进屋，坐下说话。杜蘅却不坐，替史引霄轻轻拍着背，待史引霄咳停了，又把杯子递到她手中，道："史区长，喝水要慢，小口小口咽。年纪大的人喉头肌肉松弛了，容易呛。"

史引霄道："看你紧紧张张的样子，怎么啦？是老秦吗？"

杜蘅摇摇头："老秦被他侄子接回老家去了。"停停，凑近史引霄："史区长，黄岑……死了！"

史引霄手中茶杯差点滑掉，小眼珠定定地盯住杜蘅，"什么时候的事？"

杜蘅道："方才医院里同事给我电话，我关照她多留心黄岑的病情。据她说是今天凌晨的事，到处联系她家属联系不上，医院只好通知了派出所。"

史引霄恨道："徐亦道撂下黄岑就不管了？"

杜蘅道："听讲前两天徐局长还去医院，一把眼泪一把鼻涕，要医生无论花多大代价都要救活他老婆。"

史引霄呆了一会，道："这只老狐狸，搞什么名堂？"

杜蘅捏住她的手，道："史区长，看来他们夫妇之间名堂多得很呢。上回法医抽了黄岑血样去检验，一直没有结果出来。我们医院检验科却在她血液中检出少量砷元素，可能黄岑长期以来都在吃含砷的食物，只因量极少，不会一时致命。怪不得她身体那样虚弱，我想尽办法给她用补药，哪里补得回来呢！"

史引霄捏着杜蘅的手瑟瑟抖，嘴唇抿得紧紧的，鼻孔里喘粗气。片刻，她猛地抓起电话筒，手指像出剑般笃笃笃戳着按钮，对着话筒就喊："钱龟龄你这个代区长怎么当的？信访处的黄岑病了那么久，你关心过没有啊？还有徐亦道……"

"史区长，我不是钱龟龄呀！我是办公室的小邵。"

史引霄对着话筒看看，纠起眉头道："噢，是小邵啊。你们钱区长呢？到上班时间了吧？"

对面道："钱区长到市里开会去了，恐怕要到下午才来办公室。"

史引霄略忖，道："这样吧，小邵，你叫总机把我的电话转到徐局长办公室！"

对面"嗯吱"了片刻，问道："史区长您还不晓得吗？徐……局长已经好几天没到机关里来了！"

史引霄挂了电话，跌坐在沙发里，许久不出声。杜蘅又给她茶杯里添了些水，端到她手边。史引霄人如石雕，心里面却是五味杂陈，愤恨与痛惜交织扭结。黄岑是自己从苏北根据地一路带出来的干部，徐亦道曾是淮海战役中的战斗英雄，与自己共事多年。当初他们结为夫妇，谁不夸他们天造地设的一对？如今走到这般地步，史引霄莫名地感到内疚。前几年，她已经感觉到他们夫妻之间有点七翘八裂不顺当。

放在早前，依史引霄的脾气，她定会插手调解。可世风变了，人都学会了八面玲珑，随风转舵。史引霄虽数次旁敲侧击，也不便深究其因。这才是千里之堤，毁于蚁穴；不矜细行，终累大德呀！

史引霄忽然一跺脚站了起来，看到杜蘅还在跟前，便道："杜蘅，今天你要去医院坐诊吗？"

杜蘅摇摇头。她才办了退休手续，每礼拜只两个半天去医院坐诊专家门诊。

史引霄道："下午陪我去探望我一个老战友行吗？水珠三点要去接皓皓回家的。"

杜蘅爽快地应允了，道："吃好中饭睏一觉吧？两点钟我下来。"

前几日接到电话，何弱之又到上海养病来了，还住南楼老病房。史引霄一直挨着没去看他，像何弱之这样的省一级干部住院，前往探病者不会少，史引霄不想去凑热闹。今日起兴去看他，项庄舞剑意在沛公，她想会的是何弱之的老婆徐亦香！徐亦香总该晓得徐亦道的去向！史引霄仍没有打消规劝徐亦道的念头。在她的印象里，徐亦道虽然滑头，但对自己还是蛮尊重的。

水珠送皓皓去了幼儿园，又去菜场兜了圈，拎了满满一篮子小菜回来了。笑眯眯道："大姐，我给你带了两位客人回家，他们在弄堂前头东打听西打听找史区长家。"

史引霄摘下老光镜，疑惑地迎至门前，小眼珠不由得弹了出来！原来不速之客竟是龚建国宋嘉卉夫妇，手中大包小包拎了许多东西。论起来他们不远不近也是亲戚了，史引霄只在雪砚的结婚宴上跟他们互敬了两杯酒，许多年几乎不相往来。一则史引霄在区长任上便给自己立下铁律，不跟企业家发展私人关系；二则，她心里一直认为姚秀琴的去世宋嘉卉要负一定的责任。

史引霄沉下面孔，冷冷道："你们来做什么？还带了这么多子弹炮弹手榴弹！我告诉你们，没用的。宋嘉本虽是我女婿，他违纪违法就应该接受组织的审查，我不会去为他求情的！"

龚建国赔着笑脸道："史区长，您误会了，我们绝没有请托您找门路的意思！"转脸睖了宋嘉卉一眼。

宋嘉卉已被史引霄几句话呛得满脸通红，惶遽道："史、史区长，这、这些东西，不、不是子弹炮弹……我姆妈想皓皓了，托我们，带给皓皓……"

一提到皓皓，史引霄再铁石心肠也扛不住了。想想对面亲家母，虽是待人势利促刻，终究是把皓皓从一个肉团团带成了蹦蹦跳跳的小汉子。便侧了身子，让两位进了客厅。水珠遵循"来者都是客"的原则，一样递上茶水。宋嘉卉便将替皓皓买的玩具、点心、衣物一一交代了，堆在茶几上。

史引霄无奈道："买那么多吃的穿的，小囡是日长夜大的，一张嘴巴又能吃得了多少？你姆妈莫非怕我亏待她孙子不成？"

宋嘉卉着急分辩道："哪里啊！我姆妈晓得史区长身体不大好，只想多为您分担一些。小囡这个年龄是最调皮最难带的了。"

史引霄顺势问道："你姆妈情况还好吗？她搬回原先的弄堂里住了吗？"

宋嘉卉道："建国说，弄堂房子楼梯太陡，姆妈爬上爬下不方便，让姆妈住到我们家里来了。"说罢，抛了个款款的眼风给龚建国。龚建国含情脉脉抚了抚她的背脊，道:"前十年,我们只顾打拼生意,对姆妈照顾不周。"寒暄罢,搓了搓手,便转入正题,道:"史区长,我们夫妻今日冒昧登门,一来给您和平楚先生问安;二来代姆妈送点东西给皓皓;这三嚒,史区长,我和嘉卉特地来向您负荆请罪的!"

史引霄挑起眉头,不甚客气道:"你们向我请什么罪?"

宋嘉卉低着头,把面孔埋在两只肩膀当中,一声不吭。龚建国眼珠子停在她身上拂拭着,一边道:"我们后来是从雪砚妹妹口中得知,牺牲了的里委会姚书记是史区长您的朋友。那桩事情,嘉卉处理得不够妥当……嘉卉一直想向您道歉的,她脸皮薄,不敢来。"

史引霄手掌在眼门前挥了挥,表示不要旧事重提了。

龚建国喝了口茶,又搓手,道:"另外,嘉本兄弟走到这一步,我们也有责任……"

史引霄瞪起小眼珠,"你也向他行贿了?"

龚建国道:"史区长,我们不敢。可是我们察觉嘉本兄弟被人利用,想提醒他,也不敢。嘉卉曾跟他提了一回,被他训斥得哭了。"

史引霄叹道:"要这样说起来,我这个丈母娘也是有责任的。女婿是娇客,好吃好喝款待,极少跟他沟通思想。只看他青年才俊,受到组织的器重。没想到他会陷入泥坑不能自拔!"

龚建国因道:"史区长,您也不要太自责,其实,拉嘉本兄弟下水,将他作为保护伞挡风板,陷他于不仁不义境地的确有人在!"

"嗯——?"史引霄警觉地盯住他。

龚建国并不回避她金弹子般的小眼珠,道:"史区长,我这么说你一定猜到了是吧?就是徐亦道!"

史引霄一怔,像龚建国这样谙熟人际之道的商界精英竟直呼一级领导的姓名,可见他掌握不少实据。因道:"徐亦道与宋嘉本并不在一个系统工作,我从未介绍他们认识。"

龚建国轻轻一笑,"徐亦道想结识什么人都轻而易举。开始,他要英华公司的马总,经常给嘉本送东西。史区长您晓得,我们跟英华公司有合作关系的,对这些略知一二后便有些警觉了,也提醒过马总。"

史引霄思绪渐渐清晰,龚建国夫妇今天上门,声称请罪,实为表功吧?

龚建国喝口茶,见史引霄并无太大反应,便抛出重磅炸弹:"徐亦道上下筹谋,终于让他儿子的公司承包经营'春秋繁露'。"

"什么?徐亦道的儿子?徐亦道有儿子?"史引霄吃惊道。

龚建国一拍大腿,"史区长不晓得啊?徐亦道参军前在老家就成过亲的。后来他要追求现在的妻子,硬逼乡下的媳妇离了婚。他儿子叫徐瀛洲,那个瀛洲公司实际上没有任何正常生意,全仗徐亦道通过种种关系帮他撑着……"

史引霄忽觉一阵昏眩,便靠着椅背,合上眼皮。

宋嘉卉欠身上前问道:"史区长,你怎么啦?要紧吧?"

史引霄晕了几秒钟便回转了,道:"老毛病子,血流不畅。"坐直了身子,问道:"徐亦道,现在去哪了?你们应该晓得吧?"

龚建国道:"我们正想向史区长汇报。我们公司有员工被徐亦道介绍进'春秋繁

171

露'做保安。徐亦道首先得知刑侦队盯上了'春秋繁露',就叫徐瀛洲遣退员工准备跑路。以徐亦道的身份,要搞两张护照还不容易?幸亏我们公司那位员工来告诉我'春秋繁露'的动态,我马上向市局举报了。前两天听到消息,徐瀛洲被海关拦下,徐亦道大概是用了假护照,没有发现他的踪迹,也许……被他溜掉了。"

史引霄重重地拍了下沙发把手,伴之重重的一声叹!她原打算下午去医院探望何弱之,通过徐亦香尽量联系到徐亦道,规劝他,棒喝他,在悬崖边拉他一把。徐亦道这一跑,她有心却无处下力,便真是无可奈何花落去了。

中饭时,史引霄满口无滋味,捧起饭碗胡乱扒了几口便放下了。中觉时,她和衣斜躺了一会,自然是睡不着的。心里面扑朔迷离、犬牙交错,从徐亦道想到黄岑,从宋嘉本想到解红旗,纠缠得她无法片刻安宁。及至杜蘅下楼,想想还是应该去看看何弱之徐亦香,他们此时一定已得知徐亦道黄岑的事情,必是痛心疾首,极需有人劝勉分解吧?

病房里却只有何弱之独自靠在床上,紧闭双目,纹丝不动。护士小姐告诉史引霄,何老身体并无大碍,心脏早搏和慢阻肺都在可控范围中。史引霄心里有底了,便叫道:"老何,不欢迎客人呀?杜蘅医生特来替你搭搭脉的!"

何弱之噌地睁开眼睛,想要下床,被史引霄摁住了,道:"别动别动,你躺着,我们坐着,不妨碍讲话吧。"

杜蘅已掏出一枝长腰腰的腕垫,放在何弱之手腕下,笑道:"何书记,您尽管跟史区长说话好了,我想帮您测测日常活动时脉搏的跳动轨迹。"便按住了何弱之的脉穴。

何弱之长叹一声道:"自我感觉这里不适意那里也不适意,浑身上下没一处摆得平的。检查下来却说没什么大问题。我怀疑这里的医生瞒着我什么。"

史引霄道:"你不要疑心生暗鬼,等杜医生把脉后就晓得了嘛,杜医生是决不会瞒你什么的。"

何弱之对着史引霄一阵摇头,道:"看看你两粒眼珠蛮晶亮的,你怎么也看不清徐亦道的真面目呢?"

史引霄道:"所以老古话说嘛,天可度,地可量,唯有人心不可测,以前只道他有点妄自尊大,工作能力还是强的。"

何弱之道:"看来,我们都犯了形而上学教条主义的错误,绝对地、静止地、孤立地去看人和事物。忽略了在一定的条件下人是会变化的呀!"

史引霄点点头。在茆围子的时候,武工队员们有时戏称何弱之为"麻皮秀才",因为他读书多,古今中外、马恩列斯,特别是毛主席著作,信手拈来,都能背上几段。想必对大舅子徐亦道的腐败堕落已有充分的思考,用不着旁人再多嘴舌了。想想,还是问道:"阿香……还承受得了吗?她没陪你来上海?"

何弱之叹道:"女人么,总是脸皮薄,不愿这种时候到上海来,招人非议。"停歇口气,瞟一眼史引霄,"也是祸不单行,奔腾那个股票基金公司出了点问题,最近股票跌得厉害,整个行情都不好,也怪不得奔腾。有的投资者,赚的时候拼命投钱;亏了,就堵在公司里闹,还闹上了法庭。阿香一急,病倒了,住进瓢城人民医院。"

"何书记!"杜蘅叫了声,指头从何弱之腕上弹开。

172

何弱之恨声道:"当初我就反对奔腾搞什么股票基金公司,大学毕业,好好找一份工作,不是蛮好么?偏她什么都顺着儿子,陪着奔腾跑东跑西拉股资。现在倒好……还不晓得如何收场呢!"

杜蘅扬起面孔看住史引霄,史引霄绽开笑脸道:"杜医生,老何脉相如何啊?据实讲,何书记什么惊涛骇浪没见过?受得住的!"说着,朝杜蘅挤了下眼。

杜蘅领会了,也勉强笑笑,道:"何书记有七十了吧?可是从脉相上看,您只有五十岁,正当壮年!"

史引霄夸张地惊诧道:"真的么?老何,你好幸运!到我们这个年纪,还有什么比健康更珍贵的呢?"又道:"杜医生,回头你也给我搭搭脉,我是肯定及不上老何的。"

何弱之面孔上终于有点笑意了,道:"杜医生,多年前顾观我医生给我开过一个药方,吃过几个月。后来嘛,工作一忙,就顾不上了。"

杜蘅道:"隔两天,叫老顾过来,重新替你开一副。"

"好,好!"何时弱之挪动身子想坐起来,叠得高高的枕头下"啪嗒"滑出一本厚厚的书来。史引霄便欠下身去捡,那书名赫然入目《抗日烽火一书生——文汉兴自述》。

史引霄将书递给何弱之,小眼珠锃亮地盯住那张布满白麻子的面孔。何弱之稍有尴尬,麻脸由白转红,嘿嘿笑道:"文汉兴才寄来,我稍稍翻了几页。自己也想总结总结自己,参考参考嘛。"转而道:"老史你想写自传吗?你先拿去看好了。"

史引霄浅浅一笑:"我不想青史留名,但求无愧于心。哪能夺你所爱?"顺手将书塞进何弱之枕头底下。她早就想通了,任文汉兴如何篡改真相,编撰他的光荣历史,真相不会消失,只是静静地躺在岁月的尘埃之下,她无须为此争辩了。

史引霄和杜蘅告辞走出何弱之的病房,杜蘅便捉住史引霄的臂膀,急道:"史区长,您听何书记说了吗?他儿子的基金公司垮了!我们投给他的钱……还拿得回来吗?"

史引霄沉吟片刻,道:"杜医生你放心,我负责,一定帮你们把本金要回来。老何嘛,我跟他可以说是生死之交了。我了解他,无论如何他不会亏我们的。"

杜蘅合掌道:"但凡本金能回来,我就烧高香念阿弥陀佛了。"

她们回到"兰畦",水珠迎了出来。史引霄问道:"皓皓接回来了?"

水珠满脸堆笑道:"回来了,跟他姆妈在院子里躲猫猫呢。"

史引霄惊喜道:"雪砚来啦?"匆忙跟杜蘅招呼一声,直接穿过客厅去了花园。

入了冬又近黄昏,院子里大部分草叶俱枯败,沿墙"兰畦"里的兰叶已呈褐绿色,清瘦憔悴,忽忽地披拂着。灰脱脱的院子却因雪砚跟皓皓母子俩互相追逐躲藏,人影晃动,笑声飞扬,气氛便灵动起来。史引霄站在露台边看了一会,这一帧母子嬉戏图让她心暖。直到雪砚发现了母亲,叫道:"皓皓,外婆回来了!"

史引霄道:"出汗了吧?风大,快进屋吧!"

皓皓跳上台阶就喊:"外婆,今天晚上我要妈妈陪我睡觉。"

史引霄望望雪砚,雪砚摇摇头。史引霄便道:"皓皓不怕难为情?这么大了,还要和妈妈睡觉,幼儿园小朋友晓得了,都会刮你老面皮的。"

皓皓撅了嘴，气鼓鼓地进屋了。史引霄扭头问雪砚："真不能在家里睡一晚吗？"

雪砚道："一早要出操，睡家里，半夜就得起来赶头班车。"

史引霄点点头，想起来，又问道："今天怎么有空回来？又不是礼拜天？"

雪砚没穿制服，裹着一件草米色的棉风衣，长披发剪成了齐耳短发，站在灰脱脱的院子里显得细弱清简，用力挑起唇角做个笑容，道："妈，方才，我去见过宋嘉本。专案组希望我开导他，打消他的消极情绪，配合检方弄清整个案件的来龙去脉。可是……"

史引霄抬了抬手，她非常想抚摸一下雪砚有了许多细纹的面孔，最终还是忍住了。

平雪砚着实感谢专案组的安排，没有让她隔着铁栅栏跟宋嘉本见面，甚至都没让宋嘉本戴手铐。

几个月没见宋嘉本，雪砚怀疑地问自己：就他么？就是自己千挑万选看中的那位有学问有才干有理想的青年才俊？

宋嘉本剪短了头发，原先乌黑的发色已夹杂许多银丝。裸露了宽大的额头，使他的脑袋显得愈发大。镜片后的眼睛无有了往常的神采，躲闪着，游弋着，涸辙中挣扎着的鱼儿般。

他们隔着一张审讯桌相对无言，仿佛隔着悬崖深渊。

还是雪砚先开了口，吸了下鼻子，道："……还好吗？生活上，还缺什么吗？"

宋嘉本耸了耸肩胛。稍顿，掀起眼皮刮她一眼，冷笑道："你扶摇直上了吧？揭发亲夫，立了大大的功劳！"

雪砚死命咬住嘴唇，心如刀绞。片刻，气平了，镇静道："我调到女子监狱去工作了，在郊区，不能日日回家。我把皓皓送到'兰畦'，交给我妈了，你尽管放心。"

宋嘉本又耸了耸肩胛。他的眼镜框垂到鼻尖上了，却也不去理会它，由它垂着。突然冒出来一句："你带来了吗？"

雪砚一时懵懂："什么？"

宋嘉本又耸肩了，大概这是他表达情绪最适当的方式了，随口道："离婚协议书啊，拿过来，我签字。"

仿佛一只小铁锤在雪砚后脑勺"当"敲了一下，一时昏眩。她狠狠地深吸了口气，忍不住斥骂道："懦夫！胆小鬼！你以为签个字离了婚，你就可以推卸对儿子的责任，对家庭的义务？"

宋嘉本沉默了一会，道："我，我是想对你和儿子负责，离了婚，你就没有一个犯错误的丈夫，皓皓就没有一个吃官司的父亲。我这辈子反正完了，我不想拖累你和皓皓。"

雪砚愈是来气，道："既然你晓得做这些事会毁了你一辈子，会拖累我和皓皓，你为什么还要去做？你缺钞票吗？你日子不好过吗？你跟普通老百姓比比看，你还有什么不满足的？党和人民给了你地位和权力，是让你为人民服务，为大众谋福利的。我还记得你头一次到我家，你说你的人生座右铭是范仲淹的名句，先天下之忧而忧，后天下之乐而乐，难不成那只是你用来讨好我妈开心的吗？"

宋嘉本用两指捏住眉心，摇摇头道："又来了！平雪砚你晓得吧？我平素最讨厌看见你这副教训人的面孔，自以为革命后代，老干部子女，一脸的马克思主义。我跟你结婚我承受多少压力呀？别人家夫妻同出同进，好不容易拉你和我一起去聚会，主人发了个红包，你板下面孔就退席，好像满桌人都是贪财，独你清廉？难得到你家吃顿饭，又是唱高调，理想啦，人生座右铭啦，做人累不累啊？我努力表现，升任了市办主任，不比你们家任何一位差吧？你却还不满足，这个不对那个不对的。我只不过想放松放松神经。有人盛情邀请，我不想假清高。再说了，不就是打打网球聚聚餐吗？你就如此下得了狠手？"

雪砚的心一点一点冷下去，终于结成石括挺硬的冰坨子。难道仅仅就是打打网球聚聚餐吗？那网球拍兜里的钞票呢？那桌边的美艳女人呢？为了"放松放松"你又出卖了多少国家利益？她想跟宋嘉本理论，整个人却像虚脱一般。她勉强站了起来，转过身子，背对着宋嘉本——她实在不想再看到他那副猥琐的腔调！

"宋嘉本，我才知道你对我们的婚姻这般厌恶！我会让律师把离婚协议书拿给你签字的。"雪砚说完，拔腿往外走，任宋嘉本在背后喊她，她也没停步。

49

那个礼拜天，水珠把麦蛾叫回"兰畦"，帮她一起掸尘。麦蛾负责擦玻璃窗，水珠专攻地板楼道的清洁。

史引霄道："水珠啊，这样大动干戈做什么？麦蛾难得来，让她陪我说说话嘛！"

水珠笑道："大姐，你看看日历，都腊月二十九了？我们乡下人讲起来，腊月二十五，扫房掸尘土；腊月二十七，里外洗一洗；腊月二十九，家什擦一擦。麦蛾也只有礼拜天抽得出空嘛。"

麦蛾正攀在窗台上擦拭高处的玻璃，咯咯笑道："妈，你放心，我一定赶在除夕前把上上下下的窗户都擦得跟透明的一样。实在来不及我可以向马董请假的呀！"

史引霄顺口道："麦蛾，马英华情绪好些吗？"

麦蛾不停手地擦玻璃，边道："如今马董的面孔阳光灿烂，年轻了十岁呢！英华公司不再受任何人的钳制了，董事会重新制定了公司发展规划，特别是收回了'春秋繁露'的经营权，马董正在联系吴独摇先生，希望跟他的公司合作。姨娘，马董说吴先生的爷爷跟姨夫是生死之交对吧？"

史引霄"唔"了声，眼面前出现茫茫滩涂，长发披肩的平楚和银髯垂胸的吴叔齐在海堤上筑土为香，叩拜天地，浇铸成新四军战士的雕像……许时，缓缓地吐出口气，叹道："人上了年纪，过日子就像哪吒踩上了风火轮，刷刷地几十年就过去了。一眨眼又要过春节了？"

水珠正用钢丝拖磨擦打蜡地板，直起腰身道："大姐，你总算醒转来了。前一段又是二妹的事，又是小妹的事，我都不敢跟您说准备过年的事了。"

史引霄道："现在准备起来还来得及的，小菜简便些，人聚拢来热闹热闹。"

水珠道："近一段'兰畦'里是冷清了不少，麻将都凑不起来了。三楼秦同志被侄儿接回老家后一直没回来。昨日顾医生杜医生也拖着行李箱出门了，说是去深圳女儿女婿处过团圆年。"

史引霄道："什么？他们就这样悄悄地溜走了呀？水珠，你为什么不把那只信封塞还给他们？"

前些日子史引霄与杜蘅一起去探望何弱之，老何说起他儿子何奔腾的基金公司破产的事。史引霄当时就拿定主意，自己投给奔腾的钱就算是交学费，顾医生杜医生投的五万块无论如何要还他们的。便悄悄向青玉借了两万块，又跟雪弓要了两万块，自己凑了一万，塞入一只大的牛皮纸信封，让水珠拿到二楼交给杜蘅，说是何奔腾退还的本金。公司破产了，利息就没有了。不料杜蘅却将大信封原封不动退了回来，还让水珠带话，晓得这钞票是史区长凑拢来的，他们不缺钱用，不要再把信封塞到二楼，否则就是看不起他们了。

水珠道："大姐，我看顾医生杜医生都不是斤斤计较的人，你硬把钞票塞给他们，反倒生分起来。也是奇观。从来只见追债躲债的，头一次见债主把钞票推出门的。"

史引霄叹道："顾医生杜医生是因为我才认识老何，才会投这个钱的，我当然应该对他们负责啰。也只好等他们回来再跟他们讲道理啰。"

水珠和麦蛾母女俩到楼上擦窗拖地去了。史引霄独自在客厅里，扳着指头计算吃年夜饭的人数。自然从孩子们算起，青玉嘛，但愿她大年夜不要替人值班，不过这种可能性比较少，只好暂时不把她算进来。雪弓没问题，关键要他请动南渡和陈小櫆一道过来吃年夜饭。小櫆伤愈后，雪弓经常去卞璟如那里，说是帮小櫆补课，看情势他和南渡的关系发展得很热络。雪砚的问题跟青玉一样，作为女子监狱的支部书记，她很可能自告奋勇留下来值班，让其他同志回家过年。幸而有个皓皓在家，小家伙的机灵可爱一抵两个。至于雪墨……史引霄想到雪墨心就揪了起来，解红旗一直下落不明，刑侦队判断，十有八九已经遇害，正加紧了对瀛洲集团的调查与审讯。雪墨守在解红旗的屋子里，说要让红旗回家第一个看见的人就是自己。找不到红旗，雪墨有没有心思回"兰畦"吃年夜饭呢？只有求姚秀帘帮忙，无论如何拉雪墨回来，至少可以让她宽宽心。另外加上水珠和麦蛾，不多不少十个人，一桌团圆饭还是蛮团圆的。

吃中午饭的时候，史引霄便将自己的如意算盘告诉水珠和麦蛾。麦蛾吞吞吐吐道："姨娘，马董她约我大年三十去她家过年，帮她端整小菜。因她请了小贝师傅和夏妮姐姐，马董想让夏妮姐姐回公司主持服装表演队的工作……"

史引霄竖起一根指头点点麦蛾，"小丫头，翅膀硬了是吧？"

水珠笑道："大姐，您忘了顶要紧的两个人了，翠姑妈和李先生呀！加上他们两个，麦蛾不在也有十人了。"

史引霄拍了拍额头，"哦哟，看来我这脑袋里脑细胞又死了一片，竟把他们给忘了！前几天阿丁还来过电话，神秘兮兮的，说过年时要给我和平楚一个大礼包呢！"

也真是说到曹操，曹操就到。下午三点敲过，门铃"锳锳"唱起来，李沫丁飘飘逸逸踱了进来，银色长发在脑后束成一缕，黑色的棉麻对襟褂子，搭着一条草米色绒线长围巾，使整个人的线条都显得修长而柔和了。

史引霄"嘿嘿"笑道："阿丁啊，你今天就来给叔叔婶婶送大礼包哇？"朝他身后望望，并未见有大包裹大口袋的，便狐疑地瞪住他。

李沫丁不慌不忙从手中一只帆布袋中掏出鲜红的一叠卡纸，道："婶婶，大礼包在此，喏喏喏，平楚画展的请柬！"

史引霄惊喜道："真要给你小叔叔办画展了？"

李沫丁道："婶婶，我说了要给小叔叔

办画展，就一定做到的。并不是因为他是我叔叔，而是以我的眼光评判，小叔叔的艺术渐趋精妙，达到了神品逸品的境界，是应该面向大众展示展示了。"

史引霄接过那叠红卡纸，上面烫金的四个字："平楚的画"，字体笨拙稚嫩，却别有一种趣味。

李沫丁问道："婶婶，你认得出么？这四个字是谁的笔迹？"

史引霄脑袋横过来横过去看了一会，摇摇头。

李沫丁笑道："是臧政委所题呀！难怪你认不出来，臧政委住在北京301医院，已经插了鼻饲管，人很虚弱。一听是平楚要出画集，硬撑起来，哆哆嗦嗦写下这四个字的！"

史引霄道："阿丁你还特地跑到北京找臧政委题字？"

李沫丁道："也不是特地去的，正好去北京出差。总想着既然要给小叔叔出画集，就要做得尽量完美，没有遗憾。我听你们说起过，当年臧政委是最欣赏小叔叔的艺术的。"

史引霄频频颔首："阿丁啊，你这份大礼包太好了！水珠，快去搀你姐夫出来，让他也高兴高兴。"

李沫丁忙道："婶婶，我拿进去给叔叔看吧，有关画展的一些细节，还要跟叔叔商量商量。"又道："婶婶，开幕式就定在除夕下午三点。我在上海老饭店订了三桌酒席，家里人占一桌，权当吃年夜饭，自己就不用张罗了。"

史引霄道："阿丁，都让你破费，哪能行？多少钞票？婶婶报销。"

李沫丁笑起来："不瞒婶婶说，这饭钱还是小叔叔出的。"史引霄扬起眉毛道："你不要骗我了，你小叔叔是从来不管钱的，生病后，身上愈是没有一块铜板了。"

李沫丁道："真是小叔叔买的单。我在小叔叔纸篓里拣出他丢弃的画稿，让他敲上章，装裱起来，真不错呐。老饭店的经理特别喜欢叔叔的画，选了三幅收藏，便送了我三席酒菜。"

一旁水珠合拢双手道："大姐，那我们真就不用张罗年夜饭啰？"

史引霄含笑瞪她一眼："年货还是要办，小菜还是要烧几样备着。初一初二初三，总有来拜年的人嘛。"

除夕那天，雪弓早上就去卞璟如家，他答应史引霄，下午一定带南渡和小樾去参加《平楚的画》开幕式，晚上留下吃年夜饭。

中午，水珠做了一锅白菜肉丝烂糊面，说，马马虎虎垫垫饥，留点肚子晚上好吃上海老饭店的年夜饭。

稍事打了个中觉，史引霄压根没眯充过，一点敲过就爬起来，跟水珠两人相帮着替平楚换身像样点的衣裳。平楚差不多一季就一套衣裳，花花搭搭沾满了颜料，还不情愿换下。史引霄吓他，"你不换衣裳，臭烘烘的，把看画的人都熏跑了呢！"这才由水珠帮他剥下脏兮兮的外套。史引霄千挑万挑，挑了件鲜红的羊绒开衫给他穿上，外面再套一件浅驼色呢大衣。展厅里有暖气，外套一脱，红堂堂的一身，多喜气呀。

小皓皓看外公换衣服，也吵着要换衣服。水珠笑道："小祖宗，你穿的已经是你妈妈刚买的新棉袄了！"皓皓不依，也要像外公一样穿红衣服。史引霄只好到衣橱里去翻，翻出一件雪墨小时候穿的红呢子外套给皓皓罩在棉袄外面。

李沫丁原是要叫车来接叔叔婶婶去展厅的,史引霄硬是推辞了,说雪砚新买了车,会送他们过去的。原来宋嘉本出事后,雪砚调去女子监狱工作,离家远了,为了方便回来看父母看儿子,咬咬牙买了一部二手桑塔纳。原本,她揽下了监狱里大年三十至年初三全部的值班任务,不打算回家过年的。一听父亲要开画展,这可是父亲多年的愿望。便跟监狱长协商,替自己值半天班,她参加了父亲画展的开幕式后便赶回监狱。

"兰畦"中,老老小小总算打扮停当,门外便响起"笛笛"的鸣叫。皓皓跳起来喊着:"妈妈的车来了!"率先跑了出去,扑进雪砚怀中。史引霄意外看到青玉站在车门旁,欢喜道:"咦——青玉你不是说大年夜值班么?"

青玉抬手挽住雪砚的肩膀,笑道:"雪砚妹妹说得对,楚爸爸的画展哪能不参加?我们还买了大花篮,在后备厢里。待开幕式结束后,我随雪砚一起赶回去值班呗。"

水珠一看局势,忙道:"大姐,大姐,你们快上车!我不过去了,'兰畦'里总要有人守着吧。"

青玉忙道:"水珠阿姨你是怕车坐不下对吧?我跟雪砚早商量好了,她把我带到家,我再骑自行车到展厅,'兰畦'里门窗关关牢就行。楚爸爸能开画展,有水珠阿姨你一份辛劳呢!"

平楚画展展厅就设在李沫丁的"聚艺轩"中。

"聚艺轩"才开张时仅一个门面,李沫丁经营有方,几年下来已经扩展了四五倍。且地处老城厢最热闹的商业街上,虽不豪华张扬,却装置古朴典雅,吸引了越来越多的眼球。有真心热爱传统文化的文人雅士,也有附庸风雅的商贾豪客。"聚艺轩"名声渐隆,成为老街上的新地标。

雪砚在"聚艺轩"门口停了车,让父母孩子和水珠阿姨先下了车,自己便去停车场泊车。待她转回,青玉已经赶到,正陪着平楚史引霄挨个儿看着门外花篮上的签条。真想不到李沫丁竟聚拢来那么多人脉,祝贺平楚画展开幕的花篮错落占据了半条街,各类书画艺术团体,经贸商业公司,甚至还有市区的政府文化机构,外加一些书画界小有名气的个人,有一半以上的题名是平楚史引霄都不认识的。小皓皓新奇地在花篮中间钻出钻进,水珠连喊带拉也拦不住他。

南渡的桑塔纳轿车也到了,却是雪弓坐在驾驶座上。南渡和儿子小樾下了车,雪弓便去停车。

南渡显然是修饰了一番,短发烫过,齐耳处微微翻翘,淡淡地点了唇色,人看上去精神多了。她喊了声:"平叔叔,引霄阿姨!"莫名地红了脸,垂着眼皮,搡了下小樾,小樾竟改口叫"爷爷奶奶"了。

史引霄揣摩这光景,心里明白了,雪弓跟南渡一定已经把关系定了下来。自然也是欢喜的,问小樾:"头上的伤恢复得怎么样了?"小樾道:"期末考试,我拿了全优!"又问南渡:"为啥不把你妈一起叫来?过年嘛,两家人聚在一起热闹热闹。"言辞里已经默认下璟如为亲家母了。南渡略带歉意,道:"我妈说,大年三十,要陪我父亲守岁……"史引霄点点头,暗忖:今天这个场合璟如不来反倒好,她那小心眼,看见平楚画展那么多鲜花,会忿忿不平的。

李沫丁正在展厅里接待各方来捧场的朋友,听手下服务生说展主已到,连忙迎了出来,拱着双手道:"小叔叔,婶婶,青玉姐，雪弓兄弟，雪砚妹妹，不好意思，迎候得迟了。我也没料到来这么多观众。叔叔的画展一定成功，前几天布展时已经有艺术品收藏者上门打听价钱了，我跟他们说，这个展览的作品概不出售，喜欢平楚艺术的，可以另行商量。"

雪弓团圈一扫，拍了下李沬丁，"阿丁哥，前几年来你的聚艺轩，孤零零两间铺子，好憋屈。不想现在有那么大的场面，收藏的艺术品一定不少吧？真要刮目相看了！"

李沬丁被雪弓说得眼圈湿润了，道："场面大还是小，钞票赚得多还是少，这些都不重要。重要的是，让我们爷爷在天上看着欣慰。我听小姑妈说，从前爷爷很看重小叔叔的绘画才能的。所以聚艺轩举办头一场艺术家作品展，我就策划了《平楚的画》。"

平楚破天荒伸长左臂与李沬丁来了个大拥抱，李沬丁激动得话都说不出来了，不停地手掌轻轻拍着平楚的背脊，直到平楚松了手臂，方道："叔叔婶婶，先请上二楼贵宾室歇口气，喝口茶。我小姑妈已在上面了。"

史引霄道："阿丁，不用麻烦了，你叔叔腿又不方便。我们先看画吧。"

李沬丁却执著道："婶婶，那边有小电梯可上二楼，还是上去坐一会吧，我还有惊喜给您和叔叔呢！"

史引霄道："看不出你阿丁，这老房子里还有电梯？还有那么多惊喜？"

李沬丁笑道："婶婶您不要以为我是违章搭建，因为时常要有珍贵物品搬上搬下，我们向房管部门提出申请，获得批准的。"

于是一行人随阿丁去搭乘电梯。李沬丁想起什么，忙道："叔叔婶婶，今天上午雪墨妹妹带了一位摄影记者来画展采访，拍了许多照。说是下午另有采访任务，开幕式就不过来了。"

史引霄想问问雪墨的状态，又觉得有点不合时宜。倒是青玉问出口了："阿丁兄弟，雪墨没说过年什么时候回'兰畦'吗？"

李沬丁道："我是邀请雪墨妹妹晚上到老饭店吃年夜饭的，她说恐怕来不了，我也没追问下去呀。"

说着一行人进了贵宾室，翠姑妈正翻一本画册，喜滋滋迎过来，道："阿翱来啦？你这位侄子没让你失望吧？喏喏，还出了画册呢！"便把手中的画册递到平楚跟前。

李沬丁道："叔叔婶婶，这本画册印刷厂方才刚送到。你们看看，还满意否？"又道："雪弓兄弟，青玉大姐，雪砚都坐呀，喝茶，为了小叔叔的画展，我特意托人从瓢城买了蒿叶茶来。"于是吩咐服务生倒茶，便将画册一一递上，人手一册。

画册的封面衬底是一帧色彩浓烈的芦苇丛，烫金的"平楚的画"四个字镌刻于画上，十分抢眼，众人捧着画册翻看起来。

平楚伸开左手五指一圈一圈地抚摸着那凹凸的字体。史引霄对李沬丁道："那日我告诉你叔叔这字是臧政委题的，还告诉他臧政委身体不好，住医院呢，否则他一定会来看画展的，你叔叔兴奋得一夜都没睡着啊！"

李沬丁道："能达到这样的效果，我也求仁得仁了。"忽朝史引霄挤了挤眼，笑道："婶婶，这画册嘛，就算是给叔叔的惊喜。还欠你婶婶一个惊喜，你等着。"转身走开了。

史引霄道："这个阿丁，神兜兜的，搞

什么名堂。"

很快李沫丁就转回来，手中却多了一只螺钿镶嵌兰花图案的漆盒。史引霄两只小眼贼亮地盯牢这只盒子，人也像枚钉子被钉在那里动弹不得。

李沫丁用衣袖擦了下盒面，双手捧着，道："婶婶你看看，你遗失了的那盒青瓷麻将是不是它？"又加重语气道："它里面独独少了一块兰花牌！"

史引霄哆嗦着伸出手，哑哑地唤道："青玉你过来！"

青玉正漫步走进《平楚的画》那横无际涯的芦苇丛中，被史引霄的叫唤拽了出来，担心霄妈妈的身体，赶紧放下画册，紧张地问道："霄妈妈你哪里不舒服？"说着一只手掌便搁到史引霄的额头上。

史引霄挡开青玉的手道："哪里不舒服？叫你过来看看它！"便掀开盒盖，一盒子青瓷麻将牌，古潭水般沉甸甸的凝绿。

青玉双目像这瓷色一般幽深沉静。她双手在衣襟上擦了擦，小心翼翼捧过盒子，放在桌上，急着在盒中翻寻起来。很快翻出梅、竹、菊三块花牌，独独找不到兰花牌！青玉目潭中荡开涟漪，稍定睛，三块花牌图形均是左出枝。便抬眼望着史引霄，缓缓点了点头。

史引霄抬手重重拍了李沫丁一下，道："阿丁啊，你哪儿来的神功夫？从哪儿寻到它的？"

青玉双手作揖道："阿丁兄弟，谢谢，太谢谢你了。"

雪弓雪砚包括南渡，都晓得这副缺了兰花牌的麻将对史引霄史青玉是无价之宝，失而复得了，都围拢来观看。

李沫丁万般感慨，长叹道："那才是踏破铁鞋无觅处，得来全不费工夫！得知这副麻将的因缘后，我是时时刻刻留意着的，多少年杳无踪迹。婶婶，前不久有个叫吴独摇的古建筑营造专家来找我。这桩事情传得沸沸扬扬的，婶婶你们一定也有所耳闻。他收回了'春秋繁露'老宅的经营权，聘我为古玩书画的艺术顾问。我去了一趟瓠城，到他们公司去参观了一次。就在吴独摇办公室的八宝格架上看见了这只镶螺钿兰花的漆盒。吴独摇说，他是在一次传统器物的拍卖会上看到这副麻将的，为这青瓷的釉色所吸引，虽是少了张花牌，他还是着力拍下了它。婶婶，还是您和叔叔德望高，人缘广！我跟吴独摇提及您和叔叔的姓名，他二话不说，当即从八宝格上捧下漆盒交给我了，并且执意不收一分一厘。"

史引霄将漆盒推到平楚面前，道："平楚你听阿丁说的了吗？是吴叔齐的孙子啊！吴叔齐，跟你一块铸铁像的吴叔齐！"

平楚摸摸那漆盒，又拍拍那画册，嘴唇间露出了那颗珠贝般的虎牙。

便有服务生上楼，道："白丁先生，客人到得差不多了，区文化局局长一行也到了，开幕了吧？"

李沫丁挥挥手，"开幕开幕！"

史引霄忙道："阿丁啊，你叔叔不能长篇大论的，这开幕式……"

李沫丁笑这，"婶婶尽管放心，开幕式没有繁复的仪式，只让展主与大家见见面。区文化局长喜好书画艺术，对小叔叔崇拜已久，这次他特地为画展题了副对子，字写得一般，意思却十分贴切，你们下去看了就晓得了。"

于是一行人下了楼，参观者站满了前厅，漫溢至街上。平楚一现身，掌声便起，闪光灯劈劈叭叭此起彼伏。史引霄代表平楚向文化局长致谢，文化局长便宣布画展

平楚的画

开幕了。

局长因有其他活动，匆匆离去，史引霄便道："阿丁你去招待其他客人吧，我们一大家子你不用操心了，我陪你叔叔慢慢地看。"

李沫丁便道："那好，要看累了，就上楼休息，喝喝茶。噢，六点钟，我们一起去上海老饭店！"

翠姑妈插上来道："阿丁还不到啰嗦的年纪就这般啰嗦，你忘了还有你小姑妈在？会照看你小叔叔婶婶周全的。"

他们从踏进展厅的那一刻起，就像钻进了一座遮天蔽日的芦苇荡。

劈面是一块丈余宽一人多高的影壁，芦苇衬底凸显着"平楚的画"四个金字，一副墨对分悬两旁，"高怀见物理，妙笔得天机"，显然就是文化局局长的墨宝了。

绕过影壁，刹那间仿佛哗啦啦海风掀过；扑漉漉野鸭掠水；簌飒飒芦苇摇撼。

展厅的布局别出心裁，横向丈把宽的画板以两米的间距一块块向纵深排列下去，每张画板上展示着平楚描绘的不同情景下的芦苇。有狂风暴雨浊浪滔天中的芦苇，有风平浪静月色朦胧中的芦苇，有大雪纷飞冰雕雪琢的芦苇，有烈日炎炎根焦叶萎的芦苇，有一望无际接天连海的芦苇，有丛簇盘屈交错穿插的芦苇……整个展厅便就是一望无垠高深莫测令人迷醉的芦苇荡啊。

置身在这座用泼辣的墨色和瑰丽的色彩构设出的芦苇荡中，青玉脚步舒缓，少时的那位"小纺锤"的身影时不时在画面中闪现。雪砚告诉皓皓,你的外公外婆曾经在这样的芦苇荡中打游击,消灭日本侵略者。皓皓说,我要像外公外婆一样打鬼子!嘴中"嘟嘟嘟""答答答"学着驳壳枪的连击声,在芦苇丛中奔跑起来,雪砚让水珠去追他,哪里追得上?雪弓已被这芦苇荡激励起满腔豪情,兴致勃勃跟陈小檖描述插队时青年突击队如何战天斗地,筑堤修坝砍芦苇,开垦棉花田。南渡却故意落后了几步。她移步艰涩,心里满是愧疚。小檖停下步子喊道:"妈,你走快点呀。"南渡跟上后,雪弓悄悄捏住了她的手。

史引霄和翠姑妈一左一右陪着平楚已走到展厅笃底一整张通景画跟前,平楚拄着拐杖,立着不动了。

这幅画以深远透视描绘了密层层的芦苇似重峦叠嶂般、绵延至天尽头,其近景、中景、远景层次分明,墨彩相融。近景是一簇扎根海滩迎风傲立的芦苇,画家以近乎西洋宫廷画的写实笔触来描摹草叶弯折舛错的各种姿态。其间有一株芦苇最为突出,她像是刚从飓风中挺直起枝杆,枝杆上沾满泥淖,伤痕累累,甚至好几处芦叶都被折断,残剩的叶片也是百孔千疮,她却仍刚劲地舒展着残叶。画家将她刻画得肌理毕现,她肢体的痛感,她灵魂的渴望,她的愤怒与她的钟爱,这让她残缺的形体表现出无与伦比的美丽!画面的中景及远景便是成片成片的芦苇丛交叠累加,近处色彩浓烈,渐远渐趋浅淡,融入天际灰白的云团。那云团缝隙处泻出一缕缕丹朱赤红的光柱,是朝霞还是晚霞?是火光还是血光?仿佛不必去分辨。这赤红丹朱流溢至整个画面,把芦苇丛渲染得明媚鲜艳,分外有立体感,特别是前景中那一簇中的那一株!

孩子们也都陆续聚拢到这幅通景画前来了。

雪弓大声叹道:"老爸,真想象不出,您用左手也能画得如此有气魄又如此细腻!"南渡用胳膊肘撞了他一下,道:"平楚叔叔是用心在画的。"

青玉倚到史引霄身边,耳语道:"霄妈妈,您觉得吗?这株芦苇的姿态像煞了她……"

史引霄不动声色,心里面说,平楚,你终于将寒城画活了。

上海老饭店里的年夜饭很是热闹,有两桌均是李沫丁文玩书画界的新老朋友,席间觥筹交错谈笑风生。史引霄担心平楚吃不消,青玉与雪砚还要赶回郊区值班,便跟李沫丁招呼一番,一家人先行撤退了。

临睡下前,史引霄关照水珠,明日虽是大年初一,不用起得太早。平楚累了,皓皓也乏了;雪弓送南渡母子回家再返回,更是吃力,让他们老小三个男子汉安安稳稳睡到自然醒。水珠因道:"大姐,你自己也要当心,看你眼圈都青了。少操心,赶紧把药吞下,一觉睡到明天大天亮。"

可是,史引霄一辈子操惯了心,哪能不操心?东想西想,虽然借助药物迷盹了两小时,清早还是醒了。醒了还睡着,脑袋会痛,便蹑手蹑脚起床,下楼,不想惊扰了平楚雪弓和皓皓。

水珠早起惯了,做了一竹屉的黑洋酥糯米汤圆。见了史引霄便笑了,道:"大姐,我晓得你瞓不牢的。先替你下碗汤团吧。"

史引霄道:"也不觉得饿,昨晚老饭店的小菜还没消化清爽呢。等等吧,大家一道吃汤团,才显得团圆。"

"妈,我陪你一道吃汤团吧!"雪弓推

门进来，套了件深紫红的绞花粗毛衣，头发支棱着，有点凌乱。

史引霄道："不睡啦，这么早起来有事吗？"

雪弓只顾催促水珠去下汤团，道："我要十只，十全十美。妈，你吃几只？也来十只吧？"

史引霄摇摇头，"你想把我撑死啊？水珠，给我弄四只，足够了。"说罢，史引霄扳过儿子的脑袋看看，道："斑脱的地方头发真长出来了，现在一点也看不出了。"

雪弓朝她做个夸张的笑脸，便直直地瞪住她。

史引霄拍他一掌，道："有什么事，爽快点说。是不是要去卞璟如家给九尺娘拜年？"

雪弓"嘿嘿"笑起来，道："老妈不愧当过武工队长，火眼金睛啊！"

史引霄正色道："雪弓，你自己想清楚了？不要勉强哦！"

雪弓挠挠头发，道："我跟南渡开诚布公，都说透了。我会把陈小櫷当作自己的儿子的。"

史引霄点点头："那就好。我让水珠收拾几样礼品，年初一，给九尺娘拜年，空手不好，入乡随俗嘛。我就不跟你去了，你代我跟卞璟如带个好。正正经经跟他们母女俩商定个办事的日脚，什么都现成的，简单点。"

雪弓又"嘿嘿"笑起来，道："妈，那我中午就不赶回来陪你和爸爸吃饭。事情商量妥当，刚好争取晚上请卞阿姨上我们家吃饭，行吗？"

"好嘛！"史引霄道，"你那位九尺娘脾气可不像你老妈这样好弄，就看你这个毛脚女婿的本事了。"

雪弓走后，史引霄头桩事体就是想着要给小女儿雪墨打个电话，大过年的，其他孩子都眼见为实了，只听人说雪墨如何如何，却没见着她本人，做母亲总是牵肠挂肚的。雪墨留下手机号码的，史引霄赶紧戴上老光镜翻通讯录，已经来不及了。家里的电话机"铃铃铃"地响个不停，拜年的电话争先恐后地挤了进来。

头一个打进电话的是茆围子的陈时模，一句"引霄大姐，小山子给你拜年了！"就把史引霄拉回到武工队打游击的日子。史引霄道："小山子啊，请你到上海来住几日，就这么难啊？"陈时模"嘀嘀"笑道："引霄大姐，我会来的，等小櫷大学毕业，我来参加他的毕业典礼。"

话筒刚搁上，铃声就起，抓起来"喂"了声，却是钱龟龄。钱龟龄升任代区长后，讲话不像以前那般面糊了，变得干脆利落，甚至嗓音也洪亮许多："老史啊，你晓得的，越是逢年过节区里杂七杂八事情越是多，就不上门拜年了。"史引霄道："你忙你忙，代我向淑琴问好！"钱龟龄道："有个喜讯告诉你，市医保局调整了政策，老史，你以后生病住院也可以住单人病房了。"史引霄没好气道："钱龟龄，新年头一日，你就咒我再生病住院啊？"

挂了钱龟龄电话后，再打进来的是何弱之。史引霄忙问："老何你还在医院吧？过两天我过去看你。"何弱之道："老史，我回家了，阿香也出院了，她说一定要好好谢谢你。你不要奔腾退还本金，真帮了大忙了。以后到上海，请你吃饭！"史引霄道："老何你这样说就见外了，奔腾还是我的干儿子呢。你们不要责怪奔腾，要鼓励他。年轻人哪有不犯错误的？"想打听有没有徐亦道的消息，却没说出口，新年起始，

183

不要去触动人家的痛处了吧。

　　总算抓到空当给雪墨拨过去了，得到的回答却是冷冰冰的"对方已关机"！史引霄五脏六腑都揪到了一起：雪墨为什么关机？雪墨说过，她手机24小时不关机的呀！莫非？雪墨也出什么事了？史引霄猛拨起话筒要给姚秀帘打电话讯问，水珠探进脑袋："大姐，拜年的客人来啦！"史引霄无奈放下话筒，过年过年，连让人独自嗟叹的时间都没有了！

　　拥进门的是马英华、麦蛾，还有小贝和夏妮夫妻，每个人手中都拎着礼盒果篮之类的东西，齐齐道："史区长，新年好！"

　　史引霄板下脸道："跟你们说过多少回了，上门做客，不准送礼！统统给我拿回去！"

　　小贝道："史区长，您不能这样不通情理的。现在您又没位置又没权力，我们想贿赂你也得不到好处的。我们只是孝敬你呀！"

　　众人都笑起来。史引霄点点小贝道："你怎么现在也学滑头了？夏妮，要替我管管他哦。"

　　夏妮重返英华公司，任时装表演队的队长，做起管理工作。人略丰腴些，穿着也时髦起来，笑道："史区长，我们小贝在屋里厢一直念您的好，说史区长您是真正的共产党人，认理不认人，帮理不帮亲，从不假公营私……"

　　史引霄忙作揖，道："夏妮别给我戴高帽子了，我这几十斤老骨头怕是承受不动了。"连忙让座，又大声招呼水珠上茶拿糖果。

　　马英华阻止道："史区长您别张罗，我们歇口气就要走的。英华公司幸得拨乱反正，也是百废待兴。想趁新年新始，多拜访些合作单位，联络联络感情。"扭回头问："麦蛾，上午计划还有几家？"

　　麦蛾已担任董事长助理，忙道："马董，上午一共安排了五家，除了我姨娘，后面还有四处要拜访。"

　　史引霄因道："哦哟，其实我这里你们不来拜年也不要紧的。赶紧去忙吧，我就不留你们了。"

　　马英华歉疚道："史区长，隔些日子，我来向您汇报，关于英华公司新的发展规划。"

　　史引霄盯了她一眼，道："英华啊，除了工作，自己的个人问题也要放到议事日程上来，我等着喝你的喜酒！"

　　马英华端正的面孔微微泛红，笑道："史区长，缘分来了，我请您做证婚人。"

　　史引霄执意送他们到大门口。拉开门，门外立着位雍容华贵的妇人，正抬手要按门铃，见了众人，便礼貌地后退一步，避在一旁。

　　待送走马英华一行人，史引霄便问道："请问这位女士，你找谁呀？"

　　妇人一对棕色的眼珠扑闪了几下，轻轻跺了下穿高跟皮靴的脚，喊道："小姑妈，你认不出我了？我真有那么老吗？我是元珊呀！"

　　史引霄一把捉住对方双手，道："真是元珊，两只眼睛像只猫！不老，一点不老！快进来，快进来！"

　　元珊猫似的眼珠滴溜溜打量着楼道和扶梯，道："这房子有年头了吧？否则不会有雕花护壁和柚木楼梯了。"

　　史引霄笑道："你和你爹一个样，眼光挑剔得很。"

　　进了客厅，元珊便将黑呢长大衣脱了，单穿一袭墨绿开司米长裙。史引霄忙道：

"元珊穿得太单薄了，我们这台空调，制冷还行，暖气打不高，还是把大衣披上吧。"

元珊将围巾披在肩上，道："不冷，心热着呢！多少年没到姑妈家来了？年初一，就您一个人在家呢？青玉姐呢？雪砚雪墨呢？"停停，"雪弓兄弟呢？"

水珠正好端了茶和果盘进来，放在茶几上，附耳跟史引霄道："许是昨日真累狠了，姐夫吃了早点，坐在躺椅上又打呼噜了。"

元珊连忙欠起身子道："千万别惊扰姑夫。我突然上门，实在不好意思。"

史引霄道："不巧，青玉与雪砚单位里都要值班，雪弓一大早去给九尺娘拜年去了。"

元珊长长地"噢"了声，"雪弓兄弟什么时候要发喜糖了呀？"

史引霄道："他的事由他自己决定，我也插不上手。"转而道："元珊你留下吃午饭吧，幸许雪弓他们就回来了呢。"

元珊抬腕看看表，道："姑妈，这次回国真的很仓促，我是打算接我姆妈到美国去，有许多手续要办。中午，高中同学约好了要聚会，所以……"

"没关系没关系，见着你健健康康，愈发地漂亮了，也放心了。"史引霄叹道："这些年，因为一些误会，我们两家人走动得是少了……"

元珊拉住史引霄的手，道："听我姆妈讲，去年我父亲去世时，姑妈您寄了钞票，还给省统战部写了信。姆妈讲，父亲的葬礼办得很体面，要谢谢姑妈您呢。"

史引霄道："一家人不说客套话！"稍顿，道："我阿叔，就是你爷爷，对国家是有贡献的。1949年新中国刚成立，经济上还很困难，阿叔将他的矿产无偿捐给了国家，国家会记得他，人民会记着他的。听讲，省历史博物馆里有一张阿叔捐矿时的照片，场面很隆重，这就等于上了青史了呀。"再顿片刻，"还有元同，你爷爷最器重的孙子。听讲国家在元同落葬的那座陵园里竖了高高的纪念碑！"

元珊眼圈红了，勉强笑道："其实别人记不记得无关紧要，只要我爷爷和元同哥在九泉心安理得就够了。"

史引霄拍拍她手背，"来喝口茶，吃点水果。"

元珊缩了缩鼻子，便从随身挎包中取出一盒花旗牌西洋参，一瓶复合维生素，还有一瓶深海鱼油丸，推到史引霄跟前，道："姑妈，我晓得国内这几年改革开放，物质条件好了，你们什么都不缺。这是我一点心意，横竖你是要收下的。"

史引霄是不喜欢胡乱吃补品的，但又不能驳了元珊的面子，显得很生分，便道："好好好，我就不客气，照单全收。"

元珊略迟疑，最终从挎包中拿出一只信封。史引霄双手一推道："元珊，钞票我是断然不能收的，你们那种美国票子给我，我也没有用！"

元珊连忙道："姑妈，不是钞票，是一封信。是雪弓兄弟的一位老朋友托我带给他的一封信！"

史引霄这才接过信封，没带老光镜，看不清字迹，问道："雪弓的老朋友？美国的？谁呀？"

元珊道："原先跟雪弓兄弟一起插队的，是茆围子人，叫晏枰。"

晏枰？这个名字史引霄记得，不就是晏凤律的孙子吗？

姚秀帝终于来电话了，那已经是日昃

三时，冬日太阳原就疲软，窗外天色已经有点昏黄了。

史引霄对着话筒先是一通牢骚："秀帘你们真是想逼我发疯啊？雪墨手机关机你家里电话又没人接，我电话机的键盘都快被我戳破了！你们唱得哪一出呀？"

姚秀帘嗓子完全是哑的，说了一串"对不起"，解释道："引霄，我应该早上起来就给你打电话的，不是怕你昨天折腾得累了，想让你安安稳稳睡个懒觉吗？昨晚，我和雪墨去干休所把红旗他父亲接回来，三个人一起吃的年夜饭……应该说是五个人，我们替秀琴和红旗都摆放了碗筷。今天一早，我和雪墨就送解九江回干休所去了。我们答应了干休所所长，就不能食言对吧？雪墨的手机？恐怕是没电了吧？所长招待我们在干休所陪解九江一起吃了中饭，回来，回来时就看见刑侦队的谭姐，就是红旗的搭档，等在门口……雪墨一见她，腿就软了，跌倒在地上起不来了……"秀帘终于没熬得住，泣不成声。

史引霄手中的话筒差点滑落，仿佛秀帘的眼泪从听筒上的小孔中汩汩地渗流出来。

谭姐给解家带来的消息不啻晴天霹雳！

通过几番审讯，在手下喽啰的指证下，徐瀛洲最终承认是他设计谋杀了解红旗警官。他们在隧道里埋伏了一辆车，候解红旗的车进了隧道便逼停了他，从车上下来四个人合力杀害了解红旗，又迅速给红旗的车做了伪装换了车牌，开着这辆车直接去了瀛洲公司下属的一家水泥厂，将解红旗的遗体投入了飞速转动的水泥搅拌机！

史引霄痛断肝肠，跌坐在椅子上，费尽气力问道："雪墨，雪墨，她挺得住吗？她怎么样啊？我马上过来！"

姚秀帘嘶哑道："引霄，你也要挺住啊。雪墨她去找红旗了！"

史引霄腾地跳起来，"什么？她要自杀？秀帘你怎么不拽住她呀？"

姚秀帘道："引霄你莫惊惶，谭姐说，刑侦队去水泥厂查看了记录，查实了那天水泥的去向，是运往大漾湖方向，那里正在浇铸荮浜大桥的桥墩。雪墨执意要去那里祭奠红旗，谭姐说局里正筹备为红旗开追悼会，我也说雪墨，阿姨陪你一起去。雪墨却说她想一个人跟红旗说说话，骑上她的'霸伏'电动车眨眼就没影了！"

史引霄又缓缓坐下，心里面叫着："雪墨雪墨，妈晓得你心痛，你为什么不回家让妈抚慰抚慰你呢？"

姚秀帘唤道："引霄，你听着吗？我晓得青玉的医院离荮浜不远，你给青玉打个电话，让青玉去荮浜大桥附近找找雪墨呀。"

史引霄将话筒"咔嗒"挂在话机上，片刻又提了起来。对了，女子监狱离那里也不远，何不让雪砚和青玉一起去找雪墨？

大漾湖望不到边，接天衔云，仿佛撑一条小舟便能顺水划到天上去。大漾湖北岸与江苏省接壤，南岸与浙江省接壤，荮浜大桥建成后，去江苏或浙江的车辆不用摆渡也不用绕路了。

大桥的五座桥墩都已铸成，挺拔魁伟，倒映湖中，湖中有天，桥墩凌虚干云。

平雪墨坐在头座桥墩边的乱石堆上，纹丝不动。若不是风搅动她的短发，旁人会以为她也是一块石头。她自己都不晓得坐了多少时间，天光是一层一层幽暗下来，可是她跟红旗的话总是说不完。

红旗你怎么又失约了？你对天发誓的，破了这个案子就和我举行婚礼，你还说我们的婚礼一定是世界上最浪漫的婚礼！我们的新房已经装修好了；你婚礼上穿的西装我也替你定制了。我不要钻石戒指，我只要你那一大摞立功奖章；我也不要盛大的婚礼仪式，我只要你骑着摩托带我走遍天涯海角！

风修修地掠过，是不是红旗的回答？

雪墨感觉到有人在她左右坐下了。凭着熟悉的鼻息声，她不用回头便晓得左边是青玉大姐，右边是二姐雪砚。

三姐妹无言地坐了一会，雪墨终于叫了声"姐"，一开口便泪如雨下，抽泣着："姐，红旗撇下我，走了……"

青玉伸出手用力挽住小妹的肩，咬住嘴唇，生怕满心的痛楚会喷泻出来。雪砚深吸口气，道："雪墨，你看这湖面上的波纹，一层来了一层去了，去了又来了，这是红旗在跟你说话呀！"

青玉受到了启发，便指着湖边水草丛，道："雪墨你看，湖里好多鱼呢。喏喏喏，有一条大鱼蹿出水面了，一定是红旗在呼唤你呀！"

雪墨"嗖"地站起来，朝湖边跑去。青玉和雪砚也跟着跑起来。她们三人站在湖边了，那一瞬间她们惊呆了，连呼吸都小心翼翼的。

天尽头，残阳的一半已没入湖水，另一半铺洒在湖面上，半湖水被染得鲜红。波涛起伏，波光粼粼，水面竟像一面阔大的红旗在天地间飘扬。

终于，雪墨双手拢着嘴唇，朝着鲜红的湖水，朝着璀璨的天光云影，拼尽力气喊道："红——旗——"余音萦绕许久。

楔子

雪弓兄：

我拿笔的手止不住地颤抖。世界上一切都无法形容我此时此刻的心情，伤痛凄戾、愤懑沮丧、惊惶不安，羞耻惭愧……写下您的名讳，我是无地自容，真想让你狠狠地揍我一顿！

让我喘口气，理理思路……（此处有涂改的墨团）

数月前，我给您写过信，向您如实坦白了我和姬瑜即将举办婚礼的事情，事后您也寄来了贺信与贺礼。我和姬瑜都认为这是我们收到的最珍贵的礼物。那一段日子，是我晏枰这辈子过得最放松最舒心的日子。姬瑜已经有了毕业实习的单位，是一家社区医院。我也以最快速度将她申请"绿卡"的材料全部交给了律师。我们打算等"绿卡"申请被批准，就开始蜜月旅行，去欧洲。

一定是我晏枰德行不够，不配享受这样的福分。我们做梦都没想到泼天大祸会降临到我们头上。突然就收到移民法庭的传票，有人将我们告了，说我是专门靠假结婚帮人骗"绿卡"的掮客。任我们说破嘴唇也没用，移民局取消了姬瑜"绿卡"的申请，并勒令她限期出境，我也被判一年的拘役！

雪弓兄，您了解姬瑜的性格，像朵煦煦的花儿般柔弱，对暴风雨毫无抵抗之力，法警把我带走后她就精神失常了。十天后，我被保释出狱，回到紫罗兰小屋，姬瑜已经不认识我了。有时候，她一整天不言不语不吃不喝；有时候，她会突然发作，歇斯底里地乱摔东西，嚎叫啼哭。我因这场变故失去了工作，没有了经济来源，实在无力替姬瑜治病。我不忍心看她一天天地枯萎衰败下去，无奈只得将她送到她表叔家里。

姬瑜的婶娘正好是医生，她可以暂时帮姬瑜进行一些药物治疗。而且婶娘最近正要回中国探亲，我便拜托她带姬瑜一起回国。如果姬瑜超过移民局规定的出境时间仍滞留美国，那是要被罚一大笔钱的。而我因在保释期内，无法亲自送姬瑜出境。雪弓兄，出此下策，望您千万千万谅解我啊！

如今，没有了姬瑜，我活在这个世界上仅仅是一具空有皮囊的行尸走肉而已！

弟遥隔大洋泣血叩首谢罪了！

斗筲之人　晏柸赘书
×年×月×日

又附：雪弓兄，您还记得滕紫萝吗？竟是她将我告到移民局的！我和姬瑜结婚后曾去拜访过她，她也给了我们美好的祝福和一张一千美金的支票！天下最难懂的就是妇人心啊！可是，偏偏又是她出钱保释了我。我已无立足之地，无奈，只能再次投入她的怀抱，成为她的"玉郎"。

雪弓兄，你可以鄙视我，可以唾骂我，可千万不要不认我这个没出息的故友，你现在是我生活中唯一温暖的高光了。

50

这一天，弄堂口悬挂起一排五只大红灯笼，红光央央映照了半条马路。这让向来深藏若虚的花园弄堂一下子变得显豁醒目起来，路过行人探首朝里张望，甚至有三两好奇者走进弄堂，在一幢幢风格迥异的小洋房前摆姿势，拍照留影。

史引霄在二楼窗口望出去，看到有一簇簇人在弄堂里游荡，疑惑问道："水珠啊，怎么弄堂里来了一些陌生面孔？去问问他们是干什么的？"

水珠掩嘴一笑，道："大姐你警惕性也太高了。明天不是元宵了吗？里委会干部在弄堂口挂了几盏灯笼，便引了人家来拍照嘛。"

史引霄"哦"了声，"明天就是元宵？那还是要聚一聚的。大年夜没在家吃年夜饭，年初一零零落落又没团圆得成。水珠你筹划一下小菜，我来打电话通知，这一回谁也不能推辞！"

次日水珠一大早就去菜场买菜，左手挽了满满一篮头荤蔬菜，右手还牵了一只兔子灯笼，嫩黄的绉纸糊的身子，通红的眼睛。底板上安了四只木轮子，拉着能"骨碌骨碌"行走。肚子里还有半截红烛，夜晚点着了，还真能照明。水珠"哼哧哼哧""骨碌骨碌"地走进弄堂，走到"兰畦"大门口，却看见门外泊着一辆桑塔纳轿车，心里嘀咕："是二妹妹还是萧同志？来得这么早？"一抬头，只见南渡正在门檐下欲抬手摁门铃呢。忙喊声道："萧同志，我来开门。"急急上了台阶。

南渡侧身一让，道："水珠阿姨，买菜回来啦？哟，还有只兔子灯！"

水珠满脸堆笑道："是给皓皓买的。萧同志你晓得的，我们乡下每逢元宵，都要给小囡扎花灯，一到天黑，到处灯笼亮起来，就像落满了星星。"说着便开了大门。忽又道："萧同志你到得真早，大弟和小樾要下了课才回，是晚上聚会哦。"

南渡不言语，朝她点点头，转身进了客厅。

史引霄草草用毕早餐，坐在沙发上翻报纸。焦点专版上以三分之二版面刊登了关于公安英雄解红旗的长篇通讯，配发了一张红旗着警服的正面照，小伙子英俊帅气，光风霁月！史引霄与他的目光对上了，喉咙口一阵酸楚，用足力气才把它咽下去，胸口一片辣麻麻。

版面下半截是一则讣告，"慈母费旖旎女士于……"刚划了一眼，便听南渡喊道："引霄阿姨"。连忙摘下老光镜，惊奇道："南渡你今天不用上班？正好，陪我聊聊天。他们几个恐怕都要到下午才到，你母亲晚上过来吗？"

南渡动了动唇，没出声，坐了下来。

史引霄是最善于察言观色的，小眼珠在南渡面孔上下左右转了一圈，问道："南渡你有心事对吧？是雪弓？你们吵架了？"

南渡摇摇头，勉强一笑，道："引霄阿姨你一定晓得了，姬瑜她回来了！"

史引霄心里叫了声"糟糕"，她所担心的事终究躲不开的。那日听元珊说起送姬瑜回来，便一直担心雪弓与南渡的婚事恐怕会有变数。十几日下来，细察雪弓，情绪倒还平稳，以为台风季节已过呢。

稍做斟酌，史引霄便拉了南渡的手，道："我了解我的儿子，雪弓你别看他说话好开玩笑，他对待感情是极认真的。姬瑜回来又能怎样？雪弓已经从那一段感情中解脱出来，你没见他后脑上的斑脱都痊愈了，头发长得比以前更密更硬！你就放心吧……"

南渡从史引霄掌中抽出手，打断道："引霄阿姨，雪弓他，去姬瑜家看过姬瑜了！"

史引霄一顿，缓时，道："听讲姬瑜已神志错乱。去探望一下，也是应该的。"

南渡用平直无一点起伏的口吻道："雪弓告诉我，姬瑜病得很厉害，什么人都不认得。请了保姆照顾她，喂她吃饭，就说人家要谋害她，把饭碗掀翻，还把保姆脸都抓破了！"

史引霄吁叹道："这不成武疯子了！她不是在美国结了婚？她丈夫就这样不管她了？"

南渡道："听讲她在美国的结婚证被作废了，说她是为了申请绿卡，跟人家办的假结婚。对方自然撒手不管了。"

史引霄道："南渡，你跟雪弓说，他若想补贴姬瑜，我没意见，上回借了他两万块，我马上想办法还他。"

南渡道："引霄阿姨，钱不是问题，我已经帮雪弓凑了一些带过去……雪弓说，他踏进姬瑜家门，姬瑜竟然认出了他，扑进他怀里嚎啕大哭，捶他，骂他为什么把她一个人丢在荒山里。雪弓喂她吃饭，她吃得很顺当。雪弓是哄她睡着了才得以脱身的。"

史引霄小眼珠弹了出来，"什么意思？雪弓打算去服侍姬瑜？"

南渡沉默片刻，道："雪弓没这样说……可是，引霄阿姨，我看得出来，雪弓心里很煎熬。"

史引霄急了，道："南渡，你一定劝慰雪弓呀。我们可以帮姬瑜找最好的医生，我们也可以帮她找一座最好的精神病医院，我们可以承担她的治疗费用和生活必需……"

南渡却站起来："引霄阿姨，你说的这一切都可以做到，可是我要走了！"

"你要走了？到哪里去？晚上要聚会的呀！"

史引霄也站起来，拽住南渡的胳膊。

南渡笑起来，密匝匝的细纹网住了她整张面孔，"引霄阿姨，是这样的。我计划写一本书，关于茆围子社会经济文化近二十年发展状况的调查报告。茆围子历史悠久，又是革命老区，现在又处于沿海改革开放的前沿阵地。我的计划已经列入我们单位改革开放系列丛书的一种，领导批了我一年创作假。既然是调查报告，我必须回茆围子进行深入的乡村调查。时不待我，只争朝夕。我已经买好了今天下午的火车票，也给陈拂野的父母发了电报，今天晚上'兰畦'的聚会我就不能参加了。"

史引霄松开了手，她晓得南渡去意已决，只轻轻问道："雪弓他晓得你今天走吗？"

南渡点点头，道："雪弓与小椴，今天晚上会回'兰畦'参加聚会的。引霄阿姨，你放心。"说罢又送给引霄一个笑容，便转身出门去了。

史引霄蓦然想起许久许久以前，那时自己二十挂零。听了萧瑟说要对战友的遗孀卞璟如负责的话，也是这样决然毅然扭头就走，去茆围子担任区委书记武工队长。

《平楚的画》展览大获成功，时有相关的短评快讯在各种大小报刊上出现，史引霄将它们剪下来，一并放入那只收藏平楚早期素描写生稿的铁盒子。这只盒子，以后可作平楚艺术生涯的实例！

自画展后，平楚就像吞下一粒太上老君炼丹炉里的仙丹，整个人处在一种亢奋的情绪中。他比划着，喉咙口嗷嗷发声，要水珠相帮他把挂在客厅间史引霄的肖像摘下来，挂到他画室中去；又要水珠从厨房后边的小储藏室里把那幅《烈火中永生》也搬进他的画室。连着几日，他将自己整个身子蟠坐在圈椅中，对着画中的两位女战士左看右看横看竖看。史引霄断定他又在构思新的作品了，对于平楚的艺术创作，她从不干涉，便由他去折腾。

南渡离开后，史引霄想继续看报，不料平楚却指手画脚地要她去给他当模特。画了正面画侧面，半侧全侧，低首仰面。总算画好了，十几张，各种姿态，要史引霄提意见。引霄不由得朝他翘大拇指，没料到平楚用左手勾勒人像也能如此逼真。她略思忖，就在纸上写了"传神"两个字。平楚开心地露出珠贝似的虎牙，抬起左手朝史引霄竖起大拇指。

中饭后，平楚总算歇息了，史引霄回房稍事打了个瞌睡，就被床头柜上的电话铃闹醒了，却是青玉打来的，急急道："霄妈妈，我有个病人突然去世了，她家人请我帮忙处理些后事。我恐怕要稍晚些到'兰畦'，开饭别等我。"

史引霄无奈道："晚点就晚点，等你到开饭。别骑车了，叫出租！"孩子们正是忙事业的年龄，想想自己没退下来的时候，不也是成日不着家吗？

史引霄还想靠一会，水珠推开房门道："大姐，姚大姐来了，我看她眼圈红红的，只好来喊醒你！"

史引霄连忙起床，下了楼，却见姚秀帘立在落地窗前，略微佝偻了背脊，呆呆地望着草木萧疏的园子。

"秀帘，中午你不打个中觉啊？有急事？"史引霄问道。

姚秀帘猛转过身子，道："引霄你看了今天报纸吧？有红旗的长篇通讯！"

史引霄拉着她坐在沙发上，道："当然看了，写得十分感人，读着就像又听到红旗在这里向我反映案情……"

姚秀帘揉揉鼻翼，道："雪墨化了两个通宵写出来的，这世上还有谁能比她更了解红旗呢？"

史引霄疑惑道："署名记者不是她嘛，好像叫平凡。"

姚秀帘道："雪墨化了名，她说红旗不以属于她一个人。"又道："今天一大早还赶去莳浜大桥工地采访，那里要铺设桥面了。哦，她下午会赶过来的。"

史引霄听讲通讯是雪墨写的，便又拿起报纸。女儿的作品她总要多看几遍的。姚秀帘用手指点点版面下方，道："这则讣告你看了有啥感想？排场真大呀，连老娘去世也要到报纸上扬一扬名，也只有她余芳菲了！"

史引霄经她一提，记起早上翻报纸时是划了一眼那则讣告的，当时是觉得逝者名字拗口却有点熟悉。眼珠往下滑去，讣告最后果真署着"女儿余芳菲泣告"的字样。思绪刹那间翻江倒海，她重重地拍了下茶几，小眼珠直愣愣地盯住姚秀帘。

姚秀帘轻轻摇动她，道："引霄你这样看住我作啥？我说错什么了？"

史引霄慢慢地长长地吐出口气，道："历史真相终于大白了！费旖旎就是余芳菲，余芳菲就是费旖旎！"

姚秀帘摇摇头，"引霄，你搞错了，费旖旎是余芳菲的母亲，老太太养尊处优，活了蛮长久的，前几日才去世。"

史引霄小眼珠锃亮，兴奋道："余芳菲当年逃婚跑到苏北根据地参加了民运工作队，她用的是她母亲的名字。后来她吃不住根据地的艰苦生活，携款逃离，是我带了武工队去轮船上把她抓回来的，当时，她就叫这个拗口的名字！时间一长，我记不清了，今天见到这几个字形才合了辙。难怪我老觉得她的眼睛似曾相识！"

姚秀帘听她说完，冷冷道："你揭破了这个谜底，又打算如何？到纪律检察部门去告她？现在倒正是时机，钟老去世了，她也从位置上退下来了。"

史引霄忽地拉下眼帘遮住灼灼的眼珠，静默片刻，掀起眼帘，目光已从容踏实，浅浅笑道："秀帘你觉得我该不该去控告她伪造经历？想想她那样对待秀璋，真该给她一点教训！"

姚秀帘认真看了她一眼，道："过年的时候，余芳菲破天荒去给秀璋拜年，说是紫缇给父亲寄了新年礼物，托她送给秀璋。紫缇真要给父亲礼物，不会自己寄给秀璋么？余芳菲不过是找个借口给自己搭把梯子下来。她也是聪明反被聪明误，被钟老的子女扫地出门，坏了一世的英名。人生有这么一次蹭蹬，我想她也该明白些做人的大体了吧？"

史引霄"嚼嚼嚼"地笑起来，道："放在前几年，我是非要去纪委告她的。渐渐地我也想清楚一个道理，这世界上的事情并不是非黑即白，非白即黑的。这几年，许多老同志热衷写回忆录，口述了叫人整理出来。南渡是一直想帮我写回忆录的，被我拒绝了。回顾过来的路，其实有许多事许多人我至今都没有看得很清楚。每个人的眼界和认识都有局限，每每会从个人的立场及好恶去解释历史上发生的事情，去评判历史事件中的人，也难免会为自己涂脂抹粉评功摆好。所以那些回忆录并不能完全真实客观地反映历史的真相，许多真相被岁月有意无意地选择、剔除、掩盖了。"史引霄忽然收住了口。

"是啊，就说若兰，她的大半生仿佛不存在一样！"姚秀帘叹道。

史引霄掀了她一眼："你呢？你不是也将你爱人牺牲的真相瞒了你婆婆几十年么？"

姚秀帟默然，往日的印痕在她的面孔上留下好几处老年斑。

史引霄原还想讲讲寒城的故事，明明是抗日烈士，名字却无法刻在纪念碑上；她还想讲讲文汉兴，那么多当事人还活着，他却可以堂而皇之地编造经历，涂改真相……她却感到一阵心累口累，懒得再说了。摆了摆手，道："罢罢罢，秀帟啊，既然她余芳菲已有悔悟之心，过去的就让它过去吧。"

姚秀帟因道："有容德乃大。难怪秀璋一直说，别看史引霄眼珠子小，她的心却很大。"

史引霄"嗤"的一声，道："我眼珠子小吗？平楚可从来没说过我是小眼睛，人家是艺术家的审美哦！"

两人相视而笑。

史引霄想起来了，道："有桩好事，这一段事情太多，一直没机会告诉你。"

姚秀帟疑道："发生了那么多事，你还能有什么好事？"

史引霄道："还记得若兰跟我告别时留下了一盒青瓷麻将吗？是留给她的女儿，以便将来相逢时做信物的。"

姚秀帟道："我当然记得，整副牌少了一块兰花牌。抄家时不是弄丢了吗？肯定是贪财，以为是翡翠做的，偷去换钱了。"

史引霄拍拍她肩膀，"兰畦在天有灵，麻将完璧归赵，她回到'兰畦'中了。"

"怎么会？难道物器真有灵性？"姚秀帟惊喜道。

史引霄便去书架上取出那螺钿漆盒，边道："平楚的侄子，是干这一行的，偶然看到了，就赎了回来。"掀开盒盖，递到姚秀帟跟前，"我仔细一块块摸过，每一块麻将上都有她的气味。"

姚秀帟捧过盒子，将面孔贴了上去。史引霄忙将毛毯裁出的那块垫布铺开，秀帟轻轻倾倒盒子，一脉凝绿活活地漫溢开来。她们两人不约而同地洗起牌来，四只手均匀地在瓷牌中搅动。姚秀帟道："哪像在洗麻将牌？倒像浸在温泉中，好熨帖。"史引霄吁叹道："不晓得如今还有没有这样的能工巧匠，能烧出这般细腻的青瓷？平楚的侄子送我的那副青瓷麻将牌，说是当今一流高手的精品，手感到底还是粗糙了一点。"

两人正沉浸在对盛若兰温馨的思念中，大门"砰——嘭——"作响，走廊响起杂沓的脚步。

"外婆——"皓皓首先冲进屋，扑进史引霄怀里。史引霄在他的小屁股上拍了一下，道："怎么不叫人呀？"

皓皓扭动身子，喊道："姚奶奶好！"

"真乖！"姚秀帟撸着皓皓圆鼓鼓的脑袋，笑道。

雪砚追进屋。随即，雪墨也跟着进了屋。史引霄欢喜道："你们两个怎么会凑到一起啊？"

雪墨道："我在蓹浜大桥采访，结束得早，就去女子监狱找二姐了。"雪墨的声音不如以往脆亮，好似伤风感冒，鼻子瓮瓮的。她脱了羽绒长大衣，露出里面一件鲜红的羊毛衫。雪墨以往不穿红着绿，买衣服大都蓝白青灰。自解红旗牺牲后，她特意去挑了件鲜红的羊毛衫，套上后再也没脱下来，乃至她苗条的身姿就像一面红旗。

雪砚没来得及回宿舍换衣服，一身狱

警制服就过来了,浅浅笑道:"我和小妹一起去接的皓皓,幼儿园里有老师认出平记者了,拿着今天的报纸要她签名呢。"

雪墨不吭声。以往只要有她人在,这屋里每个角落都会有她贯珠扣玉的声音。

姚秀帘关切问道:"雪墨啊,蒟浜大桥工程还顺利吧?采访到什么线索了吗?"

史引霄拽了秀帘后衣襟一下,一时想不出其他话题,随口问:"雪砚,你们那套房子挂牌卖出去了吧?"她想避开雪墨的伤心事,不得已却揭了雪砚的伤疤,心里懊恼得很,挤眉弄眼地暗示雪砚。

雪砚先是一愣:这桩事情前几日不是跟老妈汇报过了吗?她将自己与宋嘉本的那套住房在房产交易所挂了牌,意欲卖了钱帮宋嘉本凑足退赃的款数。旋即,雪砚转过神来,明白母亲七搭八搭是想转移话题,忙道:"噢——已经有买家接盘了呢。"史引霄道:"是嘛,要那么多房子派什么用场?搬回来住,'兰眭'就是你和皓皓的家。"捏一下皓皓的腮帮子,"皓皓,你喜欢和外婆一道住吗?"皓皓大声道:"喜欢!"

雪砚并不愿意就她的房子的话题开展下去,眼珠转在桌上,便道:"妈,你和姚阿姨在搓双人麻将啊?这麻将越搓越绿,绿得加了墨似的。"

史引霄道:"哪里啊,这副麻将是你们大姐生母留下的那副……"忽见皓皓小手伸到桌上抓麻将,连忙捉住皓皓的手,瞪眼吓唬他:"小孩子不能玩麻将,弄丢了一块,你青玉大姨要来给你屁股上打针!"

皓皓"哇哇"地哭起来,水珠捉着兔子灯跑过来,哄皓皓:"看看,水珠阿婆给皓皓买了什么?麻将有啥好玩的?我们点兔子灯去!"皓皓果然破涕为笑,拉着兔子灯跳跳蹦蹦去园子里去了。史引霄忙道:"水珠你跟着皓皓,小心他跌跤,我们这里没事的。"

雪砚忽觉眼眶热辣辣的,攀住了史引霄的肩膀,"妈,皓皓给您添麻烦了。是我们不孝,只晓得忙自己的事业,忙自己的小家庭。您退下来了,我们也没有经常回来陪您说说话解解闷。出了问题,又把困难朝您面前一摊,要您相帮解决……"

史引霄拍拍她手背,道:"雪砚有你这两句话,妈就够享受了。皓皓添什么麻烦?皓皓只有给我添快乐呀。你们这个年纪,就是应该忙嘛。是哪个伟人说的?一个人要真正强大起来,就必须在清水里洗,在碱水里煮,在盐水里腌。你们问问姚阿姨,我们这辈人哪个不是在清水里洗碱水里煮盐水里腌过?对了,就像你们爸爸画的那些芦苇,被海风刮倒了,被海浪淹没了,被泥淖污陷了,又挺了起来,哗啦哗啦哗啦……"说着举起手臂,左右摇晃着。

雪砚晓得母亲是想逗她们开心,勉强咧嘴笑道:"老爸这几日还好吧?我去看看他。"

史引霄道:"你们爸爸又在构思新作品了,先不要去打断他的思路,吃饭时你们直接问他好了。"忽就"嘿嘿嘿"地笑起来,道:"我宣布一桩好事,你们爸爸突然发现我这个老太婆还有点艺术细胞,决定收我为徒,教我画画了!"

姚秀帘"扑哧"一笑:"雪砚雪墨,姚阿姨不到二十就跟你们妈妈同学了,那时候就晓得史引霄心里面英雄主义不得了,要求自己有一等的见识,十一等的事业,做一等的人物。不过引霄啊,艺术家没有点童子功是不行的哟。"

史引霄点点她:"秀帘你当我姑娘面出

我洋腔呀？我拿支笔东涂西抹，无非练练筋骨解解闷气，哪想修成艺术家？"

雪砚道："妈，你索性教教我搓麻将，以后礼拜天来看皓皓，就可以陪你和爸搓几圈。"

史引霄道："麻将这个东西教是没什么教的，不过记牢几条规则。也用不着去背，上手来几盘便晓得了。不信你现在就试试看。"眼珠子兜了一圈，道："正巧四个人嘛。"

雪砚朝雪墨努了努嘴，摇摇头，道："不行的，我和雪墨都不懂规则的。"

"谁说我不懂规则？"一直无语静坐的雪墨突兀兀冒出一句。她走到桌边坐下，伸展五指抚了抚麻将，道："打麻将输赢，关键看人的品性和素养。上了牌桌要持重冷静，得了好牌不要喜形于色，出错了牌也不要懊丧后悔。侥幸和了牌愈是要谦恭，被罚了张也不必愁眉苦脸。如此才能眼观四路耳听八方，把握最佳的时机和牌。"雪墨的声音非常平稳，同一个音调，没有曲折起伏。

史引霄在雪墨边上坐下，喜滋滋道："雪墨呀，你啥时候学会搓麻将的？还说得出那么些道理。"

雪墨一脸的风平浪静，道："红旗教我的呀。"

一语既出，举座惊惶：偏想绕过红旗的话题，莫让雪墨伤心，偏就绕不过红旗的话题！原来雪墨时时刻刻念着红旗，开口就说红旗。史引霄一时没辙，小眼珠盯着雪墨不动，雪砚和姚秀帘窃窃商议如何补救。

雪墨目不旁视，只看住绿森森的一桌麻将，径直说下去："妈你忘记了？英华公司的马董给了红旗一张白金会员卡，红旗叫我陪他化装进'春秋繁露'侦察。事先红旗研判了会所里各种娱乐项目，他说在麻将桌上最能真实地观察到每个人的品性。所以我们进会所头一项就上麻将桌。红旗鉴貌辨色，用声东击西先赢了一盘；后来又故意大意失荆州，输个精光……一定是大输大赢引起罪犯的注意，他们才盯上了他！"

史引霄忍不住了，道："雪墨雪墨，我们不搓麻将了，多伤脑筋呀。谈点别的，别的……"却想不出别的话题。

姚秀帘接道："雪墨，你还是搬回'兰畦'住吧，陪陪你妈你爸，还有皓皓，还有水珠……"

雪砚已动手收拾麻将牌，将它们一只只放入漆盒中。

"怎么？我们一来你们就不搓麻将啦？"雪弓和小櫆推门进屋，雪弓笑道。

史引霄朝雪弓拼命挤眼睛，道："搓不成呀，雪砚不懂规则，临时又记不住。"

雪弓一时没有领会母亲的意思，因道："没关系，小櫆可以教她。雪砚，你和小櫆组队上阵，能赢！"

小櫆叫起来："史老师，我不能搓麻将的，我妈晓得了会骂我玩物丧志的！"

雪弓搂着他坐到桌边，眨眨眼，道："刚才我们不是把你妈送上去苏北的火车啦？再则，我们可以把玩物丧志变成格物致知嘛！"雪弓给学生上课习惯了，一手撑着桌沿，另一手比划着，"其实麻将充分体现了中国人的哲学思维和处世之道。比如，麻将以和为贵，和光同尘、和气生财、和衷共济、和而不同。麻将还特别提倡平等，其他牌不同花色都有大小，唯独麻将144张牌42种图案同等价值不分大小。每张牌都可以在牌局中起决定性的作用，同一张牌，也许就是制胜的法宝，也许就是坏了一锅汤的老鼠屎。"换了只手撑桌子，拍了拍小檓的肩膀，"怎么样？史老师布置你写一篇哲学漫谈论文，探讨麻将输赢中的辩证关系。有时候，打错了即打对了，打对了却又打错了。看似偶然的进进出出，背后却有怎样的必然因素？"史引霄在他背脊上狠狠拍了一掌，道："好了雪弓，不要讲麻将了！今天也不打麻将了！雪砚，麻将收起来，收起来！"

雪弓终于发现气氛不对头，雪砚拼命朝自己翻白眼，姚阿姨站在雪墨背后朝自己打手势，雪墨却面无表情闷声不响木偶一般。他便打住了演讲，自嘲地笑道："麻将并不好吃，还是换花生酱或者豆瓣酱吧。"又道："妈，今天让小檓代表我在'兰畦'陪您和爸爸过元宵节，我，我就缺席了。"

雪砚叫道："不行，哥，妈说了，今天谁也不能缺席的！"

史引霄团起眉毛，道："雪弓你也不懂事。不是说我们不欢迎小檓，你把小檓带过来陪我们过元宵，那卞璟如岂不一个人孤孤单单？"

小檓道："引霄外婆，是我外婆把史老师驱逐出境的。我帮史老师辩了两句，外婆把我也赶出来了！"

雪弓求助地看住史引霄。史引霄心里清楚，卞璟如一心等着雪弓和南渡结婚的，如今一下子冒出个姬瑜，这场婚事变得悬而不决。依她的脾性，没有骂到"兰畦"里来已算是克制的了。史引霄无奈挥挥手，道："雪弓你觉得一定要去，腿在你身上，你就走吧！"

雪弓还是希望能说服母亲，道："我真想留在家里陪你们团团圆圆过元宵节，水珠阿姨烧的小菜多好吃呀。可是……她家里给我打电话了，说她又闹了，闹得很厉害，差点……"

史引霄抬手抚摸了下儿子瘦削了许多的面孔，道："雪弓啊，这不是你的错，你不要勉强自己，更不要用道德绑架自己，那会痛苦一生的。"

雪弓曛地掀起眼皮，眼窝深深，眼珠幽幽，像极了当年的平楚，他道："妈，我没有勉强自己，我一想到姬瑜现在这个样子，心里就痛！"

史引霄便拍拍他背脊："妈晓得了，雪弓你就去吧！"

雪弓双脚一并，九十度鞠个躬，道："谢谢妈！"转身拉开门，差点与一个人撞个满怀。

进屋的是史青玉，面孔煞白，喘着，拍拍胸脯，道："吓我一跳，雪弓你去哪？火急火燎的！"

雪弓忙道："青玉姐，对不起对不起，没撞痛吧？大家都等着你呢！"说罢，自己便跨出门了。

史引霄上前拉住了青玉，道："那个病人的后事办完啦？看把你急的，家里聚会嘛，早点晚点都不要紧。"

青玉却目不转睛盯住桌子上那只螺钿镶嵌兰花图案的漆盒，许时，方喃喃道："你们，你们怎么晓得的？"

史引霄不解道："青玉，我们晓得什么呀？关于你的病人？我们什么都不晓得呀！"

史青玉看看这个，再看看那个，缓缓地把手伸进羽绒衣的内插袋。她把手抽出来时，手指间夹着浓绿的一块青瓷麻将牌！

史引霄惊喜道："青玉，你找到她了？她在哪里？"

姚秀帘疑惑道："青玉你找人补配的吧？现代仿制技术能以假乱真的。"

史青玉不做声，只走到桌边，打开漆盒盖。方才雪砚已将143块麻将整整齐齐码放进盒子，单右上角缺了一块。史青玉小心翼翼将手中的麻将嵌了进去，如同榫头入卯眼，浑然一体！

青玉眼角渗出珠子般的泪水，气喘得愈急，双手合拢，道："是她留下的，我仔细看过，左出枝，兰花，色泽也分毫不差！"

史引霄急得摇撼着她的臂膀，"青玉你找到你母亲了？若兰她在哪里？兰畦在哪里呀？"

青玉目光迷离，伤感道："这块麻将我在鹤盘村石蕙婆婆的遗物中看到的，是放在石蕙婆婆的梳妆盒里……石蕙婆婆这些年经常在我这儿开中药喝，她家人说，中午她还吃下去一碗稀饭，打了个中觉，就没醒来……她家人也不晓得石蕙婆婆梳妆盒里为什么会有一块麻将牌，还是村里面老人们回忆，当年石蕙婆婆是妇女担架队队长，她救助过杭嘉湖抗日游击队的一名女战士，那女战士终因伤势过重牺牲，这块麻将牌就藏在女战士内衣贴身的口袋中，被鲜血染得通红。石蕙婆婆认为藏在贴身口袋中的东西一定是十分珍贵的，洗净了，竟是绿得让人心酸，便舍不得丢弃，放进了梳妆盒。"青玉说着泣涕涟涟，抽噎不止，史引霄张臂拥住她，青玉幽咽道："却有人言词凿凿，说当年的妇女担架队队长为掩护那位女战士中弹牺牲了，女战士养好了伤，便留在了鹤盘村，替石蕙婆婆抚养孩子，服侍公婆……"

桑树林

196

姚秀帘大声打断道:"青玉你有石蕙婆婆生前的照片吗?"

青玉定定神,摇摇头,"石蕙婆婆的灵堂只供了她的牌位,没有照片。"旋即道:"对了,两年前,老年报社记者来采访针灸疗法治愈顽固老年关节痛,拍了张我替石蕙婆婆扎针的照片。那张报纸一直压在我办公桌的玻璃板底下。"

史引霄合上眼,让胸口头的痛惜与酸楚平复一下,片刻才撑开眼皮。她的小眼珠不偏不倚撞上了姚秀帘悲郁的目光。她们互相凝神着,从对方的眼珠里看到了几十年前的自己,还有眉目俊秀的盛若兰。三个年轻的姑娘,在蚕桑学校葱茏的桑树林里采摘桑叶,细细密密说体己话,咯咯咯咯地笑着,追逐着。

2020年10月18日

[特约编辑:王　彪]
[插　图:王小鹰]

理想之光与显微之镜
——读王小鹰长篇小说《纪念碑》   潘凯雄

我开始阅读王小鹰这部新长篇的未刊出稿时，作品名还叫《卫生麻将》。何为"卫生麻将"？这个词儿的意思我是明白的，并由此而先入为主地以为这是一部以上海市民家长里短日常生活为题材的作品。待终卷时才发现作品中虽有几处出现过作品中人一起玩卫生麻将的场景，也有就"卫生麻将"四个字展开的一点议论，但作品总体上则与玩不玩麻将以及"卫生"与否几乎没什么直接关系。不过王小鹰既要以此为名就一定是有她自己的想法，这一点在卒读作品后也是可以琢磨得出来的。

不曾想，到作品刊出时"卫生麻将"变成了作品下卷的篇名，而整部作品则更名为《纪念碑》。当然，对一部长篇小说而言，如何命名对作品整体质量的影响几乎可以忽略不计。无非是《纪念碑》的命名比较直接，而《卫生麻将》则多少带有隐喻的指向。顺着这两种不同的指向，也为读者从不同的维度对其进行解读提供了某种引导。

《纪念碑》开篇，王小鹰写下了这样一句近乎"题记"式的文字："世界上有一种英雄主义，那就是认清生活真相后，依然热爱生活，并为之而奋斗。"而接下来她所讲述的故事则十分生动而形象地对这句话予以了形象的诠释。

一

  作品以史引霄和平楚夫妇一家六口人的日常生活为轴心，从史引霄这位"三八式"老干部在粉碎"四人帮"后复出，并成为十年动乱后首次由区人民代表大会实行民主投票选举出来的区长拉开帷幕，时而上溯到半个世纪前那场关系到中华民族生死存亡的抗战烽火；时而闪回至五六十年代那一场又一场接踵而至的"运动"风云，时而立足于不断走向深化的改革开放大潮……作品就是在如此辗转腾挪中收放自如地展开了一幅从抗日战争到改革开放朝纵深发展这长达半个多世纪的历史画卷。为这样一段波澜壮阔的历史留下一座文字的"纪念碑"，确有必要。当然，作品并不是一种标准的史诗性结构，但又充满了史诗般的品格。

  王小鹰笔下这曲史诗的调性明显地呈现出一种复调特征，其主调无疑当是一种浓郁的理想主义情怀。这当以史引霄与平楚夫妇和他们的四个孩子为代表。史引霄与平楚夫妇作为抗战时期就参加革命的老干部，在血浴战火中既历经了事关民族存亡的生死磨难，又在复杂的环境中遭遇过内部所谓阶级斗争的重重考验，最终史引霄不过官至一区之长，平楚也没有成为艺术大家，而当年他们的一些下级反倒是平步青云风生水起。尽管如此，这对夫妻的理想与信念、坦荡与求实却从来没有被泯灭，活得坦荡而执著，率真而单纯。而他们的四个孩子，无论是养女青玉的善良与温润、长子雪弓的奔放与执守，还是次女雪砚的内敛与韧性、幼女雪墨的率真与热烈……向上、向真、向纯与向善始终是他们做人与做事的主调。而在他们的战友、亲人和友人中同样也不乏这种理想与善良的执守者，比如元同与霜玉、比如姚雪琴与解红旗、比如水珠与麦蛾、比如……

  上述这些个人物的行为与心理共同奏响了一曲理想主义的颂歌，成为《纪念碑》鲜明而洪亮的主旋律。但与此同时，王小鹰在作品中又精心刻画和描摹了与史、平家族的言行不尽相同或截然相反的另一组各色人等的群像与生活场景。

  比如在史引霄与平楚同时代的那一辈人中：有文汉兴一类当年位居史引霄之下但在新时期后却一跃成为"省级领导"，这本算不上什么奇特，但从作品的描写中读者并不难感受到他们后来居上凭借的究竟是什么？有史引霄当年的副手何弱之虽明知历史的真相与事实，但却碍于自己现在上级的需要而装聋作哑；有尽管只比史引霄小几个月却能接替她区长之位的余芳菲，无非就是因为自己再嫁了一位彼时依然权高位重的长者；有虽勤勉但却平庸的区办公室主任钱龟龄何以从这个位置一步步登上区长的宝座；有副区长的徐亦道又是在史引霄退休后如何逐步滑向罪恶的深渊……

比如在与史引霄子女的同代人中：有从高材生、优秀学生干部成功进入公务员队伍后又迅速堕落的宋嘉本；有在政治风云或时代变迁中明哲保身、摇摆不定、投机取巧、贪图虚荣的南渡、马英华、姬瑜和晏枰等……

这样的两代人同样也是活生生地蹦跶在我们的日常生活中。对此人们或许早已司空见惯、见怪不怪，甚至还会认为这些人更懂得所谓"人情世故"。但王小鹰在《纪念碑》中则是无情但又不动声色地将他们置于显微镜下一一予以检视，不仅如此，有时更是刻意地将其与那些理想的执守者们置于同一场景中以形成鲜明的比照。比如，围绕着关于寒城是否应该作为抗日英烈在"国民革命军新编第四军苏北军区抗日阵亡将士纪念塔"上留下英名一事，如果说过往还存有事实不清、结论不明的疑惑，那么到粉碎"四人帮"、一切事实皆已分明的大背景下，为了给寒城恢复应有的名誉，平楚不断向上级领导机关去函陈述事实却依然无果，愤懑之极触发自己脑溢血，史引霄据理据实向已成为省领导的文汉兴力争又遭推诿；同样还是这位文汉兴抗战时在茆围子区明明只是史引霄手下的一个财粮科长，但在自己成为省领导后的回忆录中竟硬是生生地将自己描绘成时任武工队队长，而明知事实真相、当时也是文汉兴上级的何弱之面对史引霄的诘问时竟然打起了太极。

正是因为王小鹰将上述两组人物不动声色地置身于同一历史与现实的场景中，才使得她笔下的这座"纪念碑"立体而丰满，也使得人们对这部作品有了进一步言说的空间。

二

《纪念碑》中充盈着浓郁的理想主义情怀显而易见。客观地说，这样一种满怀饱满理想之光的写作在当下整体的文学创作中的确不多见，而且也比较容易被戴上"不真实"、"粉饰"之类的"桂冠"。本人作为上世纪五十年代生人，在情感上对此类不满的情绪当然是能够理解的，毕竟我们曾经见过了太多矫情的"假大空"之作；但理性地看，充盈着理想之光的写作本身并非罪过，重要地更需看作者的"怎么写"？浪漫主义作为十八世纪末到十九世纪初西方近代文学最重要文学思潮，其一大显著特征就是抒发对理想世界的追求，拜伦、雪莱、雨果等一批文学大师正是在浪漫主义的大旗下为人类留下了自己的不朽之作，与巴尔扎克、狄更斯、司汤达……等一批现实主义文学高手共同构成了十九世纪世界文学史上一道靓丽的景观。那个时期正是因为有了浪漫主义与现实主义的双峰并峙，相映成辉，才得以将彼此的文学之长给展示得淋漓尽致，才使得那时的文学世界绚烂而夺目。

回过头再来看《纪念碑》。王小鹰在自己的这部新作中对理想不遗余力地予以张扬的确是一种客观存在，如何评价这样一种创作姿态？我们既要看作者将作品基于一种什么样的背景或场景，更要看作者又是秉持一种什么样的基本立场和态度。

如前所述，《纪念碑》是以史引霄与平楚夫妇一家六口人的日常生活为轴心，而在这轴心之外既有时间上往前的闪回与追溯，也有空间上的拓展与延伸。包括史、平两个家族及各种社会关系在新中国成立前烽火硝烟中的生活以及新时期开始前各自命运的跌宕起伏。而如果从出现在作品中的人物来划分的话，大致又有坚守理想的坚韧前行者和由革命到或消沉蜕变、或摇摆犹疑、或明哲保身、或平庸度日这两大类。作品的整体结构虽呈现出浑然一体的外观，但其人物与故事在价值观上的双线乃至多线运行之轨迹同样也十分清晰。

正是因为有了这样丰富的场景和不同类别人物的并存，《纪念碑》中对理想的坚守或理想主义的张扬读起来就并不觉得突兀和虚假。更何况作品还用了不少的笔墨来刻画那些精神意志或消沉蜕变、或摇摆犹疑、或明哲保身、或平庸度日者的种种所作所为，一些细节的捕捉也入木三分。比如余芳菲在改嫁给一位老领导后的那副做派、比如钱龟龄在周旋于几位区长与副区长间的那种八面玲珑、比如徐亦道在史引霄人前人后的两张面孔……这些为正常人所不齿的行为虽只是少数人所作，但又恰是当今社会世相的一幅缩影。这些个场景和细节出现在《纪念碑》中，王小鹰显然是经过了悉心的观察并用或冷峻、或戏谑的笔触将其惟妙惟肖地表现出来，其间渗透着的批判性不言而喻。正是因为有了这样的铺陈与比照，作品中那种强烈的理想之光就既不觉得刺眼也不感到虚假。人们常以"现实之不足、理想来补齐"这句通俗易懂的话来解释十八世纪浪漫主义文学那种理想光辉出现的缘由，将这样的解释用于《纪念碑》，在我看来不仅只是作品的一种客观存在，同样也是恰如其分的。

一方面张扬理想主义之光芒，一方面冷峻观察与解剖社会现实之不足，这才是《纪念碑》的整体调性，也是这部长篇小说的创作得以成功的基本保障。不妨设想一下，如果只是一味地理想热血贲张，且不说是否存有虚假伪饰之嫌，单薄则是无疑的；而反过来，作品倘若仅仅只是沉溺于对当下社会生活中种种负面阴暗现象的揭露与批判，则同样也会显得单薄与肤浅。因此，理想之光与显微之镜这两种工具在这部作品中的运用的确互为依存互为表里，两者缺失任何一面，另一面自然就会相应逊色许多甚至走向负面。

三

有必要简单说几句关于"卫生麻将"这个在作品中出现虽不多但我以为还是颇有意味的一个隐喻。

在《纪念碑》中，王小鹰一本正经地录用了所谓"佚名牌友"关于麻将的几句"箴言"作为"下篇"的开局："入麻将局，如入红尘/炼品炼性，方圆动静/方如行义，圆如用智/动如逞才，静如遂意/得勿骄狂，失亦坦荡/浑涵宽大，斯为上乘"。在实录过这些"箴言"后，这个王小鹰还唯恐读者不解其义，又在作品行将结束之际借雪墨之口围绕着麻将说了几句白话："打麻将输赢，关键看人的品性和素养。上了牌桌要持重冷静，得了好牌不要喜形于色，出错了牌也不要懊丧后悔。侥幸和了牌愈是要谦恭，被罚了张也不必愁眉苦脸。"除去这一文一白的"麻将经"，《纪念碑》中还出现过几处史引霄和她的邻居一起玩"卫生麻将"的场景。说实话，从整体构成来看，将这些有关"麻将"和"卫生麻将"的"理论与实践"统统删去，对《纪念碑》整体的实质性影响并不大，但王小鹰却偏偏不放弃这些看似"闲笔"的处理，由此再联想到作者一度甚至还要以"卫生麻将"四字作为整部作品的主标题。可见王小鹰一定是有自己特别的考虑了。

"麻将"者，本是一种智力游戏，再加上"卫生"二字就更是一种有益的智力游戏了。但凡游戏者，必有自身之规则与奥妙，遵者胜，违者败，当是一切智力游戏之通则。我主观地臆想：王小鹰之所以如此执念于此，是否将人生也在喻为一场"游戏"呢？人生者，其实不外乎做人做事，这同样需要规则，而人生之规则无非伦理、道德、法律……既然有规则，自然也是同样的遵者胜，违者败。《纪念碑》中芸芸众生的命运结局无论是为官还是为民、权重还是位轻，莫不如此。这些道理看似"心灵鸡汤"一类，但何尝不也是对人生悟透后的一种提醒、一番警示。

如果说对《纪念碑》还有什么挑剔的话，那么我以为某些地方、某些场景是否还可以处理得更凝练一点？现在全书近五十万字，作为一部长篇小说，虽不能言太长，但就实际内容来看，适当地浓缩一点效果或许会更好，更何况也的确存有可压缩之空间，比如对战争年代那些场景与事件的回溯部分，新意并不太多，如此这般，倒不如点到即可、意到即止，其效果未必比现在这般铺陈要差。此外，作品现在以一场因"婚变"而引发的爆炸事件为开局，似乎要留下一点什么悬念，或是意欲形成作品一开场就揪人的效果，只是卒读下来作者的这种预设恐怕并未达到这样的预期。就全篇而言，这个事件不是不可以写，但置于作品开局，的确意义不大，反倒是对作品整体叙事的流畅造成了某种阻滞。

意见未必就对，仅供王小鹰参考吧。

[特约编辑：王　彪]

金色河流

鲁敏

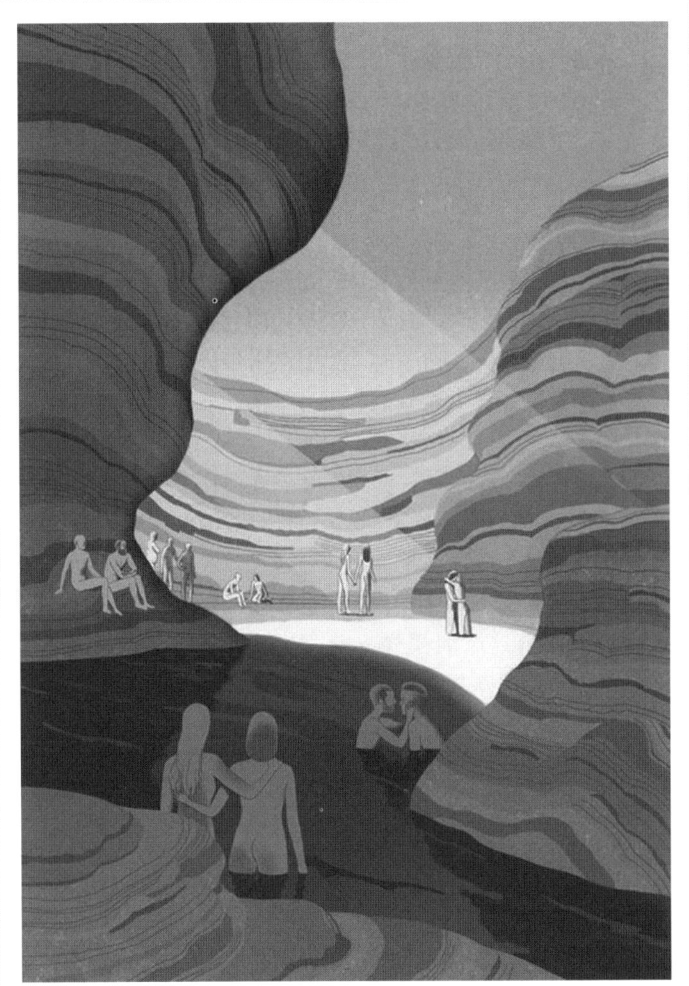

一　红皮本子

1

二月里还是冷，乍进门眼镜一层雾。雾退了，看到有总在淌眼泪。夕阳射进来，铺在家具、地板和有总身上，他歪躺的身子灰蒙蒙的，只腮边两行泪道熠然有光。

照往常经验，这不会等很久。谢老师坐到他右手边，偏瘫者更愿意被人看到好的那半边。觑眼静看，迷惑中带点赏析，一边想着自己的红皮笔记本。

这一场脑中风来势虽猛，并不致死，有总却像得到久盼的指令，十分投入地演弄起这样的垂死气氛。前面那么些年，他在生意场上太凌厉了，眼前这软弱模样，倒也有点意思，不妨可用作开头？嗯，眼泪水，编号该到99了，**眼泪水（素材99）**。应当比红皮本子里那些硬邦邦的材料要好。不对，开头还是先说下他的名字吧。姓穆名有衡，当是呼为"穆总"，可他要求上上下下都叫他"有总"，说是越叫越有，唤一声，多一份。包括他签合同时，总要把中间的"有"字签得特别高大，斜拉桥一般，带着两边的"穆"与"衡"。对，他什么都得多占多有。**有总之名（素材8）**。

正瞎琢磨着，对面的眼泪水骤然而止。有总一抬下巴，指着茶几，假牙的阙如在口腔内部形成复杂的混响："这钱，我掏。"这才看到茶几上搁着个小册子，介绍克隆宠物的，不知又是什么生物公司投来做饵，要钓他银子。有总的老金毛，名唤松果，十五岁半，老得跟他差不多了，早已不能久站，撒尿都得要人相帮，出去呢，须得一辆平板小车推着遛。

这宗银子倒走得爽快。谢老师想起去年的"乌克兰针"，这也是他们当中流行过的项目。有总这个小圈子，都是差不多岁数的老家伙，撂开手中生意之后，皆转而专注于增寿延年之计。像严家兄弟，最推崇六道轮回，老哥俩分头跑马圈地，在全国及东南亚各处的名刹古庙定点做大功德，简直替家里几代子孙都铺好了来世通道。瘦筋筋的欧阳夫妇，笃信静修，一年之中，有小半年待在尼泊尔闭关，不问红尘，另外半年，则探索各种修行养生模式。他们兼顾高科技，熟谙新加坡或德国在不同类型癌症治疗上的专擅与领先情况，有时也讨论诸如脑细胞冻结与复苏、活体器官移植迭代、俄罗斯2045阿凡达永生计划等。这方面昆山的雷总兴致最高，他是开发区第一代老棍子，最早是跟台商做钢线起家的，他有次还专门绕道而来，有鼻子有眼地跟有总讨论一则涉及四个国家的新闻：据英国报道的，意大利神经学家，在维也纳宣布的，在中国哈尔滨进行的换头手术。

"乌克兰针"也是雷总挑头的，要拉着有总一起组团。说是一种特厉害的胚胎干细胞注射剂，来一针六十万，能多活十年，就当到乌克兰玩一圈嘛，顺便扎一针。有总点头：挺好，一针十年，你们多扎几针，最好一猛子直接扎回娘胎，我可是巴不得老天爷让我早死。老天爷看来得到悄话，不久就送来这场中面积脑梗，左半侧成了冻肉，嘴角总像含着个烟斗，歪漏。

"好歹的，能替我陪着小沧。三十八

万，值。"讲起数目，有总的口齿会突然清楚起来。自己不管，宁可给老狗续命，就为陪个傻儿子穆沧。显然，又会是一桩被争相传诵的美谈。类似的材料，谢老师的红皮本子里可记着不少。

良渚玉（素材78）。某天约好去医院看老战友，那老战友条件差点，他于是胡乱塞了几摞现钞，想借机表点意思。却记错楼层，跑到上两层的同号病房，三句两句的，倒与另一位探视者一见如故。两人谈得十分投机，有总置老战友于不顾，急惊风一般跟着人家上门去看"老货"，并一眼相中块古玉。哟，客官好眼光，这可是良渚玉，镇宅之物，恕小的不能转让。有总笑了，当然能的。他把提包拎起，倒出那几摞子来，当定金。您只管说个数目，绝无二价，这就回转去提。软缠硬打一番，以一个巨大数目成交。他挺得意，谁能像我这有巧劲的，在医院里买到国宝级的老玉。

有总那阵儿痴迷收藏，做生意嘛，到一定程度，就得搞这个。收什么呢？老玉。紫檀。蜜蜡。鼻烟壶。佛造像。老绣片。珊瑚。潦河奇石。全看什么人那阵子跟他走动得比较近。常有慕其性情蜿蜒摸瓜而来的骗子，候在他常去的地方，不同的面孔分几拨子来做局，反复洗涮，离奇又简陋。包括眼前这一面墙的**紫水晶隔断**（素材48）。起先是他到北京请人吃饭，没吃上几口，座中一人接到电话，口中连呼有幸，说是有风水大师正在附近某私人宅邸秘密授课，拉着他便急急赶去，赶上听了半节课。这半节已是足够，有总得其真言秘授，耳朵根子完全软了，隔天回来就把家里客厅东面的一堵隔墙给敲了，迢迢地从东海运来一块大半墙高的紫水晶，乃风

水大师辗转拜请到一位藏传上师为有总特为加持的。为配合这巨大且慈悲的紫水晶，在那位北方朋友的指点下，有总又请来尊者阿难造像，供上诸种法器灵物，每日晨昏谒拜，进出亦作祷祝，很有点老来向佛的样子。

谢老师进门与离开时也都拜上一拜，尽量地凝神敛气，端视尊者的"相如秋满月，眼似青莲华"，脑子却滚过日常采办进出的流水数目，深感自己的大不敬。可能也是因为，就在这阿难造像的背后，隔一层假墙的暗室里，就是一大一小并肩而立的两个保险柜。

保险柜（素材35）。这也是有总所特有的土法配置。照理，像他这样的身份家产，重要票证珠宝细软之类，得搁到银行地库的保险柜里才合适。他不信那些，宁可像县城信用社出纳员似的，守着这两只笨重的保险柜。小的放什么谢老师不知，反正他有一项很重要的差事，就是过一阵就跑一趟银行，取回一堆现钞，码进大保险柜，像给米坛里灌上米，方便有总随时取用。

"除了去联系克隆，没别的事了吧？"谢老师微抬屁股，要走。却见有总身子突然昂了昂。口舌不便之后，有总开辟出若干辅助表达通道。下巴指东西，喉垂抖一抖，没了假牙的腮部突然鼓起，眼睛用力一闭，右肩膀抬高。

谢老师假装没看见，心里惦记着想回去给红皮本子添上两笔。**克隆松果**（素材100）。想起来了，这应当是同一家生物公司，最早就瞄着这帮有钱老家伙推广过基因组测序与基因保存套餐，报价高达六位数。干什么用呢？除了癌症治疗、进入人类基因库等了不起的回报之外，来人突然

压低声量，还有呢，若重要家族成员身故，有人找上门来认私生子孙，以图家产，随便到第几代，都可以辨测出真伪。这可戳到有总痛处了——他就两儿子，老大穆沧是老傻子老光棍不提，老二呢，父子关系颇恶，基本不大往来，且咬定丁克不放，目前看来，他是大有断代之虞。这已是一个大痛。再且，他有一个从五岁起就认下的干女儿，外面流言甚嚣，一说是其私生女，一说是其小情人。随便从哪个角度看，业务员都讲多啦——当时有总就架起大炮把人家给轰走了。看来这公司总算在老松果身上给谈成了一笔。

"放心，这就去办，看三十八万能不能讲讲价。您的钱可也是一分分苦来的。"

2

停。打住。真没劲儿，明明看到我哭，还装熊瞎子。还"您的钱可也是一分分……"，这腔调听上去对我多么忠诚。可笑，这世上有谁他妈的真对我忠诚吗？哪个不是带着大刀子小刀子，喳喳的看从哪儿下手，想尽法子要片我几块肉、喝我几口血去。多少年了，都不用打眼就知道。不过无所谓了，他们越亮刀子倒让我越兴奋，且更添斗志，血糊淋刺的才痛快呢。

有时我就是故意招那些刀子的。我呆呆地吃亏上当，东一滑西一倒地糟钱，胡乱地去成全那些宵小之徒，赠品这就来了——我最乐意欣赏他们这时的模样了，他们费了多大的劲，也藏不下对我的那层痛心。瞧瞧，当年这只最难缠的老狐狸，一个钱当一条命的，而今都不如马路牙子边蹲着卖葱的老大娘啦。挺好，我就喜欢他们把我当老傻瓜，一个有钱老傻瓜，一个快要死的有钱老傻瓜。尽管来好了，我这臭皮囊，七十年的老包浆了，还经得起。

也有可能小谢这老伙计并没带刀子，或者刀子藏得太深。他呢，算有点脑瓜子，也挺倔，老木匠似的，到现在还不肯丢他的把式，文乎文乎的瞎盘算。这家伙是能写，不写不相识，最初他就是呼呼呼地晃个细笔杆子，专盯着我挑事。

那也是二十年前了，还小厂子小买卖呢。小谢所盯上的，是我投在县城里头的一个小包装厂。那地方怪穷的，半大小子都不念书，满街晃荡，冬天打架，热天下水，每年夏天都出几个淹死鬼。厂子呢，就收拢他们进来派活儿，计件算工，每天都领到现钞回家吃饭，做爹妈的都笑歪嘴了。厂里这边，人工成本能降下三四成。两头落好的事。也是不巧，有个皮孩子，上蹿下跳的来劲，把个眼睛给碰瞎了。就这，不大不小、能大能小的事。小谢可好，像狗叼到根大筒子骨，愣是不放。他还跑上门来跟我演讲呢，讲的全是大词，还排比句。说，这可不是你个小老板的事，不是包装厂的事，不是小童工的事，不是赔点碎银子的事，这是关于贫穷，关于生命，关于当下与未来，关于价值与常识，明白吗？普利策奖您听说过吗？这绝对普利策……

我可没心情听他叨叨，普啥啥奖，绕不绕口啊。叫人查了下他的底细，三十郎当的毛头，没什么后台，全靠硬写，算个角色，在那弄笔耍墨的圈子里，有"北胡南谢中有张"的说法，他就是南边的那个谢。行，你硬，能硬得过人民币吗？反正最终不是我，是他小谢被挑下马了，差不多算封杀，哪家报社也不敢再要他。

但我不讨厌这小子，尤其那股普啥啥

奖的劲头，真要给流落街头活活儿饿死我还不答应呢。我把黑脸一抒变红脸，特意上门请"谢老师"到我这边屈就，做公关总监，替我"防火防盗防记者"，以其长矛反攻其盾，实在是对口！为着给他面子，我要求我所有的副总、中层和员工，包括后来他登堂入室在我家里随意走动，我也要求孩子们和肖姨，一概的，要尊称他为"谢老师"，相当于我这小小王国的国师，多荣耀。还有独一份儿的年薪，那，不算薄。也不知是哪一个打动了他，还是另有原因，反正，这一匹爱踢人爱乱咬的马驹，最终是改换鞍辔，掉转方向，归我门下啦。一上手就发现找对了，真是好使。文能顶一个师爷一个秘书加半个账房，武呢，不指着挡子弹，但挡拳脚的事常有，也挡过女人，挡酒挡饭的，那更是不计其数。他懂世故，挺机灵，尤其我的私事，多少的尴尬、琐碎，都能交由他去出面，这呢，又等于半个管家。用他，是值的。

他对我，藏没藏刀子呢。我一直在琢磨。

前几年，为着托他到南方找一个人，我特意约他，单独喝了个小酒。也是这样大冷的天，我们烫的姜丝黄酒，花雕十二年，那天喝得不错。我有意强调，这事，不那么光明正大，不可告与外人，表个信任的意思。他呢，也顺便跟我掏了几句。

说，他当时跟我过来干，被原来的同行们笑得不轻，包括老婆也嫌他没骨气，可他们得攒钱送儿子出国，总不能在家空转白耗。得，低头认怂，可心里还是有点恨。他脸上出油，眼镜子往鼻尖上滑。喝两口，再掏几句。不久才发现，其实我也算是救了他。十年不到的工夫，媒体业可真是闹猛子，各种的浪高风急啊，不淹死也得呛个半死，后又碰上"工厂"扩张，逼得报纸的路子是越走越紧，腿都要扛到肩膀上了。啥工厂？我没听明白。他用筷子头蘸酒，在桌子上画，嘴里咕噜两个外文单词。I.T.这两个大写字母，看起来像工厂吧？这大厂子一开张，全世界人都抱一台电脑抓一只手机，报纸的印量和广告皆崩似山倒，一家家的斩将裁兵，什么"北胡"什么"中有张"，统统的都没了。他这"南谢"，等于是提前几年摆笔而已，能有我这里靠船上岸，算是有福的。因此上，他早就不恨我了，醒悟过来了，我得算他的恩公。他双手冲我举杯一仰脖子，亮个杯底足足半分钟不动。

闹不清他是佯作酒话吐真言，还是泥人塑金贴面，也不在意啦。反正今也是离不开这家伙了，尤其现在口舌不利，就他还能懂我。可老狐狸嗅觉尚在，我能闻出来，他对我肯定是有什么想头。这世上怎么可能有单纯的忠诚？我绝对不信。总有一天，他会亮出他的刀子。来吧，我挺愉快地候着。

但我主要所候着的，是"死"。也是死到临头吧，真有点儿小感觉了。只要我一个人待着，就知道有个"死"，在我边上蹲着，跟老松果一样。死神？死鬼？死人？随便好了，它属于哪个系统，是属于所有系统还是不属于任何系统，我也烦不了。我就晓得它在那里，不远不近，不吭不哈的，长久、耐心地看着我，那眼神并不陌生——对，就是何吉祥，他最后，就是用这眼神看着我的。我知道的，就是他，一直坐在那边厢，等着听我说说，关于他所托付的那些事情。别急啊老哥，等办完最后几件事，保管会快马加鞭的，我就会你去了。

209

克隆松果的事，主要为着沧。哈，一讲到沧，小谢立即不装瞎子了，拉直上身，表情里带上哀悼，似降了个半旗。看，这就是小沧的效果。随便什么时候，对着什么人，只要我提到他，就跟提到霉运或瘟疫似的，好像我这儿子是个牲口、废物点心或活死人，他们都会显出跟小谢同样的蠢样。可真叫我愤怒。

我家小沧怎么啦，有哪条王法规定，每个人都必须油光水亮地，天天儿的迈二门出大门，必须拍肩打背地交朋友，必须又搂又抱地搞恋爱，必须吆五喝六地挣大钱吗？没有哇。咱家小沧只是有他自己的一套，而我也乐意把他给白供在家里头。要说我这辈子，为什么黑白不分地拼命挣钱，直干到走不动路才撒手，其实就为两个人，死人是为着何吉祥，活人，就为着我家沧。别说这辈子了，我养他十几辈子都不成问题。请问，这有什么不可以吗？

啊哈其实我知道……他们从沧身上，又想到我家二子，继而又联想到穆家所谓"有钱而无后"的不幸笑话。我这不是还没死呢，有招。

3

"筛子。抱了筛子再死。"听到这话，谢老师只得把抬起来的屁股又放回椅子上。

有总过分用力，喉垂抖动，口水都挂下来了。筛子指孙子。我要筛子。最近他跟谁都嚷嚷这个，包括上门来给旧马桶通下水的物业工人。小伙子哎，知道吗，我那俩儿子，一个老傻子，一个忤逆子，搞得我，到现在没筛子。这都快入土了，怎么撒手啊我？小伙儿对这口歪舌斜的囫囵话早听腻了，戴着口罩只管忙活。那马桶早该扔八百回了，可他宁可这么着反复报修。天道酬勤，天道还酬俭呢，我对这马桶有感情了，白给我个金的都不换。他悭吝起来，总是比他的慷慨更有说服力。

"明白。要不我再找老二谈谈？"自然，傻儿子穆沧不在此事视野之内，得找他口口声声所谓的忤逆子王桑。老二王桑随的是妈妈王云清的姓，王桑八月个大时，王云清就跳楼走了。王桑结婚已有八年，婚礼主持词还是谢老师给写的，祝他们早生贵子来着，新娘丁宁而今脸上都有细褶子了，身形还像个未得开化的苦闷处女。

以前有总对这些人伦俗事并不上心，忙生意还来不及呢，也就这三两年，就谢老师冷眼看来，恐怕也是马归南山、老病加身之后，必然会到来的欲求之一，跟他小圈子里那些热衷迷信也热爱科学的老头们是一回事。他呢，对肉身本体的金刚不坏长命百岁明显兴趣不大，算是独辟蹊径，更有境界一些。

比方说，留名人间。**穆有衡保健室（素材64）**。他多次对谢老师表达对邵逸夫先生的景仰，认为他的"留名"策略十分典范。王桑念过的中学有逸夫馆，王桑后来的大学有逸夫楼，完了到哪儿看病，还有逸夫医院。啧啧，他反复啧啧，并动起这方面的念头，让谢老师去接洽，捐建个有衡路、有衡桥、有衡公园、有衡图书馆什么的，大小不论，能命名即可。他甚至面色峻然地说过这样颇有境界的意思，做生意嘛，就是原罪。修几条有衡路，建几座有衡桥，多好，等于让千人踩万人踏，也是帮我清洗、帮我进修啊。

谢老师得令，先后到地名办、路桥办、绿化办、文化馆、街道办等各处接洽，市级不行换县级，城里不行改乡镇。这当中可是闹过不少笑话。这根本不关乎钱或者功德。路桥可是公共设施啊，审批手续得走若干道，最终一般都是这样的意见：首先，得要是大大的名人，最好还得是文化名人，好歹能算文旅资源。企业家，您认为合适吗？再且呢，最好是要身故，评价与成就有了结论，这才可以提交上去。请问这位穆有衡老先生是？谢老师最终勉强给办成的，是替街道上联络了两间闲屋，搞了个没头没脑的保健室，定期组织义诊，然后无限量配置了一批带有"穆有衡保健室"字样的环保布袋，搁在那边厢，供来往人等自取，算是了结此事。

而与留名同步的，就是集中火力想孙子。想到一招，就让谢老师把王桑唤来，进行表演式的训诫。那时他还没中风，气焰十足。

基督山恩仇记（素材69）。虽然我是穆家的单枝，可我不是为着祖坟香火什么的。对着逆子王桑和幸聆在侧的谢老师，有总热情和冗长地回忆他的中学风采，证明他懂文明，讲唯物，也爱读点书，还读过外国小说。比如《基督山恩仇记》，他流利地说出爱德蒙·唐泰斯的名字，看人家伯爵……对，他自己无儿无女也收养孤女呢，王桑冷不丁插嘴，这小子反应太快了，刻薄。有总立即打住，转到他在部队的风光，跟战友相搭着出黑板报，他写诗编文，何吉祥画美术字，拿过好几回奖呐。讲到这里，有总突然呛咳起来，面皮涨红，总之绝对不是出于愚昧，是我胸中有一股子气，脑子里有些东西，我得，我得……繁衍。他软绵绵地用了一个书面词。那次的演讲高开低走随后不了了之。何吉祥，谢老师在心里再次标记这个名字，错不了，

这里头准有料，八成是黑料。类似情况已有多次，何吉祥三字说出口的前后，有总必会现出异态。

另一次演讲，他搬出的是老祖宗。**祖宗原浆（素材71）**。这不是"生"的事情，是"死"的事情，明白吗？想想我身边死过多少人哪，真的是一死，就死透透了。他幼稚地沉痛着，顾自浸入大脑深处的某些死亡回忆。良久，他以婆婆妈妈的语气请求王桑，咱不讲汗血宝马，就天上飞的鸽子雀儿，地上走的阿猫阿狗，都还讲究个血统血脉呢。你不能让你的上人，说没就没了，得让他们留在后代身上。你看，我最喜欢吃柿子和柿饼，为什么？因为我太爷、爷、爹都好这一口，所以你也爱吃对不对？你哪怕不为我，也得想想你妈。她可是搭上一条命，才生下的你，她的血肉全化在你身上。你的单眼皮、平板脚哪儿来的？你得替她生下个一儿半女，传下她那单眼皮，多俊。嗳，你参观过酒厂的原浆地窖没？原理晓得吧？我们现在喝的，每一口真正的好酒，里头都有最最根儿上的粮食原浆，多少不论，但肯定是一轮裹着一轮，递进着发酵的明白吗？咱们穆王两家的后代，要是到你和沧这里断了，那么不仅我、你妈是死了，还有穆王两家的祖宗原浆，也都到此为止了。明白吗？

不就DNA吗？谢老师看到王桑终于笑了一下，这孩子，最拿手的就是这种温文尔雅的阴阳怪气，显然他也知道生物公司跟这帮子老家伙们的瓜葛。

对，DNA，就是原浆的洋叫法。有总带点喜色地瞥一眼谢老师，认为他和逆子算是达成了一致。反正邵逸夫那一套咱也学不了，就不搞有衡楼有衡桥了，过上五十年一百年的，那大楼和小桥，保不定也

是拆了、塌了，跟肉身一样靠不住。咱还是把根留住吧。他突然唱将起来："一年过了一年啊/一生只为这一天/让血脉再相连/擦干心中的血和泪痕/留住我们的根。"有总这一句哼哼，也是以前的老把式老底子了，那时所有的大酒过后，都要再搞个卡拉OK豪包，唱唱跳跳，搂搂抱抱。有总特意把这《把根留住》给练成了拿手曲目，因这歌里头有个"根"字，容易与男根产生联想，酒气搅动之下，男人们扯下领带干嚎，那种稍许下流的气氛，会产生一种兄弟般的亲密感，不正可以润滑一下生意与友情吗？

有总以昔日那种卡拉OK的浮风佞气，脚尖打地，抖腿哼了几句。然后他浑身摸索自己，继续向王桑演示。想想我这肋骨条，我这胳膊上的痣，我这总要裂口子的指甲，没有一样是平白无故的，都是祖宗先人里，江西那条线或湖北这条线给传下来的，多了不起啊！咱家的根啊。你，谢老师！他扭头兼顾，也当心点，你家那小子在加拿大还晃悠啥呢，也不比桑小几岁吧，赶紧的让他搞对象生崽子，别学那单身独户的一套。趁这打岔的工夫，王桑扭头抬腿，逃之夭夭。

永生口诀（素材72）。祖宗原浆说无果后，有总觉得他应当找个更高级的策略，谢老师被唤去商量。你替我想想，这小畜生也算是醋酸文人，得对味。谢老师那阵子碰巧看到一个视频，觉得有点意思，就跟有总建议了一番。

是讲宇宙的，相当于空间意义上的太古上古远古，无边无际的浩茫之中，什么椭圆类、透镜类、漩涡类星系，什么拉尼亚凯亚超星系团，室女座超星系团，到大麦哲伦星系、仙女星系，这个系那个系的，

目前可观测的宇宙中，大概有二万亿的星系，其所包含的恒星比地球上所有的沙子都要多，比沙子还要多啊什么概念！真是看得人快要绝望了，好不容易的，看到一个熟悉的名字：银河系。接下来又是这星那星的从远到近地好一阵的推拉，等片子都快结束了，才看到一个几乎看不见的蓝色小不点。有总立即明白谢老师建议的着力点了，他苦苦看了好几遍那科普模型片，随后的演讲发挥超常，带着罕有的抒情。

……知道那差点儿都看不见的小不点是什么吗？儿子哎，那就是他妈的我们脚底下这个大圆球。老天哪，看到这里，我下头都硬撅撅的竖起来了，马上就能干上一场，你们呢？他向左右逼问王桑和谢老师，必须的啊，是个男人就应当马上勃起！

你想，那么无穷大的宇宙，这么无穷小一个地球，然后才是，这么，这么……的人！人类为什么总想永生，所有的皇帝老儿、大科学家们，或这个教那个宗的，都在上天凿空、入地打洞，都在求永生说永生，其实都狗屁不通。真正的永生是什么？就是生儿育女，就是男人女人的那档子事儿啊。所以操，他妈的，操他妈的，操他妈的一切——这压根就不是脏话，而是一个永生的口诀！人被生下来就要尽这个本分，活着，生养，给宇宙给蓝色小球一个交代——可惜后面这一大段儿华彩白瞎了，才刚说到他勃起的那里，一直安然不动的王桑就站起身来，一路捂着嘴干咳，跑卫生间去了，吐了十分钟都没出来。那次关于宇宙文明与男女本分的宏观谈话，亦以有总的长啸叫骂宣告失败。谢老师后来每次听到人骂脏话，都会想到，好哇，这可是一句在宇宙洪荒间回响的口诀哩。

"叫那小畜生来。我再打一发。"有总

声气虽弱,仍用战斗式的遣词,下巴高抬,快指到天花板了:"我还有一张好牌。绝对的,大王!女大王!"

哈,有总如此的气焰,预示着他必然又会使出一个逻辑不通的招数。谢老师欣然点头,乐见其成。可是,等一等,女大王,他这是在说谁啊,一秒钟的停顿,能有谁啊。谢老师立刻想到了有总的干女儿河山。她那独一无二的脸庞,由小到大,由远及近,近到可以看到她略带点斜睨的骄傲眼神。哟嗬,这真要搞起事情了。谢老师嘬起双唇,差点吹出一声尖利的口哨,随即抿住嘴,让自己的心跳稳稳地接续上去。挺好,有总越是抽抽疯,越是"作","作"得华丽、愚蠢,对他的那个想法就越是有利。

4

关于有总,谢老师是有个想法。

因"童工瞎眼"深度报道稿被有总挑出媒体界、而后他又重金前来收拢——谢老师能就这么没皮没脸地倒伏了吗?说复仇太严重,也没那么孩子气,但将计就计是真的,心里总是有一根逆刺:不让我写?我偏要写,只写你,这辈子只磕这一桩事。

为增加点儿仪式感,他从十年前,就正经八百启用了他的专用笔记本。看过许多名记大家的回忆,他们都会有着特定的劳动工具,有的喜欢把所有铅笔都削好排整齐,有的终生使用深蓝色墨水,有的只用某牌子的打字机。偏执得多么浪漫啊。在中山东路那家外文书店的文具柜台里比来比去,他相中一种大红皮本子,皱纹似的皮褶里散发出高级小羊皮的味道,他闭上眼闻,想起远不可及的约瑟夫·普利策①,一口气买了两摞。每晚睡前,他都会想上一想,若有值当的素材,大小不挑,顺着时间编号记下。夜里偶尔起身,窗外有光,朦胧照着床头的大红皮本子,谢老师就挺踏实的,认为他的时日并没有虚度。

有次借酒向有总交心,谈及他的投靠,但那心只交了十分之一不到。这一投靠,是生存意义上的续命,值得言谢,这不假。可想想看,此生何为,当真由媒体良心一变为资本家走狗,说卖身就卖身了?不、可、能。想想当初一起争稿源抢线人的那帮子老弟兄,能让自己就这么过去吗?哪怕是作为"北胡南谢中有张"的唯一代表,他也得暗战到底。而有总,则算是资本那一方的代表吧。故而他的转身掉头,是为着潜伏与卧倒,他要做一个长线的、总账性的选题,搭上大辈子来干,以揪出有总的**金钱原罪史(思路一)**。直到末了的末了,把他给写个底儿掉。

到底怎么写,他还没太想好,或者说,想法还在变化之中,他也得等着这根逆刺,去掉些火气戾气,长成好苗子、长成参天树才是。先积累下各种大料小料再说吧,跟过日子存冬衣置家产一样的备料。有总反正一高兴起来,就喜欢各种吹嘘。

西瓜壕道(素材3)。他小时候伙着一帮孩子偷西瓜,不是一只只抱,嫌太慢。是把田埂边的小沟给理顺了,改为壕道,一个顶一个的,批量推滚出去,偷得又快又好。有总每到席尽吃瓜,牙签上戳起,

---

① 约瑟夫·普利策,美国报业巨头,据其遗愿,1917年设立普利策奖,后发展成为美国新闻界最高荣誉奖。

并不送到嘴里,先跟众人得意洋洋地讲这个滚瓜的场面。机灵吧,我从小就有聪明劲儿。这有啥意思,谢老师又不是要写项羽本纪。**加减乘除**(素材18)。跟新员工训话时他总讲这个"小花絮"。讲他怎么拿下熊猫电视机厂的送货业务。前后脚进去洽谈的全是大老板,红色桑塔纳配正宗金利来套装,连小跟班儿都架个金丝边眼镜,高级死了。他呢,坐公交车一路挤过去,架着胳膊把西服捧手上,那是他头一身西服,爱惜着呢,下了车再找地方换上。可他肚子里有货啊,早就把所有熊猫电视外包装纸箱尺寸都记了下来,就靠一根破圆珠笔在纸上加减乘除,多少台二十五寸跟多少台十七寸或者十四寸的搭货运载,最是紧凑、节省地方,硬是把一辆大货的装机数目,从九十六台提到一百一十台。就凭这,他在运费报价上压倒性创低,拿下标书。

穿山甲鳞片(素材34)。生意场上曲里拐弯的制胜招数,倒是从不描红遮黑,他睃一眼谢老师,用讲真理的口气:从来如此,必须如此。"交友之道"上,他也有些天分,总能在第一时间嗅得那些重要人物的喜好。爱跑野山野水钓野生鱼的,哪怕就着一碟花生米,也绝对只喝年份酒的,喜欢赌高尔夫球的,爱玩越野四驱的,好一个大师限量紫砂壶的,等等吧。还有有位"朋友"喜欢逛奇物店,有总就跟过去看,看那朋友问过什么,摸过什么。过几天便以神秘价钱买下那店里的鸡血石、昆仑玉、树化石、犀牛角等,给送到对方司机的后备箱。有趣的是,过不多久,那些玩意儿,又原貌原样地重新出现在奇物店里啦。穿山甲鳞片呢,是另一位"朋友"的需求,此物说是出阴入阳,能窜经络,

大补兼纾解,宜女。对方是自用还是转赠佳人,不管,只管定期供应便是,都是从缅甸搞过来的"铁甲片"。有时呢,也不在花费,在于花心思。有总曾为一位空降本地任职的南方"朋友"同时请过三位厨师,轮值着在他家服务。一位专烧本帮菜,一位烧他的家乡菜,潮汕风味,一位是侧重他太太的川妹子口味。你看哪小谢,这样搞下来,什么朋友交不到,什么事情办不成。两点之间,怎么最快?有朋友最快。这是有总常挂在嘴边的名言。

假如做生意也分流派的话,有总上头没人,故不算是后台派,更搭不上任何的二代脉,有什么大树或大腿能傍一傍抱一抱的,也不是家族一路下来的大户派,他生生的,就是靠着"多个朋友多条路",这也是他们那帮子小老板的一个共同点,反正就这么大一个池子,非敌即友,你上我下,你左我右,四下里共同搅动,最终打发最肥的一层黄油,大家各自得利便成。谢老师在他红皮笔记本里所记下的大部分素材,程度深浅不同,其实都是同质化的一个累加,就凭这些个——哪能把穆有衡给写个底儿掉呢。

谢老师知道,有总那不停转悠的脑瓜深处,肯定还藏着另外一些真正的机密,不可语于世人的,是他之所以成为他的核心所在。他必须贪婪又艰难地等待下去。好在这倒也不难,只要他这么生活着,就是在等待着。

只是,这两年,出现了一些不大妙的迹象,有总的谈话意愿跟他的食欲一样,越来越低了。尤其是这场并不那么严重的中风之后,有总过分恣意于这种半侧不遂之态,镇日大着舌头哈喇口水,吐字似吐金疙瘩,极吝,只用眼皮、眉毛和下巴来

表达他的意思。但从他偶尔谈到具体款项或某笔旧账的连贯表达中，谢老师怀疑，有总是故意在放弃或掩埋他的讲话功能。大音希声自是说不上，可确实有种向下的、厌弃的尾声感。这可真是有点儿麻烦。

大门响了，肖姨吱溜溜带着松果的小推板车进门了："我这每天下楼啊，从不空手，不是推松果，就是推有总，或者带着拉杆袋去菜场装土豆白菜。可别走哇谢老师，我去给您弄碗热乎的。"

穆沧垂挂着头，蹑着手脚，到谢老师身后的南阳台收下晾着的狗褥子，铺到北面过道的狗窝里，然后半抱着扶松果下来，带着它往褥子上挪。谢老师全程盯着，沧仍是他那静止的嬉笑之色，视线绝对不高过地面三尺，怎么也捉不到他的眼神。等松果躺好歇下，给它的饮水器上满水，穆沧跟谁也不打招呼，高大略胖的身子从客厅一角窜过，拉开门便走，回他的住处去了。

穆沧一个人住在老机械厂的宿舍楼，还是穆有衡早年在厂里分得的一套自建房，五十平方不到，顶楼，夏热冬冷，管道设施也都旧败了。穆沧不肯搬动，也不愿动屋子里的东西。有总也不是很讲究的人，丢下两处别墅不管，也不去那恒温恒湿英式管家服务的滨江高层，就近着穆沧住。这里其实也是机械厂厂区所在，一九九六年厂子倒掉之后，各种变卖，几番转手，被开发成筑枫雅居，有总遂买下相连的两大套，打通了一直住到现在，跟穆沧那小窝就隔一条街，也方便肖姨两头照管。

"放心，我这就替您约二子去。"谢老师三两下喝光吃净，谢过肖姨，总算抬起屁股，跟有总哈一下身子。尽快约来王桑也好，倒是看看，他怎么打那张"女大王"牌的。

二　　模　子

1

每次到筑枫雅居这边，所幸次数也不多，王桑都让自己坐在朝向阳台的位置。如此，便不用面向紫水晶隔断与阿难造像，亦不必直视穆某人。

这整个中午，与穆某人的谈话——如果，这种并无信息交换，单方面重复性的语言喷射也能算作一种谈话——已进行了四十分钟，手机上红灯一直在闪。

趁着穆某终于含起吸管来喝茶的空儿，翻动微信处理了一通。都是凹九空间那边的事，无非是增加一面布展挂墙，三天半的展延期到四天半，册页上漏掉了艺术家个人二维码，可无可不可的，但当事人总是讲究得要命、纠结得要命。不想让穆某听到这些往来，免得又被他抓住不放尽情嘲笑，自以为俏皮地谓之"蜜蜂屁眼大的文化事业"……

对这位父亲，人们所声声尊称的有总，王桑心里只唤他作穆某、穆某人。穆某今天到底要谈什么，他压根无所谓，只需面呈思虑之色即可，实则双耳关闭，肚腹里自我翻翻筋斗罢了。这是他一贯的策略，也可谓是，父子之交淡如寡水。

表面上的矛盾是王桑五年前突然离开机关大楼，偏离远大仕途，去到凹九空间，苦哈哈地做起那些毫无用处的艺术展览，这是穆某打死也想不通的"惊天之变",至今愤怒异常,随时会借个话头,用他那粗野的调子训话。切,哪里轮到你淡泊名利了,淡够了没?泊够了没?每到年底,看到官方一拨拨地发布"最新人事任免",就让谢老师约他上门,当着他面指点一番所谓的机密内幕,那意思是"上头都有人",然后百爪挠心地长吁短叹,好一番地软语哀告。二子,别跟那些吊儿郎当的艺术家鬼混了,你老子能递上话儿的,起码钱能说话,咱回正道行不行,好歹的,给穆家翻上官牌子……

有时还讲他上过的国学大师课,讲才子从政,这是自古以来的大理儿,什么张衡司马相如,什么王维白居易,什么苏门父子三口,什么司马光范仲淹,什么欧阳修王安石,二子啊,看哪个不比你有才,不比你清高,可哪个不是格格正正做到大官?你不是号称崇拜王阳明的吗?人家那更是文功武治,凭打仗都能封上爵位的!

王桑只一声不吭。老家伙凑近、细看,终于翻脸,瞧瞧你这吊死鬼的丧气样,就活该扶不上墙,活该屁事也干不成。就你那啥卌九还是卌十的,每天能有九个人十个人去吗?该!就你这张脸,比你的展览还难看呢。都不如你哥穆沧呢,人家就是睡着了都笑嘻嘻的。

是啊,也不知道别人怎么都能够,把表情收拾得挺有样子的。进到大国企的同学,面上总是精进、昂扬,外加一点竞争性的机警。有两个在互联网公司,眉宇间密布危机感,可危机中又具有先进性,像远远走在人类与时代前面。做媒体的也是,像谢老师,离开报社二十年了,还是那样一种什么都是机密但他什么都知道的神气。而在卌九空间,来来往往的艺术男女们,也自有一套比赛着不靠谱的复杂派头。更不要讲他以前在机关大楼里的同事们,也总是蛮笃定、自洽的表情模子。

独是王桑,总飘飘忽忽,落不了地,找不到自个儿的脸——病根在哪里呢,不正是拜穆某所赐吗?也懒得跟他去从头掰扯了。

"你今天,不交个底,就别,出这个门。"穆某用吸管吱溜茶水,吸猛了,溢出许多,试图用下唇拢住,未遂。这使他本就含着舌头的狠话,其效果又减了十之七八。穆某这残损模样,让王桑稍有点惊异,想到他以前那直扎耳朵的疾风骤雨,淡淡的同情与时间上的胜利不分上下。

"我们丁克。刚结婚就讲了,讲八年了。就这会儿,也都说四次了。"王桑平静地说,音调绝无起伏。这样的效果最好,气人的效果。

"讲了,就是天?(含起吸管)皇帝老儿(吸管跑偏、重试)还能上吊寻死呢。要什么条件?(右手去够纸巾,未遂)讲!"

哈。瞧瞧老家伙,都这样了,还这么的穆有衡:所有的事都是生意,而这世上就没有他谈不成的生意。谁说中国人都没信仰,他就有:"生意",他终身信仰并践行这个,能把儿子也算计在内。

2

这算计,打小就开始了。刷牙和打球只准用左手,以助右脑发达。大暑天买来奶油冰淇淋,放到王桑眼跟前,但不许舔哪怕一口,直到它们白白化掉。一年三季冷水浴、伏天反得用热水。每日晨跑三千米哪怕大年初一户外大雪。顺着成语词典挨个儿背成语。每日读五页《大英百科全书》。王桑后来才知道，穆某都是在酒席上，在觥筹交错之际，不论政商学农工，结交到些大人物，他就向人家讨教成为伟人成为强者的育子良方。东一处西一处，但凡听得个三句两句，就回来给王桑的每日功课加上。有时王桑会想，他怎么长大的呢，就是那些酒囊饭袋的无数条大舌头，给胡乱指点的大杂烩成功之道。

王桑尝试过微弱的抗争。穆有衡不动身子，只把头微微一侧，侧向哥哥穆沧的房间。这就什么都不用说了。从王桑能明白事理起，就被告知：家里头，不能指望小沧，你得翻倍的厉害、全能的牛逼。确实，是这么回事。

穆有衡经常跟他谈心，把房间顶灯关了，只留床头灯，把他的影子在墙上映得巨大。

你想啊，二子，你的命哪里来的，要不是发现小沧不对头，国家承认他是傻子，哪能申请到你的指标呢。一九八三年的二胎，正是基本国策的要紧关头啊。你这命，是小沧给你的，得认一辈子。

王桑再大一点，穆有衡头发也白一点了，他声音嘶哑，仍然只开床头灯。

二子，你妈为啥跳楼呢，就是因为生你啊，脑子给生岔了，拦不住地要跳，差点儿拉你哥儿俩一起——这是个很长的睡前故事，王桑已倒背如流。讲完这一套残酷家史，穆有衡就搔着花白脑袋带上门走了。王桑却翻身爬坐起来，并觉得这辈子都绝不能躺倒了，得像艾菲尔铁塔那样永远硬邦邦地站着。他一条条地掠夺了家里人的健康、运气与生命，他必须成为这个家的远大前程。

因此王桑是连叛逆期都没有的，包括高中分文理，很明显他文科强得多，穆有衡坚持要他选理科，并罕有地降低要求，说只要二本就行，专业并不要太热门，机电啊水利啊农科啊都可以，也不必非念博士不可，不如早点工作积累资历，将来搞搞在职研究生就行，反正后来都得上党校。最要紧的，是下到基层去吃苦头⋯⋯怎么，你都没好好研究一下他们的简历吗？其实是有规律的！王桑那时才明白过来，穆有衡在他身上所寄托、所规划的，是怎么样一条康庄大道了。

而那时，也正是穆有衡生意上最为高歌猛进、日月有增的阶段。固然早就学过"资本来到世间，从头到脚，每个毛孔都滴着⋯⋯"，但穆有衡具体是怎么的"血和肮脏"，王桑那时并不大清楚，所能看到的，就是他整天价的吃饭喝酒送礼交朋友。

大多是掌中有印手下有权的朋友，哈，穆某表面上是那样的热忱、景仰，孝子贤孙般地在哈着腰。而私下里，又极为老道地把他们给分门别类地工具化，圆熟地摆布对方于"遇水架桥、逢山开路"的诸种需求之中。事成之后，穆有衡总会与谢老师击掌而贺，那种提弄傀儡线的大快意，实在是不能够直视。那时王桑受一位年轻助教的影响，正囫囵吞枣地读着王阳明，满心倾慕，尚处于少年人的天真高洁中。

几年的大学履历，他颇是漂亮，进学生会、支教、交换生、国家奖学金。毕业后先到街道干了两年，然后就上机关，在办公厅一个工作组帮忙，一口气忙了市里的三个大型国际会议，后来落脚到团委，走步至此，大样子上看，算是搭起很好的架子了——他不知道，也不愿问，是穆有衡在幕后推动着这一切吗？就像考高中时，全市最好的中学，竞争酷烈，他超线五分考上了，但所有人都"习以为常"地认为，不过是他有钱的爹用钱垫高了分数。

当然，打小的那些清规戒律确实有效，他发现自己不易受享乐的诱惑，有甘愿清苦的意志。记忆力强，也擅发言。穆有衡曾要求他看政客演讲合辑，故而在任何场合，王桑开口"谈谈我一点不成熟的想法"，皆是条理清晰，能引经据典来几句诗文，还有临时发挥的几句幽默。担当一桩事务，他会自然而然地考量综合行政成本，会判断上级意志，结合部门考核要素，也会兼及媒体效应等：长期的浇灌和训练之下，这一切，不难，几乎是下意识之举。

问题就出在这种太过标准的下意识，出在穆有衡长久的布局，以及说不清的背后推动。回头望望二十多年的养成路径，自己到底是什么？就是穆有衡对着"官模子"所一手造就的高仿赝品。太像了，以致太糟了。

而心明眼亮的人们也同样把他看作是一条咸鱼，谁嘴巴里淡了，就拿他出来挂一挂：怎么就落地团委了，那可是干部蓄水池哇，靠他自己？绝、对、不、可、能。总之他这样的富二代，怎么样都是不对的。车前马后对众人殷勤，那是因为心虚。倘使闷头进出，便是傲慢，仗着家里有几个臭钱不认得人了。工作得手了，那是众人把他面子。你想，只要上了花花轿，傻子都能抬将出来。若工作出点岔子，嘿，说他是泥人儿吧，这不现形了。

果真冤屈吗？王桑在脑子里一拍惊堂木，惊惧地审视自己的处境——他可能就是个草包，且必须是个草包，是个不学无术的纨绔子弟。穆某的原罪有多大，他的原罪也就有多大。该着的。穆有衡的规划越是周全，王桑越是努力跟进，哪怕只是下意识地模拟，外界的否定与反感就越是强劲，他就越会可笑地四处吃瘪跌跤、满嘴啃泥。

关键是穆有衡从来意识不到这些。这老投资人可正等着收割呢，期望值蹿得像发烧的水银柱，伴随着百思不解的强烈愤慨。你，怎就这样怂呢。二子啊，我不都是现成儿地替你铺好高铁了嘛，咋就总不动呢。看看，年度优秀没你，挂职锻炼没你，轮岗没你，援藏援疆没你，西部扶贫，还是没你。穆有衡说着，一边捋松果的长毛，捋了左边再捋右边。就咱松果，能这样给铺垫着，也该都到副局了，再不济也得是市管后备哇。王桑本来还挺爱逗弄松果的，给他那么一打比方，看到松果就想叫它狗狗后备了。

总之，在机关捱到第五年，一盘活棋已然走死，由于他自己的拧巴劲儿，也由于人们对他的拧巴看法，好似插错地方的秧苗，王桑深感自己蔫头巴脑，快要脱水而亡了。那年年底恰逢上机构转改，一部分文化单位改企，一部分外挂脱钩。鸿鹄大志者与失意平庸之辈也都由此各自腾挪或被腾挪，王桑是后一类，被安置到创意园区的一个展馆，旧防空洞改造而成的，名"凹九空间"，主要是搞些艺术展览，也可承接小型演出，雅致而门可罗雀。

啥？凹九？凹九空间？简直没听说过，一多半在地下呢，照大楼的逻辑来看，这完全是流放了。于是乎人们又啧啧了，他家老子退出生意场了，早先的帮衬没了，可不就打回原形了，这人间哪，还是公平，全有后手在等着呢。好像他这一生，就此完蛋、剧终。

实际上，他倒觉着这个安排，也算是主事者的英明与苦心，认为他这蔫不拉叽

218

的，正合适搞文化。而且，嘿，他心里有份无人知晓的畅快，杀亲之快，主要是针对穆某的。就得这样，最彻底的背道而驰，哈哈。

要知道，穆某最最不屑的，就是文化领域。他的生意，有点像八爪鱼，除了咬定"轮子"物流始终不松口，还在各处伸他的触角，有的是老哥儿们几个合伙，有的是直接砸钱入资，有的是盘活并购。汽配维修、保健品、快捷酒店、空气净化器、塑胶跑道，应时而趋，啥都能插上半脚一爪，子公司孙公司合伙公司姻亲公司跟酒豆子似的到处滚。就独独的，从来没有对文化感过兴趣，认为那全是虚头巴脑的空转，产生不了任何实在效益。王桑听谢老师说过，只要建议到文化领域，穆有衡就大大地鼓起腮帮子，"噗"一声，喷出像是忍俊不禁一个冷笑，牛头看到马嘴，压根不接腔。

因此不管外人觉着他去凹九，是多么的失败与难堪，王桑却觉得是一个明净的转折，若能借此摆脱和遏制穆某对他在仕途上的任何妄念，简直可算是他人生头一遭的小小自由。

3

处置完几条留言之后，丁宁的电话正好来了，忙起身到露台去接，以免穆某听到他连手机铃声都设置成了昆曲，必然又是一番啰嗦。

对他的沉迷昆曲，比之流落到凹九空间，穆某是更加的不可忍受。当真的，以为自己公子哥儿了，还捧角玩票了？你也配？穷三代富三代，我家还没起步呢，你这就都败上了。他用肺气肿患者特有的那种胸腔拉风箱声，自顾边喘边骂，骂得离题万里——其实他对昆曲的投奔，只是自然而然的寥落之选。凹九那边，本就是个冷清处，待得久了，更加的厌恶热闹，尤其节气佳时，人众声喧繁胜美景，心里便会莫名的刺痛不已，无可附会。到凹九后，正好跟昆曲团接触甚多，一脚踏入昆曲这草木深处的别径，那种真败落，真式微，实在叫王桑大有同类同归之感……

丁宁这铃声，他截了《狮吼记·跪池》中悍妇柳月红对骂苏东坡的一段念白，滴溜溜地自夸贤良淑德，跟丁宁也算古今神通了。"中午还在忙？占用你三分钟。替你报好名了。哪怕就听我这一次。你真的，需要解、压，需要调整。"丁宁总把他日常性的沉闷，理解为仕途失意，觉得有义务要替他化解，"就这个周六上午，紫金山捡垃圾。'捡捡风'真的是最朴素的环保组织，我们群里每天一条环保小贴士。像昨天的，晚上洗澡前如要小便，提倡等到洗澡时直接撒在浴室里，可节省一次马桶抽水。假如全世界的人都能做到，你算算这个账……"她所讲的三分钟是主观尺度，实际时长会到十三分或三十分钟。

"藏青那件？好的好的。"王桑嘴中嗯嗯，四处扫视露台，见角落里有只大土盆，怪了，那枯死好久的一截梅桩根子，悄没声儿发了几瓣新叶，上次来还没见着呢。王桑弯下腰细看，那新芽嫩得让人心疼。"放心，我路过洗衣店取回来。"

挂了电话，王桑呆愣愣地盯着那枯桩新芽，心中突地晃悠，仿佛整个外部世界都模糊起来、后退而去，只眼前这三枚新芽，混沌中甜美摇动。一股熟悉的憾恨突然涌来。他知道自己又想起了圆圆脸。每当丁宁这样的令人厌倦，而恰好又在穆某

219

这边，总会引发这强迫般的联想。忙挪开视线，转身回屋。

发现老家伙又在耍那套戏码：淌眼泪。眼泪水在皱巴巴的面皮上还没有打通水道，流得有些犹犹豫豫。总这样，从不避人，比撒泡尿还容易，无一丝耻感。有时家中还有外人，也都是说来就来。但眼泪水的洗刷似乎让穆某下了决心。哗。他把嘴角的吸管吐在茶杯里："你不生，那就得小沧了。"

把哥给扯进来！王桑呛咳一声，面皮绷住了，兜头而来的歉疚，像大塑料皮，把脸裹得透不过气。

他与丁宁的丁克之选，本是他对这桩错误婚姻的对冲之举，倒也没太顶真，没料到穆某一次次的大动干戈、志在必得，反弄得王桑坚定起来。这可是现成儿的抓手，难得的主动权，可以跟穆某对着干一仗。正拉扯得有点意思呢，老东西一丢手，倒把主意打到哥身上。老东西明明知道，沧至今还是老童男啊，种种迹象表明，他根本就没有那一窍的。别说女人，只要是人，穆沧都是不愿意有任何肢体触碰的。这等于把半辈子吃素的人给生生赶进屠宰场哪。

"可，可。"王桑结巴起来。他说不出口，也绝对拦不得。但凡是个人，谁不贪腥爱荤，他当然也一万个希望，希望穆沧老哥能有人伦男女之乐。

"对象嘛，也能找到。"只见老家伙顿了顿，仿佛是才刚想出的一个人，"我不，有个干女儿吗？"随即安静了好几秒钟，王桑知道，这是压住扳机、等子弹飞出去的绝妙时刻。穆某最享受这种控制了。

一、二、三。四、五、六。王桑在舌根底下数数字，这还是某位政治家回忆录中的法子，被激怒时，如何摁住自己不失态。还没数到十，穆某自己就接下去了，他的子弹是实力派的，不需要过长的花式弧线："这也等于，肥水，不外流。"他挪挪好的那半边身子，不容置疑的口气，"你去跟河山谈。这也是为着你哥。"

脸上的薄膜猝然落地，能感到皮下肌肉和骨骼的相互搏击。上一次如此愤怒，还是八年前，结婚当天得知一条与圆圆脸相关的信息，那是穆某毁坏他的另一个至暗时刻。

王桑起身，一声没吭径直出门。一出小区就可看到对面的老机械厂宿舍，风吹树摇，屋动窗移，好像一眼能看到他的傻老哥，正在家里呆着、打小就一直呆着、呆到人近四十、且可能将呆到老死的穆沧。

这样的沧，永远都是王桑最大的心亏与心疼，也是绝对不能动着、不能伤着的人。怎能把他跟那样的河山扯一块儿呀。

三　小　牛　犊

1

他跟河山并没见过面，第一次在公共场合被人提起时，还在机关，刚宣布要流放至凹九空间。中午在食堂，有位小同事嬉笑着跟他调侃，听说，要有个小你八岁的新妈啦，你家老头子真是可以。你，也一并大喜呀。

这小八岁的新妈，即是指河山。

大前提也没太错。穆有衡是个老鳏夫，母亲跳楼时，王桑八个月，穆沧四岁。穆有衡此后就一直单身未续弦，专心抚养他们两个，这也是多年来在床头灯下，穆有衡对王桑进行睡前教谕的重点。王桑到后来才了悟，这形式上的忠贞实在很是实用，在某些需要假羽毛与大帽子的场合，可作为美德加以无限的称颂。与此同时，也为放纵之事大开方便之门。老板嘛，九十年代嘛，大兴郑卫之风。王桑反正自大学后就没有再回家中居住，以免撞碰上任何不便的场景。

河山谁呢，是穆某的一个长期资助对象，远在西部，据说是个孤儿，最老早，他是作为"爱心爸爸"在什么民间机构认下的，那时河山好像才四五岁，上学后就转为东西部的结对子资助，当时很流行那样。谢老师过来后，具体都是他在操办，除了固定资助学费生活费，还总是寄东西。谢老师但凡替他们兄弟买文具衣服运动鞋，总归多带上一份，粉红色，蝴蝶结，圆点点，花花俏俏的。王桑高中用过两学期的复读机和随身听，本想送给她的，谢老师说，有总从来不让给旧东西，另买了更新一代的寄去。反正，是比单纯的结对子要讲究一些。

那资助生后来考上了当地的一个师范学院，免学费免伙食费，穆某还是指示谢老师涨了资助费："女孩子家的，总要打扮打扮，吃点零食什么的。"见王桑在侧，他嘟囔着解释了一句。王桑以前大学里也有贫困生同学，有时做家教，有时给广告公司散传单，都是自己挣。那个叫河山的，就不能也找份工吗？不过当时没想太多，直到被这小新妈的说法所诱激，才回想起穆某当时那一句嘟囔的用心，可真是浇灌式的等待啊。

——照理说，这样的结对子关系在受助人大学毕业后当告中止，如资助方依然需要撒播爱心，可替换受助对象。但是不，穆某坚持他的专一，这个对子，一直结到而今……从谢老师那里，王桑所零星知道的，大概齐就这么多。倒也没想要特别的去批判：穆有衡不应当、也不可能像苦修僧人一样过活。他与河山这种模式，或也可谓是某种婚姻的底线方程式：某方长期投入，某方定向回报。只要自觉自愿，不违法，也没啥好说。

所以王桑当时并没有被"小新妈"这则传闻本身所惊骇，当时正好快去凹九空间了，便想着，就借着这尚待确证的小新妈为由头，关于工作之变，去正式告知一下穆某吧，并尝试劝说穆有衡，平心静气地放弃掉吧，王桑今后的命，再怎么平庸，就都由他自个儿来做主，由着他去跟那些没用场的东西打交道好了。对，当时他就是带着这些算是求和的、近乎抒情的想法，想跟穆某去进行一场像样的谈话。

"听到些情况。"王桑这样开头，"关于您和河山。所以。"客厅的沙发茶几什么的都被推到边上，穆有衡正跟松果来回跑动，扔球捡球。也不知哪个陪哪个，狗和人都累得直吐舌头。

穆有衡把扔到半空中的球接住，停下，老松果见势，一下子溜到阳台喝水去了。"坐坐，坐下来说。"穆有衡拭着汗，一道惊疑闪过之后，突然显出极愉悦的期待，"听到什么了？都咋说的，他们？"

知道穆有衡喜欢玩虚招，可实在没心思："说要做我的新妈。"

"哟，具体咋说的他们？这样的事，不

221

是得加油添醋、有鼻子有眼儿的吗？"启发般的，"知道，我们差几岁呢？知道，她是个什么人？我们，又是怎么来往的呢？"

"资助的女学生。"

"这，不算什么，孤儿嘛。"倒像在谦虚了，直摆手，"不知道她别的什么吗？"

"没听说。"

"情报工作还是不行哪。都不传一传我们相差多少吗？三十多岁呢！"穆有衡像是遗憾地，"就没有骂我是衣冠禽兽、禽兽不如吗？"带着被外界高估了性能力所带来的得意，他发出暧昧的笑声，真令王桑无法忍受。显然，老东西喜欢这传言，他快要退出生意圈了，正是最需要存在感的阶段，还有什么比这个更带劲的呢。"有没有说她长得怎么样？真要传八卦，得做功课才是。有人拍到我跟她在一块儿吗？得有图有真相嘛。"兴致高极了。

"当真的，有过这个打算？"

"怪不得你啊，连扶你上马、一马平川的官路都给生生地走死了。你肩膀上，真有个脑瓜子吗？"一把抓住机会打击讽刺，"我是她爱心爸爸，打小就认的干女儿呀。"顿了顿，愉快地一摇头，"'干女儿''干爸爸'的，确实也是不大好听。但云山雾罩的，好玩嘛。"嗓里含着痰，咳着笑起来。他就不能吐掉那一口黏痰吗？

谈话就此猝然中断，王桑无法进行下去了，非得这样四六不着地恶心自己也恶心别人吗？其实王桑也知道不大可能真有其事，且不论穆某在经济上的严防死守，任何一个走到他一公里范围内的活物，肯定都是惦记着他的钱。还有一个刻薄的推理——但凡身体可以，怎么可能把命本一样紧紧攥在手心里的那些公司给一家家撒手了？他从五十多就开始痛风，发作起来，从床走到马桶，需要半个钟头。还有尿结石的毛病，疼起来满床爬。还动不动就淋巴管堵塞，两腿水肿。每月起码要约两次他最信任的那位全主任，一年能写满三本病历。别说河山了，就是把洛神女请过来勾引老头子，他恐怕也都是枯井一眼无可作为了。

饶是这样，也无法原谅他这臆想式的老年意淫，这辈子都不想再与穆某认真谈话了。

"要看看你小新妈的照片吗？都说女大十八变，河山这丫头，起码得有八十变！"穆有衡高举胳膊，夸张地晃动手机，笑声在空气中无耻地震动。

2

从老早的"干女儿"到六七年前传言的"小新妈"，到最新指令的"让她跟穆沧好"，全都是腌里腌臜的。真要跟这个河山打起交道来吗？王桑沿着大路走了有一个钟点，终于不情不愿地想到了一个去处：谢老师。

一坐下，就让谢老师给他看看河山的近照。

谢老师肯定早知此事，但他必然要先装呆，用一种把自己和对方都当白痴的乐呵劲儿，直挤眼睛："那时说把你做小媳妇时，不早就看过了？"

是，王桑刚才在路上也回忆起来，看过。好像有回河山曾得了个全国中学生英语演讲比赛三等奖，为直观呈现"资助成效"，谢老师把证书带来让穆有衡高兴一番。穆有衡马上用激赏的语气夸赞河山：二子你看看，全国英语演讲大奖，你可没拿过吧？人家可才上初中。王桑当时已是大一，不屑中接来瞅了一眼，全国大赛是真，但这海选阶段的地区级奖，是雨露均沾的，交过决赛报名费后，大差不差的，就会有一张敲了大红戳的齐整证书。溜一眼证书左下角的照片，丑陋的校服翻领，能瞧出个尖下巴，不笑，齐刘海快遮住眼睛。正要还过去，谢老师已嚷嚷起来："看得这个细，要不要我介绍做你小媳妇哇！"

都过去这么久，尤其这会儿，谢老师还要开这种陈腐的玩笑，王桑总觉得他身上，有股子"帮闲看客"心态，总是乱上添乱、看能不能再乱点儿的意思。

谢老师看出他的情绪，及时打个哈哈收声，随即殷勤地在手机里划拉："替你找个最新的。她不是刚搞起艺培嘛，有个推广公号，我订阅了。有总布置下的任务，要关注她所有动静。"

打开谢老师发来的一个推送，是个春季招生宣传，拉到底部，配有河山的照片，那种CEO照，光线色彩构图化妆服饰哪儿哪儿都讲究，就是看不出她本人什么样，王桑回想那寒碜的学生照，想起穆某惊呼的，十八变、八十变，厌恶地摁下某种联想。

"他跟这位，"王桑抬下手机，两个人的名字他都不想提，"哪一步了？"

"什么呀。"谢老师立即直眉瞪眼地维护起来，"有总跟河山，可从来没见过面呢。"口气真是特别的诚恳。就为着点可怜的养老金吗？怪不得当年翻身栽倒在穆某门下。这是他总也不能喜欢谢老师的原因。"没人比我清楚，都是我在两头忙。要有一字不实——那我这笔头从此瘫掉，写不出一个字。"王桑气得笑了，这在谢老师，算是最毒之誓了。

"那说媒，为啥不派你去？"

"我这，只能打杂跑腿、办点粗活。关乎穆沧的婚姻大事，还得二公子你出面哇。"谢老师随口就是电视台词一般的陈词滥调。王桑发现谢老师其实读书不少，胸中也当是有些沟壑，但出口常是这种粗俗路子，可能是为着投穆某的脾气吧。此刻，他正像小丑似的，用手把咧开的嘴角推小一点："我其实，也，相当的不明白。"见王桑摇头，他把手往下压，"我不是指说媒。是说啊，我也不明白，有总为啥始终就不跟河山见面，累得我！也是没处叫苦哇。这位河山小姐，师范学院三年，可惹出不少的妖蛾子，好不容易毕业了，又是一个接一个的麻烦，所以孩子里，她才真像个小祖宗，就为着她，简直把有总所有能动的关系都翻了个底朝天。"

王桑给谢老师扔烟，他像是挺气愤地深吸一口："喏，开始说要保研，有总很高兴，催着叫我替她打点。可我这胳膊哪能有那么长啊，就算能替她找着下家，总得有绩点和专业排名啊。于是又很志气地，说要自己考。结果是可想而知的，她心思太活呀，大半年的时间，不知翻了几页书。白瞎了。

"那不如，出国呗。她随随便便地决定。我这一听，真是心中一凛，难不成这助学还要掏美元欧元吗？我可太知道有总了，每次给河山掏钱，都像挠到痒痒处一般——这个比方不大好，我的意思是，钱财上，他处处仔细的，偏就在河山身上，很不仔细。一听说要出国，又是满口的叫好，太出息了，学到哈佛学到博士后都支持！于是乎，三万还是多少的，先上英文班去。要去哪个国家哪所大学？英国吧，学艺术管理。她转转眼珠，提了个大方向，然后就全赖在我身上。

"好在咱手上有家留学中介,专攻加拿大的,换汤不换药,托几个人替她申了一大圈,好不容易拿到两个大学的通知,排名虽然寒碜点,好歹是成了。可姑奶奶又改主意了,英国学费挺贵,还有吃喝游玩什么的,那免不了要打工,既然都要打工,那还不如在国内发展呢。国内形势一片火热,都不用打工,直接创业当老板。

"好嘛,创业。这才像我干女儿,我正缺一个做生意的孩子呢。有总又是直拍巴掌。这巴掌一拍,可又忙掉我半条命,迁落户口、租房、注册、招聘等一屁股事儿。以为这就完了?才开始!要说这河山开公司,就跟文盲写诗、瘫子走路差不多。有总还咬着牙鼓励呢,'看过不如做过,做过不如错过'。河山最早开的,是所谓的减肥轻餐铺。这个概念是可以,可架不住她大手大脚,光是送试吃、送券、搞优惠,就赔了个底儿掉。我跟有总如实报告,本是想放点坏水。嚄,他反爽快地拍出一大笔钱,由她去,倒了就再给她重启。"

谢老师抽两口,呛一阵子:"跟你讲,我可是没客气,坚持让河山签了个正式借据。我就猜到,她这启动,就跟坏摩托车发动,突突突一个劲儿白冒烟,还是跑不起来。第二桩生意,是做胎教。前一年正好'单独两孩'政策出来,且有风声说是二胎要开放了,她思路是对的,胎教确实是个好生意。哪知吆喝了小半年,人数都没招到可以开班,最早报名的几个大肚子,娃娃早都生出来了。也不能全怪她,孕妇产妇准妈妈,非常时期的女人啊,那交道是一般人能打得来的吗?要是这世界上是男人生孩子,她生意肯定好爆了。"

王桑看到谢老师的眼睛突地鼓起,顿一顿:"她,很会跟男人打交道。好,这回子又算完。改辙。第三次创业:做咖啡吧加面包房,法式情调。我去吃过,法棍很像柴火烧饼。当然问题不在烧饼或面包的口味,是她非要搞个特色——自己还在靠我们帮着,倒还想着去接济别人了——不知打哪里招来一批聋哑孩子,费老劲给培训成店员,全套的衣服给收拾打扮齐整,每人脖子里挂一块白板,手里拿着马克笔,就这么的跟客人交流。好玩了一阵,新鲜劲儿过了,谁还来呢。每一天倒贴两千,不到半年赔个精光,最后只落一套进口咖啡与烘焙设备,三文两文的折价卖了。她的特点就在于,总有热情奔放的新想法,急忙忙地看准一个地方,就哐哐哐破门而入闯进去,一脚跑偏,跑到财神爷隔壁去了。没办法,于是我又带着新一笔的启动资金,去跟河山签借据。到第四次……"

王桑心里一阵骇笑,倒不是在意那些钱,反正是他穆某的,也管不着。只是骇然于这系列行径中昭昭然的愚蠢,就算是有钱老头儿专属的蠢,穆某这也太顺拐了吧,这是出于何种动机何种逻辑,这还能说他们只是普通的资助关系?

王桑压压心口,让自己重新集中精神,谢老师还在掰他的手指头,排数河山的创业丰碑,这时正竖起右手大拇指:"这第六次,就是刚才我给推你的那个公号,艺培学校,琴棋书画之类。照她的口气,这是初期规划,等带出几批好学生来,就顺着往下做艺术新人经纪、作品代理、周边文创开发什么的。我看她啊,最适合的,大概是做风投说客,活活儿的,能把一只空空如也的小巴掌,说成满是花果的五指山。亏好他们两个不见面,真要去冲有总宣讲,咱不赔掉一个亿才怪。"

"真有一个亿能贴补的吗？"王桑脱口问道，几乎感到一种莫名的愉悦。这么个屡败屡战的孤女，这么个从未谋面的干爸爸。当一件事的高尚、荒谬、非线性，突破某个合理限度之后，就会自行改道，直往喜剧方向奔去了。

"哦，一个亿嘛，我只是就手打个比方。"谢老师打着哈哈解释，以掩饰警惕。这家伙随便怎么样嬉笑、装呆，脑子里总也站着个士兵，严格捍卫着穆有衡到底有多少钱的小秘密。准是被穆某交代过的。瞧，包括谢老师在内，所有人都是这么以为的，穆沧么，是那个样子，那穆家所有，最后不就全落他王桑这里了吗？

高考结束那年，王桑曾被安排到下面厂子里去待了个把月。穆某朝大街上随意一挥手，极得意的口气：二子你知道吗？外面马路上每一只手机，都有我穆有衡一份功劳呐。谢老师也在一边神气活现地帮腔。确实，那几年的通信业正像蹿天猴一般全面起跳，热烘烘的机房，撒钉子似的铺排到大小县城，基站铁塔，如丑陋的假树，栽得到处都是。穆有衡并不搞铁塔电缆那些大家伙，他只做DDF架、ODF架之类的小耗材，但所有机房都要用到，量走得呼呼的，厂子是二十四小时轰隆隆倒班不停歇。

王桑对那些毫无兴趣，偶尔跑到厂房里转悠一圈，满目尽是些铜芯线、锌料、塑料皮之类，不知怎样七搞八搞的，就出来成品了，拇指头大小的适配器，盘子大的一圈尾纤，原料成本有限，却都能卖到上百块。王桑最多也只能在车间里待五六分钟——味儿太大了，除了铁屑气、塑料焦糊味，还有咕噜噜类似化学反应的那种尖锐的腐蚀感，像连续不断的闷棍，敲得脑袋发胀。须得憋一阵气，再小小的吸两口。饶是这样，鼻腔里仍是像爬进一只长长的百脚虫，刺疼发痒，百般恶躁。厂里一个小秘书跟在他屁股后面，捂着三层口罩，第一百声地催他出去。往四周看看，工人们大部分不戴口罩，吭哧吭哧拖着黑乎乎的大家伙，爬高摸低地忙个不歇，面颊上全是红坨坨的，像高血压病人。

中午，他跟一个驼背工人蹲在车间外面吃饭，有意说起车间里的味道。驼背闷头扒饭，好一会儿才哼了一声："外面多少人巴不得想闻呢。要不是我家老子得肺癌了，我也顶不到这个岗。"他看看王桑，闭了闭眼，没有掩饰他的怒意，"你个白嫩嫩的小仔鸡。"

打那之后，王桑就缩起头来，再不肯去任何厂子了，似乎这就可以划清某种界限。其实触目所见，哪里不在资本的逻辑之下。穆有衡，还有他那一拨子的发家兄弟，都在前赴后继地负着资本往每个方向理直气壮地压迫，且这种压迫总是有效，毫不费力地就纠结起各种力量和欲望，驱动着滚滚向前的日新月异——这想法听起来有点像革命与资本的阵营排异，其实也没那么高尚，实在是因为王桑吃的闷亏太多了，穆某的钱财，从一开始就是拖在他屁股后的尾巴，避之无法，脱之不开。人们实在太崇拜穆某的金钱，而金钱之强大万能，又足以转化为憎恨与批判，解构掉他作为儿子的一切价值。所以从退身到凹九空间之后，他就想清楚了，也不排除其中有治气的成分：此生务必要跟穆某撇清，他的金山银山，一分不要。

"我真也是探不到他的底。"谢老师婉转地又解释了一句，听上去像是有点不满，"你家老爷子可防着我呢，尤其后来那些大小公司的转让交割，从不带着我。他啊，就爱玩这种闷葫芦摇的把戏，像老女人瞒自己的岁数。"谢老师摇摇头苦笑，"他只让我操心花钱的事，你看这深一脚浅一脚的。三十八万克隆松果，行。六十万多活十年，不干。六万给家里装地暖，不干。十八万的多功能疗浴器，可以。八千块换个智能加热马桶，不干。可他花了二十五万，你猜忙了个什么？就为着把他的名字……"王桑厌倦地摇摇头，他不想听。

"好好好，我们说回河山。"谢老师倒也知趣，"外头人，再怎么把他们两个说得龌龊，你千万不要理会。有总这当然是属于，属于，慈善行为。"王桑听出他的结巴，"我老早就想着，做个专访，堵堵闲言碎语，也给他脸上拍拍粉，在媒体上香一香。喏，神秘人士资助二十五载，贫困孤女创业报恩。关键词：慈善改变命运。信不信？我绝对能做到中央媒体上去，搞不好还年度感动人物呢。"谢老师表情复杂地皱起眉头，"这么好的料，可惜。有总就是选择做无名英雄。"

"那头，就一直没皮没脸的受着？"想想这位河山，怎么能够的呢，一直这样大喇喇地受用，无耻到强大吗？也是邪门了。

"你想她，打小在孤儿院那样地方长大，总归是能占一点是一点，能抓一手是一手。比一般人嘛，总归贪渴点。"谢老师倒是不以为意，"最主要的，架不住有总他乐意啊。你不知道有个老故事吗？说，有个老汉养了一只最心爱的牛犊子，每天抱着它过一条小水沟，从小牛犊一天天抱成三百斤的大公牛，可不就一直抱着嘛，老汉和牛犊子都没觉得哪儿不对啊。当然，这比喻不恰当。河山这，可不是一般的小牛犊。我也五十的人了，不敢说阅遍江湖，多少也见识过些人物，能唬人的多，有意思的少。河山，别看是个西部小旮儿的孤儿，实在算有点意思，嘿嘿，她真是有点儿意思。"一向描述庸俗但精准的谢老师一时倒找不着词儿似的，只管自得其味地踀摸着嘴摇头。"有点意思"，可以是赞美，也可以是反感。谢老师他到底是想说什么呢？王桑分辨不出。

"不做感动人物也是对的。原来有总留着后手在这里呢。那么些年的铺垫，就不是白给了。"谢老师像个尽职的军师，竭力图解统帅的神秘战术，"你啊，别多想了，就直接去跟河山谈好了。说不定也就分分钟的事，她一听就应下了。我常常觉得，她跟有总，是同一个路数的人。有总这里出一张怪牌，她那里呢，也回一张怪牌。他们总能你来我往地玩下去。"

王桑心头一晃，在脑子里重新扫描那记不清了的学生照与看不出长相的CEO照，脱口问出来："他们很像？"

"老早是有人传过私生女那一套。不过你想，既然他提出来说合给小沧，起码是可以自证清白的。我只是奇怪，有总为什么死活不肯见她？你不晓得，河山那见竿就爬的性格，打小学里就盯着我想见面'认亲'。那时有总忙，也算了，可他现在闲得，整天缠着松果玩，还不如教教她做生意，多好，咱还少贴点钱呢。这点，我想不通。"

王桑这才放松了点，虽则也讨厌穆某那索求报恩的长线逻辑，能排除掉伦理障碍就行。他在心里计算，岁数上，她比穆沧小十二岁，工作不稳定，经济不独立，这拉郎配，不像乍听时那样荒唐了，说不定，真可以唤醒穆沧的某些可能呢。哪怕是从河山这里做一个尝试也行。

等等，又想起个问题："那，她有男朋友吗现在？"

"有男朋友吗？哈哈。多傻的问题。以为她还是小牛犊子吗？早长成风流小母牛啦。"谢老师连手里的半截子烟都笑得掉地了，他用脚底使劲踩，"这话恐怕得这么问，她啥时没有男朋友，咱插个空儿？"见王桑瞪眼，他也瞪起来，"哪天有大块时间，我跟你讲讲。故事太多了。她在师范学院，能同时周旋四五个追求者，跟管理一个小团队似的。"

王桑想摇头，摇不动，唉，这哪是穆沧能对付的呀，真还不如做"小新妈"得了。

四　飞　行　棋

1

周五了，晚上要去穆沧那里下飞行棋，路上顺便买两小袋带壳花生。

星期五＋飞行棋＋带壳花生，兄弟俩从小时候就这样固定搭配的，直玩到王桑都长出星星白发了。上周五，他拉着沧一起照镜子，虽则二人面目酷似，但自己的脸上身上，可都被时间"踏石留印，抓铁有痕"了，倒是沧，嬉笑中还是那样的白里透红，有点少年气。谢老师曾自以为是地分析过，说因为沧不问风月，不涉利欲，跟小和尚似的。王桑觉得不准确，沧并非无牵无挂，他是自有他那套严密和专注的体系。

记得他小时候最沉迷开关抽屉。拉开、关上，就这俩动作，玩得不喝水不吃饭，尿撒身上也不动。两人一块儿看动画片，穆沧总倚着沙发，拿个大顶，倒着看，嗬嗬直乐。他们那时的合影常是一个倒一个正。喜欢玩沙子。坐在公园沙坑里，两只手倒换，看沙子从指缝里簌簌滑落。再抓一把，再滑落，反复无度。任何人都不能动的，是他的一条浴巾。每晚睡觉必要抱着。这可怜的浴巾，已是又薄又破，颜色失尽，到后来不得不分成一小块一小块来用。王桑想过，可能这条浴巾是妈妈带穆沧洗澡时所用的吧，还有妈妈留在上面的气味。他鼻子太灵。听力也是，有时明明四周一片安静，却突地捂起两只耳朵。问他，指指水晶吊灯，水晶片在空气里互相碰撞，他像听到惊雷似的。

因是自家哥哥，王桑早就不以为殊。穆有衡却总爱强自吹嘘穆沧的记忆力，知道什么叫天赋异禀，什么叫天才儿童，我家沧这，就是。其实他记的都是不重要的事——带他逛游乐场与动物园，只一次，便记得所有的线路图与场馆分布。家里的玩具、物品等一切物件的摆放位置，像扫描定位似的，别人稍作挪动，他必然要复位。也会"学习"呢，王桑那时被穆有衡逼着，天天都要背政治家演讲或名人名言，他在一边埋头玩小兵人儿，王桑这里背得卡壳，他随口就能接上。问他啥意思呢，又顾自不理了。

穆沧这情况到底算什么，小时候看过几家脑科医院，都说是智力发育不全。这不等于说他是傻子嘛。穆有衡气得大骂，再不让看医生了。放屁，傻子能一口气背出二十二个公交站、能一字不差地背下葛斯堡①?稍停,他更生气地修正,是,葛底斯堡!瞧,多难啊,我都不会。就因为穆某的讳疾忌医,也因为穆沧笑嘻嘻的并无大碍,大家也都一直含糊着。

最终还是谢老师,他来家里出入走动之后,像发现什么宝贝似的,总绕着已二十出头的沧打转,打听到上海有这方面专家会定期到人民医院来异地巡诊,便跳上跳下地张罗,穆有衡也就勉强同意了,让谢老师拖着人高马大的穆沧,排在一堆三四岁的娃娃中间,去做了一个迟而又迟的确诊:沧这个,应当是"阿斯伯格综合征"。

那是家里第一次听到这个绕口的说法,王桑记得,穆某立即嘲笑起来。这算个啥病啊。你想,肺炎,得有个肺。神经病说的是神经。白血病讲的是血。请问,阿斯伯格长在哪儿,眼睛里还是骨头缝里,麻烦谁指我看看。

谢老师随即向大家学舌上海专家那几乎是祝贺的口气:你们就不需要考虑治疗了。看到门外的长队没有?就是从两三岁开始干预,进步也都是相对的。这个症候呢,也不算生病,就是这样一种人而已。比例挺高,差不多六七十人里头就有一个,程度不同罢了。多少人一辈子都不知道自己是这个情况呢,一样的过。

那时正是穆有衡生意上最旺之时,连着跟台港商人合作了几笔大单,情绪好到亢奋,在确认此症只是社会化程度不够乐观之后,王桑记得他颇为欣然,用蹩脚的粤语摇头晃脑地拖长腔调:"知啊嘞——唔阻奏吼——"知道了,无大碍就好。

此后他便不再提神童之说,转而把穆沧解释为与世无争的境界。就像毛主席教导我们的,我家老大,绝对是一个脱离了低级趣味的人。哈哈哈,王桑听到他发出极擅长的嘎嘎假笑。

2

进门就看到,棋盘展开,棋子排好,用来放花生和花生壳的一大一小两只碟子也已就位,茶壶里新泡的茶水微微冒着热气。穆沧正站在他的沙漏柜前,拿块抹布,不紧不慢地擦拭。

说起沙漏——有次王桑参加学校灯谜竞猜,得到只沙漏作为奖品,极简陋的那种,哪知穆沧极为喜爱,把沙坑里没完没了抓沙子的乐趣一下全部转移到沙漏上。从此,穆有衡本人,亲友,以及后来加入的谢老师,还有那许多的手下与客户,国内外出差旅游,但凡碰上新奇的沙漏,都会惠而不费地捎回一只来给穆沧。于是乎,像人们都会有一只洋酒柜、人偶柜、书柜什么的,穆沧有了他的沙漏柜。沙漏就跟蛋糕一样,可以无限造型。阿猫阿狗,人物家具,刀枪剑戟,还有带声光电的怪力乱神。最大最慢的沙漏,整整可计时一个钟头,最小的那个则近似读秒器,微型永动机一样自动颠倒,连王桑也常看得目不转睛。

通常是七点半开始下棋,王桑今天迟了十分钟。沧讲究计划,不好变,一乱他就出状况。夏天共有七件卡通T恤,周一到周日轮流穿,顺序绝不能搞岔。周三看动画片,周五跟王桑下棋,周六听童话故事,都是雷打不动的安排。但王桑毕竟也会有事,万一耽搁呢。王桑想出个办法,

---

① 指《葛底斯堡演说》,一八六三年美国总统林肯最著名的公共演说。

沧门后不是总挂着块小白板吗，那是他的计划表。王桑给他加了一条：下棋如有变动，改为清洁沙漏柜。穆沧读了一遍，点头，"变动"若也写在小白板上，就可以接受了。

王桑是实在没想好，怎么跟穆沧说起即将出现的河山，于是刚才在楼下多转悠了一圈。

女人对穆沧而言，到底意味着什么，兄弟间可从没聊过。准确地说，他们也没什么真正的聊天。沧最喜欢的事，就是让桑翻开《十万个为什么》，赛马术何时加入奥运项目，英国女王为何是世袭制，雪花为什么是六个角。天上地下的随便问，像个问不倒的小机器人。但王桑绝对不会问到哪怕只是生理卫生那个程度的男女问题。这个事情上，作为所谓正常人，他总存着歉疚与躲闪，心里也含糊地觉得，穆沧这样也好哇，无知无求，就永远呆在他那口深井里吧……

可眼下怎么弄呢，王桑一边转悠，一边四顾，宿舍楼的窗口里，投射出一格一格的灯火，那灯下都是儿女老少合欢之家。心口漫过一阵懊恼与悲伤的巨浪，沧错过太久了，现在可怎么去平地起高楼啊。最可气的是穆某那老家伙，想当然地，以为立等可取，穆沧马上就能替他搞个孙子出来呢。

王桑坐下，把花生包拆开。穆沧则给他分茶。

这套蛮不错的茶具，是王桑给沧的生日礼物。那一年，穆沧勉强在一个建筑职高念到结业，此后便待在家中不动窝了，王桑给他买东西，就想着，能带着他消磨时光才好。买回来，王桑按照所谓茶道之法，详细演练了一遍。教这类事情给沧，是最有成就感的。只要一二三四五讲好各个步骤及其注意要点，他就会特别精确地实践。自此，王桑只需定期带茶，便总能在沧这里喝到水准之上的好茶水。沧不喝，他有他惯用的黄色塑料杯，只喝白水。

有次带谢老师来喝，谢老师大赞穆沧手法。随即老资格地拍着王桑的肩膀提议：沧这才二十郎当啊，可别养老了。得做点事，机械性的活儿最好，他这只管执行、不问名利的性子，端的会是一流的螺丝钉。随即旋风似的联络起来，顶着穆有衡的反对，终于替穆沧揽到一份画土建图的差事。大概是设计院什么人私下外接的小活儿，又把机电、暖通、土建、排水什么的，分头打包，曲里拐弯地再转到穆沧这里。

果然很合适穆沧。他在职高学过CAD，成绩平平，反而是手工图最厉害，像打印出来一样的方正刻板，还被贴到橱窗里展示过。谢老师挺得意他这提议，那时正好刚刚兴起SOHO，在家办公，说沧可是赶了个大时髦呢——穆沧最终交给人家的土建图，总是一式两样，一份CAD打印图，额外赠送他一手一脚画出来的手工图。穆沧就此是在"上班"了。他在小白板上排好周一到周五的每天八小时，固定在工位上似的，一丝不苟趴着画图。这个事，王桑是一直念着谢老师一份好的。

学泡功夫茶，手绘土建图，都好说。可谈女朋友，有流程吗？

"五个点。"穆沧手执他的小蓝棋，跳了五格，"跟你重、合了我返、回基地。"沧讲话其实蛮清楚的，就是没有轻重音之分，速度亦十分均等，三四个字便机械一停。王桑手机里有个听书软件，是机器朗读，睡前听听，挺好，跟沧说话有点像。可往下拉拉评论，发现大多数人都颇不习惯,认为没"人味儿"。

3

几步棋后,王桑想好了,先谈一下"女朋友"这个概念,用丁宁来做比方,然后再尝试说男女之关系。

"我跟丁宁,原来只是普通同学。"王桑跳他的黄色棋子,心里淡淡地掠过圆圆脸,"我念的那电子专业没劲的,我选了几门文史,跟她总能碰到。从我这个位置,正好可以看到最前面一扇窗户,她的侧脸,就映在那窗玻璃里……"王桑讲他们的初相识。

"三个点、迭子。"穆沧小心地把他的两只小蓝棋垒齐。

"我当时很怕表白这件事。她隔天下午会跑步,我就去不远不近地跟着,一直到第五次,我才攒足勇气,把卫衣帽子给扣到脑袋上,下面绳子抽紧,没头没脸地躲在帽子里:做我女朋友吧。说完我就加速跑了,甩她远远的。"

"六个点。你可以再、扔一次。"穆沧讲规矩地,把骰子又递给他。

随手一扔,"打那以后,她每次一穿带帽衫,就把帽子往头上一扣,眼睛笑得眯起来,绳子拉紧,瓮声瓮气声地学我表白。当然工作后,我们都不穿带帽衫了。"王桑抖抖肩膀,要把早就不存在的帽子给甩掉。讲这样甜蜜蜜的往事,实在别扭,所谈及的那种恋情,是早就作古了的。

"五点。我刚好到、终点。"沧两手一碰,他赢了,脸上的嬉笑并没有大的变化。输了则是摸摸后脑勺。

"你看,就是这样的,丁宁先是做我女朋友,然后我们结婚。"王桑听到自己的声音,像突然感冒了,自带鼻音。忙喝一口热茶,到现在,提到结婚这个词,他还是会刚心,觉得那是最黑色的一天。

"我有女朋、友。"穆沧照着原来的印痕折起棋盘纸。包括早就不需要的说明书,也像刚买来时那样,原样覆在棋子与骰子上面。他喜欢把事物恢复原状。王桑承认,看他这样做的时候,有种愉悦感。什么,他有女朋友?耳里一阵钹响镲碰。

"我见过吗?"王桑停下剥花生的手。

"我也好久、没见。"穆沧有板有眼地过滤、分杯、续茶。

"说来听听嘛。我都把我女朋友跟你讲了。"王桑简直嫌自己咀嚼的声音太响。

"她开3、路车。"沧往王桑后面看去。沧在大多情况下眼神冲地面,偶尔抬头,焦点往后落,哪怕后面只是一堵墙,仍像看着老远似的。

哦,哦。王桑知道个大概。这得有十来年了,起因是为着让穆沧学篆刻。

这又是谢老师的主意。谢老师认为沧这种情况,常有潜在的某种才华。电影《雨人》那个不算啥,还有会十七种语言的,能背诵圆周率到两万多位的呢。所以咱需要发现,挨个儿敲门,看哪扇门合适咱家沧。画画、打鼓、陶艺、书法,一样样的来,闲着也是闲着。这个思路穆某极为认同,他拍出钱来,任由谢老师带着沧"挨个儿敲门"去试,篆刻就是其中一扇门,不过沧才跟了六节课,就不肯再去,只把那一堆料器和刻刀抱回家自己玩了。但他迷上了3路环线车,课是停了,还总是在固定时间去搭车兜圈,像是观光客一样,来来回回地坐着看闲景。即便是大雨大雾,过年过节,也是照旧不误。谢老师不放心,跟过两趟。沧一般坐中午十二点那一班，头一个上去，占好驾驶座后面那个位置，安安静静坐到终点。下来公厕解个手，等同一辆车返程，再占上他的老位置，摇摇晃晃看着窗外回家。追踪归来的谢老师向王桑疲惫地解释，仍是啥都懂的口气，他小时候不是背过公交车站的吗？一定是太喜欢这条线上的公交站名了。对3路的偏爱也没能延续太久，大半年之后，为着新区规划或是修地铁，这整条环线都停运了。穆沧这一执着行为，算是无疾而终。

这么说来——跟站名或风景皆是无关。"你女朋友，什么样儿？"王桑喝一口茶，都凉透了。

"飘柔洗发，水。驾驶室总，开半扇窗。下雨天，小水珠。湖南路，鸭血粉丝，汤。宁海路公馆，梧桐毛絮絮。珠江路，儿童医院，消毒水味。头发很亮，飘柔味。"穆沧的电子声音均匀排出。十年前的环线车，风物与街道，空气里的气味，女司机的飘柔洗发水。

唉，那个3路环线的女司机，知道有个胖大孩子老坐在她驾驶座后面吗？她那时有恋人吗？而今她又在哪里？王桑心里酸疼了几分钟，真得谢谢她的存在，穆沧也是有过"女朋友"的。只不知道，沧这一份倏忽而至、又倏忽而失的迷恋，是否也夹杂着常人所习有的失落与痛楚？王桑看看沧，他两手没有相碰，也没有摸后脑勺，只把他那无差别无哀欣的眼神越过客厅，越过楼道，越过小区，不知看向哪个地方的远处。

"四个仁儿！"王桑向沧举起手中的花生。带壳花生，花生仁常是两个一组，三个一组，偶尔有四个一组，挤挤挨挨的特别可喜。小时候，他们谁剥到这样的，都会高声叫喊，两人高高兴兴分而食之。有次，王桑剥到一个五仁的，故意做出为难的表情，这可怎么分啊。沧摸摸后脑勺，又一碰手，把第五颗花生分成两半，每人两颗半！多么干净、叫人多舍不得的沧啊，可不能让他受罪。

"我要给你介绍一个女朋友，像我跟丁宁一样。"王桑分了两颗花生仁给穆沧，用布置任务的口气。穆沧总是乐于执行命令的。

"她、开、几、路。"沧慢慢咀嚼那两粒花生，咀嚼中显出无边无际的满足感。

"她不开车。"王桑语调虚弱而羞愧，心里不抱希望地希望着，但愿河山会对沧友好一点、纯真一点，然后不了了之，这便是最大的善举了。一边快刀斩乱麻地下决心道："下周五，咱们的老时间，我带她来见你。"王桑看到他拿起马克笔，要在小白板上严谨地标注了。略感欣慰，看起来，沧乐于结识新的女朋友。

回家的路上，王桑连绕几个路口，一直绕到城东，那里可以连穿好几个地下隧道。他特别喜欢在深夜开隧道，像钻入一个躺倒的胖大女人，听她在连绵起伏中轻声吟哦。手机响起《狮吼记》。

"对，我知道今天下棋，但是。"丁宁飞快地絮叨。王桑看看时间，绕得太远，确实有点迟了。扬声器里听到她愈发贤惠的调子，"今天正好是我们结婚八周年哎。对对，我晓得你不喜欢纪念日，只顺手烧了几个菜，万一你记得呢。还订了个蛋糕。当然，跟沧下飞行棋更重要。我八点半才热过一次菜，刚刚又热过一次。我想着你是不是快要到了，所以我就在小区东门……"

总是这样，她能把温良恭俭让弄得叫

人火冒三丈，好像王桑是个没情没义的浪荡子似的。想起刚才跟穆沧提到的那些恋爱细节，更觉浑身焦躁，索性把油门又下劲踩了一脚。他看到自己的车子、还有车子里的自己，从一个大点变作中点，再变作小点，完全地钉入地层深处，离家越来越远了。

五 摄像头

1

谢老师被叫过来时，有总刚囫囵着吃过晚饭，主要是为着第一次启用监控摄像头。

谢老师已教了他好几遍，有总用好使的右手，在手机和电视遥控器上接连揿下几个按钮，把一个远程摄像 APP，捣鼓着用蓝牙外传出来。终于，电视上出现了穆沧房间的画面，有总磕磕绊绊地在三个摄像头之间切换，逡巡各个角落。

今天星期六，穆沧该着听录音故事。快八点了，沧穿着彩色字母的睡衣，在卫生间和卧室之间不急不慢来回走动，把一小块东西仔细铺放在枕头边。对，谢老师知道，那是他小时候的一小块浴巾。有总咳了一下，仿佛想替老儿子的怪癖打个掩护。没啥，别说穆沧了，谁不念旧呢。城南那边就有个专门修复旧玩具的铺子，多少缺胳膊断腿、毛绒掉光、烂兮兮的娃娃或狗熊，都被当成无价之宝，被送去花大

价钱拾掇。一样呀，人们都舍不得过去的时光，舍不得那过去时光里的自己。相比而言，穆沧还比他们强些，他笑嘻嘻的可从不伤心。

洗漱完毕，沧把被窝放平，整成一条长筒型，然后极为小心地钻进去，尽量不破坏被窝形状，侧身躺好，按下床头 CD 机，伸手关掉床头灯……暗处的穆沧半握拳头托住侧脸，如磐石不动，要不是音频里有流动着的女声，简直以为摄像头卡顿住了。

……突然，传来得得的马蹄声。一支马队向他这边疾驰而来。阿里巴巴连忙把毛驴拴好，爬上树梢，隐藏在茂密的枝叶间。一，二，三，四。小沧你现在能数到几啦？阿里巴巴可一直数到四十个人呢。从他们的谈话中，阿里巴巴听明白了，这是一伙强盗，是坏人。只见他们的头领，走到一块巨石前……

音量时高时低，带破音，还能听到最初录音时磁头的沙沙声。女声普通话不太好，俏皮地给角色区分了不同的嗓音和语调，偶尔也岔开来解释故事，跟穆沧讲话。虽然隔着陈年磁带的失真、数次翻录的损耗，以及从远程摄像头传到电视输出的再次倒手，依然能让谢老师感到一份无限柔怜的爱意。这即是妈妈云清。

这一版 CD 是谢老师七八年前从磁带里给刻录出来的，而他所接手的那旧磁带，起码也翻录过三次。有些地方因为消磁厉害，都没法处理了。当时忙着倒录，最多跳着听过几十秒。这会儿陪着有总，算是正经八百的，第一次听。

有总忘了摘下脖子上的围兜，胡子上

还粘着两小片韭菜叶,看上去滑稽又邋遢。他侧着头,僵然不动,带点成就感地享用这科技之光。在《阿里巴巴》告一段落,录音里响起一段那时最流行的克莱德曼钢琴曲《致爱丽丝》,他扭头对谢老师预报:"《九色鹿》,后面是。"对亡妻所念的这些童话故事,他显然也是烂熟。

谢老师往沙发里面挪了挪,坐得更深。本以为自己多少会有点惭愧。一点没有,这样光明正大地窥看,可真叫人满足。而且,**远程摄像头(素材102)**,算挺不错的一个条目。

2

但是,就算穆沧是这么样一个穆沧,在他那边装置远程摄像头,也很不合适。这不能怪谢老师,实在是有总本人的自由意志,跟稍早的照相机也有点关系。

浴汤疗法与照相机(素材74)。这是某位偶然结交的医药顾问向他推荐的一种浴汤疗法,随后就订制了简直可以游泳的巨大浴器,诸种声光电娱情功能不算,光按摩键就有两排十二个,当然这得配合不同的养生汤料。澳洲野山羊羊奶,全福老人手剥核桃分心木,马来西亚深山老林的原产檀香片,野生椒,两年陈老姜。每次浴器启用,半片宅子都蒸汽缭绕,异香魅人,倒也算看得见还闻得见的一次花费。医药顾问在退场之前,接力棒般地替有总的失眠症介绍了一位通晓三国文字的博士后助眠师。这位可用三国语言催眠的博士后热爱摄影,才两个疗程下来,有总已装备上两台机身和三个镜头,但从来没空使用。直到最近——以一个中风病人的无聊,有总突然让谢老师把照相机给翻将出来,

把机身架牢,下巴配合着,使唤能动的右手,远焦近焦地推拉,拿长镜头当望远镜使。冲对过的房子,瞄楼下的邻居,观察垃圾筒。谢老师啊,你别说,可真清楚。看那垃圾袋里头的可乐瓶子,嗒,小字都很清楚,无糖,零度。包括追踪肖姨、穆沧和松果在楼下遛弯的行程,松果在哪儿撒的尿,肖姨跟哪位大爷闲扯了起码有十分钟。只可惜还是看不全咱家沧,最多一个头顶——有总暴露了他的想法,那样吃力地推移死沉的镜头,想看的其实是穆沧。

也是,穆沧是不近人的,只适合旁看、偷看、远远地看。谢老师也是过了一阵才习惯。想他对穆沧,真是够意思的,那孩子从没反馈。对肖姨也是如此,人家还给他做饭洗衣呢。对亲老子、亲弟弟也一样,目中无亲。包括他每天雷打不动地遛狗,恐怕也就是个固定程序罢了。但有总到底是做父亲的,尤其现在病衰了,给拘在轮椅上,想多看看这老儿子,也是常理。

谢老师劝解了几句,顺口讲起早上刚看的新闻,有家小区,一夜之间,不论豪车还是土鳖车,所有车门上全被划出了四五道粗线条。什么人发疯报复社会吧,一查摄像头,啧,是俩孩子,拿着钥匙链,一路踢踏一路划着玩儿呢。

这也是没话找话,陪病人打发时间而已。知道吗,别说小区到处装摄像头了,所有地方都有。说,咱们啊,有一个天网计划,二千亿预算的世界级大项目……谢老师甩出一串牛逼的数据。有总就喜欢听这些,尤其上头有什么重要批示、相应的文件政策之类,以前两人就是这样闲聊,扯出来不少生意——老谢这头说,省里头要搞"见山见水"工程了,绿地计划明年会新增多少亩。他就吱一口茶水下令,把

苏北那几个兄弟，聚起来搞一场酒，联手做几年苗圃吧。老谢这头说，全民健身计划纲要又来第二期喽，不得了，要把健身当工程来搞咧，从二〇一一到二〇一五年……嗳，有总立即打断，回头叫三公司的老顾过来，不是总嚷着缺项目嘛，搞塑胶跑道好了，这跟水泥一样，铺到地上就是钱。谢老师这头说，瞧瞧，就为推卸气候变暖责任，各国大佬吵成一锅粥了。有总咂咂嘴，喷，我们也来掺和下环保吧，叫上严家兄弟，投一条生产线，做空气净化器。合伙搞，大家赚——差不多都是这样的，他不大喜欢正面强攻，总喜欢走小路，顺着这些政策红利的大动脉，挺乖巧地往周边走，甚至都谈不上上游或下游，只是远远一条支流，跟老弟兄几个把各自手下的小公司拨拉勾兑一番，便咕噜咕噜念起生意经来了。

脱口飙出二千亿的天网计划之后，谢老师瞟一眼口歪眼斜的有总，他毫无反应，指头都没动一动。喷，可真是过去了，再怎么刺激人的数据也是无用了。心中一叹，把话头拉近一些，讲起一种远程的隐形摄像头："你懂的啵。"谢老师有意逗笑，向有总那边靠近点，列举三流刑侦剧以及廉价旅店里的花招，哪儿都能藏能披，就算隔十个太平洋，音画质都是一流。你晓得现在还有一种生意，实际上雇人表演色情，却搞成假装是摄像头偷拍的，云盘上建个群，打了款子就给密码，几万十几万的款子就呼呼到账了。

谢老师觑着他的神色，一边有意感叹，想想你们这一拨子，搞汽修搞建材搞电子配件，都是力气生意，也就你们这些人能吃这个苦头了。现在可全都翻篇儿了，越是顶尖的大买卖，越是轻巧，不要仓库不要劳力，更别提爬山下海吭哧吭哧跑物流了。所以我一直跟您说的，现在不管是赚钱，还是花钱，都是不做大动作的。就是一张脸对一块屏，动也不动，真金白银马上就在空气里叮叮当当打滚呢。这叫什么，这就叫看不见的生产力。

……谢老师忽地刹住，有总正使劲地闭眼，闭得面皮上一圈子的刀刻斧斫，这是极度不耐烦、也极度不认同的意思。啊对，他是最烦IT之类的新玩意的，认为全是浮沫子，等潮退了，市面上还是要靠他们这些老帮菜打下的底子。良久，睁开眼，呶着嘴，上下两片并不能对齐："隐形，远程。"高高抬起右半边眉毛，"给我装到沧那边。"有总用下巴指茶几上的相机，"拐不了弯，听不了音，重得要死。"一下子把照相机直贬到底，"你看，我这。"他用好的右手拍他不好的左腿，啪啪两声死肉的空洞音，饱含半瘫者的愤怒。谁能拒绝这样的父爱呢。

哦。谢老师细吹茶叶，心里一阵矛盾的激动，老头子都在想什么呢。但！文如观山喜不平，这想法真挺妖娥子的。别看有总这垂暮之形呢，还是能想常人之未想。

小家伙闭嘴吧，还跟我谈啥二千亿。自打对衡祥水泥撒手后，再也不想听到数字了。那是我最后才丢手的老公司：衡祥水泥，我的第一个厂子。我不大喜欢第一桶金这个说法，第一桶哪儿有金呢，全是土坷垃石蛋蛋，是深山炸，是血皮肉哇。

衡祥水泥其实早就不行了，全靠它的子公司、孙公司、远房公司搭帮着，像供养一个没了气血的废人，能拖几步是几步。衡祥里有好些老人儿，都是早年里陪我打江山的，也是一天天看着见老的。资格一老，他们就不爱动了，失了雄心胆气，哪怕派去新公司挑大梁二梁也不干，最后就都挤暧似的，沉积在这里养老，叫我更是没办法放手。衡祥那边，有我最早一间小办公室，也就八九平方，只有最基本的桌椅，一排老绿铁皮柜子。想我后来一处处的地儿，尤其高新区那一间，二十二楼，一百八十度落地景观层，每天都可以看旭日升，也可以看他妈的夕阳红。

可还是惦记我最早的这间。他们也一直留着，替我抹桌拖地、浇花养草，桌上放着虎图紫砂茶杯，我属虎嘛。有我爱喝的宜兴乾红，水壶总备着热水。我随时推开那办公室的门，真个就能坐下来，像当年一样的，指东打西、吆五喝六，做起各样事情来。那些跟我一起赤手空拳闯生路的老伙计们，就会一个个地冲进来，跟我拍肩膀、摆功劳、告小状儿，互相丢烟，搞得满屋子烟蒙蒙直呛人。我们边呛边笑，上气不接下气的，反复唠叨当年的各种好汉勇，还有粗事蠢事。

行啦那是十来年前了，他们早都回家抱孙子了，七老八十病歪歪，何老三和贵哥都先一步埋了黄土。所以干吗，还贪恋那间鬼屋似的办公室，还拼命拽着这衡祥水泥的老胳膊腿不肯撒手？决心下定，交割已毕。记得是挑了个休息日，我最后一次去了趟厂子。

我让车子停在老远处，事先也没告诉任何人。楼道上碰到几个加班的小工人，反正也不认得我。我只带个小拉杆箱，去办公室拾掇东西，主要的，是文件柜顶层的那二三十本日历。

就是那种每天翻一页的台历，红铁皮底座，可斜支可平放。从前不论机关、厂子还是村队部，但凡有张公家的办公桌，都会搁上一个。我喜欢那种正儿八经的派头，在衡祥有了办公室后，也有样学样地用起来的。后来随便搬到别处哪里，当年用完的旧日历芯子，也都归齐到衡祥水泥这里收拢起。

刚开始那几年，整天心拎拎的，脑子里总在转，看到什么听到什么，都要往生意上琢磨，不管行不行，先就在日历上划拉。他们给我买了很厚的本子，学生娃上课或官老爷开会才用那玩意儿呢，我不习惯。我就喜欢在日历上歪着斜着随便写，估计只有我自己懂。然后等闲下来了，我就顺着这几行潦草的字，放着胆儿一路往前想，想得能成形了，就着手搞起事情来。

不仅搞事情，这小小台历还有个挺不错的用场：搞关系。

做生意，第一关键是方向搞对，第二关键，或者说并列第一关键，是搞好关系，关系就是生产力。长期中期远期，客户与非客户，官方与非官方，对手与朋友，都要搞的。就跟交养路费似的，交足了，那条条是生路，否则道道都是关卡。除了戴高帽拍马屁、四礼八节那些老套路，我呢，还喜欢不声不响的，搞点个性化动作。

某要人只抽罗密欧牌子的雪茄，哪家的女公子专门收藏迪斯尼人偶，某处长刚买了大宅要装修，某某老总即将二婚。等等。这都得靠零零星星的有心积累。然后我就记到台历上，凑个时机"给瞌睡人送枕头"，那是一准的欢喜，十倍的效果。不仅如此，所有重要人物及其心上人及其父母双亲的生日，也都提前一周记在台历上，到日子了就交把下面人去办。我送出去的生日蛋糕或者茶叶盒子，打开来，那里面可从来都不是蛋糕也不是茶叶，是别的好东西。朋友不就是这样交出来的嘛。所以我这些台历，也算是我一步步过来的见证：怎么的，就做出这许多生意来，成了小老板的。想想看，那一张张薄纸片，最后可都成了一叠叠的毛爷爷呀。

我在小办公室里，踱着转了最后两圈。虎图紫砂杯、领带、老花眼镜、腰背理疗仪，就随它们丢去吧。独独的，只拿了旧日历芯子，近三十年的日子，正好装满那小小一只拉杆箱。其实也就是废纸一堆，要是卖给收破烂儿的，顶多五毛一斤。

我就拉着那箱子，听万向轮骨碌碌在地上滚，越滚离我的衡祥水泥厂越远了。当时我身子可比现在强多了，可耳里听着那骨碌碌的轮声，脑子里一下子就想到了死。活着嘛，得争，要"占"要"有"，死就相反啦，今天是把衡祥水泥这宝贝疙瘩老厂最后撒手了。还有啥要撒呢？

想来想去，实在只有沧丢不下。这孩子，太不亲人了，除了遛完松果会送上楼来，其余就整个见不着。可我总想瞧着他，想看他在那老屋里做什么，还想知道他将来怎么过，别的什么都能撒手，只有沧儿子我得保全……

3

像坐在第一次开张的大屏幕影院，两人跟着电视里的沧。不太充分的照明里，可以看到穆沧大半个侧面，嬉笑之色与平时并无任何区别。他安心地盯着 CD 播放器，新一个故事开始之前，精确地伸过手去，关机，躺平，灰黑的画面里，长条状被窝呈现出他起伏的身形。

有总示意谢老师关掉电视，看上去极为满意今天的节目。他用右手指在大腿上敲着，露出笑，男人的笑："知道魔鬼与地狱吗？"谢老师连忙显出期待，有总以前是不大谈这些的。

"有个苦行弟子，遇着个，上山修行的姑娘。"虽则肌肉不大灵光，有总脸上还是有了不同的生机，"弟子说，我身上有个魔鬼，得把它打入地狱。你身上，正好有个地狱，把我这魔鬼关进去，你的修行才算成。"有总歇了一下，肺里丝丝拉拉一阵怪响，"我们需要，互相帮助。"

谢老师知道，这是《十日谈》里的故事。想有总长年单身，又是商人，他的魔鬼故事，何止十日之谈，起码得有一千零一日谈。但到目前为止，还真是一则没捞着。谢老师忙在脑子里找段子，这得有来有往，说不定能钓出有总更多。不如就跟有总讲讲吃鸡游戏，这是他最近听到的段子。吃鸡成了一种时间单位，说一个男人的床上功夫厉害，能一直玩到吃鸡，吃两只也说不定。若是不行，队形还没站好呢，就结束了。"说，有一个男人。"他用十足开黄腔的口气。

有总摆动右手止住："托你个事，去教我家沧，教他魔鬼进地狱的事。"有总的神色不容反驳，原来他不是随便讲段子的。

谢老师这回是真愣住了。这可不比安装摄像头。那事其实没难度，沧不是每天都要跟肖姨一起遛松果吗？他算准时间进去。客厅冰箱上的花瓶、房间的空调边、衣橱顶。三个采集点，十米分钟搞妥。

有总拿下巴指电视："还听童话呢，等于学前班。你给带到，起码本科。"

谢老师呀呀嘴："您抬举我，这事，需要终身学习。就我自己，最多高中毕业。取法乎上，得乎其中，我试试看，能把沧给带到初中程度就算不错了。"穆沧到底也

236

是快四十的人了，他是真没把握。

听到外头起风了，替有总腿上加了一条毛毯。有总突然来了一句："魔鬼与地狱，也是别人教我的。"

"我猜是一位女郎？"这就对啦。风流事不讲出来等于白风流，也等于反风流了。他真应当讲讲。

看看小谢这股子劲儿，脖子都长出两公分，眼神拐出几道弯。人们哪，对下三路的事情，总是这样。有些小生意，就是冲这些个龌龊去做的，稳赚。可再怎么着，也比小谢说的那些偷拍小视频之类，强点儿。

大概十一二年前，正好有笔款子回笼，闲下来是罪过的，跟浪费粮食一样。就玩了一下保健品。我总跟手下人讲，赚钱有什么难的，就是中午窝沙发上打个盹，都能听到钱在外面使劲拍着门喊我呢。我当时就是注意到，大家慢慢都有钱了嘛，吃饱喝足穿暖了，那还想啥？跟皇帝佬一样啊，要享乐子，要长命百岁呗。这不就是生意。

保健品其实最好做，人们的耳根子就是那样软的，越是好话越是肯信。增强免疫力，杀除癌细胞，净化前列腺，补气壮阳，增加记忆力，只管讲，不要怕。原材料都很朴素，香菇、黄豆醋、大蒜、葡萄、养殖珍珠，你说说成本能有多少，技术有啥难度。搞好了那就是大蒜素、醋胶囊、香菇提取物、葡萄籽提取物、灵芝珍珠养颜粉。只要广告打足，甭管多洋气的大城市，多穷的小县城，一到过年过节，货都走得呼呼的。我记得不会错，起码有四五年，就这小小的保健品公司，利润率稳居整个集团前三。

所以这保健品公司里最大的部门不是研发，而是营销，并且营销部每个员工都有个绝活儿：会讲黄段子，高级低级，软的硬的，外国的中国的，都装了满满一肚子。他们到地方上请代理吃饭，绝对是天女散花张口就来。到我们集团年会，这小保健公司就上去了五个营销经理，说群口，段子串烧，大家都笑得直抚肚皮，包括那些刚工作没多久的小丫头片子，都圈起嘴巴来冲台上直打唿哨，我还白担心她们会不好意思呢。

想想咱们年轻时候，真是太嫩了，我最早听到的黄色笑话，就是吉祥跟我讲的，还在部队里，两人一块儿出黑板报时，他画插图，我在抄一篇军民鱼水情的诗歌，我记得他装傻冒愣又活灵活现的语气，他那天所讲的，就是"魔鬼和地狱"。我这辈子所听到的，第一个、也是最好的一个黄色笑话。他好像一下子让我激动起来，意识到自己身上的魔鬼所在，也真正明白了，要把这个魔鬼打入它应当去的某个地狱。包括后来多少年，我听过多少笑话啊，从没哪个能超过它，并且越想越对，男女之事，可不就是各自与共同的修行，可不就是魔鬼与地狱。

要是我家小沧，也能给何吉祥这么开一下窍就好了。咱沧模样不赖，有房有钱、没脾气没娘，马上还要没爹，多好的结婚对象。只要他能懂了男女事……唉，我的记性太奇怪了，为什么至今记得这个笑话？我还记得何吉祥所说的别的吗？要是只记得这一个笑话就好了。

"就承认吧，这笑话起码是在床上……"谢老师才讲出半句，惊怔地发现，有总方才的松快劲儿，已全然消失，脸色一下子相当难看了。谢老师一愣，还是决定抓住机会，问出他盘桓已久的疑问。

"嗳，有总，怎么了，最近你老这样，时不时就愣住，走神，老半天回不来。您哪，是在想什么呢？"

有总拿眼睛瞅过来，没吭声。隔了好大一会儿，谢老师以为自己都不会等到了，他才叹了一口气，声息细弱："也没什么，碎头巴脑的，突然冒到脑子里，尽是些没用的。"他卸了假牙的嘴瘪瘪的，皮肤蜡黄干巴，十足昏聩之状，"哪些该记牢的，哪些不如忘掉的，混成一团。"

"记忆力啊，确实容易出问题。"谢老师心里一动。有总难得流露出来这样的软弱，对遗忘与倾诉的矛盾之感。可不可以引导一下呢？也许能把他从病后的缄默与封闭中给解救出来，说出那些他压制着的、假装忘了、情愿忘了的往事。"我也是，连初中同桌三年的女生名字都忘了。老话儿说的，好记性不如烂笔头。我有时怕忘了，就写出来。您呀，写不了，说说也是好的。真要全忘了，也怪可惜的吧。"说完就轻轻带上门走了，生怕泄露出任何一丝的渴望。

4

跨上摩托，给油加速，强劲的晚风打在脸上，灌入领口，一阵冷热交汇的战栗。多舒服啊，就是喜欢摩托这种野气又自在的感觉。

还有半个月满五十，半百之人了呀。"北胡南谢中有张"已成当年往事，而今看上去完全是傍在老富豪边上混吃混喝、陪病陪死。谢老师晓得，许多人都认为他已经过去了。

哪能呢。他捋捋不多的头发，让它们在晚风里竖起来。他依然胸怀壮志，且这份壮志里依然保留着尖锐与骄傲。随便怎样的沉潜躺倒，可是从来都没放过自己，随时随地都在为他的红皮笔记本动脑筋。瞧，刚才，不就顺手给有总埋下了一条导引线吗？一旦有总想"说"了，会需要他这样一个随时听唤的烂笔头的。

讲实在的，已有的那百十来条素材，虽然来源正当，还是有点不踏实。尤其有总这样残了弱了，不再是巨翅猛禽，倒叫谢老师不安起来。真打算遮遮掩掩地一直背着他吗？这可不是一份特稿，是一本大书啊。退一步讲，就算是特稿，被采者也应当是有知情权的。因此心里总有个光明磊落的幻想。想着，能通过怎么样的铺垫或推动，最终让有总真正地"授权"给他。当然是越早越好，实在不行，也得抢在他……离世之前。

谢老师脚下又踩一下，让夜风吹得更猛一些。谢老师最早的认识论，还带着卧薪尝胆的负气，满脑子想的，都是做揭秘黑史的"备忘一"。时至今日，他对黑色的想法变了，没有什么非白即黑的那一套，最多是灰不溜丢吧，一种混沌的灰，是洁净的藏污纳垢与包容万象，是原罪的肥沃大地与鲜花怒放。这些年，谢老师一直留意这方面的业界动态，做奶业的，做运动品牌的，做电器的，做房产的，都是打通政商二脉的奇才，哪个没摔过大跟头，没破过产，没坐过牢，搞个几沉几浮的，完了哐当一声，就不知落到哪儿去了。相比之下，穆有衡的体量还是小了些，沉浮上也简直小儿科了。他一度也想过，要不要把穆有衡给典型化？东一鼻子西一眼，写这一类的他，集大成的他，三生三世的他，诸缘诸孽诸法都加之于他，写成那种**宏大、**

238

复杂、时代之子（思路二）？这想法真的很漂亮，谢老师在心里多次盘算，有段时间，还在红皮本子上一口气排出几个原型，但不行。

——他只想写穆有衡。可能也算是斯德哥尔摩综合征吧，早先那些屈辱的恨意里，已多少包裹些了服气、搞笑、理解等中性的感受。尤其最近，时常觉得，在那些突然中断、走神的短暂时刻里，有总身上还多出来一种梦幻泡影般的沉痛，那沉痛里，带有暗黑的深长阴影，叫谢老师深感陌生，也感到敬畏。这些复杂的感受，使他更加的，只想写这一个有总。

怎么的，小归小，普通归普通，就成狗屁了吗？他已从三十而立死死咬到年近半百，并打算咬到穆有衡的终点，怎能半道松口呢？所以，就这么着吧，只写穆有衡其人其事，其真人真事，才不写什么集大成的时代之子呢。

六　　镜

1

从谢老师处要来号码，选在上班时间，认真编发了一则短信，扼要自我介绍，说清相亲事由。他想过了，与河山打交道，虽属私人事体，但要像公事一般处置，宜远不宜近，这样也算是个有效的自我保护。他怎么，就觉得这里有危险呢？

短信刚发出，回电就来了，声音带笑，开门见山："直接约时间吧？我随时有空。"这爽利一时让他语塞，这可是相亲啊。脑子里飞快闪过谢老师长篇累牍的介绍，以及他言不及意的"有意思啊，她很有意思"，那些都给人以恃貌傲物、不知分寸之感。可她的声音，确实可以说，挺合作呢。

当河山在巷口出现，他远远认出，又是一愣：什么意思啊，她显得也太不讲究了。宽松卫衣，更宽松的裤子，裤管里能塞进两只鸡。大而无当的挎包。缠着一条粉得发腻的围巾，那叫什么颜色，桃色？还有那胡乱抓扎成束的头发，腮边脖颈，散挂着好几缕碎发。想起丁宁，她总是紧紧扎起，不留一根杂乱。干吗突然对比到丁宁，也真莫名其妙。王桑困惑而挑剔地审看渐渐走近的她，看出来了，这位河山显然是不重视这次相亲的。

河山在小区门口的关东煮那儿停住，嗅了嗅煎豆腐。经过批发甜瓜的小货车，她捧起一只，上下掂量，煞有介事地拍拍。最终，她停在花车跟前，东一指西一指，看来是要配一束花，并扭头向小区门口张了一眼。

王桑看看手机，她这时间，倒是把握得刚刚好。忙从一直躲着的树荫下出来，迎向她，直射而来的路灯正好打在她头顶上，使得她的面目更加看不清晰。她好看吗？他自问。说不好，只那双眼睛分外闪亮，深邃不可见，叫他一下子迷茫起来。

河山把花簇拿在手里，梳理枝叶，嘴里不大满意地嫌弃着，管卖花的要了几张彩色玻璃纸，三绕两绕地自助包扎，一边冲卖花人偏偏头："这都下市了，到明天就蔫了，该买一赠一才是，送我点什么？"她抬高手臂划了半圈，停在一枝最大的香水百合上，摊主有点不满，还是给她白加进去一枝。她这才满意地把彩绳收紧，打成蝴蝶结，推远又拉近，美滋滋地欣赏起来。

谢老师讲得没错，她可真是像老家伙。小时候王桑最恨跟穆有衡出去买东西，他一会儿跟人攀老乡认兄弟，一会儿闹红脸，一会儿唱白脸，只要能讲下价来，戏演个没完，讲半天谈拢，最后还要杀个回马枪。比方说买两斤圆白菜，打完折抹掉零头都付过账了，走出好几步又扭身回将来，行个不像样子的军礼：唉呀，小老弟，再饶两个蒜头呗，我挑最小的拿。为就着这两颗白得的蒜头，他会拍根黄瓜，搁上醋淋上香油，倒半盅白酒，快活地直咂嘴：这新蒜，香。那时他还在机械厂，工资都发不全，也可以理解。到后来，家中境况已然云泥之变，总还能听到他这方面的闲话，尤其讲他谈合同，随便怎么谈，他这边都是上下胄甲金刚护卫，而把对家弄得浑身是洞处处漏风、明赚八块暗搭十块。穆有衡还到处嚷嚷着说：做生意嘛，就是图个和气生财，共赢多赢。

这一岔神，都没注意到河山正冲他示意三轮车子上挂着的二维码，也许都说两遍了："嗳！九十五块。我讲好价了。嗳？"

王桑略窘，这不是她给穆沧带的礼物吗？忙掏手机划开微信，手乱点错，河山伸出手指来相帮："你得扫人家才对。"她凑近时带来一股甜香，也可能是花的味道，"你这富贵公子哥儿，连买单都不会。那你富贵了干啥？"

王桑一时结舌。他其实是从丁宁那里得到的一个概念，但凡有点现代意识的女性，都很讲究独立，小钱小钞小玩意上，是很讨厌被"照顾"的，有看轻之嫌。再说他可不是公子哥儿，从工作起，就没再要过穆某一分钱。懒得解释了，心里反倒定了，像搭到脉音，不存在看轻不看轻的，河山她这，就是轻的。

"抱歉抱歉，早该想到的，怎么能让你付账呢，这毕竟是我家的事。"出口又觉得太刻薄了些，似乎在暗示她与穆家的某种恩债关系。

"是啊，否则我怎么会在这里。"河山莞尔一笑，并豪爽地进一步延伸，"知道我这多少年的生存哲学吗？但凡我身边能有一个活口，甭管男女老少，我都从来不会付账，要能刮落下点渣渣啥的，更好。"

王桑不再开口，走在前头带她往宿舍区里去。行，现在心里已完全确认了想法：谨从某命，带她相亲，然后视情而动，务求黄了此事。他做媒的目的即是不成媒。

进小区大门时，他用余光注意到，河山拉后两步，正从那大而无当的布包里掏摸出一面小圆镜子。她没有整理那散乱的鬓发，却对着镜子，旁若无人地似笑非笑。

2

得瞅一眼你。慢几步好了，离那富贵公子哥远一点。起先看着他那文乎乎的模样，讲话三思后言，还以为有点不同。呸，还是个想当然的平庸货色，跟所有人一样，把你当作个死不要脸故而也不需要尊重的贪心女人。出门前照镜子时，不是提醒过你的吗？他根本就是代表穆老爹来收割庄稼的。

这一天早有预料。世上哪有光撒而不收的网。要说这些年，河山哪，做网中鱼的经验你难道还不丰富吗？尤其是认干亲、领爱心这一宗，绝对专业户了。干爸干妈，扳一扳，可不少。

不算穆有衡，另外还有四个呢，天南

地北。一个孩子认几个干爸，一个干爸认几个孩子，都正常。他们有的喜欢女娃娃，觉得招人疼，有的指明要小子，觉得耐耿，搞不好长大有点出息。他们会把你们聚拢来，看看胖瘦，摸摸脑袋，问问寒暖，最喜欢吃啥啊，还会随便问一个二十以内的加减法。他们嘴里总会咦呀呀的，眼看着眼圈就红了。那不就得趁热乎的，认下个干爸嘛。咱爱心驿站就这风气，都不用妈妈们掐胳臂使眼色，哪怕才三岁的小不点，都懂，只要捕捉到来客们那股子在犹豫中一闪而过的慈怜，就膝盖头一弯，磕下头去便叫爸爸，旁边如果有女人还有半大的小孩，那就一顺溜亲热地叫下去：妈妈，哥哥，姐姐，把那一大家子都给认下来完事。

你到底算是全手全脚，不呆不痴，不论认干亲，还是什么助学扶贫项目，总很容易就被看中。就像学校食堂里总播的那首《感恩的心》，你确实也是白日黑夜里感恩着的。想想看，每天中午吃的，起码有三块肉的午餐，那是免费白吃的。每个班上，像菩萨一样供着没人舍得碰的电脑，主机上不是都贴个"某某公司援助"的牌牌吗？还有天一冷就会寄来的各种棉衣毛衣，有新有旧，还夹了手写小纸条呢。有时衣服会有猫骚味，羊毛太硬穿了身上刺痒，但这都是爱心啊。爱心简直像海水，游来游去游不到头。尤其结上对对子，收到的东西就更多了，人家凭什么给你寄书包寄文具寄字典，不就舌头打个滚的事，别说干爸了，认干爷爷干祖宗也行。

所以爱心回报这类事情，也算是你的特长吧。从爱心驿站就开始了，到希望小学，到扶贫点的中学，你总是被选作代表。孤儿代表，贫困生代表，优秀贫困生代表，希望工程表彰大会学生代表，扶贫工程西部学生代表，慈善项目受助对象代表。

你确实担当得起，念起感谢信来会恰当地紧张，眼泪打转溢出来，直挂到睫毛上，嘴唇和声音都有点发抖，但也不会太影响音质的抑扬顿挫。大家都认为你演技太好了。只有你自己知道，你是在演，可你也是真心真意的，是本色之演。白拿了这许多的好处，当然是真的感谢！但他们对你而言，并不是一大群人，也不是一个一个的人，甚至不是人，不是具体的脸儿。怎么讲呢。他们就是你每一天的生活，是你的吃喝拉撒睡，哪怕夜里做梦醒来，手里所捏着的被角上，也用弧线印着红色的字样："某某纺品希望工程专用。"只要想到那红字，真的眼泪水说来就来了。对于爱心这玩意儿，你简直都不好意思承认：你真是有着热烈深沉的，仿佛是乡愁般的感情。当然这也是瞎打比方，你哪有什么劳什子乡愁。人们动不动就说什么思乡病了，回老家了，念故乡了，这些个软乎乎的词，你从来都用不上。最多、最多，你能联想到的，就是爱心。嘿嘿。

说穆老爹吧。所有那些干爸里，就他，从来没露过面，连认领都是电话里随便选的。后来有个姓谢的家伙每年会跑来两趟，让你叫他谢老师。你要跟他打听穆老爹什么，这位谢老师总藏藏掖掖的，表示"有总"希望低调。可他自己又是大嘴巴，没讲几句就会吹起牛来，说他帮着有总刚刚做成什么项目，光是那个策划书，就得值一百万。他谈起数字来，最小的单位就是一百万。隔着镜片，他眼神闪烁，上下打量，突然话题一转，装模作样的："今天过来，是受有总之托，这是有总给你……"

你仔细留意所有信息。爱心驿站的魏

妈妈老早就说过，你打小就是浑身带天线的吸铁石，不，吸金石。从谢老师有意无意中带出来的话里，可得出结论，几位干爸之中，穆老爹的有钱指数，当排第一，并且还把第二甩出去老远。其实你也无所谓见不见面的。见面那一套很麻烦，表示感恩不说，还要表态会好好学习，要成材，要做有用的人，要反哺社会。你确、实，也是这样想的，可反复说出来，还是疲惫。

不露面也好，只要大方就行！对，这位穆老爹的特别之处，除了始终首尾不现，就是大方又忠心。

哈，忠心，你怎么能说忠心这个词呢，但情况的确如此！从五岁起，在爱心驿站被他认养成女儿，接续到后来的助学结对子，到考上大学，其他几个干爸早都中断联系了，就他还在。管了大学四年，还管出国，管出国不成管创业，扶上马送上程，还管跌下来再一遍一遍地从头扶。前后多少年了？二十四五年了——这不是忠心是什么。

而随着时间越扯越长、随着这些资助像脱缰野马似的越奔越远，你有两个感受也越来越强烈：一是穆老爹的问题。相对你对穆老爹的需要，穆老爹似乎"更需要"你。你所提出的资助之求越大，穆老爹那"助人为乐"的满足感，就同比例或超比例地放大。二，你本人，也有点不对劲。不论穆老爹怎样的慷慨大方，一路笔直地如此高尚，你总有种莫名的正当感，好像天经地义该当如此，活活儿他欠了你似的。再大的资助，你都不打一个格楞，只管闭起眼伸出手去受用。尤其到眼下这几个回合，你简直有点恶作剧的、相当放肆地在糟他的钱。而你，包括他，好像都能从中得到一种杀戮般的痛快。

这就是穆老爹，大方得简直叫你愤怒，也不知道他到底埋着啥雷管。相比之下，还是干妈叫你踏实，只一个，魏妈妈。她绝对以一顶百。

魏妈妈呀，每次照镜子，都能想到她。她真是太"妈妈"了，是你关于人世间的全部启蒙，以致于你在整个小孩阶段，到长大，直至现在，对"妈妈"这个词，但凡有点儿下意识的联想，都只会反射到魏妈妈那里。

其实你到现在都没太明白，魏妈妈到底算是爱心驿站的后台，还是赞助人，反正从有记忆起，她就是整个爱心驿站最大的妈妈，比那个瘦筋筋的、整天为菜肉钱水电费愁眉苦脸的站长妈妈派头可大多了。

她并不总在驿站呆着，可只要一过来，不管站长妈妈会计妈妈都排着队要跟她谈事呢，就过来招呼孩子们。那场面，壮观。大半个站的孩子都会扑上去，扑向她那辆灰扑扑的像从来没洗过的红色小车。妈妈、妈妈、妈妈。所有小孩都像没头小鸡冲向扎着花头巾的老母鸡一样，发出从母胎那消逝或失联的母胎里就带出来的先天呼唤，送给这个平均分配的共产主义妈妈。魏妈妈从不空手的，后座、副驾、后备箱，总塞得满满的。她被大小娃娃们围得动不了身，圣诞老人似的挨个儿派发。妙脆角、旺旺、香辣锅巴片、多味果冻，花花绿绿的起码人手一包。那叫一个惊天动地的欢乐！

你从来不跟那一大帮傻小子乱扑腾。只管站在窗边远远等着就好了，魏妈妈等会儿就会来看你的。她会为你单独准备礼物。亮片发夹、格子裙、白色长筒袜、方口红漆皮鞋，谁能相信，你这么个小破孤儿，也能这样的讲究呢。

魏妈妈最晓得你喜欢什么，或者说，

242

由于她带了什么，你就此也就喜欢上什么了。毕竟也没别的呀。她用她带来的好看玩意儿，替你收拾打扮一通，然后拉你到镜子跟前：看哪，这哪里的美人儿，看这小胸脯，给毒蚊子叮了吗，都鼓出这么两大包了。得亏这里伙食一般，否则这纱裙，都给买小了。忘了我说的吗？把腿收一点，不管站着坐着，都要紧紧并拢，像大腿里夹了一支铅笔，不能让它给掉下来明白吗？不，眼睛不要直瞪着人瞧，脖子扭过一点，下巴收起来，眼珠往眼角瞟一点。你没事儿对镜子多练练就会了。

就那时候起吧，你落下了爱照镜子的根儿，随便到哪里，哪怕是个水坑，是黑乎乎的车玻璃窗，是块摔碎的三角镜子，只要能见个人影，你都会稍作逗留，去跟镜中人去对个飞眼。

魏妈妈认为这是个好习惯，她鼓励地送你各样的镜子，还有她用了一半的化妆品。你呀，她夸赞道，可真是好扮相，小妖精，小仙女，可怜虫，小恶魔——这得看情况，看魏妈妈所给的任务和角色而定。魏妈妈绝对是有一双毒眼睛，就是她，最早发现你有"扮"的大本事。做个孤儿代表上台发言，那太小儿科，魏妈妈才真正看到你的无限潜力与无穷远处。

魏妈妈嘴里含着发夹，把你的发根拉扯得雪白。镜子里，她的大双眼皮冲着你，水汪汪的。

——你不知道啊河山，魏妈妈在外头可不如意。魏妈妈需要你相助呢，只你才有这个本事。老家里有亲戚碰上煤矿事故啦，家里顶梁柱没了，真等于天塌下来了呀。魏妈妈抖着嗓子，都快要落泪了，讲她亲戚的悲惨故事。能听出来这是一种技术，你差不多总能在人们表达感情时，发

现一些破绽，也触到某种真切。或反或正，你都是可以学习到的。

魏妈妈用发抖的嗓子继续。矿上呢，可以按家中小孩的人头发抚恤金。也没多少，有当无吧。求你帮个什么呢，就是替魏妈妈去扮亲戚家小孩，户口不户口的不要管，现跟前的小孩最好说话，能多要一份是一份，那魏妈妈就少点负担对不对？要不然，魏妈妈哪能给你买白纱裙，给咱驿站的娃娃买妙脆角呢。

魏妈妈特有的大双眼皮在镜子里与你对视，可真是躲闪不开。略长大点你才知道，那一对双眼皮是人工造物，比天生的双眼皮也许要宽上一点五倍，正是这多出的宽幅，把魏妈妈的请求给放大到十五倍，也把你的血，给腾一下就烧到一百五十度。没说的，只要能帮到魏妈妈，还帮到驿站里的兄弟姐妹，还用说吗？

比如团团肉，他是你到驿站第三年，新来的一个弟弟，被人送来时，两条腿都被截了，全身肿胀，只一团肉。他挺安静的，不管给搁在哪里，都不出声。烫娃娃也是同一年来的，她是给掉在石灰塘里了，手指给烫得黏连在一起，蝙蝠一样。她就爱闹，白天晚上都在长长地哭。你被分派着，帮妈妈们照看他们两个，搞得你好一阵子没法吃东西没法睡，不是给忙的，是亏心，你怎么居然就好胳膊好腿好吃好睡的，太不应该了。你那时就含含糊糊地发愁，这爱心驿站，能管团团肉和烫娃娃多久呢？等这两个长大了，可怎么弄呢？你既是有手有脚，将来就该开个大公司才好，挣许多的钱，就把这两个，还有独腿儿、小瘫子、双六指什么的，都能给养起来。真的，你老早就在心里开列出一个供养名单，且这名单总在不断加人。都是兄弟姐

243

妹啊，能丢哪一个。

远话不说，先从眼跟前的事做起，得先帮上魏妈妈的忙。烫娃娃可怜的，身上的疤总是痒，哪怕冬天，她都恨不得脱得光光的搔，晚上睡觉，总能听到她在被窝里沙沙的四处抓挠。亏得魏妈妈时不时会给她带几管药膏子来，起码，得管了她的药膏不能停呀。

于是你就被带到矿里，头上缠着比身子还长的白布，拖着还不会走路的一个黑瘦男孩，手里还抱着团团肉："他又不重，抱上。多算一个，就多一份钱哪。"这是魏妈妈突至的灵感。总之，你们三个，跟着个眼睛肿成一条线的矮女人，那是你们的"临时妈妈"，你们一家人哭成一团。队伍里，还有另外几堆同样凄惨的孤儿寡母们。你们的矮妈妈，还有另外一个阿姨一个婆婆，她们三个算是主力军，一会儿跪在泥水里，一会儿用头撞墙，一会儿解开前襟来喂奶，一会儿拉着你往前推，说要送给副矿长去做长工做童养媳。你这一份"扮"的活儿其实没啥难度，不过是反复扔到副矿长面前，要倒下去，拖他的脚，把眼泪鼻涕涂满他的裤脚，同时，在摔倒与滚爬中，还要偶尔露出你可怜的小脸蛋，叫人看得揪心……你隔着乱糟糟的刘海偶尔四处偷瞧呢，这一瞧——嗬，那些被拖着搀着抱着的，大半都是那些一窝蜂扑到魏妈妈怀里去的小不点啊，原来大家都来给魏妈妈尽力呢。

谁能想到呢，魏妈妈这样有爱心的一个人，却总碰到各样的倒霉事。一家远房亲戚，在大医院瞧病，竟给瞧死了，这可是借了债卖了房连老婆都跑了的，这还行吗？得拖家带口的找医院去闹哇。魏妈妈照例抖起嗓子，用她的宽幅双眼皮请求你。

再过不多久，是表兄一家，好好的祖上房，竟然要拆迁，老天爷，这还行吗？能让一大家子住露天吗？眼看就到大冬天儿了，有老有小有病。当然得闹去。好在年龄渐长，你的台词与应变能力都越来越出色了，哪怕搭档搞岔了，比方说，明明是扮钉子户啊，小独腿以为是医闹，先放声嚎哭起死爸爸来。你总能补救的，极为高超地根据突发情况而临场发挥，巧作调整，更为感人至深地完成任务。

因此，魏妈妈是越来越倚重你了。她到后来，已不再抖嗓子讲话，也不提亲戚或老乡，直接进入事情本身，并直接跟你谈糖果的多少。

起初是真糖果，就那种软软弹弹有筋道的彩色水果糖，每次帮忙之后，魏妈妈会给你两三包不等。后来的糖果，是魏妈妈穿不了的衣服裙子，虽是旧了，但样子还在。你穿上之后，她会妒忌地叫好，冲镜子里的你，嗲着声音说让她想到自己做姑娘时的样子。

老这样也不好，不能总麻烦魏妈妈在家里翻箱倒柜呀，还要因为发胖的腰身而伤心。得换一种糖果。你表达了对糖果的新想法：不是有种东西，叫人民币吗？魏妈妈看着镜子里的你，你看到她双眼皮跳了一下，一点怒，一点惊，也有点儿欣然或惨然。总之样子怪怪的。你们在镜子里对看了好一会儿，终于是她，把宽双眼皮先自移开了。

那次镜子里的对视，就好像是你的一个成人礼，是你们关系的一个新阶段，从此一脚踏入大江大海。自那以后，魏妈妈会相当坦诚地，跟你分析她的成本和收益，你突飞猛进地学到不少东西，粉红泡泡纱连衣裙下的一颗心，一天天老熟坚硬，热不会胀冷也不缩。

也就是打那时起,对你而言,照镜子就不再是自恋或臭美的概念,而是一个有点滑稽的启动仪式,是每临大事之前的小小序曲。不管是黑蒙蒙的矿厂家属区,挺高级的事故善后宾馆,还是全都戴着白花绑着黑纱的火葬场,挺森严的简直像要拍惊堂木的法院,你都不怕的。只要在行动之前,找个地方照一下自己。臭烘烘的卫生间,大门口的整衣镜,车子的后视镜,随身带的小圆镜子。随便,照上一眼,就笃定了,能沉住气了。

所以,还在乎眼前这位王桑公子的狗屁态度吗?看他那防卫过当的笔直脊背,那远远拉开一段儿的冷淡距离,简直拿你当个随时会缠上穆家的藤萝吧。得了,可不要让老娘笑死。咱打五岁给扔到爱心驿站起,就等于出来混了,而这位公子哥儿,五岁懂个啥,还尿着床,是个兜着尿不湿的光屁股猴吧。

3

宿舍区兜走了三五分钟,快要拐弯进单元门时,王桑回头等河山,发觉她才刚刚追上来,脸色微红,带几分古怪笑意。月亮初升,正好照着她线条如雕的侧脸,道边一株老石榴树,垂下两枝初开的洋红色花骨朵,衬在她耳后,正与人面交相辉映,耳边如闻悠曲来袭。"他惊人艳,绝世佳。闪一笑风流银蜡。月明如乍,问今夕何年星汉槎?金钗客寒夜来家,玉天仙人间下榻。"①

---

① 【明】汤显祖《牡丹亭·幽媾》。

王桑匆匆搭了一眼,如临深渊,随即一言不发爬起楼梯来。

实在没有必要否定和回避。眼藏春秋,满身风月,她的美,直接又复杂,是决不可能忽略,亦无法轻意处置的一种美。尤其那一对深目,斜睨之中,实在摄人心魄。人见人、鬼见鬼、淫见淫、仙见仙、魔见魔。他的不安与担忧复又浓重起来。无论如何,得护好沧,也……注意自己。

推门进去,时间正好七点半,王桑替他们作了简单的介绍。此前跟河山通电话时,关于沧,王桑什么都没说。穆某交付此事不久,又让谢老师特意打电话来叮嘱:甭提什么阿斯伯格综合征。医生早都说了,这不叫病,就是这样一种人嘛。王桑心里可不同意,欺一瞒二,搞七捻三,又来买卖人的招数。这可是相亲,见面五分钟不就露馅了吗?他本打算利用小区里的步行时间跟河山当面做一个简单说明。但与河山来回几句之后,他把这个想法给删除了。反正可以把账算到穆某头上。他有点说不清楚的居心,想看看河山最直接的反应。

"沧,这就是上周,我跟你讲过的。河山。"王桑说完,往后退了两步,表示他的任务完成。

穆沧冲地面点点头,表示记得。"女朋友。"他说。

河山把花递上去。沧没接,他正对河山的膝盖,开始履行交友之道:"你好,我叫穆沧,很高兴认、识你。我今年、三十九岁,我喜欢飞、行棋和、沙子。我上……我不上学,了。"

沧最早出门见人,全然躲闪不语,尽量的不存在。听到某个熟悉的词,会突然截住，我行我素，滔滔不绝，又"存在"得太过头了。怎样才算合适呢？王桑替他整理过一套规则，供穆沧在各种场合大致通用。沧也是尽其所能，比如自我介绍时，会随着时间推移，相应增加岁数和年级。这会儿，听到沧把"我上几年级"更正为"我不上学了"，王桑苦涩地意识到，沧从建筑职高结业回家后，已经很多年没再结识过朋友了。

看来穆某这主意也不全是坏事，起码算是一个有益的社交刺激。这一想，王桑在情绪上积极了一些，让自己借着河山的角度，以初次见到穆沧的那种女性观感，来评判亲爱的老哥。

一下子注意到沧的头发太长，尤其刘海，都遮掉大半个眉毛了。他打小就怕理发店，老远的，见着那滚动的条纹柱就不肯往前。勉强拖进去，不准人家碰头。勉强碰了，又不准修短他的刘海。总之，剪一次头发得打几大仗。类似的，洗澡、打针、看牙、测体温、买衣服，但凡需要与身体接触之事，都相当难缠。有时仅仅因为预约时间或熟悉的医生调整，就会演变成一场要命的战斗。这些不提。只这会儿冷不丁一瞧，沧这刘海可真是显得邋遢。

身上的袋鼠服也不好，让沧显得更加的肚圆背厚。这是周五下棋专用的，因肚子上有个口袋，沧喜欢把备用骰子放在里头。王桑心中自责，怎么都没想到，该提前收拾一下沧的。就算抱有不成之心，也不该让他这个模样。说到底，他还是没把沧当个全乎人。想到河山的刻薄，担心地瞟一眼她。

河山还举着花，直往沧跟前递呢，嘴里模仿着穆沧的格式化语速："我叫河山、很高兴认、识你，我今年二十七、岁我喜欢、人民币和、镜子。我也不、上学，我上班。"

学得可真太绝了。倒把个沧给愣在那里，两臂僵直垂下。递到眼前的花，本就出乎意料，更是不知如何处置了。

王桑走上去替沧接下花，看哪里找个瓶子给装上。他往厨房走，沧跟在后面，嘴里发出含糊的声音，仿佛包了一嘴吃的。王桑知道，这是很不舒服的意思。指着那一小捧花，他粗声粗气："太难闻了。"

好嘛，河山挑了半天，得意地还了价，还另外讨了一枝额外赠送。

也是忘记了，沧向来对异味敏感，尤其是像杀虫剂、芳香剂、洗涤剂、涂料、油漆之类，稍带一丝丝化学成分，他必能闻出，必会神经质地坐卧不宁，非得从他所在的空间清理掉才行。否则就会发作，并非皮肤过敏发红打喷嚏那种，他是整个的四肢失控，就地躺倒打滚，稀里哗拉扯乱一堆东西。怎么弄啊现在，整捧都关到门外去？以前他不是还挺喜欢桂花香的吗？

河山这时也跟到厨房，她夺过花，三下五除二一把扯乱，拈出那一枝香水百合，嗖地往厨房窗外一扔："其实我也讨厌这味儿，太浓。啧，还不是图它脸盘大嘛。"

王桑也忙略作说明，河山一拍手："太好了，正好前几、天有人送、我一堆精油，说是天然，我还怀疑、来路不正呢。下次带来、请你鉴定。"她仍然是机器人式讲话，一边把花归归拢，重新往沧手上递。

沧抚抚后脑勺，用他不为人知的方法检测了一番，接受了。河山雀跃地："我就猜到！""人哪，就不该占便宜！看我把沧给害的。"河山冲他眨眨眼。王桑忽然觉得这是个双关语，在说她跟穆某的关系，也在说这个相亲，把沧给连累了。

花的事情已折腾掉几分钟，看情形还将折腾下去。香水百合的解除，使沧放松下来，他此刻正听从河山的吩咐，寻找可以装花的容器。

这个过程——矿泉水瓶？口太小。碗？太浅了。牛奶瓶？口子也小啊。记住，我们要找、口子大、底部深的。她带着沧，或者说沧带着她，两人打开厨房的各个柜门。沧以手一一指点，河山则加以分析判断。若干的提议、推翻与再提议之后，最终，一个装麦片的扁口瓶、一个装弹子球的高罐子达到了要求。穆沧不管不顾地把里头的东西统统倒出来。这还没完。他们开始尝试不同的组合。黄色搭蓝色吗，粉色搭蓝色吗，还是蓝色搁一块儿，别的各种色混一块儿——王桑后来索性坐到客厅，他不想再看到那幼稚园般的画面。

河山肯定早就打听清了沧，故意摊得一屋子的瓶瓶罐罐，把沧的笨拙与刻板越描越粗。她在臊这个相亲，更在臊他这个牵线人，也在臊背后的穆某人。

终于，他们把花给安置好了，王桑带他们一起坐到茶具前，毕竟，泡茶可是沧的拿手活儿。沧一看到茶具，就抬头看墙上的钟："飞、行、棋。"

"我、想、喝、茶。"河山看来还想接着逗穆沧，她同样固执的声音给出指令。

沧在茶具和棋盘间两边转他的头。行吧，就拿这位河山当个练手，教导穆沧待人接物，也是好的。"河山是你的客人哪。"王桑小声提醒。除了自我介绍，当初教他的那一套礼仪里还包括有，寒暄天气、对客人要有礼貌、赞美对方、寻找话题聊天等等。

沧静止片刻，他纠正了王桑："不是客人，是，女朋友。"手里熟练地洗茶冲茶，嘴中开始寒暄，看起来全都想起来了："今天天气，真好不是，吗。"夜色已深，外头黑乎乎的。他往各个小杯子分茶，看着茶水，"你真漂亮，很有气质。"第一杯他举到眉毛处，给了河山，"女士、优先。"看起来，他已完全启动起某个旧程序，有一长溜的词语在他的脑子里开始排队、等待输出。

"今天是、5月17。1510年、的今天，欧洲文艺，复兴画家，桑德罗，波提切利，逝世。1727年，俄罗斯女，皇叶卡特，琳娜一世，逝世。1749年，牛痘接种，创始人爱，德华，詹纳出生。1949年，蒋介石，劫运黄金，白银去台。"看来穆沧选择了"历史上的今天"作为聊天话题。挺好，他擅长这个。

河山惊讶得忘了喝茶，带点儿大概是装出来的佩服，不时点头。

"1954年，美国最高，法院宣布，废除黑白，分校制。1976年，的今天，歌手王力宏出生。"河山叫了一声，"哟，王力宏啊，我喜欢他。"王桑忍不住也笑起来，这是穆沧自己做的补充条目。

《历史上的今天》（上中下）本是买给王桑的，同一批买入的还有《名人名言大全》（中国版、外国版），两套都死厚。书带回家的晚上，穆某把王桑叫到客厅里去听他庭训。

天很热，他扒了衬衫，光个大膀子，呕出一口酒气，用手指戳戳封面："从明天起，起床第一件事，就读这个，读当天的历史大事。这样啊，你的胸怀就完全打开了。每一天，都意义非凡，总会有某个大人物或大事件，使它成为伟大的一天。"

他把书打开，哗啦啦地快速翻："比方

我们看今天啊，8月22号，你知道吗？1862年，印象主义音乐鼻祖，克劳德·德彪西出生。"他居然一丝儿没打磕巴地念出来，"历史转转转。1977年，《高山流水》古琴曲被录入金唱片发射太空。1989年，第一个海王星光环被发现。再转转转。"打个嗝，空气中浓厚的酒肉气再增了几分，"转转转，转到五年前的今天，昆山开发区成立。14＋1个开发区，十四个都是大城市啊，就为这昆山这独独的一个小县城，加了个'1'，而且他们，没让国家掏钱，是自己搞起来的。二子啊，你听听，这什么概念啊。我们今晚喝的这顿大酒，就是昆山雷老板的场子。五周年纪念嘛，他啊，车轱辘话吹了整一个晚上，说他们这些昆山老板这么这么的，又那么那么的……"

他抿起嘴巴来咂摸，显出绝对的尊敬："确实，他们做事情，漂亮得很。"把书啪地一合，稍有点遗憾地，"书买早了，昆山这一条，还没来得及写进去呢。二子啊，你晓得我举这个例子，是什么意思？"他用茶水鼓起腮帮子"呼噜噜"漱口，不吐，又咽下去。王桑用力压住反胃的不适，听到穆有衡对他提出豪迈的期望：将来，历史上的某一天，也会因为王桑的名字而更加伟大。

不管王桑小声的抗议，他自顾往下："所以你，要有做名人、说名言的意识。我特意配了这套。"得意地打开另一套书，显示他的高明和周到，"我看到好多的伟人，小时候讲出来的话，就是名言。现在正好暑假，我要求你，不多，每天就背十句。开学了，功课紧，每天三句五句就好。坚持下去，把这些名人名言，给刻到、化到你的脑子里。然后你看吧，到十年二十年后，你一拿起话筒，一对着镜头，一坐主席台上，秘书准备的稿子都能直接扔掉，张口就是一串串的，那才是真正的领袖风范。到时你准会谢谢我的！"

那时王桑才高一左右，刚住校，初尝小小的自由之味，对穆有衡的指定书目，已开始敷衍了，到那边陪沧下棋时，才揣上两三册假作用功。像《历史上的今天》《名人名言大全》之类，索性就扔在穆沧那边。这一扔倒好，沧倒是有当无、无当有的，每天一起床，都会查看一下历史上的今天。年复一年的，渐至熟稔。他玩电脑很溜，又在网上搜搜找找，加上"后来的"历史上的今天，就是深一脚浅一脚的有点乱乎，比如王力宏这样的。

"……1990年，世界卫生，组织正式，将同性恋，从精神病，名册除名。1995年，波音777，正式投入，运营。2008年，众志成城，抗震救灾，晚会举行，邵逸夫现，场捐出100万。2009年，我国首例，甲型H1N1，流感成功，治愈出院。2014年，亚太经合，组织A-P-E-C，贸易部长，会在青岛，召开。"穆沧一口气说到这里，才露出抵达终点的样子，停歇下来。

"穆沧，你这脑袋、瓜子，可以啊，开个号，录抖音吧，绝对、招人打赏。"河山看来是真的惊着了。对她的赞美，穆沧并无呼应。他用自己的翻盖水杯喝白水，润润嗓子，准备着进入下一步的社交环节。

"我给你，讲个笑话。"旋即又开口。王桑感到迷惑，为这次见"女朋友"，他自动升级了？沧以前到这个程序，总是讲"三只小猪"。也好，笑话总比童话好。

"好哇好哇。"河山热烈拍手，十分之鼓励。

"说，你知道男、人和猪肉、的区别吗。你知道女、人和冰箱、的区别吗。"沧

248

看着茶桌下方问道。

王桑顿感不妙。河山先点头，又摇头，咬着唇不笑。这个笑话王桑也听过，很老很笨的一个，好像是把男女之事比作冻肉与冰箱。什么硬的进，软的出。还有什么水叽叽与干乎乎之类。果然，沧讲的正是如此这般。仍旧是四字一排的平均语速，断句七零八落，淫邪感反倒增强了似的。沧讲完，挺老手地停下，等他们笑。河山放声哈哈，茶都喷出来半口。

"说，从前哪，有个扫盲、识字班，专门教农、民识字。这天教到、一个日字。教员讲解、一天一日、一日一天。农民回家，想想总是，想不通……"纵然穆沧的叙述平板无调，可王桑还是听出来了，打前面一个笑话就有点疑心了，这不活脱是谢老师的遣词造句嘛，他在酒席间拿出来逗趣的老派风格，曾领教过一两次。谢老师什么时候教给沧的呀，教得还这么浮皮潦草。看沧这模样，是既不知其一，亦不知其二啊。

就跟数铜钱似的，沧显然还没有排完。他以谢老师附体般的那种咋呼语气与俗俚用词，又连讲了"隔壁老王""阴茎增大术""求水泡面"等三枚笑话，才又歇下来，过渡性地喝水。

"这后头俩，真没听过！"河山笑得乐不可支，"无痛无药，无手术增大，可不，一只放大镜就够了。绝了绝了。"王桑不喜欢河山如此配合，觉得她的笑有点刺耳。

差不多就收吧，越到后面越散黄。王桑冲河山指指表，她却扭过头，意犹未尽的样子，只管看着穆沧。可再这么拖下去，今晚他跟穆沧两个，真是下不成棋了。想这些年，包括王桑高考前的一个周五，包括穆沧有次阑尾炎开刀，他们都没有中断过啊。怎么穆沧看上去竟也无所谓？王桑一时嗒然如失，悲喜莫辨。

"我喜欢飞、行棋和沙、子。请问你喜、欢什么。"笑话环节之后，看起来他打算进入"与新朋友交谈兴趣爱好"环节。

"对，飞行棋。穆沧最喜欢了。咱今天还没有玩呢。"生硬地插话。王桑打开棱角已磨得发圆的棋盒，摊开棋纸，一种连他自己也觉得滑稽的需要在内心里扑腾，有如百爪挠心。沧也许无所谓，可是他想！他想下棋。跟穆沧一起在周五下棋，什么都不可以打扰和改变，那是只有他们兄弟二人的周末。枯燥，静止，恒久。

穆沧看看墙上的钟，顺从地嬉笑着，也帮着布置起黄蓝小飞机。像往常一样，他把备用骰子郑重地安置到他肚子上的袋鼠口袋里。

"行，那我不耽误你们了。洗手间，可以让我用一下吗？完了我就直接告退啦。"河山倒也爽快，一伸手，急迫拿起她的大包，就跑卫生间去。看来茶水喝得也不少。

就这样，相亲就此告终了？王桑略存狐疑，但也有些感念，从头到尾，这位河山除了玩插花时略带戏耍，总体还算是友善相待。穆沧的表现也没出大岔子。挺好，算是给老家伙一个交代，尽到他的本分了！

4

赶紧的，河山，你需要照一下镜子，得跟自个儿谈一谈。情况有点不同。

本来是想好了的。穆老爹此番收网，合情合理，不论要杀要剐，要你的肾要你的人头，绝不打任何咯噔，自己动手、双手奉上。再说远没那么严重：你能有啥让人算计的，除了这一身皮肉。

你那一对不知在哪个犄角旮旯的爸妈，就这点，还算够意思，把你生得不赖，不赖到具有长期的驱动力，这位穆老爹才跟养猪崽似的，慢慢把你喂大养肥，就等着哪天洗洗涮涮一口"啊呜"下去。就是时间拖得久了点，原配不老早就死了吗？连他自个儿都快要死了——直到王桑那简明扼要的短信发来，可实在把你乐死了。敢情不是要做媳妇，而是做儿媳妇。想想你这千疮百孔、没家没财的、都没人当真要娶的一个老孤女，这下倒好，一把头，全解决。

当然你也清楚，老子换成儿子，这儿子指不定啥大怪物或小恶棍呢。谢老师暗里递过话，你也百度了下，果不其然，撇撇嘴，做好了糟心的充足准备。

可这位"我叫穆沧，很高兴认识你"，却不是那么回事儿。不一样。跟所有坏的准备，完全不同。

五官、四肢，都全乎，还挺魁，瞧上去比王桑更像个男人，也更和气，总笑嘻嘻。插花学挺快，不傻。尤其他那记忆力，一绝。只——他的眼神，不容易看到，偶尔会大致投到你这个方向，不确定。哈哈，要说你这身上脸上，只要一出门一见人，可都是落满了眼珠子的。就他这，目无所见、投落不下的眼神，真挺稀罕。

这眼神像孩子吗？不。别以为孩子就怎么纯了，屁话，想想咱爱心驿站吧，七岁就是七十岁，八岁就是八十岁。全是老小人儿。

像小动物？也不对，小畜生哪，为了讨口吃喝，讨片刻抚摸，也是一样的装痴卖乖耍心眼。爱心驿站里那些野猫野狗的，你从来不喜欢。没人的时候，可没少踢过它们。

别扯远，集中注意力想。他到底哪儿不对？有没有觉得，他似乎不是个"男"的？

你对"男"这一人间性别，算有点发言权吧。从十二岁半，胸脯鼓胀出来，用魏妈妈的话说，从小白馒头变成大白馒头之后，你观察和获得生活的主要方式，不就是在跟人、跟人当中的"男"人打交道嘛……而这位"你好我叫穆沧"的，的的确确，没有"男"的那个意思。"男"到底是什么，你也说不出个一二三，可你就是知道，那是一种根本的、特有的、触目的东西，无论男同、妈宝、玩异装的，完全不行了扶都扶不起的老老头子，或十二三岁才刚发育的小小男孩，他们身上，都是有"男"味儿的！穆沧没有。

这还不是最叫你犯难的。真正不对的是——实在莫名其妙，这位穆沧，他让你突然想起了独腿儿、大肿头、烫娃娃、团团肉，想起那些多少年都没了消息的兄弟姐妹。对，他们当然不是一回事，可就是叫你想起来了。尤其他讲起色情笑话时，像背数学公式或天气预报，认真得那样糟糕，太乐呵了。可是天知道，你心里真是一阵阵的疼哪，简直想大哭一场。你一下子就想到，要把这位"你好我叫穆沧"的，给加到你那个秘密的小名单里。除了驿站里的兄弟姐妹，他算是头一个外人。唉，那份雄心壮志的供养名单，已是多久没有想起来了，手里的小破公司，一个个的，倒得实在太寒心了。可这个穆沧，又让你升腾起一股久违的护佑之心。

当然，这会儿你清醒过来了，他哪里要你操心，人家可是穆老爹的大公子哎。可无论如何，他叫你犯难，叫你疼，叫你内疚——他这个人，跟相亲这件事，整个是不对的。

你原来打算采取速战术，不管何等怪物，只要他愿娶，你立马便嫁，立刻就生，一举报答了穆老爹的浩荡恩情。结婚能咋的，不跟吃碗麻辣烫似的吗？呼噜呼噜就下去了。不行就离，离婚咋的，等于打个嗝，再叫一碗麻辣烫，搞不好还落一小份家产。真不算个事儿。跟着魏妈妈这些年，刀山上过火海下过，不都是分分钟站起就干的嘛。

可这个叫穆沧的，想到他垂眉挂目的笑嘻嘻，那偶尔抬起来的、投向你背后的、无法确认的眼神……你真能这样下手？

尽管那些"男"的人们，总是满口赞美，什么洛神妲己西施罗敷，什么性感妖媚丰艳，一串串儿的说道。可你，哈，你心里头清楚，你根本都不是个"女"的，起码，是没有一颗"女"的心。想想那些交往过的家伙，你对他们当中任何一个，可曾有过，哪怕半根头发丝儿的柔情！有些不经扛的家伙，简直都能听到他们的小心肝，劈里啪啦地碎成满地碴子。嘿，你才是个一顶一的怪物和混世魔头。

想那穆老爹也真是糊涂，真要心疼这儿子，相什么劳什子亲、结什么劳什子婚，直接找你陪他睡觉就行啦——不不，打住，可别用这个恶心的词！睡觉，没觉得吗？在这个穆沧身上，就不能有任何跟男女相关的想法。有可能，他就是个无知无邪的大天使吧，那笑嘻嘻的样子，让你惭愧，也有点安慰，又好像要挺起身来，全心全意地去守卫他的纯真世界。

那么，想清楚了吗？看看镜子，这可是"你好我叫穆沧"每天都照的镜子，就朝着它，赶紧的拿主意。对一个大天使，这一宗相亲，下面怎么走。

七　　桃色

1

"拆烂污！我让你给他读大学，你这，开蒙都谈不上，就教了几个笑话呀。"有总歪着嘴巴责怪谢老师，但面带笑意。电视监控里，现在只剩下沧桑兄弟二人在下棋。

"咱对沧，不能从一般的角度考虑问题。"谢老师对有总讲了老评剧演员赵丽蓉的一个小故事。她打小没念过书，大字不识一个，后来演小品，需要在台上现写毛笔字"货真价实"，她苦练几个月，当着数千观众现场直播，提笔蘸墨，悬腕而书，那派头，绝对的流利潇洒，谁能、谁敢相信她不会写字儿呢。谢老师让沧直奔老油条的路数，开口便讲黄色笑话，差不多就是这个策略。

这也是无法之法。谢老师起初也是认真准备的。亚当夏娃之偷食禁果，贾宝玉之初尝云雨，梁羽生之生命大和谐，印度爱经之多种招式，掰开了嚼碎了，并自认为讲得生动有趣、易于心领神会。

沧呢，也能算好学生，他笑微微地垂目静听，手里捏个小沙漏，翻来倒去。谢老师若是提问，沧便摆一摆上身，抓住问题里某一个词，直接就往后讲，相关"知识点"可谓只字不差。谢老师稍一打乱追问，立即支离破碎，不知所云。其反应之机械，其理解之错位，着实如梦如幻。而他马上所要面对的,可是河山那样的人物哪,背书,是绝对行不通的。谢老师这才动起歪点子,索性直接灌输黄色笑话。哪怕只是剪切、复制、移动、粘贴,只要沧瞧上去是在侃侃而谈,他谢老师便完成这速成教育了!

"如何做一个有趣的人,如何交到好朋友,交到女朋友呢?"谢老师跟穆沧叮嘱,"讲笑话!比起谈天气、夸对方漂亮来说,讲笑话更让人愉快,明白吗?"

"讲笑话更、让人愉快。"沧颠倒他的小沙漏。

当然谢老师心里还是惭愧的。这一大家子里,若要论起他个人喜好,有总不算在内,接触最多的,要数河山,虽则很是难缠,也不当真讨厌。丁宁呢,客客气气,感觉比较的没趣。那整日魂不守舍、虚虚飘飘的王桑,没劲,都做不了朋友。他真正打心眼里喜欢的,也就穆沧一个。

他甚至同意有总那强词夺理的说法:谁说沧傻了,咱老儿子就是脱离了低级趣味的人。趣味不趣味的,这也扯得有点大,他就是个"不知不智"而已,看起来总是跟大家反着来的。交流的反面,变化的反面,激情的反面,机灵的反面。其实这些年,为着沧,跑腿操心的也不少。这老宝贝,都没正眼瞧过他几眼。可谢老师乐意这样,他就想着穆沧能好好的,继续这么着下去。

不过,等一等,这脑子,进了什么柔情水吗?忘了红皮本子吗?要从素材角度来说,穆沧是必须和应当卷进去的。谢老师心头一紧,忙敲打自己,耳里忽听到有总在吩咐他:"退回,河山刚进门那里,回放。"他要再看一遍。

嗬,猛然想起,这可是,有总第一次见到大活人河山呢。忙觑瞧有总。

要知道,好多人头一次看到河山,因她那种容貌所形成的反射,是挺难掩饰的,忘形贪看之中,他们不自知地就"PLUS"起自己,野性、文明、才情、壮硕,每个维度都在使劲儿的加长加宽,如同公狮张开它们的鬃毛。有总在男女事上谈得太少,真还不了解他的审美呢。但谢老师相信,河山之颜,所向披靡。

有总看上去并无愉悦或刺激之异,半瘫的眉头和嘴角歪绷着,显得很吃紧,似有某种不忍与抗争。他在逼着自己看。

看来有总是懊恼了?总算回过神来,这样一个尤物,可是不能随意搭给穆沧的。谢老师忙咳了一声,化解:"您放心,我刚才不就说了,他们是两边看不上——河山那心气儿,愣是谁,她都看不上。咱家沧呢,说句实话您别见怪,他自有他的路数,也未见得需要河山。真的,两边都对不上,谁也不委屈。"

2

小谢这家伙总以为他什么都知道,就不能做一刻儿哑巴吗?

一个随意认领的乡下孤儿,资助这些年,也算知根知底有感情了。正好她老大不小的还单着,就试试说合给穆沧呗。虽说沧大几岁,人内向点,可这里有家有产的全都现成的,也不能算太委屈她。是这么个道理吧,讲到哪里都通。我就一直跟自己这样讲的,也跟小谢、二子他们,包括外头,都这样讲的。

有些个曲里拐弯,没跟任何人说。

所谓的"随意认领",可用了大力气。是几条线头的埋伏与延伸,丢失与汇合,是包围圈的一步步缩小，是尽可能地通过细节去定位去对号，然后才去随意……尽管是如此的众里寻她，可从认领那天起，一直到现在，到此刻，我都很矛盾。

我希望我根本就是弄错了，这世上，就没有那个我要找的孩子。河山呢，就是一个不相干的苦命女娃，瞎撞上了而已，纯属做好人好事。可是我又多么的愿意，真的是找着了，也找对了，河山就是那孩子，我一直好好照顾着呢。

所以就一直缩头，拗着，不见这孩子。谢老师给过好几张照片，但年轻女孩的照片，真是啥也看不清爽。看不清才好，我宁可心里头模棱两可！不管往哪头给落实了，我都干得太不漂亮了。

可这会儿，还是算见着了，隔着屏幕，挺清楚。不想跟小谢啰嗦。只仔细地看，从脑袋最里头，把何吉祥的样子给调出来，使劲儿地比对。

我所记得的何吉祥，也正是河山这样的好年纪。他长得很有棱角，尤其侧面，下巴里突地瘪进去，简直能放颗花生米。他那时还跟我猜呢，说不知道那娃娃是男是女，男娃叫什么好，女娃又叫什么好。他绝不会想到——假如河山真是他女儿的话——最后是家爱心机构给随便取了个名字。那同一批收进去的，名字都带个山。江山、天山、湖山、雪山。"还是河山最好听，看，跟你的姓还算谐音呢。"能这样跟他说吗，将来到了那边？好像这算是不幸中的一个体贴。何吉祥，河山。

实际上河山并不像他，简直看不出一点来自他的遗传。吉祥倒也说过，娃娃最好能像妈妈，"她那西北洼子的长相，圆额头，深眼窝子，可耐看了。"那么，河山是像她的西北洼子妈妈？

我其实也见过那位妈妈。

我记人脸是很有一套的，这对生意人很重要。不管远近客户，大小官员，或者自己部下，部下的部下，最好都要记得。只要见过一次，到第二次，哪怕是澡堂子、病房、火车站、醉酒后，那些非常规的地点或状态，我也能从脑子深处，把这人的名号大姓、干啥做甚，像逮一条滑溜溜的泥鳅似的，给抓出来。

认人这个禀赋，还帮过我大忙。有天在希尔顿，大堂一楼的男宾卫生间，正撒着尿呢，小便池上方装了雕花大镜，边上一人有点面熟。我一边抖落家伙，一边在脑子里抓泥鳅。呀抓到了。是夏秘书，前年招标见过，是我对头公司的老总大秘。他家的报价比我高很多，但后来还是我们输了。记得那天夏秘书特神气，怪洋派地打个小领结。我就是靠着他那只小领结记住他的。他今天没戴领结，也不神气。我这突然的招呼，使得他十分惊异，连忙地去洗手，来跟我握手。

"没想到您还记得我。"他湿漉漉地直晃着我的手，我这，还没来得及洗呢。"我跳槽了。刚一个星期。""祝贺，大展宏图。"我寒暄，要走的意思。只是顺便认出他罢了，并没啥要闲扯的。

他脸色有点发紧，显然在思考，继而，他凑近我耳边。这动作有点女气，我让了让，他凑得更近。然后，我听到了他前老板的一个秘密，非关商业，是私人的，过了人伦底线的……哦，哦。我装着耳背，没太听明白，与他客气道别。下次再见到夏秘书，我肯定会"认不出"他的。但这则来自小便池畔的耳语消息，在不久的又一次招投标中，起了四两拨千斤之用，帮我挑落了那位大对家。这事儿我跟小谢说

253

过，挺得意，不只为那一单合同，更为我这记人的天分。

所以到现在，我大概齐还能记得那个可能是"河山妈妈"的女人。我三心二意地寻过她、又跟丢了她。几次张望，也是十几米开外。可河山老家本来就在天水呀，她妈妈可以是任何一个西北洼子美人，而跟何吉祥完全的"不相干"——看，这就又绕回来了。我至今还坚持认为：何吉祥上当了，那女人根本就没替他留下什么孩子不孩子的。这事情，就是一根永远断不了、永远够不着、也永远吞不下的尾巴。河山呢，就是那可能存在也可能是假想的尾巴。

我瞧着大屏里的河山，正一颦一笑地配合着穆沧那难听得要死的黄色笑话。看着这姑娘，连半瘫的左手心，都凉丝丝的生出汗了。总是要到那边的，总要跟何吉祥见面的，可怎么跟他交代呢？

3

又来了，有总又飘移并停滞到他的某个空间里去了，那摇摇下坠的黯然，简直不忍心打扰。"您别多虑。他们两个，成不了的。"谢老师又说了一遍。

有总勉强把头从电视上挪开，目光中的痛苦还在。他看了好一会谢老师，才慢慢反馈出一点笑意，随之，是博弈的、祷祝的口气："此事大有希望。瞧他们一起插花，有商有量的。穆沧对她，一点不认生。"

问题并不在这里！有个直觉，谢老师一直憋着："我看你家二子，可有点想法呢。"有总两道眼神变粗，像伸出一双筷子，戳向谢老师。"王桑哪像个做媒的，根本都不替两头好好张罗。穆沧正跟河山聊得好好的，急着就赶她走。下什么棋，都下几十年了还没下够？我看，王桑怕是把自己给搭进去了，你也知道的，王桑跟丁宁……"有总否定地闭起眼。谢老师坚持，"他们两个，为啥闹丁克，你总归是有数的吧？"

"为气我。"有总短暂睁开，这次是蔑视，"逆子，真不如傻子。"

这么多年了，有总有种奇怪的自信——旁人做的事，他肯定晓得。他做的事呢，是再怎么也不会露馅。谢老师不得不直说了："圆圆脸那事，后来王桑晓得了。你想，以他那性格，跟丁宁这婚姻，肯定是好不了的。"

"什么圆圆脸？"有总那称得上是无邪的吃惊，真让谢老师气得要笑。明明是他们两人一起操盘的啊。他谋划帐帏，谢老师执行在前。

"您确实是记性不大好。王桑跟丁宁，不是分手了的嘛。后来机关里有个姑娘倒追王桑，小火炉似的。到我们家来过，还给您敲背来着，圆盘脸，很漂亮，一脸的喜气，性格比丁宁活泼多了。你还让我打听过那圆脸姑娘，她父亲是商贸局的二把手，你说不定还认识呢。"

有总做出那种淡然的、公允的样子："哦，年轻人嘛，总归要挑挑眼的，一会儿这，一会儿那。"他盯着电视，调回实时，沧正抓耳挠腮地较真，王桑的两架小蓝飞机都领先了。

谢老师可不想由着他装糊涂："这才几年的事哇。那要是二三十年前的旧账，您还不赖个精光啊。"谢老师可是没客气，"就是打听过那圆圆脸家里的情况之后，您才一心捣鼓着让丁宁来复合。是您让我专程

254

去找丁宁，说王桑想回头，但抹不开面子。"

"是你记岔了。商贸局的背景多好啊，姑娘也在机关，正好跟二子比翼齐飞，双双的封官晋爵。我还特意去找王桑聊过，认认真真表达了这些个意思。"有总平静地替自己辩解和否认，漏风跑气的嘴巴，清晰多了。

绝不会记错的。犹记得当时，照有总的吩咐，到一所中学里找到的丁宁，整个人都是失魂落魄的模样，才听到王桑两个字，就像中了子弹一般，蹭着墙角软滑下去大哭，简直让谢老师这样的老心肝也要相信起爱情这回事了。最终的结果就是，不久王桑即跟圆圆脸一刀两断，并立时三刻地筹备起与丁宁的婚事。

破绽后来出在哪里？似乎就在婚礼当天。

主要的闹腾节目过后，丁宁独自个儿的举着杯子过来，郑重感谢谢老师，说他是老天爷派来的天兵神将，成全了她的后半生云云。此话言重，谢老师可不敢邀功："哪是什么老天爷，是有总。我只是替有总传个话而已。"两人也就这么聊了两句。可能是给王桑听到了，丁宁本就没特意避开，她是挺自豪的，听人劝，迈出了主动复合的这一步。

几分钟后，谢老师就被王桑给拖到婚宴大厅边上一个小化妆间里。从没见过这么绝望的新郎，那表情绝对世界末日："我，还是被算计了。老家伙有意跟我那样讲，像是又在布棋，非得搭着个官二代，方便他将来做生意。真的恨透了，我不能什么都被他控制。其实，我真的很喜欢……"王桑咬着嘴唇，忍住没说出圆脸姑娘的名字。

谢老师也真是替他一声叹息。王桑其实也未必，真能确认自己的真心所在。也怪从前被有总管制狠了吧，他这些年就一直的反应过度。工作上掉头去了四九，业余时间里则痴缠个什么昆曲，更不要讲钱财物事，往来朋友，哪怕就是饭菜口味，随便什么，他第一考虑的，不是自己喜不喜欢、合不合适，而是——要跟有总对着干。这可是婚姻大事呐。

丁宁太无辜了。失去的总是最好的，这魔咒会缠着王桑的，他永远会觉得，圆圆脸才是世上最好的在水伊人，丁宁，则是父权之下最不可忍受的阴谋性配给。所以才闹出什么丁克不丁克的，打死不生小孩。现在，这又冒出个河山，谁知道王桑会不会再"逆"一把呢。河山是多好的一根杠杆啊，她可以撬动一切。

有总显然不愿意就这个话题再往下谈。可谢老师还是忍不住浮想，同样是看热闹、搞事情，当然得看王桑跟河山捉对。老穆沧，最好安安生生的，待一边儿吧。

4

有总示意谢老师看电视。王桑已经走了，沧收好棋具，开始踢踢踏踏地洗茶具。这有什么好看的？有总瞟他一眼，挺能干地把镜头拉近，对准沙发上一团艳色的东西，拉近，是条围巾。噢，河山落下的。

再看沧，他来来回回走动收拾，只要经过沙发，总要被那条围巾给"硌"一下，扭头看，斜着看，又正着看。"哼。嗯哼。"有总瞪着，鼻子里直出声儿，像替沧使劲。

沧终于还是坐到沙发上，离那条围巾不远不近，伸出胳臂比划了一下，然后才歪过身去，两手合力，把围巾给"端"起，原样不动地移到自己腿上。他端得挺好，软绵绵的围巾像雕塑一样，保持了原状——只见穆沧把头俯下去，鼻子凑近到那团桃色上，小幅而快速地嗅闻，那样子，活脱像老松果逮着个什么玩意似的。谢老师挪开眼，他不愿见沧这样。

有总却明显兴奋起来："你还号称，整天研究沧呢，研究失败！咱沧，可有感觉呢。"

谢老师正欲答话，画面里听得一阵门铃响。沧呆住了，从围巾上抬起头，想起身，又怕乱了腿上的围巾，为难之中，他大声报出电子锁密码："5-3-0-6-0-9。"这是云清的出生年月，有总设的。

谢老师惊得站起，简直想马上就冲到对过小区去。沧也真是的，家里人都知道这密码的，怎能张口就报，都这么晚了。

有总右臂伸出，像独翅往空中一拍，竟有了点往日气势，他稳住谢老师——门开了。有总把镜头往门口那边推。河山进来了。

"信不信？围巾就是，故意落下的！"有总胜利地欢叫，嗓眼里的痰，小风车似的呼呼响。

谢老师百般迷惑地坐下。戏，不怕多，可河山这算是哪一出呢。可不能玩儿老穆沧哪。

沧还是没有站起，他低头瞧着围巾，犹豫着，要不要重新"端"回原处。

"你看我，丢三落四。"河山三两步跨进客厅，冲着沧的膝盖，捂嘴乐起来。

穆沧隔了一会儿才搭腔："你喜欢人、民币和镜、子。我喜欢飞、行棋和沙、子。"看来，他在接续前面中断的话题。哈哈，有总拿右手直拍腿，谢老师也没忍住笑。这个沧哪。

河山在沙发上坐下："还喜欢我的围巾，对吗？"她软绵绵地问，电视音箱真好哇，都能听出她那特有的气声。这小妖精，谢老师也曾领教过她不少小把戏。

最早是哪一年？好像她才初二，去给她送一批过冬衣物。其实寄去也一样，有总坚持要他跑过去。只有去当面看看、问问，才晓得到底缺什么。小女孩家家的，小谢你要上心啊。其实河山哪里小女孩了，那回见面，发现河山蹿个子了，皮肤白得发粉，班上一堆黄黄瘦瘦的丫头片子之中，她简直扎人眼睛。

也就是那次，谢老师发现，河山讲话时会往人脸上吹气，声音嗲了起来，嘴巴还总是微微噘着，像等着蝴蝶停上去。谢老师那时才四十出头，正是年纪上，一下子想到大学里翻过的《洛丽塔》，身下真差点要有反应了。那一次的"当面看看、问问"，河山还真是提了不少的需求，都不是学生当用当玩的，可谢老师被她那口气给吹的，实在有点晕头，转脸就全给办齐了。那一趟的回程路上，他有点担忧，不是担忧报账，就是再报个高出十倍二十倍，有总只怕更高兴。他是为河山不安，她怎么长的呀，哪儿学来的这一套，她才这么点大，将来可怎么得了，准得是个妖精。

小妖精这会儿倒算有分寸，离沧保持一臂之远。对，这倒是自己提醒过她的，沧不喜欢人靠太近。

沧对握两只手，正认真回答问题呢："喜欢围巾。有头发的，味道。3路车，她的头发。你们洗发水，一样。"他突然提到一辆公交车。哦，那辆啊，谢老师当然记得，躲在人堆里，他可是摇摇晃晃跟了个全首全尾，老腰老腿都吃不消了。原来是什么洗发水好闻？

穆沧继续低下头，跟老松果丢不开骨

256

头似的,又嗅闻起那艳丽的围巾,动作委实谈不上雅观。连有总也皱了皱眉头。

"哦,你是喜欢这围巾上的洗发水味儿?"河山伸直腿歇着,不说话了。听声音,倒觉得河山像是有几分失望。

沧嗅闻了好一会儿,才有些舍不得地丢下,把围巾端起,往河山那里送还。

"留这儿吧。你慢慢闻。"河山猝然站起,在客厅里东看西走,沙漏架前站了一会儿,又往两个卧室伸头瞧瞧,嘴巴里伸出小舌头,脸色有点古怪起来。

"你看,王桑刚才都没带她参观介绍一下。他这事办得,实在太敷衍了。"谢老师又抓了个证据。

有总不理会,只在手机上忙着切换镜头,像要跟着河山的眼睛,再仔细看一遍似的。

其实经不得细看,这多少年了呀,穆沧的小窝太陈旧了,旧得令人着慌,觉得到世界末日都会纹丝不动——晶体管电视,死沉沉拖着巨大的机箱,盖着丝绒护套,丝绒已半是脱落。扶手椅后背上,不论冬夏,都搭着条旧军用毛毯,真怀疑那毛毯的折叠,还是云清当时的手法。左边角落里一只老式大摆座钟,有气无力但从来不停,嘀嗒嘀嗒。沙发右角的木衣帽架上,永远挂着件红羽绒背心。主卧里的大床,牡丹图案枕巾,粉红印花床单,谢老师在网上看到有年轻人晒过,说那叫"国民床单",是爷爷奶奶时的配置。床头柜上,搁着只毛线筐,里头是编到一半的虎头鞋。这虎头鞋,听有总讲过,说是云清直到跳楼前一天,一边照料沧,手上还不停地在替八个月的二子织这双鞋。至今放在床头,再没人动过。

现在,河山进到了沧的小房间,她走近了,又退后,像欣赏油画。沧摆放图书,不管内容与国别,只按书脊的颜色排。冷暖色调,从深到浅,冷不丁一瞧,像躺倒的彩虹。书架右边呢,一溜五个大整理盒,比人还高,里头全是拼图,拼图最费时间最需耐心了,恰好是沧的强项,一千块的,四个半钟头以内,肯定搞定。

有总挪动的镜头,突然停在河山的脸上,拉近了,占了半个屏幕,镜头里的河山正在抹眼泪——从位置上看,她所瞧着的,应当是南窗下边的一只塑料儿童小马桶。那里朝南,白天光线最好,据说沧小时候,喜欢一边大便一边摆弄他的汽车模型。那些汽车模型而今早都生锈掉漆了,可它们还是呈放射状,朝拜般地围绕着那只儿童马桶——怎么了呢,谢老师真是十分的震惊。这么多年,等于是看着河山长大的,还是头一次见她红鼻子红眼呢。

他太知道她了,就算施展起所谓的女性温柔,或装个小可爱,小可怜,那都是技术性的,跟她往人脸上吹气是一样的,不动心肝,不过五脏。她十足就是个钢铁心肠。沧这里,到底有什么东西,竟让她显出这种软弱相?

担心地看一眼有总,他本就擅长这个。果然,那干核桃的老脸上早已是长泪两行了,反射着电视屏幕上的微光,脸上亮闪闪的,胖大了一圈。

想有总自中风后,真是很久没上那旧屋去了。今天穆沧相亲,今天突见河山,又再见那些旧家具、旧摆件、旧床单,等于在给他拉洋片儿呢,几十年的男女人影,在进进出出、生死离散。谢老师心里一震,这些眼泪水,可不是生理上的失禁失控,不是装腔作势要引人耳目。他在真正的哭泣,哭他的迢迢来路与一路上的层峦叠嶂。

257

可别光哭啊。有总,你倒是说出来呀,跟我说说。

"我们两个,做好朋友,行吗?"屏幕里,河山挺正式地,征求沧的意见,"我回来找你,就为说这个。"她早已抹掉泪水,但还有点哀伤之态。往前挪近一步,沧马上后退了一步。她笑了,用穆沧的机器人语速:"不是女朋、友,是朋友。你知朋、友是什么?"

"朋友看朋、友是透明、的,他们彼此、交换着生、命。罗曼·罗兰。人之间的、友谊并非、因为说得、出的好处,倒是说不、出的好处。钱锺书。友谊就是、栖于两个、身体中的、同一灵魂。亚里士、多德。友谊永远、是一个甜、蜜的责任,从来都不、是一种机、会。纪伯伦。"

跟按了什么键似的,穆沧这又背诵上了。河山残哀尽消,一下哈哈大笑:"好、我们讲定、了。做好朋友。下周我来、找你玩。周四吧!那天我空。"她打开门,啪地在身后带上。跟闯来时一样,惊如阵风。

穆沧把桃色围巾紧紧贴到鼻子上,走到门背后的小白板跟前,十分为难地嘟囔:"周四晚上,我要刻章。"

八 蚂 蚁

1

拎着比自己腰身还粗的大蛋糕,丁宁走进筑枫雅居。六月的小热风,摇打着开始衰败的月季,道边灌木丛中的蝇子虫子毛絮子,往脸上身上直扑。丁宁戴着墨镜,遮住她不想见人的眼睛。不巧仍在楼下碰到肖姨,身边是垂挂着脑袋的穆沧。趴在推车上的松果,低哼着,努力冲她动了半下尾巴。

"你不晓得嘛,有总从来不吃蛋糕的。多久没来了,你最近——"肖姨亲热地拉着她胳膊,眼神走过腰腹处,

丁宁也笑容满面地直晃肖姨的手,更加亲热地分别对一老一痴一狗打招呼。发现自己总能这样,不论多么丧气,表现都绝不离谱,并且这两者是两极互促的,越是憋得快要尖叫发疯,越是能够一丝不乱地做饭、熨衣服、换季大扫除,一边恫吓般地自嘲,哼,瞧着吧,就在下一秒,会不会顺手就抄起剁肉刀或电熨斗,突然把自己或身边什么人给放倒。说不好,真说不好,尤其是八周年纪念日之后。

那天等王桑,一直到凌晨两点半,死寂而怒火熊熊的等待中,为了摁住自己,她挨个儿翻看手机里的微信群。剪剪风群,就是前不久好不容易拉着王桑一起去捡垃圾的群,有人传了几段那天的小视频,丁宁放大了看看自己,农妇一样蹲在草丛中,麻利而准确地寻找可捡之物,瓶盖子、吸管、口香糖、玻璃碴、小茶罐、气球碎片、香肠衣……她喜欢那小而机械的劳作,有种纯粹的忘我和自足感。王桑就在她附近,若即若离地跟着,手里替她提着环保袋,带着同情般的屈就之态。真不愿看他那个表情。

又逛了一下太久不去的烘焙女王群。也曾兴冲冲地买了切模、量勺、面粉筛等一堆入门工具,塔塔粉马苏里拉芝士之类,坚持了大半年,才慢慢做出点样子,王桑

却宣称他不吃甜品，嘴巴抿得像死蚌。丁宁动力顿失，把那套厨具全都收起，但一直不舍得退群。幻想着，说不定王桑哪天又回转了呢，像大学时那样，巴掌大一块芝士蛋糕，他们甜蜜蜜地互相喂着，能看半部片子……再到健身群、单词打卡群、一日三欢喜群，多么无聊的同类啊，藐视又麻木地，丁宁一直刷一直刷，刷得直恶心，简直想把手机和自己都一起给扔到楼下去。

然而一俟王桑进门，她便像等着起跑的运动员，即刻雀跃而上，准备起牛奶夜宵、洗澡水、睡衣，并调动全部力气把笑给堆出来。她跟着王桑问长问短，还亲昵地提到他们在紫金山顶的帐篷之夜，那是他们的第一次……王桑借口疲惫，既未对迟归做任何解释，也未对她的漫长 SOLO 加以回音。

哈，真是零下极寒的冰点灼伤。她继续笑着，挺想冲自个儿挥上一顿老拳，把这丑陋的笑脸给打个稀巴烂。王桑洗澡时，她把那盒他看都没看一眼的八周年蛋糕给收到小房间了。那里本当做婴儿房，慢慢堆满各种不舍得扔的废物与死物，等于一处微型悼亡区。她揭开盖子看了看，哈，凌晨两点半，墓地般的婴儿房里，没人动过一口的八周年蛋糕，奶油拉花完美如初。

打那之后，发现自己跟这只完美蛋糕较上劲儿了。跟藏了个珍宝似的，每天出门之前、晚上洗完澡、夜里头起来撒尿，都会跑到婴儿室去看一下。"王桑丁宁结婚八周年誌喜"。巧克力镶嵌蓝莓，就算慢慢长出绿霉白毛，大样子也还挺耐看的。

直到第三个星期二上午，揭开盖子时，突然发现，她的珍宝蛋糕，中间裂开了，发绿的奶油花边，塌样了，里面黑糊糊的。

丁宁恶心得浑身发麻，勉强咽下发酸的口水，四处寻找，最终在门背后的暖气管道上发现了一条蠕动的蚂蚁线。它们以双排纵队，如行军中的小型部队，步伐果断，顽强且精准地长途跋涉，一直抵达到她的八周年蛋糕。它们，早就把蛋糕内部，给打造成一个甜品粮仓。

正是这条蚂蚁线给丁宁发出了震耳欲聋的行动令。她手脚利落地套上外衣，拿起蛋糕盒子，径直往筑枫雅居而去。

一路上风吹乱发，行人如倒，她皆目无所见。自病自把脉，她知道自己需要找老人家谈一下。

对这位老板公公，丁宁是一向敬而远之、几无多话的。她父母都在乡下务农，汗滴黄土三百天，一年能落下的净余，还抵不上老公公一个假的古玉把件。这让丁宁对钱财的看法局促又矛盾。金钱是穆家的焰焰烈火，她的想法是，能远远地借点光取个暖，就可以了，并不想当真的去图那个富贵。再怎么说，她也是靠考学读书出来的，可不想全职回归家庭。这想法里，不排除也有些假的清高与真的偏见。

婚后发现，什么全职儿媳全职太太，是她想多了，王桑那态度激进的排斥，本已排除任何可能。她很快也发现，公公本人非常之克俭，与他的有钱程度不相上下，这也都随便了。关键是她跟公公简直"很不熟"，他总是那种商务繁冗、天下第一忙人的派头，以致于时间也成了他的重要财产，很少分派给家里人。连逢年过节的上门，也得通过谢老师提前预约，或是谢老师宣布好时间地点，大家像开会一样准时赶去，一顿饭聚，再各自散开，并无多话。

好了，现在他老人家算是天天歇在家里了，却是半条残身、脚踏棺木了。也就这段时间，丁宁跟着王桑，算是探望过几次，只见到一堆瘦瘪的皮囊，双目懒睁，舌齿寡动。好不容易冒出一句半句，也是嘲讽或苛责，谈不上任何的长辈慈爱。

可有两件事，她绝对承念公公的情分。

一是她与王桑分手后，他请谢老师带来的重要"捎话"。对她而言，那是赋僵死以新生。

二是替她"开后门"调工作。毕业后她找了一家民办中学做老师，每天早上七点到校，晚上看自习到九点半，双休日还抱回家一堆作业与卷子。有次穆家聚餐，丁宁吃着吃着，竟然瞌睡过去。穆有衡问了几句，点点头，像打了个响指，随即就通过一个产学研一体化的项目，把她给调到一个工科大学，在二级学院的院刊做编务，看看稿子写写编签便可，除开每月例会，每周只需两天坐班。这是丁宁头一遭体味到，什么叫钱权的滋润，简直是被稠浓的百花蜜给封了满嘴，成了个肥肥的寄生虫。

决定去找公公，不是为着这两桩往昔之事，是为着——王桑对他这位父亲，也是一样。表面上勉强的如礼如仪、不出恶声，但缺少真正的热乎气。碰到任何不顺遂之事，或外界的风言恶语，或哪怕只是夫妻间泛泛议论一下世风，王桑都会把源头给追溯到老公公身上，语气有如革命者，也有如怨妇。那算是他跟丁宁最主要的交谈了。丁宁多少是能理解的，自己在编辑部也一样。因是被穆有衡"塞"进去的，谁还拿她当个什么呢，也舒服，也退化，全然失去职业上的斗志。但王桑实在有点过头，正理讲到歪理，越讲越有劲，因果倒置起来，明明是自己从大楼被淘汰出去，反倒搞起精神胜利大法，愈发像个被献祭的牺牲品或逆流者似的，顾自沉湎听曲看戏——不管怎么说，如若要跟谁谈谈王桑，只有他老人家才能体会到，她与王桑之间，到底是处于怎么样一种近乎滑稽的不幸。

2

丁宁打开蛋糕盖，斜举起，正对半躺着的公公，定格了有一分钟。上午的光照充足，有几只蚂蚁被巧克力粘住脚，僵死在红果酱"周"与绿霉色"年"中间，触角都能看得一清二楚。老人家半张开眼，好像不认识眼前的这样东西。

"我想跟您聊聊王桑。"八周年纪念日的凌晨两点半。紫金山捡垃圾。从无解释的晚归。每日对话的干枯。新婚伊始的冷漠。丁宁飞快地倒着跑，一路抓取式的采撷，有如藤蔓勾连，连根拔起。所有的日常都是证据，指向她难以厘清、无可解决的八年之苦。

丁宁感到自己语速太快，有点不自信，是啊，对一个动辄推金转银、又鳏居多年的商海老将来说，这些，实在婆婆妈妈得很。想到他那一张口就要呛人的脾气，丁宁都不太敢抬眼睛，只对着毯子上他那干巴巴的手，那老手上布满棕褐色斑点，随着抓捏动作，皱起几条老青筋，间或又摊成一团软皮。不管，反正她得说出来。说着说着，自己也难以置信了，原来她的婚姻是这样的啊，也真是掩耳不闻自欺多年，到此刻一桩桩说出口、听到耳中，实可谓是一鞭一痕的惊骇。如果写成那种女权文章，肯定后台会有排长队的留言吧。离婚，离婚+1，离婚+2，离婚+10000。连她自己，也要加入那些义愤的留言！对，她知道她应当干什么了……

"什么?"薄毯子上的手突然抬起来,耳边听到公公的嘟囔声,老人问第二遍时,她听清了:"对对,我独生女。我跟王桑同岁,一九八三年的。"

"二子这命,是跑来的指标。很费周折。"丁宁知道这事,王桑对此并不领情。隔好半天,"五车间有个三级钳工,老婆是厂里打字员,头胎是个丫头,两人偏要生儿子,东躲西藏的。好嘛,最后双双开除,还倒罚两千。你不晓得那时的两千块,什么概念。后来给小孩上户口,取名,双千。"

扯这些干吗?老公公喘乎了一阵,终于喘出一口痰:"就你们结婚前一年,政策来了,双'独'二孩,搞得我挺生气,二子这算不了独子。好在到后来政策又宽一步,单'独'就可以二孩了。"

丁宁默然听着,全然错位的失望。她都想到离婚了,老人却岔到生孩子上去。看看,随便怎样的大手笔大气象,只要老了老了,就都喜欢起送子观音,大肚石榴了。

"前年还是大前年?全面二胎。太高兴了,等于咱家能有四个孙子呢。我到处给老家伙们打电话,让他们动员儿女,统统的搞二胎。但凡从前挨过饿的,就见不得浪费,宁可撑着了也要吃——道理是一样的——而今终于来了政策,当然得生足了。"他突然愤怒地一拍扶手,"嗬,没想到,一个个儿的,还不肯生。真是贱哪,是不是要倒回去啊,拦住不让生,才一个个儿地,去偷着生。"

"您别生气,现在就是这种潮流,连结婚的也越来越少。"丁宁觉得有为之辩护的必要,"韩国超市里,就有专门的'一人户'柜台,电饭煲、冰箱,全是迷你型的。鸡蛋可以两只一装。香蕉是六根,从生到熟排好,正好每天一根。说是再过十年,独居率的话,男人百分之三十,女人百分之二十,您想想!"

"哼,老天要再给我十年,我就专门的,开连锁养老院,专养这些没儿没女的独户,市场估计还挺大。"老人凶巴巴的,豁着嘴咬牙,"我往死里头要价,专赚他们的黑心钱。"

"结婚有什么意思呢,我也觉得一个人挺好。"丁宁没有这样对话的经验,讪讪地,"我都挺羡慕穆沧的,看他多好。"

"好个屁。就为他,我都不放心死呢。"他看一眼丁宁,语气稍微软下来,"就为蚂蚁吃了蛋糕?"

"这只是一个细节,细节说明一切。其实不孕症,又不是什么绝症,可王桑他……这说明什么?说明他对这个婚姻、对我,是完全否定的。这并不是生孩子的问题,这就是他的冷酷,悬置,逃避的虚无主义……"丁宁冒出了书面语,听起来有点别扭,可她需要这几个词来撑一下,说明她的痛苦是复杂和高级的,不同于一般主妇。

毯子上的手停止不动:"谁不孕?"

抬眼看到老人正死盯着自己,他眼白浑浊发黄,耷拉得厉害的眼皮上皱纹交错,好像从很古远的地方看向她,却有一团火球滚滚而来,着实让丁宁一惊。

说漏了。答应过要统一口径的,尽管这叫她百般刺心。丁宁突地心一横,也同样地瞪起眼睛,一种放血般的痛快,暴露出自己:"谁不孕啊?能有谁。我。"短暂的眩晕,随即是一个大解脱,终于从这个可恶的掩体里跳出来了。

她想起王桑那简直是鼓励式的宽容,面对她宫腔环境不良难以致孕的坏消息——我有个建议。这件事我们不作理会，不去做任何的医学干预，那可是其路漫漫的身体羞辱。顺，其，自，然。这不就是人生最好的态度吗？放心，我会维护你的，咱们统一好说法，就说我们选择丁克……光听字面意思，丁丁应当感动坏了吧，多么通达和体贴的一个丈夫，不想她的身体去遭罪。可她没法糊弄自己，就算隔着眼泪水，也能看得清清楚楚，王桑的眼神里有种快意的闪烁，他并没费心去掩饰这一点。他显然很乐意引导这个结果：他们的婚姻将没有结晶。

"对，王桑说顺其自然。"丁宁试图笑一下，可喉咙那里，气流阻隔，卡顿几秒，遽然爆发出结结巴巴的嚎啕，"他一定，要，丁——克——"

真得咬牙才能说出这两个字啊。都咬了七八年牙了，她甚至还为自己武装了一个女权的说法，总比不孕听上去强点儿，跟她的教育和性格似乎比较接近。女人的悲剧，不就在于被当作生育工具吗？哈，她才不要做工具，"身体是自由的土地，荒芜多么美丽。"她念着这些歪诗，假装自己赶上了某种激进或时髦。

"猜怎么着，就像您刚才说的那个道理一样，人一旦给拍死了，反倒中了邪，满眼睛里，就全是这个东西！"丁宁又盯回到老人的手，从来没说出来过这些。女权个屁啊，她已经给憋成神经质了，"外面所有走动的活物里，我只看到两种人。一种人是妈妈，老母亲，胖婆婆，牵着小孩或被小孩牵着的妈妈。还有一种是小孩。背书包的学生，工作了的儿子和女儿，开始老了的儿子和女儿。真的，世界上统共就两种人：妈妈和孩子。外面的店铺招牌，总是一家三口在吃饭在购物在度假。过个马路，一转头，那闪动的行人标志，也是两个小人儿手拉手。就算窝在沙发里不出门，只要打开书，手机，视频，太可怕了，还是两种人在向我招手、笑、说话。他们永远都是小孩的妈妈或妈妈的小孩。您绝对想象不到，我每一天、每一天的，有多难……嗯呜呜，呜嗯嗯。"

她听到自己拖长的粗野哭腔，仿佛没受过任何教育。

3

对不住了孩子，一听到"不孕"两个字，像找到一个线头，这线头一拉出来，事情就顺了。突然的，我就困死了，一秒钟都撑不住了。得闭会儿眼。现在夜里睡得更差了，白天于是更加迷糊。总是被肖姨晃着胳膊弄醒。吃饭了，吃药了，喝点水吧，换个衣服吧。我搞不清到底在一天的哪个时辰，也闹不清我到底是刚醒还是刚睡，是起床还是上床。

车间劳动竞赛，拉铁屑子，肩膀上勒出血口子。通宵麻将，我喂牌给许大队长，小谢喂牌给许太太。连队包饺子，何吉祥恶作剧，做了个皮里还是皮的，我吃到了，他说我必有大福。陪京城下来的一位人物，满桌野味，孔雀，鹭鸶，鳄鱼，我一直伸筷子，但做的都是假动作，实在吃不了。飞机的邻座不停放屁，我在臭屁里看合同，四份，一下飞机就要跟几家公司分头谈。

哭声，这女人的哭声，好大的声儿……哦，又是病房，我总看到那间病房，何吉祥刚咽气，他老婆匆匆赶来，我讨厌她的哭声——就是她给何吉祥戴了绿帽子，他们才分的居，可怜的吉祥才一个人跑到南方，正因为跑到南方，才做成生意发了财。如今吉祥这一暴死，她便像是种个芝麻一样的，跑来收西瓜了。就算没有何吉祥的特意交代，从她那十来分钟夹叙夹议的哭诉中，也能听出来，这个浪荡妇确实不值得，她天生就是个薄情寡义的背叛者。

也就在这娘儿们的嚎哭中，我有了可怕的预感，我会同样地薄情寡义，既然吉祥的私房钱只交代给我，而他又刚刚咽气……在那婆娘震动耳膜的嚎哭和我无声的悲泣中，我在跟自己斗争。可斗不过，怎么能放过这个机会呢。我从来都压不过何吉祥，他总是强上我一头。大概只有这一次，我能翻身。他都死了呀，我还做小弟吗？我捂着脸，无声的眼泪水漫过指头，都滴到桌子上，湿了一大片。何吉祥的几个老同事和远亲，都看不下去了，他们来拉我劝我，越是拉劝，我越是涕泪滂沱。心里是真的在为何吉祥大恸。多悲惨啊，他的女人、他的兄弟，就在他刚刚咽气的时候，几乎同时启动了对他的背叛。

从指缝里可以看得到，吉祥老婆对我如此的投入，颇感震动，她在甘拜下风中突地收泪，警惕地瞅瞅我，转而开始检点何吉祥的衣物，十分麻利地处理起吉祥的身后事了。

嗯呜呜，呜嗯嗯……咦，怎么哭声还在。那看来，不是做梦。是早上？这不丁宁嘛！哦想起来了……我可能是伸手太长了些，那弹回来的反作用力，现在全都抽打到丁宁身上了。论性格和心理素质，她是不及圆圆脸，可那姑娘所热络的，是我这家当，而不是二子。我看人不会错的。她那位官老爷父亲可是个无底洞，十头大象也填不满的。所以这亲事无论如何得拦下来。主要那时我对二子还抱着很大的期望，这小子必须得有大出息，我要给云清一个

交代，就为了这个小二子，云清给送了命。

是我坚持要生二胎的。托人一打听，指标不是太难，主要得有证明，证明沧是个傻子——一般看来，穆沧可不就是傻吗？就为证明咱家沧是傻子这事，云清想不通了。

我走哪她跟到哪，小声小气地追问，怎么能这样做爸爸做妈妈？求着人，去证明自己家小孩是个傻子，那你还不如让我去死。她开口就讲起死来。我无暇细听，一心忙着人托人，找人开证明。记得正好是国庆前，"秋风起，蟹脚痒"，我给精神科的主任送了两箱螃蟹。是啊，两箱螃蟹换来个傻儿子证明。捏着那张托人求来的薄纸片，我其实也是心碎成十几瓣。两岁的沧，圆头圆脑，长手大脚，谁人不是越看自己小孩越好呢。

终于怀上二子，云清却感到更加的对不起沧。她大着肚子，折腾个不休，要把沧喜欢的童话故事全都录下来。又抓紧时间，天天把沧赶到院子里，踩儿童三轮车、爬楼梯、拍皮球，可沧这方面就是不协调，他连走路也是拖脚，两边鞋底磨得不一样。每天下楼，小的么跌得浑身青紫，云清么，累得脸色发黄。我总不能让沧一辈子啥也不会啊，她笑着说，笑得可太难看了。

二子生出来，贪吃贪喝，睡着了还叼着云清的乳头不肯放。可云清一下想起来，老大小时候也这样啊。看，他后脑勺也有道白箍，也是半夜里老惊着，肚脐眼也这样鼓起来，连湿疹的位置，也都长在同一个地方。好了，这对比一旦开始，就再也停不下了。越对越像，越像就越是说明问题大了：老二，又一个傻子。

我那时正忙着给二子取名字上户口，为了让云清开心，我想好了，老二随她，

263

姓王。老大呢，我起初是叫仓，图个颗粒归仓、满满登登的意思。现在既是有了二子，最好两兄弟连起个意思来。于是专程请教了一位据说学问很大的老先生。

仓，沧。他捻起须子来，伟大领袖现成有一句诗，"天若有情天亦老，人间正道是沧桑"，沧桑二字，何等豪迈，兄弟一对，最是相宜。派出所托人办妥，一回家就跟云清邀功请赏。她却脸色大变，这是金口玉言的伟人诗词啊，连名字都这么顺着叫下来，那完蛋了，二子肯定是个傻子。

听听她这一根筋！我实在受够了，那时机械厂总搞劳动竞赛，加完班还得开会读报学习，很烦躁。别人学完了还能打牌下棋喝两口，我呢，回家可比上班还累，忙一大圈上好户口回来，她又来叨叨这些。我是真的炸了。哪怕好好的孩子，也能给你咒成二傻子！我冲她高声吼叫，想把她那些可怕的想法，给完全压下去。

确实压下去了，她再没跟我提过这事，直到王桑满八个月，把桑的奶水断掉了——现在想想，她最后还是犹豫的，犹豫到我都下班回家了，手上提着饭盒，装着给孩子们的点心。门钥匙刚一捅开，手里东西都没来得及放下，看到她正倚在窗边，侧头瞅我一眼，翻身就跳了。后来才发现，她本是想娘仨一起走的，那样暖和的五月天，她替沧穿上过年的新袄子。给桑换成了圆裆裤，尿布也撤了，小袜小鞋都穿得体体面面。

我老想着云清最后回头瞅我的那一眼，似乎就是我那一推门，把她给推下去了。

其实还有十来天，她就虚三十了，算大生日。到六月九号云清生日那天一大早，突然有人敲门。我正手忙脚乱给桑做辅食，沧也醒了，抱着云清的一条旧围裙在地上打滚。我抱着桑去开门，一只大蛋糕就直堵到眼跟前。想起来了，这是我头一次搞浪漫，替她订的。店员刚爬上这六楼，喜气洋洋又气喘吁吁地颂念起吉祥话儿，满心指望着每年我都能订上这么大一只呢。

……等等，蛋糕怎么还在茶几上，请你们拿走吧，我家云清再也不会过三十岁了，我再也不会碰任何蛋糕了！

4

"外面，风大？"丁宁看到老公公张开眼来，像是在回忆里驰骋了几万里，风尘而归，他半躺的身子依旧并没有动，只毯子上的手抖了一下。丁宁遽然止住哭，他可能什么也没听进去。"挺大的。一到五月，总是起大风。"沮丧地擤擤鼻子，哭得太久，身上都有点发寒。

"风，我是没感觉了。就这么的使劲捏、掐，也不行。"老人展示性地，用右手虐待左腿，"外面太阳热起来了吧？你过来时，走护城河那个道儿没？那道上可有不少的老樟老槐。这个天，老树最精神了。"

丁宁没吭声，瞅瞅那毛毯下没了筋肉的大腿，想起他久不出门了："嗯，树是都绿了，树荫下有老头老太掏耳朵。还有人围着大褂子，剃头。护城河转弯口的洼子那块，荷叶全满了。嗯……"

"继续，再讲讲，讲闲景儿。"他的手不做运动了，眼皮掀开来，有点眼巴巴的样子。

"嗯。地上有柳条絮子，毛乎乎一团，东滚西滚。还有银杏树，蹿高了，叶子亮得发白。"丁宁满脑子里搜刮，"可风一吹呢，叶子就统统转脸儿了，哗哗哗变绿。

264

我想想……"她从不留意这些的啊。

老人喉管里嘶嘶有声，见她已无可言说，方眯起眼睛："你忘记蔷薇了，这时候最是长得疯，从栏杆里伸到人行道上，都能碰到脸。爬山虎也好，满墙走，就没它到不了的地方。对了，就我阳台上，你去看，有个老盆景，枯死几年了，今春突然活了，嫩嘟嘟的新芽，可招人疼了。"老人突然笑了，他眼皮一抬，"你呀，要多瞧瞧外头的景致。多好啊，你想想。"

丁宁听得莫名其妙，忍泪答道："好的，我多瞧瞧风景。"想起此行之意，心里复又焦惶，看看他这糊涂劲，这个半天，权当是伪装成诉说的自我宣泄吧。

"别多想了。会有孩子的，我相信。"果然只是泛泛地劝慰，看看墙上的钟。楼道里轰隆隆响，也许是肖姨他们推着松果要上来了。"会有孩子的，你也要相信。"老人勉强抬高胳膊，冲她伸出手。

丁宁顺从地伸手去握了握。手心接触到干羊皮般的皮肤，冰凉凉的，简直有点瘆人。还从来没跟这么垂老的人握过手，也可能是最后一次？想起刚才歇斯底里的痛哭，而他兀自念叨着护城河、大风和爬山虎……

重新拎起蛋糕走回，风吹乱发、行人如倒。她尽量地放慢下来，走三步，停一步，用老人家那无法出门的眼睛，刻意地重新打量。树叶，太阳，长椅，鸟笼，野猫。护城河波光粼粼。高处的楼顶发着白光。

什么是垃圾什么是蛋糕什么是爱情，她不打算再关心这样的事情了。行吧老爷子，"孩子会有的"，面包会有的，太阳会出来的，大家可不就是这样彼此敷衍着，好好活着，也纷纷死去的吗？在一个垃圾车边停下，扔掉它之前，她扯开彩丝绳，掀开蛋糕盖子，用手指伸到最里面，从芯子里头挖了花生米大小的一点，放到舌尖上，品咂那油哈气中的苦涩。她摸摸胸口，感到心脏那个部位，有一种物理上的异样，比先前要硬了一点。

九　　虎　丘

景区、文保故居、博物馆、剧团、图书馆、美术馆，一个个粉红席卡像透明的大萝卜一样彼此紧挨。台上正在讲话。两天前，八百公里之外一家影院发生火灾，遂有此次紧急安全会议。

王桑而今已不厌恶开会了，正襟危坐的神游之中，总有些不大正经的想法，小鱼儿似的，嘬他的脚指头，小鸭子似的嘎嘎叫，咬他耳朵，或者像小木鱼，一下一下，轻敲他的脑袋。越是味同嚼蜡的气氛，枯坐不动，屁股尖都坐得生疼，脑子里越是活蹦乱跳，离题万里乃至罪该万死。最常想的是圆圆脸，连续剧一般，在想象中与她结婚、斗嘴儿、和好、四处旅行、生儿育女、双双老去，在脑子里上演了一出漫长而完美的婚姻。

但这会儿所光降而来的，是河山，月光下的洋红石榴花，如雕如斫的侧脸，心不在焉的短暂一笑。河山后来再没跟他联系过，从谢老师处得知，她已绕开他这个碍手碍脚的中间人，连续两周主动去找穆沧了。王桑去下棋时，也注意到，河山的到访已被沧写到小白板里了。沧并不谈及河山，他从不主动谈及任何人。王桑也便只好默然，可他感到，自己的所有感官，都张开着，在捕捉有关她的一切。

得怪谢老师，从他上高中时就挤眉弄眼的，说河山是他的小媳妇云云。后来又加上"小新妈"那个传闻，那正是被贬卬九、与穆某冷战的阶段，震骇中挟裹起各种伦理深处的邪气，哈姆雷特，繁漪与周萍，俄狄浦斯，酸文假醋地搅动起来。他越是反感穆某，就越是对河山有种接近暴力感的特殊兴趣，单曲循环般地在脑子里头绕。啊对，还有谢老师后来补充的，关于她那一大段茶花女式的前史。看看，他要是在河山身上犯点什么错，对老家伙的打击一定是多维的。你拆散我的恋人，我就毁坏你的女人。太棒了。

"规范……加强……确保……思想上……行动上……"台上现在换了一位更重要的人物，众人奋笔记录的姿势形成了小小的动作线，如风吹麦浪。

……幸好后来要介绍给穆沧，这从根本上遏制住他的罪恶想法。当然，做媒人的心态，也经不得推敲。想起在木良那边看过的好几出红娘戏。春香、红娘都是望风打哨、促成好事的角色，本当是过场，却往往成为正章。听听《佳期》里那红娘，对张崔二人的欢爱幽会，她怎么唱的："花心摘，柳腰摆，露滴牡丹开，香恣游蜂采。一个欹斜云鬟，也不管堕折宝钗；一个掀翻锦被，也不管冻却瘦骸……春香抱满怀，畅奇哉，浑身上下多通泰。好无聊赖，难摆划，凭谁解。"[①] 这种百爪挠心般的促狭，实在大有性替代之意。想得太醒豁了，他在心里痛骂自己。可事实如此，一切都

在构成莫名其妙的作用力，他被动地处于诸种力量之中，无法对河山置若罔闻。

右手边木良团长推推他，原来台上已是完结，众人正在鼓掌，收拾东西要解散了。木良从他本子上整齐地撕下一个对页递给他。昆曲团的木良团长是开会模范，腰杆笔直前倾，三大点套五小点，不折不扣全记录，并会把重要事情替王桑另抄一页。他不会开车，王桑负责接送其往返会场。故两人的交情，一半在开会，另一半在谈戏，皆是务虚之事。

老木良其实比王桑年长二十岁，昆山下边小镇人家出身，十二岁碰上戏校招生，被选中专习武生，"传字辈"教出来的学生。这什么概念呢，木良给王桑讲古，讲到五十年代，让昆曲起死回生的进京大戏《十五贯》，这戏，就是"传字辈"挑大梁的。所以木良是嫡嫡亲亲顶正宗的昆曲大角，他做这团长，是受命于剧团转企改制的危时，这些年王桑是眼看着他上下穷途，常怀郁闷，成个白发老头了，还撑着每天练功不肯放。

木良平常不多话，只谈到昆曲，就立时的好为人师，一盆火的热肠，不分场合开口就讲。王桑听时略觉滋味，转脸就忘，忘了也无妨。老木良便又倒回去，白头宫女似的再从头讲起，散散漫漫的，净是些完全无用的十万八千里之说，好似吕洞宾来到人间，怎么着也要度化凡人俗胎一个。王桑就是喜欢老木良这股子实心眼的纯粹，弥足珍贵啊。

返程中一路车堵，好像所有人都跑到了大街上，到处挤挤挨挨，招牌闪烁招摇，市声里有种蠢里蠢气、极易传染的愉悦。

[①]【明】李日华《南西厢记·佳期》。

木良开口果然又是他的老一套："记得当年在戏校，老师讲起虎丘中秋曲会，算是当时最重头的娱乐节目，大家铺起席子，满地而坐，万人度曲，'土著流寓，士夫眷属，女乐声伎，少妇好女，游冶恶少，清客帮闲，无不鳞集'，张岱这一大篇古文是要全文背得的。教我们的老夫子，腰是坏的，站不起来，人陷在讲台里，看不到他全身，每诵此篇，必要涕泪横流，说虎丘那些唱曲的人呢，满坡满谷的人啊，这才不到两百年，怎么都没传下后人来的。当时我们还小，都觉着很好笑，因为只看见他一个白发脑袋在那里颤着，小圆眼镜片子糊起来。"木良睒几眼汹汹人流，眼睛畏光似的眯起来，"我现在最是看不得人多，尤其是年轻人，一看到他们，心里莫名其妙就很慌张，痛惜得不得了。你想，那么多孩子，那么多面孔，全是将来的人，可他们跟昆曲一点关系都没有，从来都没听过，将来也不会再听，一辈子都不听。这多冤哪，昆曲这么好的东西。真是两头冤。"

这算是木良的心头大害，他长叹一声："你晓得我们最阔的时候，一套《昆曲传世演出珍本全编》里，收有一千四百多折戏，那才真叫一个'百戏之祖'，到俞老、俞振飞那一代，台上常演的也有八百出，两个班子跑码头打擂台，能连演一个月彼此不重样。到我传字辈的师父，扒拉着加在一起，能凑到五六百出。然后就开始一路走一路丢，传一代，少一半。到'继字辈''昆大班''世字辈'，三百出不到了。像我，武兼外，走东边去北地，拜了四五位师父，身上算是能攒下三十多出。再往下呢，真是没法数了。所有孩子们各行当加一块，跌跌爬爬的，能凑到一百小几十的老戏，就算了不起了。"这些扒家底儿的数字，木良像个守财奴，讲过多次，王桑都听得颇是不耐了。他还像头一次说似的，圆睁双目，眼见血丝："你看看，万一真在我们手上，把个昆曲给弄没了，不罪该万死嘛。总想着，得想招儿，得让外头这许多的人，好歹要晓得它，都来听上几句。我这要求，也不过分吧。"

木良说话做事总是这种古典派的一腔忠良正义，叫王桑不敢取笑，也有点向往他这种"锁死"在昆曲身上的痴呆境界。他表情里的执拗与某种孤行的贪求，突然叫王桑想到穆某。这联想太古怪了，同样是白头佬，他们可太不是一回事儿了，一个在热里头，一个在冷里头。

"其实这人啊，都是需要一样东西来喜欢的。你往四周看看。"木良冲街上呶呶嘴，"文身，跑步，钓鱼，酒，五花肉。都有人喜欢。怎么就不能喜欢昆曲呐？就是差一个接头机会而已。看你，不就是跟我接上头的吗？所以，我有个设想。"木良眉梢高吊，皱纹拉平，有点亮相的样子。王桑突然感到紧张。

"你那边，绝对好地方。我去看过好几趟了。地面上闹热，稍微往地下走几步，又静了。"他看看王桑，"其实戏啊，就是得演。这就跟家里老东西似的，总不拿出来晒，不拿出来用，最后不就没了吗？所以我们一起来做做昆曲吧。每周，或者半个月，你给我一个晚上就好。我们只求有得演，全免费，就跟以前送戏下乡一样。你中间那一块多功能区，平常做开幕式做讲演的对吧，我看了，顶上现成儿的，有灯轨有幕轨，化妆间与伴奏池都可以现搭，并且……"

他没再往下说，王桑一个刹车，手离开方向盘直舞，像有把软刀子一下顶在腰里。怪不得老木良今天这么乔张作势的,讲古说今:"你得让我,好好琢磨下。我……其实……"

其实什么呢,他没法讲下去,心里极是焦惶失语。他没有母亲。相当于没有父亲兄弟。相当于没有妻子没有爱。相当于没有事业没有价值感。也没打算生儿育女。所有方向,都是空的,他如野如孤,只有昆曲这唯一的寄寓。他喜欢的就是昆曲这一份落寞、式微,不足与外人道也的自珍,甚至……是同归于尽的末路感。

可这老木良,也真是的,还"我们一起来做做昆曲吧",不知道他是个废物草包吗?是完全躺倒了的无为之人吗?也实在是太看得起,太把他当个人了。这父兄般的倚重,这明知不可为而为之的气概,可真叫他不敢当、不敢接。

他躲开木良的花白脑袋,绿灯亮了,他踩下油门。心里又一次的想到穆某,感到一种冷热交错、方向难辨的作用力……要不要试一试呢?为着同样的落寞,为着他的喜欢,他应当做点事情,做给某人看看,做给自己看看。

十　　沙漏

1

跟沧见过好几次了,仍像是只见过一次。估计今后不管见多少次,也都约等于同一次——穆沧跟谁都是固定下来的一套,像建立模型,一旦成型就投入环型轨道,打着圈儿周而复始。河山不讨厌这样,再说他们之间的"模子"也都是她的导向。

"别说话,咱们先坐,一刻钟吧。"那是头一个晚上,因为刚刚跟一个家长"谈"了好一阵,着实是累,一进门便先跟沧这样交代。就算没有那位家长,她也不想说话,搞艺培就是这样,全是碎嘴子苦出来的小生意。

那位家长报班时没想好学什么,不是有两节试听课吗?就让儿子从书法到水彩到声乐等试了四个班,然后决定,啥都不学。河山要他交听课费,共八节,免费两节,需交六节。不需要啊,每门课我都只试了两节,来,看看你广告怎么说的……看来打好主意要钻空子,那位爸爸掏出红笔,在传单上圈字,满口"权益""告知""邀约"等挺法律的词儿,指出河山的宣传有误导。知道我干什么的吗?法务。

那么?河山往后靠靠,知道自己是说不过了。开一个小破公司,各种天上掉下来的麻烦,比树叶还多。实在搞不定的,她只能劝自己认输拉倒。但细看这位的眼神,这事还有别的可能。她看到的,不是家长,也不是法务,是一个男人。他头发梳得水光,可能还洒了香水,特意没带儿子,并且拖到快下班才来,讲话的样子显得相当卖弄。像你们这样的小机构,是最需要法务来把关的,不仅试听流程,包括关于考级通过率的说法,要碰到像我这样较真的,绝对要赔个底儿掉。

她等着。对方悠然长叹一声,突又显出兄长般的理解,还带点佩服之状。他把上半身往河山这边挪挪。手上随便一个案子,十几万代理费轻轻松松到手,我怎可能，想赖你这几节课。我很欣赏你这样的独立女性，有闯荡劲儿，但是，要学会规避风险！我——可以帮你。

那倒是。出来混，可不就是相互帮助的嘛。河山微笑。对的对的，各尽所能、各取所需。法务几乎要与她握手，庆祝他们未来的双赢了。河山没有伸手，她的微笑也只是因为困惑。瞧，又来了。

多少次、多少次类似的情形啊。在社区诊所挂水。到写字楼找人办事。政务大厅办审核手续。超市里买米——随便哪里，极其平常，不存在任何罗曼蒂克可能的情形里，都会有男人接近过来，指导她，询问她，关切地提出：需要帮忙吗，他可以的。

而对此，怎么说呢，她也并不多么的反感或排斥。行啊，她冲他们笑笑，互相帮助，挺好。以前魏妈妈就常跟她讲这个道理，不仅爱心驿站的兄弟姐妹之间，兄弟姐妹与魏妈妈之间，爱心驿站与外面，包括外面整个社会，东西南北，黑红白蓝，都是通过"互相帮助"来运行的。河山听进去了，倒也管不了整个社会，她只想照料好自己，各方面好一点。

只是，这里有一个小问题，他们怎么，总能辨认出她的需要呢？她身上有什么东西，不对，还是太对了？有一股孤儿味儿吗？好比白绵羊群里的一只黑山羊，总能轻易地就被剔出来。

坐在沧的沙发上，在"别说话、先坐一刻钟"的沉默里，疲惫而无解地，她就是在想着这个问题。好在穆沧不在"男"的那一边。河山抬眼看他，正纹丝不乱地替她一个人泡茶、分茶。茶挺好喝的，关键是，这样不说话，太舒服了。从没跟另一个人，这样纯粹无所事事地闲待着过。

穆沧把桌上他的一只小公仔，颠倒一下，头往大挂钟方向动了动。河山明白这意思，一刻钟的时间过去了。

"你刚才，想什么呢？"总觉着穆沧像深山老林，还完全没被开发，说不定里头有飞禽走兽，有铜铁矿藏。

"有两种、香水味。"穆沧说，河山一愣，乐了。那法务男的香水实在洒太多了，在他一米之内，雨露均沾。"香菜叶。薄荷味。"哦对。晚饭就是路边一只煎饼果子，她让小老板多撒了一把香菜。吃完又觉得嘴里有点躺着了，便扔了两粒口香糖。穆沧这狗鼻子，简直像刚刚亲了她的嘴巴。

好玩吧这穆沧，常会无意间让她发笑。"还想什么了。统统都，说给我听听。"河山有点不知足。太想笑一场了，她总在对家长赔笑，自个儿都没真正笑过。

"听到很多，声音。"穆沧摸下耳朵，"四楼人家，开门关门、两次。隔壁，打碎一只、碗。40路公交、过去一趟。"

"嗬！"穆沧简直像在给世界站岗啊。

"你放过一、次屁。打过两次、小嗝。拉手关节、咯咯响。"河山冲他瞪起眼睛，穆沧瞧着桌子腿，继续说他的所听所感，"大座钟、齿轮在转。水里茶叶、在吐泡。还有沙子，一直都在、漏。"他把桌上那只小沙漏往河山这边推推。

"你还能听到沙子的声音！"河山拿起来凑近。这是个红鼻子酒鬼，抱着一只半身高的酒桶，酒桶里头是沙子，上下翻滚，一会儿满，一会儿空。"三分钟。五回。"穆沧的意思是，他们前面那沉默不语的一刻钟，这小牛仔的酒桶共倒腾了五个来回。

"那要七分钟，咋办？"河山随口问，心里突然感到挺他妈的。谁会无聊得听沙子流、数沙子计时间啊。她替穆沧伤心，也替自己。

穆沧得了指令,立即起身后转,三两步跨到他的沙漏架跟前,准确地拎出两个来。这两个沙漏,体量差不多,一个流速慢,五分钟一轮。另一个孔大,一分钟一轮。慢的走上一轮,再让快的走两轮。穆沧冲自己的膝盖轻轻点头。

于是他们就玩起这个来。河山随意讲个碎头巴脑的时间,甚至具体到秒,像给出一个数学题目。穆沧得令,总能极快捷地,以最少的几个沙漏一搭——他们默默地一起盯着沙子颠倒,看它流泻、上空、下满,再反复,直至跟河山手机的计时设定,精准地共同抵达。

这是玩游戏,还是发傻卖痴呀。不管了,任其空白,藉此忘忧!

穆沧话倒多了起来,像是旧收音机终于对着了一个短波调频。每达成一个目标时间,收起那些工具沙漏之前,他都会报出每个沙漏的"出处",谁谁何时从何处买来给他的。有一个倒立荡秋千的女郎,是谢老师从香港替他买的,丰乳翘臀,浑身只着三点式。而那三点式,还是用沙子做成的。河山就手把女郎绕到秋千上方,沙子慢慢漏下,女郎也就一丝不挂啦。

"性——感——吗?"河山拖长调子问。

"性感?"穆沧两只手一对触,马上找出一只母猪沙漏,里面的沙子,比河山围巾那桃色略淡一点。"这是天然的、粉色沙,又叫、性感之沙、产自巴哈、马群岛。"

"性感是什么,你知道吗?"

"巴哈马群岛、你知道吗?我给你看、世界地图。"穆沧转身过去,鼓着腮帮一使劲,搬将出一只地球仪造型的大沙漏来。这沙漏太牛了,沙子灌满时,整个地球都成了漫漫沙漠。沙子流泻尽了,则蓝蓝绿绿的,盎然生机。

河山刚发一声叹,穆沧又忙忙碌碌地往外拿起更多的沙漏来。乍一看都是白沙黄沙,但来自不同海滩,差别其实很大,他一一指点比较。河山尤其喜欢一个忍者造型,它的铁灰长袍,说是天然黑沙:"来自夏威、夷大岛。为什么发、黑呢,它的成分、是镁和铁。"

还有夜里能发光的荧光沙。并不征求河山的意见,穆沧三两下关掉各处的灯。突然而至的漆黑中,一只笑嘻嘻的厚嘴唇非洲面具,被绿荧荧的沙子勾勒出它的轮廓,缓缓流淌变幻着。

"你知道沙,是一种、计数单位,吗。"荧光中,他轻轻摇晃身子,好像满肚子里也全是滑来滑去的流沙,张口就数起来,"个、十、百、千……千亿、兆、十兆、百兆、千兆、京、十京……十垓、百垓、千垓、秭、十秭。百秭……"这都什么呀,河山打开手机搜索,太冷僻了,连这些字儿都不知道怎么写。她对着看,穆沧还真是一个没落,"……百均、千均、涧、十涧、百涧、千涧、正、十正……"机器人声调变成二倍速,已没法子打断了。"百载、千载、极、十极、百极、千极、恒河沙、十恒河沙、百恒河沙、千恒河沙。"终于数到沙了,穆沧声调变慢,略停,恢复成普通语速,"……百阿僧祇、千阿僧祇、那由他、十那由他、百那由他、千那由他、不可思议、十不可思议、百不可思议、千不可思议、无量、十无量、百无量……"

残存的数学刚好够用,河山扒拉着算了一下,一个"恒河沙"相当于十的五十二次方。嘿。真是闻所未闻也无法想象,能说什么呢。就是跑到马路上专门拉人来

270

问，一百个人里，得有九十九个不知道的。而现在，因为穆沧，她成了知道恒河沙的那一个人!

河山终于哈哈大笑，多么无聊的痛快啊。

——他们见面的晚上，差不多就总是这样。没啥现实内容，也没任何想法，想哪儿是哪儿，像老屋里的两个小老人。

走的时候，河山照旧会到卫生间照一下镜子。看到镜子里的人，笑嘻嘻的眼光有点飘，跟穆沧都有点像了。心里一声愉悦的叹息，对不住啦穆老爹。只能这样了。她河山呢，不算个屁，也乐意去跟大家互相帮助，交换彼此的所有与所欲。但跟你家穆沧，就只能成为这样啥也不换、啥也不图、啥也帮不了的傻朋友。

还是想见一下穆老爹，跟他当面讲清楚。也算以此事为由头，圆了打小就有的好奇心吧。

2

"见面啊。怕是不行。"匆匆而来的谢老师仍是忠心的拦路虎，直摆手，"有总身体状况不大好。你到底怎么想的，就直接说吧，在下负责转告。他，也有话让我转告你。"

柴门茶室是他们谈事情的老地方。有个挨着玻璃花墙的双人座，吸烟区，他们的固定位置。

"先说穆老爹的捎话吧。"魏妈妈教过她一招，跟人谈事情，争后不争先，多听对方说。河山发现这招挺好使。尤其是谢老师这里，每回手上的小本生意搞砸了，她根本都不必大费口舌，谢老师不仅早就知情，且早就备好方案。准确地说，是穆老爹把啥都给她想到了。这次说不定也是呢。

"他让我先听你说。可真是老狐狸对小狐狸。"谢老师显然也烦了老做传声筒，"我就直接的，替你们打正反手吧。我猜你——是不肯跟穆沧结婚的。你们不合适。"停下，看她的反应。

河山让自己脸上平平的。在穆沧跟前，她确实想得很纯粹，那纯粹让她舒服极了，一片洁净。可一旦离了他那与世隔绝的小顶楼，心思却重又活泛起来。就这会儿，跟谢老师两个抽了一根烟的工夫，心里的主意已跷跷板似的，忽上忽下动了几个回合：她不能不想到钱。

谢老师接下去：“我会帮你解释的，保管很得体。比如，因为孤儿出身，你对婚姻对家庭有抗拒。这很讲得通。"她看着他的镜片子，正狡黠闪动，"当然了，这话可两说：孤儿更想结婚，更想有个家。"

"这些年借的钱，我会慢慢……"河山有意小声地，像是被压抑得极为沉重。就在这堵玻璃花墙下面，她前后得签了有五六张借条吧，可都不是小数目。除非她哪天真能做成大生意，赚得山里海里的，真是还不上的。但这话，总得讲讲。

眼镜片子后面皱眉一笑，晓得她是在做姿态："别顾忌着报恩或欠债的，这也是他叫我捎给你的主要意思——你跟穆沧，就纯走个法律形式。至于婚后具体的处置，你跟穆沧怎么样过活，完全可以照你的意思办。总之，你这里落下个归宿，他才能放心。大概就这意思——转告完毕。你自个儿，拿主意吧。"

河山一下子炸了，也不晓得自己哪儿来那么大火。最吃不消就是穆老头没完没了地做大善人大好人。这总叫她爆裂愤怒。

"真逗啊，这结对子资助，还包办婚姻，附送一个呆女婿哪。这么往死里头操心我，敢情好哇，替我把墓地也一并给结账算了。像我这种破落户，有人生没有人养的，保不齐就是路倒。照目前这墓地的行情，到我七老八十，真还买不起呢。"以前扮医闹的口才还在呢，不管不顾骂起来，"看来老东西是真不行了，就这两天的事？屎尿失禁了吧。那干脆我直接殉葬，一竿子到底，把这大恩大德绑到他裹尸布上，陪他进焚尸炉好喽。这下老东西总可以放心吧，在我身上，没做赔本买卖。"

谢老师磕出一支烟，给河山点上，表示他在负责地听。

河山抬起下巴，眼睛稍许斜睨，这个小动作，从魏妈妈教会之后，就成了习惯。弄得男人们总以为她在取悦或诱惑。天知道，其实这是她最紧张最愤怒的时候。每想到穆老爹对她的异常，她就有种锥刺感。总觉着这里面，有更深的利害关系。看来得倒逼，他真要翘辫子，就没处找根儿了。心狠一点，搭上穆沧吧，反正他也不知道个好歹。

"答复嘛，你就这样讲。"骂了一大通，算是撒完气。摁掉烟，喝口水，让自己转换调子，"穆老参考虑得这样周到，我太感动了。穆沧人不错，很特别。而我……"河山停住，"你刚才，怎么说来着？"

"孤儿心理。"谢老师麻溜接上，"以前我老采访心理学家，他们最喜欢谈童年与人格之类，像你从小被父母亲……因此，对组建家庭、生育孩子，要么特别渴望，要么特别排斥。你是想要哪个说法？我可更详细说说。"

这死谢老师。河山低头不接话，像是沉浸在难以表达的艰难里，良久才开口：

"我最喜欢看电影电视里，爸爸挽着女儿，亲手给交到新郎手里……脑子里，总有这么个画面，我希望是我的亲生爸爸，把我给送到新郎手里。只要有这个就行。否则的话，这样草草成婚，也对不住穆沧啊……"这一套既没答应、也没回绝的词儿，挺合情合理。虽是现编现演，自己听听，也觉得满是那么回事儿。

差不多也是实情，爱心驿站的小孩，一般到十岁左右，半大不小，却以为充分懂得了人世，对寻亲一事开始幻想，净想好事儿，有钱人家的私生子之类。河山也一样，从魏妈妈第一次喊她帮忙演苦情戏，才八岁吧，她就借机打探：为什么，我就被那位穆老板挑中了？

魏妈妈坐着，河山站着，正好是敲背那个高度。啪啪啪，魏妈妈舒服地哼哼。

用力，左边点。对就这边。那穆老板，我最记得他，太甩手了。不像别的资助者，多少要挑三拣四对吧。使点劲儿，对，用胳膊肘压。他们总归要大驾亲临，拍一拍破街破店穷山恶水，然后见上十来个孩子，从中挑一个有眼缘的。可你这位干爸啊，嘿，就随随便便打个长途电话，麻烦您打开花名册，看有没有这样的——五岁左右，长得乖的，女娃娃最好。我报给他几个。他问哪里送来的。就本地天水？行啊，天水哪里？武山的。行，就这孩子吧。所以你为啥被挑中了呢？命好呗。

这叫甩手吗？河山瞎琢磨过，随着穆老爹对她的资助越来越慷慨，慷慨到没谱，她就越觉得不是。穆有衡老家安徽，做生意发达在江苏，江苏与安徽，就没有孤儿吗？非得到甘肃？当然了，资助大西部是个时髦，天水确也是穷地方，最主要是魏妈妈爱心驿站的名气挺响的……可这不妨碍她的幻想不是吗？

　　谢老师从眼镜上面瞟她一眼，欲笑不笑："你提的这个想法，是非常典型的一种心理反射。确实，应当帮你找到生身父母。"他看起来很欣赏这个点子。正一正脸，捎话人的口吻，"我一定转告。我也希望有总能够帮上你这个忙，最终得以玉成你跟穆沧的好事。"接着，谢老师有点沉吟地，疲劳似的，摘下眼镜，揉他的眼袋。就她的经验，知道下面会是谢老师本人的想法，而这部分，往往最有信息量，"我瞎猜的——有总其实老早的，就在替你找了。我就曾帮他找过人，到南方。"

　　"南方？"河山可真想捂住谢老师的嘴。慢点儿讲，请让她半个字、半个字地消化。同时又想把手伸到他喉咙管里，一股脑把所有都掏出来。她给谢老师续茶水，水柱子晃得直抖。

　　看看侧边的玻璃花墙，里面透出影绰的人影。这要是面镜子就好了。或者，她是不是最好去一下洗手间，里头的镜子是六边形，河山照过多次。尤其每次借到一大笔款子，又可以开张新公司的时候，她总会跑到卫生间，借撒个尿的时间，她对镜子里的自己发誓、祷祝、许愿，赌这次扔下的骰子一定是个大点儿，她一定能成，绝对的不要穆老爹再掏钱了。她会慢慢赚到钱，养活自己，搞得好的话，还能把团团肉烫娃娃独腿儿等名单上的兄弟姐妹全都给供上，可怜他们到现在还在风雨里滚来滚去，就靠每月那几百块残障费撑着。而从卫生间一出来，她便会恢复成毫不在乎，甚至是趾高气昂的样子，好像她答应签下这笔借款，简直是倒过来给穆老爹面子了。

　　河山把脸从玻璃花墙的方向转过来。

这是头一次啊，谢老师说到自己的身世。集中注意力，后面一并去照镜子吧。

　　"我一九九九年投奔有总，除了帮他打理公司的宣传公关，还另外交代我两桩私事。一是你这里的结对子资助，全是我一手清。"谢老师抽纸，把她倒在桌子上的茶水抹干净，"第二件就是替他找人，女人。想我多少年记者干下来，多少算个能耐人吧，各条道托人，可就是哪条线都落不到地，摸不到这女人的死活。不要讲这么大一个人，就是只小兔子，也能留下一串儿的四趾脚印啊。托的朋友替我分析，只有一种情况，就是这女人铁了心，不愿让人找着她，她故意在抹掉自己。"河山张张嘴，谢老师加速，"没有，有总不肯讲她到底是谁。纯属我瞎猜。我算算年纪，看她老家也是天水。有这个可能，她是你生母。"河山又张大嘴，其实也不知要说什么，只觉得舌下津液翻滚，咽也咽不下去，简直有点犯恶心。谢老师盯着她，赶紧的摇头："你从十来岁就想套我这个话，我也跟你说过十几年了，有总跟你没有血缘关系。"

　　"那他为什么要找我妈呢？"听到自己像蛇吐信子一样，声音嘶嘶的，从玻璃花墙里晃动的影子看，好像连头发都竖起来了，脑袋大了一圈。

　　"有总到底是为着那个女人，才认领的你，还因为认领了你才去找那个女人？我也是一笔糊涂账呐。"谢老师嘴里叼的烟抽到烟屁股了。

　　河山伸出手去，不顾烫着指头，替他取下："她叫什么？做啥的？统统告诉我，我自己去找。"

　　"叫沈红莲，其他情况，回去找了发你。没用的，查无可查。"谢老师把眼镜子重新戴上，仔细看她，"除非你，你这里，

273

有什么信息?否则还是找不到的,我是肯定拉倒。"

河山拼命往嘴里灌茶水,好压住舌头。她不能再跟谢老师这么面对面坐着了。无论如何,得去一趟洗手间,最好待在里面不再出来了。她大力一拍桌子:"拉倒就拉倒呗,也别结什么婚了。你还不了解我们这些小杂种吗?哪怕就是晓得父母的一个屁,也肯定会上天入地的,赶紧把那个屁给嗅出来,给雕成朵花。这事儿,全看穆老爹,他肚子里肯定有妖娥子。您老,就赶紧的抬腿走人、回去捎话吧。我还有约,得补个妆去。"

3

以为只有魏妈妈知道吗?看来穆老爹早就清楚,搞不好连谢老师也心中有数。他们都晓得你是个什么出身,就是一只天生的黑山羊。怪不得公司开一家倒一家呢,就不是这块料。魏妈妈不是老早就指出来的吗?你的"本事",她早替你开发好了。

她撇着嘴儿——评点驿站里的小丫头子们,哭哭啼啼卖个小可怜儿,大差不差。但要讲这个本事,我只一打眼,就知道,只你河山有。这是魏妈妈在交代一个新任务之前的动员。这回的任务,是"上床"。

碰到要命事情了,魏妈妈说她得上辣手段,无论如何得把那"大人物"搞定。而这个大人物,百毒不侵,一身正气,找不出啥不良嗜好,只好一个,小姑娘。魏妈妈轻抿嘴唇,吐瓜子壳似的,吐出"小姑娘"这三字。并且是,真正的和绝对的小姑娘。说着,一边特别信赖地盯着你。这可不能玩虚的,搞不好就白玩儿。魏妈妈给你打气,也是讲戏。其实特别简单:

"你只要演你自己,就演个啥也不知道、啥也不明白的小姑娘。明白吗?"

所以,"大人物"找"小姑娘",到底要做什么呢。魏妈妈非常亲切地跟你摇摇头,说这没必要知道。什么戏才是最好?魏妈妈跟你探讨业务,就是要"自然",演"自己"就好。你不懂就是不懂,你害怕就是害怕。这才是好戏。咱得保证给大人物一个货真价实。好吧?就这样,这个忙别人可帮不了,非得你不可。

你盯着魏妈妈,心里哈地笑了。可惜呀,你懂,并且你也一丁点儿不怕。真要演自己?那你直接带把小刀,把那大人物给割了也说不定。

照理,下面该是谈糖果的时候,魏妈妈正转着她的一对宽双眼皮考虑呢。

这个忙一帮,我可就再不是小姑娘了,连大姑娘都不是了,再多糖果,也补不回来的。你不急不忙跟魏妈妈说。还有,光这一回,就能搞定大人物吗?要是人家一直要、一直要小姑娘呢?像那些喜欢喝酒喜欢赌钱的,不都是一直要喝一直要赌的吗?总不能最后把整个驿站的女娃娃都出动了吧?那也不够使的。小姑娘,不都是一次性的嘛。

魏妈妈本来还拉着你的手怪亲热地坐着,听着听着,气恼地推搡开,拍起桌子。以为你是谁呀,不是我好东好西供着,不就个野种黄毛丫头吗?你这么厉害,难不成是窑子里投的胎,胎里带来的本事,还冲老娘来指手画脚······

狂风暴雨之后,魏妈妈哼哼着让你给她倒茶,求和式地叹了一句。但凡她们有哪一个,能像你这般伶俐,我也不至于全指望着你,反倒也给你,拿住了。

你给魏妈妈吹一吹烫茶,坚持你的思

274

路。舍不得孩子套不住狼，孩子不可惜，反正驿站还有的是，就怕，最后套不住狼。

套不住？魏妈妈把茶举在嘴边，不动。

接下来的这一步很关键。到底是你，出于自保的本能无意中启发了魏妈妈，还是魏妈妈突然意识到这一战术的不可逆成本与不可控效果，总之没几分钟之后，你们就达成了一个绝妙的新方案。变动也不是太大。仍然是给大人物一个货真价实的小姑娘，区别就一点点：在某一个重要行为即将发生之际，加入一个人为的"打断"，会有魏妈妈派来的假公安破门而入。强奸，还未成年人，那还了得。公了还是私了。于是小姑娘还是小姑娘，大人物却不再是大人物了。当然，这对小姑娘要求极高。真害怕与假害怕的拿捏，对方与自己的身体情况，进展节奏的控制，其他未知或突发状况的把握等等。

毫无疑问，你扛下来了，干得极其漂亮。大人物从此成了魏妈妈掌心里的"好朋友"，一连串地狠狠解决了她一大把亲戚们的"困难"。

也就是这一年的年底，特别冷的那个冬天，瘦筋筋的站长妈妈派人叫你上去见她。

那时已放寒假好一阵了，离过年不远。爱心驿站的孩子会被分组干活，小一点的剥豆子洗咸菜，大女孩子们全要擦洗东西大扫除。外面还有公司啊报社啊学雷锋小组啊先锋队啊什么的，一批批的过来送温暖。十来个略有才艺的小孩，就专门涂脂抹粉地扮上，一轮又一轮地表演简陋的歌舞，然后捧着被子棉袄水果大礼包，拉起横幅咧开嘴跟他们合影。

站长叫你的时候，你正跟几个妈妈一起晒大床单。冬天的劲风甩得床单啪啪作响，抽得手指生疼。你这年已十三了，带山字的女孩子，只你一个在这里过年。命最好的是兔唇儿雪山，四年前给个加拿大老太太领走，到国外做了手术。江山湖山因为个子小，六岁时被杂技团给挑上了，扮成一对姊妹花，给蹬人节目当被蹬的小人儿，给魔术师一锯为二。除了当道具，她们也有自己的绝活，缩骨功，秋千飞人什么的，她们两个一放假就去杂技团练功，整个正月里跑县城刨食。只要杂技团不倒，她两个马马虎虎也能混一辈子。雪山那命是赶不上，谁叫你没兔唇儿呢。看来，就得跟魏妈妈一条道到黑了？

站长妈妈言简意赅。说南方有人联系着来找孩子，各种细节核查都对得上号，要找的，是你。我们尊重你的意思。站长妈妈随即递给你一张薄薄的对折纸条。

魏妈妈就在隔壁房间，说是来给孩子们送零嘴儿的。一望而知，她知道这事。恭喜恭喜，魏妈妈拱手道贺，一边冲纸条挤眉弄眼。怪不得呢，我就说嘛，你在那方面，真是有胎教呢。

展开纸条，就两个字。莲花，一串斜着的手机号码。是站长妈妈的字，火柴棍一样硬的笔画，她没事就爱抄兄弟姐妹们的花名册。你感觉一下子变糟了。这位叫莲花的女人，都没亲笔写封信什么的吗？她只是被过年气氛给搞得冲动了吧？这冲动也只够打个电话来的。没准等你真找去了，她都忘记有这回事了。

等下，魏妈妈什么意思，就凭这两个字加一串号码，她能看出胎教？

魏妈妈谨慎一笑，大概也被你的脸色给吓了一跳，她口气温柔起来。肯定是要替你先打听一下的嘛。你想，咱两个，多少大风大浪一起走过来的。我晓得你机灵，只有你吃别人，没有别人能吃你的，连我都搞不过你。可真要入了那个炕，就啥子也没得讲了。

说到炕，她语调又泼泼洒洒起来。这莲花也不是真名，出来见客人专用的。就这号码，不信你打打看，全是接头小暗号，像售楼处一样，把岁数身高三围啥的，给报成楼幢门牌。水草路19-165号，88幢48-63单元。能听懂吧？魏妈妈噼里啪啦说了一大堆，关于她对那个行当的了解……

你其实后面都没太仔细听，相反的，外面床单啪啪啪打着风的声音倒是很清楚，也很悦耳。你真情愿自己重回到十分钟前，在洗床单、拧床单、晾床单，胡萝卜一样的手指头疼得发痒，快要生冻疮的那种痒。

听着，我替你分析。魏妈妈用劲捏捏你的手，不容许你走神，她用强调的语气继续。

我是替你叫屈的。你想，这么多年，明明知道你在这儿，却跟死人一样的，到今天才突然活过来。你觉着，她要领你回去做什么？供你读书供你考大学啊，还是供你在家里涂指甲照镜子啊。为什么这个时候来认你？嗬，算得可准，十三四岁，正好长开了，胸、屁股、大腿都有了。太操蛋了，她这是来割头道韭菜，来订新车的呀。我知道，老客们整天催着，要提新车，谁介绍去一辆新车，还能落一大笔提成——好歹是团聚了，娘儿俩同行。你自己想吧，反正你从来都挺有主意。不过要是我啊，马上就把这纸条给撕了，撕得粉鸡巴碎，往窗外一扔！

一秒钟都没犹豫，你真就那样做了。这会儿，魏妈妈就是叫你把自个儿给撕碎了扔到窗外，也照干不误。

你其实不太在乎，割韭菜什么的。在魏妈妈这边，跟"大人物"那样的事情，其实随时会翻车。尤其有次碰上一个练家子出身，臂膀伸出来，真比你大腿还粗。那人不搞任何过渡，都不假装问问年纪，吃不吃棒棒糖之类。上来就剥衣服，你哭哭啼啼说想喝口水想小便，根本不理会，拿块枕巾塞上嘴，直接上来就干，臭烘烘的都直顶到腿根子了，好在你胳膊长，扭来扭去总算够到灯台，拼死命一扯，往他头上抡去，外头这才听到动静……所以你是想得通的，小姑娘还能当几天？去南边还是留这边，有区别吗？

只是那张电话记录的纸条，太简陋了些。你有点计较。哪怕她就是寄半张纸来呢，夹张照片，有个抬头，唤声乳名儿最好，随便写个小宝贝也行，多少得像个亲妈吧。你也就认了。做上新车还给她落一笔提成呢，完了再做公交车也不浪费。

就为着半封可有可无的信吗？也不。其实你真正难受的，是魏妈妈关于胎教的说法。以前当笑话听听，也就过去了。可被这个莲花一指认，等于一把天火，把你给烧得焦透了，一点儿回青都不可能了。你果真就是个天生的小骚货。为什么你总是一头可被认出来的黑山羊，让男人们在任何情况下都能嗅出来，原来是莲花给你的"好处"，要陪你一辈子的，也没啥要怨天尤人的。

只是——要跟谢老师讲那张已变成雪花的半张纸片吗？不必了。她一直知道你在哪里，她都不着急，你急什么。你真正想知道的，是生父，穆老爹肯定知道点什么……

十一　滑　轮

1

新添置了一套臂力拉伸康复器，谢老师刚调好高度和力道，有总就等不及的开始推拉。他歪着头用劲，右边腮帮子鼓出来，小臂直抖，拉了四五厘米。与此同步进行的，还有躺姿与坐姿的交互练习，练大腿内收与小腿后屈，手部前后钟摆等。有总把扔到一边的医嘱，重新都拾起来，勤奋极了。

对有总突然而至的这股子奋发劲头，谢老师有点不习惯，不是整日价的自我诅咒、巴不得早死的吗？除了过分积极的康复锻炼之外，他还拜托谢老师想孙子（或孙女）的名字，考虑得很细——王桑跟丁宁的小孩，正好把云清的姓给传下来。穆沧跟河山的小孩呢，最好要兼顾下河山的名字，人家，那也是一支血脉，将来都要刻在我墓碑上的。他那急迫的口气，好像一串溜小孩马上就要生，而他马上就要死。

就当是老人说老话、病人说病话吧。眼前明摆着，有两个不乐观的情况，一是丁宁的不孕症；二是河山要找到生父才嫁。

对前者，有总大不屑：还记得我那条生意经吗？弱点就是增长点，空白点就是突破点。有的不孕症最后会生出双胞胎、三胞胎呢。对后一条，谢老师转告河山原话时，他两巴掌对不齐地，拍起了手，带着痛快劲儿，被刺到痒痒处的那种又痛又快！

谢老师心里一笑，河山这一招，看来又使对了。他可以坐收渔利，看能不能挖出点什么来，虽属于婆婆妈妈的素材，聊胜于无吧。当然，红皮本子所需要的，是真正的压舱石，有吗？在哪儿呢？谢老师有时半夜猛醒，一想到这个，颇感沮丧。

"别装蒜了。三。你当然知道。四。五。叫你找的沈红莲。六。就是她妈妈。"有总在做第二轮的臂力拉伸，舌头累得伸出来。松果趴在阳台上，也伸出舌头，瞪着它的老主人。

"她要的，是父亲搀着她送到新郎手里哪。"谢老师也仔细盯着有总瞧。

"听她的还是听我的？跑趟天水吧你。十一。十二。今天大进步！"

"要不我给你再加半磅？"谢老师假意喝彩，有总心里肯定是有什么招儿了，便会故意地王顾左右言他。谢老师管自埋头调弄重力码。

熬了一会儿，有总果然自己开口了："我啊，想了份遗嘱。可别以为，我这满满的家当，就天生的，该白落到谁头上。"他让谢老师这就联系公证人员上门办理，完了他要正经八百地宣布出来。口气里，又带上了从前那股子圆头滑脑。

随即他大致口述了一遍，看来已琢磨得极为成熟。谢老师听着，摘下眼镜，把脸贴近弹力绳的粗糙触面，以掩饰心里所涌上来的复杂情绪。怨恨、失望，还有愤怒。这突如其来的一份所谓遗嘱，是个啥破玩意儿啊，听一听！

在穆有衡去世之前，兄弟两个，不论谁，生出孩子来，即可共同继承全部财产。

若两人皆无生养，那么所有财产将在穆有衡死亡之后，执行全额捐赠。

多么浅薄，多么庸俗化。就是用他的钱，来做一个传宗接代的粗暴拉动，就跟手中这滑轮差不多的原理，实在没有任何的智力含量。照有总这情况，只要再发作一次中风，极有可能不治。他倒是好去死了，可谢老师这里呢，还指望什么压舱石，如何落笔，走什么基调，能贡献出什么价值？

谢老师坐下，木然地打字输入，心里相当沉痛。到底是小家小户、街头巷尾的出身，扶不上墙、入不了史的货。

为了确认，谢老师一字一顿高声念出，与有总核对，念到最末，还是没忍住，发问："全额捐赠，打算给哪儿啊，您这可得明示……"显然，有总的目标应当是一条笔直的线，通往婴儿出世，皆大欢喜，兄弟二分财产。所谓的捐赠一项，只是突发奇想，是个虚招，但搞不好也可能是个大蠢招。谢老师不太放心，有总在捐赠这类事情上，想法和做法是有些古怪的。

这二十年，作为秘书，作为军师，各样事情上，他对有总的进言献策，可自誉为汗马功劳了。有总对他，也可谓是从善在前、奖掖在后。唯有一条，就是关于捐赠、慈善、公益这一块，两人完全谈不到一处。

从前至后，有总只做过一桩有名有分的正经慈善，就是对西部贫困儿童河山的结对子，这还是从爱心驿站那里给顺拎下来的，不排除有他的私人因素。

就这，有总便以一挡十了，别的慈善项目或机构就休想叫他再拔一根毛，任何方神圣也不给面子。区里红十字会的历任干事，都来拜访过，他永远摆出一张黑脸："凭啥呢，我要把自己的钱，拿出来给不相干的人。别说外人了，就他，"指指身边赔着尴笑的谢老师，"跟我十多年了，我都信不过。"

就算是上头领导捎话来，想替分管的关工委、老龄委或残联争取一些支持，要求并不高，几把碎银子的事情，有总也不买账。当着来人的面发表他的高见，借着一些传言，他大肆地针砭时弊。你们自己说说看，那叫善款池吗？我看那是公共水管子，一层层的加管道、加水龙头，哗哗哗走水，别说到地头了，恐怕才运到半路就耗光了。"我傻呀，去白打那个水漂。"气壮如牛。

谢老师私下里也跟他算账，当然不会讲什么达则兼济天下，只跟他算经济账。捐一点嘛，比硬广告效果好，主要是综合加分，更别提减免税了……

老子硬碰硬地淌大汗卖苦力，才不减那点子税，纳税大户还光荣呢！他一句驳回。好了，到最后，眼睁睁看着他那些对家，靠那些漂漂亮亮的捐助，这个成了工商联副主席，那个当选"优秀企业家"，再不济也是个"年度慈善大使"，到了招投标时，人家明显的，就多出一个说嘴的地方。尤其像早些年的拆迁项目，每个区块后头，都跟着废旧料回收加运输的大肥肉呢，这些个肥肉给哪家公司呀，不就看平常的觉悟吗？有总这一PK，就是完败。败了从不思悔改，照旧搂着他一大把钱，指甲缝里一粒沫子也不肯撒。

真要说他是铁硬公鸡呢，也不是。即兴式搞笑式的好人好事，倒也干过不少。谢老师记过几桩。

"多香"（**素材40**）。喜欢看大报，《人民日报》《参考消息》《新华文摘》，他热衷逐字逐句研究，并坚定地认为，但凡头版头条，那可不是简单地会个见、握个手、照个相，其实全是在给聪明脑袋发信号呢，跟某个行业、某个区域、某个时间节点有关系！哪怕就是放在句子末尾的那个"等"字，仔细琢磨下来，没准也能是一笔好生意。

偶尔有空，瘫在沙发上散酒消食的时候，也随手翻翻晚报——广告牌砸死个行人，行人家里有个瘫痪老母。环卫工人凌晨给撞飞了，乡下老婆刚刚怀孕。小孩得白血病，单亲妈妈携子投河。空调安装工摔成高位截瘫，还没成家呢——唉哟太可怜了，他长吁短叹地揉着胃，好像刚吃下去的东西全都难以消化了。立时三刻地，就让谢老师去联系，从保险柜里胡乱揣上一提包的百元钞，要跑去看望。他喜欢现钞，尤其新的，厚厚一摞，唰地打成扇形，直伸到谢老师鼻子跟前。你闻闻，多香！独一无二的香！带着那一提包的"多香"，他急急忙忙地登门入户，一直送到人家手中才算完事。

也常出岔子。有次他读的是好几个月前的报纸，等谢老师好不容易联系上，那丈夫被砸死的妇人，已另有归宿、都大起肚子了。还有一次，他看得热泪滚滚，为着一个中年丧妻带小孩的男人。看，跟我一样的苦命啊。实际上呢，那是一个刑事案情回溯，是杀妻之人自导自演的障眼戏，他看岔了，差点把钱送到杀人犯手上。

面对面（素材32）。是发大水的一九九八年，谢老师当时还没过来，听下面人说的。当时有总的车队拉的全是当时最俏的熊猫彩电，有一批货跑江西，不巧遇到山体滑坡，一名司机当场身亡，另两个重伤。两大车的彩电整体报废，损失挺大。而他此前又总把保险公司当作骗钱的，拒之门外，那之后才算吸取教训。这个不提。他急得满嘴起泡，连夜跑到现场去处置伤亡。现场一看，场景很惨，山体不仅毁掉几公里的国道，附近的山民根本连家都没了。他捂着腮帮子满地打转，先处理好自家司机后事，然后一掉脸就跑银行去了，分批分头的提现钱，一排排地码在卡车上。完了带着几个手下人，传接力棒似的，往外传钱，他站最后一棒，给正在排队领餐的灾民，挨个儿塞钱。就在不远处，红会的条幅可是挂得红通通的呢。

即便是从人们饱含赞赏的转述中，谢老师也能觉出那股子土财主味儿。当然了，眼看着一大堆码的粉红色现钱，是有视觉冲击的，尤其拿到现钱的人，那种面对面的感谢表情，绝对给了有总很大的满足。他喜欢从他的右手交到对方的右手，亲力亲为、所见即所得地排出粉红大钞，这才踏实嘛，一分钱都没浪费。有总常跟谢老师谈论那个瞬间——我最喜欢看他们那个脸，脸上的眼睛，他们说不出什么话，也不怎么笑，意外得都有点吓坏了，仿佛我是天字第一号大善人。唉呀呀，叫我心里太舒服了。怪不得老祖宗劝人向善呢，逢上灾赶上荒动不动支个大锅施粥，原来这事"舒服"哇。他摇着脑袋感悟。

所以到二〇〇八大地震那年，谢老师已一点不奇怪了，各级各层的抛头露面，上晚会的大型直播募捐，他一概不去，只抱定他那一套笨拙的"面对面"。新闻才一出来，自认为有过救灾经验了，立马叫停公司里所有在外头跑货的单子，就地卸货暂存，然后掉头往川地，一手一脚地四处采买帐篷食物、药物衣被、医疗器械之类，花费虽谈不上多么巨大，但生意上耽搁得厉害，违约金赔了不少，还有家老客户被对手趁虚挖走了。他一边连操祖宗八代地破口大骂叛逃的老朋友，一边心急火燎地跟两家简易板房的小老板分别商讨十六个交货地点与接头暗号。瞧瞧这个费劲！真不如一笔头捐个大数目，且不说台面上的名声，起码更科学高效吧。但这些道理，跟他都是讲不通的。

——从根子上说，谢老师认为有总就完全不理解慈善的现代意义，他要的就是那种莫名其妙的自我"感觉"。除了这些"古法"的救急救穷救难，他还热衷于一种主观色彩的锦上添花，那些个，就更难说是不是慈善了。

坐飞机（素材50）。肖姨有天扯闲篇儿，说到位同乡，都是做奶奶的人了，头发牙齿掉一大半，却老望着天叹气，看到鸟飞过去，叹一次，看到白云飘过，也叹一次。说她这辈子，齐手齐脚有儿有女，也扛过多少病灾，就有件事想想没意思，她从来没有上过天——有总正埋头吃糟扣肉呢，听到这来了兴致，搁下筷子就讲他的第一次上天。

应当是一九九二年吧，我把衡祥水泥上赚来的钱，全拿出来买车，搞了个小车队，跑中短途。有天听到一笔烫手单子，十几车的大设备，要从广州拉回来，这里的大桥工程上急等急用。烫手在哪里呢？主要是风险大，路远货多，搞不好哪里就出点问题。二呢，是当时供需信息太不灵光，满车过来，返程放空，这两头一拉，基本没了赚头。没人肯接。

小谢你知道的，那时还不兴"物流"这个说法，但确实，我搞运输是比较早的，后来外头送我一顶"运输魔王"的帽子，我想也不全是浪得虚名。广州这一单，就是我第一次出风头。

是有点赌一赌的心态，但不是傻赌。去广州之前，我连夜把周边捋了一圈，凡要送到南方的货，全给圈定下来——凭这，到广州我就能套用下当地的车队。为着赶时间，也为着正好开个洋荤，我决定坐飞机去。

小谢你发现没，做生意嘛，要不是打时间差，掐着低进，就着高出。要不是赚空间的差价，从东搬到西，从北拉到南。包括到现在，大到高铁，小到外卖，赚的，还是时间和空间的票子。

说回来，说我那年坐飞机。你们绝想不到，那时买机票，死贵不说，还得有单位介绍信呢。我最烦这一套了，没单位就不是人吗？没办法，只好托人开个假的介绍信，鬼鬼祟祟买上了。可一坐上去，就觉得太值了。我边上也有人是头一次坐，吓得闭眼睛，说他心脏吃不消。有人怕晕机，吃了药就一直昏睡。天哪，他们太浪费了。我简直东张西望一对眼睛都不够使的呢。我趴在窗户边，真是有个冲动，要写点什么，想当年在连队，咱不是也写过诗嘛。小谢你呢，还记得你头一回坐飞机吗？讲讲？

有总那时刚刚退下，话最多的一个阶段，随便什么由头，就能上下四五十年的，吹得人要打瞌睡。肖姨借着要热汤，躲到厨房里去了。有总却又敲着筷子把肖姨给叫了出来。你呀，赶紧的，去把那位奶奶，再加一个她家里人，两个人的身份证都给我悄悄打听来。然后，谢老师你去办，两张广州往返，给她选前排靠窗位置，白云黑云的管看个够。趁热乎的赶紧办。注意保密！给老人家一个惊喜。

280

这叫这什么，无厘头的骑士精神吗？谢老师觉着挺可笑，或者是受《基督山恩仇记》的影响，他宣称曾认真读过的。

神仙佬儿（素材29）。这得算个游戏，玩了有小十年。每年中秋夜，他都会让谢老师从他最早的公司，衡祥水泥那边，挑出一位最下头的工人，摸清那人家里头的情况。当天晚上，肖姨放假，两人就一直在办公室耗着。等。反正他们都是单过，无所谓过节。直等到家家户户都要吃起团圆饭的那个时间点，跟搞特务活动似的，他们突然大驾光临。在谢老师充分的渲染和介绍之后，有总会以一种大人物的亲切派头，挨个儿的对家庭成员嘘寒问暖。

说说呢，老哥，大嫂，现在最想要个什么？有个什么愿望？说来听听，没准老天爷就会给你们"变戏法"呢。

这什么意思？一大家子人都迷糊了，他们你推我让，或者你争我抢，但讲出来的，都是芝麻大小的要求。他们不习惯想太美的事，担心老天爷操持不来……有总则特别神气地竖起食指来晃一晃。我保证，老天爷听到了。你们呀，就等着吧。

接下来几天，谢老师就负责忙活呗。等落实了这一小家子的梦想，完了去跟有总汇报那一幕场景时，简直要动用所有的采访与撰稿经验，因为有总总是特别贪婪地，想要复原和再现一切。老头儿什么表情？他用了助听器第一句说的什么？那家的媳妇儿看到旅行团单子，起码得冲上来抱你一下？小男孩呢，除了球，没忘了给他配几双好球鞋吧……等谢老师一曲终了、全部讲完，有总才长吁一口气，像是刚来了个大全套汗蒸似的，五脏六肺的上下通透、皮舒肉坦。他露出抵达终点的洁净与满足——他能保持好一阵的这种高涨情绪，

谈起生意来，更加的如恶狼似猛虎，赢得各种碾压式的胜利。

细细推想，谢老师心里会有点轻微的反感。有一次直接说出来了。

那几天有总正是急性痛风发作，消炎药和秋水仙碱皆不见效，一条软乎乎的旧全棉床单，轻轻覆在身上，只要碰到皮，他都叫得有如刀割。那时快到中秋，见有总疼痛如此，谢老师建议取消神仙佬儿计划。有总竭力争取，说马上不是要换糖皮质激素吗？三天下来，说不定也能出门了。

您这样的发善心行好事，跟捐功德箱保平安是一个意思吧。等于平衡大法，完了这头再怎么的黑虎掏心也无所谓，还能保你生意兴隆、大赚利是。是不是？

有总紧闭眼睛呻吟着，正轻轻、轻轻地，像挪动炸药，把床单从脖子那儿移开。谢老师的问话，让他从哼哼声中停下，往谢老师这个方向瞅了一眼，转而把视线投向天花板，显出一种抽象的痛苦，绝非身上的皮毛之痛。那是什么？罪过，绝望，求告，孤独。谢老师一时也有点惊怔，头一次意识到，有总时不时发作一下的慈善心肠，可能有着他所不了解的某种思虑或寄托。

有总没有回答。稍后，他同意放弃中秋夜计划，只就手翻了翻报纸，消防版面上，看见郊区一排平房人家失火，无家可归无长物，叫谢老师送了两提包钱过去，算是了结……

"起码，您这个捐赠，得写出个大方向，否则怎么执行哪。"谢老师在电脑上又看了一遍，气息难平，瞧着尽是破绽，"我晓得您是想倒逼一下王桑。可万一不成呢，真要全捐？要不改下，起码给沧留一半？"

"这么多年了，你还不懂我家沧，就一

座金山放面前，恐怕还不如他的一枚飞行棋呢。他的养活，跟钱没关系。"又往阿难造像那个方向呶呶嘴，指的是背面两只保险箱，"你不用担心。人人守土有责，他们几个，会联手上阵的，包括你，不肉疼吗？能白看着我全部捐掉？"

有总轻松地一挥右手，表示大计已定，他得继续当天的康复计划。谢老师扶他站起，倚着助步器，拖着残腿，歪歪斜斜挪到南阳台，倚着过道，挥动胳臂，做起"钟摆甩"来。

谢老师到北阳台抽烟，顺便打电话催公证员，一边远远地看他。这样站起来一看，有总真是寡瘦了不少，看上去扁平、枯槁了。阳台有风，肥宽的衣服鼓起又挂落，残存的几根白发给吹得立起来，实似风中之烛。但这烛火还是有劲头的，他适合处于战斗状态，没有战斗也要创造出一个战斗来。

2

小谢有点脑壳疼的样子，窝阳台抽烟去了。我知道他对遗嘱大不以为然。嗨，玩儿呗，但我就是要玩这个形式。从来没有形式主义，形式到了，内容就随之有了。这不能跟他说明白的，这是我的招儿。

遗嘱这想法，像小蝇子一样，是突然飞来的。打那天中午，丁宁红鼻子红眼睛地提着那蛋糕走了之后，我这脑袋就自说自话地运转起来。它还没坏呢。以前听到什么生意上的风吹草动，也是这样的，自己会转。

这次所转出的，就是这么个小主意。遗嘱讲啥并不重要，最重要的，是让我的铜钱，给做起功来！让它们变成我的手脚，变成我的力气，变成我的号令。

不过，讲实话，我也有点讨厌这个主意。

到底还是动用上"钱"了。真没想到，对自己的孩子，还得使这个手段。我对钱，热爱是真，忧虑也是真。这玩意儿实在太灵了。所有这些年，对付各路鬼怪妖魔人神，其实没有别的杀手锏，想要灭谁、想要使唤谁，"钱"一祭出来，所向无敌。钱是什么，是老祖上的围猎古法，是催泪弹加霰弹枪加火箭炮的组合热兵器，是人传人不可预防不可免疫的高危生化病毒，使将出来，指哪儿打哪儿，周边方圆十里倒下一大片，草木地皮齐齐焦枯三年。可那，都是用来对付外人的。对自家儿女，真怕他们会吃不住，伤着皮肉，坏了五脏。

可话说回来，假如这几个孩子，真经不住这点子事，那也没意思了，真不如把那些阿堵物给全铺到大马路上去，给千人踩万人踏呢……想想这辈子经过的所有事，不管好孬，都不是我这个"人"在做主，而是"钱"。从来都是钱在后头装神弄鬼、兴风作浪。

一个钱，一个时间，我只服气这两样东西，我搞不过它们。

钟摆甩手，效果不错。我喜欢老式大座钟，结婚时置办过一台，还在沧那屋呢。嘀嘀嗒嗒。手往前甩，嘀嘀嗒嗒。才往后甩。可真像个钟摆啊，我就是大座钟……我也往时间里头走走，也往钱里头走走——怎么的，就跟钱打上交道了。

倘使我当初，就老老实实一直呆在机械厂，凭着部队下来的吃苦劲儿，应当也能干到个车间主任吧。不，到不了。我走了之后，厂子只撑了五六年就倒了。那我肯定也是买断工龄回家了。跟车间里的大伙儿一样，去学个本子开出租，到物业公司做保安。做保安的小宋，比我还小两岁，有天好好的值班，为挡个武疯子，被砍了十二刀，到哪儿说理去。

所以人得信命。我的命，就是跟吉祥成了铁兄弟，反过来说，这也是他的命。铁兄弟的命，是绑在一块的。

吉祥因为能画两笔，退伍后拨拉到大华电影院了，负责画海报，可以白看电影。谁要看电影呐，各有各的烦闷。那时厂子效益开始下滑，我跌跌爬爬在养两张嘴。大嘴是个病孩子，小嘴是个奶孩子。吉祥没孩子，但有顶绿帽子，可能在部队里就戴上了，这一回来，老婆是整天的摔碗打盆。吉祥就天天睡在电影院值班室，等于也成了个单身汉。好，一对难兄难弟。

我觉着我比他惨多了，云清可是当着我面儿跳的楼。他劝我，好歹还落下两孩子。他喜欢小孩，常来相帮着，替桑换尿布、哄睡觉。这样我才能腾出手来伺弄沧……有天我们搞完小孩，坐拢了喝酒，小菜很快吃完，嘴里还是焦荒，我们就随便讲，讲小时候吃过的好东西。其实你想，我们小时候，五十年代末嘛，哪有吃的。

吉祥先讲。他老家在邳州邹庄，挨山东仓山那块，小时候放学回家，还要到河滩上放羊。那是一天中最难捱的饿。就想瞎招，各家放羊的小孩都围着羊打主意。吃羊是不可能的，每家也就一两只，指着过年卖钱呢。他们绕着羊打转时，发现羊肚子靠奶头的一圈，总有蚂蟥在吸附着，个个儿的，都吸得圆滚滚的。大家就动起了蚂蟥的主意，别看蚂蟥滑腻腻的有点恶心人，其实也就一层皮，肚子里可不就是新鲜的羊血嘛！这样的，他们发明了烤蚂蟥。把那些圆滚滚的蚂蟥从羊肚皮上给拍下来，生起火来稍微烤一下，里头就是一块一块的干羊血，着实的香。后来他们还分工上了，有人专门负责拍蚂蟥，有人负责带一小撮盐，有人拢起干草碎枝来起火。人家诸葛亮是草船借箭，他们这能算是蚂蟥借血吧。吉祥比划自己的个头，要不是靠蚂蟥血补养，没准我连一米七都长不到呢，连绿帽子还没资格戴呢。老婆偷人的事他是受伤太大，偏总拿出来讲，打自己耳光。

他讲完蚂蟥，轮我。我讲的是杂面饼子，其实是讲云清。我们两家挨得不远，小时候总一起放学，路上总歪着头四处看，看哪块地里可能还存着些什么。风呼啦啦直刺脸，我们像小兔子一样，曲着腿到处跳，云清找到小瓦片或棍子，我们十指黑黑地挖出一个大凹坑，嘴巴叫魂一样地瞎念叨。胡萝卜、花生、土豆、红薯、青蛙，随便给我们什么都行。但从地里叫出来的，最多是些枯根瘦藤，反倒因为走得太远而更加饿得发晕。

我就是从这里开始讲的，只说是"女同学"。吉祥不许我总提云清。那天下雨，我们共顶着一块油纸布，外衣尽湿，牙齿都在上下打战，无效地寻摸了一圈便草草收手，路过女同学家里时，她让我进去暖和一下。

女同学一回家就在灶间生了火，神奇地不知从哪里摸出两个黑乎乎圆乎乎的东西，放到蒸架上。天啦，那是吃的。女同学把我拉到灶下，我们像两只鸡苗那样蜷在角落里，一边添柴火一边取暖。她跟我解释，大舅得浮肿病没了，大人们都奔丧去了。

味道出来了，香。那黑乎乎的香里，有槐树花香，花生叶香，土豆香，红薯香，玉米面香，黄豆粉香，我能想到的好东西，感觉它里头都有。我讲一样，女同学就笑

283

着点头。这是她妈妈的私货，每天都想办法留下点什么。她藏的那个地方，还以为我不知道呢。女同学这样说着的时候，多好看啊，我心里直发痒。

吉祥呵呵干笑，个鬼东西，才几岁，懂个屁。是因为看到吃的了。

女同学跟我，一人先喝了一大碗热水，然后才开始享用两个小面饼疙瘩。我拿起其中一个，想好了要慢慢地、一丝丝儿地吃，谁能料到，只"嗖"一下，它飞到我嘴巴里，就没了。什么味儿都没尝到，嘴巴里重新一无所有，比原来更加可怕的空空荡荡。真希望能把手给伸进喉咙管儿里，把那个小面饼子给拿出来，再吃一次，然后再取出来，没完没了地吃下去。

女同学动作慢，她才把她那只小面饼举到嘴边，虚着眼睛半张开嘴。我熟悉她这模样，在学校里吃中饭，她就是这样，像小老鼠，一点点咬。我死盯着她，看她的嘴唇与舌头，看那里即将要开始的咀嚼。女同学一睁眼忽然看到我的神情，吓一大跳，突然哭起来。你把这个也吃了吧。她抽嗒嗒地哭着，把头扭过去，把那黑面饼子伸到我嘴边，一直顶到我牙齿上。

……黑面饼子和云清，过去多少年了。听我讲这个故事的吉祥也过去多少年了。只我一个还留在这边——到现在，我都见不得南瓜、窝头、菜团这些杂粮饼子。真是没料到突然有一天，就转了风向，白面、肥肉再没人肯碰了，所有人都挑三拣四地嘬着嘴巴要减肥。我特别讨厌听这些，一个个的才吃饱肚子几天啊。

曾为此出过一次丑。一次大席面儿上，红薯稻麸南瓜玉米碴子，统统的给乔装了，做成心形，做成一朵花，做成金元宝，摊成荷叶边。大家都夸好看，连两位号称在节食的姑娘，也赏脸伸出她们娇滴滴的筷子，并知识渊博地赞美起杂粮的诸多好处，维生素 B_2、粗纤维、降血脂、新陈代谢……我听不下去了，一下就感到胃里的东西缩成硬石头似的，堵得疼。扔下筷子，也没拿外套，跑着就离开包间。那里实在太亮，太愉快，太富足了，我吃不消。

像头野猪似的，我一直跑过走廊，跑过端盘子的服务员，跑过坐满食客等着翻台的大堂，一直跑到院子后头的停车场。那里，总算暗下来了，也没人。找了个又冷又黑的角落，我蹲了下来，如果能下雨，或者有人冲我浇一盆冷水，把我浑身给搞湿，就更好了！我想回到从前那个雨天……

你把那饼子吃了吗？吉祥沉闷地打断我。吃了。我也沉闷地答，把故事了结。我没有跟吉祥说，我当时就想好了，长大了要娶这个女同学云清，要一起过上吃白面吃大肉的好日子。

怎么就没人，省给我饼子吃呢，只有给帽子戴的。吉祥难掩伤感。妈的，等我到南边儿去，发达了，你就等着看吧。他脸上兴起那股子蠢蠢欲动，又谈起南方了。南方，那一阵，简直就成了吉祥的一句咒，喝到最后，他肯定是要念到这个上头。

确实，外头的风气活络起来，街上一下出来不少录像厅，黑漆漆的啥玩意儿都放，青工们都扎堆在那里面。还有租录像带的，办张卡，张开大腿玩劈叉的毛片随便挑。电影院是完全歇菜，吉祥已被欠下五六个月工资。我们另一个战友，也是因为厂子效益差，就办停薪留职去了南方，具体做什么还不知道，反正大家一说起南方来，感觉就是满大街滚钱。

一起去吧，我们。吉祥几乎每次喝到最后，都要这样来鼓动我。

我一向胆子小，在连队里就这样，靠他在前头护着拖着，也勉强能跟上。再说，这是到南方去啊。我冲里屋歪歪头，两个小的可怎么弄，尤其沧，连带他去巷口理个发，都哇哇乱叫摁不住的。最主要的，是我心里对公家饭碗还是舍不得。好不容易从部队回地方落了定，就想好好的一直干下去，挣份退休工资养老。这突然的，叫我没了单位，算什么呢？真不敢想，也难怪都管那叫下海。还有句话我也没法跟吉祥讲。他那电影院才几个毛人，倒也就倒了，悄没声息的，谁他妈在意啊。我这可不一样，堂堂的大机械厂，近千号人呢，老老小小的，真能让我们都散了，国家不管？不可能的。

吉祥也往里屋瞅瞅，又环顾四下，满地小孩东西。叹一口气，装散啤的壶早就空了。就到厨房去找料酒，碰巧也是没了，只得提了只醋瓶子出来，把我们的杯子分别倒上，黑乎乎的像药，举起来跟我碰杯。

吉祥一仰脖子，酸得满脸皱巴巴的："祝我们哥儿俩先苦后甜。"他用巴掌把脸上的皱抹平，这才跟我宣布，他已办了辞职。电影院没什么停薪留职，要走人就彻底走。他这个月底就出发，去深圳。

"你呢，就安心在机械厂混着，小孩带好。等我去开好路，把那边蹚平了蹚宽了，将来我们一起赚大钱、享大福。"

吉祥和我的命数，钱跟我们的瓜葛，要算起总账，就得从这个喝完散啤最后喝醋的晚上算起。

3

谢老师拭掉嘴角的口水，怔忡地瞧着刚进门的两个陌生人，啊对，是公证员。心里猛跳，这一份立意要张扬的遗嘱，真做下这套公证动作，就等于是严肃认真地放出一匹瞎跳乱蹦的小马驹，不知道它会跑向哪个地方了。

公证员是位中年女士，极短的板寸头。身后跟着个娃娃脸的男助手，打开一个类似记录仪的玩意儿，跟有总一一核实他的姓名、性别、年龄、户籍所在地、实际居住地、家庭成员、身份证等信息，以及精神与意志状况。都是废话。有总倒怪受用的，端正坐好，一字一顿作答。完了还像个出镜演员似的，问是不是要回放一下，是否要重录。

板寸头皱着眉扫一眼两行不到的遗嘱，提了几条：一，是需提供财产清单及相关归属权证明。二，对兄弟分配的主张，诸如动产、不动产、藏品等如何折价分割。三，是关于捐赠的具体说明。四，生小孩？太含糊了，建议加上医学出生证明的附件要求。

有总冲谢老师招手，让他扶起自己，借着助步器，左腿划着小圆圈，慢慢划到阿难造像那边，从放供果的大托盘下面，取出一个信封，交给板寸头："清单，手写的，有点歪，看看可以啵？"

谢老师重又扶着他回去坐下，同时感到一阵剧烈的牙疼。也不只是牙齿，是整个下巴颏，这疼带着冷风，一直凉透整个上半身。敢情他天天的握个弹力球练手劲儿，是为着自己写清单？就这么不愿意让我知道！小二十年了，还是信不过。当然，从另一个角度来说，也说明他对这遗嘱，很当真了。好吧，**遗嘱（素材105）**。给它在红皮本里列一个大条目。

"关于第二点。"有总慢吞吞的，看来

早已想过,"如果真到兄弟俩分钱的那步,说明我活着见到孙子了,还没死。到时再补好了。至于捐赠。"倒是停了一会儿,"委托小谢全权处理吧。"

谢老师的半个脑袋更不舒服了,对这么一个深浅不知、几无诚意的捐赠,张口就来一个所谓的全权委托,还真是看得起啊。谢谢您咧。

他们这批小老板,大多白手起家,是斩草劈蛇的开路先锋,也是乱中取胜的野路子,三四十年冲杀下来,固然是吃了很多苦头、流了不少血汗,但毫无疑问,最肥厚的那一勺猪油都给挖到他们碗里了,有的碗大,有的碗小而已。可到现在,他都还没搞清楚有总的这一碗肥猪油,到底有多少。除非有总死了、到捐赠那一步。想想可真是他妈的,太失败了。

"魔术还能大变活人呢,他们几个,一定会努力生出小孩来的。捐赠的事,你不用太操心。"公证员离开后,为着他的临时提议,有总打了个轻飘飘的招呼。谢老师心里冷笑,倒是挺想操心呐。

肖姨端上了南瓜饼子配面疙瘩汤。热乎乎喝了几口,谢老师让自己平静下来,尽量公允地探讨:"我是在想,您压上这么大个注,就为逼出个孙子,是不是太过头了。对他们几个,也不公平哪。"

"什么是现象,什么是本质。小谢你啊。"有总坚持着自己,手臂像吊机那样,长长地僵硬抓取,疙瘩汤汁滴漏得满襟,"我在乎我挣下的钱,不容易的,这可不是我一个人的,是我们所有这帮老家伙的……"他拿起碟子里的南瓜饼子,刚瞅了一眼,猛然垂下眼皮,清泪长流。他使劲推开碟子,幅度太大,没喝完的半碗疙瘩汤,完全泼翻在膝盖上。

肖姨过来,默不作声替他上下收拾。擦嘴时,她把纸巾往眼窝上挪挪,被有总挡住,任由那眼泪水淌:"你们听说过吗?蚂蟥还能吃呢。看,连你都不信。更不要讲二子这一代了,估计都没几个见过蚂蟥。"眼泪水止住了,他望向半空,眼珠无神,像在做什么复杂的演算。

好一阵儿,他带着总结的意思:"你说一个人,怎样算活过,怎样又算是死了?家谱上添个名儿,DNA原浆传给子子孙孙,还是留一堆金银财宝在床底下,那些都不是——只要没人记得,没人念想着,就等于没活过。反过来,他就一直活着。就比方说,吉祥吃蚂蟥这事,世上除了我,谁能替他记着?能替他讲?谁信呐,他不就活没了?我们都活没了。"

遗嘱,蚂蟥,讲故事。有点搞不清有总的思路,只好一气儿不吭。此时的有总,虽近在咫尺,却忽然遥远了去,能感到他脑子里在翻江倒海地运转,大水缓缓降落,山峰艰难升起。

"前几天,为着公证,写那财产清单。可真是写不下去。"有总抓过绿色弹力球,机械捏握,"写一行,能走神一个钟头。多少事情啊,我这心里头。"重新又淌起眼泪水,或是前一次中止后的延续,老泪在脸上一会横一会纵,淌得很乱。谢老师尴尬地咳了一声,这真像是立遗嘱的气氛了。

"等把那许多事讲出来,我就好去死了。"他把弹力球换到左手,歪起头来,用力,"问题是,能讲把谁听呢?沧就只爱听童话——哦对了,你等会儿去老厂宿舍那边,小沧的CD出了问题,连换两张都放不出来。说给二子?他拿正眼看过我吗?我还不乐意呢。讲给河山吗?信不信她听了能拿刀砍我。要不,你?"

"呃。对,我在这儿呢。"谢老师忙合拢双手,抬起半个屁股。

"我傻呀。你蹲这么些年,天天上门来刺探,可不就一心一意地等着我黑料嘛。秀才报仇,你是二十年不晚啊。"有总愠怒而得意地瞪眼,表示他早就洞察谢老师的九曲肚肠,"我最后只想到一个老家伙。"他还有谁?有一个真正信任的老朋友吗?谢老师知道他在盯着自己,但没能掩住失落。这下有总是真得意了,冲北阳台那边一抬下巴:"跟云清学,她录给小沧听。我呢,录给老松果听。你去,替我搞个录音笔来,要最好的。"

4

可能又要下雨了,潮乎乎的空气裹在身上,像件湿外套。道边的梧桐却绿油油的,枝冠云展,更显高壮健美。

终于,给等来了,有总决定要讲点什么了,尽管只是对松果讲。谢老师并不敢多么的激动:有总埋在心里、不与人道、而今终于要讲的,跟他谢老师所等着的、跟他这一路的钱财生意,可能不是一回事儿。这闹玩笑般的遗嘱就是一个明证。钱在他,是个滑轮,他所扯上拉下的,所悬起和坠落的,是"别的"。那到底是什么,真还没看明白。

烦恼仍然沉重,红皮本子里一百多条素材,还是感觉浮皮潦草,多一条少一条就那么回事,发生在穆有衡,或别个小老板身上,也都差不离。甭说外人,就谢老师自己,也都觉得没劲。问题,恐怕不是出在素材或量级上。

——是他自己,对有总的黑暗财富史,或所谓钱权交易、商海沉浮的兴趣,已是相当的兴味索然了,因而越看那些素材,越是觉得陈旧不堪,难以作为。取而代之的,是有总身上那些"别的",还"没看明白"的东西,让谢老师既困惑又着迷。

突然意识到这一点,谢老师有些惊惧。

时日推移,在有总身边"卧倒"的时间,实在太长了。早年那股子报复性的愤然,既代表个人志气又代表业界高标的动力,衰减了,薄弱了,他的立场变得有些复杂。二十年的晨昏日常,同进共退,早不是零度的职业观察者了,已不知不觉地融在一起,眼盲症一般,对有总的一切皆是熟视无睹了。什么劳动力压榨,什么老辣无情,二十年前的那桩童工案子,这会儿要放在谢老师面前,连笔头都不会动一动了。包括有总性格中的守旧、傲慢、喜怒无常,病衰后的花式折腾,谢老师也都觉得,还挺有意思,这不就是他嘛——对有总的看法里,已衍生出了厚厚一层时间包浆。

不仅对有总,还有他那人丁虽不兴旺可并不宁静的家庭,对那几位成员的介入,也远远跨过了谢老师自我预设的界限。他们这几个活宝,像是有总周围的行星,天体悬浮,各行其道,让谢老师不得不跟着跑岔道,应付各样的闲差事,积下一肚子的气恼和笑话。要是叫他就写写这几个人,嘿,他可一准的倚马可待、下笔如有神呢。尤其那莫名其妙的遗嘱,搁在有总的财富史上,是最无聊的收尾,可若换到儿女身上,文如看山喜不平,这遗嘱就很不平整,会对大家形成牵掣,让他们几个交叉跑动起来。

不如从这个角度来琢磨琢磨?**穆有衡和他的儿女们(思路三)**。理论上说,以他这些年在有总身边、在这个家庭里的地位,是可以更深地介入，通过有意无意的推动，去调整他们几个的走向，编织彼此的缠绕，从而构成更有趣的戏剧对撞。那不是更棒了吗？他们仍旧过他们的生活，只是被谢老师"略微地""好心地"策划了而已——只是换个角度，红皮本子里那些鸡肋般的素材，似乎就有意思点儿了。

十二　宫腔

1

丁宁新加了一个群，"儿女成群"。说来也是万变不离其宗，她总归是要跟一帮子陌生人凑堆抱团——链条式的各种助孕助育民间小组，官方平台，医疗上的珍稀资源，佛道释基督等诸方神仙的神秘通道，庞大的黑压压的求孕男女方阵。说来真是恍然一梦，一个月前，丁宁跟这一切还毫无关系，就因了老爷子那活像小孩掀桌子的威胁式遗嘱，她成了其中一员。

是王桑主动跟她谈的，带着很不自如的姿势，坐在离她最远的餐椅上。从扔掉蚂蚁蛋糕之后，她停下了八年之久的贤良妻道，嘘寒问暖也一并取消。奇妙的是，王桑对此毫无反应，显然也宁愿保持冷淡现状："我问过医生，像他那种情况，要是再来一次脑梗，遗嘱恐怕真就生效了。你是知道穆沧的。恐怕我们得抓紧时间。毕竟，不是个小数目。"王桑有气无力但面色峻然，僵硬地跳过了钱、家财或遗产等类

似说法，好像那是多么肮脏的字眼。可显然，这肮脏的镪水还是漫过他的脚踵。

丁宁没有吭声。大旱之望云霓，望得太久了，旱地已不打算生长，且这云霓也并非自愿。王桑没有掩饰他的憋屈："太狠了，完全就是冲着我。从小到大，他都跟我讲，兄弟两个，只指望我。临了，他还是这一招。"见她冷然不语，王桑歇了歇，带上一点商请的意味，"主要有个大局问题。我要是不扛下来，就是天下最蠢的败家子。没有人会觉得这是高尚还是什么，只会笑话死我们兄弟两个。"隔了一会，又加一句，"穆沧那边，也在给他介绍女朋友。"

听听，还大局观！对那个不知能不能努力到的婴儿，他可有一分两分是出于本意，出于对她的情感，出于对这个婚姻的珍爱，出于将要成为父亲的一点美好想象？一丝丝儿也无。这纯粹是策略性的一个应对，且还是怯弱和丑陋的。丁宁默然咀嚼，满嘴灼痛，吞下这块坚硬的死疙瘩。

"给沧介绍的女朋友，是我带过去的。"随即介绍起相亲的大致情况。丁宁以前也听说过河山其人，王桑又补充了一些她的近况，语气沉闷刻板，听起来对此事既无好感、也不抱任何指望。那意思是，责任还是在他们俩身上。

看看现在的情况：不孕症的生路未卜。王桑出于大局观的无奈退步。婚姻毫无热气儿。还有她自己这颗伤透了的心。全是否定、否定、否定。她就不应当生孩子。

可有一条——她想，只她一个人知道，这个突如其来的遗嘱跟那天拎过去的蚂蚁蛋糕有关，跟她在老人家面前的嚎啕有关。老人家是在用他的方式，第三次的帮她。固然，子子孙孙本也是老人家的愿望所在，可她领这个情，郑重地受领。她

总记得，那天老公公怎么样地谈起风、太阳、树，又用怎么样的口气重复："会有孩子的，我相信。"这不是泛泛之言，这是他给她的一个保证，也是他对她的一个托付，是老人对生命的某种贪恋与努力。只他这一句，像拔河，再多大力道的否定也站不住了。

她对王桑点点头，表示达成共识，这就是一桩无可推托的合作事务。只不过，她现在与王桑所谈及的这个"生孩子"，跟前面七年她所渴求的那个"生孩子"，已完全不是一回事了。

——直到几个月后，丁宁回想此刻的伤感，才感到太矫情啦。她后来的每一步，都是越陷越深的沼泽之境，也是越走越远的孤独跋涉。

乌泱泱的人头，满眼备受打击的麻木表情。起初还只是繁冗的体力消耗。跑厕所一样的跑医院。激素六项，甲功五项。输卵管造影，宫腔镜。反复爬上刑具一般的检查架，像腌制过的板鸭那样大张下肢，听由各种器械进入。换一次医院换一位专家换一种疗法，上述再来一套。差不多把整个下身都给拆散了，摊下来，一块挨一块地拿放大镜找病因——这小小的倒三角区，对丁宁而言，不再是柔软、敏感的秘境了，只是一个充满术语与指标的微观平行宇宙，平行到已绝对压倒她此在的现实世界了。

好在"儿女成群"里，更复杂无解的难题可多的是，谁不在受着。丁宁是有思想准备的。直到有一天，她跟王桑交代林专家的医嘱——他们而今终于像是有了共同话题，忘记具体讲了些什么，无非就那些吧，为配合促排和精卵优化治疗，他们需要下载"疯狂造人"APP，以便同步掌握到她的排卵曲线，实现"精准性交"，也许她是讲到了前后体位的讲究，晨勃与睡前两个时段的精子活动与成功概率……跟平常在儿女成群里聊得差不多。她注意到，好像突然扯下什么幕布似的，王桑脸上那种塑料平静不见了，显露出惊悚与排斥，还有稍许的不忍。怎么了？丁宁怔住，随即明白。哦，他忍受不了了，都装不下去了——对她、对她所说之事、对她所说之事的方式，感到太粗鲁太无耻了吧。

但也只是在脑子里闪过一下，没有停顿或解释，继续，她继续向王桑转告医嘱。她知道，就在王桑刚才的那个骇异表情之中，她又切除了一样东西。这么些年，她是眼睁睁地看着，一样接一样的，自己动手，切掉职业上的野心，切掉爱喷痴的深情，切掉对王桑的最低信念，切掉对所谓三口之家的渴望。刚刚切除的，以及将要切除的，是女性的秘境与耻感，性爱的愉悦自在。

那个月中旬，他们的手机分别收到"最佳时间"的呼叫，但王桑告知他要加班迟归，丁宁独自用餐，一边吞食一边胀气。十点多，他一回来就冲进书房里东翻西翻找东西，避免任何交谈，拖拉着无限盘旋，像怎么也不愿意进笼子的自由之鸟。这拉长的等待进一步加剧了她的自我厌憎，觉得衣服下面的身体丑陋而陈旧，整个三角区都僵成了干巴巴的盐碱地。直到无可回避的深夜，关掉灯，黑暗中像两具老树干……也许应当对他、也是对自己，尽一份人道主义吧。不知为什么，丁宁顺口一滑："我在想，纯粹好奇啊，你说河山，也快三十的人了，还单着，她是什么类型？不婚主义？还是男友不停？你这做媒的，可要多多了解才是。"

王桑嘴里含糊着，表示不清楚或是不想聊。一段沉闷的等待之后，丁宁用手去相帮，如她所料，这一次所费的劲儿少多了。王桑翻身起来，后位，有利精子最短距离奔跑，也有利于避开彼此的面孔。

丁宁睁着眼，侧头注视着从窗帘缝里透进来的一丝夜色，狭长的光线里，有一种讽刺又亲切的关照。

2

两天之后，河山的突然到访，让丁宁深感惊愕，觉得是她那晚的某种复杂闪念，得到了呼应：河山出现了。

河山看来打听过她，知道她现在只有周五下午才过来编辑部这边轮值。寒暄毕，随后足有五分钟，丁宁都没法开口。得承认，她是被河山的模样给打晕了。

河山身上带着一种光，似是昨晚那道夜光的后继，由虚而真，由弱而强，扑面而来。太强烈了。即便是同性，可能正因为是同性，丁宁大感震动，甚乎有种感动。她立即想到，男人，起码有相当大比例的男人，会情愿、会渴望、会争抢着，去为河山失去理智，奉上全部所有。丁宁完全的理解和赞同他们！她认为河山有这个特权，可以索要并得到这个世界上的一切。

随后匆匆想到王桑，上次提到做媒之事，对她的相貌只字未提。原以为王桑是心虚略过，现在明白了，这实在是无法提及、难以描述的。河山这模样不在可以传达的范畴，她让日常词汇显得简陋和单调，谁能描述出一片水域，如何宽广如何复杂如何暗流涌动……河山就是这样一片水域。

河山眯着眼睛，打量丁宁的小书柜："我很少跟女人打交道，尤其没有你这样的，怎么讲，女知识分子？"

丁宁知道这是调侃，可还是挺高兴："哪里啊，我现在就是一个空口袋，正拼了老命地想成为一个大肚子。就为了——你晓得的吧，那条遗嘱。"丁宁回味王桑那粗略的介绍，孤女，被资助，不停开公司倒公司。换个角度想，真还挺勤劳勇敢的呢。她对河山难掩好感。

"你倒是比王桑实在。他啊，拧巴。"河山随口臧否，"你这希望……有多大？"河山溜了一眼丁宁，这一眼，太尖利了，像同位异体，丁宁似能借着她的双目，看到一只血管空流、一无所有的子宫。

"这么说吧，生小孩这事儿，其实我和王桑都是假心假意。但我还是决心要生。"跟河山虽是初见，但实话已经等不及地冲口而出，丁宁急忙忙的，把自己跟王桑的情况给扼要拉了一遍。河山瞪大一双妙目，显出惊叹，显然是认为，丁宁这背道而驰的求孕行为，得算一种壮哉之举。

至于"希望"，丁宁又花了点儿时间，把她宫腔的情况，近期和远期的方案，可能的结果大致说了一通，她讲得有点犹豫，随时准备着停止。河山稳坐不动，专注地看着她，好像她每一句话都十分重要，不容错过。这让丁宁差点儿都掉下泪来。还从没跟哪个人，包括王桑，说得这样全乎过。讲到最后，丁宁吁一口长气："所以我这里，打不了包票。你要是抓紧，肯定比我快，一下就搞定了。嗯，我家穆沧，岁数是大点儿，性格比较闷，不过，你们还是蛮……"到底讲不出般配这两个字——好比墙角的矮柜与它上面的那盆红掌，河山和穆沧，实在是两样物种啊。

好在河山接口快："我知道穆沧的情况。你可别为他说瞎话儿。"她从包里掏出一面小化妆镜，举起照着，"你不知道我的运气呢，挺逗。第一次投胎，眼一睁，发现落在孤儿院。工作，算第二次投胎，眼一睁、一闭，睁了好多回，到现在还在半空飘着。假如结婚算第三次投胎，我老在想，这眼一睁，我会看到什么人的脸呢？我都不想睁眼了。"她从镜子前移开，冲丁宁笑了笑。看看她，看这双眼睛，可真是好大一篇文章哪，写得密密麻麻，丁宁一个字也看不清，却又读到狂风中的飘摇与颠簸，无谓而彻底的自我弃绝。

河山起身，站到朝南的大窗户前："搞不懂你干吗那样苦叽叽的。想想穆老爹的金银窝子，你儿子一投胎过来，就直接落这肥窝子里了。奶奶的，我真想现在就死，马上投胎到你肚子里去，从此一辈子的荣华富贵！"河山讲起钞票，五官全都动弹起来，太投入了，有种大快感，搞得丁宁也有点乐呵起来。

她俩一起瞧着窗外，进进出出的学生都背个双肩包，都戴个耳机，如同鱼儿，一小撮一小撮地分合游动。河山把脸转过来，带点淡淡的严峻："当然，也得替穆沧找个对象，虽然有点麻烦，好歹多一道保障吧。"

看来她不打算跟沧啊。丁宁心里一慌，把脸躲开。刚才还觉得河山跟穆沧两人不合适，可，找别的女孩？太可怕了，跟任何一个别的女人相比，反倒又觉得河山是可以放心的。

"我这纯属多管闲事，主要是看不过那个遗嘱。我替你们几个排了一下。王桑太怂了，指不上他。沧，是个大天使，啥也不晓得的。谢老师是瞧热闹不怕事儿大——他，怎么不拦下这狗屁遗嘱的，还公证！这真比杀人放火还叫人气愤。钱，多好的东西，我可不能这么眼睁睁瞧着，让穆老爹的钱给扔到大马路上去。我得替你们张罗，怎么着，也得捣鼓出个小崽子来。"河山摩拳擦掌的，简直有股子侠气，"今天跑你这里一趟，虽然没啥好消息，可你这人，看起来有点认死理。这挺好。下面我就是替穆沧那边想想招儿。"

话都到这一步了，丁宁觉得她有义务再劝说下河山，再试一下红掌和矮柜的可能："瞧我这，起步就得一年半载，搞不好治个五年六年。而你也晓得老人家的身体，与其……"瞧她吞吞吐吐，河山"噗"地吹口气："我懂我懂，你们都这么想吧。但我真没办法献身。我把自己给阉了。"她一把撩起衬衣，又把短裙往下扯扯，露出肚皮。下方近腹股沟处，丁宁看到一朵玫瑰文身，玫瑰带着长长的带刺花茎，"看到这花茎没？仔细看，下头其实有一行缝线。输卵管结扎，大四时在私人医院做的。我是，绝对，不要生小孩的。"河山三两下又把衬衣束好，"所以这事啊，目前得靠你。"河山拍拍丁宁肚子，做出巫婆施法的样子，念叨咒语。

虽然两人之间，仿佛是有过贴己的交流，可丁宁总还是觉得，河山的善意里，有着狡黠和玩笑的意味。河山那肚皮没准只是阑尾炎手术，或单纯就是个文身："从医学角度说，你肚皮上就算有那朵玫瑰，功能也是可以复通的。其实你，也没你说的那么爱钱。"丁宁期期艾艾地说出她的猜想。

"是吗？不可能吧。"河山轻飘飘地随口应道，雕像般的侧脸里，显出一抹不容侵犯的骄傲。

十三　童话

1

谢老师起大早赶去，看穆沧的CD，一张张试。除了机子里那一张还能听，别的都是在碟舱里跳一下，然后"嗞——"。他拿到光线强的地方。以前也长过霉斑，芝麻绿豆大小，用清洁棉球带点水擦擦，橡胶吹气球吹吹，影响不大。但这次不对头，污渍泛着五彩油光，感觉都有点儿腐蚀了。汤汁茶水还是什么？不可能啊。穆沧吃饭用水都在固定地带，绝不会跑到这小卧室来。

赶紧的，得请人弄。满大街只见手机电脑维修点，CD？问到的都直摇腮帮子。好不容易有个专修机械表的老伯，替他拐七拐八找出一个老玩家，一见就大摇其头，要是专业压制，出点小岔子也大体能修复。你这啊，刻录机货色，就落在上头一层化学膜上，这膜一残，数据就废了。

好在家中还有备份。当时是想着，CD嘛，理论上五十年没问题，算上备用这一套，足够管穆沧到老的。一奔回家就搭椅子爬高，大顶柜深处找出来，那面墙是西晒，倒是没霉，盒子给压歪了，一叠CD齐齐翘曲变形。谢老师颇为懊恼，这能修吗？像治驼子似的，给压一压平？那一准直接脆裂。大热的天，折腾这一大早上，为亲儿子也不过如此吧。捋一捋满头的汗珠，心里突有点儿残忍的好奇：今天就是星期六了，真听不成这童话故事，穆沧会怎样？得去把实情跟有总交代了。

因未提前预约，说得等着。有总还这样，只要能拿乔，必要拿一下。肖姨替有总解释，最近都是这样，每天上午，趁着精神头最好的两个钟点，让肖姨把他给推到书房里，松果也安置在空调下面，倒上茶水，就人和狗一起待里头。谢老师心里挺高兴，看来录音笔是用上了。随即又有点焦虑，按有总对超长时间的需求，他买的是主机8G加外扩64G，理论上讲可以录到四千多小时。有总自个儿会充电。这就意味着不需要他谢老师帮忙了。那，就这么傻乎乎的啥也听不到吗？也是可以做手脚的，可他不愿那样。

又坐了二十分钟，有总从书房把自己给摇出来了，颊上带着不太健康的潮红，有点发愣，好一会儿，他才消化了穆沧CD的坏消息，开口骂了两句脏话，气息短弱，几乎听不清。录音对他来说，还是伤神的。

"晚上得把二子给叫来。沧是肯定要发作的。"他把脖子往边上扭，让开谢老师请罪的脸，"我家云清，也就给我留下这个了。你，去把最后那一张好的，给我多多的翻刻。我死了，随身要带走的。"

是啊，关键那CD的声音是云清的，真的罪过大了："已存在电脑里，做了邮件备份，硬盘拷了一份，还有云盘上一份。云盘什么概念？就是永远。哪怕保存人、保存人的后代都死了，那备份也一直在。明白吧？"谢老师殷勤解释。

"不明白。我只要云清的声音。"眉毛哀伤垂挂，整张脸都灰扑扑的，老天，他塌陷在那里，看上去只剩一张皮了。老家伙啊，谢老师心里真是从未有过的对不住。

嘴里更加话多："她的声音已经在云上了。其实包括像将来你的话，整个人都能在云上。"谢老师努力往下说，尽量忽视有总的低落，"有一整套测量摄影、动态捕捉之类的技术，能把你的音容笑貌给采集下来，再输入你的各种经历，你结交的朋友，你喜欢吃的肥肠，所有构成你的东西，全都编码组合。最后——就成为'有总'数字人。"观察他的脸色，能把注意力引开就好，"这样你就在云上了，穆沧、王桑，他们的孩子，你的子子孙孙，随时能跟你视频聊天，你还是现在这样的语速、用词、表情、手势，连口头禅都一模一样……"

"啥数字人，跟打乌克兰延年针一样，纯他妈的扯淡。就让我好好地去死吧。是你，你想采——集——我吧？录音笔买得不错，好用。"眼神尖锐地扫过来，脸上一丝笑也无，"等会儿把河山也叫到穆沧那边去吧。你，也不许走，看把我家沧给害的。"

谢老师点头如仪，掏出电话就留言河山。遗嘱出来后，她怒气冲冲却又哈哈大笑地打了一个电话给谢老师。你们，干的这叫个什么事儿，太恶心人了。好得很，姑奶奶我不玩了，就算找出十个有名有姓的亲爹来参加婚礼，也不干！这会儿，有总把她叫过来掺和，有什么意义呢，反倒把她跟王桑又凑一堆儿了。算了，正好瞧戏吧。

2

有总熟练地把声音调大，休息了下，他精神头好一些了。已是晚上八点，王桑仍不甘心地趴在 CD 机前捣鼓。已换好睡衣的穆沧在房间外远远徘徊，不时看墙角的大座钟，很不乐意有人出现在他的睡前时间里。等河山又按着密码闯进来之后，穆沧更吃不消了。他在客厅中打转，像是人满为患、无法安身了。

王桑腾一下从房间出来，直冲到河山跟前："这里可没外人来过。你，是想耍耍沧，看能怎么的是吧？"

对呀，谢老师一个大恍然，这太像河山干的事儿了。他可是吃过河山不少的瘪。从前去天水给她送东西，顺便带她出去吃个饭，前后也就几个小时的交道，回家来总能发现这那的。夹克背后给贴满卡通不干胶。香烟盒里塞满了白粉笔。这些还只是小学里的把戏。到她大一些，更出格了。吃饭时故意当着服务员面叫他老公。在他衬衫上涂口红印子。那时老婆还没去加拿大陪儿子呢，真让他费了好一番口舌。

隔着屏幕仍可以听出王桑的愤然，很少看到他这样不注意斯文的，为着老哥，冲冠向红颜了。有总点起头来："瞧他护起沧来，还勉强能算我儿子。"

河山才进门，手里拿着奶茶，慢悠悠喝了好几口："我，可是做了件大好事，你们全家人都该排着队来谢我才是。我粗心了，没想到机子里还有一张。"停下，安抚性地冲穆沧挥挥手，"八分二十秒，搞个八分二十秒的沙漏。"她赶着王桑往房里走。

有总切换到房间。"你说，快四十的人，还在听三岁小孩的童话，难道要让他听到七老八十？这还怎么娶媳妇儿。"她指向外面，声音强自压下，"睡衣上还是奶牛图案，每天看动画，玩拼图玩沙漏，还有这房间的布置，你们就成心把他埋在这里头，最省心是不是！这叫待他好？"

这一通责难，把王桑给弄得愣在那里，不明白怎么就理亏了，看看手中的 CD，想起来了："到底洒了什么？可真下得了手啊，这等于传家宝，独，独一份，不可挽回……"王桑气得结巴了。

河山一扭身不理会，转回到客厅，默不作声地坐下陪穆沧看沙漏，看到八分二十秒到了，河山便把沧往房里带，神色颇是自信："三个方案，一，听《九色鹿》，只有这一张。二，听别的。王桑可以帮你选。三是直接睡觉，什么也不听。如果选二或者三，我会给你，一个……"河山寻思着。

"啪"一声，穆沧猛地打开河山正在掰数指头的细胳膊，又两手并进，推开两座山丘似的，把王桑和河山往门外驱赶，舌头在嘴里呼哧哧，像小火球在转。有总拍着沙发扶手："来了，这就。"

不能怪沧，就照谢老师看，他也够意思了。《九色鹿》这一张，他已听了两个周末。谢老师今天一大早骚扰他两趟：取走修、没修好送回。王桑过来，瞎捣鼓。河山过来，两个人忽高忽低地吵架。这对他而言，等于全是变故。终于等到八点了，以为能一个人定定心钻进被窝去听妈妈的声音……而河山，还在叫他做什么选择题！

河山毫无防备，一下子给推倒在客厅地上，脚勾倒衣架，衣架上河山的包又带着茶几上的玩意，噼里啪啦摔到地上。王桑顾不上她，只管往沧这里扭身回扑，沧还没等他返身呢，已没轻没重地敲打着自己的脑袋，呜咽着，打着滚儿就往床底下去了。"他小时候就这样，一发作就钻床，那时瘦小，一滚就能进去，小猫似的，待几个小时不出来。"有总像是怀念的口气。

确实，穆沧而今肥厚，他那张单人木床也不是太高，当然滚不进去，只一只胳膊半条腿卡在里面乱扑腾。他急于把自己给掩埋起来，粗暴地就手扯下被褥毯子，没头没脸地往身上裹，继而又掀开床板，力气惊人，床板应声而起。随即一个翻身，直扑到床肚子里，不管那里头一团团的灰尘、毛絮、小纸团都翻将起来。就这么着，他还觉着遮不住，仍在伸出胳膊到处抓挠，抓到什么都往自己身上扔。

谢老师悄悄看有总。他把眼闭上了。

屏幕里头，王桑正救火似的，四处找枕头、衣服、毯子，又到外头拿了三两个沙发靠垫，统统都扔到穆沧身上，堆得越多越重，沧的哼唧声也就越小，最后算是有点满意似的，可以看到他在里头，小幅调整着四肢，蜷起来，侧过身子，两手对握垫在脑袋下，跟他平常一样——分明就是要如此睡去了。

王桑歇下来，坐在灰扑扑乱糟糟的床边。客厅那边也是狼藉，茶叶罐子、面巾纸、水果，滚了一地。王桑隔着门，跟河山解释："得有许多东西，把他给裹住，压得实实的，就能好点儿。看到他那个黄色喝水杯没？带翻盖的那个。打小就用，绝不能换。但那个很容易坏，当时还没网购，后来就买不着了。就为杯子，他也是到处滚，滚得头、膝盖、脚跟全是血。好在后来查到厂家，从人家老仓库里找到两三大箱，管他用到现在。给我们泡功夫茶，那只是'讲礼貌'。他觉得那不是喝水。"

"服赌服输，我是没招了，半条腿都要送掉了。"河山在客厅一步步跳着拾东西，看来脚脖子给扭了。"指甲油。"她突然说，一边揉着脚直吸气。

"什么？"王桑听声音不对，起身替穆沧大概整理了下，把小房间门关上。到厨房拿来冰块用毛巾包了递去。

"洒在CD上的，是指甲油，无色的。"

你知道穆沧那鼻子的，我洗发水换个牌子，鞋子下面嵌到橘子皮，中午吃了炸鸡，外套上有消毒水味。我不用跟他说话，他差不多都能闻出来我白天都干吗了。他很讨厌指甲油味儿，跟他讨厌香水百合一样。我哪怕涂了无色的，他仍能闻出来，差点儿赶我出门——把我给气的，反正也用不上了，所以……"她大喇喇地把滴水的毛巾递给王桑，意思是要换。

王桑叹口气，不接，反倒坐了下来："一直在跑医院，丁宁那边，不太顺。"哦，王桑要讨论这件事。怪不得有总要喊上河山，他想让他们相互间勾连纵横。太贼了。

看一眼有总，跟老儿子穆沧一样，倒也睡过去了，悬心太久，这会儿算是放心了。谢老师起身换到侧边沙发，把音量调低点，舒舒服服抱个靠垫。想想老头子这摄像头的主意，绝透了，也坏透了。

"你们实在是倒退回去，还给他听童话，下回我带洗甲水来，冲一冲，泡一泡，也许还能使。"河山不接王桑的茬。

"万一丁宁不行，就得靠穆沧这边了。看……情况，不能拖太久。"也是逗，两人各讲各的。

"就让沧发作一下，也挺好，还败火去毒呢。不有个说法嘛，小孩生一次病，就长大一点。"

"他现在最迫切的问题，不是败火去毒，是找女朋友结婚。"王桑顽强地坚持。

"就照他现在这样，还结婚，还生孩子，你做大头梦噢。七仙女下凡都靠不了他的身。就我，跟他走动了快三个月。他最了不起的，就是闻过我的丝巾、帽子、手套。哦，刚才他推我了！这算他头一次碰我哈哈。"王桑审慎地没有接话，二人的对谈，像是从两头施工的大桥龙骨，算是合龙了。"我去看过丁宁。我知道形势。"谢老师再次惊讶了，遗嘱可真是神奇，河山与丁宁，完全不可能走在一起的两种女人哪。河山继续，"要照我的想法，就带他出去，广场、商场、电影院、快餐店，慢慢地带女孩子跟他接触、谈谈……说不定还有可能。"

"你呢?"王桑声音虚虚的。

她眼珠一瞪："本来拉郎配就够丑的，再来个狗屁遗嘱，丑上加丑。想想我，好歹还是个人吧。你们不当我是，我得当自己是。"她装出受污辱的样子，绷了一会儿，还是笑了，"是，我欠着你们穆家的大恩大德，别的卖不了，卖苦力吧。我来负责把穆沧调教出来，再张罗女朋友。你呢，忙你那头。"

王桑把脸往下埋了埋，镜头看不到他的脸。他是怕自己扛不住吧。谢老师绝对可以推想到，河山那杀人如麻的一张脸，野马驹的性子、野藤疯长的经历，亦侠亦盗的作派，对王桑来说，一定是致命的，艰难的。

谢老师看到他捋一捋脸，首鼠两端的样子。"我实在担心，没什么人能合适沧。也担心丁宁生不了。最终两边全踏空。"

河山轻蔑打断："别这个死样子好吗?你是真不晓得，钱有多大本事?我们三四个人一起想办法。小孩嘛，肯定能搞出一个。"谢老师看一眼有总，他还在沉睡——瞧瞧你这了不起的干女儿，她就是这样拎得清主次、分得清利害，并且把几个人都搅在一起了。王桑也终于露出一点笑意，他的压力与苦衷，算是有人替他分担了。

"话说前头，指甲油才是第一步，后面我还有动作。"

"你打算?你要知道沧……"王桑试探

河山的计划，难掩忧虑。谢老师也一样担心，就像她对CD动手脚一样，像她心血来潮地开公司一样。河山确实对生活充满了热情，但那些热情似乎都太蛮横了，最终都以搞砸而告终。

3

谢老师尽可能地轻手轻脚挪动，关电视，关灯，拉帘子。有总却醒了："走了，都？"

"我看，西北那边，不用去了吧。"谢老师犹豫地问，"找出十个亲爸来也没用，她不会跟穆沧的。"

有总摸摸下巴："当然去！又不是为她找。反正，新娘变红娘，也没赔太多。"像一个中途打盹的电影观众，看来他并没有错过最主要的情节。

"您既然醒了，那我就顺着河山那思路，附议几句。"嗯，他要观棋而语了。自从有了那个打算，打算把重点转到穆有衡和他的儿女们身上，他真不大甘心只作壁上观了。他想试一试，稍作干预。干预的原则是什么？为着他们命运的最佳走向与最大利益，也为着他红皮本子上的起承转合，更加典型、更加来劲。谁能说，这二者必然是矛盾的呢。

"说。"

"给沧介绍女朋友，河山那性格，您也有数，恐怕我得掺和着把把关——我不是跟您讲过的，看不见的生产力。现在搞事情，就是从一个亮闪闪的小屏幕到另一个亮闪闪的小屏幕，轻轻松松就打通。"谢老师故意讲得十分洒脱，"只要发布一条消息，标题十个字。就坐在家里等着吧。"真要这样干吗？谢老师其实也有点吃不准，

可是，诱惑太大了。"富二代、阿斯伯格征、遗嘱"，数数看，正好十个字，如果把阿斯伯格综合征换成大家熟悉的自闭症、孤独症，那只要八个字呢。真应当搞起来！对这样一个挺稀罕的穆沧，也就人尽其用了。

"这是要公开征婚？"有总有点惊骇，"你这是把我当多大的富豪了？再说，那一个个的，冲着钱来找穆沧，能好得了？"他显得多么天真，难道会有人冲着穆沧的阿斯伯格征来吗？

"放心，就发一个小视频，该来的就来了。主动权在我们手上，走一瞧二看三。起码的，能让沧多跟外人接触。"是的，谢老师也在内心同步强调，这事当然是为着沧好，他并没有做得太过分。

有总怔了一会儿，看看电视机，屏幕已被谢老师关了，可他一眼不眨的，好像仍能看得到，小房间的黑白阴影里，三十九岁的穆沧像只奇怪的动物，没头没脸地藏身在乱蓬蓬的床肚窝里。他长叹一声，用几乎是否定的语气同意了："出去走两步也行，记住，千万别难为沧。我可压根没想过，要在网上替他找个媳妇。"

十三　风马牛

1

昆剧团是个老院子，院中树高，花草亦盛，四季皆有鸟鸣，还有野猫盘桓。沿

着窄窄的灰色走廊，经过一排行政区，便到了木门木窗的排练室。木良已上了妆，定睛细看，才搞了半边的底白腮红，勒头勾面，立眉吊眼，另一半还是净头光面。木良点头："上完了，就是一半。"

还以为又是请到哪位老前辈出来密授独门绝活呢，或者起码是一个响排。不像。偌大一个排练室，只木良一人。响器么，就是放录音，还得让王桑替他按起始键。木良不一会儿换好戏服上来，又是怪怪的，盔帽、箭衣、坎肩、红大带、绑脚、鞋袜，皆只着半身，另一半，是衬衫领带长裤皮鞋的现代装束。这一半对一半的拼缝服饰，界限分明，猛一瞧上去，木良像是被劈成两半、又合二为一的古今一人。

王桑替他放出伴奏。一个大圆场的亮相后，便是半个字一吞，两个字一磨的【点绛唇】"数尽更筹，听残银漏……那搭儿相求救？"① 王桑也认出来了，木良那半身戏服，可不就是林教头的一身行路扮相。

此际，木良正侧身走边，以林冲面目示人，脚下迟疑难行，是披星戴月中的进退维谷，奔藏难定。忽地锣音中分，木良一个背身，一阵子的鼓猛梆急、渐停至止。他换个侧身，转为现代装束的这一半，街市喧嚣而起，停车报站、轨道声、刹车、电动打桩、警报拉起、游戏枪弹电音。木良脚下仍是武生的基本招式，滑步、飞脚、搓步、跨虎、探海，缥缈裂帛的遥遥吟唱中，一只厚重眼袋的现代人独目，空洞地逼近凝视，寻觅中远去……锣钵半空刹音，一收一放，空气震颤，又见林冲从舞台深处缓步而来……

伴奏音还没完，木良打了半个圆场从左侧提前下来了，到底也是坐五望六之人，脸上汗滴，喘气不匀："哈，怎么样？小玩意儿，权当跑圆场练功。"王桑慌得直拍手，木良这一出乱搭，不知是个啥，可内里有种黯然神伤的唤起，令他沉痛。

木良脱下戏服，里面一层水衣已是汗透，对王桑自嘲："到哪儿都唱《夜奔》，年轻时演太多了，真觉得自己有些林冲附体，每逢到不畅不遂之时，脑子里便全是这戏里的腔调。想小时吃那许多苦头，师父一步步带出来的身手功夫，全半拉半废了。这老身子骨，拖着这老昆曲，一半是我木良，一半是他林冲，两个都不晓得要往哪儿奔。脚重千金，眼望无处——那搭儿相求救，那搭儿相求救——"似又入戏，唱将出来，隔着落地大镜，木良头顶上银发闪动，汗珠晶莹，那一腔裂破的悲清，真是如水断流，如日坠海。王桑拍手叫好，掌声在空空的排练室回响。木良抹把脸，倒不好意思了："耍着玩的，解一解闷气。你别见笑。"

"不是玩耍，是正题。容我，再消化消化。"王桑晓得木良的意思了，这《夜奔》，是他的一句捎话。这老兄实在太知趣了，后来再没提过昆曲进凹九演出的事。他越是不催问，王桑越是心中如堵。

昆曲与凹九空间，表面上看，是有点风马牛不相及，这倒也无妨。凹九的大部分项目也都是表里分离的，做过古琴合奏与广场书法，还承接过贵气的"胶友会"——能听到一些珍稀藏品，七十八转黑胶的周璇《疯狂世界》、马连良全套六张《武家坡》什么的，但进场有服装要求：得着三十年代装束，女士旗袍，男士中式长

---

① 【明】李开先《宝剑记·夜奔》，此节引文同此出处。

297

衫或旧版西装，有的还戴礼帽，挂金表。这一个个儿的，是来听老唱片的吗？不是风马牛又是什么？表与里的不相及，恐怕就是当下一种参差不平的运转法则，求仁得义的方法论。只是，他实在有点不大忍心，让昆曲也这样的来蹚入其中，从昆曲出发，最后所得到的，还是昆曲吗？再者说，再怎么样的人山人海、怎么大一张大饼，都已被这个那个的声光电色给瓜分了、咬光了、嚼碎了，昆曲哪里还能插得上脚呢。

这些还只是外部障碍，最主要还是大楼的那些咸鱼记忆，总没法淡忘——草包、纨绔子弟、扶不上墙、泥人儿。心里确实也有驳倒与自证的意思，起码想让那老家伙明白，世上除了流金淌银与升官晋爵之外，还有些不现实、无意义但同样是了不起的事情……越是想得多，心里越是瞻前顾后，寡断难决。他并不怕再次成为咸鱼，成为草包，可这，是昆曲啊，他唯一在意的东西，万万不能搞砸了。

2

从昆剧团出来，正是下班时分，沿街的店铺和大楼，往外呕吐出一堆堆模糊的身影，他们都向某个确定的方向赶去，为即将开始的属于自己的夜晚。王桑羡慕地踟蹰着。他比原来更怕回家了：这又要拜谢穆某呢，随随便便扔出一个遗嘱，就把他们夫妻都变成了磨盘上的驴。王桑每天回家，浓厚呛人的艾灸味中，都会看到丁宁在做一种奇怪的子宫操，平躺着竖起双腿，像雨刮器一样两边摆动，冷不丁瞧着，觉得丁宁像是某种物体，而非妻子。能明显感到，丁宁的种种努力里，有种兢兢业业的表演性。她是夸张的，带点敌意，以突出求孕这个行为的工具性和服务性，讽刺般地敦促着他们两个，像一对提线木偶，听从 APP 的指令，在指定的时间以特定的方式以起码的频次来同床。

多么荒唐的背离，并叫他更想厌恶自己。太伪善了。似乎对圆圆脸始终心意难平，不管是宣称丁克还是违心求孕，都挟带着对丁宁的折磨，可与此同时，又在河山那里，翻腾起可恶的力比多……

那晚不是扭了脚嘛，送她回家，租屋很远。河山对着车灯抚弄蓬松的头发，余光可以看到她妩媚的姿态："对哦，你在凹九空间，馆长是吧。哈哈幸会！"笑声像摇起了小铃铛，听在耳里叫人发痒，"我经常去你们那边的，那可是艺术大本营啊——不过你们的展都太老实了。我喜欢不管不顾、随意打滚的东西。对了，你们凹九还有个特别牛B的'四月天'读书会，全是名媛式主妇，海归CEO，女高知。她们太能读了，自从加入读书会，我就从来没读完一本书！最多只能记得书名了。"惶然的口气，几乎听不出讽刺，随即抑扬顿挫地报了一串，"黑人平权运动史。亚马逊丛林生态报告。意大利教堂壁画赏析。颜料史。她们在书上贴色签，做读书笔记，讨论时还争吵，然后说对不起，对不起完了再继续吵。实在太逗了。坐在她们中间，觉得我自己，也挺逗的。"王桑能听出来这个"逗"，滋味复杂，她是真的想不通，为什么要关心亚马逊丛林与颜料史，同时，又为这种想不通而感到挺不舒服的，于是又故意调侃自己……也许，她的那些浑不吝、随随便便，也同样是出于这么一个"逗"。王桑心里忽然有点替她疼痛，更感到一种说不清楚的、想要代表读书会又不止于读书会的抱歉。

"那你，干吗还要参加呢？"轻声地问。

"哈，我不是要吃饭嘛！"河山惊讶地高抬眉毛，"你真是公子哥儿做惯了，公家饭吃惯了，都不晓得，饭是要找，才有得吃。我不是做少儿艺培嘛，看能不能在她们当中，发展一点业务的。"河山叹息一声，他嗅到一股熟悉而可厌的气息，果然，她滔滔然往下："我一直在找个场地，想做一场师生艺术联展，推一下我们的艺培招牌。场地也不见得要很大，书法绘画全上墙，器乐做现场表演，再请一些……"

王桑立即打方向灯，一个急刹靠边。他还傻乎乎的为她感慨呢。不消说，她是看中了凹九的那个活动室，这话只要一起头，后面肯定埋伏着一串要求，这种"洽谈"模式，他太熟悉了，每天上班有一半时间是这样的套近乎，拐七拐八的圈内关系，租金上能不能打折，时间上可不可套一个双休日，能不能请个副厅以上的领导嘉宾，请个协会副主席……事情并不算事情，主要是反感她这样不紧不慢、非常老练地来利用他。

他打开车内顶灯，光线扎眼地刺下来："恐怕得招呼在前，我从不把私人关系带到工作上去。"

河山正愕然抚胸："吓我一跳，还以为路上冒出一只野兔。"继而大笑，"倒是要请教一下，你我之间，有什么私人关系？还是你心里已经有了？暗示我将要发生？"

王桑不语，河山这诘问搞得他无法接口，也觉得自己实在反应过激。她这就是一场少儿教育类的小活动，找个由头打个折扣也不是不可以。但不行，只要跟河山有关，脑子里似乎总有种脏乎乎的刺激，叫他敏感又警惕。同样是副驾驶这个位置，丁宁坐着，随便她说什么，哪怕说着说着能哭起来，他都能老和尚入定，如一件铁布衫把自己罩得风雨不透。可河山坐在这里，他的感官就可怕地升级了。睫毛眨动。细白的右手伸过来插入安全带，青苹果色的长指甲。鼻息轻柔，蔷薇般的味道……他十分清楚这些反应的荒唐，他对河山，都谈不上赞同或欣赏，更遑论爱。但切切实实的，就是能感受到身体里一层层泛起的亲狎肉欲，以及对那种欲望的无限愤怒。

身体和心理上都感觉太混乱了。后半程的路上，再无交谈。到达后，王桑绕过去扶她，借助她的肘部，搭一点腰肢，承受她大半个身体，软绵绵的千金之重。他绝望地想着几步之遥的租屋，要送她上楼、要进屋子里吗？又想起谢老师那含糊而服气的口气："嘿嘿，有意思，她可真是有点儿意思。"琴挑、踏伞、佳期、幽媾。月色在天，佳人侧畔，露冷霜凝，衾儿枕儿谁共温？各样的戏里风流，一起在脑子里煽风点火。

"给我点根烟。你也吹吹风吧。"河山十足看透他似的，停下来靠个邮筒，"心里有点动火吧？哈哈，我特别熟悉这种表情。是不是觉着我太卑鄙了，就这么个小破艺培机构，搞个小破师生展览，居然还跟你套近乎。看来，你是含着金钥匙的小白兔呢，当然跳得远远的，啥也不沾通身雪白。我，可是要讨生活的人明白吗？就得跟有权有势的人打交道，确实好办事、还能省钱。哦，别这样子，还同情上我了吗？得了，可轮不到你。"河山嗤地笑起来，她弹掉还有一小半的烟头，又让王桑给她点了一根，火光一闪，照着她的脸，她那双灼烈的眼睛，何止是火苗，是熊熊怒火和毫不留情的奚落，"真的轮不到你。打从穆沧那儿第一天见到你，就瞧出你是个空心稻草人了，既劳不了心，也劳不了力，还瞧不上这，看不上那的。有意思吗？你真喜欢自己这样，整个人都'不存在'？要不是看沧面上，我都不想跟你这种一点儿不实用的家伙啰嗦。"

她抬抬下巴。王桑重新搀扶起她往楼道里去，扶着她肘部的那半只手，遽然凉了下来，如临深渊的罂粟时刻，过去了。她的吹气如兰，像寒风飕飕："嗳，我有个独门秘方儿，不妨告诉你。回家照照镜子——使劲儿盯着自己看，往镜子深处看，你会看得清清楚楚的：你愿意活成什么样儿，而绝不能是别的什么样儿。真的，镜子会照出你来。"

……河山的那一连串嘲笑，直到此时，仍像一把碎针扎在耳朵里。王桑站起身往家走，不需要照镜子，他知道自己的皮相，知道脸上的经纬残痕，韬略隐约，还有看不见的怯懦。夜色深了一些，街对过来来往往的面孔更加影绰了。路灯、车灯与店铺灯光两两交投，形成一种流动的舞台感，似又看到盔帽箭衣装扮的行者林冲，正侧身穿梭，在庙堂与草莽间奔走吁告，定夺此身……近了又远，清晰了，模糊了，电光火石，迢递接继，从箭衣绑腿到西装革履，苍茫大地山明水暗，一代代人在勾连之中彼此慰问，分担困境与痛楚。

一阵鼓急锣催，梆子叠响。王桑忽然间心如沸汤，凄凉近喜。他当然知道，自己想成为什么样的人。

十四　录音笔

1

我跟吉祥的事，老伙计你可给我记好喽，等你克隆了，你那些狗兄弟狗儿子狗孙子的，也帮着一代代的往下记。

要说这吉祥，首先一条就是胆子大，舍得一身剐。只带一个头两只手就去了深圳，整两年都没声没影儿，偶尔通消息，听来很不稳定，建筑工地，开饭馆，电子厂，倒腾配件生意。第三年春节，他回来过一趟，黑瘦黑瘦成了个南方佬，讲话也油里油气扬着尾音，一条腿压着另一条腿直抖："我替你蹚好水也铺好桥了，你这小马不用过河了，直接跟我走就行。电子厂有个副段长是我兄弟。你想去建筑公司也行，咱老资格的兵，做个工头问题不大。开馆子生意也准保火，那边全是外地人，什么菜都有人说是他们的家乡菜。"

那时机械厂更不行了，只发三成的工资，别的就是发铁锅、刀具、水壶、瓷脸盆，还发过剃头家伙和小五金套。收不了回款，下家就拿库存的玩意来顶，搞得家里跟杂货铺似的。吉祥到我家里玩，弄个瓷盆顶在头上，拿一只螺丝刀紧敲慢敲，二子那嘴巴，小雀儿一般，随着那点子，能数到三位数。谁不夸我家二子灵光，一条街所有的聪明都长他脑袋上了。我每天给云清上香，告诉她，王桑会成个大人才的，咱没白生。

我也是铆足了劲儿，从幼儿园就开始下血本。提前一年半就给他跑最牛的省级机关双语幼儿园，那个得有指标，可比跑二胎指标还要难。我把家里能搜刮出来的底子都去变了现，一路的下"药"，也不知倒了几手，终于给换出个指标条子来。就从那个时候起，包括还有后面好多事情，反反复复的，都让我晓得一个道理。什么叫人上人？没别的，就得做官老爷。所以我是铁了心的，得让我家最聪明的脑袋去给咱穆家出这个头，做官老爷去。

我这里刚办踏实，吉祥回来了，可真会挑时候啊，王桑的省级机关双语幼儿园不要了？再说，开餐馆、当小工头，还不如就跟这老机械厂磕到底呢。

吉祥没吭声，转回南方去了，他又去蹚了三年的水。再次回来记得是个大热天儿，刚开学不久，事先也没知会，就直接晃荡到宿舍楼来了。

这回啊，老松果，吉祥可大不一样了。真皮腰带，花衫衣，咖色呢西装，还架个墨镜，跷起腿来，大讲天下形势——香港都特别行政区了，晓得这什么概念？你动脑子想想——内部消息，上海下半年就要开证交所了，我们深圳听说也快了——开发区，动作大的，东一个西一个全要起来了，像浦东，离你多近啊，真可以去看看——可惜我们离开部队太早，啧，现在可是玩大了，都给联合国做军事观察员啦。他天上地下地吹，唾沫星子五颜六色，我这里却是越听越着恼。

我一把把他的墨镜给扯下来，先发制人："大哥你这是踩着点子来的吗？我家二子的课桌板凳还没坐热呢，而只要，只要踏进省实小，就等于一只脚踏进师大附中，而一只脚踏到师大附中，就等于半只脚踏到清华了，而半只脚到了清华你猜怎么样？"吉祥瞪着我，觉得我多愚昧似的。我索性一口回掉他："他会替穆家祖祖宗宗翻出大官牌子来。我不去，南边就是天堂我也不去。"其实也是嘴硬，那是一九九〇年了，老机械厂连空架子也垮了，各种小道消息像野耗子乱窜，有说要变卖厂房设备遣散回家的，有说要圈地划到高新区的，有说连人带厂囫囵着打包卖给台湾商人的。

"就猜到你不肯动！哈哈，我有两全之策。"吉祥把墨镜又架到眼睛上，好像只有这样他才能讲得比较的高级。他举起右手："咱不耽误你家王桑做大官老爷。"他把右手举得超过头顶，代表官老爷，"你就近，就在郊区，去开个水泥厂，我跟你讲，不出三年，最多五年，那可不是王桑一个人，是你们全家，包括小沧，就都这么高，都是人上人。"他现在把左手也举过头顶，两只拳头彼此呼应，"穆老弟啊，给你讲个硬道理。有一样东西，是能跟人上人平起平坐，去叫板，甚至能压过一头的。啥呢，钞票。现在外头什么形势？完全就是赚钱的形势。我们特区都搞十年了，你还畏头缩尾的干吗呢？忘了我们当初吗？你把人家女同学的菜糠疙瘩饼都吃了，我呢，他妈的是靠蚂蟥血来填肚子。所以必须的，我们俩必须要发大财，要赚上大把的真金白银，连家带口的，肥肥地过起日子啊。"

他讲得这样雄阔，真挺澎湃人心的，松果啊，听得我也有点烧热起来。这都是最贴己的话，讲到我心尖儿上。他算孤家寡人，我可是有两个儿子啊，当然比哪个都想要过好日子。我抹一下脸，脸上烫烫的。我开始认真听他讲。

我为什么叫你搞水泥厂，讲个简单的

背景。省道国道你晓得的，修得够漂亮吧，以为那个就了不起吗？切，那都太慢了，现在全要搞高速。沈阳到大连算是第一条，就这个月刚开，呼呼跑上车了，接下来到处都在弄。我这几年，做的全是跟路有关的生意，太好做了。所以我想着，你就先从水泥上手好了。放心，东西南北全中国，都是大工地，所有地方都要浇水泥。你就等着数钱吧。

吉祥把起头的本钱给我都备好了——他说，回头深圳交易所，他就不去赶新鲜了，情愿投在我身上，赚了有他的份，赔了他也认。讲这话，恐怕也是为了让我心里自在点。总之就这么的，我开了衡祥水泥，我的第一个厂，那年我已四十岁了。后来我所有的公司，名号里都有一个"祥"字，但再没带过"衡"字。没人知道为什么，我告诉你，我只告诉你。不是因为吉祥帮了我，是因为，我把他这个人，给弄没了。

现在想想，事情，都是前一个生后一个的。衡祥水泥，就是后面所有事情的爹妈。

有总歪在轮椅中，带着病态的腮红，疲惫地把自己从书房里摇将出来，谢老师有点不忍："有这么个情况，得来报告下。"

穆沧的事。河山和他有个分工，她给穆沧做社交训练，谢老师则负责征友，到后期见面，她每一个都会参与把关。他已到穆沧那里拍了些镜头并精剪成了一条短视频，沙漏拼图飞行棋都呈现了，同时也老实交代了，因"知名企业家"父亲健康状况欠佳，希望从速完婚得子，以承家业——谢老师希望有总不要介意他实话实说，信息要充分直观，交换才能准确高效。

这跟商业合作是一个道理。有总眯眼歇着，漠然，显然对此事毫不指望。

那么对女方，提什么要求呢，这相当于给大数据加筛选公式，得好好盘算。来跟有总商量的，就是这个。最好本地人氏，年龄相当，还得"容貌姣好"，别以为沧啥都不懂。谢老师查过，自闭症也好，阿斯伯格征也好，对异性的容貌，是有相当的反射的。这也可以解释，穆沧对河山，明显比对丁宁要亲近得多……

有总不耐地打断："最根本的，你给我问问——如果手头有好多钱，她最想要干什么。不就冲钱来的吗？我倒有点好奇。"

"这问题好。另外，去西北的事。"谢老师假装顺便提一嘴，其实这才是他今天真正要问的。穆沧征友，那多少带点玩耍的意思。河山寻亲才是正经。河山越是做出那要强的样子，他越是想帮她，"您上次好像说，有啥资料？"

"没资料，只有点小故事。"有总摸一把脚下的老狗，"我会跟松果讲。要不你回头再问松果吧——"松果摇摇尾巴，嗓子里发出含糊的咕噜声。

"咕噜噜。"谢老师也在嗓子里模拟着，压抑着巨大的喜悦。有总这是正式松口了，他可以听录音了！

2

唉哟老松果，瞧你这口水淌的。醒来，醒来。咱爷儿俩继续。

上午讲哪儿了？给小谢打了个岔。他其实也是想打听河山妈妈的。理论上说，她比吉祥小十五岁，应当还在，小谢还有希望能把她给找出来。

其实在托小谢之前，老早老早，我已

302

找过她两次，距离最近时，她离我就几米……两次我都临时决定放手了。一切迹象都表明：吉祥上当了。包括到今天，我都这么认为。

所以得先说说吉祥的上当。正好，就接着上午吧。

真正做起事来，吉祥让我很吃惊。筹备水泥厂过程中，那气魄、手笔，跟市政城建工商税务，包括上家下家打交道的那个劲儿，可真叫我开眼。老话说的，与君一席谈胜读十年书。放他身上，凑一句，叫，跟他跑一天，江湖走十年。

当时我也是蛮感慨的。我知道吉祥比我强点儿，他能画两笔，能说几句，也强得有限。可松果你看看，南边这六年下来，他可真是改头换脚了，一下子把我给扔到小旮旯去了。要六年前，我咬咬牙跟着就去了，我不也同样的改头换脚吗？说不定能攒下很多钱，能找到个好医生，都把穆沧给瞧好呢——每次回家看到小沧，牙根里总是泛起苦水。当然了，吉祥是我的领路大哥，我该替他高兴才是。现在回过头看，后面出事情，跟我这些想法，多少也有点关系。

由头，是个大单子，吉祥替我勾连好的通州二建。通州这个地方，能工巧匠多，老早就搞起了建筑合作社，援疆援庆的时候，他们就打出名气，后来改成公司，正赶着全国大基建的节奏，更是火力齐开，没日没夜地吃水泥吃钢筋。衡祥水泥跟他们挂上勾，那等于是躺倒了也能吃肉喝汤。联系好二建那头，吉祥就订好回南方的日子，这大单子他让我自己去签，就此全面接上头。

这一趟回来，为着衡祥水泥厂，吉祥是从无到有、一手一脚地帮我张罗，除了中间回去过一趟，前后待了有五个月，终于是要走了。第二天上午我去通州，他第三天一早回深圳。所以前一天晚上，他给我喝壮胆酒，我给他喝送行酒，哥儿俩喝了顿大的。我有点舍不得。当然，走了也好的。得他走了，我才真正是衡祥水泥的老板，说话算话的人。

大酒干完回到家，到房间看两儿子。老天，二子那额头，烧得烫手，翻开眼皮看看，哪里有眼白，全是血红丝丝。抖着手找出温度计，三十九度五，再量一回，四十度了。这太吓人了。我在外头吃喝了三四个小时，他可能就烧了三四个小时。他这可是要考北大清华的脑瓜子啊。他要烧坏脑子，我就俩傻儿子了，我要拉着他们一起去见云清了。

管他妈什么衡祥，什么水泥，什么大单子，什么二建，全他妈的统统见鬼去吧。我就做穷光蛋好了，我只要二子的脑子好好的。这是冲连夜赶过来的吉祥嚷嚷的。他带着我们到省人民医院，上下里外的一通张罗。这当中二子又拉起肚子，还翻着眼皮昏厥过一次，症状凶险。医院的那硬折椅上，吉祥陪我坐了大半夜，我俩扔了一地的烟头。

你放心，二建那边，我替你跑。头一份合同，咱不改日子。小孩的事情，都是最大的。吉祥劝解我，他神情显得很怪，太温柔了。但我没力气多想。隔了一会儿，他突然有点扭捏。跟你讲个事，我在那边，好上了一个女人，比我小十五岁。

我愣愣地转向吉祥，注意力尽量跟上。记得他上次回来，我还劝他的，离掉，在南边重新找一个过日子吧。他当时还大摇其头，说南边哪有能做老婆的女人，能睡的倒是满地都有。怎么这回就"好上了"？

他避开问题，喜滋滋地凑近我，中途不是回过南边一趟的吗？嗯，说是开始害喜了。小老弟我啊，也要有儿子了。

烟抽太多，整个嘴里发木。我木着舌头赶紧道贺，只是心里不踏实，那可是南边啊。南方那些打工妹，跟我们一样，都是光秃秃的穷出身，到处抓挠机会找肥膀子吊呢。我太知道吉祥有多喜欢孩子了。哪会这么巧的，他回去一下，就怀上了。可人就是这样，哪里有想法，哪里就容易着了人家的道儿。

吉祥看我表情，笑了起来，不会搞错的，我们好了有半年多了。我开了春就回来离婚，等宝宝生下来，婚酒洗三酒合起来，大办一场。到时正好请你们去南边耍一趟，让王桑给新娘子拖纱裙，你呢，好歹也给我家儿子把一回屎尿去。

能说什么呢，我有气无力地祝他双喜临门。这时天也快亮了，吉祥跑厕所洗把脸，说他得赶早动身，签好谈好，当夜再赶回来，也不耽误回南方，女人可说好在等着呢。我当时整个人都是散黄儿的，挥手由着他去。事情就这么出来了——拦也不住。我说过的，前一件事情总是后一件事情的亲爹亲妈。

就是从通州回来的夜车上，接近凌晨。吉祥坐着的红普桑，被一辆大卡车抱上了后屁股。卡车上满载生猪，睡梦中的生猪被歪倒的车厢甩出，以为已到屠宰场，嗷嗷嗷满地滚跑。

吉祥和两车的司机都被送到医院，就我守着二子的那家人民医院。他状况不错，猪嗷嗷叫的笑话还是吉祥自己跟我讲的。我看吉祥这边还可以，就又小跑步去楼下，照应二子的输液情况。前后不过十分钟，等我回去，看到一圈人围在吉祥身边，说是内脏大出血，在搞电击还是什么，只看到他两只脚在一抖一抖——救过来了，吉祥到底才四十出头，机能还是顽强的。

但吉祥想得远了。到晚上，拔掉呼吸机之后，他跟我交代了几桩事，讲一段，歇一会儿。不听我拦他。

讲南边生意的情况。哪几笔应收未收应放未放，哪几笔业务还在手上。最好得替他去走上一圈打个招呼。尤其是欠着的，得清账。他不想落个混名去死。他用嘴呶呶病房的杂物柜，叫我拿出他裤带，那时流行这样，一串钥匙穿在皮带上挂腰里。他一枚枚排数钥匙，金色这把，是公司大门，小的几把，是他办公桌上下抽屉。串红绳的，是睡觉的小房间。我那小公司，全在这串钥匙上了。他笑了下，叫我把钥匙挂我腰里，替他先保管着。

接着讲他在银行的保密户头，里头是他这些年的心血，也是私房。他小声讲了一个数目。太吓人了，我压下吸气的声音。吉祥可太能干了。

歇一阵后，他示意我替他摸出皮夹子，夹层里有张小照——我在皮夹子里也放了照片，是兄弟俩。看他把这女人小照也放在皮夹子里，就知道，他当真了。

女人大名沈红莲。吉祥仔细讲了她做啤酒导购的小饭店，那是他们初识的地方，又讲了她的租屋地址，如何联系什么的。让我把前面交代的那笔私房钱，全交把她，给她和肚里的孩子用。我点头。他让我重复一遍沈红莲的信息和他的交代。"有我在呢，还有咱衡祥水泥在呢。"末了，我还加了这么一句。他就紧紧握一握我的手。

至于这边老婆，我明面上也有些存款，包括电影院那边的工龄补偿款，都没动，她才不会吃亏。那个保密账户，吉祥突然笑了一下。当时我去办，就要填一个意外委托人。能委托谁？当然是你，我只信你，也只记得你的身份证号。没想到，还真跟你交代上这事了。

听到他这句话，我都不敢再看他，心里突然就害怕得不得了。夜深了，不早了，我让他赶紧歇着，好好睡一觉……大概七个小时后，吉祥死了。

我不想说他的死。

不管怎么说，吉祥的托付，一是私房钱，一是女人与孩子，就此交与我了。

吉祥的估猜没错，他死后，给他戴绿帽子的老婆把他里外三层给掏了个遍，甚至快我一步，带着她哥嫂，摸着吉祥的公司，直接破门而入，又哭又嚎地把几个员工就地解散，然后乒乒乓乓一通，空调电脑电话桌椅统统都折价变现，等我赶过去，真是连根鸡毛都没有剩。握着吉祥那串没用了的钥匙，狼藉里站了好一会儿，除了可以想见的愤怒，还有一丝我想不到的解脱感。这恶婆娘干得狠、也干得好哇，她这一通扫荡，等于把吉祥在南方的这六年，全都给抹得一干二净了。别说我了，就算沈红莲跑来找，也像噩梦一场了。

我掉脸就去了银行，办出保密户头里的那笔巨款，用我的名字存成个活期折子，薄薄一片塞在腰包夹层里。那时流行一种腰包，系在皮带外头，紧贴肚皮，安全。系着腰包，我连着跑了两天，去跟吉祥交代过的那些上家下家打了一圈招呼，结清欠款。深圳那里，估计一天能成立上百家公司，也倒掉上百家公司。我的上门让他们有点意外。我掏出的名片虽然只是内地一个小小水泥厂，他们倒是看得起，吉祥的兄弟嘛，就是我们的兄弟。他们替我在四方拉拢生意，有的还指点我，内地形势也要起来了，除了水泥，小兄弟你要再往前多想几步。"想要富，先修路"，修完了路，这一条条大路的，能空着吗？想想下面该干什么呢？他们启发我。

路上得跑车，跟车子有关的生意！我举起手高声答道，感到自己一下子开窍了，从此就开窍了。对，想好了你就先下手为强，起早发大利。他们直拍我的肩膀，认为我脑子不比吉祥差。我就说呢，怪不得吉祥能干，他这些南方朋友都太狠了。

我当时就特别的按捺不住，腰包里的那张存折也按捺不住，蠢动着。我在外头走，满街看到的脸，都是打工仔，也都是小老板，都是那种兴致勃勃、做事情、抓机会的神气，我，怎么就不能呢？这两个按捺不住，一个肚皮上的包，一个肩膀上的脑袋，两边都想接头，想合着一处，大干一场。可，老松果啊，这中间被谁给碍着呢？沈红莲。

平心而论，找沈红莲，本是我这次来南方的两大任务之一。但因为存着疑窦之心，我留在最后。

她已不在饭店做啤酒导购了。按照吉祥给的地址，我摸到她的租住处，远远的斜拐角找个地方守着。那几天正热，太阳毒辣，她到傍晚才出来了，跟皮夹照片上比，更清瘦了些。我远远跟着。后面看上去，腰很直，屁股还是紧紧的，整个人细长。这不是下流的意思，我是在琢磨。从吉祥告诉我的日子算，得是四个月左右的身孕。我拼命回忆，对比云清，印象中她老早的，屁股就肥圆了，走路两边摆。瘦女人就这么不显怀吗？她在菜场转悠了两圈，看看这看看那，最后跟一个快要收摊子的老大娘讲了半天价，挑了一把快蔫了的青菜，还有两只软乎乎的茄子。她还价和掏钱的样子，让我想到了在老机械厂的那些穷苦光景。我很不喜欢看到的这一幕。

咂咂嘴，我重新琢磨她的肚子，觉得不够大，真不太大，那看上去的一点圆弧，只是脂肪也说不定。会不会是做掉了？想想看，站在吉祥那人去楼空的公司，她还会抱什么指望呢？这可是深圳哪，南来北往的小老板，一茬一茬的外来妹，满大街都是这样的露水情缘，怎么可能守这个坑，肯定得另起一行重新开始嘛。要我说，但凡有点脑子就该做掉。这么一想，再看她的肚子，简直就平的嘛。

我明智地停下步子，立即做了决定：不跟了，不打照面。我不能把吉祥这个错误想法给错误地执行出去，他的钱应当做更值当的事情，而不是去给这段已蒸发掉的露水情史打水漂。我会让钱生钱，一步步做出更大的事情。

我就带着腰包转道回去了。

回来之后，有吉祥替我签下的那笔大单子托底，衡祥水泥很快上手了，两年之后，稳扎下来，我立刻腾出手，开始琢磨"路上跑的"生意。四只轮子，我一时没那个胆量，但两只轮子的摩托，可以先试试。就用吉祥那笔款子做启动，先从摩托销售、连锁维修干起，然后一步步升级，搞汽修汽配连锁，再搞中短途运输、长途大货、客运承包，成了"运输魔王"……

其实我心里一直对这个女人不大踏实。万一我给搞岔了，那就是把吉祥的亲骨肉给抛洒了呀。所以，一过了资金最吃紧的时候，有了腾挪空间，我决定再去找一次她。

这就有了第二次的找沈红莲，比上次要诚心多了。回想我最初对沈红莲的推测，是有点自说自话。这回我想好好补救，就

等于借用了五年，再回头还她呗，这道理也没太差。

不在那租屋了，她搬走了，说是跟一个男人。打听到新住址摸过去，说，又搬了，听描述，是不同的男人。几个地方一倒腾，线索就断了，找不下去了——你想，真正的本分女人，不都像老槐树似的，站哪儿是哪儿，一辈子不挪窝的，哪会像她这样。第二个房东提到她有个小孩，可这又能说明什么呢，谁晓得她前后跟几个男人了。想再多问几句，人家已不肯开门，还以为我是沈红莲从前的姘头呢。倒是隔壁有个老奶奶瞧我太"痴情"了，颠三倒四跟我说了几句。

说就为有个娃娃，两人总在半夜厮打，连那女娃也常是鼻青脸肿。沈红莲好几次求老奶奶替她找人收养。深圳这里，都是揾食的人，谁平白要个拖累呢。吵到最后那男人就搬走了，把这里房租也断掉。过不多久，有个挂粗金链子的男人开个车子来替她搬家。老太太听沈红莲讲，女娃要送回天水了，老家里有个瞎眼老姨妈。

好吧，我再次决定放下她，跟上次一样果断，也差不多一样的理直气壮：没办法，只能随她去，我就是想救风尘，也找不到这风尘飘到哪里了呀。但，那送回天水的女娃娃，我倒是想找一找，可能跟吉祥无关，就当是帮个可怜孩子吧，这也够对得起沈红莲了。我在回去的路上一路打瞌睡，一路自我分辩，觉得我都还在道理上，甚至可以说仁至义尽了。

就这么的，我把重点放到了小孩身上。天水小地方，辗转一番，找到沈红莲的瞎姨母，老人家已去世一年多。女娃娃呢？无人知晓。问到民政局下头的福利院，挨个孤儿的人头摸，都没查到。后来当地有

人讲,说县里有个大善人办了家"爱心驿站",不管弃婴、残婴、病婴都收,大爱无疆,还给评上了什么年度感动人物,名声在外,全国各地捐款很多,那里的条件,据说比福利院还强,会不会沈红莲或者她瞎姨母是想到了这个去处?

电话打去,几个要素一摆,能对上的就一个女娃娃。叫什么?河山。行,那就她,我认她做干女儿。天水交通不便,生意上又忙得要命,也懒得跑一趟了——主要,不太想见那娃娃。就到今天,我也不想见。就是不想见。

河山是不是沈红莲的女儿,概率当在百分之九十以上,是不是何吉祥的遗腹,这得找到沈红莲,问她。所以现在就看小谢的本事了。好吧,老松果,关于沈红莲,小谢要问你,你就统统地,把这些汪汪给他。

3

谢老师听到这里笑了。事实上,最先听到这些个录音的,不是他谢老师,是穆沧。

穆沧的"睡前故事"上次没解决,又到周六,王桑此次有备而来,催眠弦乐,睡前读首诗,鞠萍姐姐讲故事,经典诵读红楼梦,树林里的雨声与虫鸣。一一播放。穆沧皆是掩耳不闻,像被断奶的宝宝,张大嘴呜呜呜,眼泪鼻涕一片滂沱,王桑还在试,他便撞起头来,撞柜子撞墙撞门,额角嘴角都被磕碰出几道血印子。

有总这次也沉不住气了,才看了一会儿屏幕,就直拍沙发背,催谢老师过去。穆沧身量高大,恐王桑搞不过。

谢老师其实急于回家,他那天是背电脑去的,把录音笔里的东西都给下载出来了。有总录得可真不少,他按时间分别取了文档名,已有二十六段了——这是他多渴望的内容啊,当然也有点伤感:有总不再跟他绷着了。这当然不代表有总开始信任他,这只说明一点,他不介意暴露他的秘密了,他是真的,要离场了。

来不及体味这突如其来的情绪。遵命下楼,过街,再爬楼,吭哧着赶到穆沧那顶楼小屋,无计可施的王桑只得又放出最后那张 CD,妈妈云清的《九色鹿》一响起,穆沧的碰撞翻滚却更加剧烈了,能感到他胖大横倒的身体里,奔涌着一股根本的绝望——回不来了,从三岁时就开始的,每晚听着入睡的,笃定得有如日升月落的睡前故事,是再也回不来了。他那无法表达的模样,真叫人看不下去。

也不知是哪根弦一动,谢老师突然想到,穆沧是不是喜欢听他熟悉的声音呢?他把包里的电脑打开,调出有总最早一天的录音,接通 USB 输出播放。

松果啊你两个月到我家的,算我狗儿子,可比他们两个都强多了。嗫,不对,你这岁数,也等于七老八十了,也算老哥儿俩。我这辈子啊,就没交到一个真兄弟。要么是别人不配,要么我不配。打今天起,咱们爷儿俩哥儿俩,好好来讲点古,等于传狗不传人吧。

王桑略有尴尬,谢老师也臊眉耷目地咧咧嘴。有总这一段,骂倒他们两个。"嗯,他录着解解闷儿的。"谢老师含糊地解释。

录音笔效果太好了。但也不像王桑找

来的那种音频制作，那些都太干净太讲究了。有总这个录音，完全就是他原样原貌。嗓子很浊，时有痰音。嘴唇包牙齿，舌头里裹口水，可能口水里还有个茶叶梗子，他也不吐掉，就那样含着。有时啰里啰唆净是颠倒话。有时讲得太急，老吞字。有时又像是梦话，东跳一句西跳一句——可真真是如在耳侧、宛在眼前的一个"大活人"。

可能就是这种粗糙、不讲究的"活生生"，倒把穆沧给镇住了，遍是印痕的两只胳膊从脑袋上松开来，缝缝里露出眼睛，死盯着地面，集中注意力地听起来，一时都忘记打滚和呜咽了。

……也多少天没进这书房了，看这桌上的台历本子，一抹，一指肚的灰。翻翻看，全是空的。想从前那可是写满鬼画符哦。就先讲这台历吧。松果哎，这可是我的一个法宝……

穆沧真的没有再动弹，虽然给断了妈妈云清的奶，可这是爸爸穆有衡的声音啊，也是从小听到大的，可以抵个安慰奶嘴，陪他安眠的。王桑就势把CD机在床头放放好，替穆沧把身上的磕碰处涂上碘酒，贴上创可贴，又替他铺好被窝，关了大灯开地灯。这才跟谢老师一起轻轻撤了出去。

王桑满脸佩服，难得表示了谢意，鼻子都红了："我是完全没想到，沧是要听熟悉的声音。您这点子，太了不起了。"

谢老师心里确实挺得意，想到这也未及征求有总的意见，那就弥补一下，顺便递个好呗："我哪有这脑子，当然是有总！我以前给你爸讲过永生数字人，可以跟几百年后的子孙聊天说话。瞧你爸多聪明，这就活学活用上了。再说这对穆沧来说，可比听童话强多了。"

谢老师冲着冰箱上藏着摄像头的地方微微一笑。他相信，有总肯定在假装发怒，要骂他几句，然后也挺满意地笑啦。

十五　卵

1

太惊讶了。一出医院八楼电梯，王桑就看到他们三个，生殖中心大牌子对面，他们占据了一条靠墙的长椅，像幅构图蹩脚的油画。丁宁两唇翕动，嘴里讲着什么。穆沧双手搁在腿上，如一口胖胖的笨钟。河山在他俩中间，一侧肩膀略低，正以一种不太常见的温和安抚着丁宁。她们两人这样亲昵了？王桑下意识地想藏起自己。

河山一眼瞥见，挥手招呼。林专家突然有一个紧急会诊，他们的人授恐怕要等个把小时。

人授是他们第二阶段的策略。丁宁仍是合作人的口气，祝贺哈，不再需要接触性同房了。不过成功率不高，估计也得试上五六次的。记住，等我这里卵泡成熟了，你要在三十六小时内提供你那部分。

本质上看，仍是精卵结合，其流程也十分简约。但王桑的感受更糟了。常会在展览、评审或会议这样冠冕堂皇的地方，突然接到内容耸听的电话，丁宁开口就是催，声音炸耳朵，这回我的主卵泡发育到十九毫米了,刚才测过宫颈黏液环境也不错。你马上就出来,赶在林一主任下班之前到,明天那个医生手法不行——于是穿过挤挤挨挨的喧闹市井,去往生殖中心八楼自慰。不论取自慰的哪一层含义,都是相反和滑稽的,心理与生理上的膈应感,难以外道,亦难以自道。

有次因事耽搁,迟到了。记得丁宁一见到他就背过身去,他近前了,她还是背着,他才要开口,丁宁忽地转过身来,怒火像机关枪扫射而来:知道吗你?为促这么一次排卵,我前面要喝二十天的汤药。打激素、抽血、查激素,天天儿的肚子挨两针,屁股挨一针,我等于没完没了地在跟针筒性交你知道吗?晓得我多讨厌测尿吗?像设计师对照色卡,各种光线下比对孕棒。姐妹们,记得昨天早上是淡淡的粉红,怎么今天早上又变成浅灰了?看看,像个笑话吧?像个疯女人吧?我都成疯女人了,你还好意思迟到啊你!

王桑直愣愣地听她咆哮。不论私下里还是公开场合,头一次看到丁宁这样。太惊骇了,几乎不忍相认。

急于交班的护士一脸不耐,驱赶牲口般地把王桑赶到取精室。快点,她说。梦魇般的老地方,像从尸体上剥衣服,他往下拉扯汗津津的裤子,拽出有点发粘的话儿来。他很不舒服,着急,疼痛,耻感。可跟丁宁那咆哮所带来的骇异相比,完全不值一提。他跟丁宁,确实到了最糟糕最艰难的地步。也许,他应当跟丁宁说出实情,关于他们这不幸婚姻的根源。啊不,王桑又感到那熟悉的恐惧与软弱,那会中止目前的一切。穆某,遗嘱,长子,无后。人们对他的笑话中,除了草包泥人儿,还会增加对男性能力的否定。今天这情况,只会更糟,河山也在这里……

河山随手塞给他一本丁宁的《孕育知识大全》:"你来、你来,考考穆沧吧。"穆沧搓搓手,两只脚愉快地并拢起来。

哦,王桑想起来,河山最近都在着力改造穆沧的社交能力。周五去下棋,会发现小白板上增加了一些红色五角星。干吗呢?穆沧式的回答:出门。继续专心掷骰子。原来就是跑医院啊。王桑翻开小书——什么是多囊卵巢综合征?HCG浓度与早早孕?穆沧果然张口便来,如小时候对答十万个为什么,只是那冷静又带点讽刺的遣词,分明带着丁宁的腔调。

连丁宁也从萎靡中笑起来:"前面八年加一块儿,都没跟他这一个月讲的话多,说掉几吨口水了。什么都肯听,越是枯燥,他越是听得认真。真亏得有他,不然我恐怕早憋疯了。"

河山得意地冲王桑上下一比划:"看,这么大一个公共场所,供穆沧熟悉、练习,既陪了丁宁,又普及两性知识,这不比谢老师的黄色笑话强一万倍吗?而且,你看——"

河山带有成果展示性的,让穆沧再去跑一趟林专家的办公室,打听下还要等多久;完了去自动售货机去买饮料。穆沧领命垂首而去,河山则眉眼舞动地炫耀起来,好像穆沧是她一手拉扯大的孩子。

"起先他可是诸事不理,只管闷头走路。还有个习惯,总把帽子往头上压,到热闹地儿,还要两手捂起耳朵,惹得别人更是要盯着瞧。怎么回事儿这人?后来我才搞清楚。"有次两人坐在化验中心,替丁宁等一个血检报告。他又是帽子扣脑袋,两手捂耳朵。你要、捂住什么?河山轻声问。沧把目光从他的脚移到河山的脚,左手拿下来，把一侧帽子褪掉，把半边脑袋往河山这边略靠一点，好似跟她分享一只耳机。他手指慢慢划过四周，像指点走马而来的东西。冲洗试管。打印药方。针头掉地了。笔敲桌子。撕开胶带。咳痰、没咳出来。干呕。扶梯咔咔咔。荧光灯管滋滋。轮椅在转。吊瓶滴水。运动鞋摩擦地面……只听到这里，河山就一伸手，替他戴好帽子，把左手又给他握到耳朵上去了。

"我们这大天使啊，注意力全在耳朵和鼻子，而不在人与事情上。所以你们想想，穆沧肯跟着我走出来、四处跑，也真是不容易哪。"讲到这里，河山忽然促狭地一拍手，"可那次我碰到了他的手！头一次啊，我心里正偷着乐呢。沧还是有反应了。他把左手给举在眼跟前，好像那上面刚刚发生了什么重大的事情，看得那叫一个费劲，那叫一个郑重。给他这么一来，搞得我的手也不对头了，发麻了都，肿起来了，不像我的手了——想我是什么人哪，什么阵仗没经过，哪会在乎这种手拉手的幼儿园把戏。"河山忍俊不禁，"咱们沧可太单纯啦，以后真要交上女朋友，可怎么办哦。"

王桑默然听着，觉得河山这似嗔似怨的活泼里，有些可疑的、溢出的东西。她显得太好心肠了。

"但别的事咱沧进步可快。排队、交费、拿药、取化验单，一来二去的，都成熟练工了，哪个科哪个室在几楼，主任门诊时间，化验报告几点可查，比医院里干了十八年的服务前台还清楚。尤其抓中草药的队，那是难中之难，野得很，这个往前拱那个往前蹭，吼叫呵斥吵闹呻吟，一团糟，沧也能跟他们挤在一起呢。所以你啊丁宁，你不要怕名堂复杂，生殖中心这里等于免费教学基地，沧会越来越能干的。"

丁宁如一片叶子，薄薄地贴在墙面上："好在是有你们两个。有一次我单独来，王桑又迟到，我那次……"河山伸手去轻拍丁宁，一边有意无意扫了王桑一眼。看来丁宁跟她讲过那次狮子吼。王桑忽感口干舌燥，他命令自己：一定要跟丁宁坦白，别再拖了，就今天吧。

穆沧拿着三人份的饮料，笑呵呵的，像一台小坦克，缓缓地移动过来了："林主任，还有，二十分钟。"他向河山的膝盖报告。丁宁是矿泉水。河山是冰咖。他一份橘子口味汽水。没有王桑的。显然他一向都是买三份。王桑满意地看到穆沧照顾着两个女人，简直比他强多了。

丁宁带点依赖的样子，欢迎穆沧回来："可正等着你的耳朵呢。来，继续给你讲'儿女成群'微信群的昵称，石头缝，母鸡，女娲，超生队长，瑞亚女神、悟空毫毛。有个学古典哲学的，叫蛙，我还以为有什么高级典故。一问，就为着蛙产卵，是一嘟噜子嘛。好玩吧。可她们一旦闯关成功，得，一秒钟都等不得，立刻就给换了，统一格式，球球妈，胖囡妈，丽莎妈，海星妈，宝儿妈。忙不迭的，赶紧把这一顶'妈妈'的帽子给戴妥了、压紧了，一心一意做起妈妈来。"丁宁讲到这里，突兀一笑，"真不知道，我这情况，也适合戴顶妈妈的帽子吗？"没问河山，也没看王桑，她朝向的是穆沧。

谁都听得出，丁宁的声音中并无期待，反而是痛楚与敌意，她已被压榨成一个毫无汁水也全无柔情的人，她似乎认为自己与"妈妈"这个称谓不可能匹配。王桑犹豫地，提示穆沧："说说呢？丁宁合不合适，做妈妈？"

"妈妈。"穆沧重复最后两个字，动一

动脚。王桑有点担心，除了那些听了二十多年但再也听不着的睡前童话，除了每晚放在枕头边的旧浴巾碎片，他到底知道"妈妈"是什么吗？

"妈妈，你明白吧？也叫母亲，都一样。"河山抿一下嘴唇，也有点不安。

"嗯。"穆沧眼皮还是下垂，处于他那种聚精会神里，"妈妈在哪、儿哪儿就、是最快乐、的地方。英国谚语。我的生命、是从睁开、眼睛、爱上、我母亲的、面孔开始、的。乔治·艾略特。无论我现、在怎么样、还是以后、会怎么样，都应当归、功于我天、使一般的、母亲。亚伯拉罕·林肯。人的嘴唇、所能发出、的最甜美、的字眼，就是'妈妈'。纪伯伦。世界上、其他一切、都是假的，空的，唯有母亲、才是真的，永恒的不、灭的。印度谚语。世界上有、一种最美、丽的声音，那便是母、亲的呼唤。但丁。"穆沧关于妈妈的名人名言看来积累得不多，念到此处，也便笑嘻嘻地戛然而止。

大家一时都没有吭声。穆沧这蹩脚的背诵，真是一点感染力都没有，可一切的滋味又都在，甚至满溢出来。河山把咖啡杯搁下来："对不起，我这一口气喝太急了……"她急促跑往最近一个卫生间，高跟鞋尖利地打着地面，王桑看着河山的身影，有点趔冲冲的，像折翼小鸟，滑行着扑将过去。

穆沧把《孕育知识大全》仔细收好，扣好帽子，像只大动物，温顺站起。他对丁宁精确报时，林主任的时间到了。

2

最受不了这八楼的卫生间了。一百年没打扫过吧，头发，纸团，痰迹，棉签，塑料袋，台面上啥都有。左边一个满面疲态的女人在虚弱地干呕，身上散发着尿与血的味道，整个生殖中心都是这股味儿。受够这个地方了，要不是为着丁宁，打死也不要见到这么多女人。太逗了，她们为什么要生小孩，为什么要被人叫妈妈。

穆沧所念的那些妈妈、母亲，听上去实在太好了，好得太可怕了，像一辆轰隆隆的火车，他念一句，身上碾过一节车厢，再念一句，又碾一节，身上疼得实在是坐不下去了。

妈妈。母亲。啥玩意儿呀——从来就不是纸条上的那个"莲花"。而是，魏妈妈。你没法向任何人承认：到现在，你还总是会想到她。

也怪艺培班最近太叫人丧气了。这个寒假班一共才收到五个班，统共五十九个学生，还有三个是教育局那边塞过来的，各种费用一刨，基本落不下什么。到一开春，房租准涨，倘若学生数目再上不来……那种熟悉的败落预感，阴风鬼火似的，又打后脊背那儿刮过来了。瞧瞧，就这倒霉的命，无论怎么的拼，到处做小伏低，到末了，就还是一个赔。而每次一赔，你就会想到魏妈妈——要她没出事，能一直跟着她混，就啥也不要烦了。

总记得魏妈妈被带走的那天，事先没有任何坏兆头。

一切都还是跟以前一样顺溜。魏妈妈这次跟你交代的，是位海关大员。后来那几年，她是越来越把你当合伙人了。会很详细地跟你讲明利害，对方怎样牛B，因为牛B所以特别难搞。跟打怪升级一样，魏妈妈喜欢把妖怪们讲得神乎其神。比如这位海关大员所负责的进口关税，他要两只眼都睁着，那不得了，税钱比货品本钱还多，他要闭一只眼睁一只眼，那也得一多半儿钱给上税了，他要两只眼都眯着呢，嘿，连货也看不见啦，还交啥税。

出征前，魏妈妈一边替你绑辫子一边发笑，她正把你尽可能收拾成学生模样，因这位海关大员指定的，只要小学生。你刚好六年级，确系如假包换的小学生。可你实在发育太好，个儿又高，怎么看都不像小学生。这不好笑吗？害得魏妈妈在拼命开动脑筋，替你铰了刘海，麻花辫改成两只小翘辫，夹起粉红夹子，一边满怀憧憬着，这回把海关给吃定了，那可厉害了，咱们说谁瞒报就瞒报，没瞒也是瞒，说谁没瞒就没瞒，瞒了也是没瞒。

魏妈妈的绕口令，你左耳朵进右耳出，你得预习、假想你将要做的部分。虽然是老把式，可每次都须得像第一次，这是成败的关键，要扮演出绝对的无措、挣扎，且这些动作里，得有适当的失误或愚蠢，从而构成微妙的导引，使身体进入到更危险的境地。紧接着，你就要考虑，为了安全的拖延，怎么样被扒掉衣服才麻烦，这麻烦还得构成挑逗。以及，怎么样的哀求哭泣，看上去弱小可怜，但更加激发对方的兽性，失掉警觉。等等。这些方面，一边实践一边体悟，需要不断精益求精的。

是啊，既巳撕碎南方纸条、断了后路，爱心驿站就是你的家了。你觉得这个决定是对的。跟着魏妈妈不算吃亏，给那么上下摸摸啃啃，扔到床上揉弄几下，完了就能给魏妈妈，等于也是给所有的兄弟姐妹们赚出各样开销，挺好。爱心驿站里头这么多老老小小、缺胳臂少腿的，活一天就有一天的成本，光靠捐款哪指得上，还是得靠自己。

可没想到，就是海关大员的这次。你照旧做你的小学生，魏妈妈照旧的派假公安跳出来，可随即，又跳出真公安来了……二跳着一，三又跳着二，这一大坨子的，就把魏妈妈给拖了出来。当时你身上已被剥得只剩件小汗衫了，有个女公安没头没脸地把你裹在一条大床单里，安置到警车最里头。你伸长脖子，扒着一道缝，从隔了栏杆的窗缝里到处看。怕看到，但看到了。你的魏妈妈，是她，又不再是她了。真是难过。

那是她从来没有过的样子，两手被架在脑袋后头，腰被人压得弯下，只能看着自己的鞋子走路，她衣服被扯得裂出口子，头上被人揪过或是打过，一小块头皮上沾着血……你觉着你比她还疼，还憋屈，真情愿他们打你揪你呢。可他们对你太客气了，轻声轻气的，一个劲儿地抚慰。好了小姑娘，都结束了，别怕别怕。

好个球啊怕个球啊，小姑娘个屁啊，你可真想去替魏妈妈受罪呢。还是让魏妈妈回爱心驿站去吧，那么多没人要的残娃病娃可怎么弄啊。"眨巴眼"只能看到0.2，先天没鼻子的"朝天椒"对花生过敏，小儿麻痹症"细杆子"到现在还尿床呢……

那就是你最后看到魏妈妈了。你倒是很快给放了出来，那些不认识的公安们都替你高兴，祝贺你获得新生开始新生活。可只有老天明白吧，你情愿继续原来的老生活。现在你再一次没家了。魏妈妈、驿站、歪瓜裂枣的兄弟姐妹，炮仗一样，统统都炸了、散了、空了。可真是孤儿的平方、立方。

直到你都上初二了，才看到魏妈妈的

下文。有人给了你张报纸，第七版下边，有魏妈妈的照片，很小，跟她一样小的有四五个，比她大的照片有张，说她是什么更大势力的小小棋子。报道太长了，没提她几行字，读不出什么。你只把魏妈妈那不太清楚的照片，看了又看。她头发白了大半，脸上浮胖，脖子里全是挂肉。想她原来，多讲究的。她总跟你说，女人的脖颈最重要，搭脸时绝不要漏掉。她的话你句句记得。包括到现在，只要对着镜子扑粉，卷睫毛，试衣服，都记着她是怎么教你的。哪怕明知俗气，你还是想扮成她教你的那样。

所以这能怪你吗？穆沧每念到一句妈妈、母亲，你从来都没法想到那亲生的……出发去天水的前一天，谢老师又找过你一次，显得没抓没落，好像士兵没有子弹。说穆老爹跟他讲的，还是陈年烂谷子，什么具体线索也没有。他一边说着，一边刻意地瞅瞅你，好像在暗示或索求什么，也可能是你太敏感——那个号码，在愤怒中给撕成碎片的那个号码，你一直记得。真是奇怪，只看了一眼，就记得了，跟刻在眼球上似的，随时会浮现出来，估计就是做梦，梦里头也能顺溜报出那串号码。

祝旅途顺利，你这样回答谢老师。你总不能跟他实说，说你并不想找到莲花。

对，不想。

你突然往镜子上啐了一口。边上一个干瘪得像木乃伊的女人正在整理她的假发，手一抖，假发滑下来，露出她的光头。

3

人工授精之后，丁宁给安置在一个休息间，她需要平躺半小时，王桑坐在一边。

出于保险或迷信，丁宁仍像前两次一样，在屁股下垫上了一只从家里带来的小枕头。她僵硬地仰面朝上，有如易碎品，两手扒着床板不动。王桑说话，她只把头侧过来一点。黑眼圈、细密鱼尾纹、眼白带血丝，瞳孔透黄。纯粹物理构成的眼睛，她并不看他这个人。

这反而是有帮助的，帮助他开口。没讲究什么手法，任何手法都会多一层令他自己也厌恶的东西。王桑只是平铺直叙，讲最基本的部分。

说圆圆脸。极详细，在与丁宁分手的那一年多，他所喜欢的、所交往的、并打算与之结婚的女孩。丁宁眼皮眨了几下，表示她听到了，还是纯粹物理性的眼睛，似乎表示，这也没什么的。这种"没什么"，比她的喋喋不休或咆哮更叫王桑担忧。

然后说穆某人。如何用他那一套官商为盟的说辞，表示对圆圆脸的倾向，而他因为一贯的逆反心决定对着干。然后，就这么"巧"的，丁宁回头来找他，内外呼应中，遂成天作之合。要马虎点儿的话，日子照样能过，他就是这样一路对付着下来的。但王桑今天要说实话——他马虎不了，他过不去。他痛恨自己那个愚蠢的选择，也不满于丁宁无意中的合作："我知道你好，你对我很好。可我这里，好不了。对你，对我们这个婚姻，对可能有的小孩，恐怕是好不过来了。你明白吗？"

丁宁侧侧头，示意床头的手机。王桑看了看，离半小时还有七分钟。丁宁这是在酝酿她的反应吗？王桑会全盘照收的。满满的，丁宁躺足剩下的时间，然后把双腿高高举起，像晃荡一个瓶子，扶着自己的腰臀部，左三下、右三下地慢慢摆动，让那一对背负众望的精子卵子，更深地沉到她的子宫内部。

这才坐起来，半口半口的喝水："我猜了整八年的哑谜。"丁宁脸上有点含糊，浓雾中才奔走出来的样子，"我就一直在猜，到底是我哪里不对呢？要怎么样才能唤回你呢？你总还记得，我是多努力的吧，努力得都能杀人放火了。哈哈。"她发笑，但克制地，以免震动身体。脸上短暂地阴沉了一瞬，随即带点戏谑，"原来，这莫名其妙、怪胎似的八年，我是被你们父子俩的斗法，给活活捎搭进去了。"丁宁等自己的肚子适应了坐姿，又以慢动作下床穿鞋，"老人家要是换个方向再补一刀就好了，负负得正，你现在就跟圆圆脸结婚了，然后你念念不忘的，就是我了。哈哈。"

"不管怎么说。我的意思是，你有权利停下来。现在、随时。完全由你做主。"王桑终于说出来了。他想到稍早时，河山所剜过他脸上的那一眼，真希望她此刻能听到。又想到远远悬在头顶上的遗嘱之剑，想到穆某在背后的运筹帷幄。他有点替自己骄傲，他想他并非真的懦弱。

她没有回答王桑，她可忙着呢，顾不上理会王桑这些鸡零狗碎。她跟半小时前一样单薄，却像抱着一个大瓷瓶似的，寸着脚慢慢往外挪。好像她越是做出笨重的样子，子宫里那两个微不可见的玩意，就越是能够不辱使命、完美结合。

王桑拉后一步，看着丁宁的背影，不大明白，可得承认，他大大松了一口气，脚下简直都有点发软。可丁宁的反问让他很别扭，也很震惊，真是那样吗——假如穆某当初是反过来干的，他现在也会对丁宁念念不忘？还真从来没想到过这一点。

十六　　垃圾

1

"喏。"有总抬抬下巴，书房排着两个大纸箱，这是上一周刚整出来的。整个冬季，他都在扔东西，隔三岔五的，谢老师过来带一堆下楼。

谢老师大致翻了下。是各种证书奖牌，乱乱地摞了有大半箱，"爱岗敬业标兵""MBA研修班优秀学员""创业十大风云人物""管委会建设有功个人""二〇〇二年年度诚信企业家"。谢老师咂嘴，这些小红花或大叱咤，可有他不少心血，从表格到洋洋洒洒的事迹材料可都是他弄的。有总好胜心又强，谢老师总得使出三头六臂的气力去捣鼓。当时那叫一个争啊，这一下子都弃若草履了？

下头还卷巴着几摞报纸杂志。随手抽出一本，一打开就看到大幅的穆有衡特写。政府领导人一样，桌上一面小国旗一面公司LOGO旗，手里握着英雄牌水笔，摊着大十六开的笔记本。但凡需要放照片，他都钦定这张毫无特色、叫人看了就忘的照片。要说这些报纸杂志，全是谢老师组织的专访与特写，虽然都写得挺水的。记者就是这样，偷偷摸摸、踩雷跨线的稿子，那叫一个刻苦，金主花钱约稿的软文，反而不上心，扔了也不可惜。有他的红皮本子呢，会写出真正的好东西的。

另一箱是照片。各种会议卷筒照,会标下的面孔统统绿豆大小。还有各种合影,也都是马踏春风、一阵风过的彼时人物。某退位副部级,某常委,某董事长,某空军大校,某名人之后。握手接见,领奖颁奖,亲切交谈,视察参观,共同举杯。有总很注意搜集这些,重要场合要准备两个摄影师,从各个角度捕捉他与贵宾人物的亲密镜头,再放大装框。起先挂办公室,挂不下之后挂会议室,挂走廊,特别的土。

照片墙(素材19)。是谢老师过来后替他搞的一个荣誉展示厅,集中设计了照片墙,再加上矩阵图表、滚动视频、产品展示什么的,接待来客参观时,总算体面多了。主要问题就是不长久。几乎每年,由于各种"变动",总需要把某要人的照片抠去,或整张拿掉。最难处置的是那种,同一张合影中,左一已升迁至更高位置,需要其继续在此"蓬荜增辉",而右二已"进去"了,这就麻烦些。有总不怕烦,总是等到晚上,他拉着谢老师一起对着照片墙,满口的插科打诨,指点这一番物是人非。回忆他与某某,白脸吵过几次,尔后成了铁兄弟。又说某某某,口碑清正极了,其实背后统统直给。某某整天笑呵呵弥勒佛一般,可是使绊子的高手行家。瞧瞧,他们现在都哪里去了!看谁笑到最后。还是像我这样好哇,人民币总是颠扑不破的,人民币就是最美好的生活。他有意发出深沉的叹息。

对,想起来了,有一回他们需要"移除"一位退二线的政协委员,曾经平稳落地,后来翻老账给拔出萝卜的。拍这张照片时,他还在商贸局,过来给一个合资项目剪彩,站在照片正当中。有总瞅了几眼,"咦"了一声,谢老师也凑上去,他不认识此公,看了下面的图片说明,想起来了:"这是圆圆脸……父亲?"二人对看一眼,那时王桑才结婚三年。庆幸?先知先觉?逃过一劫?都太不合适。千万别跟王桑提。有总嘱了一句,再无多话。

还有个大纸袋子,是一大堆嘉宾胸牌、出入证、会议挂牌。五颜六色的带子夹缠在一处,胸牌里是各个年纪的穆有衡,二寸一寸,白底蓝底红底,名字烫金,中英双语。"中华物流商会高峰论坛""二〇一〇上海世博会某某馆特邀嘉宾""海峡情中秋两岸联谊""第五届国学大讲堂高研员"。马来西亚三日禅那个牌牌呢,记得禅修心意金是十万,给关在精舍里,少吃寡喝不许讲话,回来一过秤,肉掉了五斤,有总回家拍拍心口:"这肉怎么掉的,心疼,疼掉的呀。""斯威夫特高尔夫庄园"那个VIP更贵,但有总很满意:"图的又不是球,是打球的人。"

瞟一眼有总,正想开个玩笑,他又迷糊过去了。现在老这样,前一秒还指天讲地,后一秒,就蔫声儿了。跟他以前的走神不一样,是真的昏昏然,针戳也不跳了。谢老师于是更加从容地翻检了一通,也算是跟自己的这些年告别,心里还真有点异样,有总真开始断舍离了。

上个星期,去天水之前,有总还让他扔掉了两袋的旧日历芯子,不重,一趟头也就能拎下楼了。跟有总这么多年,真是没太注意他桌上的台历,还是在他录音笔里,才听到他洋洋自得的"揭密",遂也列了个小题,**台历**(素材110)。还没来得及展开,他这里就统统要扔了。谢老师想留下来做个私人纪念,哪怕一本呢。他坚决不肯,要纪念品还不容易,你到东郊那边,随便拿好了。是啊,东郊别墅那边,还塞着好多假模假式的古玩与收藏呢,可那满屋子,简直都抵不上有总的这些旧日历,可谓是黄金册页呢。

有总闭一闭眼,不听他的谄媚。扔掉好了。所有这些东西,只有我晓得来龙去脉,明白是咋回事,也只有我,是真的舍不得它们。亲手处置掉,最好。

听听,这完全就是将死之心啊。最近确实情况不太好,入冬后,一次在厕所,一次在阳台,已连着摔过两次,假牙都给磕得飞掉。尤其除夕夜,他坚持要看完春晚,说要再熬个跨年,台上才刚演到少年寺和尚打武术,突然的,他啥也看不见了,直嚷着说电视坏掉了——短暂性眼盲,不用请教医生都知道,是中风前兆。

想想这么多年,真是眼睁睁地看着他,生意上一步步撒手,肉体上老病加身,老狐狸成了老糊涂,记忆力与精气神儿,骨牌式的,一个压一个的扑倒。虽也是循序而来、应然之事,可这会儿,冷丁下看他两纸箱的旧物,如同猛回头跟从前的峥嵘打一个对照,确实还是怵目和伤怀的。似乎也有点明白有总的意思了。越是心爱之物,越是得自己动手,管杀管埋。

"许多事情真也忘了。等翻出来要扔,倒又想起来了,想得心口疼。能疼,就觉得还像个活人。"原来不是迷糊过去了,是他的眼皮,最近总十分肿大,厚帘子似的落在眼上。他突然长叹一声:"记得以前看报纸,有个专门查台湾寻亲死信的劳模投递员,三四十年前的错地址旧人名儿,他都能寻藤摸瓜地给查访出来。不知还健在吗?要是托他去找沈红莲,一准比你强多了。"

啧,有总还在怪他天水之行不力。可要叫谢老师看,收获还挺大,虽然是沉痛的一个收获。

2

其实他已做了一个策略性的回溯,往河山的小时候挖,河山小时候的尽头,不就站着沈红莲吗?有总所提供的爱心驿站,十五年前就被当地民政局的福利院给收编了。是急就章的收编,驿站那一块的资料皆是阙如。福利院一个负责孤儿档案的女人,啪啪地在电脑里查了半天,并没有河山在驿站那边的原始记录。但关于爱心驿站的一位大善人,叫作魏妈妈的,谢老师倒是听了个满筐满箩。

——随便多么稀里古怪的残障患儿,统统都收下,因而声名远播,引来善款如流水不断。她呢,也是能干,把残障孤儿们一鱼几吃,一手领国家的残障补贴,吃空头低保,另一手倒卖人头给劳务公司,帮企业签佣工合同减免税额,除开这些常规操作,她还替残病小孩开发出各种用处,搞车祸碰瓷,扮医闹,扮矿难家属,扮上访户子女什么的,效果极好。后来玩大了,又跟黑社会合作,搞起仙人跳什么的,去胁迫权力人物。这一部分显然是最有传播意味的,那女人直讲得眉目舞动,尤其是跟魏妈妈一起做局的那个女娃,别看是小人儿,真叫是个如花似玉楚楚可怜,据说当时被打包到派出所里,上上下下不相干的,都要设法跑去偷看她两眼。

谢老师听得心惊,有了极差的预感。那小女娃,叫什么?

那可不知道。魏妈妈在里头,据说吃不得苦,一碰就全交代了,跟剥花生似的,海关、医院、财政、公安。拆迁办,扯出一大嘟噜,把我们这边搞得热闹死了。但所有小孩的名字,不管是碰瓷敲诈还是仙人跳的,她是一个没讲。确实,小孩家家的,能知道什么,也不是一个两个,驿站里大部分小孩都有份的。

这位魏妈妈,关在一监还是省女监?谢老师想去探看。

您可别忙活了,进去没几年,就死在里头了。有说是病死的,有说是自己寻死的,有说是被搞死的,她讲太多了嘛。其实魏妈妈对小孩子还可以的,帮他们买药看病,找工作,介绍对象。她出事后,驿站的那些小孩,大的小的,都哭得跟没了亲娘老子一样。说来你不相信,她那坟上,每到清明,总有当年的小孩拖家带口的去看她,今年这几个去,明年那几个去,搞得魏妈妈比哪个死鬼都享福呢。

出来站在外面,看了一会儿街景。风停了,日头快要落下去,傍晚的天空显出一种灰蓝的澄明。前前后后全是各种高大楼宇,路道上也堵塞着大小车辆,街面大屏里明星脸庞滚动不休,俨然繁华之感。多少年了呀,这里也是改头换面慨而慷了。谢老师想起他最初受命而来看河山,不要谈机场了,下了绿皮普快还得倒长途汽车,四方里不是山便是陵,触目所见的人、车、房屋、街道,总有一种雾蒙蒙的寂寥感。他站在教室外面的操场一角,扑楞楞带着沙子的风里,交接带去的衣物。那时的河山不爱说话,对他甚是拘谨,满面警惕。

她变化很快,可能也因为上学迟了一年,到三四年级,个子直蹿上去,走路有点扭起来,打扮也不像小学生。谢老师当时就挺不习惯的。尤其到小学毕业后,她会主动粘着他,要求带她到校外逛逛,并伺机打听有总的情况,有时也跟谢老师斗嘴卖俏,颇有风情意味。现在算算,那正是魏妈妈倒了、爱心驿站没了之后,

她等于又被抛弃一次……

想想那时,对她是挺潦草的,应付差事的心态,总把往返车次对接得很紧凑,办完就撤,根本不晓得她的具体情形。这也得怪有总,他屏蔽了太多信息。又想起她师范毕业后至今的各种瞎扑腾,谢老师虽也跑前跑后帮了些忙,其实都有点冷心肠看热闹的意思。谢老师几乎忘了,也从没有真正意识到:河山是彻底的孤儿,她那套复杂的、贪婪又蛊惑人的作派,正是因为完全的孤立无援。

真应当对她好一点的。想起自己曾经对王桑直咂嘴,感叹说"这个河山有意思",其实哪里是有意思。河山的伶俐扮相,仿佛天生放浪的风情,对男女关系的应付自如,包括她在师范学院闹出的那些风流罪过,都是有出处的,是无人知晓的啼血之痕哪……

谢老师可再也不想客气了,他把几只纸箱子撇到一边,开口就冲有总打了一小梭子弹,这有点冒犯,可他没能忍住。怎么还能不满意这一趟天水之行呢,他抓到了河山全部不幸的根源哪。根源是什么,就是你老人家。从他动念占下沈红莲母女的救命钱,或者说,再早一点,从他固执地认为,何吉祥受骗了,从他不服气何吉祥的能干与好运,打那时就开始了。他就是河山的苦难之因。

有总默然听着,昏然无语,好一会儿,才神思恍惚般地反驳:"河山的命,也不是全不好。碰着魏妈妈了不是?这倒是个大善人,看她把河山,给保得多好。嗳,你哪天打听打听,像这样的爱心驿站,哪里还有吗?河山这等于是吃百家饭长大的,我乐意替她把饭给还到百家去,咱谁也不欠……"他热切地看一眼谢老师,寻找赞

同。谢老师气得扭过头,河山吃的可是百家苦啊,哪是百家饭。

僵了一会儿不见谢老师应声,有总突然生气了,血气直往脸上涌,通红,拍起沙发扶手:"谁知道河山是沈红莲跟哪个人生的?她就是生十个八个,这十个八个就是全扔到孤儿院,就是全跟黑社会玩仙人跳,跟我有什么关系啊。你他妈的,还是得找到沈红莲啊。我拜托你多少年了,你讲讲?我从头到尾一共就拜托过你两件事,哪一样做得好的?飞机来飞机去,高级酒店给你住,好酒好饭的管着,还有出差补贴呢,你真是连投递员都不如,人家蹬个自行车,两岸音讯不通三十年……"他前言不搭后语地大骂,手边拿起随便什么就扔。没力气,扔不出任何动静。两只垫子,滚落在脚下,老松果用爪子拨弄了两下。

谢老师起身,一口气抱起两个大纸箱加纸袋子,一堆的胸牌证件直顶到下巴颏,下楼走了。有总骂得也有道理,他是不够尽责,可也得怪河山,随便什么艰难时世,从来都一副心里有数、自有主张的老练样子,她哪怕就吐露半个字呢,他会坐视不管吗?她总在演,演得都忘了她为什么要这样演。

当然这样也挺好,相当于把粗盐、大料、辣子、陈醋、碱水,轮番地扔进去、腌泡起来,河山这才能发酵到位,并且更加的多滋多味,她会成为一个很"好写"的人物——刚想到这里,一下子面红耳赤,脚下差点趔趄跌倒。太罪过了,总还是忘不了自己那红皮本子。

3

小谢以为我在替自己开脱吗?一码归一码。我是真觉得,河山跟着魏妈妈,算不错。至于她那些路数,怎么讲呢,我也碰到过。

有那么几年,所谓世纪之交前后吧,我确实玩心挺重,主要也因为摊子铺得大,朋友交往多,当时都那个风气。可以这么说吧,只要出差,是夜夜不空床。这辈子我只认云清是我老婆,但下头的魔鬼不老实哇,就得给它往地狱里打。南方不错的,那里的地狱花样很多,也很容易处置,有事没事的我们都爱跑那边谈事。吃饭是你醉我倒,唱歌是你搂我抱,打魔鬼则是同甘共苦,有了最后一条,就是过硬的朋友了。

那次上当,是招待一个中韩合资公司的配货经理,为拿下他们华东区的显示器货运,我已下了半年功夫。配货经理跟我差不多大,也是苦出身,一路吭哧到这么个二级经理。我有心让他开荤,给他来了个大全套。哪晓得,到第二天十点多,我们才到餐厅坐下叫了火腿煎蛋,就有人送他一只大信封,全是他昨晚打魔鬼下地狱的照片,还附有一长串的姓名地址,老婆、小孩学校、上司、下属、父母。配货经理可真是疯了,手头要是有枪,肯定是先崩了我再自杀。

我费尽口舌,总算让他相信,这绝不是我的花招,然后我们再找出敌人所在。其实没悬念,就是现在跟他合作的货运公司,想拦住我这大动作。来了就不要怕,开足马力,干就是。我把大炮直接对准对家的上司,妈的,谁没破绽,没破绽我也要制造破绽。只要把他上司给咬住了,他这里自然就松口了。这样的事情,临到头上,谁还会注意到里头的小妹,不就跟抹布似的,早不知扔哪个角落里了——河山,也就是相当于这样的小妹。不过平心而论,

318

魏妈妈这手法，难度系数更大，但用得好的话，几乎没有讨价还价的余地。下次碰到狠角色，不妨也可学学这一招。

操，我这干吗呀，都快入土了，还要"学学这一招"。其实我的意思是，我并不像小谢那样反感魏妈妈，我得记着她的好，到底是她带大了河山。再说那时，大家做事情都蛮野的。就比方讲税银子这一块，名堂大了去。像严家兄弟两个，他们能跑，沿海二三线城市的开发区新区什么，轮着走，每个区都要搞招商引资嘛，上赶着的免地租，减地税，招工给补贴，人才给资金，项目给扶持，那叫一个两头甜，等把这截子甘蔗嚼得快成渣子了，就吐掉，抽金断水换地头，反正这些开发区的头头脑脑，换得比小老板还勤呢。无近路不快，无浮油不胖——我们这一拨子，不论是路桥、电缆、建材、钢线、美容、化工，起家瞎闯荡的阶段，都有最肥的几年，等到真正立起规矩上了规模，那油水也差不多了。后来他们就想别的花招，雷总和欧阳夫妇的新公司，就全注册到维尔京群岛、开曼群岛那边了，他们最早占着便宜，后来大家都跟上了，确实能省下不少税。不过魏妈妈也是好身手，直接打下海关来……算了，不讲这些，而今想想也挺腻味。

主要我是气小谢，他那口气，好像河山跟着魏妈妈所遭的事要算到我头上似的。天地良心，我真是从头到尾都是为吉祥考虑，不能因为他上当吃药了，我就陪着他把这药给一路吃下去。就算，有哪里不妥，也轮不到小谢来说我。这家伙怎么到现在还是小报记者的脾气，正义化身似的。世上有什么绝对的正义吗？真是白跟了我这么些年，他还是没有理解我。人哪，真是一个人一座山，隔得太远了。

4

谢老师没有跟河山打招呼，骑个摩托就直奔她的艺培学校去了，感觉人气比以前又差了些，有两个家长在办理退课。打发走家长，她皱起鼻子笑笑："这个寒假应当能捱过，春季班就看老天爷了。这回要再完蛋，你数过没，是第几回？"她朝办公室墙上的禁烟红标吐烟圈，"都说老人钱、女人钱、小孩钱好赚，怎么到我就是不行。看来只能赚男人的钱了，可别逼姑奶奶我出狠招。"

这插科打诨的，明显是铺路的口气，为下一张借条，谢老师不再觉得刺耳了，心里是真的替她一声叹息。她确实是运气太差，但今天不想跟她谈钱。

河山眯着眼摇头："如果我这辈子都一直倒、一直赔，是不是也可以申请报个吉尼斯纪录？报上的话，那个有奖励吗？"

"真想钱，不就看你自个儿吗？"

"别再跟我提那茬了。但最近我把他可调教得不错。"讲到穆沧，河山稍许高兴了点，"我觉得可以约女孩见面了。"

"我没说你一定要嫁穆沧，也不至于。但，河山哪。"谢老师没有一丝笑容，"你就没什么别的要告诉我的吗？我是真想帮你。可得先找着你妈，搞清楚你的身世。这就是生路，就是你日想夜想的钱。"倘若何吉祥是她的生父，河山还愁什么呢。有总肯定会给个说法的。

谢老师反复思量，包括天水福利院管档案的那女人也替他分析。河山这种情况，不能算是绝根的弃儿，只要父母有一个在，能熬出来，一般都会回头相认，况且河山有手有脚没毛病，回家就能帮着赚钱——

谢老师只担心一条，当初要是魏妈妈给扣下了，河山可是她所有戏码的当家花旦，不肯放的。

"不是跟你说了，但凡要知道个屁，我肯定早就放了。"河山把烟头往窗外一弹，"认亲妈有意思吗？万一讨的还不如饶的多，我还要贴养她呢。"

听这斤斤计较的口气，反倒说明她知道点什么，人们只对知道的东西才担心和回避。谢老师继续劝："有贫家也有富家，有了母才有父，起码一半对一半的运气吧。你要不要去下洗手间？我等你下。"谢老师感觉她在斗争，谢老师早发现了，就是要跑一趟洗手间，回来以后，跟打了一针似的，气血十足。

"不需要。"河山语调平常。谢老师看她正一动不动对着她眼前的窗户。看什么？只是一个大白面儿呀。这一面墙冲着停车场，为尽量搞出点艺术气氛，所有窗户的外面都被河山贴上了巨大的名人头像。郎朗。梵高。邓肯。黑泽明。刘欢。鲁迅。秀兰·邓波儿。谢老师一直为他们的同台并峙而感到迷惑，这是凭什么挑选的呢。

谢老师不吭声，也不走。河山还在对着大白面儿的窗户玻璃。咳，敢情她这时还不忘照镜子哪，真是女人。看到她抱起胳膊，把自己抱得紧紧的，有点怕冷的样子。那扇白玻璃窗，背面贴的应当是黑泽明。

她突然开口，仍然抱着胳膊："十三岁那年冬天，过年前，站长妈妈给过我一个纸条，有号码和名字。魏妈妈建议我撕了。我就撕了。"河山语速慢下来，"你想，一个人在路上走得好好的，是遇不到人好呢，还是遇到一个坏人好呢？妈妈也一样，没有，比有个坏的，好。"

谢老师不敢动，他很怕河山扭头看他，好在河山一直还是朝着黑泽明。

"那个号码，可能是她们瞎写的，随口编些故事，好让我死了寻亲的心。打不通的话，我会恨魏妈妈的。我不想恨她。"河山终于转过头，眯起眼睛，挺媚人的一笑，"可要是能打通呢，那亲妈就是只大野鸡，我就是个小杂种，她还要拉我去女承母业。反正我是不会打的。"她扯出一张便签，写下一行号码与两个字：莲花。

十七　社交法则

1

叫相亲也好，征友也罢，有谁真对穆沧这事，抱着严肃和认真的想法吗？

谢老师知道自己不是。他是考虑其"可写性"——通过网络发动与应征者参与，通过河山和他的共同努力，阿斯伯格综合征患者穆沧跨越了社交障碍，找到终身伴侣云云，人们好像都需要这样奔向圆满的鼓动。这同时也是讽刺，毕竟，这可不是因为穆沧的魅力或人间真情。

有总那边本来就是勉强同意，并不抱指望。他对穆沧的交托，还是意在河山。

王桑对穆沧是最上心的，却是抱残守缺的思路，根本就不忍心让穆沧成为社会人，去投入男女婚姻。这多残酷啊，害人害己。他跟谢老师抗议过，但也无暇干预，他跟丁宁的生育大计，正十分吃紧和狼狈。

也就河山了，一身劲头、一盆火热，可谢老师总觉得有些不对头。以她素来的性情，是无利不起早的，可此一事中，她何利之有？偏偏诸事都冲在前头，一一地带穆沧去见面、筛选，并最终……拒绝她们，一种否定式的保护。

而应征者，谢老师不能不失望地承认，她们是所有人里面，最不严肃的构成。征友启事，谢老师没敢放在抖音头条那些地方，只选了相对老派的微博。自然，"富二代"在哪儿都掩埋不住，再加上穆沧的特殊性，留言转发与后台私信都极是热闹。可细细读来，感到她们大都抱着一种游客打卡般的心理，仿佛这是一处虚拟的人文关怀景观。

谢老师说服自己放松下来，有枣没枣打几竿子吧，就当开拓穆沧的社交能力。而的的确确，在与女孩们的见面中，穆沧暴露出不少的问题。

河山此前已经带穆沧跑过多次小餐店，对这样的场景，以及场景中如何点餐、选位、付账等，穆沧都基本掌握。问题还是在于，跟河山建立了初始"程序"后，便再难以变通。

——与他见面的女孩要了双份饮料，他最爱吃的黑森林蛋糕卖完，他习惯的那个角落已有客人落座，店员配的小勺颜色不对，餐巾纸从无香换作抹茶。他就像浑身哪儿哪儿都痒痒似的，在座位上扭来扭去的不歇。河山早就叮嘱过他，不要为这些小变化烦恼。他也听明白了，于是把对小变化的烦恼，转为去克服这些烦恼的斗争。而不论是烦恼还是斗争，都占据掉他大半的注意力。使他本就微弱的社交能力，愈加显得磕磕绊绊。

很高兴认识你。我叫某某。女孩说。

我叫某某。我叫某某。穆沧嘴中仓皇回应，却重复着对方的名字，他失去了应有的会话反射。河山含糊地跟女孩解释，一边设法与店员或客人商量，等到座位重新调整，蛋糕与勺子都更换到位之后，女孩子已经觉得，不再需要有什么对话了。

就算一切如常，穆沧的胖大，紧身卡通带帽衫，垂挂的眼神，机器人式的会话，也会让对方连饮料也不及喝完。她们会把谢老师给叫到一边，像提前退场的闪电观众。请问需要AA吗？

早走早好！我看一个个的，根本就没诚心。净盯着穆沧的刘海看，长点儿怎么了？我们还打算扎小辫儿呢。那咱沧这么白，怎么就没看到，可比她皮肤强多了。河山总在她们走后，愤愤不平地嘟囔。穆沧笑嘻嘻享用起他的黑森林蛋糕和百香果奶昔。

总不能傻坐着吧，谢老师就重新教他几个"健康"的笑话，建议他自我介绍里去掉年纪部分，并且也不是每次都要称赞对方漂亮，尤其有的并不漂亮——河山插嘴，你不懂，所有女人都爱听这句——哦，那就保留。不过你讲百科全书或名人名言时，可以加一些停顿，等对方的反馈与讨论，总之不要像在背书。河山却又护犊子地打断，这个就是他的习惯啊。将心比心，叫你现在改用左手使筷子你行吗？其实这挺好，我第一次见穆沧，他可把我给乐坏了。她们，就不能有点幽默感吗？

确实，穆沧并不用改。真正有意于此的应征者，穆沧的任何问题都不是问题，因为她们的注意力在河山那边，谁都能看出，河山是老母鸡，是代言人。夹杂着对穆沧的敷衍，她们坦率地向河山抛出各种问题，似乎带了一个看不见的律师团——

财产的一半已经在他名下吗？好的呀穆沧，哪一天你带我去看看你的沙漏。会做婚前财产公证吗。轮到我说了？我爱好瑜伽，我是跟真正的印度人学的。确认过沧有生育能力吧。哇，你知道这么多关于瑜伽的知识。请问他这算有独立民事行为能力吗？你知道家庭三人组瑜伽吗？那婚后的话，妻子可以申请成为他的第一监护人吗？

河山从桌子下面冲谢老师直竖中指，一边爽快地对所有关于财产的疑惑作出肯定回答：穆沧都有份，他有份你便有份你们的孩子便有份。接着还大肆吹嘘起穆有衡的经营领域，用的都是金光闪闪天地不靠的大词，等女孩听得眼睛嘴巴都大了三圈之后，谢老师忙站起来，小声问姑娘要地址替她叫车。但河山并不到此为止，她冲谢老师一摆手，拉着女孩一起去了卫生间，在里面待上很长时间，然后才让她们离去。

谢老师发现，女孩们离去时，跟河山之间，好像突然有了别样的亲密感，有的还会与河山抱一抱，依依惜别地挥手。"在卫生间干吗了？先暴打一顿，然后上道德教育课？"谢老师不解。

河山不理他的玩笑："她们实在太像我了。那里有镜子，我只是送给她们一个秘诀……"河山的神情，显得伤感和悠远。这倒让谢老师一怔，既是这样，她刚才又何苦捉弄人家，把穆家说得跟澳门何氏豪门似的。

2

各种可以预料的失望之中，也有比较脱俗的，既跟穆沧相宜，也较适合红皮本子，谢老师私下里带着些推动，因而走得稍远。目前为止，有三位。

有个女孩，在金陵刻经处学做雕版，是父亲来替她来应征的，也老实说了，女儿比较的"冲淡"，他用了个怪怪的词，跟有总说穆沧"脱离了低级趣味"差不多吧。谢老师一想，可能有点意思。那雕版是老手艺，跟穆沧的篆刻也算是同宗同源了。

且唤她作小雕吧。小雕身形瘦弱，说话声音很小，问她任何事情都没啥意见。两人平稳地走到了第二次见面，地点改在穆沧家里。穆沧赞美外貌、谈论天气，小雕则给予同样枯燥的反馈，到穆沧进行到笑话阶段："说，有个人、不懂外语、坐国际航班、空姐问他，tea or coffee……"小雕像犯起什么瘾似的，有点耐不住，她很小动作地，从双肩包里取出一块覆着白字帖的长方木板，几样木匠用具似的家伙在桌上铺开，还有一个便携小射灯，她小心地环看大家一眼，算是打过招呼，随即就握起拳刀干起活，神情不容侵犯。

河山忍住笑，问这问那，连问五六句，小雕才像吸足了一大口元气，略停一下："《无量寿经》。最起步的。"复又闷头。

"那正好，你也刻嘛。"谢老师鼓动穆沧，并想到同窗共读、不争岁月——起码有总在他电视机里，可以看到这样融洽的画面。穆沧愣了一下："我是星期，二晚上刻。"他继续被打断的笑话，"……他选后一、个单词，送来了，咖啡。第三次，他选了中，间的词。Or。"没有人笑。谢老师与河山已听过多次，小雕屏息凝神于她的木板。

"能不能停下？"有点无礼地，河山把手挡在小雕木板上，"一起玩个游戏。假如说，有很多钱给你，你想做件什么事？"看来河山想拉快这次见面的进度条，小雕只

322

得把木板搁下，脸上还愣愣地保持着劳作感。河山鼓励地："我先示范哈。知道我想干吗？就是想换掉我自个儿，里里外外，过去现在，性别年纪长相，统统刷新，整个换成另一个人。谢老师你说，只要有钱，能搞成的吧？起码可以到韩国先换个性别。"谢老师喝一口水，呛住了，肚子里一堆话，给河山喝止："别、别给我来狗屁心理分析那一套。这不就是瞎吹牛嘛。穆老爹这个题目，倒有点意思。沧你说说看，有钱了你想干吗？钱就是金钱，财富——我晓得你，喜欢书面语。"

"金钱是一、根魔棍，随随便便、就能改变、一个人的、模样。莎士比亚。金钱有如、第六感官，如果没有、金钱，便不可能、完全利用、其他感官。毛姆。金钱往往是、真正情义、的障碍物。邹韬奋。"河山拍拍手打断："听清问题呀，我问的是。你，想用钱干什么？"

"你想用钱、干什么？"脑子转不过来时，他一般就重复最后几个字。

"我刚才就说了呀，把我给换掉。"河山启发他。

"把我、给换掉。"弹子球式的反弹。

河山忽然喧哗大笑，脸上风浪滚过，把这机械粘贴的痴汉之语给接个满怀，她用力拉扯谢老师胳膊，激动坏了："听听，你听到嘛，咱穆沧多好啊，他愿意跟我换。那可太好了，这一换，我就有个富老爹了，啥都不用烦了。"谢老师也顿足附和，表示这个笑话很不错——心里一声叹息，河山这糊涂装得也是太惨了。你还不知道穆沧，他这些输出、输入，根本就不做消化吸收的。

这方面有总也犯过错误。到周六晚上，他经常放大画面，盯着穆沧听录音的模样，既是无比满足——你看，我这好儿子，除了我的故事，别的他啥都不要听啊。又有点不踏实，他犹豫着，求问谢老师。毕竟我讲了不少套路与勾当，你觉得，沧会不会反感啊？我可别，给自己又搞出一个忤逆子来。

谢老师也想过这问题，借着回去更新录音，与穆沧聊过几次，发觉他对父亲的所讲所说，都记得，几可复述，但对内容本身浑不在意，亦无判断理解，纯粹是对声音的收纳折叠。谢老师如实跟有总报告，叫他只管宽心。

有总良久不语，似乎又显出失望，过会儿，稍许振作一点——那我，尽量多说点，给他听个响吧。反正我怎么坏都影响不到他，我这老儿子，真是颗洁白的珍珠啊。

……河山眉开眼笑地，在穆沧粘贴式的反馈里流连徘徊了好一阵，才想起还有小雕，一挥手："轮到你讲了。"

小雕正把她的家伙东西往双肩包里拾，外套也不知什么时候穿上了，连声音也像裹了一层外套，很闷。倒是一口气地讲了，看来心里早就存着想法："南方用樟木，北方用枣树。我们这边用梨。我别的没啥，就想找一棵最好的梨树，棠梨树，木质特别硬。师傅说得往北边走走，往山上找去，越冷越高处越好，它就长得特别慢。它在长的时候，我正好一道工一道工地学。从磨刀、写样开始，包括最后的刷印、装订，全套都学到熟，起码得要十五年。那梨树也该长差不多了。等个最冷的天，去砍下来，整面剖，用石灰水泡，把糖分'呛'出来，再搁阴地里晾，晾透了。这才成了块不蛀不裂的好料。那时我发刀挑刀的功夫一定也是最好了，正好刻它。就是还没想好，到时刻什么经。"

也真是老了，谢老师竟给小雕这通话弄得有点感动，甚至想到自己那红皮本子上去，也是一样啊，年头这么久了，可总没想好，写什么……走神中，听到河山不大友好地问道："你讲的这小棠梨树，左右不过是一个等，跟钱有什么关系啊？"

"我爸不肯让我找棠梨树、等棠梨树，他说我会饿死。还是要有钱买吃的吧，我才能找那棵梨树。"小雕弯腰挪移，想站起离开。

"找、那、棵、梨、树。"穆沧突然重复，他抬头看了一下小雕那个方向，倒把小雕吓得呆住，不敢动了。谢老师忙把她引到门口，直送到楼下。其父早在小区外等着，听了介绍，认为很是圆满。

再一位女孩，自谦是艺术爱好者，谢老师觉得蛮有趣，反正已是彻底利用穆沧了，不如多点花头筋。见面全过程都抱着一只迷你单反在拍照。店铺门把手。快餐店收银条。奶茶浮沫。桌子脚。金属栏杆。水渍。什么都拍。但不影响她与穆沧交流。她会兴致勃勃地巧妙提问，而穆沧肚子里的名词解释，正像满池塘的鱼等着被钓呢。两人各得其所。

好不容易瞅个空，谢老师请教这位小万姑娘。拍这许多照片，大体构想或取舍原则是什么？小万不舍地把眼睛从取景器前挪开，对齐到谢老师脸上："可真是问了一个最落后的问题。就说门把手吧。如果把不同功能、不同年代、不同地方的门把手，都拍出来，集中放一块儿，你想象一下，牛不牛B！这么跟你说吧，世界上任何东西，马桶、窗户、硬币、头发、人脸……只要拍得足够多，就成了艺术。"她四处张望，随口拈来。

注意到河山在翻白眼儿，小万索性转向她："包括生活本身。包饺子是不是？脱衣服是不是？切菜是不是？叠被子是不是？任何动作行为，如果追踪记录下三十年，不就是人类的变迁？不就是生活的真相和痛苦？"这说法还挺有蛊惑力的。

河山笑了："那要这么说，你来跟穆沧见面、接触，包括将来结婚，也是为艺术？"

"这个？"小万瞪看河山，又看一看正专心于百香果奶昔的穆沧，尬笑，"当然是图钱，我想搞一个博物馆，把我所有作品都展出来。博物馆，穆沧你知道的对吧？"

穆沧急忙喝光奶昔，很有成就感地把空碟子和空杯子摆放整齐："《不列颠、百科全书》：博物馆是，征集、保藏、陈列和研究、代表自然、和人类的实物……美国博物、馆协会：博物馆是收集、保存、最能有效、说明自然现象、及人类生活、的资料……《苏联大百、科全书》……《日本博物、馆法》规定……供一般民众、使用，并进行、调查研究、启蒙教育……"

小万耐心等穆沧背完，又冲河山继续，脸色渐渐明亮："但你讲得太对了！人类的婚姻，从一开始，就是彻头彻尾的行为艺术，前赴后继源源不断，由全体人类共同参与，戴着镣铐绕仙人掌跳舞。如果把我和穆沧的这个模式，给记录下来，从发生、发展到最终消亡的整个婚姻。这绝、对、会是世界上最牛B的作品。我应当从快餐店门口碰面开始，把刚才的都重来一遍。穆沧你可以配合一下吗……"

还有一位跳现代舞的，快三十了，身量很高："肢体足以表达一切。你们不觉得吗？人与人之间的语言交流，要么是无效的隔阂，要么是无聊的重复。他不擅长交流，我觉得正合适。"

高个儿提出，直接就在穆沧住处见面，

谢老师和河山，务必不要做任何参与，远观便好——没有过渡式的寒暄，直接就以身体开始交谈。满是家具桌椅的客厅与两侧过道，她轻舒猿臂、款扭狼腰，扭伸、颠倒、俯仰，迂回奔走中不断缩小她的环绕圈，花式击剑手一般趋近穆沧，蓬勃健硕的肢体使得整个房间都热乎乎的。

谢老师暗瞟穆沧。他垂首安坐在左侧单人沙发上，大概可以看到舞者局部的腿、局部的腰与局部的头。一番细腻且激越的铺垫之后，高个儿现在已经无限接近穆沧所坐的沙发了，她手足并施，衣袂齐驱，向穆沧发出无声的召唤，一个最大可能的拥抱正在诞生与形成——连谢老师也被高个儿那热烈敞开的肢体所深深感动，因此都没注意到河山，本来是跟他一起坐在长沙发上的，怎么的就跃身而起，身形突变，一下坐到穆沧沙发的扶手边上，抱臂跷脚，以一个看上去还挺稳定的姿势，阻隔了高个儿对穆沧即将发生的亲近。

"抱歉。你可能还不了解。"她客客气气地解释，"穆沧不能跟人靠太近，否则要出状况的。"

高个儿骤然收脚，两手在肩膀上方空落落并拢，僵滞在一个类似"倒牛奶的女仆"的动作上。她惊愕地喘息着，好不容易才顺下气，扭头向谢老师抗议："都说让你们别参与了。看，就差一点点，我就打破他与外界的障碍了。"

河山嘿地一笑，伶俐地，又以同样快的手脚，坐回长沙发这一边来，不理会谢老师投过去的指责。

高个儿又累又沮丧，直接瘫坐在穆沧沙发边上，却用她两只手，在地板上，小矮人似的跳起双人舞。十根手指，极其生动地扮成一对男女，诉说，喜悦，探询，并终于紧紧拥抱。这下可看得全乎了，穆沧两只手一对碰，呼哧哧笑了。

3

谢老师重点把这三位跟有总展开讲了讲。有总眼皮沉耷，像睡觉的大河马，疲惫地摇头，随后又想当然地期望着："那咱沧，是不是比以前，要活泛多了？起码能明白女朋友算咋回事儿？"

"穆沧吗，那是当然，你没看他呢，特别擅长点单，咱们每个人偏好的点心、爱喝什么饮料、半糖的还是加冰，全都记得清楚。"这当然算进步了不是吗？只是永远处在应知应会、走程序的那个阶段，跟画建筑图、刻图章、乐高拼图等一样，一直这样"见人"，见到七十岁都没问题，水平的、平静的、没有质的变化。

有总所期望的"活泛"，难。他对于交往中的信息处理，还是缺乏起码的真伪之辨。比如，小万说，你喜欢沙漏？我家里还有一个呢，下次带给你——穆沧就一直惦记着，催着河山联系小万。再或者，有位姑娘为脱身计，假说头疼欲走，穆沧反倒发急拦住，要河山送她去医院。有个女孩听他讲起拼图，撒娇地："你那一千块的《海盗船》，有两个吗？我们俩，关起门来比赛吧。"为着能找到这十几年前的一个同款，穆沧在网上花高价倒了一盒二手。实际上，那女孩再也没有接过谢老师电话。总之，不论人家是假客气、开玩笑、无害的谎言、空头支票等，穆沧一概是所听即所得，并以他的认真劲儿给定格下来，念之不忘。要知道，人们的所云所说，可能前半句是真，后半句是假。可能同一句话，既是真的又是假的。既是好心又是坏心。

325

表面拒绝，其实渴望。这对他而言太复杂了。看到穆沧为此闹笑话、吃苦头，或是落了空，谢老师总觉罪过得很。河山更是沉不住气，跳起来就冲人家小姑娘发急，或是怨怪谢老师挑人不力等等。

对，还有这河山，也是麻烦所在，或者说，是最大的麻烦。河山对这些前来应征的女孩子，客气是真客气，坦率也是真坦率——坦率得常能让她们一下子止步于初见，再无下文。谢老师也不想轻易地，就此对河山得出什么结论。别说他，估猜连河山自己都不知道，她脑子里到底在想些什么。

就让事情再往前走走吧。他的红皮笔记本，反正已耽搁至此了，除了耐心还有什么呢。

十八　色盲

1

"知道取卵针有多性感吗？打毛线的棒棒针那么长，一直伸到卵巢顶里头，要戳十几针。可真是纵欲过度啊。"人工授精失败后，丁宁愈挫愈勇地启动了试管婴儿三代。最近这两周，需要隔天一次超声波和血检，连河山都跑得疲了，"我都五个月没有性生活了，可每天都在造人。"拍着自己被黄体酮注射得发硬的屁股，丁宁用"水变油"的口气讥讽。

河山没觉得可笑，也没有力气劝解。她心里一堆糟心事。谢老师一拿到河山给他的号码就动身去往南方了。他刚走，河山就后悔了，好似自己亲手拉开了通往深渊的大门，那边肯定是深渊。她有预感。培训班有一名学生课间跑跳，跌断手腕，退还学费不算，还另赔了一笔医疗费与家长误工费，把河山账上的最后一点余粮全部耗光。

还有穆沧，上个周日，照谢老师走之前的安排，见了一位博士在读的应征者，没到三句两句，她就截断穆沧的寒暄，直接谈起"性"来："快四十的人，不会还没经验吧。"不理会河山的眼色，继续，"其他的情况我可以克服，但性不谐的话，是一票否决。这也不利于你呀。所以我建议：先同居。"

这完全超范围的对话，穆沧是句句踏空，连回音壁也做不上了。博士转而与河山讨论起来，坦率而尖利："你得跟我讲实话，他能不能，会不会？别的应征者不好意思问，你们就闷着不响了？还是得搞清楚。"河山一向自恃泼辣，就是三五大汉在前，讲起下三路来也是连排横扫。可对方这是在说穆沧哪，浑身毛糙起来，一时结舌，一时又愤然。最老早她也想过这事，随即就忙不迭、碍手碍脚地跳开了。而今与穆沧相伴多时，两两相看，已全然忘机，更全然忘性。现在在冷不丁被这么直问到眼跟前，她意识到，或者说，她不能再掩耳盗铃了：这，回避不得。

难得谦逊地，压下不快，她请教这位同居论者："就你的经验，看起来，他？"

"这可不是经验的事。"对方很高兴可以指导河山，口气也学术起来，"他这种情况，目前国内的研究，主要是对婴幼儿的发现与干预训练上，国外开始做成年后的社会融入跟踪，但对性行为性能力这一块，比较杂乱。一般的看法，认为他们的性兴趣是物化的，会偏移到相涉相关之物上，而对性行为本身无感。当然也有案例提及不得当的当众露阴或手淫，也有顺利结婚生子的等等。所以这很难说，就像有人天生蓝绿不分……"河山担心自己的五官可能有点别扭。听不得别人这样分析穆沧。

"你们要是也不清楚，并且又想搞清楚，我可以跟他试一下。我不介意。或者说，我还有点好奇——也可能这一试，他就认定了我，也难说哦。"女博士开朗地逗笑。她读的是心理学？性学？人类学？这是来研究穆沧的吗？还想着让穆沧"认定了"她！河山突然叹一口气，脸色说红就红了："既然您是这方面的专家，那我们也不好再瞒了……实在很遗憾。"心慌意乱地把对方给送走。

这份慌乱，河山直到现在都没法真正丢开，心里总皱巴巴的。穆沧真的完全没有这一块吗？色盲那样的，红男绿女都是一个颜色？

2

不如就跟丁宁谈谈这个。穆沧低着头读医学小手册，他在咨询台自取的："没准将来大家都这样，三件事分开来搞。搞感情，搞性，搞小孩——可以挑个聪明小伙或伟人名人，有冷冻精子就行。"河山泛泛劝慰，然后定睛冲着丁宁，"关于性本身，你怎么看的？可别老说怀孕不怀孕的，真听烦了。"

"性、性本身？"丁宁像听到外语单词，脸上正在翻译理解中，"不就夫妻生活嘛，同床嘛。要不你先说说？我不太明白，你要我说什么？"

"好的，我先说。"河山真想来根烟。她不知道自己的尺度与旁人的误差到底有多大。丁宁得算是贤惠的大多数，且还是知识分子那一边的。想想也是发笑，有一天她居然会跟丁宁聊起她的性生活。算了，聊聊，此事关乎到穆沧。

"十三四岁起，到现在，我所见到的光身子男人，两位数了，大两位数。"丁宁一下子垂下眼皮。河山笑了，"别怕，真要是干那行当的，这数目也太寒碜了。而且很多男人，真的只是见到。那时小嘛，也只是照大人吩咐而已。别跳呀，要报案？多少年了这都，再说我是自愿的。这类事情上，从小到大，我都是自愿的、自己选择的。但人在小时候学到的本领和道理，总是最当真的。水乡小孩会划船，坝上小孩会骑马，一样的，我从小就被教着，性这个事情，是用来互相帮助的——看你，真有那么可怕吗？我觉得特别自然啊。

"比方在师院，每学期的课程论文，直到毕业论文，他们都很乐意帮我，还共同署名带我发过论文呢。帮我的，一位是大我两届的师兄，一个是学生会的，还有个是辅导员，不过那位辅导员后来不得不离职了。搞得有一阵子，我名声响得不得了，学校一直找到谢老师那里。确实，是我比较主动，一想到毕业后连个落处都没有，有种'备战备荒'的想法，谁知道将来有多少事情需要人帮忙呢。所以我交往的标准，都是实用型的，也都是你情我愿，彼此愉快的……给我说实话，在你看来，一般看来，这很成问题吗？"河山停下请教。

"没有，没有问题。"丁宁仓促反馈，声音太响，随即又突然放低，抱歉地，"要是讲这些，我可能没什么好说的。我还以为，你是问我喜不喜欢性……"

"都可以的呀，你随便讲好了。"河山鼓励地，心下突然一愣。喜欢？倒是没想过这个。她喜欢性吗？奶奶的，还真没想过。

"你既是这样信赖我。那，我也讲讲。嗯。这个。"丁宁缩着脖子结巴，完全不似她谈起助孕体位、精子质量那样头头是道了，"我认为性这事，是跟脑子、跟心，连在一起的。有那么一两年左右，我最爱王桑，他也最爱我，那时，你不知道，性是有多好，我……最好的时候都哭出来过。王桑尝过那眼泪，说是甜的。但这个很难，必须是双方同时的。像后来，我知道他变了，就再没那个感觉了，头脑里就会被干扰，不愉快，不自信，我只好假装……懂我意思吧？现在我也无所谓他了，就压根不再想此事了。"

河山咂摸着，甜甜的眼泪水——心里甚是惊讶，还有这么回事吗？"你能不能稍微扯开一点？不要只说王桑。如果跟别人，你觉得这事怎么样。或者这么说吧，对一对男女而言，性，算是个什么呢？"

"不是王桑？难道还是布拉德·皮特吗？"丁宁突兀地开个玩笑，"不是说我有多专一，是这样的事情对我没意义了。我这把柴已烧过了，烧透了。"眼里突然有往事跳荡，她闭上眼，等反应过去，重新恢复成确凿的声音，"就算单纯的论一男一女，我也是这样想的：只有互相爱恋，才会有最高级的性。"口气带着女学生的那种绝对。

不就是搞那个事吗？还有什么高级不高级之分？河山在嘴巴和肚子里咀嚼、反刍，感到齿舌与肠胃里空空荡荡。相互爱恋——这啥玩意儿，实在觉得怪滑稽的，

河山咬牙切齿地嗤笑起来，"照你这么说，原来我这么多年，搞的都是二流三流啊。简直污辱姑奶奶嘛。"心里乱糟糟的，涌上一股无名之火。

"没有没有。只是说我，说我这种普通人。你不一样，你是不一般的人，你像天仙一样，你是真正的……"丁宁实在找不到词，谦虚般地推让，"还是你讲讲吧。我喜欢听你说。"

咳，河山本来还怕自己是鸡同鸭讲，吓着丁宁。敢情是两边都说不通，那也算扯平。心里稍许松落一些："那我继续。其实，我这也有点小矛盾。"

"可能是我出来混社会久了，心里面感觉挺老的，很难跟他们去互相帮助了。我居然总是觉得，他们一个个的，比我还不如呢。年纪轻轻的，头发就掉一半，没掉的那一半也快白了。总被老板炒掉、一年换三份工、喝酒喝得胃出血。房租一涨就搬，越搬越远，我认识一个小家伙，就租住了二房东一个窄长的小阳台，冬冷夏热——不也都跟孤儿似的吗？我喜欢把他们给埋在我胸口或肚皮上，轻轻拍啊拍，捋他们的发根，拍他们的背。他们呼噜噜睡过去。有的会淌起眼泪来。有的抱着我叫妈妈叫姐姐。我这人，向来是又冷又硬，金刚石一样。只有到这时候，我真情愿自己能像个大棉被，软软和和的，让他们觉着舒服点。想想也发笑，怎么就啥也不图了，忘了从小就学会的交换原理嘛。你说，我是不是也越过越蠢了，没从前那么机灵了？"

丁宁的样子看起来更费劲了，她闪闪烁烁地瞅过来，不知说啥。

没关系，各过各的生活，各有各的毛病。河山看向楼外，从八楼可以看到医院

328

庭院的高大玉兰，硕大的白色花朵在没有叶子的枝头慷慨绽放。它们总那样的雪白干净，疯魔逼人，是河山最喜欢的一种肆意开放："我就想象不出，跟一个我喜欢他、他也喜欢我的人去睡觉，那，是啥滋味。不可思议，我真是怎么也想象不出来。"

"你，从来，没有过？"丁宁那迟疑的小心口气，叫河山感到很不自在。

"号称喜欢我的，那可是太多了，能绕青春广场排十八圈的。可哪能么巧，我也喜欢他们？我一直觉得，什么相亲相爱，电影电视里演演而已，骗人的玩意儿。你是从小姑娘一路过来的，所以你信。我呢，我生下来就是大人，最多，我只演过小姑娘哈哈。"河山一拍手乐了，就此打住。没再往前讲驿站的往事。那对丁宁而言，怕是太过头了。

丁宁看看叫号屏，解脱的口气："哟到我了。完事了咱就走，估计穆沧也要饿了"

穆沧正沉浸地翻看着小册子，无知无觉，看着他的侧脸，河山心里一阵酸楚，跟丁宁聊这么多，多半都是为着他，可还是无解，迷茫。她从不指望着穆沧什么，可对他此刻这样的不通人情，还真是有些难过。

"看完了？"

"你问。"沧两只手对搓，前俯着身体等待，确信自己可以做到字字不差。

河山拿起其中一册，焦躁地扫过那些弱智的功能化问题。频率。避孕。初夜。卫生。感染。禁忌。措施。危害。

不行，她没法跟穆沧问答这些，反而像在捉弄她自己，是抓开某些回忆，以及回忆里的麻木与无所依靠。如果可以，她永远都不想跟穆沧谈及这些。她跟穆沧是一样的，对性这个破玩意儿，是一样的盲区。沧是看不见，她是看太多、看瞎了眼。"还是让王、桑问你吧！我有点累。"

沧把小册子接回去，整理平整，揣进他的衣兜。他抬起头，往河山侧后方的楼道口看："不好闻。"

"啥？"河山四下里检看衣服和手脚，看看脚底板。

"你身上，有不高兴，的味道。"穆沧摇晃着。

"不高兴，还有味道吗？像什么？"河山失笑，穆沧可真是个活宝。

"阴天里，湿衣服。你好几天，都是湿衣服。"穆沧对远处的楼道口说道。他以前讲味道，都是具体的判断。你吃羊肉了。你抽烟了。你踩、过草坪了。还从来没有说过她的心情，湿衣服味儿？

"她呢。她闻起来怎样？高兴还是不高兴？"丁宁做完超声波回来了。河山指指她问。

穆沧又垂头看膝盖："乳膏。"做超声波时会在肚皮上涂抹耦合剂，黏乎乎的，穆沧追问过，丁宁笼统告之，那是乳膏。看来穆沧并没有闻出丁宁的心情，穆沧只对她有这样的敏感？

"咱们走吧。"河山振作多了，劲头十足地号召大家起身回家。让穆沧替丁宁拎上小背包，自己则挽着丁宁，固定的三人组合鱼贯离开候诊区。

"既然今天，我们都瞎聊了这么多。我想你应当也知道。王桑对你……"丁宁目视前方，这并不需要说完。

河山接上："知道。我第一眼就看出了。他和他们都一样……"河山同样目不斜视，也没把话说完。前面的穆沧用他宽大的身体，像避水神兽一样，人群中替她们拓开无形的通道。

十九　蓝房子

1

距上一次来寻访沈红莲，已过去十七八年了。谢老师对南方，仍有母胎之亲，这里是他最热血的源头，那也是他一生中最接近理想的时段。后来虽是跟着有总，内心里依然跟南方保留某种联系。不止他，包括有总做生意的思路，昆山雷总、欧阳夫妇、严家兄弟，许多人的风气、作派，都是对南方马首是瞻亦步亦趋。但到最近十来年，探路意义、先进意义、开放格局上的南方似已流变，"无形生产力"正在迅速拉平一切、同构一切。眼界开阔的人们，再谈到南方那些城市时，曾经浮现过的暧昧与向往之色，已淡而近无了。

走在街巷深处，只有凤凰木依旧艳红欲滴，回南天特有的湿重，裹压着每一个毛孔，谢老师感到一阵异乡客的倦怠，似乎找不到自己与这个城市的亲切关联了，曾经帮他四处打探过消息的能干人儿们，也已散落大半。沈红莲在哪里？怕是蒸发透了的水珠吧。

河山所给号码，是她十三岁时拿到的，早已无法拨通。好在微博上有位很出名的"卷福替身"，号称没有他查不到的手机用户，估计也是有些内线。瞧瞧，哪儿都有"无形生产力"呀。果真，款子打去，还没到约好的三十六小时，对方就发来了那号码所属户主而今的新号码，且用户本人仍在深圳。老兄，你其实有点冤大头。这旧号码一直停机保号，等于自己留了个长尾巴。而这新号，哈哈，可满大街都是，你直接去龙华街那一带找人好了。

看来沈红莲一直在等着，可为什么满大街都是？算算她的年纪，也是半百之妇，不可能再跟着男人到处搬家了吧。那么，这是一个总部号码还是前台热线？谢老师胡乱猜想着，到了地点便直奔龙华街，附近订下处住，扒开百度地图四处张看一番，凭某种直觉，往拐巷那一头的小广场去。

下午的街面人影懒动，颇觉破败。找到一家面店进去，价格惊人的低，五块一碗。店主接了谢老师的烟，头也没抬，指点他，这里最好找的是日结工。干一天歇三天，小快活大神仙，网吧也可以过夜，饿了来我这里吃碗面，想女人了就……谢老师心中一动，三两口喝光面汤，到大街上看。果不其然，有喷的，有贴的，有手写的。路灯杆、垃圾箱、长椅、厕所蹲坑门后头，全是若干的号码。"卷福替身"所查出的那个新号，就在其中。是啊，对某些行当来讲，这种流动与破败的偏狭地带，反是一种蓬勃的优势区位。

谢老师扯下一张广告小条子，名片一半大小，软塌塌的。还回到面馆，下午正是生意寥落，谢老师连着一包烟递去广告条子。没接，只溜一眼，就认出来了。

是红姑啊。就她爱俏，你看，手机号边上印一只小红嘴唇。店主扫一眼谢老师，主要是那些没钱的大小伙子会找她，几个月几个月的憋，总要找个落屑处来杀杀火，几条街就数她最便宜，简直是救济站。这红姑，要说起来，也是个苦主儿，走得一步不如一步。最早据说也是正经打工妹子，可你想啊，二十出头的小姑娘，等于这里最小的虾米，没划几下子水的，就要给吃了。这里的女人，总归就这些事，所以有这样两句话。一句讲上半身，说是一旦被伤了心，从此就没了心。一句讲下半身，说腿只要一张开，从此就再合不拢。红姑看来两条都沾了，上头没了心肝，下头全面张开。

这红姑，有人见过她三十多岁的样子，说是绝色，最主要是面貌温柔，带点居家相，对离家万里的小老板最有吸引力，包上一年半载的，等于新婚，腻了再换。这里小老板多的是，她挺抢手的。可包养呢，也有问题，好吃好穿像个阔太太，实际上却是击鼓传花，她能落下什么呢，小老板难道还会把房子送把她？最多买些鞋鞋包包，能给她一两件金货，就算了不起了。而她最大的本钱，可是一年年在蚀呢。到我见到红姑，她那成色，是完全下来了。说是在四十岁前后，得了场大病，容颜损坏，还把十几年来一点私房全都耗光，最后连房子都租不起，就到我们这条街上来喽，跟小姑娘们抢客人。

别说咧，红姑老是老了，听别人讲，说她在床上还是特别的会疼人。要我说，横竖不就那点子事，还能搞出花儿来。主要还是她价格低，心肠也软，有时碰到实在凑不出钱的，红姑也带他们出个火。为着不恼了行规，红姑就说这是赊账，是半年结、一年结。有时看他们实在亏空，红姑还带他们到我这里来吃面，给多要一块大排呢。有人叫她肉菩萨，我看她是个泥菩萨，自身难保呢还。

这红姑真就是沈红莲本人吗？谢老师想起河山缭乱而搞笑的口气：南边离香港那样近，保不齐我那妈妈，是哪个香港老开的小三呢，或者她后来奋发图强，翻身了呀，现在都有自己的一把楼花了！

店主又扫一眼谢老师，什么都理解的样子，他叼着烟就谢老师的火。像你这样慕名而来的，也有。说就是图她这个江湖救急的侠气，还说了，就是在红姑身上靠一个钟，也胜过在四星酒店跟小姑娘闹一通宵的。这没道理可讲。哈哈你去吧。这会儿估摸着她还有空。到晚上九十点后，生意就都忙起来了，整条街的小神仙们都想干。

五块钱的面条开始在肚子里发胀，谢老师感到气闷胃酸，尤其是情绪上，极大的败坏。不行，这会儿可真哪里都去不了。外面天色暗得很慢，网吧里偶尔冒出几张青黄的面孔出来觅食。街面上陆续出现做工回来的胖瘦高矮，疲惫使得他们看上去衣衫不整，挨到哪儿都能蹲下坐下，含着自己或别人扔下的烟屁股——这些人当中，谢老师想，有不少都曾经或将要去往红姑那边吧。

谢老师回到酒店房间，拉了两回肚子，冲了把脸，又定了几分钟的神，打通那带小红嘴唇的号码。

年轻鼻音"喂"，不等他开口："过二十分钟来。报号头：11。"

"莲花？请问你那边有叫莲花……"已经挂了。他立即又打通，不等喂，抢着讲："莲花你认识吗，我从天水过来……"年轻声音冷淡地，"打错了。"又挂了。

谢老师捏着手机不动，看来有位打下手的，红姑本人不接电话？也是，她在工作，这一单还得再忙二十分钟的。谢老师烧水、泡茶。忍着烫喝，稍凉了再喝，喝光了又续。二十分钟，这样的长。

手机突然响了："你找哪个？我红姑。"

声音微涩,但调子温软,带着仿佛是自动转弯的尾音。这是短暂的休息时间,一得空就回了。多积极的信号。

谢老师抓紧时间,尽数说出:"我想找莲花。天水人,三十多年前就到这边来了,她有个女儿,五岁时给人送到爱心驿站,叫河山……"红姑咕咚咽水,好像还往嘴里扔了什么在咀嚼。谢老师一直说,她始终没吭声。突然听到嘟嘟声,是有新的来电,"等下。"熟练地切到呼叫保持,这回得预约12、13号了?"唔。来了。"把大致情况扼要说完,谢老师再次强调:"找了有十来年了,是她以前一个老朋友托我的。"

"还有老朋友?嗨哟。"红姑觉得挺滑稽似的,微喘着轻笑了两声。谢老师的心都给她笑得一阵晃悠。红姑可真会笑啊。

"看来您知道莲花的情况,请无论如何帮帮我,我就着她的时间地点,随时……"谢老师注意地,完全像在谈论第三者。那个带点自喻意味的"莲花"之名,可能她当时只是随口一说,只说过那么一次,且只对女儿说过。所以谢老师宁可远远地、宽裕地谈起"莲花",也有可能,她既非电话那边的红姑,也不是最初的天水打工妹沈红莲。

红姑对"老朋友"的反应,谢老师十分理解。从她那一边看来,曾给过若干美好承诺的那个内地小老板,对她的抛弃是突然和彻底的,生死不知,片甲不存,何来什么老朋友。"这位老朋友是何吉祥的老战友,他们一起合伙……九一年三月,何吉祥不幸出了车祸……"手机似乎突然落地了,咕里咕咚的,谢老师捏紧手机,重新听到对面的牙齿在碰撞咀嚼,"现在这老朋友状况也不大好,随时可能……"必须把所有信息都亮出来,让红姑去全面消化。

这么多年的等待中,她也许当真诅咒过吉祥的死吧,谢老师不敢想象,此刻她如何承接这确凿但相隔半生的死讯。

电话突然又没声了,谢老师屏息,传来嘣嘣声,有人拍打着什么在催促。红姑冲某处喊:"来了这就来……两点以后吧,你先找王马网吧。"她详细指点,如何绕过一幢砖红的楼,后面有条水沟,到那边就能看到蓝房子了。她的尾音仍是诱人地转弯,可谢老师听出来,这个声音已水分尽失,就他与她通话的这五分钟,前面的三十年如海啸山崩,已把她碾压得气息奄奄、瞬间枯槁。

2

这些个过程与结果,早已电话里报给过有总。这是从南方回来之后,当面再回溯的一个复盘:"还真等到那个时辰?别讲她那个情况了,就好好的人,忙到凌晨两点,都会成半死的一摊泥了。"有总放倒的身子再次昂起,愤然吐出一包浓痰。此前,他已经狂飙发作过了,到这会儿,火气已算是余韵了,"女人哪,最不能给她时间的,一有时间就会翻江倒海的思前想后,不变卦才怪。"

谢老师无言可辩,他自己也难以相信,为何竟会完全听从红姑的吩咐,可能是她声音太柔软了,他只能乖乖听着,当真到凌晨两点才去。倒是离得近,绕过网吧,再走十来分钟,就看到红姑所讲的红砖楼和水沟,就在他伸头探颈寻找蓝房子的时候,红姑打来电话了,声音相当喑哑:"太累了,见不了人。别过来了。你要找的莲花,跟我一样,老女人了。大半条命过去了,没找头。"谢老师一时口吃,汗浆暴

332

出，呆呆地盯着面前的臭水沟，斜上方一只被砸了灯罩的路灯，赤裸地投下惨白的光。沟渠边满是酒瓶纸箱球鞋轮胎，壅塞中可见一只毛乎乎物体半淹半现，也许是死狗。谢老师听到自己的声音一直在恳切地请求、协商，为了增添诱惑，他着急地甩出一条很粗的钓鱼线，用好运降临的口气透露，说那位"老朋友"是受何吉祥生前所托，寻找亲生女儿，并要作一个大的托付和交代，假如……

有总撮起嘴巴，但中气不足，没能发出尖利的嘘声。是的，谢老师也觉得自己真是智商到头了。他这一步的说辞，更是把事情往搞砸的方向推，这哪里是好运降临，根本就透露出一个很不友好的信息，一个千里求证的质疑："老朋友"是想搞清楚，河山真是何吉祥的女儿吗？还是莲花跟别的哪个男人的？

晕头涨脑中听到红姑的回复，好像稍微恢复一点精力，从鼻子里发出"嗨哟"一声笑，那是万般皆往、万般不值的一笑，回响着前面所有那些年的绝望。"就说莲花没朋友的嘛。这个老朋友，我看，也不是……何吉祥的朋友。"

谢老师把红姑的这番原话转告有总，并尽量模仿出她在吐出何吉祥名字时，那倒抽一口气的窒息，可他没法模拟她那"嗨哟"一笑。那笑声使他明白，他刚刚所带给莲花的是一个万箭穿心的莫大之辱。假如红姑本来还有些微、些微的可能，在他和莲花之间达成某种改头换面的间接联络，此时也被他这个自作聪明的钓鱼线给割破了。

"有总啊，我再说一遍，河山肯定是何吉祥的女儿。你只要听她是怎么笑的，就能听出来。不论她这辈子跟多少男人睡过，对她而言，就只有何吉祥一个男人。绝不能那样怀疑。我还对她讲什么'假如'，这个'假如'太恶心了……"

红姑的笑声中，谢老师当即就意识到他出大错了，他马上修正角度，试图从河山身上加以挽回。没有一个母亲可以拒绝女儿的使者。他出牌的顺序完全错了。谢老师随即颠三倒四地讲起河山的各种情况，但凡他能想起来的，认为一个母亲最想听的。

她小嘴可能说呢，从小就做发言代表。初一就拿过全国英语演讲大奖。差点儿都出国学艺术呢。现在自己创业，开公司了，做老板。倒是还没成家，喜欢她的人，可太多了……

手机里很安静，饥饿的一种安静，偶尔能听到红姑嗓子里，干干地咕噜一声，那是她在咽唾液。谢老师能听到她稍显粗重的呼吸，像在高低不平的道上跑，不停地跌，又再爬起来。最后，快要到达终点之时，她活活地把自己给勒住了。她打断和拒绝了谢老师。

"莲花送走小孩的事情，我知道。"被勒住的声音，"莲花回去找小孩的事情，我也知道。"红姑的嗓子太难听了，那尾音转腔中的职业性温柔，在这凌晨两点已荡然无存。谢老师心里算算她的岁数，五十四岁了。她咳了一声，企图把箍紧在脖子上的绳子给扯松一点，无效，"我还知道，莲花现在都成什么死样子了。她早就不要见任何人了，任何人。"挂了手机。

"怪不得有总你第二次去找，包括我头一趟去找，为什么都找不上？她是有意把一切痕迹都埋掉了。"谢老师虽不敢表功，仍尝试替自己辩解，"其实有总，这回我还是算完成任务的，等于坐实了她跟何吉祥的情况。"

"屁。"有总粗鲁且焦躁地,"她哪句话说她是沈红莲了?就算是,你去跟河山怎么讲?我又去跟吉祥怎么讲?喂,你女人给找着了,就在臭水沟边的蓝房子里卖呢,跟整条街的小穷光蛋睡觉!还差不多免费。你女儿也从孤儿院给找着了,被人骗着,十来岁就开始跟光屁股男人拼命……打着灯笼也找不到你这样的蠢货,统共只这两件事交把你去办。两件事啊,你哪件办好的!"他气得额角发红,呼呼地喘气,随即又消沉地,"这个女人还是在恨何吉祥。心太硬了,松个口,认下是何吉祥的种子不就完了吗?估计她还记着河山的仇呢,她一直替河山留着口子,可河山偏就没接下她这个茬。"

"这不是记仇。她是妈妈,她在帮河山断念想,两边拉倒,永不相认。很明显,她就是要我带这个狠话给河山。至于你那边,放心,你不会碰到何吉祥的,你不是也说过,他在天堂……"

"住嘴。操你妈蛋。"有总在手边上到处找东西。扔光了,没找着,"滚你妈的。"

也没立即滚,北阳台又堆了三四只大箱子,没来的这一周,看来有总也没闲着。谢老师请肖姨搭帮着,大概翻看整理。肖姨一边替谢老师分类捆扎,罕有地流露出好奇心,她鬼祟地冲客厅呶个嘴儿:"你说统共,有过多少个?"

"什么?"

"女人,他统共有多少个?"肖姨使劲压紧纸箱里的一团手工编织毛衣,还有领带、贺年卡、围巾什么的,"那个什么干女儿,我知道纯属瞎扯。但这三四箱的东西,可都跟女人有关。他可真是一点不长情啊,全扔了。"

是吗?谢老师迟钝地听着,没太反应过来,只感到有一桩事情硬邦邦戳在胸口,十分之惶恐急迫。是啊,有总讲得对啊,河山怎么弄呢?真的要把沈红莲之事全部讲出来给她吗?他可比任何人都清楚,河山一把撕碎那张纸条,就是为了死命避开这样的结果。

二十　青山堂

1

河山有意摆出一种无暇他顾的紧急态势,与谢老师约着"谈一谈穆沧"。紧急什么呢,就是要紧急中止穆沧的征友。她把上周与在读博士的见面向谢老师复述,不自觉地添加了些夸张言辞,连说带演,很是惊险,好像穆沧差点儿就要被扒掉衣服拉上床去"验证"了:"跟我们不是一个概念。我们呢,总恨不得认识人越多越好,海水那样多。穆沧不是,一小茶杯就够了。"

谢老师愣愣地摸摸下巴,未作争辩,那完全配合的样子有点滑稽,只要不提南方之行,什么都好说。

"所以我的意思是,保留几位走动走动好了。我问过了,小雕,小万,高个儿,她们都乐意。"

"你觉得合适就行。"谢老师继续无条件顺从,"那我马上打电话,这个周日要见的阿美……"

河山挥手:"已经回掉了。我提前见了

一下,她这里,不大好。"河山指指自己脑袋。谢老师看着她,看了能有两三句话的工夫,试探地:"能跟我说说吗,到底什么原因,你觉得一定要中止?"

"直觉。就我的直觉。"河山才不想跟他扯,她有别的事要谈。

河山把自己的两只手对捏,平平整整放在桌面上,给谢老师一个正经谈话的信号,可她的眼光却在上下四处寻摸,想找个什么地方落脚,飘忽好一阵之后,最终还是像断翅的小鸟一样,软弱无力地坠向地面。她注意到谢老师腰直了直,视线变粗。看来表演已然到位,有效了。

"真的,什么招都试过了。"河山小声嘟囔,无辜地,"看来我跟家长就是相克,以前做胎教开发也是这样。你说说,他们自己都搞不定那些小魔鬼,怎么能指望培训班搞得定呢。包括老师也难伺候得很,学生多了嫌累,少了也不干,姑奶奶我又没少他们一分钱。不过,老谢同志,你,还记得吗?我这小破公司,当初注册时,除了艺培,还有艺术品代理和经营。可能这才是我最好的风口!不动枪炮不用挪窝,直接就能干。"她用力使自己眼波转动,烁烁地逼视谢老师。瞧,承认失败的同时,她也带来了新的方向,"我最近发现了一种独特的艺术门类,有点冷门,但在国际上,绝对处于前沿地带,国内还只是处女地,我这里率先去代理,长线收益绝对可观……"

以往她吹到这个地步,谢老师一般就会急促打断,象征性地询问几句,有时婉转,大部分时候是直接扔砖头,想尽可能地替有总拦下她新一轮的借款。

"是嘛,好想法!大胆的来。"谢老师简直要拍手了。看,又是照单全收,什么叫冷门玩意儿?就因为没有人要啊。他居然只管叫好,"需要新的启动投资吧,有总那边,绝对不成问题。我可以替他打包票。不仅负责启动,也负责兜底。你不要有任何后顾之忧。"全面推动的口气,像把有总的保险柜完全打开来朝向她。

他以前不这样的,从不这样,就是南方回来之后的变化。这感觉太糟了。

"穆老爹到底对我亲妈干了什么,杀了她?你干吗要这个样子!"河山本不想提的,不小心爆出这一句,是想开个玩笑。看到谢老师明显慌了,他取下眼镜,从裤腰里掏出衬衣一角来擦个没完,他把眼睛虚着,装个半盲。

河山撤回话头:"那别说了,不论带回个大霹雳还是大馅饼,都会影响我斗志的。这回可没打算要穆老爹接济……"确实,她也没做好准备,能拖还是拖一拖。这一回的空手道独家代理,她需要心无旁骛好好战斗。

2

背着两大筒的画卷,太重,在隔壁办公室等了一会儿,直到王桑送出一个头发花白但相貌清朗的访客,那人满面怫然匆匆而去。

王桑礼让着迎她进来,脸上仍是严峻的神情,淹留在前面的想法里。河山开门见山,很赤裸地讲清要求:艺培倒了,最近转向艺术品代理。想在凹九搞一场展览,一群不自知的、无意识的艺术家,绝对的前无古人、开天辟地,想请王桑务必帮忙,有无纳入政府项目的可能,或者抱上哪一家社团或文化机构的大腿,能替她解决场地租金,以及装裱运输宣传等一揽子费用。她手上没本钱,还要倒贴……

王桑几次欲要张口,她急忙拦住,以免王桑轻率否定,待会儿可不好收回呢。

"还没顾上跟你讲,穆沧现在真是接触了好些姑娘呢。"河山像弹手风琴一般的,先是拉长,纵览整个征友概况,接着大幅收拢,她要让王桑明白,今天所要洽谈的事务,是从穆沧身上起的,"其中有一位应征者,叫阿美,绝对是个天才。不光是她,还有一批……我连大展的名字都想好了,叫'本来面目'。"

对,河山突发奇想的所谓国际潮流的冷门生意,就是源起阿美,就是周日应当与穆沧见面的征友对象。擅画,说是每天能画十二小时。河山因是自作主张要拒她,电话里不免客气些,这一客气,阿美竟拎着她的画作,径直就扑到河山的艺培学校。

阿美一见到河山,便热烈得如同故交,挥舞双手开始讲述外面的晴朗天气,讲述所遇路人,个个有如天使,而河山的这个机构,阿美环顾一番,也是闹中取静,艺术氛围浓郁,多少未来大师将从这里起步……话多语密,开朗愉快,河山都没法插嘴。一边说着,已打开她随身背来的卷筒,给河山看她的两幅水彩。

才看阿美一两幅。纯线条,笔触草莽粗大,粗大中左谦右让,有商有量,相互不做交缠。色彩填充的冲撞度却显得极其骄傲,令人有低微震慑之感。有了,以前听美术赏析课也是,类似的异样总会突然降临,像羽毛掠过皮肤,一层静电走过,喉头瞬间堵住。这肯定是好东西。能把像她这样的人给击中了,那所有人都会被击中的。

阿美呢,仍在耳边喋喋不已,正离题万里地谈她的中长期艺术规划,口气之狂妄,简直有点古怪的幽默——为什么要从水彩转向丙烯而不是油画,因为丙烯不怕风吹雨打不怕地震海啸,方便后人保存。当然了,丙烯也更容易进入实用产业,她不反对转化,也相信她会一改整个设计界的沉闷状况……

外面忽冲进来一位中年妇人,面带疲奔之态,见到阿美,她松一口气,一把把河山扯到走廊,气喘吁吁地躬身直打招呼。是阿美母亲,首先声明说女儿不是神经病,然后咬文嚼字地道,是双相情感障碍。她形象地打比方,说就像跷跷板,这一头高起来的时候,活泼乐观,对前途雄心万丈。落下去的时候,她就关门瞎涂瞎画,家里头,她的画纸都堆到天花板了。

河山把画卷抽出来铺开,一边交代阿美的躁郁症背景及这种绘画疗法,殷勤地,她帮王桑一张张地排。王桑看了几幅,摇摇头,喷一声刚要评说,河山"嘘"地拦住,再把另一摞画卷抽出。桌子、沙发、窗台上已是满了,便往地上排,排得两人都快放不下脚了。得让他多看哪,他越是推迟发表意见,她的设想就越是可能达成。

在阿美妈妈的介绍下,她又去了青山堂画室,就是设在脑科医院的画室,心态更加严正起来,似有种遥远但清晰的唤起。

较之别的医院,青山堂显得稀疏少人,格外寂静,两排廊柱在绿荫中一路接引,渐入病区。她跟着阿美妈妈匆匆走过,行进中看到几个庭院大小相连。胖胖的条纹服们,或对坐无语,或缓慢而行,或三五成群貌似聚会,或原地兜圈、蛇行虎跃不止。走过去老远,河山还扭头看了好几眼,看他们在视线中拉长拉小,缓慢远去,给她一种隔世之感——河山嗅出一股熟悉的滋味,嗅到这隔世之下的那种畸零、边缘与自弃。她一下子想起久远的爱心驿站，五岁到十五岁，不可更替的十年，决定了她的所有，所没有，如何地活着，如何活到今天，以及将来如何去死……表面上看，爱心驿站与青山堂全然不同，可河山知道，这两个地方绝对有某种关联，并叫她感到一阵亲切的悲怆。这大概就跟别人想起小时候，想起老家，想起邻里乡亲是差不多的感受吧。

真想不到自己竟突然这样软弱起来，并被这种软弱所控制——这就是那个他妈的乡愁吧。可真是见鬼了，她第一次感到乡愁。

她在青山堂画室里爬上爬下，翻出积年的病友画作，拂去浮灰，在斜射的阳光中一张张翻看，挑选、拍照——异样而敏捷的感应，挡不住地一波波扑来，身上像有个电极接收器，啪啪直闪火花。河山从来没觉得这样笃定过。绝对的，她发现了一个奇妙仙境，那是无人知晓的、心灵尽头的宝藏世界。

激动和燥热中，她总在喝水，不得不中途跑了一趟厕所，这次是真的尿急。当然洗手时顺便也照了一下镜子，心里想着，要去画室商谈版权归属，尤其是一些已出院病患的授权，等等，总之她要绝对和全部的独家代理。在与镜中自己对视的那几秒钟里，她惊讶地意识到，这虽然是个重大决定，可这一次，可没有一丝纠结与恐惧，没有跃向深渊的无助感。她没有跟镜子里的自己去讲车轱辘话，而是像张嘴吃饭、脱衣睡觉那样，挺顺溜地就做下了决定：干！一无所知、一无所有也要干。她心里简直快活哇。除了算是替自己的"乡愁"做点事情，还有个最大的好处——这些画作的所有人与监护人，一般多悬念于精神疾患，对作品售卖毫无寄托，是不会要她先投钱的，这可不就是一片蛮荒、肥沃、大有可为的地带嘛。而真要赚了，也绝不会短了他们的。他们谁呀，不等于就是她爱心驿站里的兄弟姐妹吗？同样的无依无靠，残缺不全。替他们做点什么，就等于在替自己做点什么，这他妈的多好。只有一条，要把凹九也搞定，就完全不用担心本钱了。这次终于不用再跟穆老爹打借条啦。

是啊，怎么着也得利用起王桑的凹九……一无所有的人，总归要这样混凑混搭、奇思妙想，手里哪怕只有一张两张牌，或者还不在手里，只要在附近，就要千方百计地想着，能尽可能地利用起来，让它们组合、流通，成个姐妹对子，做个三拖二，说不定能成个同花顺也难说噢。

3

王桑看来感受到她的急迫了，终于找着机会开口："我其实是外行，最多能看一点传统国画和书法。现代绘画这块我完全不行。"他不看河山，"我们外头有专家顾问组，他们懂行。至于项目优惠……"

"懂行？屁咧，他们就只认老掉牙的名家，认美协副主席，认什么名师高徒，什么宗法流派。你这是要找挡箭牌。"只觉心口里一阵焦躁，恨不得揪起王桑的领口对他耳朵吼上几嗓门，这可是她的救命生意啊。想想不能急，忙让自己笑了几下，笑得不太成功，"我就恨你们这样筑墙打坝的，什么都要来个门槛。现在你给我讲，就从一个不瞎不盲的常人角度讲，讲这一幅。你真要一点感觉都没有，那就算我走错门，马上抬腿走人。"河山把手边一张画推到王桑跟前,一边又自悔语气过激,怎么这样沉不住气,不是顶擅长给人灌迷魂汤的吗?可能真是关心则乱吧。

"记得那天你讲我没有存在感吧?什么叫存在?无非踏踏实实做点小事情,痛痛快快讲些真心话……所以我讲真话,你可别介意。"

河山不眨眼睛,王桑这口气她不喜欢,激将法看来没使好。王桑指着眼跟前:"这幅,是篱笆还是一口井?还是被什么东西绑起来了?模棱两可,在下看不明白。这幅卡通面具,五六岁小朋友就能画,凭什么挂到凹九去?还有这幅大面积的红,就是血管破了到处淌,可能我这一阵常去医院吧,反正我看了很不舒服。就因为作者不是正常人,就得哄着、糊弄着?退一步讲,也得大概齐的,瞧着顺眼、舒服不是吗?"

河山把他提到的往边上理理,把几张新的往前推,推了几张,突然丧气,飞快地动手开始卷收,听到自己声音都结巴了:"你是怎么混上这个破站长的。大家跑到凹九来看展,就图着顺眼、舒服?那躺倒在家打游戏不是更舒服吗?怪不得凹九这儿,小麻雀都不来一只呢,活该。就挂你那些老干部书法女职工石头画吧。"完全失去了一直企图保持的宽裕心态。她听不得这样的反对,因反对而更感一种孤勇决绝。

"别这样。你等我说完。"王桑拦住,河山使劲压下怒气,手里借势放慢动作,"我不欣赏,不代表这事情就不能做。但是你期望着的项目资助,实话跟你说吧,最近我正在争取,果真能争取到一笔,肯定得给昆曲。你刚才门口碰到的,那是昆剧团的木良团长。而你这边,尤其是你,不可能的。"

"尤其不能给我?"河山抓住这一句反问,脑子里嗡嗡营营的回音,如野蜂飞舞。多么耳熟啊,若干这样类似的托辞,她经常从主事者嘴里听到,有时明明就在正常范围之内,对方还是会找出障碍,并加上一句——尤其是你。你的忙可真不好帮哪——好像他们还挺无辜似的。最近一次听到,是从一位主持少儿艺术考级的副主任之口,暑期班之后,她这里有一批琴童去考级,需要"多多关照",她前去拜会。还有稍早时候的法式西点店,因为那套烘焙设备,后来又是食材配料进口,她被检疫局一位红脸膛处长给关心上了,三天两头开整改通知单。

"哈我懂!我懂。这叫'瓜田不纳履,李下不整冠',给我行方便的话,担心有碍您的清名对吗?"河山哂笑,心里涌上一股疲倦。太没劲了。

这些处于中年阴霾中的男人们,看得真是多了,辛劳而谨慎,睡眠欠佳的大厚眼袋,被文书表格折磨得僵硬不堪的腰椎间盘,堆积于腰臀部的沉重脂肪。他们中的大多数,什么错儿也不敢犯,因为担心犯错成本,担心不可收拾的涟漪效应,担心被对手抓住把柄,等等。因此他们总是很不高兴河山,这么漂亮又泼辣的一个野女子,摸不得碰不得的,可怎么弄啊。河山不介意他们的刁难,不介意这压缩的欲望,欲望中望梅止渴的交换意味。总是那样的,绳子就在屋子里头,她和那个代表一点点权力的男人,各拈一头。当他们提出"尤其是你"的时候,就等于故意把话头给亮出来了。她需要掐准到最佳角度来拉扯一下,争取把主动权的中间点给移到她这一头。她会故意露一些破绽,去安抚他们的需要。

"反正惠而不费,能帮我办成事就行。"

338

她端庄而坐，但绘声绘色地对王桑讲述这类似空城计的暧昧画面。魏妈妈教她的各种花招，这些年用之如常，已成本能，"就算只是这样的办公场所，我也挺会做小动作的。撅起屁股，伸长腰肢，去打开窗户，露出腰节间的空处。抱怨嫌热，文文雅雅地解开外套扣子，露出低胸内衬。或者嫌冷，我呵手指，咬手指，含手指，他们端起茶杯盯着我，都忘了喝水。有时我用完全拟真的口气，畅想一次私密约会，说得轻松而自如，去除掉任何的罪过感，简直光明磊落、如沐春风。他们当然都没有贼胆去赴约。可就是这样我来他往地打几回合的嘴仗，也就过瘾了——"

王桑眼里有些叫河山吃惊的东西，似乎是沉痛，也有愤怒。他竖起手，让河山停下她的嬉笑："你知道自己是怎么回事吗？"王桑语气沉闷，迟疑地往下说，"谢老师跟我讲过你在师范学院的事，连校外都有半打的男朋友。还有你刚才讲的这些鬼把戏，包括你跟我谈业务，我也算见识到两次⋯⋯你，只会这样子跟男人打交道吗？"

哈。河山无谓地笑了："怎么啦，这又怎么啦。那我在爱心驿站，故事可更多呢。"

"你晓得有反作用力这个东西吧？每知道你多一点，就多一份排斥，累加累加，最后像个越来越长的咒语，把我给缠得根本没法翻身，恨不得离你越远越好。"王桑苦笑了一下，"我想大部分人都这样想的，不愿沾碰你。而但凡要帮你什么的，必然想要沾上手，否则会觉得太冤⋯⋯这是一个恶循环。你明白吗？"

河山没吭声，是真的感到困惑，反作用力是个什么屁，莫非还绑架了他吗？丁宁搞反了，王桑实际上是极其的厌恶她？认为她是下三滥？也对，她就是。

河山开始一张张收拾地上、窗台上的画作。一腔关于"本来面目"的热血想法，都还没来得及展开，就这么彻底地铩羽而归了。骂得对，是自己作践，扯那些有的没的，不搞暧昧不做狐媚子她就不会说话了吗？她就不能清清爽爽的做一件事吗？可怜可哀的青山堂画室，她刀尖上的疼痛，既子虚乌有、也结结实实的乡愁呀。

失败感前所未有的刚猛，兜头浇灌而来。赶紧的，离开这里。她只想去穆沧小窝那边，就坐着，听他的沙漏去数时间。

两大筒画卷子很重，王桑帮着提到楼下，替她叫车："要不，把青山堂的画的照片都发我吧。如果这次昆曲能做好的话，也许⋯⋯"车子快到跟前，王桑一边把画卷子递给她，一边抓紧时间说，"我知道你事情经得多，许多东西都不在乎了。不过，别再那样了。你是个宝贵的人，明白吗？"

河山手里一空，画卷子都没接住，咚地倒地，慢吞吞往两个方向滚去。可从来没人跟她讲过这话。真想马上随便找面破镜子，要赶紧转告镜子里头的那个破烂人儿：嗳，说你呢，说你，也算是个宝贵的人。这可太逗了。她听见自己冲王桑爆发出嘶哑的欢笑。

二十一　灰　尘

1

下班前，想想不放心，王桑又去看了

下舞台。昆曲在凹九的头一次演出，就在明天。

舞台就放在木良早就看中的主展区位，台口是现搭的，雾灰色大幕净落到底，台上一桌二椅，王桑叫人开了灯，在台下几个不同的位置，坐近又坐远地看。总觉哪里不对——小舞台是拼装复合地板，太过簇新，又给擦得纤尘不染，都有了反光。其实这戏台，得旧，地板漆磨得掉色，最好能有一层薄灰，等到顶灯一起，演员在其上或跃或舞或跌，行动中能带出那一点子灰，顺着灯光静静地冉冉升起，悬浮，最是有种幽通古往之感。王桑站到凳子上，把通到一半地面的那排高窗户全部打开，正好还有一天一夜，他得替这台口"邀"一点尘灰来加入，就算是审美迷信吧。毕竟，能走到今天这步，实可谓是繁复曲折。

虽然争取到一笔款子，但具体到演出上，王桑与木良多次谈崩。分歧在哪里？王桑的意思，是必须搞花样——要是就跟他们平常排练、送戏下乡一样，普普通通的折子戏专场，那等于小石子投深潭，不会有动静，无动静便等于是白做。因此竭力主张掺和异质元素，加上现代色彩，总之弄个昆曲+，形成"媒体点"，先骗得大家来看了，再慢慢引回到正宗昆曲身上，也算曲线救国。

木良却咬牙蹬脚不同意。昆曲之典雅纯正，定要原汁原味方可得其精髓，一搞起创意来，必会伤及皮毛肉囊，老戏迷气个倒仰不说，对初见昆曲的人来说，也是个误导与伤害啊。我师父要晓得我胡闹，准要从地下爬起来再抽我一顿。跟你讲过我挨鞭子的事吧，鞭鞭见血痕，打完了，师父又给我炖小公鸡，补。他对我就一个要求，不许走样，老祖宗传他什么样，他就传我什么，我也得一招一式依样地演、依样地传。这一个守字，就是老昆曲的魂魄。

还有一条，木良是替他的演员考虑。团里的戏校生，是黄鼠狼拖鸡，一年少似一年，有去影视行当做替身的，有开保镖公司的，有靠脸蛋和嘴皮子在抖音上带货的。真是跑得捉不住，捉得住的吃不了苦，吃得了苦头，又不见得有那分灵气。你说，这里好不容易搭个场子出来，让他们上台，还弄些夹三夹四的东西，那还不如不要搞了。你既然，是为着昆曲好，也得有个起码的尊重呢。那次木良就是讲到这些个，带着情绪拂袖而去，走道里碰到迎面而来、背着两个大画卷筒子的河山。

到再次见面，王桑就拿河山做话头，讲了她那个青山堂画室的"本来面目"，也讲了穆家与河山的特殊关系，而他置这一切不顾，只管一心一意地替昆曲争取。他图什么，当然是图昆曲的向好啊。其实哪有绝对的原汁原味，传送到每一代人手上，不都是其所在的当下此刻嘛。你对昆曲，这点信心没有吗？真正的好东西，自然经得住加汤掺水、插科打诨。他止住木良满脸的申辩——这样行不行，前一半我来搞点小热闹，给媒体送料，后一半，你来两场正宗折子戏压台，负责让他们好好打瞌睡。木良抗议地笑了。这话有出处，是木良的名言。他常说，观众啊，哪怕就是看戏看睡着了，那也是在昆曲里睡着了，是睡在非遗里，打的是世上最古老的瞌睡。

他们最终商定，演出叫作"一桌二椅·碰撞"，二人互相分工，尽量地考虑周全。前半段的试验，王桑请艺术学院的教授帮着策划，下半场的折子戏，木良选了最容易看的《牡丹亭·闹学》《长生殿·闻铃》两折熟戏。

2

还是闷了,准确说是砸了,恶评如潮。王桑等了两天,等各种坏消息,跟内毒一样,等它发透。凹九这些年所有展览的宣传,都抵不上这两天的曝光量。晚上,他在办公室里加了个班,像个低功能机器人一样,把目力所及的各种批评链接,不停地选中、复制、粘贴,都收拢在一个大文档里,打出厚厚几摞,让人给上头送去。

演出台子还没撤,王桑又到台下坐了一会,真想问问:尘啊埃啊,你们也觉着那么糟糕吗?

遭非议最多的,是前半段的创新。一段是让昆曲小生去除一应昆曲装扮,只着灰色水衫净头素面上场,与一位话剧演员合作,以"回忆"为题进行交叉表演,凭藉生角的气质与直觉,即兴念唱,去与话剧进行错位对话。有什么实质性内容吗?确实没有,但王桑认为这最见昆曲对人的塑造。

昆曲演员,皆是十二三岁便进艺校拜师入行的,此后的晨昏四季,即是严苛的程式化训练,吊嗓练功,打板说戏,排练演出。就比方说坐姿,讲究一个"浅","浅坐似山,满坐似坍",欲要开口吟唱,先自观自省。身心前走,足履却有顿挫,徘徊取之。如此细小不舍的一日日雕塑,使得他们身上总有种"不一样"。木良身上就挺明显的,别看老了,依然端正,自足,还有种决绝感。尤其这样一个非程式化的、半即兴的演出,演员不上戏服扮相,也无戏码、曲牌与唱词,这种"不一样"就完全出来了。台上那白面巾生,虽不在"演"昆曲,但全身上下的毛孔和骨头,仍"是"昆曲那个老底子——他与话剧女演员在台上,身形交错之间,真有数百年的宽阔汪洋。

再一段,是让白鼻子昆丑与西洋杂技的红鼻子小丑互动。西洋小丑常需各样道具辅助,台上空空,对他是个为难,索性便取道无赖,把自己一顶五彩帽子给玩个不亦乐乎,跟台下卖俏卖乖。昆丑一般都有功夫在身,这位便是擅长矮子功,上桌如灯,坐椅似猫,落地成球,在一桌二椅之中,以笨拙之态高超地跳上蹿下。总之这一节,赢得台下不少哄笑,不耐烦的孩子们也都活转过来。王桑私下觉得有些对不住,昆曲古有"丑以人传"之说,丑角常是剧中的尴尬人物,其夹缝之难的机智与失败,往往以滑稽动作来自相掩埋,细品之中,实在大有生之况味。

下半场的老戏也还是冷场,几位演员年华正好,也珍惜这历练机会,倒都是十二分的投入。木良看得甚是满意,旧习复萌,又歪着头小声跟王桑传教。这一出《闹学》啊,要害全在念白。昆白其实最难,有话叫"千斤白、四两唱",全靠演员自身把握。有的要热接,话赶话,有的要冷接,打哈哈,有的要抢白压住,有的是声息挑逗⋯⋯王桑听着,心下忽感不安,扭头一看,观众已走掉三分之二了,怪不得木良那样瞎起劲,他是在跟王桑、也跟自己打马虎眼呢。

余下的这三分之一,也不是真的在看戏,却是些妆容整伤、争奇斗艳的自媒体男女。各带武器,长甘蔗般的手机架,巴掌大的摄录机,占据有利地形,对着镜头,拿着小耳麦,挤眉弄眼地在做直播。这里台上才刚结束,网络上的短视频与快照就出来一大波，如回声般形成团团漩涡，一时间倒带得"一桌二椅·碰撞"流量颇丰。

想想现场的虎头蛇尾、曲未终人已散，王桑忽感一种不祥的讽刺。谢老师随即发来一串语音留言，奉命转告穆某的预警，老乌鸦似的，唱了几声衰。敢情，老家伙正巴不得的，等着瞧他的好看呢。

果然，第二天上午，一轮公号热评出来了，不仅昆界，其他戏曲，其他传统文化，其他艺术门类，都跳将起来，对此一场热络发表宏论。刚到中午，则又出来一波比较深度的反馈，戏曲界声音、专家评说、名家大师意见——二八开，只有二分是认为创新勇气可嘉，八分皆是恶评，觉得这勇气实在是无知与不敬的坏勇气，是对老家底儿的切割贩卖。想想看，唱念做打四功，手眼身法步五法，可是昆曲的精华与魂魄啊。

连服装也被骂了。你把咱行头衣箱搁哪儿去了，箭衣马褂、大靠打衣大铠、扣带鸾带、蟒袍官衣、褶子坎肩云肩呢，那绸缎锦绣上的龙凤鸟兽、鱼花云水呢，怎么能让演员光秃秃个素脸、套个灰长袍就上去了呢，瞎胡闹……

也有的专骂那"两丑"戏的。真是小子无知啊，当初一部《十五贯》平地惊雷，愣是靠一出丑戏救活一个老昆剧，怎么而今就只把它来翻跟头呢。尤其一些老学者，借此发出憋屈已久的厉声责问，这样不伦不类非驴非马的创新，是自轻自残之举吧……而跟帖的票友戏迷，又如风暴席卷，带动更多也许并不知何为昆曲的网友，作痛心疾首之叹：祖宗好不容易留下的东西，哪一样不被你们糟蹋的！

这都是木良原先所担心的局面，果然一一验证。王桑给木良留言：是我的点子歪了，你不用回应此事。全算我的。是杀是剐随便吧，就是引咎辞职、即刻回家也可以。记得以前刚到大楼上班的时候，有一位已做到副处的龚某，毫无预兆地，有天突然把辞职书往主任桌上一拍，啥也不要，特别洒脱地办了离职手续，且去处与下落无人得知，腾云仙游去了一般。这在大楼里，可谓是人生大暴动了，被私下谈论了很久，常有人在气闷不顺之时，发狠道上一句：大不了我也"学龚某"好了。

王桑倒不是发狠，他是真的，真的可以"学龚某"，撂了这小吏的挑子，回家躺倒，当真地去做纨绔子弟——丁宁有了。穆家的所谓财产，可能是保住了。

就在昨天，从丁宁的子宫深处传出好消息。消息来路漫漫，出发自三个月以前的一枚冷冻胚胎，是他们第一次做冻胚的后备选手。隔得久了，他们都没惦记，更未敢指望。尤其是丁宁，像听到命运突然敲门，都不敢去开，万一是个恶作剧，门外空无一人，或者是个大魔鬼呢。她表现出整个求孕期都从未有过的焦躁与质疑，好像宁可继续去走那看不到头的崎岖路。

王桑实也无心去劝解丁宁这奇怪的反应。他正陷身恶时辰，手机里不断有人把各种批评链接转过来，间或也有安慰的留言。可王桑晓得，这样的安慰里，也有他们所不自知的安全感与欣快感。人都是这样的。

谢老师又来电话了，救穷救急、略带揶揄的口气："网络也是由人在管理的，新媒体也是媒体，都是可以搞定的，就像他当初搞定我小谢。可以请有总打几个电话，咱们手上毕竟有些关系……"从没这么使劲地，王桑撂了电话。一听就能猜到，这是穆某的指使，那种老财主的思路，有钱就能操纵一切。听听！他好像一直要操心自己到断气。

丁宁的手机也在嘀嘀乱响，从她脸上可以看出，儿女成群微信群里那些姐妹，都在排着长队，给予最猛烈的肯定，以及同样猛烈的妒忌。她情绪稍有好转，在手机上继续扒拉，突然扭头冲向王桑，声音重新变得恐慌："等一下，你告诉谁了吗？"

真是没来得及、也还没想到，要跟谁说呢。除了莫大的解脱感，算是终于完成繁殖义务，保住穆家财产，他确实没有任何分享的意愿。这正常吗？

丁宁并不介意，只盯着他："那太好了，绝、对，不要跟任何人说！"审慎而严肃的，"你想想，那些画家、作家、导演在做大作品时，不也都是神秘兮兮地不肯对外张扬吗？这是人类在孕育新事物的普遍规律。"她额外争取到两个多月的缓冲期，并很有智谋似的提醒王桑，"老人家那边，你上次啥时去的？替我去放烟幕弹吧，这样据说更保险。"

3

给上头送完材料，王桑真就跑了一趟筑枫雅居，主要是为了挣面子，"一桌二椅·碰撞"虽是大败大落，但在穆某这里，绝不能塌下去。

人在卫生间呢。肖姨大为欢喜，冲他招呼。说有总现在不用开塞露就完全没法出恭了。他不肯让人帮忙，也不愿用床上便器，宁可关在卫生间里面，独自战斗。

好久没来，到阳台转看了一番。去年突然发芽的那个老盆景，找不见了，连粗陶盆都没了，料想是死透透了，否则肖姨不会连盆扔的。看来，那是它最后一次参与人间的春天。王桑心里略有点古怪之感，不只为老盆景，还因为后备箱的帆布大包——

十来天前，谢老师微信里发来一长溜照片，是穆某早年的各种证书奖状，最早的还有老机械厂的技术能手称号证书、献血光荣证书。王桑来回推拉放大，看得嗓眼里直泛上好几口酸水。他说不清心里所翻滚的是什么，只觉得刺目，快速拉了一遍，不愿再看，也没回复。可随后谢老师本人骑个摩托车匆匆赶到，劈面就丢下一大布袋的东西，说是有总嘱咐，要即刻转交。

搞什么名堂啊。穆某总这样的，躺在那里还不消停，总在绵绵不断地四处发功，叫人不踏实。那大布袋一直扔在后备箱没碰，洗车时也有意忽略，偏不打开。就在刚才，上楼之前，担心被问到，匆匆看了一下。

最上面是一叠衣服，叠得齐齐整整，装在旧塑料袋里，翻了翻。是校服！他的小学、初中、高中，夏装、春秋装和棉外套，齐的。想那些年，是天天穿，穿得要吐，一到毕业，就巴不得地换下，不知甩哪个角落去了。真没想到会再次看到。他扶着张大嘴巴的车后盖，两腿差点打弯。心里本来就是负累沉沉，为"一桌二椅"的折戟之境，为丁宁子宫里的尘埃落定，悲欣相杂，身首如异，突地又与这旧时校服重逢，简直有种性命交关的伤心。

穆某什么时候替他收着这些的，是惦记着从前那个又乖又聪明的小儿子吗？其实王桑也总是想起那个时候的自己，只不大愿意承认，包括那个时候的穆某。那是他们作为父子的最好时间段。这个世界上，还有谁知道，他曾经是个纯真、好强、充满热血想法的孩子？没别人，只有穆某，他是唯一的见证人，并收藏了这些确凿的物证……等等，王桑吁一口气，让自己打住。先别抒怀，把这些统统拿来送还他，什么意思呢？借古喻今？新手法的讽刺？

往下翻，衣服堆儿下面是一只信封，抽出来一看，两张薄薄的结婚证，加过塑了。没有贴照片，一张穆有衡名字在前，一张王云清在前。薄薄一片，像小奖状的内芯，四周一圈牡丹花，颜色已经掉落成淡粉色——终于意识到，穆某这是在转交托管之意。

手心一下子出汗了，两张薄片，轻飘飘的好像要飞掉，或者突然会碎掉。王桑小心地重新塞回信封，一下想到他和丁宁的结婚证，刚拿到时，丁宁说怕丢，两人分别保管。有过那么几回，他拿出来看了看，努力掐下离婚的念头。有回吵架，丁宁也大哭着把她那一份翻出来扔到桌上，动作激烈。现在，丁宁有了秘密的"两道杠"，他或是她，应当不会再有那样的想法了，他们的结婚证也将一直安妥，直到某天，也像这样，交给丁宁肚子里的那个孩子——这突然而至的想法如此保守，叫王桑一时无措。唉，穆某此举，真像是塞给他一根并不想要的接力棒，并莫名其妙地，让他有了继续往下传送的潜在意识。

再往下翻时，手里就有点谨慎的怯意，下头是一个小包装盒，硬纸板已经压扁，边缘翘起。可王桑一眼认出这个洒金印花的包装盒了。

有点久了，那是穆沧职高出来后不久，谢老师不是帮他找了一个替人画土建图的活儿吗？工钱很少，但毕竟算是工作的意思了。到第一个月正经拿工资，记得是谢老师出的主意，说应当给长辈买礼物。长辈还能有谁？显然是为着让穆某高兴。那时还没网购，沧又不肯去商场，最后只有王桑替他办了。想起自己刚工作那会儿，急着要跟他脱掉干系呢，更何谈买礼物。算了，借穆沧这回，跑腿吧。跑城南一带转悠了好久，最终给他挑下一只玳瑁烟斗，洒金印花纸盒是另配的，正合着穆某的浮华品味。

庆祝穆沧拿到工资的家宴上，当穆沧把这个洒金盒子垂着眼皮递到对面的时候，王桑忽然感到极其别扭，无论如何也不想看到穆某的表情，遂起身去给自己添饭，直躲到厨房去了。他在那里磨蹭了好一会儿，听到客厅里在拍手，含糊的话语，对烟斗的赞美，谢老师在替他们合影。等他重新出来，洒金盒子已重新包好，安安静静搁到茶几上。但穆某的脸上，一望而知，怎么也掩饰不掉，刚刚抹过眼泪水。

王桑把校服什么的都放到另一边，重新打开这只变了形的洒金盒子。那只玳瑁烟斗看来从没用过，幽光如新，猫眼一样，静照出王桑的小半只脑袋。把烟斗重新装入盒子，心里不知其味。穆某把这一大袋东西，急吼吼地特意打发谢老师送他，潜台词到底是什么，父子往昔时光的挽歌？不由分说的血缘接力棒？还是嘲弄和提醒他的不孝？

王桑望望卫生间那边，里头偶尔哼哼唧唧地，在做苦功。肖姨手上全是面粉，她在做葱油千层饼，"（冲卫生间）尽量、尽量地往里面伸啊，现在要收紧屁股啊，不要提前用劲。（朝向王桑，小声地）他现在一次得用三支roll塞露了。我没用酵母，生面有生面的香。（扭头）慢吸气，别太猛推。（小声地）那面饼子，得养个二十分钟，再重新给压成牛舌样子……"一直哼哼叽叽、衣衫摸索的声音突然停滞，随即软绵绵一声闷响。

王桑连忙站起冲进去，并马上替他合上门。里头开着刺眼的四眼浴霸顶灯，温度太高，厚厚一层雾汗气，乍一进去反而什么也看不清。再一看，马桶脚下的那一团衣服与肉，可不就是他。王桑蹲下来一把抱起，上半身抱到的，只一堆干瘪衣服，下半身则是半裸，骨架支棱着无处下手，叫王桑惊慌又骇然，闭上眼一把举抱起来，扶坐到马桶上。他比想象中矮多了轻多了，皮肤的触感干巴巴的。穆某一直如泥塑石雕般毫无反应，到屁股一落定，两肋被王桑圈牢，固定住了，似才反应过来，嘴里哼哼着大声抗议起来。他这一声吼叫，下头倒一下通了，听到大便落池的扑扑声，一股干燥强烈的臭气立时弥漫开来。耳尖的肖姨在外头直拍巴掌："王桑你可帮大忙了，这下有总能吃两口了，我去烙面饼子去了。"

……王桑清洗自己的时候稍微想了一下。方才的出手应当只是个条件反射，而非来自血缘亲情的冲动。哪怕对路人，他也一向热心的，相当于老吾老以及人之老吧。这不代表他对穆某的情感，会有什么质的变化。而那一大帆布包里的校服、结婚证和烟斗，也就相当于老公鸡偶尔啄几口小鸡崽儿，只是纾解一份来自父系的认领罢了，同样不说明什么。

终于收拾好出来后，穆某显得疲惫又愠怒，一直闭眼假寐。王桑倒是觉着饿了，配着现热的豆浆，连吃两块葱油饼子。直到他呼呼有声地吃光喝光，穆某才睁开眼，瞪来一眼："也真是不嫌弃啊。"

给他一讲，王桑倒有点膈应。刚才确实味道很大，由于收手不及，胳膊袖口上还带了一点，换掉衣裳也就完事儿了。可他这么一说出来，嘴里的葱花香就满不是那么回事儿了。

"是不是这阵子，都没好好的吃喝啊。瞧瞧，白白贴补银子费了功夫不算，还众口难调，闹出这么大乱子来。他妈的艺术啊，就是太难伺候。你还偏要去招惹。"他有点愤愤地，像王桑在外头跟人打了架，被揍得不轻，"所以你看，我是从来都不碰的。"咂咂嘴，"其实小沧我倒是放心的，他怎么样都是好的。就是你，这酸不拉叽的脾性……"他抿住嘴，显出克制的样子，撑着眼皮的手指一滑，沉重的大眼皮布帘子一样，塌下来。"当然了，这回不能怪你。都怪那破昆曲，它太老了，老不中用，谁要听它磨磨蹭蹭咿咿呀呀的，神仙下凡也扶不起来。这不怪你。"

这明显拉偏架的口气，叫王桑有点惊讶。想起以前高中时，晚上很迟了，他脑满肠肥地回来，先就冲到王桑房间，才问两句功课，怕自己忘了似的，忙不迭地要举手击掌，演练他刚学会的外国手势，"Give me five! 真棒，儿子，你是最棒的。"就算王桑明明报告了一个不怎么样的消息，他也会打一个酒嗝，想都不想的，仍旧用力一竖两个大拇指："二子，你在我心目中，永远是最棒的。"那时候，穆某喜欢模仿所谓激励式的家教，蹦两句英文单词什么的，实在很可笑。回想起来，心里很是苦涩——尤其是今天，尤其是此刻。他真是想认真做点事情的，为了他最倚重的心头之物。

王桑掏出手机，找出一段昆笛《游园》【皂罗袍】。他知道这对穆某毫无意义，可能还是噪音。可是对不住了，他这会儿就迫切地想听上一听。

昆曲的各种好里，他最迷醉的是昆笛清吹。别的戏种，一到情绪上的渲染，都是出来胡琴，只有昆曲，独取竹笛。沉金流沙的寂静之中，那种清幽而遗世的竹音，朴素惊心，听闻之下，内心总是倍添痛苦，如丧如别，同时也别有甘美，如家如归。他一般很克俭，不愿肆意地听，只在最难以度捱的时候，才会听上几曲。【醉扶归】【山坡羊】【金络索】，有的离散，有的聚拢，各有各好。

客厅里很静，只有笛音在空气里震颤，在他的心上轻轻拍打，抚慰和修复他的败裂处。五分四十九秒。一曲奏毕，笛音收消。

王桑睁开眼睛，收起手机。突然发现穆某在淌眼泪水。想他那眼泪，跟淌口水一样，不算什么。等泪水过去，干瘪的嘴里发出咕哝："笛子么，以前在连队也有人吹，是个常熟人，他总在星期六晚上，熄了灯吹……我喜欢。"

"当然不难听，这可是吹了几千年的笛子，黄帝的时候就有了，如果要算上骨笛，那更是七八千年之久，新石器时代……"王桑打住，穆某的眼泪似乎又要出来了，"不管怎么说，我就是认这些个没用的东西，就跟你认你那些金银财宝是一样的。我也一样，认到死，死也不会变，你能明白吗？所以别管我这是好是孬，拜托你就别再操心了。"王桑憋着一股气，他自认为是骄傲，可听上去大概又像是委屈，讲完就为这语气懊恼，不该在穆某面前泄露软弱。

穆某推开右眼皮，费劲地昂起头看着他，双颊有些涨红，带着确认，甚至有点愉悦和超脱的狡黠之色："好哇很好，反正都是老不死的东西，你就认它们做老子好

了，那我从此可都不再管了。反正你们两口子也都生不出。哈哈可不正正好。"

为什么要扯到生育，暗示他那遗嘱吗？王桑忽然心虚了，想起丁宁叮嘱的烟幕弹，一下站起来："没什么事我就走了。有事再打电话。"

王桑出来发动汽车的时候，感觉到后备箱里那只小小的玳瑁烟斗，在陈年洒金礼盒子里骨碌碌地晃动，像在拼命提示它的存在。行吧，等丁宁足三个月了再来告诉他。

二十二　　全　家　福

1

穆沧桌子在监控画面偏左一点，肥厚的肩膀耸起，埋头趴在桌子前。右边，各色铅笔尺子，左边，沙漏大小不一，各自排列如阵仗。

有总示意再等一下："我这老儿子啊，真是看不够。全天下就数他活得最满意。不需要，他什么都不需要哇。我早就说过的，他是真正脱离了低级趣味的人。要学习，我要向老儿子学习。"那口气似乎大有启迪，其实穆沧哪天不是这样子呐。

谢老师急着带着他出去，趁着上午日头正好。这也是有总前几天自己提出来的，小谢，你就路上随便开开，带我瞧瞧街上光景。谢老师一听就明白了。扔完东西，他这是要想出去扔"南北"了。目前的身

体状况，问题不大。

出门不远就是芦席营，这一带原来都是厂区，旧房旧迹早已云散，换作别一种新崭崭的繁华。谢老师绕着万达广场大销品茂开开停停，让有总"自将磨洗认前朝"。有总缩在毛毯里，嘴里煞有其事地喃喃指点。这是职工小卖部，这是二子念过书的附中校区，这边，是老澡堂子。以前这路上总有煤渣，走起来沙沙响，鼻子满是湿衣服和肥皂味。那时人走路比现在慢，衣服肥肥的，女人总有点含胸……嘿，那时在澡堂子，赤条条挤来挤去，总看到老男人们下面那瘪气球似的玩意儿。好了，现在我也成瘪气球了。

他让谢老师摇下一点窗户，把右手伸到窗外，瘦筋筋的手掌摊开来："这风，吹得皮疼。人哪，有时就得要个'疼'。我洗过一次最疼的澡。二〇〇一年还是二〇〇二年的，去上海那家外国酒店，那时都流行什么芬兰浴俄罗斯浴的，热汤热气，等毛孔全部泡开，会有服务生拿来树枝浑身上下抽打，说这就是贵族。一般用橡树叶，叶子厚实，吸水好，打在身上像肉巴掌，挺舒服。女贵族们则被推荐桦树，说是美容益肤，就瞎扯吧。老头老太就推荐桉树枝，适合老关节炎，有股子药味儿。那次我请的是开发区头头，挑树枝时，他特意选了个没试过的。等我泡得肉细细的，好家伙，一米八的红鼻头洋小伙提着个树帚子就上来了，直抽我小腿，那个疼！我越嚎，他点点头越是抽得来劲，一路从小腿开始往大腿，往腰腹上抽，我能眼睁睁地看到，抽到哪儿，哪儿就慢慢起了红点点子。好不容易消受完，出来后一问，操，那树帚子，是西伯利亚荨麻做的。"谢老师按按车喇叭，行吧，聊胜于无。**西伯利亚荨麻（素材114）**。

绕过万达广场大转盘，就到了老机械厂最拐角边的小东门。小东门对过，原先有家驼子裁缝店。前不久处理衣服，山羊绒长外套，意大利丝毛西装，骑马套装，手工礼服，但凡高级货，一样没留。倒是这个驼子替他做的结婚西服，还留着说最后穿。

小东门封上了，裁缝店现在是垃圾中转站，"驼子心好哪，给我家云清送了许多零头布条儿，给家里扎拖把用。云清走了好几年，有天我从厂子下班回家，一进门，吓着了。家里摊了满满一地布条！细一看，应当是驼子送给云清的。小沧那时四岁了，不知从哪里翻出来的，把所有布条都按照颜色、大小、长短，理得平平整整，从卧室一直摊到过道，没下脚。"有总看了一会儿垃圾中转站，"我想去新街口。"

是啊，金陵饭店和晶丽酒店，有总常来请客的地方，正好一路。九十年代末，台商们最是迷信**金陵饭店（素材38）**，那边的招牌菜像嫩笋鲥鱼、霸王别姬、盐水鸭什么的颇有名声，谢老师也跟着吃了不少。有总挺滑稽，一顿饭下来，他常常忘记吃了什么，他的注意力全在捕捉对方不经意中流露出的渠道、成本、原料、生活习惯、性格特点等等。将来谈判时讲到价格扒到成本时，那可全是些可以一击致命的信息。反而是现在，牙疼、胃疼、肺气肿、便秘轮番进攻，茶饭无力之下，他倒是回味起各种吃食来。

上个周末，他还瞒着肖姨，让谢老师替他叫外卖，酱肘子、水煮鱼、烤羊排、麻辣面拖蟹、铁板牛仔骨，粗粗大大一口气叫了十来样，摊出一桌子。他一口也吃不了，可他早有主意：想看人吃。谢老师只能听他的呀。遂又叫了一箱啤酒，把有总从前司机的女婿叫来，又让他唤来两个哥儿们，几个人吆五喝六地搂着碰杯，完了还云里雾里的抢了半天单。有总很满意，他就一直斜卧在边上，晃晃几个药瓶子，他数出红的白的蓝的各一堆，不急不忙往嘴里扔。

快到晶丽酒店了，谢老师脚下带着刹打算靠边，想着要不要去叫两份他最喜欢的大鹅翅和狮子头。有总却往前直指："往南，中山南路的寿桃店。"

寿桃店（素材39）是家清真店，做寿桃面点最是出名。有总以前每年会订购几百只，送给生意伙伴的老爹老妈，并没几个钱，可寿桃那个感觉，多好哇，老人家总会高兴坏了。有总自己也喜欢，爱咬最上面那个粉红的桃尖儿。福分全在这桃尖里啊。

还是老门头，特意做旧的黄褐色老牌匾，门口招徕顾客的门童也是长袍马褂打扮。谢老师下去要买，有总远远看了一眼橱窗：不对，那寿桃太白了。要稍微带点碱黄色才香呢。他撑起眼皮子，看了好一会店门口的门童，直拍车窗："哟，还是他呀。这多少年了，还杵在门口呢，小毛头成壮汉啦。得，再见喽。最后一次见。我对你来说，是死了。你对我来说，也等于是死了。"肖姨在后面擤起鼻子。谢老师咳了两声，有总这真是有点做作了。

他们最终两手空空，啥也没吃，啥也没买，掉头往回开。快到筑枫雅居，有总突然往左边指："去我的理发店。"谢老师一拍头，这个还真是没想到，也就离这八九百米。

快到中午了，光线刺眼，有总以手遮额，嘴巴吃力地翻翘，像只老猩猩："老家伙，还给刷色儿了。"谢老师顺他眼光看去，两层发廊都刷成了粉红色，透明大落地窗。有总雀跃地拍着车门手："不理发，我找老板打个招呼。"

好一阵子，出来个精瘦小杆子，一身睡袍，满面夜容。他看看有总，有总也看看他，两人均十分惊讶。"您找我？""我找老板。""我是啊。""老板不是那个谁吗？""谁呀。""后头扎个细白辫子，鼠尾巴似的。这里最早是个单间，打那时他就给我剪头、敲背、掏耳朵。这得有，嗯，二三十年了。"有总用老交情的口气，却报不出名字。他们是那种不需要知道名字的交情。

"我这是刚盘下来的门面。我接手的前老板，是个娘儿们。"睡袍索然地打个哈欠，回转身去。"我就是想跟他打个招呼。"有总像要拽着那人睡袍带子似的，用力摇着轮椅又跟了几圈。

"我替你打听下，现在网上找人很方便。"谢老师忙拽带着他的轮椅，免得滑坡。

有总仰面抬头看了一会儿天，太阳太正了，可他睁着眼："不用，不需要知道了。"他让谢老师松手，后撤、打弯、掉头，兀自摇走了，一直把自己给摇到粉红发廊对面，独个儿呆在一块户外广告牌边上，呆呆望着打横头的大马路。如果理发店那白辫子小老板还在的话，老哥儿两个，差不多也就这么的望着马路，聊会儿天吧。

谢老师坐在驾驶座上等。广告牌的影子压得有总的上半身都是黑的，看不清他的脸，看不清他眼皮是撑的还是塌的，在看什么呢他。多不起眼的糟老头哪。谢老师伸出两手做个取景框，拉远一点看，光影的明暗对照正好，还有景深，这么个构图，都可以直接做成海报或书封了。

2

谢老师一早接到肖姨电话，抱怨有总抽疯。要了她家的全家福照片不说，又管她要女儿家的。还没完，又顺藤摸瓜的，要亲家公那头的全家福，亲家公大儿子的全家福。你说这叫我怎么开口？肖姨实在气恼。

谢老师笑了，一样，他也替有总找了不少全家福，亲戚、邻居、同学、老乡什么的。光找来还不够，有总还拉着谢老师问长问短，他们各是干什么的呀，怎么认识成家的呀，经过什么事啊之类。除了谢、肖这边，还有从他以前的手下，以及通过手下们辗转讨要来的，全都高清彩打加塑——起码能有半副扑克牌的。

有总这一出，具体是啥动机，谢老师还没弄明白。正好手上也没事，去看看吧，顺便捣腾一下最近的新录音。

有总正摊开他的成果玩呢，像还不太上手的魔术师，粗略打乱顺序，又拉散开来，一小堆一小堆地细分，嘴里咕哝着："三口之家，搁这边。四世同堂，放这。这是带小毛娃的。这是父母双全的。哟，这家，儿子死了，只有孙女，搁哪儿呢。"他颠来倒去反复斟酌，好像每张照片都是了不起的杰作。他闭着眼睛抽牌，正面朝下，然后神秘地翻出，朝向他自己，露出仿佛是第一次见到的神情："多好啊，这一大家子。"然后才把牌（照片）调转过来，向他们二人展示这张全家福的正面。

三口之家，小公园合影。男女都发胖了，眉眼模样都有点儿粗。儿子一身李宁运动套装，摆着V字手。着实无奇。有总却满含爱意地抚摸两下，指着照片上的男人，瞧着，老李，邯郸人，家里搞果园子，讨着个酒窝姑娘……看旁边站的这独养儿子吗？谢老师，可别看小户人家，没念大学没出过国的，小伙子就是靠苦力……

津津有味说完一家人的故事，完后他总要加上这么一句："我喜欢这儿子，我喜欢老李他们一家子。"强调他那种由衷的喜悦。随便哪一张全家福讲完，他差不多都会这样收尾。

谢老师暗中听着，哑摸。他喜欢这一家子、那一家子的，莫非倒是宁愿像他们那样过一辈子，磕磕绊绊的小家小户，一辈子嗷嗷待哺，是这个意思吗？闹不清。有总远远还没到朱元璋那份儿呢，倒也馋起这民间的珍珠翡翠白玉汤了。

又抽，他拉着老松果的爪子抽，恰好抽到肖姨的。肖姨打岔，劝有总尝一只她刚做的青团子。这个只在清明前后才有，再要吃的话，得明年这个时候了。话一出口，忽然一怔，闭嘴了。有总充耳不闻，他把肖姨家的全家福，给端端正正倚在茶壶边上，先来了个三句半。"这个女人不寻常，下得岗来上得岗，新岗就在俺厨房。饭、菜、香！"

肖姨却脸色一沉："下岗光荣吗？我最恨人讲下岗。当时我是厂里最年轻的女车间主任，采访还上过《中国妇女报》呢，谁不把我当个前途无量的女干部？你们说，谁不想轰轰烈烈、风风光光活一辈子。要搁好时候，像我这样的，最后当个副厂长或者工会主席也说不定。唉，我在家整整歇了三年，恍恍惚惚的，淘米都能把米给淘光了。还是后来有人指点我投奔了有总，说他老机械厂出去的，念旧……"

有总显然爱听这些，他冲谢老师使眼色。以前也这样，但凡谈到国企关停并转、工人安置什么的,他都会掩不住得意之色。这确实是他的一笔漂亮生意。谢老师过来采访童工致残,他只轻描淡写地解释,说全是半大小子,聚拢起来干活儿多好,省得他们上房揭瓦的无处泄力。接着他便话题径直一转,充满激情地讲他那些年照顾了多少下岗工人,从一九九三年到一九九七年,一口气排出五年的漂亮数据。总之一句话,别说承认错误,倒恨不得要谢老师给他写篇头版头条的表扬稿才是。多狡诈的剥削者啊,把还年轻的谢老师给气的。

直到后来入事有总帐下,他才解出其中多层意味,确实是可以话分两头。说解决社会矛盾,也可以说违规雇佣。说帮国家分担就业压力,也可以说资本家的劳动压榨——你想,下岗工人的工资会要得高吗?落了水又被救上岸的人,最肯卖力气,最懂感恩哪。就直到现在,逢上大节小年的,还总有几个老皱皱的工友,带些小鼻子小眼的家常礼物,过来看望有总。印象最深是一对双双下岗的仝姓夫妇,都给安排在衡祥水泥,家里这才有余力供着儿子念书,据说那小孩考上医学院有总还单独甩出一笔奖学金。这两口子,每到冬季,必要腌制咸鸭咸鹅咸鱼,等风干得差不多,就给有总背过来,连配菜也带来了,是女人亲手做的宽片儿干粉条。有总会特别欢喜地收下,并跟谢老师二一添作五,分而享之。你看,我既赚了钱,又做了好事,完了还有咸鸭鹅与宽粉条。好哇。

为着叫肖姨高兴,有总拿起一个团子,急急地深咬一大口。荠菜的?我最喜欢了!绿团子里掉出不少的花生碎,哪是什么荠菜,他连味儿都吃不出来了。他只管抖动手上的照片:"小谢你不知道,她这女儿女婿,可是一对勤劳的小蜜蜂。两人开了三家淘宝店,卖绿植和肥料,卖生发剂脱毛膏,还有一家卖什么的?"肖姨在边上补充,那是加盟代理,卖酸奶机。"三家淘宝店,人在家中坐,钱从天上来,坐以待币啊。我要不是中风,真也能搞一家玩玩的。哦,看你这小外孙子了,小家伙在吃手呐。"有总垂涎地,好像要跟照片里的小毛娃去争抢他们的小手小脚。

"二胎是个小丫头子,给外国奶粉吃的,跟你一样,总便秘。对了有总,今晚我要去我女儿家。"肖姨有点惭愧。她女儿生个小孩,简直跟玩儿似的。

"好生去吧,"有总叹息地,"下次,把小胖丫头也拍进全家福,重新带给我一张。"

他意犹未尽地在那些全家福里挑挑拣拣,反复掂饬,抽一张出来,看好久,插回去,再换一张,嘴里念念有词:"儿女成行啊,有娶有嫁呢,有老有小的。可别以为容易,他们个个都了不起着呢,可比我们强多了。看看,咱哥儿俩都光秃秃的……我看这人长得,挺像你的。就当是你吧,成个老老头儿了,抱个胖孙子……其实全家福差不多,都是一回事儿,所有人的好命歹命都混在一起。他们的孙子就是我们的,我们的票子也是他们的。全在大街上,像河一样,到处流……"

谢老师听得糊涂,这是在说什么,说何吉祥?有总顿住,把手伸到腮帮子外推推,"就这么一只团子,我忙到现在,假牙都快掉出来了。"他勉力吞咽,"太粘了,它们太粘人了。我消化不了。"有总说。

3

没有人会想到,这是他当天的最后一

350

句话，也是他昏迷前的最后一句话，或者也可能，是他这辈子的最后一句话。实际上，他本该说些别的，更具建设性与实质性的内容：关于河山。

当天玩完"全家福"照片之后，谢老师跟他有过一个很短暂的对话。

河山母女，是两笔账。沈红莲的账——由于穆有衡的有意错失，被抛入无人问津的生之孤岛，最终沦为，或者说，升华为在她那个领域内的苦渡菩萨，这姑且搁下，算对沈红莲本人意愿的一个尊重。可河山的账——才刚刚开始。他们才刚确认了她是何吉祥的女儿，这距离何吉祥的托付，已迟到了三十年。有那样一笔"巨大数目的私房钱"，她本当是含着金钥匙的，实际上，她这三十年，含着的是什么？看看河山是怎么过来的，她的里里外外，都给伤得就没一块好皮好肉了。哦，结对子资助，别逗了，那最多相当一个创可贴，可以替她裹个小手指头，可那些直冒血咕噜的大洞口可怎么弄？

谢老师可真是没客气，檄文式的社论，一个反问接着一个反问。他内心是期望着，能借此替河山争取到点什么。假如有几条承诺在手，再去跟河山谈沈红莲的蓝房子，他会好开口一点儿。

有总挂着眼皮听，好像还在艰难消化那块青团，而不是在消化谢老师的话。消化了好一阵，他一个字也没回应，只摆手让谢老师走，又指一下书房，谢老师拍拍裤口袋里的U盘，表示他早就拷贝好了。

当天晚上，跟加拿大那边的老婆儿子通完视频之后，快十一点了，夜深人静，谢老师开始听。

老松果啊看看你这烂疮，德国配方的药浴看来也没效果。还有你这老嘴，整个牙龈牙床都烂糟了。克隆公司也闻出你的味儿啦老伙计，记得去年在你耳朵后面取的那一小薄片皮肉吧，他们最近打算启动了，要从那里面搞出你的细胞核，再找一只发情期母狗，把她的卵子取出来，把你的核给放进去，搞成一个胚胎……跟二子他们折腾的试管婴儿有点像吧。

好吧，你时间也不多了，咱们还是说说他怎么死的。二十八年了，我可一天没忘，每个忌日都替他守斋，哪怕那天在谈最狠的项目、要请最大的客，也一口腥荤不碰——不只为他，我觉得那也是我的忌日，我在那天跟他一起死掉。或者反过来说，从那一天起，我把他那一份全加在我身上，我身上有双倍的贪婪，双倍的战斗力，也是双倍的心狠手辣……

所有人都认为吉祥死于车祸，甚至包括我。

以前不晓得，有大恩如大仇这个说法，可他被抢救的那几分钟——前面说过的，他被送到医院后，开始还好的，还跟我讲追尾货车猪嗷嗷叫的事，后来突然内脏大出血——可太折磨人了。老松果你想，他是带着我开水泥厂，替我谈头一笔业务，替我跑那趟差，这等于是替我出了这车祸。这多大的情分，他就算救回来，万一残了瘫了，你想他这后半辈子，我这后半辈子，可怎么过？我真是十分的恨他，随便哪一步，少帮我一个动作也好，怎么能完全把心掏出来给我呢。我厂子倒了，人受点穷，小孩吃点苦，他瞎操什么心呢，为什么要充我大哥，从部队上一直充到现在。我那时就在想，索性抢救不过来，我直接欠他一命拉倒。我闭上眼祷祝，没有人知道我祷祝的方向与内容。

当然这都是很短时间的想法，抢救成功，何吉祥从鬼门关绕了半圈又转回来了。医生护士们一齐欢呼，我也跟着跳起来，心里真是悲欣莫知。我突然很明确地知道，我绝不能算是何吉祥的好兄弟——这算是自知之明，很重要。只要认下自己是贼，是坏家伙，事情就清楚了。

到当天晚上，等能说话了，他一把抓住我，交代那许多事情……我越听，脸上越是变了色，他还以为我担心他死，反过来劝我，说他等着抱儿子呢，要是个女儿，咱俩就结个儿女亲家。他不知道，我所害怕的，并不是他的死，而是他的钱。他那笔私房钱，实在是个太巨大的数字。吉祥叮嘱过我，不要跟任何人讲。确实，我至今也没跟任何人讲过……

把各样事情都交代落定了，何吉祥也便放松睡将过去。他真不该睡得那样的香甜，脸色晕红，面色透光，显得多么幸福啊，只留我一个人昏头涨脑地待着。

夜深无人，灯光惨白。我感到脑子里一下子冒出九十九个其他的我。这九十九个其他的我，都对床前呆坐的我又推又搡、大声嚷嚷，我哈着腰半抱着头，毫无还嘴之力。

那九十九个我，有的嚷嚷说，何吉祥反正愈后不良，还不如一了百了。有的指责我欠下他的大恩大德，这辈子都报不了，连兄弟都做不成。有的嘲笑沈红莲的姨子身份，他老婆迟早会剁了吉祥和她。有的叫我看，看那笔钱在拼命招手、拉我抱我。有的说到命，穆有衡你儿子生病，老婆跳楼，厂子倒闭，倒透霉了，而今也该着时来运转了，不过要小小的"努力"一下。有的跟我讲桑，他多么聪明哪，得给他最好的教育条件，难不成，还去成全那小姨

子和她的小杂种吗？说不定，小杂种连胚胎都还没成形呢……

总之九十九条嗓门一个比一个高，啥也听不清。独这条讲到我家二子的，我听得真切。它太体恤了，讲到全天下都有道理。愣是谁，只要是娘亲父母，谁不为着小孩呢，那是什么事情都得办，都能办的——它汇合着所有的声音，得出声浪滔滔的结论：何吉祥还不如死了的好，百利无一害。

我坐在那里，身子动弹不得。合唱的大嗓门活像巨浪，打得我皮开肉绽，打得我脑子像陀螺那样死命地转。我瞟瞟何吉祥身上那一大吐噜的玩意儿，输血的、输液的、给氧的、监测心电图的，也许扯下哪一个，就不行了？我在脑子里想象了一下，随即直犯恶心，别说伸手去扯了，我连手都抬不起来，脚底板都巴不到地了。可真他妈是个软蛋。这黑乎乎的金光大道就在我脚底下，愣是没有力气踏上去。

吉祥上方一小袋血浆，下得挺快，还有那个大袋子营养液，也不多了。得去找护士，她们在早上四五点左右，是最瞌睡的。我慢吞吞地扶墙而走，脚下发虚，有如游魂倒尸，极度的紧张和痛苦，弄得肚子都疼起来，想起自己已连着两天两夜都没睡过整觉，这不是要虚脱了吧。我在心里可怜自己，改道去往厕所，感到非得要拉场肚子不可。我蹲下来，放屁，放了一通。我没得拉，但坚持蹲着，两腿麻得失去知觉……

我也不知道这样拖时间有什么意思，就算，吉祥的水挂完了、血输完了、倒灌了，他也并不会就此死去。那些器械家伙，我不在的时候，也并不会就此断电、卡住，出什么大岔子。可我还能怎么样呢？我的

胆量就只能这样了,我积极又消极地拖延着,一边进行新一轮的祷祝,跟昨天他抢救时的内容一样,但更加迫切,更加虔诚,更加坚定:何吉祥真还不如死了的好。

求求你老天爷,大恩如仇我报不了,私房钱巨大我吃不消,交付给婊子太荒唐。求求你老天爷,何吉祥真还不如死了的好。

——我相信,吉祥就是被我给咒死的。那会儿我已变成魔鬼了,我因为"闹肚子"没能找到护士,筋疲力尽空手空脚地,我往病房走,绝望而哀怨地想着,我争取过了,也祷祝过了,他再不死的话,活该我永远翻不了身了,不仅一辈子要做他的小弟,还要一辈子做牛做马报这一份大恩。

病房大开,护士原来在那里呢,还有一个没穿白大褂的男人,头发乱蓬蓬的,可能是从睡梦里被叫来的医生。他正把何吉祥翻身到床沿,急促拍打他的背部,嘴里叫着拿呼吸机来……我慢慢靠近,看到心电监测仪正连绵排出一条越来越细微的波浪线。护士满脸通红地朝向我,我到现在都还能记得她恐慌的哭诉:"我知道你吃早饭去了,我惦记着要过来换水的,我发誓我一点没有打盹……实在不知道他什么时候呕吐的……"我也同样地满脸通红,脑子嗡嗡的,真想搂住这个可怜的护士,跟她一起嚎啕大哭。

哭不出来,我拼命张大嘴巴,寻找空气,却仍旧呼吸困难,好像何吉祥的呕吐物也让我同样窒息了。刚刚套上白大褂的男医生正在整理头发,一边严厉责备小护士:"现在的护理专业学的啥,除了打针,啥都不行。"然后他更严厉地冲向我,口气坚决地否定了护士的说法,显然是想阻止我对院方可能发出的任何质疑,把死亡原因统统推到死者本人身上,"窒息不是死因,3号床这是死于滞后性的脑部大出血,这种喷射性呕吐是无意识的。其实早就脑部不应了,不管身边有人没人,结果一样,明白吗?"

我木讷地点头,仿佛是震慑于医生的绝对权威。一边麻木地把左手伸进口袋,摸摸吉祥给我的那一大串钥匙。

痴愣和一种莫名的麻木中,谢老师在红皮本子上划拉:**何吉祥之死**(117)。这能算个大的核心吗?远远谈不上黑暗、毒辣,还不如有总在生意场上的常见行径呢,熟练地做个深坑,让对家跌落。何吉祥这个死,不清不爽的,最多只是阴差阳错,虽然他当时确实故意离场,这说不大好。有总确实算不得是个好人,可也谈不上该死的罪过,他就是个小老板,其一应谋略和行动,也都是小老板式的……

不过听录音里有总的口气,他对此事是太沉重了,简直一辈子都驮着何吉祥,颠来倒去地念叨。倒是今天——谢老师联想他白天玩"全家福"照片时,他那轻浮兴致,难得的,像是暂时超脱了……也许他有别的考虑?谢老师又想起他某些语焉不详的自语,心里略感不安。有总脑袋里的小船,总是带着它自己的方向,不知飘荡在何处。

而事后推演,也许就是在谢老师听他录音的那个时分,凌晨左右,有总再次脑中风发作。

早晨七点不到,在女儿家过夜的肖姨带着一大把新鲜的紫红根嫩荠菜和黑猪精肉馅赶回筑枫雅居。推开卧室门,发现有总人不在床上。"就跟一床夏被似的,堆在地上。跑上去一摸,还是软的,但是凉了。"

二十三　屏风

1

一个星期过去了，有总还是全身插满管子和线，病床周围一堆红灯绿灯的仪器，无知无觉。谢老师莫名联想到何吉祥，随即让自己压下念头，去找仝主任。

仝主任其实也谈不上多大名气，但有总习惯找他，包括第一次中风，也是这位仝主任从头管到尾。还是肖姨提醒，谢老师回过神，哦，就那对送咸鸭鹅与宽粉条的仝家夫妇，他们的儿子呀。但仝主任十分之冷淡，完全没有熟人味，面对谢老师想到一个"明确说法"的请求，他仍用那种置身事外的淡然调子：动脉瘤破裂、大出血，多器官的自主功能丧失严重，虽则错过最佳抢救时间，也没到脑死亡的地步，脑干结构及小部分机能目前还有保留，情况随时会恶化。能这样昏迷着，算是最好的情况了。然后便忙他的去了。

ICU转出来后，谢老师要了医院最大的特护套房，带电视带会客室。来看望有总的人太多了，都认为他快要走了。这个年纪上的第二次中风，差不多等于是第二只靴子飞到半空。而这将死未死，且死期可待，是最激发辞别与送行欲的。

大部分都是有总故交，像老雷、欧阳夫妇、严家兄弟几个，也有因时势之故而分分合合的老对家。他们大部分都退出了生意圈，尚是能走能动。四月份不冷不热，三两个相约着一起过来，似乎把这当作一次小聚。

他们站在有总床前，像站在一条匆匆奔归大海的河流边，东一勺西一勺地舀起各种事情，颠三倒四地讲。通过各种例证，得出主要的结论，倾向于把这死亡之境归咎于穆有衡壮年时期熬夜宴乐的酒肉生涯，包括明争暗斗不择手段的要强性格，他们以一种活该的同时也为之骄傲的口气相互点头。这病是咱们的标配啊。老于头不是吗，谭总不是吗，都是中风，都是脑梗。

随即大肆嘲笑起现在的海归小老板，素食喽，跑步喽，捋铁了，体脂率喽，喝红酒不喝白酒了，有劲吗！个个儿的都是怕死鬼。有人借此吐露家族生意的烦恼，二代三代的完全不行，怕吃苦，急性子，赶潮流，动不动就虚拟，就算法，就快钱。最好今天注册，明天上市路演，后天进入富豪榜……谢老师在边上听着，有点想笑，到底是一代人哪，真是跟有总一个脾气，对无形生产力就是抱有敌意，一万个的不满意。总之到后面，他们越谈越离题万里，跟床上的有总毫无关系，全然是自己当年的荣耀与风光。

有些来客谢老师并不大熟，他们与其说是看望，不如说是验证。哦，真的，真的。他们不敢相信似的，站在床边喃喃自语，想不到有总也这样了哇。多厉害的一个人，什么都抓在手上一厘不肯放的。看看，人哪，有什么意思。也有半公务性质的探望。什么同乡会、商会、行业顾问之类，有总毕竟还挂着好几个虚名。工作人员会掏出一个薄薄的印有红色名头的信封来，沉痛地慰问，言语中有着"名头就此中止"的暗示,当然,谢老师会抢在他们前面,代表有总主动提出来……

前几天,还蹭进来一位眉目姣好的胖女士,丢下好大一篮外国水果,小心地跟谢老师解释,说她十一年前写过有总的举报信,一共写过三十二封,往所有能抓人的地方都寄了,有人打好草稿、提供名址,塞了五千块叫她这么干。

而不论探视者与有总的关系,曾经是远是近,如何的薄凉冷暖,此番过来一趟,最终都是要在谢老师这里捎话。固然有总手脚俱全、栩栩如生地躺在那里,中间只隔一道蓝色薄屏风——来客太多,全主任后来给加上的——他们最多就是悄悄把屏风拨开一道缝,敬畏地看上两眼,然后就退后几步,掉转头来,开始对着谢老师讲。讲他们跟有总之间,值得圈点或感恩之事,需要解释、需要辩证看待之事,等等。谢老师当然得仔细听着,诺诺点头,表示他会替有总领受下这份心意,那口气,就好像他有一个什么秘密通道,可以如数"转告"似的。来者随之会相当欣慰地、完成任务地打算离开。离开之前,他们一般会跑去有总那边再次感念祷祝,对着屏风,肃穆地连弯几次腰,实足像是葬礼上的鞠躬预演。瞧得谢老师心里有点不自在,就是个好好的人,也要被他们这样给拜死了。

等到夜深了,人皆散却,只谢老师一个守着有总,他突然又乐观起来,这不等于是刺激有总大脑吗?这些人纷纷的跑过来,也算辅助疗法了。假如有总能听到,搞不好还挺得意的呢,老朋友老敌人们,全都现身来朝了。等他们都"来朝"完了,正好差不多醒了,咱就还回家呗。

2

直到穆沧那边突然起了反应,这懵然无知的老儿子,像断粮的灯塔人,以他独有的方式拍打信号灯,这才使谢老师悚然一惊,终于确认到,有总这一艘航船,已在遮天蔽日的浓雾里驶出老远,不大可能回转了。

确实是疏忽穆沧了。云清跳楼时,他还太小,这次得算穆沧头一回接触到,不能说是死亡,起码说是一种消失吧。谢老师算了一下,穆沧的睡前故事,从童话换成有总的录音口述,有四个月了。有总录的比他听得多,所以到有总昏迷第四周,穆沧这里才出现状况。

当时谢老师正陪有总"看"电视。白天各种打岔太多,总要到晚上,才有机会把屏风拉开,仍像以前一样,有一搭没一搭陪他"聊"几句。所以这天穆沧的发作,谢老师真是毫无准备。

情形跟CD坏掉的那次不太一样。穆沧本是规规矩矩,安详地钻在条筒状的被窝里,只见他突然掀翻被子,坐起,脸上完全变了样子,那一贯笑嘻嘻的嘴角,惊骇地僵硬着,恐慌地盯着CD机方向。谢老师把耳机塞上,现在放的是有总第一天的录音,已经放了几分钟。"……你妈走了有三十五年,这命我也是认的。可这两年,松果啊,总是有个假设,要是她没死,恐怕我不会辞职的,就两个人守着,跟老全他们一样,就成另一对穷夫妻,多好……"穆沧睡衣耷拉着,矮着身子,慢慢挪近CD机,怕它要爆炸似的,伸长手飞快地去关掉,又从书架上搬来一叠书,一本本地码上去,把CD机给压在最下头。书堆上面,又把能够拿到的盒子罐子、木雕板什么的统统覆盖上去，尽管CD机已关掉了，又如此被层层压住，他仍然焦躁难安，远远打着躲闪的圈子，好像那CD机里有什么东西令他难以忍受。

医院这里离老机械厂宿舍区太远，只有联系王桑。"你，怎么能看到穆沧的？"王桑震惊地责问。

真没留神，给带出监控摄像头了。谢老师有点尴尬，抓紧时间解释，主要替有总，小半替自己。如何如何，这般这般。王桑也顾不上计较了："其实我在楼下，抬头就能看到他窗口。你先看着，要没大动作，我就不上去了。"谢老师着急："你要不去给他说说道理？得让他明白是咋回事吧？"

"说过了。上个周五，跟穆沧下完棋，我跟他聊了好久的松果，告诉他，松果不行了，要死了。然后讲了妈妈。然后就是百度、维基、知乎、名人名言那一堆。你知道沧很爱学习的。我把所有跟死有关的，灵魂，身体，天堂，鬼，来生，能想到的，都讲了一遍。然后到这个周五，也就是昨天，我跟他讲到。"王桑停了一下，"讲到爸的情况。"语调有点生硬，哟，王桑把有总唤作了爸爸？他结婚以来，谢老师第一次听他这样叫，"跟老松果一样，爸不行了。不会有新的录音了。我就是跟他这么明着说的，告诉他要开始循环了，就像以前听妈妈的故事一样。你看他还好吧现在？看他能不能自己扛。"

电视屏幕里，穆沧依然像被什么东西追赶着的小野兔似的，在屋子里四处躲跑，脚边带翻各种小东西，CD那个方位，像有无形的射线，控制和拽动着他。明明人高马大的，瞧着却太笨太可怜了。

看来王桑跟他讲的那许多知识点，他根本没明白。直到有总的声音进入循环。循环意味着什么，意味着爸爸会跟妈妈一样，只有声音，人，是再也见不到了。他关掉CD机，是想阻止和拒绝循环模式吧——谢老师分析给王桑听，对穆沧那傻小子涌上了一股疼痛。

他们都沉默了一会儿。王桑重又开口："最近几个星期，我到沧这里多些，索性，也把……录音全部听了一遍。我，没想到。"听到王桑轻咳了一声，声音里有某种晃动及掩饰。谢老师迅速回想搜索。那些录音里，有总是怎么提到王桑的，印象中成年后几乎没有涉及，津津有味所讲的，全是"二子"小时候，多聪明，拿过什么荣誉之类。而他决心出来跟何吉祥合伙办厂，主要就是为着给王桑开辟未来之路，包括那场车祸，不就因为王桑突发高烧吗？……怪不得改口叫上"爸"了，王桑都听到了。谢老师扭头瞧瞧有总，最初决定录音时，还骂骂咧咧地说，只给老松果听呢，他能料到有这一天吗？

"认个什么干女儿，远远不够。其实我们家所有这些，都该着是河山的。"王桑咳完之后，这样说道。敢情，听了一大圈录音，王桑的重点竟是在这里，可真是个大白眼儿狼。

视线里所一直瞟着的穆沧，终于是被他自己不停歇的绕圈给拖垮了，他脚步开始拖沓，打着晃，终于抱着两只凳子腿在角落里蜷缩而卧，除了偶尔发出呜声，像是快要睡将过去了。电话那边王桑一听，略感欣然："先把这一晚熬过去吧，后面再观察着。河山的事我们下次再聊。"说着也便挂电话上楼，去给沧收拾归置下。

可河山！王桑再次提到河山，谢老师

猛然气得一跳。对！那铁血无情的死丫头，从开始到现在，快一个月过去了，所有八竿子打不着、十万八千里的人都来过了，就独独缺她。

当时谢老师是在匆匆之中，给各方面简短报信，轮到她时，她却拽着不放，连着追究起细节。发病前一天，穆老爹有什么异常言辞？怎么正好那一晚身边没人？也太巧了吧。医生怎么解释现在的昏迷？全天二十四小时有人值守吗？等等。谢老师心里骇笑，这里头难道还有什么机关？谢老师给她气得，索性找张凳子坐下，往干涩的嗓子里灌了两口水，问她什么意思。

河山叫了一声，比他更惊讶地反问，你们大家都忘了遗嘱这回事吗？穆老爹这样，算死还是算活？只要他没死，哪怕就是两只脚、大半个身子都踏入阴界了，你们也得把他给拉回来。得保证他一直这么昏迷着，直到丁宁肚子里好歹滚出个肉团子来，这事才算完。

这就是你要说的？谢老师气得又从凳子上站起。她那么能演会扮，哪怕就是假假的哀叹两声也好，固然有总算是欠她，那也是有着各样的前因后果。这个丫头，怎么像完全没有心肝一样。

难道要我哭丧吗？他又没死。说不定过几天就活蹦乱跳了。他不是总不肯见我吗？别我一露面，把他一下子气得过去了，那我不罪过大了。河山倒越说越硬气了。

看看吧，河山也好，王桑也好，都让他替有总感到一种巨大的虚无。看来看去，有总啊，也就老儿子没白疼，只有他，算是实心实意地为你难受着呢，还盼着你能再给他录音呢。谢老师又把屏风推开，让已经入睡的穆沧，在屏幕里陪着有总。

3

谢老师也倒到陪护床上，闻着淡淡的酒精味儿，心里有种虚掷感，无为感。他得想想自己的"事业"。

问题摆在面前。讲个难听话，要是索性，有总彻底过去了，故事也就收口了，拉倒。可有总模样完好，仍然有呼有吸、有进有出，随时可能醒，也可能永远不。这害得他那红皮本子，像一张大包子皮似的，摊着，馅料塞得半半拉拉的，就这样戛然而止了，可怎么收口呢。

有总这情况，不论算是昏马、死马，他可都得当匹活马往下骑啊，蹭行至此，他需要好好理一个方向线。

或者，反过来想，这不是困境，而是新的引擎？正如河山嚷嚷的那样，这等于是把遗产问题给推到最前面了，丁宁总是不孕而有总一直不醒，事情会变得太棘手而庸俗，还有随之而来的更多庸俗。比如穆沧所交往的那几位，由于穆沧脑袋上那顶"富二代"帽子随时会飘落，她们会不会临战而退？或者，是否需要提醒丁宁，她应当不拘一格，比如代孕之类，宝岛台湾就有此合法服务，那样，会扯出更野里野气的故事来吧……

谢老师厌恶地翻了个身。他不喜欢这样，完全把他们当个"东西"似的去搬弄。尤其有总昏迷后，他好像自动就接手了穆家似的，莫名地有种家长心态，他得关切他们每一个人，虽然他纯粹是个外人……朦胧中听到有人讲话，睁眼看一眼灰白监控画面，穆沧好好的，没事。他继续睡。

……口口声声、抬头具名的，全是老松果，可真有你的，只把它一个当儿子了。

357

所以也别怪我没跟你讲……谢老师仍然迷糊，听出来这是王桑的声音。在哪儿呢，这是跟谁说呢。这事说来也逗。到上周，丁宁肚子满三个月了，看来是稳住了，不用再保密了。所以现在跟你讲吧。

谢老师这下彻底醒了。摸索着找到手机，把声音调大一些，慌张的手指好一阵对不准按钮。丁宁有了！这事，成啦。天哪，有总你最好能听到，最好能醒过来，你说不定会破例喝两口的，哪怕就是黄酒也行……这两口子，多硬的心肠，三个月前的事，那时有总都还好好的哪。

……以我三十多年来做你儿子的经验来看，任何事情，尤其本来是好事情，只要被你一插手，真的就一点意思没有，倒胃口得很。所以我对这个胎儿没什么感觉，反而觉得挺搞笑的——最后你居然不知道。哈哈，丁宁本来还算高兴，可一想到你还不知道这个结果，就丧气到直捶床，好像这事就完全失去了意义。

切到客厅，看到王桑灰白的身影已躺倒在沙发上，手里抱着沧的 CD 机，脑袋上戴着耳机，声音越发含糊。这个倔强的二子啊，可算是开口跟有总聊天了，却是讲给一双听不见的耳朵了。早干吗了，他早干吗了呢。

最烦的就是你讲那些慈父细节，怎么怎么的为我花心思，怎么怎么的寄予厚望。唉，你怎么就还不死心，怎么还在打我脸呢，到临了，还瞧着我又摔个满嘴泥。别担心，现在丁宁有了，您要能撑住等她生下，那往后我只管做个败家子儿就行。

能听出来，与旧时在大楼里的落魄不同，王桑这一次确实是伤了的，低伏多年之后，本以为能在自己一意孤行的昆曲上，打个翻身仗给他老子看看的。其实为着他的网络沦陷，有总那一阵子可也真是急火攻心，催着谢老师查他们的关系网，看还在走动的"朋友"里，有哪些个还可以发力帮忙的。搞不好，有总的血管壅塞，有一部分起因就是为着王桑。唉，这一对父子啊。

可一时半会儿，我还滚不了蛋，也不甘心滚。一是对不住朋友，就是你瞧不上的，我那昆曲团的朋友。两人同行，我肯定不能让劲，不能先撤。二呢，还有个情况，你肯定晓得 301 吧。

谢老师听得焦躁，谁不知道 301 啊，那是文化条口的最高长官啊，相当铁腕，有些韬略，为了避讳，人们用他的办公室房号指代。我不晓得这位 301，是不是要玩什么怀柔之策，还是当真站在我们这边。总之，一片嗡嗡营营的打杀声中，他倒出来给我们那"一桌二椅·碰撞"正名了，说大家要看到创新之难，包容创新之失云云。消息传出来，人人握手称贺，好像我中了举似的。那一刻，我真是想冲到筑枫雅居，头一个就告诉你，看看你会是什么表情，眼皮抬起来呢还是耷下去，你会找个什么角度来奚落我，可真是想听一听……

王桑声音小下去，这回他是真睡过去了。谢老师看一看静静的屏风，昏迷归昏迷，说不定真能听到呢。

二十四　套娃

整个生殖中心的这一半边是孕产区，

河山还是第一次陪丁宁过来。各个诊室和检查点前,都是肚子大小不同的孕妇。外套松垮,圆滚滚的身体,肥胖的腿脚,懒怠隐忍的面目,像是拆散了的套娃,在不断分叉的巨大流水线上,女人们走走停停、分分合合。

五月份已经有点燠热,激素水平的变化给丁宁带来了孕期搔痒症,她不太雅观地在后背和腰部抓挠,一边勉强开玩笑,带着压抑的怒气。

知道王桑的注意力在哪儿吗?一场目标性的对位赛跑——高龄孕妇的崎岖产道,通向死亡的昏迷之路,要两头兼顾着的安全生养与父亲的持续"活着",以确保遗产的踏实落地。王桑对她的所谓关切,绝非出于他本人的情感:他根本都意识不到,他要成为爸爸了。"这个宝宝就我跟试管生的,跟技术生的,跟八楼的生殖中心生的。说到底,我单性生殖。"丁宁气呼呼地定义道。

穆沧像被不小心按了个键,突然加入了:"单性生殖,又称单亲生殖。可以分为,孤雄生殖,和孤雌生、殖。但在自然、界,一般指,孤雌生殖。除低等原、生动物,草履虫、变形虫外,多细、胞雌雄同、体动物,有蜗牛、蚯蚓、水母、血吸虫、乌贼……"

"你想这肚子里的宝宝,我把他都给变成什么了呀。舍不得孩子套不着狼,是用来套大灰狼的。"

什么大灰狼,丁宁还在叨叨个啥呢,小知识分子就是毛病多。随她吧,半只耳朵听着好了,河山心里可要操心别的呢。

河山发现谢老师绝对有种愚忠的急迫心理,有总提过的任何事情,都恨不得能在他昏迷期间统统搞定,好等他醒过来给个惊喜。谢老师用那种急于求成的语气分析——穆沧的女朋友,要定下一个了。这可是有总最大的心事,我们得给他办好。穆沧反正没有分别心,河山你毕竟从头到尾陪着。这事,你拿主意好了。有总病房这边,我可一步也走不开。

河山都能想象得出,谢老师眼镜片子一晃,露出他常有的那种狡猾表情。他是有意把这事摁到河山身上的。有发言权吗?确实有,河山不想谦虚。她也明白谢老师的心思,是想再给河山一个嫁入穆家的机会呗。这位谢老师,从南方回来之后,对她实在是好过了头。当然,河山会设法替穆沧做选择的,她乐意操心这位大天使。

只有个事,她到现在还有点挂碍在怀。上次跟丁宁敞亮开来谈论"性"时,丁宁特别强调了"爱",好像那是多了不得的事情。河山当时听着,就觉得挺膈应的。在她本人而言,才无所谓,这么多年不是一样过来了嘛。但这是穆沧的终身大事,不一样,尤其他在那事儿上,估计都没谱,这个所谓的"爱",就更得顶真了。

也许得让丁宁给点具体的参数或经验,她也借机拓展一下吧,假如以后跟男人们打交道时,正好需要表演"爱"呢。

"爱,你问我爱?"丁宁匪夷所思地反问,把那还有没鼓起来的子宫暂且抛到一边,认真对待河山的请教,带点悲怆:"这个,你还真是问着人了。曾经的,我最笃信这个,千人万人皆不是,看到王桑才是。"丁宁坚信"唯一"性,她要找到绝对正确的那个人。语气自嘲,带点信徒式的骄傲。

河山听得茫茫然:"你得讲具体的。怎么判断'爱'来了?你看,想拉屎,要咳嗽,人发烧了,那都是一来就明白,一有就知道的。总有啥症状吧。"

"你真的,从来不知道,爱?"丁宁一下捂住嘴,随即又飞快把手放下,通融地,"也不是太要紧。好多人结婚,就是找个人一起睡觉一起吃饭。爱不爱的,就好比是檐下一阵风,能吹吹挺美,没呢,也不太影响屋里过日子。"

"主要是想替穆沧把好关。想着,得定下一个。"

丁宁放松些了:"早讲嘛。那我讲几个要素或特征给你听听——讲的是我以前,可别笑话。比方说,好好走在路上,随便看个店招,里头有一个字,'桑',只眼睛一闪,立刻就注意到了,开心得很,都走过去了,还要回头再看几眼。不愿吃剩饭,连亲妈的剩饭都嫌弃,可他吃剩的汤水面条冰淇淋,他的牙刷,喝水杯子,哪怕全是茶垢,也一点不介意。再比方说,随便多么无聊枯燥的事,跟别人不耐烦,跟他在一起,都可以,光待着就行。有时一个人吃到好吃的,凉皮、炸果子、豆腐脑,想着,得记好这铺子,下次一起来吃……要从来没这些,那肯定就不是。"

河山眼珠暗中转了半圈,感到丁宁说的,不大在点子上。要么说,她还最愿意跟穆沧一起玩无聊的沙漏呢。她觉得好吃的地方,都带着穆沧去过。她吃过穆沧剩下的,穆沧也吃过她的。这他妈的不是很自然的事情嘛,这算啥狗屁标准。

"还有个方法,更简单,我们可以把它叫作心情检测机。"丁宁用进一步推进的口气,"老远的,他只看你一眼,或者你看他一眼,就能知道对方今天过得怎么样,碰上好事还是孬事,因为彼此都太关切了。反过来,如果你装成高兴或装成不高兴,对方都相信,那完了,说明他心思不在你

身上。有那么几年,我永远知道王桑心情怎么样,可他,只看到我装出来的样子。现在好了,我也很少仔细看他了。"丁宁胜利地笑了,稍带点惨然。河山忙点头,心里仍是大不以为然。察言观色算个什么,看需要而已,她就随时可以对一个陌生人启动,哈哈。

"对,还有。"丁宁突然竖起食指,"我问你,你的心,疼过吗?"河山想了想,撕莲花那号码条的时候,很短的刺疼过。她没应声,这大概不是一回事。"遇到王桑以前,我可从来不知道心脏这个器官,不就是管输血、管跳动的吗,哪晓得它还会痛。可真的,只要你有了喜欢的人,两人之间碰到这事那事的,你猜会怎么样,这个器官,就真的会疼,像牙疼胃疼一样的,疼得我要弯下腰,好一阵儿才能过去。包括有时睡不着,夜里头琢磨,这疼还会复发,像心尖上短了一小块肉。尤其刚结婚那几年,我这个心……"

丁宁猛然停住,河山以为她要哭。没有,丁宁正十二分惊奇地捂在她胸口那个地方:"咦,我找不着位置了。"她移动手关节,敲敲打打的,"虽然我俩早就不死不活的,可提到他,这个地方还是会刺一下子。可是怪咧,现在怎么无感了,胸口一点不疼。"丁宁神色犹疑,随即大笑着给自己鼓起掌来,还示意河山互动,好像要庆祝她缠绵多年的老病根子就此拔除,康复痊愈了。"这什么时候的事啊,莫非从怀上孩子开始的吗?这下可太好了,我超越掉狗屁爱情了。"她呵呵直乐,两只手直舞。可别说她自己了,连河山也骗不过去。这欢乐里,有多少难以言传的沉痛。曾经,她的心是会疼的。

河山假装不在意,心里排数穆沧的几

360

位"女朋友",尽可能地检索扫描,心疼心痛什么的,可瞧不出来。有什么外在的细节表现,可以抓取到吗?

想起一桩小事。有一阵子小雕教穆沧刻经,沧倒也学得有些模样。谢老师遂提议沧可以刻一枚小雕的名章回赠。穆沧用手拍拍后脑勺,难得的,没有顺从。谢老师一想也明白了,跟小雕解释,说从来都是只摹古、不原创的。沧你那本子呢,拿出来给小雕瞧瞧。

穆沧有一个熟宣本簿,每临刻一枚,就端端正正盖到里面。谢老师一张张翻给小雕看,喏,皇室御制,书斋印款,古画闲章。河山在边上有点不自在。穆沧倒是给她刻过一枚章,就印在这本子里呢。

河山不是常过来呆坐嘛,也没精神头讲话,就做一个傻瓜客人。而傻瓜主人呢,自顾进行他的程式,看老动画片,刻章,拼图,搭乐高城堡之类。某天河山正朦着眼打盹,似乎看到穆沧在她不远不近处,逡巡了好几圈。她太累了,继续眯过去。直到临了要走,才看到拎包边上有块小石头,睡眼惺忪中:"给我的?啥?"穆沧灵敏地翻开熟宣本簿某页,掉转方向给河山看。哦。是两个字。"河"、"山"。

敢情好哇,河山跟穆沧要了一盘印泥带回家。洗了一把澡,倒是困意全消,就把能找到的书都翻出来,把它们的扉页全都给盖上了这平生头一个名章。她着意欣赏了下,"河"字柔软,荡漾如波,"山"字呢,全是皱褶,有力气。好看。

谢老师还在一张张地向小雕展示那宣纸本簿上的杰作,河山释然地想,就算他们两个看到,也没什么。她这两个字,各朝各代的皇帝佬儿文人墨客,刻了不知多少款呢,穆沧大概是碰巧临了这么一枚古章而已……

高个儿怎么样?她对穆沧是最负责的,教他做操,跳舞,减肥,从过生活的角度来看,比小雕强……有次他们三人点了个十二寸的芝士大披萨,一切为六,每人两块。高个儿说要保持体形,吃了一块,河山则吃了一块半,另外半块,穆沧三两口替她吃光。对高个儿剩下的那一整块,穆沧没碰。河山知道穆沧的胃口,一口气四块不成问题。这些当然并不重要。

倒是心情检测机,穆沧的鼻子可真能算一个呢。就今天早上,穆沧还冲着地面,用他那种方式打比方:"你身上像。烧糊的、锅底。不好闻。""啥锅底?怎么可能。我今天挺开心的。"河山不服气地反驳。他不急不忙地往下背:"人们应当、如何缓、解焦虑。每天十五、分钟冥想。每周三次、慢跑……"

想到这里,河山忍不住发笑。别看他木呆呆的,也是呆得有趣。

"你笑什么?想到哪个女孩跟穆沧之间的互动吗?其实,"丁宁俨然一脸专家模样,她审视河山,若有所思,"其实你刚才那笑,有点痴相,也能算一个。我跟王桑刚好那阵子,一想到他,就会悄眯眯发笑,跟你说过我宿舍长的吧,那时她很不赞同我的恋爱观,一看到我失心疯一样的痴笑,就会翻开《第二性》,随便找出一处划杠的地方,想救我于水火,'女人的不幸在于总被不可抗拒的诱惑包围。每一种事物都在诱使她走容易走的道路……'"丁宁居然还能一字不落地背出,河山忙冲她竖竖拇指。心里十分惊讶,刚才,自己脸上果真是丁宁所说的那种痴笑吗?

二十五　安眠

王桑被约到特护套房，谢老师煞有其事的："我征得了仝主任的同意，家人要多跟他说说话，刺激大脑反应。你得来尽尽人事。"

王桑拉开屏风，负责擦洗按摩的护工刚走，是清洁的气味。薄被子一直拉到脖子，脑袋上压着一顶小软帽，帽檐耷下遮住眼睛，鼻口处搭着半湿的白纱布。基本上看不到面目。王桑尽可以无忌地俯看这一具无知无觉之躯。

有过类似的俯看，得有十一二年前了。王桑刚工作，暂时还在家里住着，反正穆某一般都是下半夜才回。当时他们那种肆意驰骋的派头，像是个通用的运行模式，就是请客吃饭且必然大醉。大醉归来的酒肉囊袋，打着呼噜横在沙发的上面或下面，周边一片狼藉，接近酒精中毒的地步，散发出浓烈的污浊气，肚子高耸，脸部肿胀，使他躺倒的整个空间都显得拥挤起来，有种肮脏的生命力。王桑常在上班之前的晨光中，喷出刚刚刷过牙的薄荷口气，低头审视地板上那具庞大的烂泥堆，带着社会新人的嫌恶与道义批判，从他身边跨步而去。

王桑轻轻合上屏风，有点不习惯这样一个变轻变薄、气味变清洁了的肉体。突然想到汤显祖笔下的浮生大梦，《邯郸记》《南柯记》里都有，戏中角色，落枕小寐，须臾片刻，却有万年之长。别开洞天中，好一场百花富贵名利双升，好一番妻妾成行儿孙满堂。及至觉来张目，一锅黄粱未熟，一杯清茶犹温——面前这一具似在非在、游荡中阴界的昏迷之躯，似乎也有点繁华勾销、就此归去的意思了。

"看到消息，说你们新一轮的'一桌二椅'预订票，十来分钟就抢光啦。"谢老师高声问，好像有谁耳背似的，"有两位昆曲演员，都成小网红了。新媒体用得不错啊。我以前就跟有总讲过多少次，最厉害的就是这个无处无形的大网。你前面的败，在它，现在的成，也是它。"谢老师又是那种啥都能说上一嘴的样子，"怎么样，哪怕两周抽空来一趟，讲讲这些好了。有总听着一欢喜，就醒转过来啦！"

王桑有点不自在，叫他对着屏风，来一本正经地讲什么大好前程之类的吉祥话，还真是不习惯。再说，情况已有新变——上次的乱子，由于301力挺，算是涉险而过。可那之后不久，301就对昆曲等传统文化提出国际化的推广方向，让他和木良又陷入另一番骑虎之势……谢老师才听个半句一句，马上就大声叫好，脸朝着屏风："看看，301多倚重你，这是很高的期待。要抓住机会。"随即又换成内幕口气，放低声音，报出一个名字，那比301更高一级，仰视也不得见了，"他呢，搞外事出身，重视国际棋盘，入主之后，所有厅局一把手，恨不得睡觉都抱着地球仪呢，要找涉外项目来做。301也一样，得找国际化的突破口。"

是啊，王桑早就感受到这股子激荡了。博物馆要举办东亚博物馆联合论坛，图书馆要建小语种电子图书库，某区要求全市各中学搞模拟联合国辩论大赛。而自"一桌二椅·碰撞"风波之后，他们都觉得昆曲是有九命的，经得起加减乘除开平方，国际化的主意，还是得打在它的身上。所谓开票十分钟即抢光的第二场"一桌二椅"演出，就是他这一阵子所忙出来的成果。

"讲讲呐，你讲讲。"谢老师打着响指催促，做出与他年纪不相称的活泼。

其实也没啥，两分做，八分宣，这个宣，尤其包括预热——在青春广场通往凹九空间的甬道区，设立了一个昆曲 cosplay 专区，提供诸如武松、唐明皇、崔莺莺、白娘子、钟馗、苏武、李闯王的服装头面，以招徕路人自拍自录。而在展演预告的投放上，也重点锚到高校外籍师生、公务涉外人士、国际旅行团之类，果真有效，凹九空间果然就有了白皮黑皮棕皮的进进出出。也巧，木良的老戏迷里有位文学院教授，带着两个学汉语的英联邦留学生，颇有些未来汉学家的志气与大无畏，她们很乐意把演出唱辞给译成英文，于是演出预告中，又打出"首次英文翻译"等夺人耳目的字样，此外还开了视频号，专门做导赏、做后台化妆视频之类，几位头面演员很快就有了各自的拥趸，并成为抢票的主打力量。

"可不、那敢情好、我瞧也是！"谢老师亢奋地听着，满口附和，尽心尽力地对着屏风捧哏、烘托。他这个聪明人，可真比任何时候都显得笨。

搞得王桑心里有点软乎乎的。看谢老师这反应，好像自己真挺像回事儿了，都够得上 301 那样的人物，算是最接近父亲期望的一次吧……心里一时又酸又涩，刹住了。既然都是要逗嘴，还不如给父亲"听"这个呢。

"你知道后来，我怎么解决穆沧睡前故事的？"王桑也竭力弄出说书人的口气，欲扬先抑，"也算是病急乱投，给想到了个法子。猜猜呢。"

"这，这哪儿能猜得出啊。你倒是说哇。"谢老师立刻懂了，脸上放光，挤挤眼配合王桑拉扯到这个话题。这是上一周的事了。

王桑确实是胡乱琢磨的——穆沧入睡伴眠，所需要的，得是一个贴己的声音，为什么网上那许多催眠音乐对他都不管用，而妈妈读的童话或父亲乱七八糟的口述就是有效？可能就因为这声音得来自血缘与亲人，是流动的，活着的声音。那就顺着这一路径再往前想呢，一直往前，一直到古时候，于是就动念到老昆曲身上，这不得算所有人的老祖宗吗？照父亲的说法，是"原浆"。当然这是瞎讲的，但昆曲的催眠作用，是真的，王桑见识过太多了。

为了对得住老木良，也有点发展下线的意思，但凡碰到好的全本或折子戏专场，王桑拉过不少的熟人来看。迥乎不同的各色人等，劳心劳力，文科理科工科，得意人，落伍者，傲慢的，新潮的，享乐主义者，像有意无意的一个双盲试验——两个时辰的目迷耳浸，被关机被卸载，被蒙上眼倒走跌退，往前朝历代，往瓦肆勾栏，被半懂不懂的唱词与曲牌纠缠，听凭那温寒凉热的古道衷肠，包裹起整个的肉身俗骨，他们不自觉地，就沉沉睡去，做起十万八千里的大梦……

等幕落散场，重新被大灯顶照，一张张现代面孔从昏睡中醒来。男女拥挤，电梯，自拍，亲吻道别，车门关得砰砰响，社交软件嘀嘀提示通知。诸种色声轰隆隆喧嚣复来，热闹的仍归他们，沉寂的仍归昆曲……他们有时事后会跟王桑打个招呼，有点抱歉，可王桑倒欣欣然地，对自己说，也对他们这样说，可以了，已被昆曲兜头兜脸地浸泡过，你们，得到了。

正是基于这样一个广谱性的经验，既然那么多人都在昆曲里瞌睡过去，那不妨就给穆沧也试一试吧，有当无的。

"成了？果真灵？"谢老师一张老脸红晕起来，像代理父亲一样激动，演技不错，"昆曲好哇，这可是正宗老不死，足够把穆沧给听到死的。哈哈，这下大家都可以放心了！"他声音高上一个八度，头往屏风那边扭。

王桑确实也很骄傲这个点子。不过当时他并没底，只很平淡地换上一张CD，这是前一天才找木良要的一场演出录音。有不少背景音，衣衫摩挲、检台人的脚步、乐谱翻动、调弦声、台下咳嗽。他听过一遍，觉得有些杂音，更真切。

弦丝哀苍，昆笛扬起，一腔水磨调顿挫搓揉，透迤而出。他感到穆沧惊颤一下，双肩停住——此前尝试别的音源时，穆沧第一个反应也是惊颤，然后用力一抬肩，像推开不透气的密封罩，翻身打起，不肯接纳——穆沧这次抬肩的幅度，很小，随后便是良久的承接与消受，鼓敲梆打，直到第一段徐缓悠远的唱辞游丝而止，余音散却，他才整体地松动下来，小腿蜷起侧躺，两手舒服地对握，置于腮下。这就是他一贯的睡姿，他将开始一个普通的周末之夜……

肖姨已过来一阵儿了，一边忙着替有总打碎主食和主菜，接鼻饲，一边布置他们的菜盒。麻辣小螺蛳，草头河蚌，香椿炒蛋，外加一大钵浓鸡汤。电视那头，可以看到，穆沧在家，吃的也是这几样——虽然一个在监控器里，一个在昏迷中，可王桑恍惚觉得，真像是回到少年时，他们

父子三个，团团坐在一起吃饭，那时父亲还没有成为有总，他还是个让父亲骄傲的好学生，穆沧呢，哈，只有穆沧，那时就是穆沧。

二十六　　芝　麻

1

谢老师最近在柴门有两次不太愉快的会面。半个月前，是河山，她指明要听沈红莲的事。

河山那天严整大妆，穿一条收腰带蓬的纯白西洋长裙，胸口低开，长发高盘，卡一顶粉金公主冠环，同色系耳环与颈链，珠光熠熠，香气细细，搞得柴门真像个破柴门了。几位男客，包括端茶送水的侍者都有点"整其冠，著帩头"的意思。她挤挤眼，得意地："颈链头冠这一套，总共一百五，在我身上，像一万五吧？"

这是干吗呢，谢老师开口只作寒暄："看来最近挺顺，那批'前无古人'的代理画作，找到路数了？"

河山眯眼一笑，耳环和颈链碎光滚动："瞧我这脸皮厚的，不是求老子就是求儿子。但儿子可比老子差太多了，把我给轰了出来。好在艺培那边彻底关张了，不要开员工工资了。"谢老师心中惭愧，也恼，怎的提了她最不开的这一壶。河山不以为意，突然一笑："昨天，王桑那家伙，恐怕想想是不过意，发给我几段穆老爹的

录音。嗐，真劲爆，我终于找着亲爸了。索性跟你也见下，把我亲妈的下落也弄弄清楚，算活拉倒。"

谢老师心里一阵战栗，最近是搁下河山之事了，也觉得有总这一昏迷，就算以身赎罪，就此了结。王桑真是欠考虑，怎么能直接给她听那些个录音。没有铺垫，没有包裹，就是那些赤身露体的往事……

谢老师给河山递烟。她喜欢蹭烟，说偶尔来根糙的，有劲。河山矜持摇头，朝自己垂挂在椅子两侧的大蓬裙摆呶呶嘴儿："公主怎么能抽烟呢。这可是听沈红莲的信儿呀。本来想搞那种女高管派头的，一想算了。她也许更喜欢这一款，从没吃过苦头，一百层床单下有颗豌豆都会嫌硌得慌。上次我听录音时——根本没想到哇。王桑跟舌头被咬掉似的，什么都不肯说，我他妈的还以为他要跟我表白呢。那天我出去见了一圈人，妈的事事不顺，回家连外套也没脱，四仰八叉就瘫在我那一米二的小破床上。我想，行吧，听听王桑表白吧，乐呵一下得了。真是没料到，一下子听到穆老爹跟何吉祥。原来我亲爹叫何吉祥啊。我赶紧的翻身起来，理理头发理理衣服，万一冥冥之中，他正在看着我呢！"河山掏出面小镜子，顺顺胸口的蕾丝，"得吸取教训，要对得起沈红莲。你说，像个小公主吗，我？"

谢老师轻轻点头。河山真是狠，对外人、对自己，一样狠。谢老师实在都不敢相问，听了何吉祥与有总的前前后后，包括对沈红莲的诋毁与掠夺，她现在，是怎么看待这位穆老爹的。稍好一点的是，既然已有何吉祥之死垫着，谢老师反倒不那么惧于开口了，南方的情况，不过是在已中了十八枪的伤口上，再加一颗子弹而已。

谢老师冲着茶座边上的透明玻璃墙吐了几口烟，直接讲起入夜时分满大街的小废柴，臭水沟边的蓝房子，复述沈红莲在电话里的决绝交代："她不想见任何人。她认为，也没有任何人想见她。"把这个封闭结局先给她亮出来，然后才跟拉老式胶片似的，从窄小曲折的时间暗盒里，一点点往外拖，把他此次南下所打听到的，目睹的，推断的，有总录音里所阙如的，统统拉扯到河山面前。他不打算考虑河山的感受了，考虑不过来。他也相信，河山可不是别人，苦水中浸泡了三十年，早就是不坏不腐之身了。此刻他们所在谈的，不过是一个小小的追溯，她这苦水从何而来，正如何流淌，以及将要怎样的继续流淌。早都是命定的。

瞧嘛，河山挺好，一直眯眼笑着呢，像在被拍照、录视频还是怎么的，坐姿、手势、应答，没一丝不合适。

拉到沈红莲四十岁时大病一场、容颜衰落的那段，"等一下。"河山跟他碰了下时间。正是那年春节，河山在爱心驿站撕掉了"莲花"的号码纸条，"哦。这样。"河山拍手一笑，"原来她那时正贫病交加呀。这谁能知道呢。"

谢老师继续，拉到沈红莲成为出名的金丝雀，被小老板们接力包养，再往前，她把河山送回天水姨婆家："前面就是沈红莲在租屋生下我嘛。往前，是何吉祥去世。再往前，他们遇上了、好上了。再往前，两个人分别从老家去南方，一个在饭店做啤酒小姐，一个从电子厂副段长出来混成小老板。"河山挺顺溜地接话，看来王桑给了她不少录音，"好，齐活。这可比穆沧的手工拼图简单多啦。"

谢老师觉得耳朵有些不对："你,为什么不叫他们,爸,妈?这好不容易才确认……"

河山难得有点扭捏,又似是忍俊不禁:"别提了,就出门前还对着镜子练习的。就是不行,愣是不行。别说他们一个是死了,一个是见不上了,就是真的手拉手,两人都活生生站在跟前,我都喊不出。没别的原因,主要从前在爱心驿站那边,叫爸爸、叫妈妈什么的,实在叫得太勤快了,管谁都能叫,就是牵一头母牛过来,只要有口奶,我也会喊妈妈的。所以轮到他们两个,这真人真货的,反倒叫不出来。我这小油嘴子,已没法搞正经的了。"她弯起眼睛笑了,也觉得怪不好意思的。

真是比在蓝房子外头,听到沈红莲那沙嗓子的拒绝还要悲哀,不是替她们,是替自己,悲哀自己怎么也理解不了这一对母女的倔强与冷酷,宁可作乱,宁可孑然。理解不了,简直的气恨,他不愿这样的去写她们。

2

另一场柴门之约是丁宁,也带着河山一起。

挑了朝着内庭的无烟区。丁宁的脸圆胖了些,坐下就侧着脸看景:"以前我从不留意这种寻常景色……要多看看。还是老人家教我的。"丁宁冷不丁地提到有总。谢老师惊讶地,也往外张了几眼。庭中小池里闲养着几片荷,夏初的细长荷苞已高挑出来了。小池子周围一圈弯曲小径,缀着些矮伏的格桑花,这季节最常见的。

"是这样的。"寒暄已毕,丁宁的表情往回收拢,这是要谈"女性问题"?谢老师能辨认出——有两年他跑法律条线,经常会采访女"事主",受访中,她们有个共性,在谈到各自的糟糕境遇时,会强调自己是"女人",并把这个元素给放大到遮天蔽日的地步,一切的问题,都是因为人们在女性问题上出了问题。丁宁现在,跟她们那个状态,就有点像。虽然这想法大概有点失敬。

"我感觉特别差。如果说不孕的痛苦指数是5,求孕的指数是10,那现在的痛苦指数,得是20。具体不展开,谢老师您也不会懂。包括你,也只是觉得我'作'吧。"后一句是对河山讲的,河山迟疑着,没表态。对眼下这样一个丁宁,谁都得小心点儿。

"但我会好好看风景好好吃喝,遵照一切医嘱。这是答应过老人家的事,他以前帮过我。"谢老师忙点头表示他记得。丁宁神色严峻,好像此乃雷霆万钧、大是大非之事:"只是,我想独立地,生小孩,明白吗?"丁宁环视二人,"生宝宝这件事,不能成为任何别的事情的附庸。"

两人沉默。谢老师确实没明白,她所谓独立生小孩,是什么意思。

"我不要把这事,和那个遗嘱给捆绑在一起。"丁宁不紧不慢地解释,从包里掏出一个玻璃奶瓶,叫来服务员替她加热,"别把老人家的昏迷,跟我这十月怀胎来干耗。我不要这宝宝一落地,就成了个开门咒,阿里巴巴和四十大盗,全都扑到洞里去瓜分金银财宝。"丁宁没一丝笑地打着比方,"绝不能这样。我要说的,就是这个。"

谢老师每个字都能听懂,可大脑一片茫然。他想他对女性是没有偏见的,可这真的是一个极其"女人"的宣言,来自内部的一个主观空想。她只要生出来了,遗嘱即自动成立，独立或不独立都一样。丁宁这脑子，是怎么转动的呢，孕妇的结构差异有这么大吗？

河山倒像听懂了什么。谢老师看到她拍拍丁宁，赞同、欣赏，还有点尊敬似的。注意到谢老师一脸的"愿闻其解"，她瞪起一双妙目："意思很简单啊，他们穆家财产的最终决定权，得另外找个什么按钮……"她突然笑起来，"或者就干脆是捐掉得了。像我们这样没遗产的人多了，难道就不过日子。再说沧，有钱没钱对他是一样的，正好看看那几个女朋友，她们会跑光光吧，正烦着不知选谁呢。就冲这，也值。"

谢老师真是气得乐起来。河山这帮腔也是咄咄怪事，她什么人哪，假使她和钱一块儿掉到河里，她冲着岸上直喊救命，那也是替钱喊的，得先救钱。再说，她替穆沧操的这算什么心，简直没安好心。

"跟王桑聊过？"这得听听利益相关人的意见。丁宁这算太自私，还是太无私了？

"问得好。"丁宁高高兴兴地笑了，"当然聊过了！否则我还下不了决心。我跟他说得很详细，说这五个月来，怎么就一步步有了这想法，讲了得有二十分钟吧。你们猜怎么着？"丁宁向左看看河山，又向前瞅瞅谢老师，简直乐滋滋的，"他走神了，跟以前一样，模样悲哀地，似听非听，不知走神到哪个十万八千里了。这就是我们的交谈常态。他哪怕激动一下、争取一下呢。估计，就是讲我要跳楼我要离婚我要去死，他也一样要走神的。"谢老师心里一阵长叹，他估计王桑跟他一样，是根本不明白丁宁的意思，或者说，就算弄明白也感到十分的疲倦吧。

"你想过离婚？"河山像是提醒。某些时候，性别真的就像是个战斗堡垒，她们好像更亲近了。其实就算离婚，胎儿已有王桑的血缘，还是不足以构成遗嘱条件的缺损。谢老师不敢吭声。

"就是举个例子，还没这个计划。"丁宁想了一下，严谨地推敲着，"反正王桑说了，尊重我的想法。尊重、我的、想法。这就王桑式的通用回答，像个客服人员吧。挺好，反正从头到尾都是我一个人的事。老人家要是能醒来，我就自己跟他说，但现在执行人不是你吗？我已认真考虑过了，就这样：独立生养，我什么都不要。穆家的豆腐账，你们自己玩儿吧。"

"这个，我还真说不好，得问问公证员。出生证明，其实是一个辅助，而只要有总没有身故……"谢老师脑子里想的其实不是公证员，是仝主任。

拖拖拉拉在医院两个月下来，跟仝主任接触已经很多，感到他在刻意跟自己保持距离。这让谢老师有个猜想。

这次昏迷之前，或者说，早在第一次中风之后，起码在订立遗嘱的那个前后，有总跟仝主任之间，应当有过一次或多次交流，对他可能出现的身体意外以及如何处置与控制，都会深入论及。谢老师并不介意被蒙在鼓外，只是感觉不大踏实，有总到底赋予了仝主任多大的弹性权力，像指挥棒那样，可以灵活多变地随时开启序幕，亦随时划上尾声？如此一想，仝主任那种刻意疏远，叫人心里有些凉飕飕的，就像某种制衡式的分权而治。

丁宁发布完毕，啜饮起牛奶。桌上一片沉默，越发衬出窗外庭院的静谧，池塘水面偶尔有极小的涟漪，有肉眼所不可见的水虫或鱼苗，在下面吐了一串泡泡。这小小的生机，却让谢老师感到惊心，想到薄被子下无声无息的有总，心里涌过一阵又一阵的惶惑。

河山在劝慰丁宁，假使因她的不合作，最后使家产走向捐赠，也不必负疚："你想想，就我，还有我们驿站里那许多兄弟姐妹，一应的吃喝拉撒不就一直靠捐赠嘛。我那时做发言代表发言，读过好多感谢信，有时还念哭。别的事需要演，这个不用。没他们哪有我们。"谢老师睒她一眼，脸上并无异样，倒真是大大方方的，"就为青山堂那批画，我也在到处找好心的有钱人呢。"见谢老师瞅着她，恶作剧地一笑，"其实穆老爹就是个大善人，没他哪有我的今天。没准他的本意，就是要捐掉全部家产！嘿，丁宁，你这可算是帮着他了。"

丁宁直摆手，面色平静："别非得替我找台阶，我心里可没任何不自在。想沧，老人家不是一直说他脱离低级趣味嘛，怎么可能让他靠'富二代'来娶妻生子。王桑也是，整天叽叽歪歪的，声讨万恶的资本，真要把钱砸他头上，恐怕天天要跟自己左右互搏，打出内伤了。"

"也是也是，塞翁失马，焉知祸福嘛。"谢老师半心半意地附和，屁股下有钉子似的怎么也坐不住，得找仝主任去。不管是否失礼，他提前离开了两位女士。

走到柴门外，找到自己的老摩托，拍掉坐垫上的浮灰，倚着，先过一下烟瘾。

才吸了两口，脑子里舒服地一松，通了。丁宁的想法不是死心眼的轴，也不是女人或孕妇的想法，就是"人"的想法。是她把自己作为人、把宝宝作为人的一个自理，以及未来更长久的某种自洽。信然，这是好的，对她本人而言。

但从红皮本子的角度来看，丁宁的这一扭转是骇人的，太棘手了。所有人里，谢老师对她一直是最不在意的，她身上有种根本性的乏味，刻薄一点说，像凉白开，没味儿，端起来不烫手，泼出去也不心疼。直到有总遗嘱的滑轮拉动之下，求孕、人授、试管、保胎，倒使得她像个找到自己节奏的小人儿，开始在她那个艰难但充实的轨道上哐哐向前了。在金钱滑轮和生殖杠杆当中，她受力，但不做功，最多相当于一个传导杆，关联和递进着那两个密切关联的场域。可她，刚才这么轻轻的一下子，等于把精密组装的链接给打断了，弄得满地零碎四处乱滚，都不好收拾了——非虚构就这个最麻烦，没法把握人物的变动，他们像骰子一样没个准，一会儿大点，一会小点。

不能，不能够这样。不论从哪个角度来说，恐怕得对不住丁宁了。他谢老师不是有总的遗嘱执行人吗？不是穆家利益的维护者吗？他得有所作为。首先一条，他必须与仝主任达成最严密的同盟：让有总的性命青山流水万年长。从昏迷到脑死亡到医学死亡，这中间隔着巨大的地带，抻到银河那么宽都可以，起码得抻到丁宁安全生下孩子，抵达彼岸。另一方面，他会去与公证员探讨，如何正当和恰当地理解丁宁这种宣言……这样的话，红皮笔记本里的各个人物，也可以照原来的思路继续推进了。

谢老师又点上一支烟，歪斜着身子吞吐烟圈，从没有这样反感过自己，也从没这样强烈地希望有总能醒来，拍着沙发扶手、耷着眼皮，狡黠而轻巧地，说出他的真实想法与应对之计。

二十七　沙滩

1

河山用花洒画着大 8 字，替他和自己交叉冲洗，樱花浴液的肥白泡沫滑腻腻地顺着皮肤流淌。他有点胆怯，像看仙女似的，抿着嘴竭力控制，直到河山拉着他的手，一把扯开自己的发髻，他才发出嘶哑的欢叫，水气中含糊的脸一下扑近过来。

这是河山两周前在社交软件上右划结识的一个男人。她的需求很简单，男，单身，同城，可以立即过来上床。好久没这样了。这大半年，已习惯在穆沧那儿傻乎乎地待着了。这回不行，实在顶不住了。王桑拒绝相帮。艺培全部解散。青山堂画作找赞助人，未遂。一周前，耳机里响起穆老爹，他讲了何吉祥。昨天下午，是谢老师带来的蓝房子。

……只管不要命地来吧。她需要淹没一切的咸腥海水，需要满耳朵嗡嗡嗡嗡，满眼里金星冒，所有骨头吱吱叫，油煎火烤，坠入地狱，堕入到她所向往的黑洞，那就是她的家园，她是黑洞的女儿，宇宙孤儿。

就在那人打算浪漫吻别的时候，河山提出要钱。对方吓了一跳，短裤只套了一半，脸色变得那样难看和痛楚。他感到被欺骗了，莫大的伤害。别怕，就四十块。

四十。这是再三盘问之下，谢老师最终勉强吐露出来的，沈红莲在蓝房子，就这个价，相当于一斤半五花肉或一张优惠电影票。就这，还挂账，还月结，还被人跑单。

临时起的意，没过脑子，就是想要这四十块。仅此一回，呼应或致敬或庆祝。这整件事情，就此闭环了——有爹有妈，他们有名有姓。生的知道方位，死的晓得原委，前因后果全落到地上了。

用那四十块钱点了一杯加量拿铁，一边喝一边照镜子了，往镜子深处看。看到长长的没有尽头的马路，一个精干的小个子男人，一个瘦长的西北妹，两个人挨近了走。他消失了。她接着往前走。她身边多出一个小不点。把小不点给丢下来，她继续往前走。是啊，人总得往前走，她也一样。

把身上洗洗干净，把头发梳梳顺，衣服穿穿好，从此像个干净的、努力的好女孩那样。你不是任何人的女儿，也不是任何人的干女儿。现在，还有最后一个问题。

恨穆老爹吗？要是他当初把何吉祥的钱原原本本捎给了沈红莲……这真是一个叫人便秘的假设。那天在柴门，包括再早一些时候，谢老师刚从南方回来，他脸上都是这种被憋住的表情。请问，是谁发明了"如果""假设""要是"这些无聊的词。发生就是发生了，绝不允许假设，那太流氓了，也太懦弱了。难道可以假设一个人没有生下，没有来到这个世界吗？

禁止假设。

……被手机闹铃吵醒时，河山发现已是下午四点。昏睡了多久啊，还是没睡够，只觉浑身酸疼、筋断骨散，脑子一片茫然，像刚从一个旧世界里醒来。看着床边喝了一半的拿铁，发愣了好一会儿。干什么呢，去穆沧那里吧。星期几？估计在"上班"，

369

画他的图。没事，去坐一会儿好了。河山又呆呆划拉了一会儿手机，忽然进来一串留言，哟，惊跳而起，套上件裙子就直奔快餐店。

三条留言都是高个儿发来的。本来是从上周日临时改成这个下午跟穆沧见面的。留言大意是，很抱歉决定退出，跟身体交流的试验无关，主要是感到，有一个更适合穆沧的人。高个儿隐晦地点到为止，语气里夹着调侃。她指哪一个，小雕还是小万？还是别的啥意思。河山心里一阵恼怒，却也有种突如其来的放松感。想起有次高个儿带穆沧报名了一堂现代舞体验课，河山不放心，忙也掏钱报了同一堂课，最后的结果是，穆沧大概五分钟后，就缩到更衣室不再出来，老师则看中了河山，允诺她将来可以做领舞。高个儿很沮丧，拉着河山和穆沧，三人全都退课。她抗议道，河山只要不撒手，穆沧就永远不可能融入外部，成为社会人——这话听来，有点耳熟。河山想起来，她最早也曾对王桑这样吼过。怎么回事啊，她怎么也不知不觉陷入了这一种思维上的惰性，似乎不愿意，或者说，并不急于让穆沧去融入那个劳什子社会了？

赶到店里，老远就看到穆沧腰杆笔直，踞坐在他的老位置上，显然等了好一阵。一等河山拿起筷子，便像得到启动指令，在脖子里塞好餐布，大嘴一张一合专心吃将起来，不理会河山对他的抱歉。

河山也饿坏了，猛吃过半之后，才跟穆沧讲高个儿不能来了。其实小万小雕，前面也都同样爽约了。这是第三次，又成了河山跟穆沧两人一起吃饭。在丁宁那一通"独立宣言"之后，河山如实地、偏向悲观地跟她们几个透露了穆家财产的走向……

河山举起面碗喝汤，直喝得碗底朝天，心里矛盾地想着，穆沧对她们几个的不再出现，怎么没啥反应呢。这挺糟的。穆沧真的对他人全无亲疏得失之感吗？他只能守在他那空无一人的沙滩，永远背朝那鱼跃虾涌的广阔大海吗？

"你说说呢，她们三个？"

"去北方找、棠梨树。开一座人、类博物馆。去外国大、师班学跳、舞。"穆沧不紧不慢地，用小勺子挖食他最喜欢的黑森林蛋糕。这老傻子，所记得的，居然是她们的梦想。可她们，已经像小鸟一样，不由分说地飞走啦。

不管穆沧到底是小孩子、大天使还是老傻子，这会儿，河山得把他结结实实当成几分钟的男人——河山把三个女孩的情况，结合她半年以来的观察，也参考丁宁所讲"爱"的标志，铺展开来分析，尽量的不偏不倚。只要穆沧流露出对其中哪一个的偏好，她一定会替他去争取的。事情还有翻转的可能，穆老爹不是还热乎乎地躺在那儿吗？

"你还想再、约谁一起、吃饭？"最后，她问穆沧，诚心诚意。

"你来了，我吃饱了。"穆沧答非所问，珍惜地舔净盘子上的几块巧克力渣，"我有了，四个女朋、友。"

"四个？还有谁？"瞧，都把给我算进去了呢，河山心里真是太高兴了。没准穆沧挺懂的呢！

"她开3、路公交。"

"那我呢？"不禁脱口而出，左胸口某处一颤。妈的，当真，心这个器官会疼。

"你是我的、好朋友。四个女朋、友。一个好朋、友。"照旧嬉笑着，两只手对握,对这巨大的社交成果十分之满足了。河山想起来了,这个"好朋友"之说,还是相亲那天,她自己跟穆沧讲定的呢。穆沧可一点没搞混。

3路公交,听王桑说过的,那位女司机头发很好闻。如此看来,对正在离去的这三位女朋友,穆沧也像处置女司机一样,给收藏起来了。

本来还有点担心,该如何向穆沧解释,她们最初的友善趋近,带他拍照,教他刻梨木,一起做徒手操,是有缘故的,正如她们后来的离开一样,都是一种权衡取舍。她们有自己的轨道,不管与他交叉、并行或远离,都跟穆沧本人并无太大关系……好吧,穆沧这样也好,不区分、不留恋、不占有,只继续保持他的自给自足。她和谢老师所忙活的这一大通,等于是通过多余的添加去确认了他的无需添加。他就是一粒独个儿的小沙子,不需要与别的沙子或贝壳或珍珠掺和在一起。

出了简餐店,他们一前一后走,河山送沧回老机械厂宿舍。

夏初的风迎面吹过,河山的布裙子鼓起来,风贴着脖子、胳膊肘和小腿肚子打滑,这是所有季节中,皮肤与风相处最舒服的时候,能看到所有人脸上都挂着宜人的表情。

河山想她脸上大致也是这样。不仅因为风,因为"女朋友"们的离开,还因为沧这样的淡然无情,让她悬挂已久的心思一下子放松了。喧嚣远去,还是让沧回归他的孤独沙滩吧。她这边,可还得继续扑腾呢,打生下来就没歇过,一直都在不甘地扑向大海,在冰凉咸涩的海水里呛咳,被浪花高高推举,又沉重抛下,跟鲨鱼共舞,被海藻缠绕。不过没事,有个傻大个儿永远会在这里,人家可哪儿也不去,只管玩他的沙子呢。当她千疮百孔,身无所有,重新被推回到白花花的沙滩上时,总有一个人在那儿,有意无意、不远不近地搭个伴。这就好多啦,她会更加用力、更为奋勇地扑向大海的。

河山打开胳膊迎接风。"好闻。"河山回头,穆沧在一米之后。风从河山身上刮过,再从他的脸上刮过。"好闻。就像……"他困惑地寻找比喻,显得辞穷,"你今天,不一样。"

看,他也闻出了她某种不同。可他不会懂的,在刚刚的中午,她干了什么,为什么那样干,又为何获得了一种类似终结感的清洁。

河山没有吭声,继续张开双臂,在前面带着他走。一边在心里对穆沧敞开着,对着他坦然陈述。她想告诉他,她"有"过多少男人。出于怜悯、交换、安慰、发狠、自我惩罚、用泥污清洗泥污。可她实际上又从来"没有"过任何一个男人。她不知道爱是什么,依偎是什么,心疼是什么,亲吻是什么。她跟穆沧同样的一无所知,也跟穆沧一样,是从未开放过的百合。这听起来像瞎话吗:她是童贞的。

2

一开门发现王桑已经在屋里等着了。哦,今晚他们下棋。看见她,王桑脸上不自然起来,自他转来穆老爹的几条录音后,他们还没见过。

穆沧看看大座钟,开始烧水,洗茶具,拿出两只沙漏计时,再有条不紊铺开棋盘。河山忍不住盯着瞧。重新回到这小小居室,拖着他心爱的卡通拖鞋,做着日常一贯之事,他显得多么安详哪。

回忆录音里的细节,河山突然意识到,此刻所在的这间机械厂老宿舍,何吉祥以前是经常来的,河山用目光在客厅慢慢检视,视网膜蒙上一层做旧的褐色。多亏穆沧这么多年的顽固不移,这里仍保持旧物原貌,她几乎可以看到那清晰的旧日画面:何吉祥从电影院下班过来,相帮忙乱的穆老爹,看护四处滚爬的穆沧和王桑,给他们把屎把尿,高高举起,逗得兄弟俩哈哈直乐……心里一阵新鲜的妒忌,同时又想着,也好,幸好有穆沧王桑在呢。就在这个地方,何吉祥感受过小儿女,体验过做父亲。真是奇特啊,就凭借转手过来的那几段碎嘴子音频,她最终能够在这间小屋子里,捞取出一点触手可及的依附!老式原木茶几。黑乎乎已看不出颜色的牙签盒子。拐角的木头衣帽架。电视柜与不再使用的晶体管电视。博古架上的花瓶和旧茶叶盒子。三十年的一前一后,何吉祥与她,各自踏入这个空间,频频推门而入,如归如家。

"我想替他道个……"

"别。"河山截住。

王桑脸上显出羞愧样:"对,这太卖乖了,我没资格……"

"不是那个意思。"河山轻声地,她不愿打扰穆沧。他正一板一眼地醒茶、洗茶再冲泡。"我应当谢你,帮我找着了何吉祥。那年爱心驿站关掉,我们被打包转移。你知道我们一帮小孩有多难受,等于一夜之间,又再做了一次孤儿。那时我已知道,'莲花'是没啥可投奔的,只能指望那另一头了。当时发过一个愿,谁能替我找到爸爸,给我一个家,叫我干什么都可以。我那时最相信,'睡觉'有大用场,只要陪人睡觉,什么都可以换来。小到一餐一饭,大到找干爹找亲爹找个家。"

"别再这样说了。"王桑拈起一只小茶盏,又立即搁下,吃不消那分量似的。

"上师范学院的时候,一想到要毕业进社会,心里就着慌,找亲爹的急迫达到顶点。可学校那些小男生,最多只能写写论文。我就在外面交男朋友。有个朋友替我推理,说肯定是大老板啊,要不然怎么会在南方找女人。他每次来找我,都会带来零碎消息,后来线索断了。又介绍另一个朋友来,说是便衣警察,于是就跟这个也处了一阵。其实我也不是真的相信他们。但万一,是真的呢。这事永远都是个大饵,只要在眼前一晃,我准咬钩。不独我,驿站小孩都这样的。"

穆沧掐着沙漏看茶色,时间到了,给王桑和河山各分一小盏。茶味清醇,汤汁匀停,两人都忍不住发出赞叹。"哪里哪里,过奖过奖。哪里哪里,过奖过奖。"穆沧举起他自己的黄色塑料杯喝白水。好好的客气话,被他弄得像搞幽默。

蓝黄两色棋子分别站定,静候骰子。王桑以眼神征得河山的同意,提醒穆沧:"作为主人,你应当……"穆沧看看河山的膝盖头,把红色小飞机也摆到出发基地。"可真是前所未有啊。"河山看到王桑抬头向冰箱那里看了一眼,"我跟沧两个,下了有二十多年,棋盘纸都烂掉七八套。这是头一次玩三人局。"

"其实我对你,有过非分之想。"王桑划拳胜出,连掷三把,都没出得了基地。

"哈,除了穆沧,谁不知道啊。"河山运气不错,小红棋一下就飞了出去。

"可我那种非分之想,不是真的。或者说,"王桑停下等穆沧。沧把握着骰子的拳头贴紧脑袋轻摇，听骰子在手心里转动，然后吹一口气，赌着身家性命般的，轻轻、轻轻地让它滚落出来。

"跟……父亲有关。我总感到你身上那一股子气。"王桑扔骰子，四个点，"那是什么？像是根本无所谓，其实是一种千方百计想要掩饰的攫取感、攀附性。那是孤儿所共有的，还是你身上特有的？我不知道。但我确实很警惕。一下想到穆某，他是根源，这么多年，他一直用他的方式'照料'你。我恶心干女儿这个词，恶心你们这种干父女关系，而你呢，对此并不在意，甚至还自得其乐。你是坏分子手里的坏分子。这特别的，叫我愤怒。愤怒得想铁肩担道义，要出手拯救，要报应，跟他抢夺……这当然是无稽之想，我根本啥也做不了。但就是由于这个想法，别别扭扭的，我进行了一个最不费力气的反抗：我让自己喜欢上了你。"

王桑讲得可真酸哪，这么抒情，还这么多心理活动。河山瞅瞅穆沧，那双大耳朵可太耐受了，前后听了多少糟心话啊，包括穆老爹的一辈子，包括丁宁的车轱辘话，全都吐到他这里了，包括刚才在路上，她也特别想跟他倒苦水不是吗？他真的只是把声音听成声音？指不定比谁都听得明白呢。手下随意扔着骰子，她的小红飞机把王桑甩得老远，"放心吧，假的真不了，真的假不了。我这十恶女魔头，绝对不是你的路数。"

见他们二人领先，穆沧急得脸色微红，掷骰子的仪式感更为繁复，肉拳头摇得有如风车，叫人眼花。

王桑摇头，大大摇头："不对不对，你越是魔鬼，我心里反而越是绷着，没法放下。再说我跟丁宁本来就……"穆沧有一架蓝飞机到终点了！他伸出来手，跟王桑击掌相贺。河山也高兴地张开巴掌迎上去，穆沧视若无物、压根不接她的手。河山真但愿自己没有脸红，这傻大个儿呀。

"直到听完父亲的录音，太怪了，像走远路背东西，早习惯了肩膀上重重的，突然这一失重，手脚飘飘，都不晓得怎么走路了。当然我对父亲，"王桑斟酌字眼，"还不能达到完全的理解。可关于你和他，这最紧的一个大弹簧突然松下来，不再拽得浑身筋骨疼了。而这一松，我发现——对你那种愤怒的迷恋，欲望中的拯救感，也不知跑哪儿去了。我不再有任何非分之想了，明白吗？"王桑有一个飞机直连，提前抵达了。他伸出两只手，跟穆沧和河山同时击掌，以此教导穆沧："这样才讲礼貌明白吗？"

"讲礼貌。"穆沧复述。

"真没想到是个幻相啊。我一时还挺消沉的，不习惯放下了你。上周五，我还跟穆沧一块儿找名人名言，看'爱'到底怎么回事呢。还是《说文解字》讲得好。你猜'爱'在古时候，是怎么个写法儿？"

沧连扔两把，他最后一架蓝飞机领先胜出。他把两只手笔直抬起，像要推开一扇对窗似的，分别向王桑和河山伸出手来。他们三个，两两相拍——一股亲昵的温热，从那兄弟二人的手上，结结实实地，通过掌心和十个指头的尖尖，轻快地向她流淌而来，到她的胸口，又到她的脸上，眼里，化成差点要满溢而出的泪水。黑色闪电照耀，爱心驿站里模糊的嚎哭的脸蛋，陌生街道上远远而行的小不点，不断被丢下又不断被拉扯的小不点。

王桑给她时间调整，故意催着穆沧去找："爱呢，就你上次刻的那个字。"穆沧不为所动，按部就班地，先收好心爱的三色棋子，叠好心爱的棋盘纸，把更加心爱的骰子稳当地安置于正当中，如大师给画作完成最后一笔，再定睛端视，方才不紧不慢、严丝密缝地合上盖子。

王桑急得自去翻找，找出穆沧的那个熟宣本子，翻到最新一页，递给河山。河山早已把泪水顶回去啦，觉得自己太可笑了。接过来，只见一个字形陌生的红彤彤印章。

"古时候就这样写'爱'的。这个'怎'字，读音跟现在一样，从'心'从'旡'。后来通为'夒'，表示行走之貌，继而，又在'夒'的基础上，演变成繁体的'愛'。我写在这纸上，你看。怎，夒，愛，爱，你最喜欢哪个？"王桑找来空白纸，一笔一画排出四个大字。

河山向来厌烦掉书袋，王桑这迂阔之态，却有点叫她悲伤。他在钻牛角尖，在跟他自个儿解释和梳理。"行啦，这跟孔乙己那四样写法的'茴'字差不多吧。"

"你细看嘛，起码现在这个'爱'不太好，上头这'爪'，是伸手索要嘛。还是'怎'好，'无心'，我们老祖宗的意思，就是没心没意、无心之属吧。多高级，这才是爱哪。现在哪还有这样的，我们的心，都太重了。"

墙角大座钟"当"一声敲个半点，穆沧循声而起，踢踢踏踏拖起步子，在厨房、卫生间与卧室往返走动起来。

这半年，穆沧在睡前加了个养生小项目：泡脚。这是肖姨的推荐，买的是老式柏木盆，穆沧需得把一大壶开水烧好，拎过来，跟冷水调好，然后才端正坐下，做功课似的，把两只脚并排放入。他没关卫生间门，河山这里可以无阻碍地看到他泡脚，跟下棋或画图一样，专心、平淡。

"再坐会儿吧。"消解完那所谓的"非分想法"之后，王桑看来还憋着别的话。他握着嘴咳嗽两声："你……对我父亲，到底怎么想的？"不等河山作答，他压压手，"我先说我。听完录音，脑子里一下子冒出来，就是《白罗衫》。你肯定不知道，那是部残本戏，后来木良他们重新拾掇出来，也算修旧如旧，重新活转。我最喜欢它最末一折的《诘父》。台上父对子跪，子亦对父跪。因面前这垂垂老矣的江洋大盗，既是十八年恩亲养父，也是投其亲父入水、绑架孕母、强占家财的血亲仇人。这一场戏的泣诉、拷问、诘问，真是步步肠断。尤其那一句'风里雨里一盏灯，怜他已是暮年人'，你看这唱辞，多简朴……"

"哟哟哟。"河山连着大笑几声，"你这莫名其妙的，讲什么梨园春秋。"跟谢老师简直一个样，小心沉重地寸着劲儿，没完没了地铺垫和诱启。真烦他们这样，这样的想当然。非要逼她演个大仇大恨吗？这简直尴尬，显得自己多么粗枝大叶、没有血性的。她扭开头旁顾——就这间老古董屋子里，有几样眼熟的东西。穆沧书桌上的葫芦娃文具盒，她有个一模一样的。穆沧有一身旧条纹运动衣，她有同色的女款，估计王桑也有。看来谢老师没有瞎吹，这真是穆老爹吩咐过的，要给三个孩子买一样的。她以前一想到这些个，总感到焦躁，现在心里就好多了。除了这些小小的"同等待遇"，后来还有比较大的"额外待遇"，统统都讲得通了，再也不用担心后头会有什么大坑，要去如何的努力报恩了。对，要说她有什么感觉，就这么简单——她踏实了。别的，没有。他们到底期望她怎么样爆发？

374

"其实我想到的是……我们一起击掌的时候。"河山压压心口，看一眼专心泡脚的穆沧，学习穆沧那样的平静，"我觉得，好像，"停了一下，使劲稳住嗓子，"好像我现在也有家了，有家里人了。你们两个就是……我很不习惯这感觉。你别，别再讲什么了。"就此算说完了。抓起手边穆沧那个印章本簿，打岔，"要说这老祖宗的写法，'无心'的'恖'，没发现吗，咱沧，可不就是！"朝沧那边呶呶嘴，"你看看他，有点主意没。随便哪个，说什么他就是什么。今天我们正好在陪着。可平常你想，他天天晚上的，都是一个人傻乎乎这样泡着。这肖姨也是，推荐他这个干吗……"河山讲着讲着，好像就是被肖姨给气着了，愤愤然滚下终于没能控制住的眼泪水。

二十八　露

1

听听，这一阵阵的炸雷，震得窗格子都抖起来，多漂亮的雷暴雨哪。是老天爷在考验人，捶打人呢。马路上的小杆子们，都被浇了个透吧。谁没有被浇过呢，必须的。没事，等到老了就好，就可以像我这样，躺着再也不动了。

老松果，你也比小时候好多了，以前一打雷就要抖着要钻桌肚，现在你是抖不动也钻不动了……肖姨会料理你的，我不送你。也不要你送我。咱各走各，谁都是孤零零落地，孤零零上道。想想人不就两桩事吗？一桩是活，一桩是死。

记得小谢以前给我讲过一个小公案。讲有个老婆婆一辈子念六字大明咒，因其心诚，念出异光显现。有两位修行者大老远地拜寻过来，却发觉老婆婆错念其中一字，遂好心纠正。老婆婆从此再念，因无法专心，光明不再。小谢给我讲了一大通正定邪定、业力轻重什么的。其实我心里在发笑，恐怕我就是那老婆婆吧，从入这生门，一辈子念的都是歪嘴经，有啥报应吗？没，照样好得很，赚大钱，过好日子，也没横死，外头再怎么电闪雷劈、窗户门卡卡直响，我连头发丝也不掉一根。

所以我总觉得老天爷的这个因果报应系统，不太灵。我简直急了，老天爷忙不过来，我得自己琢磨琢磨死了。猫有九条命，松果你们做狗的没有，做人也没有，都只能死一次的。我可不愿老老实实的，老天爷叫我咽气就咽气，那太没劲了。应当搞点花头筋。

我这个死啊，最好——能有点附加的价值。我这辈子，被人骂得最多的，就是一头钻在钱眼里头，浑身铜臭气。我倒不觉得这是在骂我。钻钱眼里不挺好啊，总比钻屁眼里强一万倍吧。既然搞了大半辈子的生意，临了，在这"死"上头，也得继续啊，搞点生意人的思路，那才有意思。对，盘算盘算，最后一笔单子，自己跟自己做。

雨好像小了些，能看到天色蒙蒙亮。躺不住了，不如起来走走。抽屉柜子门拉出来看看，挺好，零碎玩意都处理空了。除了两个保险柜，随时都可以拍拍屁股走了。楼上楼下转了一圈，妈的，突然想起来，我不还有个地下室嘛，说地窖也行，那里放啥破烂儿了？这一想，急了，急醒了——

废手废脚地绑在床上，哪里动得了窝。

可地下室那些酒，是真的，给忘了。尊尼获加，久保田清酒，马爹利，原浆老白，歪脖子教皇新堡，猛犸象伏特加，啥啥庄园特供，真假好孬不论，几排架子呢。那时只要出门办事，先把后备箱塞满再说。我送别人，别人也送我。回家来又是满满一后备箱。有几年，不知哪来的妖风，大概都觉着身子掏空了，兴着喝各种泡酒。啥都泡，各种大动物的鞭，东北的老参，蛇蝎毒虫，海马，肉苁蓉……估计酒盒子上的灰都落得像盖帘子了，记得当年能打能喝之时，我们几个老家伙还一起放言，人死之前，钱带不走，可酒得喝光。喝得光吗？飞天53度怎样，1573定制怎样，天宝洞限量怎样，拉不拉斐的又怎样。

看来要便宜小谢那家伙了。就录音笔里跟你喊一嗓子吧。地下室里的那些黄汤，你若不嫌弃，自去处置好了，最好能替我喝光。酒席上常有句话，叫"都在酒中了"。我也是这一句，小谢啊，我们这许多年，都在酒中了。

2

谢老师用溜溜球逗弄小松果在病房里跑跳，让它发出脆生生的小奶狗叫声。有总头上仍是网眼薄布帽和半湿白纱布覆盖，只露出一角松塌皮肤，老年斑星星点点。

今天出门之前，谢老师又听了一遍有总的这段录音——总觉得，有总对他的死亡太操心了，操心过了头。"如露之临，如露之逝。吾身往事，梦中之梦。"这是哪个古人的辞世和歌，丰臣秀吉？有总肯定不知道此人，可谢老师听着他的声音，又眼看他那睡着一般的躺着，可不就是吾身往事、梦中之梦。

谢老师从地下室拎出两瓶十年老茅台，并承诺小松果已打过四联针六联针狂犬疫苗等，才从仝主任处给小松果换来今天的准入，也许狗叫比人声的刺激要灵光得多呢。

跟仝主任打交道总是很困难。他疏远又傲慢，总带着专家特有的那种表情，不愿展开详谈。你怎么这样起劲。他清高地扫半眼茅台。

多年部下、老秘书、老跟班了。想了想，谢老师又加一句。二十年了，也算是老哥儿们。

仝主任倒把冷面一松，嗨的笑起来，有总的老哥儿们老交情，可多呢，不稀奇。算了，你带它来吧。有总决定做这个克隆时，还问过我意见。

是啊这位仝主任肯定也是有总的老交情嘛，真是希望能跟他"赤裸裸"地谈一谈，关于生死之事，有总是不是对他有过什么特别交代与约定。露个口风就好，就是把整个地下室的酒都送给他也行啊……满肚子的话才张个口，仝主任就可怕地放下脸，"哐"地把门打开请他走人，好像这种话只要吐出半个字，都是对他的医德和人格的根本性污辱。

……脚边的拖鞋一前一后都被小松果拖走了，谢老师光着脚，又把那天三个孩子下飞行棋的画面调出来回看。王桑有点不自然，时不时看下镜头。谢老师确实拜托过他，看有没有可能让河山聊聊穆老爹。河山还是啥也没说，但谢老师有别的收获。

其实也早就疑心了。穆沧的相亲，河山出力甚多，一个不落地陪着穆沧去与女孩子们"初次见面、请多指教"，可她出的算什么力呢！挑剔、否定、戏谑、劝退，还趁着他南下，自作主张地叫停约会，并散布"穆父财产恐怕要全额捐赠"的悲观推测，使整个征友以"空网"告终。这不能不叫他推导出一个结论：她对穆沧别有念想。而这，不就是有总最初提出来的建议吗！

尤其河山为穆沧骤然迸泪的那一刻，搞得谢老师真想把有总一把拉起啊，恭维他乱点鸳鸯谱的远著卓见。往更早一点说，这甚至也是何吉祥的心意，他在车祸后也提过亲家一说——且不论河山她心里到底是怎么想着穆沧的，兄妹？男女？母鸡护小鸡？其具体的形成和发生机制不详。但此情不可轻觑，如同把水跟沙子搅作一处的衡祥水泥一般，结结实实的。

而说到远著卓见，谢老师看一下薄被子下的有总，想想他一贯的老于谋算，会不会，他这个昏死，也是一个小把戏？就像他在录音里宣称的，要自己做主，要搞点"花头精"。

是他选择了这个节刻——河山的母亲有了下落，虽是相当不堪。他的诸事，尤其与何吉祥的，已交代清楚。各种心爱之物，都作了割舍。再往前，则是那古怪的遗嘱。而那位仝主任，作为双双下岗的工友之子，全靠有总撑起的父母生计及八年学医，凭这样的恩情，替他玩个什么花招，暗中维持体力，都是相当可能的——谢老师和肖姨则来来往往，但白天有两个时间段和整个晚上，都是交给仝主任和专业护理的。

这也挺符合有总那恶作剧的趣味：不再对世界出声，没有任何参与与干扰，可他仍在隐身旁观着进行的一切，包括人们在屏风前对他的哀别，甚至早在一年多前，有总连监控摄像头都在沧那边装好了——这实在，太夸张了。

拖鞋已经满足不了，小松果又来咬着裤脚求宠。谢老师头脑里轰隆隆滚动，呆呆地看着它，好一阵才想起带来的磨牙棒，找出来丢给它。真担心自己是疯魔了。是他太渴望有总能知道这一切，渴望有总还能醒过来，才会这样的瞎想八想。可反过来说，假如这个推想是真的呢……

谢老师把小松果抱到膝盖上，轻捋那初生的皮毛，体味手指间的毛绒感，干燥中带有暖意，伴随着热乎乎的兽类心跳，心里颇是伤感："你这小命儿啊。记得有总当时下巴一抬，轻飘飘一掏就是三十八万。"他仍低头，冲着小松果，但声音提高，"如果，你还把我当个小兄弟，当你的好伙计，好歹给我个什么信号。我绝不会生气，乐还来不及的，给你打配合还来不及呢。可你得告诉我，你到底想怎么安排？现在情况有点复杂，他们想法太多啦……"

说到这里，手里突然一抖，把快睡着的小松果都给惊着了。他还一直拖着，不愿告诉有总，关于那个独立宣言，关于腹中胎儿与"芝麻开门"的按钮。这确实是个路障，问过公证员了，她冷冰冰的，说只负责公证内容的真实自愿有效，并提醒道，即便不考虑到"孕妇"这边的变量因素，还有别的情况，也都有可能激活捐赠条款。谢老师您要有思想准备，捐赠是好事嘛——对，得马上告诉有总，这正可以作为一个测试，假如有总可以控制，他就应当立即苏醒过来，采取行动，保住他的一切。

带着不相宜的柔情，谢老师把小松果给安置到沙发一角，让它好好睡去。他呢，则给自己和有总都泡了一杯清雅的明前白茶，是同样病重的昆山雷总托人捎来的。

他坐近有总的床头，用纱布蘸了茶水给他润润嘴皮，一边讲起丁宁那值得一百二十个尊敬的独立生育宣言来……

肖姨今天给有总带了新的全家福，里头添上了女儿的二宝。她用个小镜框装了，撑在窗台上，正对有总床头。出于对有总康复的迷信和虔诚，肖姨把有总睡惯的荞麦枕、老花镜、泡假牙的茶缸子，都一一带来了。

"你放的那些东西，第二天、第三天，曾发现有过什么变化吗？"谢老师装着随意地问。

"天天都被动过啊。"见谢老师差点滑下凳子，肖姨瞪眼，"不是有特护吗？早上有消毒做清洁的，上下午还有全主任查房。瞎想什么呢？"

谢老师不语。有总若立意要瞒下他们两个，就永远不会给他们破绽。有总若真的昏死过去，本也无从与他们沟通——怎么着都是不可打破的，两隔。他想起一句话："如果死亡在，你就不在；如果你在，死亡就不在。因此你无法证明死亡。"是伊壁鸠鲁说的好像，这话真无赖，说的可不就是有总。

二十九　物　质

1

八月暑气发动，热浪如滚。轰隆隆的"一桌二椅·对话"，前后历经两个月的忙乱，实在是想静一下。前往医院的途中，王桑特意绕道紫金山。

谢老师昨天又来电话提醒他去医院："听说，因为干得漂亮，要有喜事儿了？"能想象他那种挤眉弄眼的欢喜，看来升迁的传言也到他那儿了。王桑哂笑，谢老师还不知道，他最终还是跌扑的。

考虑到301的期望，王桑起初是想做个大一点的"国际性"，正好昆曲被列为非物质文化遗产也快二十年了，想着搞一个非遗艺术节，让昆曲与其他舞台类遗产同台共演，譬如马来西亚的玛蓉剧、意大利的西西里木偶剧、朝鲜族的板索里史诗说唱等，这漫天遍野的思路可能太过猛进，开一场协调会，跌落一层，层层衰减，最终还是落回"一桌二椅"的最初框架：昆曲这边厢洒扫门庭，定场定音，加上日本国能剧和印尼巴厘舞，算是远方来客，载歌载舞。

媒体这次起调很高，什么文明融合了，打破语言疆界了，异域同宗了，各个角度地去解读，有的角度太深刻了，王桑和木良都没想到。包括下半场的传统折子戏，由于双语字幕的噱头，引来不少外籍观众，加上此前有视频预热导赏，整个夏日演出季中，两场"一桌二椅·对话"的满座率、流量数据、好评度什么的都排在前面。据闻，301在某场内部会议上传达了大领导的圈阅"批语"，肯定了传统艺术推广的开放性眼光，并提出"不仅要引进来，更要探索走出去"。马上有人给王桑捎话："你呀，得趁热打铁。跟昆剧团合计一个'走出去'，到时邀请301亲自带队去文化输出。这活儿多漂亮！"

确实好事情，像差学生受到激励，王桑脑里一个热冲，便跟木良两个，疯魔似的搞起方案，要趁着上面的"批语"茶温犹存、烬热有火。连续半个月的晚上，除了陪穆沧下棋，都跑到剧团院子里去碰头，雄心勃勃地商议着"昆曲走出去"。外人看他这样用功，都以为是图着传闻中的进阶，连老木良也打趣，昆曲厉害吧，你本是落魄人来投奔它，现在反倒因着它咸鱼翻身了。

是啊，昆曲渡我。王桑也这么点头。其实所谓进阶之事，其唯一、唯一的意义，恐怕就是可以给躺着的父亲，提供一点可供说道的良性刺激吧。

他们共想了三套方案：一是原味演出，木良最爱讲的原汤原汁化原魂，全本《牡丹亭》整台搬演。二呢，是做一个"汤莎会"。汤显祖之于昆曲相当于莎士比亚之于英剧，且这两位是同一年去世，等于同代人，这不是天赐之缘吗？可以跑到莎翁老家，把汤、莎作品来一个对话演出。第三套方案则是"试验+昆曲"……热火朝天地递交上去，却只等来301让秘书转告的劝慰。昆曲推广，要开拓思路，也要顺势而为，能把国内的大小旮旯做起来就很了不起了，不见得非要千山万水地往外面跑，真正的知音，其实还在家门口……王桑和木良瞪眼对看，大为茫然。还是秘书私下里点醒他们，不要听风就是雨嘛，总归要一步步慢慢来等等。他们听出来了，财务吃紧恐怕才是命门所在，兹事体大。想起从前流行过一种说法，叫作"文化搭台，经济唱戏"。现在呢，文化想唱戏，也得要经济来搭台。没有什么是非物质的，归齐到最后，都是不灭不幻的物质。

咳，这倒叫他想起穆有衡老早说过的一句话——王桑那时刚到凹九空间，他拿"貔貅"来调笑。你可真是挑得好哇，外头那许多的行当，不论哪一个，都是有投有产，小投入大产出，甚或不投而产。独独儿的，艺术这行当，是龙王爷的第九个儿子，从来只进不出，只耗不生……王桑当时十分愤然，后来才慢慢明白，这个比方确实挺准。在凹九这么些年，所闻所睹，所行所为，其实都是在与"预算"厮缠，愣是怎么样的艺术大师都摆脱不了"钱"的干系，想想真也是一种诡异的共生关系。艺术，这个被资本所供养的败家子，其最大的特点、最主要的诉求，就是骄傲地凌驾于一应的经济与商业之上，而资本呢，一面微笑地听凭来自忤逆之子变着花样的批判与消耗，一面还在变本加厉地勤奋滚动，以创造出更肥沃的金色根基。

……暮色加重，汗出如浆，脑子里全是金币在叮当直响。清脆，嬉闹，欢腾。大概就像穆有衡讲的，钱生钱，钱逗钱，钱玩钱。看看时候不早，掉头下山，树梢间偶有凉风拂面，目极处忽然弹起一群小鸟，像一把逗号撒向夜色。

想起自己多少年来的轻商不言利，一根筋地蔑视穆有衡和他身后所堆砌的真金白银，对那过程中的冷酷、污秽与杀戮，有着精神高地式的不肯原宥。"人非经事不得熟"，时至今日，反复刷洗中，他才慢慢想明白一点他早该知道的道理。应当公正地看待金钱，像看待阳光和水。应当爱慕商业，崇拜经济规律，像爱慕春种秋收，崇拜季节流转。

他觉得这是一种觉悟。他从没像现在这样，理解和敬重父亲。父亲，还有他那些酒囊饭袋的老板朋友们，在饭桌上胡乱传授成功之道的欧阳叔叔，叱咤当年而今重病加身的昆山老雷伯伯，还有他总瞧不上的在东南亚求佛拜仙的严家兄弟，他们都是前赴后继创造财富的人啊，是了不起的。

是的，这还算头一回，他自觉自愿地，甚至有点急迫地，想去医院那边，去陪屏风后面的父亲坐一会儿。

2

从医院出来，发现河山发来消息，说她在穆沧宿舍楼巷口等他。

夏日夜长，巷口的麻辣烫档口加出小方桌马扎凳，一派宵夜之繁。河山看来已是又吃又喝地消遣了一番，嘴角边一抹辣油红渍，坐下就冲他举杯："终于给找着一个大金主了，叫他老金好了，很会开公司，开一家赚一家，已应下赞助青山堂，整个'本来面目'的装裱、宣传、场租什么的全包。所以我急赶着找你，得在凹九预定下时间，放心，费用上不要你任何照顾。总算能挺直腰板跟你谈个事。"

太好了。他对河山已无心魔，正可以坦荡合作一下。他后来也把青山堂的作品请外头专家看了，觉得可以做，那种病相的本能涂抹，对当下的人类疑难，也可算是一种象征。河山的鼻头、眼窝、耳朵廓都开始红了，耳坠子乱晃，无害的微醉之态。世界啊，可真是主观的、唯心的，现在的河山，不再让他有恐慌的异样之情了。

"还有第二个好消息。可别以为我搞个展览就完事，开幕时乌泱泱，半小时鸟兽散，完了啥也落不下。那没劲的。我打算搞慈善拍卖！要玩，就玩个大的。"河山手指全是油，亮汪汪地挥舞，"我邀请了一批商界嘉宾来参拍，无底价，自由拍，没什么压力。老金也能算个领头羊，他一出手，别的老板肯定也会跟上的。你说这个玩法是不是很牛？简直像拍世界名画吧？何况这里还有爱心成分，价码更是无上限喽⋯⋯"她神气活现地伸长胳膊，"怎么早没想到，原来我适合干这个呀，手对手倒腾，绝对能干出名堂。知道吗？有钱人需要行善，我估计，跟发烧消炎、放血排毒、出身臭汗差不多。只有做了，才能保持平衡、循环和健康。我打的比方可能不对，但绝无恶意，我可爱死他们的这种需要了。"河山停了一下，若有所思，"我在爱心驿站，也算半个接待人员，见过多少这样的人呀。大老远的翻山越岭，都还没进旅馆没放东西，直接就来了。看上去很疲劳，像被什么东西给架得很高，绑住了，憋住了。他们急迫地四处望闻问切、访寒问苦，参观我们的小厨房，看菜里有没有肉片，看我们睡觉的被褥是不是很薄。他们想起山窝里的老家，想起自己的小时候。他们搬出带来的物品，冲动地填写捐赠数目，可能比他们计划中的要翻了一倍。然后，很明显的，他们离开时，步子会有力多了，脸上有了健康的气色。你瞧，他们需要我们这些可怜虫和倒霉蛋，我们是世界上最好的清洁剂、安慰片或类似的吧。"河山敲敲桌子，敦促王桑干杯，真高兴河山在他面前也毫无戒备了。

"穆老爹也有这种心理，你知道的。"河山看了一眼王桑，"扯哪儿了。对，你那位木良，给我介绍了个做信托的朋友，因为他八十老母是昆曲戏迷，这拐几道弯了。信托私募那行当厉害呢，自有秘密途径，跟宽齿梳子似的，专门卡住有钱的大家伙了——我带着青山堂病友们的画作去拜见，有时都不需要打开，就简单说几句，也不太过渲染，他们就像瞌睡被递上个枕头似的，'当然，十分乐意。我早就想做点什么了。'我现在就是发愁，善款到手后，下一步可怎么处置……"河山煞有其事地托腮而思,好像真的已经从一只回形针开始,以小博大,给博到了别墅,别墅房间太多了,哪儿能请到那么多人住进去呢。

看来真是喝得可以了。王桑把剩下的半瓶酒拉过来:"花钱的事情好办啊,我和木良可以帮忙,这个我们最擅长了,计划都是现成儿的呢。"王桑想到被301所否定掉的三套"走出去",河山那拖着一袋子钱不知怎么花的气概,也让他勇莽起来,怎么能说拉倒就拉倒呢。瞧瞧河山,她多拼啊。他大可以也拼一拼的。

夜色深浓,周遭食客稀疏,摊主夫妇问他们还要加什么吗,河山摇着食指:"再来一瓶,有个坏消息。从信托那边的大数据看,穆老爹,他其实,不在最有钱的那第一方阵里头,他们的宽齿梳子,根本就没卡住他。"河山的表情是劝他节哀顺变,"听明白了吗?你家呀,除了几套房子,并不像外头想的那样,有多少惊人的资产。你具体问过谢老师吗?穆老爹以前那些公司,脱手时的情况怎么样?是卖的还是怎么着?资金重新做了风投?收益如何?还是说咱穆老爹,全给换成金子和古董了?"

王桑反倒一松气,在心里掂量这"坏消息"的虚实,假如真没啥钱,其实他最高兴,丁宁不是总在闹独立吗?而且昏迷本身就很难说……但父亲一辈子商海恶战下来,最终就只是个小虾米吗?父亲向来疑心重重,且对数据、网络、现代科技什么的,极为排斥,谢老师也是老江湖,喜欢搅拌和编排各种自相矛盾的信息,没准这是他们有意做小做空的烟幕弹呢。他宁愿相信父亲留下了金山银山,这不是出于对钱财的渴望,而是对父亲作为老狐狸的一个最基本判断。

三十 补

1

晚上八点多,手机上突然显示呼叫是仝主任,谢老师心里大跳,几乎不敢接了,醒转了?手机里只仓促一句:"心脏骤停,抢救中。所有人都来吧。"

外面的马路还有喧嚣市声,满目灯红酒绿,谢老师踏上摩托,踩下油门,轮胎摩擦地面,每个动作都带着杳然空洞的回音。这不对啊,他应当醒来!

谢老师无数次设想过他的苏醒。头一句他肯定会问沧!正好,就调出三个孩子下棋的那一段儿吧,其乐融融的最合适。第二句,恐怕就得问狗狗了,老松果虽然最终是走了,小松果萌哒哒乱跳,已成了有总最重要的访客。

要是苏醒在丁宁造访之时也不错。她每回来,都会捧着肚子,在有总床头站一会儿。有总一定会感受到穆家孙辈的骨肉悸动吧,此时苏醒,不是最动人的吗?

前一阵子黄梅天,淫雨如晦,谢老师让肖姨做了一锅粗粮窝窝头,谢老师复述了一遍往事,他想"反向刺激"一下,旧年岁的少男少女,饥馑中的告白。肖姨唏嘘着,掰开半个窝窝头打碎了加在豆浆里喂给有总……

所有模式都是痴心空想,一切都呈现出奔向终点的样子。他们统统被拦在外边,

381

走廊空荡荡的，高亮的荧光顶灯发出绿光，明明是八月酷暑，却感遍体寒凉。

有总要死了。有总也是要死的。有总最终还是死了。有总真的是死了。有总再也不存在了。

谢老师在心里这样反复强调，以便彻底接纳。与此同时，却感到耳朵里呼呼直响，眼前浮尘草叶纷飞，像被扔到时间的风口。从采访童工瞎眼事件始，连头带尾，二十二年了，他到底算是有总的什么？小跟班，秘书，私人管家，恩仇交关，半生卧底，酒友，老哥儿们。也无所谓了……时间就是所有关系的总和。

吃得可好？好着呢。七个月了？快八个月了。耳边传来肖姨跟丁宁的小声寒暄。女人真是奇怪的动物，任何情境下都会突然地谈起日常小事。胎儿都八个月了吗？如此算来，有总已昏迷五个月了。多么了不起的医学，又是多么叫人失望的纪录，再拉长一个月都不行吗？宝宝就有"医学出生证明"了呀。

仝大主任终于出来了，向他们低下头。很遗憾，他说。我们从晚上七点四十，一直抢救到现在，算是心梗后期综合并发症，各种手段都上了，包括体外呼吸机。谢老师侦察地看他，他显出尽力的样子，极疲惫，也似有种大局已定的落幕感。

各种仪器开始往外哐哐地撤，王桑被叫走签一堆材料，有的他过来问谢老师，谢老师翻了翻，摇头，觉得自己并不认识那些字。他四肢酸痛，衰弱地陷在椅子里，除了给板寸头女公证员打了电话，别的功能皆处于锁闭状态。

他觉得自己需要集中全部的体力来思考一些问题。

最早，他曾想过，有总的昏迷，会不会只是个表面的医学处置，事实上他能感知一切呢？后来他掐死了这愚蠢的期望。可这会儿，这个假想又顽强地冒出来了，并连带着牵涉到下一个问题：有总今天的不治，也会是一个"自我决定"吗？就在刚才跟公证员联络的时候，余光掠过丁宁腹部，猛一个激灵，谢老师突然想到了这个可能。记得丁宁最早在柴门宣布所谓的"独立生养"时，他那时就莫名地感到坐卧不宁，有种无法抓住的预感。作为一个重要测试，他向有总通告了，想着来刺激有总醒来采取措施。莫非那倒成了一个反向作用力，有总并未醒来，而是让遗嘱提前启动，这一来就跟丁宁和胎儿一点没有关系了。

可——有总一个铜板一个铜板赚下、千不舍万不舍的家产就此玩儿完了呀。这算是有总的初衷和本意吗？他还记得有总最早宣读遗嘱时，那笃定和得意的模样。"他们会一起合作的，努力出个小孩来。""放心吧，捐赠的事不劳您操心。"这叫谢老师无论如何想不通哇，胸口一阵阵发堵。

他找个水龙头去漱口，用凉水冲洗脑袋，一边竭力在大脑深处扫描、回忆。确实，断续有过一些零星的表达。有总后来对曾经耿耿于怀的"筛子"似已浑不在意了，侧重在丁宁与王桑的关系有否好转。那次王桑在"一桌二椅"上大败跌跤，有总试图出手相助被拒，记得他从喉咙里发出一声长啸，说反正二子是认昆曲那玩意儿做老子了，他不用再管了。当时还以为是讽刺，现在回想那口气，恐怕是松脱的撒手之意。包括对老儿子沧，固然最是心疼，但穆沧那一无所求的乐呵呵，似也让他颇感慰藉："嘿，瞧着吧，就给他一座金山，都还不如一枚小飞行棋呢。"还有谢老师最生气的那一回，讲完河山的惊心往事后，有总并没有负罪之意，居然打听着有没有类似的爱心驿站，那意思是，河山受的是百家恩惠，他愿意认账，要还到百家去。当然，包括他对吉祥之死的无法释怀，这始终是压在他胸口上的沉重大石……谢老师现在有点听明白了，最后一次玩全家福时，他含糊咕哝的那一句：什么你啊我啊，什么好命歹命，什么孙子和票子，都是像河一样，大街上到处流……其言外之意到底是什么。

从遗嘱立定而始，在死亡与孕育这场有意无意的赛跑中，有总东张西望地顺势而走，不觉中一路偏离他的跑道，直至走向背面，直至让自己停下，跑输——简直觉得病房都摇动起来。

不不，一切都是自然而然之事。有总就是个普通小老头，跟所有将死的老人一样，在昏聩中胡闹折腾，想抱个孙子，想看到后人兴旺和睦、代代有余。突至的昏迷让他动作不了啦，但被挑动的往事与时间的齿轮，已配合成新的格局，自动往前流转，流向阴差阳错与弄假成真，而等得不耐烦的死神终于拍拍手推门而入，带走肉体、回忆，以及他一生的金钱。

……他不会去跟全主任追根问底，也不想再掉回头去寻找什么证明或暗示。不是能力或勇气的问题，是他知道，有总并不想他知道。得顺应了有总的这一份混沌。

2

河山一直在老机械厂宿舍那边待着，说等穆沧稳妥睡着了再说，又说，万一是虚惊一场呢。整个昏迷期，她都没露过面，几次陪丁宁过来，也只在楼下坐着——既然一直都不肯见，肯定自有考虑。昏迷也是活着，要尊重的——这话，叫谢老师都没法劝。其实，为刺激有总醒来，河山曾是他最寄期望的一个设想。河山只要小小地配合一下，拿出她打小就擅长、而今也仍在施展的表演功夫，代何吉祥，代表沈红莲，对有总表示原谅、感谢、呼唤，三个层次到位，就能一举解除掉有总所有心病，他说不定就高高兴兴苏醒过来了……

到十点半，河山才到。她一进来，谢老师就觉得整个气氛随之一变。这是河山第一次见有总，也是第一次与大家同时在场。其中肖姨算是初见，她从哀伤中一下愣住，抽着鼻子瞪看了河山好几秒钟，不自觉地直往屏风那边靠，好像要推醒有总快起来看似的。

谢老师在头里引着河山，王桑一侧作陪，丁宁亦步亦趋。大家陪她来看有总。

一直盖在他头上的遮光软帽和护口纱布都已被移开，身上各种进出管子、外接仪器等自也一并撤走。他毫无挂碍清清爽爽地平躺着，眉目宁静，唇口微张，要不是四壁挂白一片肃然，几乎让人有种回到日常歇息的错觉。在筑枫雅居那边，谢老师推门进去，他经常就是这样躺着的。

河山双瞳黑沉而空旷。辨认，激愤，怨恨，哀伤，统统都没有。这是她从五岁就认下的穆老爹。她出生之前的运命，这些年来的运命，可能还有将来的运命，都与他密切相关。众人的注视下，透白得有些瘆人的双管长日光灯之下，河山脸上一平如水，动作标准地弯腰鞠了三躬。

谢老师感到心里皱巴巴的。河山的见面，应当在有总生前达成的，他真是个太差劲的狗头军师，不是还宣称过，要尽量"推动和引导"这几位的行动吗？哪怕就为红皮本子。还记得河山第一次出现在摄像头里,有总当时难以掩饰的紧张,紧张中的畏惧,还有某种拐弯的柔情——谢老师是注意到的,可当时还不知何吉祥之事,以为那最多只是一个垂老男性对河山容颜的生理性暧昧。他实在太钝了。有总当然想见到她!其强烈程度,应当等同于他的不肯相见。

大家重新坐下来,挪动凳子或倒水都十分小心,尽可能小的声音,好像屏风后的亡者比任何时候都不能够被打扰。现在,除了穆沧,家人都全了。

谢老师看看黑乎乎的电视屏幕,今天早上还陪有总看穆沧的呢。沧每天洗漱完毕,必要照他的老习惯,半背半看,温习一通"历史上的今天"——1905年,法国作家,夏多布里,昂出生。1941年,纳粹包围,列宁格勒。1945年,国共两党,举行重庆,谈判。1958年,中国宣布,领海权。1995年,日本抗议,美军强奸,冲绳女童。2010年,中国企业,五百强名单公布。多么平常的"今天"啊,不过才过去十四小时,这世上再没有人一睁眼就想看到穆沧了。明年的今天、后年的今天,若干年过去,穆沧早晨起来时,是否会想到,历史上的这一天,失去了父亲,那个坚持宣称他是天才儿童、是脱离了低级趣味的老父亲……就这两天吧,谢老师想,得去拆掉那些摄像头。

别的还有什么事?这回估计不会有太多人上门了。想想他刚昏迷时,所有的老朋友老对手,人来人往的探视,持续个把月,多完美的一次全方位预演啊——又来了,谢老师摇摇头,就此打住,不要再从这个角度去妄作猜想了。

他跟仝主任疏通过,大家就在这里送他一程,也没几个小时了,等天亮了再转太平间。谁要是困了,也有沙发和陪护床。有总那一区域,置下五大筐冰块,顶灯关掉,屏风也拉上了,肖姨坚持把轮椅给留在里头:"谁能保证他到那边,腿脚就马上好使了?给他放着。"于是乎,屏风那边一片蓝荧荧的黝黑,照着有总和他的轮椅,施施然吱溜溜地一路往那个世界去了。

3

"有件事,没跟你们说过,可能王桑早猜到——"长夜漫漫流淌,聊了一阵有总之后,谢老师憋不住的,特别想老实交代:"我跟有总这么多年,一直琢磨着要写他。本来那是我比较拿手的纪实、特稿,用时下的说法,叫非虚构。也不可能光溜溜只编有总,在座的,包括不在座的穆沧,河山父母,有总从前的朋友等,都会有涉及。"停住,等大家的反应,"说起来都准备二十年了,还是写不出来……我的意思是,我下不了笔。你们看过旧房子的屋顶没有?一年年的下雨下雪,雪水雨水会在墙面上形成屋漏痕,弯弯曲曲的,一会儿斜,一会儿断,一会儿又显出来。那是多少年的沧桑下来,老墙给吹松了,砖头有缝了,石灰剥落了,才漏出的水印。就那个水印子,最好看了,就跟我们的生活一样。你们说,我怎么能有这个本事、有这样大的特权,来写这样的屋漏痕呢?"谢老师有点惭愧地停住,对这几个人,他可能已失去了一个非虚构写作者所必需的距离与冷静了。这些年,由远,而近,而琐屑日常,虽说不上多么深入的体恤,可他确实与他们消融在一起了。喜哀冷暖进退,俨然是连体的。他喜欢他们,包括他们的拧巴,玩花招，走回头路，变得怂，变得狠，他都愿意去理解和支持他们——而不是轻佻地去"写"他们。

王桑"嗨"了一声："既然是随随便便的水印痕，你也就随意写嘛。"丁宁也附和："都搭上那么多年了，可比十月怀胎更不容易，肯定要生出来的嘛。"

谢老师摇摇手，说出心里的疙瘩之后，反而轻松些了。起身给大家泡茶，把茶叶搁得多多的，这晚上可要熬很长时间呢。

"所以我，不打算搞非虚构了，改为编故事！也不是纯瞎编。比方说，小苗苗写成参天高树，大老虎写成小白猫，三块砖头，就给盖个高楼。总之我端出来的，还是有总的一辈子，是你们这些穆家儿女，但到底几分真、几许假，只有咱自己心里清楚。这就等于在生活外面，给裹上厚厚几道隔离防护层。这样一来，我就能下笔了，照旧的夹棒带棍，可绝不会伤到你们任何人——"他心里有一点豪情，似乎看到一列空无一人的火车，从天边轰隆隆开过来，正等着他上站，带着穆有衡、王桑、沧、河山、丁宁，还有肖姨、老松果、小松果、云清、吉祥、沈红莲、魏妈妈等一起，他们要回到起点，重新构建他们的旅途与故事……

"他会喜欢这样？"王桑声音放低下来，他打算向屏风扭头，但没扭。

"有总最希望的，就是被记住，都恨不得把穆有衡三个字给刻在大马路上。所以我得蜜里调油、风雨交加地给他编瞎话，只要编得好，别说纸书、电子书、有声书这些了，关键是影视啊，金山银山挡不住地要倒过来。就凭这条，我敢保证有总会喜欢。他什么时候对钱说过'不'字啊，恐怕不这样干，他还不答应呢。"说着说着，谢老师自己也越发振作了。如果今天能得到大家的赞同，接下来，他就要去研究历史和时代的高级角度，渺渺人世间的苍凉角度，感人肺腑的接地气角度，神秘的宁信其有的大数据角度，庸俗但确实总是有效的流媒体角度，以及旁门左道突然冒出来的什么角度：角度就是切割机，可以帮他把这一切给切碎，撒拌上各种粉、料、汁儿，再重新粘合塑造，三七开或四六开——这是他能为有总做的最后一件事，但愿也是最漂亮的一件。是的，有总也说过，把死当成他最后一笔生意，这不结了，就把有总编排成一个时下**最热门 IP（思路四）**好了，财富、死亡、兄弟、背叛、遗嘱、傻子、孕妇、孤儿、失败者，齐活儿吧，把他那货真价实的一生，虚构成无影无形的生产力，沉重往事化作春风扑面而来，原罪与救赎并作花朵枝头乱摇。最终让穆有衡这个名字被人们记住。

……直到被闹铃吵醒，谢老师才发现自己不知啥时被放倒在陪护床上了。透过眼屎撑开滞重的眼皮，四周空荡荡，只阳台上坐着两人。八月太阳出得早，一出来就打眼，打得两个人的影子也白晃晃的，谢老师呆看了一会，辨出是王桑和河山。再扭头往里间看，蓝色屏风不见了，病床空无一物。

手机又响，他耳朵一紧，才明白这是电话，公证员说她已经到了楼下。这可让谢老师完全醒过来了。河山从阳台进来，把沙发上的丁宁唤醒，两人进到卫生间去收拾。

大家都归拢后，助手缓慢、庄重地通读了一遍遗嘱全文。大家没表情。女公证员提出询问——兄弟两个，有人能拿得出新生儿出生证明吗——此条件不具备，执

385

行全额捐赠。大家默然聆听。

助手戴着白手套的手,不太灵活地从大信封里取出一个小信封,从小信封里取出小U盘,又从随身包里拿出一个小播放器。女公证员用行业所特有的冷淡语调说明道:"关于捐赠,有一份追加的录音遗嘱,公证有效。"

没想到还真的是,要捐了。也是该的。我高兴。打从水泥厂赚下的第一拨儿钱开始,我心里就总想,这些,不该是我的……挺好,一把头,全铺大马路上去。

具体怎么搞呢小谢,听我跟你讲。既是走这一步,咱就认认真真地走,捐钱得跟赚钱一样认真。下面,你听好了,啊。

你呢,去搞一个互助会还是什么的机构,类似的,不见得完全是那种救贫救急救穷的,你们思路打开,幽默一点潇洒一点。还记得我那时,给肖姨说的老婆婆买飞机票,老婆婆开心,我比她更开心一百倍。所以啊,我等于给你们留了个开心的事情。

这机构,我有两个要求,甭管是什么会什么中心,正经的大名号,都得叫吉祥。等你操办成立好了,我这捐款,就全转到这个叫吉祥的机构。第二个要求,这机构的会长或主任,得由河山担任,这也是我进行捐赠的执行前提。公证员请听清楚了,河山是我结对子的西部学生,河流的河,山水的山。这个要替我公证稳妥了。

一片肃默的惊怔。这钱,某种意义上说,不等于归河山了吗?他偷眼看河山,她气息不匀,两腮透亮,连鼻头和嘴唇都被突然涌上头的血液给浸透成猩红,意外地有种令人震慑的性感。

其实我也没多少,光凭我捐的这点,折腾不了多久。所以小谢啊,拜托你用心,继续相帮好河山,得让我老战友老兄弟,何吉祥,他这个名字,能一直在。

别的没啥。

下面看你的了,小谢。你那鬼鬼祟祟的一套,太明显了,整天伸个脖子竖个耳朵的,放心,这回不拦你。尽管写,随便弄。公证员哪,替我公证。我授权小谢使用我的一应生平,各种芝麻绿豆西瓜。他最后写成的玩意儿,一横一竖一撇一捺,也不知能卖几钱一斤的,都落归小谢袋里。小兄弟啊,卖不卖的在其次,关键啊,最后还是你赢了,你写啥,我就是啥。

"请问,这什么时候的录音?"是王桑的声音。谢老师也想知道,但心里沸腾得开不了口。实在没想到,还能听到有总又活生生地来上这么一段。想不到他对声名的执念,不在他自己,倒在吉祥身上。还有,不得不说,就是捐,也还是他的老脾气——不放心把钱交给外头。最叫人感慨的是他对河山,真是倾江倒海、穷尽最后之力的扶佑。

助手看了一眼女公证员,后者点点头。"一月份。"助手说。谢老师回忆了下,这是他到南方查找沈红莲下落之前,而丁宁的不孕治疗尚无突破。当然,这只是一个"被委托宣称的时间"。但是,不重要,一点不重要了——他拍拍王桑肩膀。现在绝对可以肯定了,这就是有总的一个选择和决定,也是他的玩儿法,要倾倒他的金山银山,让它们像大河一样,往街道上在人群里到处流淌……热胀着疼痛了十多个小时的脑袋,终于迎来一阵深海般的平静与清澈,谢老师欣然接受下有总这遥遥而来的最后指令。

白手套助手开始拿出第三个信封，大得多，一边开封："现在宣读穆有衡财产清单。"这信封谢老师记得，是有总自己准备的，当时还让谢老师颇是介怀。这样挺好，现在他可以装着早就了然于胸。

"等一等。"河山这会儿看起来已平静下来了，对好运气和坏运气皆顺应其变了，腮上恢复到她平常的淡粉色："机构还没正式成立，捐款还不能真的执行。所以穆老爹这笔财产清单，我建议先不宣读。"难得她这样一板一眼的措词，谢老师倒一时给愣住，这又何苦。河山看看王桑，后者立即跟上支援："同意。到正式执行捐赠之时，会长和秘书长再决定要不要对外公布吧。我觉得，这也是对父亲的一个尊重。"

谢老师真有点糊涂了，他们两个的语气有点怪，到底是怕数目太大了还是太小了？不过从宣传技巧来说，也是个策略："对，等到吉祥互助会或者吉祥爱心基金成立的时候，直接拿这个做新闻由头，高调宣布穆有衡捐赠名下全部财产。至于具体数目，咱还是不提，大家能想多少就是多少。多神秘啊，神秘就是吸引力。河山你这想法好。"

肖姨不知啥时提着早饭进来了，煎饺、双黄咸蛋、拍黄瓜、拌茶干、橄榄菜、炸花生米，从一个大煲里，替每人都盛出一碗不稀不稠刚刚好的二米粥——女公证员遗憾地摇摇头，婉拒了邀请，像出现时那样，他们一下子消失了。

熬守了一夜的家人们，遂围坐上去，举箸互让，把全部的喜悦和注意力都集中在眼前的吃食上。好像刚刚过去的夜晚，是极为普通的一夜。死亡一直都是这样，与他们比肩而坐，同桌而食。

三十一　依偎

1

是九月末了，金秋安详，街巷里满是老桂树浓郁沉静的香气。因河山忙着慈善拍卖，这次是王桑陪着丁宁，也差不多是倒数一次两次的产检了。仍照他们的习惯，先去接穆沧。穆沧下楼后发觉是他，立在原地足有两分钟不动，处理和接受这个"变化"。

王桑发现，而今身边不少事情，都被河山建立起新的体系。比如肖姨，本该回家不干了，被她三两句怂恿着，接下丁宁坐月子期间的照料，看那个趋势，大概也会继续做小孩保姆。也好，可以兼着照料穆沧。

丁宁胖出双下巴，头发剪得短短的，腮上两排扇形雀斑。有时猛一瞧，几乎不敢相认，觉得她实在是难看。但这种难看别有光泽，越是接近产期，越是有种佳期在约的笃定，不愿向外界泄露的自洽。这更令王桑有种孤岛感。他们的相处之道已越来越平静，平静地互助，也随时可以平静地中止。

但昨天，他们之间发生了一件事。这能算一件事吗，是夫妻啊。

孕后期的丁宁极为嗜睡，有时午觉能睡整个下午。昨天王桑提前一点下班，就发现她又在北阳台躺椅上睡着呢，刘海披下来遮住半张脸，肥衬衣落下肩膀，露出半边胸部，那是已做好哺乳准备的乳房，比以前大了许多。能看到乳头，乳晕肿胀，星星点点分布着一小圈分泌点。那个晚自习室里隔着窗玻璃与他对望的女生，真的要成为小妈妈了。王桑涌上一阵伤感的爱慕，发现自己猛然冲动了。十分惊异，太久没有这样了，并且是因为丁宁。

他轻轻抚摸她的肩膀、肿胀的胸，感人的腹部、结实放松的大腿。她可能还在沉睡，也可能醒了。往下触摸，进一步感受到她的柔软，以及某种深沉的期待。他把她在躺椅上放放正，分开两腿，然后蹲下，以一个从来没有的姿势，看着自己的器物进入。为了不惊动子宫，也为了这久违的亲密，王桑进行得十分缓慢，这缓慢带来了某种回忆的对照。很多年前紫金山顶的帐篷之夜……次日早上，他在晨勃中醒来，丁宁仍然趴着，发出猫咪般的小小呼噜，松乱的长发覆在脸上。王桑那次也没有惊动她，从后面轻轻进入。他感觉丁宁稍稍抬起了屁股，但仍在继续装睡。这让王桑加倍放松。他拉开帐篷侧上方的透气小三角口，看到几缕可爱的橙色光线，伴随着他的节奏，也在一上一下地弹荡着，那是刚刚升上山顶的朝阳。

此刻没有朝阳，但北阳台的西窗能看到些许余晖。云彩暗红，絮絮团团，俗丽而大方地拥着太阳往下滚落。王桑看到丁宁的雀斑变得透明，眼睛仍是微闭，可王桑能感到，毕竟有着那么多年的同床共枕，尤其有着许多糟糕的经验，所以才更加能够感知到，那久违的地带，正对他馈赠以紧紧的温热……眼泪是和精液一起迸出来的，他瘫坐于地，把头轻轻倚靠在丁宁腹部，感受小小而持续的搏动，不知是动脉内部的奔流，还是来自胎儿的心跳。他觉得惭愧，似是头一次感受到这新鲜的跳动。想想看，这肚皮里，正藏着一个吐着羊水泡泡的小生命。理论上说，它的小身子应当已掉转方向，胎头向下，冲着即将来到人间的产门……可真想推醒丁宁，撩开她的短发，像是刚刚知道此事，大声告诉她：他要做爸爸了。

事实上，直到现在，他们都未对昨天傍晚的那场亲热做过任何交谈。产检排队不长，丁宁却在里头耽搁了很久，出来后就给肖姨和河山分别打电话，说各方面都还行，就是胎位方向还不到位，医生指导了她一套矫正操，需要连着做一周云云。她没有专门跟王桑讲这些。

从医院一出来，穆沧便自动走到前面带路，端正的步子带着小小的弹性。

"每次产检完，河山都带我们歇个脚。这里有家穆沧特别喜欢的蛋糕店。"丁宁想起什么，突然笑起来，"刚才闹个笑话。我真算这儿的老熟脸了，医生护士都以为穆沧是我家属。虽则你头发白点儿，沧稍胖点儿，外人乍一看还是挺像。刚才小护士先在队伍里看见穆沧，隔会儿又在长椅上看到你好好的坐着。把她给吓的，以为自己不是眼睛出问题了就是脑子出问题了。好玩吧？"

这是责怪他陪伴太少吧，这是事实。今天能说出来，是个好的迹象。他们之间实在是太客气了。

"晓得河山为什么总带着穆沧？包括到我生产那天，也要让穆沧过来，说这样宝宝一落地他就能看到。河山的心思，就是想让沧参与所有过程，让他跟宝宝互相培养感情，这样等将来沧老了，我们几个包括河山也都老了，可不就是要靠宝宝来照料穆沧嘛。我是真的佩服河山，别看她整天没个正形，可她各方面都上心，比你爸还能管事儿。"

王桑完全同意河山的想法。他再次感到自己被排除在外，女人们真是有个联盟吗？

穆沧的黑森林蛋糕先到，他克制地盯着，等他们点的都上齐了，方发动开吃。丁宁疲劳地向后靠着，没动她那份。三角长条的抹茶戚风，大杯牛奶，邻座一对情侣正贴着脑袋细语，做旧设计的绿车厢座，丁宁与他并排而坐。不大适宜地，王桑想起了那些旧日故事。

看穆沧吃罢，嘴巴闲下来了，问他："还记得吗，以前跟你聊过我和女朋友的事？"

穆沧是谁啊，想让他不记得才难呢。他顿了半秒，用这半秒在脑子里快速调取，然后以他固有的语调开始了："你教她、学自行车……"

那时两人还处于暧昧期，丁宁也是又笨又胆小，学了三四天，还要王桑护卫，还不停摔到他身上怀里。那几天的肢体接触，于二人之间，实在前所未有。穆沧干巴巴地只讲了这前一部分，实际上，还有后续。两人在一起后，有次因小事生气，丁宁说，我讲个笑话，但你不许笑。其实，我小学三年级就开始，天天骑自行车上学。

王桑对穆沧补充了这一段，一边用余光看丁宁，看到她把牛奶杯送到嘴边，听到她啜吸吞咽，看到她挖起小半勺抹茶。咦，王桑突然发现，她手上的婚戒不在了？对，她说过一次，太紧，取下了，他当时没太在意。此刻突然感觉很糟。穆沧仍然在机械、毫无韵致地复述，现在说到的，是两人头一次共度中秋，他们跑到行知楼顶楼看月亮，那晚天色阴昏，月亮也很黯淡。王桑发挥他的酸才子特长，偏把那一片朦胧给说成是最高级的东方之美，说是特意为他们两个所呈现的，对人生要义的某种隐喻。

王桑看他的杯底，少许残留的茶渍似又重现出那晚的天色。他把头侧过去，把视线往上挪。看到丁宁的脸了，无声但密集的泪水，暴雨般冲刷着尘灰累累的婚姻。她仍在喝牛奶，间或用小勺子往嘴里递送抹茶蛋糕，让自己胖大的身体更胖大。她始终没有接话。

2

青山堂画作拍卖会的筹备相当顺利。在河山那魔鬼般的游说下，王桑不仅放下了任何心理包袱，并且深以为然地觉得，这是独一无二且广开源路的大善举，进展顺利的话，下一步说不定真能惠及昆曲，把他和木良的各种想法付诸实现。一役战，数功成。

展出作品，除了青山堂画室所精选出的九位病友四十幅作品，还有阿美妈妈牵头的一部分。她从跟河山相识，就是此事的头号鼓动者，其热情比起河山更有过之，算是把多年的痛苦转换成振作的劳作。她的朋友圈里差不多全是躁郁症患者之家，各个地方一传，青岛、上海、昆明、天津正也有类似的绘画治疗法，也想一并参与，于是增加了外地病友的三十幅作品。

艺术、疾患、财富、情怀，冷热荤素向外头一举端出来，简直任督全通，尤其新媒体，来劲得不得了，都主动跑来帮着发预告，把青山堂画作做成视频，商界精英、艺术家名流还有心理学家们也纷纷出来，侃侃而谈发表高见，这里还没启动呢，先自热红了半边天。搞得王桑还真是有点感动。人如果真的做起事情来，还是众人拾柴，助添其焰的。心里也赞服河山，别看前面办公司各种的不顺溜，可这个点子，牛的。

万没想到，恰恰是河山这里出了点问题。

离拍卖展只有一周时间了，这天王桑正在下面看现场，想把拍卖区搞成时髦一点的T字形，以便于在两侧安排举牌竞拍。发现河山不知打哪儿冒出来，脚步磨蹭着走近。

开口倒算镇定，拿自己开涮："我这人身上，肯定有个特别的基因，搞砸的基因。随便什么事，搞一个砸一个，肯定的。"王桑这时还没太在意，带她往计划中的T字区那边走，有几处设计是她原先提议的。她口中不断地在骂自己："你说我，真是一脸放荡样子，一看就不正经，就算正经人跟我做正经事，也会给沾染上，成了不正经的人？"王桑忙摇头，这才知道，她真碰到麻烦了。

"屁咧。你要是没有失忆症，你自己想，我第一次跟你套近乎，说想做个艺培师生联展，你突然一个急刹简直要撞到马路牙子。第二次我直接上门谈，带着那么多画，多重啊你知道。你不也一口回死掉的，还说什么反作用力。你们他妈的一个个有私心杂念能怪我吗？"

王桑没有辩解，她说的是事实。他头一次反过来想象她的处境，多少事情是因为美貌而被接纳，又因为同样的原因而被回绝。人们一想到美人，就会想到她们必然处处都占大便宜，实际上肯定有相反的情况，也许概率还更大。利欲交换场上的取舍很微妙，尤其是那些更具野心、更加谨慎的权力者，他们一定会避开她的。

她又冲以王桑为代表的男人们发了一通火，最终才说出原委：是老金，他要退出了。

王桑一听，背后也立时起汗了。老金是河山手里最大一张牌，其余那些中小型恩主，都算是循着他的名头而来。为甚要退出呢？老金没有给河山解释。可谢老师替她打听到了，老金正在争取进入下一届的地方人大，算是舆论上的要紧关头，故而这时际的老金，就不想冒险与河山打交道了。

那小女人可了不得。嗳，你懂的，孤儿嘛，从小出来混的。最早跟的那位爱心妈妈，一查，路子可野了，多少人给栽在她手里。尤其她这个拍卖，怪怪的，要不是她嘴巴巧，一般人恐怕都要说得拧舌头：什么青山堂画室，谁不知道那是神经病医院。啥艺术疗法，不就是给他们打发时间的吗？爱心项目太多了，排着队等我挑呢。她这路子，不敢碰，别把我给粘上了。

谢老师打听得很详细。河山活灵活现学了一通舌，声音也哑得像个老男人。王桑这时已经把她带到楼上办公室了。她摸出烟，捏捏空盒子，作罢。接过水，猛喝几大口。有沙发，她不坐，抱膝盖蹲在地上。

"其实这种事情，碰得多了。有图我好看的，有嫌我好看的。刚毕业，做宝妈胎教，有次为争取进一个社区做宣传，你真不晓得，就那个社区管理员，浑身烟灰的半老头，突然就把我拉到里间，一下子长出十只手，在我全身上下到处摸弄。我想你弄就弄吧，就当可怜老人了。可他一出来外间就翻脸了，反咬我一口，说我这胎教，一看就手续不齐，别想着混进小区来骗业主的钱。还有一回，我兴头头去面试

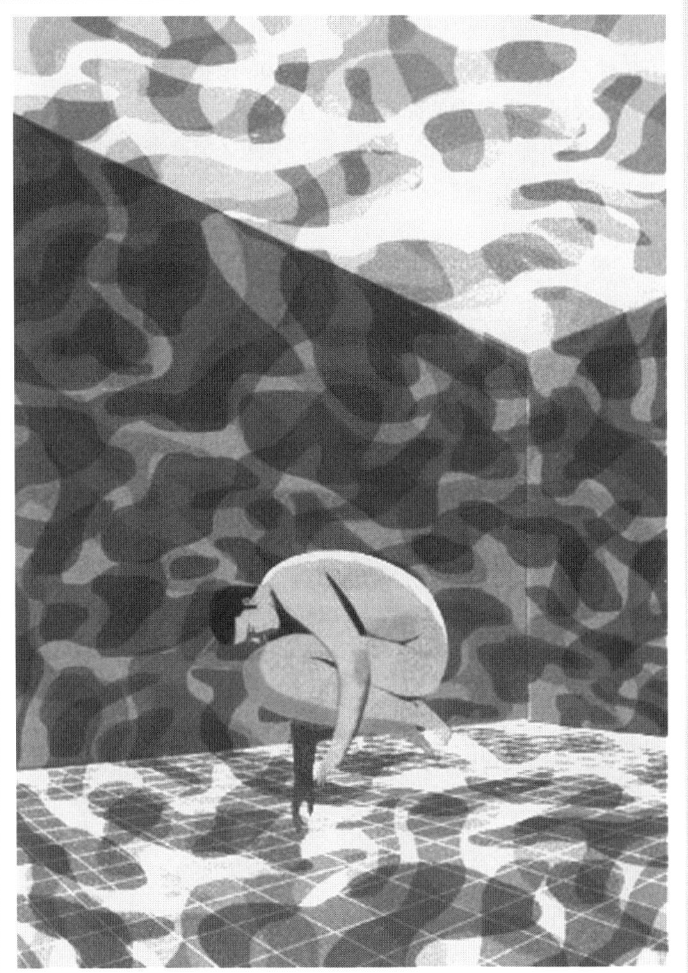

一个化妆品的地区代理，我想凭我这长相，凭我这看人说话看碟下菜的，做化妆品一定赚。果然，第一轮面试后，面试官就联络我了，约出来见面。那小家伙是海归哦，长得挺讨喜，聊得挺愉快，晚上就一起了。可你知道吗，就在下一轮面试中，仗着他是主考，非常迅速的，用两个绝对责难的问题把我给刷了。他后来找我解释，甚至还推荐我到一个香水公司。说没别的原因，就是怕有人怀疑他，而他确实又干了。就这样的。"她嘴唇皮干了，碎皮翘起来。她粗鲁撕下，上唇立刻渗出一丝血。

可能因为他已放下了对河山的臆念，已不像上次那样愤怒了。但是更疼痛，更绝望。他竭力地试图理解，去消化河山对身体与性的态度。她的随意无法轻易评判——她的随意就是随意本身，是欢愉和苟安的本质，是对他人也是对自己的怜悯，甚至还夹杂一种助人为乐的天性，用自己的乳房和亲吻去抚慰他们，这几乎叫王桑联想到沈红莲的晚景……残酷的部分在于，整个外部世界，她并无所谓的那些性对象，任何占有过她的男人，永远都会从"权力""交换"之类的角度去考察，伪善地，压榨地，享用地，然后拍一拍手撂开。他们始终都不曾真正留意她这个人本身。

从没这么强烈地感到他整个语言系统的简陋，该说什么，该如何去说。此刻这蹲着的、疲惫的河山，叫他敬让，叫他怜惜，却完全无处下手。她如此强硬地逐浪随波，制造并藐视自己的所有创口，听凭肉身流离，以此对人间奉上注定要被践踏的献祭。他只是一个平庸之吏，远没有去护佑她的能力。她应当得到一份透明无邪的爱慕，穿过所有恶欲与污烂，给她以宽广宁静的陪伴。

"老金撤就撤吧。我就活该的，该是个花瓶、摆设、小把件。说来也真逗，从头到尾，也就穆老爹一个看得起我，多少年的肉包子打狗，被我东一榔头西一棒的败……可真逗，太逗了。"她一迭声地"真逗"，哽咽着自嘲，眼泪水直冒，她手背往两边揩，嘴角咧得难看了。

听她提到父亲，忽一下想到谢老师，王桑心中一动。

谢老师最近特别用功地奔忙于父亲所托，每隔一阵就跟王桑讲他操办吉祥基金会的进展。虽不是公募性质，还是有一大套程序要走。原始基金盘、民政登记、理事会、章程什么的。他经常发很长的语音给王桑，或者忙里偷空，跨着摩托车过来聊几句，兴奋得气喘吁吁。

兴奋什么呢？他说，原来不太了解这个，此番稍作深入，才觉得有总如此处置毕生的家当心血，实在是，怎么讲呢，是特别"有总"的一个路数。绝对的，比直接传给他们几个，要好玩得多，也厉害得多。

本质上说，还是有总的那一套滑轮原理，通过方向与力量的若干组合递进，最终达成更高的综合功效。当然这要看河山的本事，看他这个幕后军师的本事，还得看理事会的本事——作为发起人，谢老师是老实不客气把自己定位为秘书长了，理事会成员可以有三分之一为捐赠者家属或亲友，不顾王桑反对，也拉了他进去。别的那些成员，王桑不太熟，据谢老师讲，他是用"有总的眼光"选的——如果他们这帮子人足够能干，不仅可以对原始基金做增值运作，使得钱再生钱，还可以自己开发公益项目，慈善再生慈善，项目再生项目。要是一帮没本事的狗熊呢，就靠利息和管理费维持基本运转,左手接善款,右手捐善款,也行。总之,弹性极大,可上青云,可伏草根。

"你看看,有总真是太厉害了,太妙了……没有人能够想到这么远。"谢老师是佩服死了的口气。王桑倒是觉得不足为奇,这些丝丝入扣的算计,本就是父亲骨子里的天性,是他的本能运转和顺势而为罢了。

他心里真正所感触的,是从头到尾,父亲这个奔向死亡的漫长过程,无论是怒气冲冲地争取着名声、血脉与孙儿,或是又打雷又闪电地算计他财产的去留,或是颠来倒去地回忆他与何吉祥的恩与罪,其实都是在盘算和考虑他的死亡,一直到昏迷,到他寂静无声地躺在薄被子之下,仍在手脚并用、一寸一缕地攀爬他的死亡之峰。

王桑直到现在才慢慢回味出来,正是伴随着父亲这一路的死亡,他才真正感受到穆有衡的生之历程,而这种伴随,不觉中又在他自己身上形成各种各样的投射与体察。关于怯弱,怯弱中的激起,关于隔阂,以及隔阂中的爱,对某样事物的纵身投入,关于做事成事的起伏不测,关于物质与非物质,关于先人与后人。父亲所经过的人生,他仍在经历,他意识到自己是"一个儿子",同时,他要做"一个父亲",这最原始不过的血缘关系仿佛包含天地大义,一代又一代人生死相连,一脉流传,浩浩荡荡……

他没有跟谢老师说这些虚头巴脑的,谢老师可要忙各种结结实实的事。尤其是最近,他刚刚搞定"吉祥某某基金会"中的这个"某某",也即将来的公益方向。搞什么呢,谢老师实事求是,咱们这个基金会,跟外头一比,实在是小巫中的小小巫,大家也不要贪大求高的,最好像有总那样,做些眼见为实的好人好事。他随即用稍许神秘的口气,提到有总的追加遗嘱。记得吗,他说过他帮一个老婆婆坐飞机,为什么帮?琢磨琢磨,这有点意思的。试问,哪个人不想飞,整个人类都想飞啊,飞到天上不说,还要飞到太空,飞到宇宙。这是什么,可不就是梦想吗?别以为有总是随口提的,这其实是他的一个信号和指令,我看,不如就叫……"梦想基金会"怎样?听来可能有点俗气。可咱们有总,啥时不俗气过?你们想想,他以前还专门玩过神仙佬儿突然降临的把戏。包括给穆沧征友时,他也交代了,要一个个地问,假如有钱了想做什么,听听,这就是有总最关切的事情……谢老师爽朗而笑,那种最有发言权的笑。这样一来,咱们基金会的涵盖面就比较灵活了,可锦上花,可雪中炭,通过不同的分支项目来实现……此计一定,谢老师只用两天半就走完程序。

也就是说,吉祥梦想基金会实际上已正经成立,只等一个吉日对外宣布、开门纳善。不正巧嘛,借着青山堂画室义拍一起做,多漂亮。甚至可以说,哪怕就是为了这个基金会成立,特地张罗一个慈善活动也是应当的呀。

王桑把这主意跟河山摊开来细讲:"义拍现在这么火,我还不乐意把风头给老金呢,他退得好,正好吉祥梦想基金来接手。我们先宣布穆有衡的财产全额捐赠,吉祥梦想基金会就此亮相,随后领衔搞慈善拍卖——我敢保证,谢老师要乐坏了。你不是怕梦想基金小里小气嘛,有这青山堂义拍作为第一宗项目,调子绝对很高了。看到没,不仅没砸,还是天大的利好。"

"……我也想过这一招。可是,你想,

如果不是穆老爹正好走了，指定了这基金会，谁来替我托底？天下哪有这样这么好的托底？"河山非但没给劝住，反而哭得更凶，"多想把穆老爹给揪回来问问，他真觉着我能行吗？还是只因为以前那些破事情。我最讨厌当可怜虫，一步步都靠施舍，我真的是被施舍够了……"越发的绝望，"吉祥，多好的名字，正经八百的基金会，穆老爹一辈子的金银财宝。等着看吧，所有好东西都会被我搞砸的。"她越蹲越低，像被什么大东西给压住，压得狠了，无法动弹。

王桑由着她哭。这场痛哭也许早就该发作出来，医院的那个清晨，父亲的追加遗嘱播放出来，所有财产都被指认到她头上，以生父吉祥之名……从那个时候，她就被这庞大的信任和托付给压坏了。新鲜的痛苦，老的痛苦，摞在一起，即便她已铁血独行这么多年，也是吃不消的。

王桑还记得，在那个守灵夜的终了，早晨六点还不到，通知要把逝者移至太平间。谢老师和丁宁皆在熟睡之中，肖姨还没来。他们谁也没惊扰，两个人送了父亲最后一程。

蓝色屏风后面的几筐大冰块已经融化殆尽，整个区域带着湿漉漉的凉意，像突然踏入初冬的野地。从头覆到脚的白色床单，起伏不大，略带阴影，眯眼看去，像被水雾气笼罩的微观平原。王桑身上短衣薄衫，忍不住打一个寒噤，鼻头都有些红了，流下清涕。河山从边上轻轻拍他："这下子，我们一样，都成孤儿了。可怜的老穆沧。"王桑忽觉一暖，觉得河山这脱口而出的安慰里，也流露出她本人的惜别之意，她在父亲这里，多少也是有过被佑之感的吧。

她此刻的大哭里，可能也有这个意义上的追念吧。王桑递去纸巾，不打算说什么了。痛苦从来都是这样，没法靠大哭一场去彻底清算，万象更新。哭吧，然后继续承受。

等她稍许平静下来，王桑索性跟她谈起具体事务来，是不错的消息："木良那边有几个老戏迷，下南洋、去澳洲的，人在国外养老了，可还念着这边，他们会委托连线举牌，这也算一个媒体点。还有位大领导，301，想请他来为这次义拍站台，属于他的分管，估计有希望。他一露面，举牌的热度和力度，更不用担心了。我甚至觉得，那老金，回头一看这阵仗，悔大了，知道对你是误解了，恐怕还要上赶着来给吉祥梦想基金会捐款呢。你也别担心善款太多，木良那边可正搓着手，眼巴巴等着呢，我们的项目计划书，可都是现成的。"

河山听着，偶尔还在抽嗒，脑子却是一步没落："别老跟我昆曲不昆曲的，你可真是一个人都不放过，搞得沧都听起那玩意儿，算你有本事。"

"是昆曲有本事。我还打算请他到凹九看看现场呢，你正好陪陪他，没准昆曲把你也收了。"

"不行不行，那玩意儿嗯嗯啊啊的听得我浑身不耐，瞌睡虫立刻上身，每回都比他睡得还快。"

"嗳，你跟沧一起听睡前故事了？"王桑脱口而问，当然，他并没想到别的。

河山愣了一下，脸上闪过迷惑，随即抽抽鼻子，也有点发笑："这听起来是不是挺那个的，孤男寡女深更半夜的。最近不是奔来奔去的忙嘛，经常要起大早见人，我租屋那么远，就睡他客厅沙发了。没办法，只得也一起跟着，听你那劳什子昆曲了。不过小公子哥儿啊，我可跟你说清楚，一码归一码，不论为着谁或为什么事，要花吉祥梦想基金会的钱，可得走理事会一条条打分评估，咱得按规矩来。"能说什么呢，当然点头。他可太愿意看到这样认认真真的河山了。父亲看人不会错的，河山总有一天自己也会确认，她从来都不是可怜虫，她是壮丽河山。

3

谢老师打算把这边作为吉祥梦想基金会的办公场所，他拉着王桑四下指点，药草疗浴室改成贵宾接待室，客房和棋牌室打通了给财务上用，阳光房做会议室，以后就在这儿开理事会，将来有了荣誉，或者有人送锦旗，就挂四面墙上。谢老师开起玩笑："有总就喜欢这种土土的装饰！"

两人在书房呆了会儿，谢老师打开几个柜子抽屉，净是些雕花木盒，明黄衬里，大红绒布什么的，原先包裹纪念品和奖牌的。谢老师伤感地抒情："看，名与利都不在了，只遗下了它们的壳。虚无吧，肖姨还舍不得扔呢。"书房桌子上，还有一个台历搁着，王桑凑近去看，上面划写着乱糟糟的字迹，随即注意到，这是一九九五年的。"那可是我是搬纸箱下楼时，偷了一本揣在怀里的。"王桑翻看了几页，辨认。赵妻手术6号下午。订红木？台湾老陶、中医（重要）。全面实行双休，休闲项目！语焉不详，有的打了五角星，有的写了又划掉。"要吗，给你做个纪念。"王桑想了想，摇头。

"那正好，我就给河山留着，这里给她当办公室，就当是有总的'传帮带'吧。最好，她也弄这么一本老式日历搁着，继续翻下去，嘿嘿，利是大发！你下次再过来，这里肯定会重新铺排得满满当当！"谢老师这会儿可一点不虚无了，复归良相重臣，一番要搞大事业的语气。

最后，他们还是回到客厅，阿难造像边上，收拾出一个红木高案，父亲的相片就放在上面。"这里，就都不动了。"谢老师小声说。王桑扫视一圈，灰皮沙发、木茶几、窗台、花架、紫水晶隔断、假墙、看不见的保险箱。

衣衫不整一身酒气，烂泥般躺倒在地。把手拢在耳边，说他能听到嘣嘣嘣钱在敲门。亲热地冲手机里称兄道弟，忽而嘎嘎假笑，道出一个龌龊的要挟。就某则艺术界丑闻，对王桑进行无情而精准的讽刺。拍打着沙发背，煞有介事评点政界的高层人事变动。与老松果气喘吁吁扔球取乐，腰部晃荡着衣褶似的皮肉。歪着嘴角压着笨重的相机，镜头冲着楼下的垃圾箱。半卧半坐，似醒似睡，似一片搁浅的扁舟。愤然而娴熟地摇动轮椅，推动那一堆咯咯作响的老骨骼……一边勾勒，一边散落，如灰如沙如雾，浓墨渐淡中消弥。

谢老师默然站着，好一会儿才搓搓手："我也是，总能看到他歪坐在这里，下巴冲茶几上一抬，不耐烦地冲我发号施令……"谢老师这样，简直叫王桑想到《九莲灯》里那位义仆老苍头，虽不至为主人闯阴府下地狱，可这股子视死如生的劲儿，也差不离。有时一个再简单不过的小事，谢老师仍会拿父亲的眼光来比划，左右手互搏一通。比如基金会的牌子，有总会喜欢老式镀金铜牌，还是都会气派的白金镀铬。比如注册日期，要不要择个黄道吉日、去拜拜香？他到底还是有点小迷信，那时家里还没设佛龛，每到下面公司开张或是新项目上马，前一天他必要悄悄跑一趟栖霞寺。欧阳夫妇的二女婿也想加入基金会理事会，要不要念这个旧？其实有总经常六亲不认的，反而对生人会突生柔情……

每到抉择不下之时，谢老师便会给王桑呱啦呱啦讲些旧事，以寻求意见。虽是琐琐碎碎的，王桑还蛮乐意听的，脑子里那些疏空的轮廓，就此添了血肉。谢老师呢，显然也有点借题发挥，他享受这些独有的记忆，也享受由他来这样讲述和定义："他这人，忽冷忽热，亦新亦旧的，替他办事，可真遭罪。放心，也就私下跟你讲讲的。等我将来写出来的有总、河山、丁宁，包括你，绝对都是另外的样子，连你们自己都认不出，哈哈。等着吧，等忙完这一票，我就要正式开写了。"

4

301出场讲话之后，义拍正式开始之前，请木良的剧团来了一段折子戏。

其实只是暖场的意思，可木良还是像宝钗给贾母点戏似的，想着要热闹喜庆，又想到座中客，半为商贾，半为文艺名流，场面上最好能有些大的开合，又不能失了雅致清隽。更何况，那几家直播平台的流量，数字太大了，瞧着怪吓人的，比他过去十年来各处"送演上门"的总人数，还翻出百十倍的跟头，正是他最渴望的"满坑满谷"的人哪。他思虑重重地跟王桑商量了好几回，最终还是王桑让他放松些，不要做一役功成之想，就来个熟脸熟戏、生旦各半的《琴挑》正好。

静场定音、弦动丝行之后，木良悄悄隐在台侧幕后，两道幕布间的拐弯缝儿里，能看到一大半的台下观众。木良满足地，轻声地说："我最喜欢站这里了。"王桑便也陪着他立在幕畔，往台下觑看。

舞台素简，离观众池很近，开幕大亮、渐暗转场，其光亮便直接投映到座中，光影闪动，节奏徐缓的古奥唱辞中，人在看昆，昆也在看人。这些悬浮在舞台暗光下的面孔，稍带一点茫然与失魂之态，尤其到精微之处，他们拉直的视线有如箭矢，密密地向舞台中央发射而去，紧紧勾连着台上台下，浑然一体为庞然大物，在无边际的时间浪涛中，起伏飘摇，如鲲如鹏。

木良突然用手肘顶顶王桑，他那双略微吊起来的老目猛然撑得大而圆："还真的睡着了，戏这才开始呀。"王桑顺他眼睛看下去，睡觉的人很好找，就坐在第二排最左边头一个位置。那是河山。脑袋上刘海搭散着，正倚着身边人的肩膀，嘴角微张，双目合拢，睡得熟乎乎的。台上幽光在她脸上明灭，像是祖先的炉火跳跃。也难怪她，这些时日，连日的疲劳加焦虑，此际大幕拉开，只能礼貌枯坐，而慢悠悠的水磨腔一起，她听不懂也耐不得，能不睡去吗？打个盹也好，她的大戏还在后面呢。可她这，是倚着谁呢？

王桑当然一眼就看到了，可他有意慢慢地，把自己的眼光往边上拖，只见那人脸上笑微微的，稳坐如钟，把一只肩膀给牢牢端住，脸上朦胧着发呆，像在听他独个儿的睡前故事。他俩就那样无意识地依靠着，亦梦亦真，瞧着还挺合适。心里不觉想到谢老师快要开笔的书，嗯，等会儿跟他说说，最后要能这样结尾也不错。

2021年8月20日

[特约编辑：钟红明]

写作、财富与传承

——鲁敏《金色河流》读札

刘大先

因脑中风而半身瘫痪的商人穆有衡进入到人生晚境，辛苦一生积累的财富需要找到合适的传承与分配方式。他的长子穆沧患有自闭症，尽管年届四十依然如同不谙世事的儿童。次子王桑则是他早年过于强势的教育和规训的叛逆者，如今自我放逐式的由从政的道路转到文化展馆的闲职，从事自己喜欢的艺术事业。穆沧尚未婚配，王桑虽然同丁宁结婚八年了，但因父子交恶而刻意信奉丁克。现在的问题是，穆有衡面临着无人继承的境况。因而他让助手谢老师请人做了公证，立下遗嘱，如果到他去世尚没有孙辈出生，那么所有财产都将全部捐赠。

鲁敏在《金色河流》中设定的这个冲突颇具戏剧性。在接下来的进展中，谢老师一边帮助穆沧相亲，一边推进王桑丁宁夫妇加紧备孕，这个中间还出现了另外一个重要人物，即穆有衡资助多年的孤女河山。后来我们发现，河山可能正是穆有衡早年挚友何吉祥的女儿。这些情节表面上类似电视台黄金时间播放的家庭伦理通俗剧，既有着几乎在所有时代都存在着的代际冲突与和解、道德自审与救赎的内容，又有着我们时代最为醒目的资本与金钱的话题，让人一言难尽。

我用了大约两整天的时间读完《金色河流》，然后一周也没有想到该如何对它进行评价：它开放了许多进入的门径，但每一条道路都不足以概括它完整的风貌；它直观上会让你感到非常具备"文学性"，却无法采用各种现成的理论话语去框定；它显然有着勾勒现实的企图，但又并非正面描摹，毋宁说它是通过一个高度浓缩的商人家庭故事探讨溢出于具体现象的观念性主题。这一切让它没有成为一个通俗剧，而文本丰润且富于象征意味，触及到当代长篇小说技术和内容的探索、边界和内涵的拓展，必须采用一种横向剖析的方式才能展开它的多重褶皱与肌理。

写作与现实

就叙述所带来的直观感受来说，《金色河流》的结构是顺序式的板块联结，每一章都围绕两到三个人物展开不同的场景，淡化外部描写而交织现实与回忆，出现了大量的第三人称直接引语，也即心理分析和自我反思占据极为重要的篇幅。其中首先出现并且成为整个小说隐形框架的是"写作"以及对于"写作"的认知与自反式讨论。

小说的开篇章节"红皮本子"，写的就是谢老师面对躺在床上的穆有衡（有总）的心理活动。这位谢老师早先是小有名气的报社记者，因为采访穆有衡厂里童工瞎眼事件，被穆走动关系而至无法在新闻界存身，失业后被穆雇佣。他也正好想藉此机会收集穆有衡的材料，以便写出特稿，将他扳倒。谢老师多年来不断在红皮本子上记录收集到的材料、经历的事件、构思的灵感，没有想到这一来，就干了二十二年，随着对穆有衡公事私事的介入愈深，他对自己的角色和写作的意义也开始产生了疑惑："他到底算是有总的什么？小跟班，秘书，私人管家，恩仇交关，半生卧底，酒友，老哥儿们。也无所谓了……时间就是所有关系的总和。"二十多年的时间，凝聚着穆有衡从下岗工人创业到成为集团性企业老总的全过程，这也是中国改革开放以来最为蓬勃混乱，也充满奋斗与活力的过程。"红皮本子"因而具有了象征意味，成为一代人、一段当代历史的见证物，而谢老师则主观上希望自己成为见证性的书写者。

谢老师的书写构思在叙述的进程中不断变易刷新。他"最早的认识论，还带着卧薪尝胆的负气，满脑子想的，都是做揭秘黑史的'备忘'"，立意写出金钱的原罪史（思路一）。这是有着朴素正义观念的记者持有的那种带有普遍话语逻辑的思路。确切地说，这个思路并不是作为个体的书写者的独立思考，而是在特定话语（类似由《雅典的泰门》所刻画的那种金钱罪恶观或者经典马克思主义批判的金钱拜物教与资本原罪论）中形成的思维模式。更主要的是，那个时候他还是一种旁观与审视的视角。

"时至今日，他对黑色的想法变了，没有什么非白即黑的那一套，最多是灰不溜丢吧，一种混沌的灰，是洁净的藏污纳垢与包容万象，是原罪的肥沃大地与鲜花怒放。这些年，谢老师一直留意这方面的业界动态，做奶业的，做运动品牌的，做电器的，做房产的，都是打通政商二脉的奇才，哪个没摔过大跟头，没破过产，没坐过牢，搞个几沉几浮的，完了哐当一声，就不知落到哪儿去了。相比之下，穆有衡的体量还是小了些，沉浮上也简直小儿科了。他一度也想过，要不要把穆有衡给典型化？东一鼻子西一眼，写这一类的他，集大成的他，三生三世的他，诸缘诸孽诸法都加之于他，写成那种宏大、复杂、时代之子（思路二）？"这是一种带有"原型"色彩的设想，穆有衡在这种思路里成为某种典型人物，聚集了一个时代的复杂性。但是，因为谢老师这么多年来亲身参与了穆有衡的各种事件，"早先那些屈辱的恨意里，已多少包裹些了服气、搞笑、理解等中性的感受。尤其最近，时常觉得，在那些突然中断、走神的短暂时刻里，有总身上还多出来一种梦幻泡影般的沉痛，那沉痛里，带有暗黑的深长阴影，叫谢老师深感陌生，也感到敬畏。这些复杂的感受，使他更加的，只想写这一个有总。""有总这边所有的料，不管红的黑的还是灰的，谢老师差不多都是参与具体执行的那个人，绝对结结实实的一手货。真实，算他谢老师的命本，也是硬通货，就为了这亲历亲为的真，他从三十而立死死咬到年近半百，并打算咬到穆有衡的终点，怎能半道松口呢。所以，就这么着吧，只写穆有衡其人其事，其真人真事，才不写狗屁集大成的时代之子呢。"

这是一个意味深长的转变，意味着随着视角从客位转向主位、从类型转向了个体。"二十年的晨昏日常，同进共退，早不是零度的职业观察者了，已不知不觉地融在一起，眼盲症一般，对有总的一切皆是熟视无睹了。""这些年，由远，而近，而琐屑日常，虽说不上多么深入的体恤，可他确实与他们消融在一起了。喜哀冷暖进退，俨然是连体的。他喜欢他们，包括他们的拧巴、玩花招、走回头路，变得怂，变得狠，他都愿意去理解和支持他们——而不是轻佻地去'写'他们。"成为一个"局内人"之后，深度的参与使得谢老师更深刻地领悟了时代与人物内部的泥沙俱下与和光同尘，再也无法自外于将要书写的对象之外。尤其是当他在涉入穆家儿女与河山身世的时候，那些一度作为客体存在的人获得了圆融饱满的素质，谢老师不得不将眼光转向于对具体的人的观照，产生了第三个思路：穆有衡和他的儿女们。

一旦写到具体的人，因为牵涉自己有意无意地介入与推动，那么就存在一个写作上的伦理问题，即是否可以出卖他人与自己的隐私。另外，还有一个问题，那就是"非虚构"的麻烦是"没法把握人物的变动，他们像骰子一样没个准，一会儿大点，一会小点"。这让他谢老师又萌生了第四个思路，创作一个热门IP："财富、死亡、兄弟、背叛、遗嘱、傻子、孕妇、孤儿、失败者……虚构成无影无形的生产力，沉重往事化作春风扑面而来，原罪与救赎并作花朵枝头乱摇。"只是这个思路会将穆家和自己都工具化为商业元素，因而也不是最佳的选择。直到穆有衡最终去世，谢老师也并没有确定好写作的思路。

　　站在谢老师的角度，整个小说中的情节起承转合，都可以视为一个写作活动的酝酿与构思过程。作为见证人与参与者，谢老师是穆有衡所代表的时代与社会的剧中人，自己能否书写自己，如何将身处其中的现实对象化，鲁敏通过复调式的叙述呈现了虚构与非虚构的交叉养成之道。从这个意义上来说，《金色河流》首先是一部自反的元叙事。

财富与道德

　　如果说写作是《金色河流》的隐性主题，那么对于财富与道德则构成了小说的显性主题，事实上这个从有私人财产以来就产生出来的文学母题，是情节的基本推动力。穆有衡晦暗不明的发迹前史，积累了财富之后的慈善行为，以及当下的财产分配；王桑出于对金钱压力的逆反而寄情于没落的昆曲，而他所鄙视的金钱却又是艺术所不可或缺的支撑；河山在孤儿院的成长中很早就认识到金钱的重要，在接受穆有衡捐助时就做好了交换的准备……所有的一切都关乎金钱从哪里来，然后又往哪里去这样的基本线索。

　　现代小说的传统中，金钱时常作为道德的对立面而存在，它导致人性的扭曲、道义的丧失、情感的异化、家庭的悲剧。这种二元模式彰显了人文主义基本的伦理立场，指向于超越世俗层面的崇高与德性，即便在以日常生活为名的市民书写（比如从张爱玲到90年代的新写实小说）中，金钱不再是罪恶的渊薮，但多少还被暗指为困厄的原因与苦恼的源头。《金色河流》在这一点上有所推进，具备了重新认识财富意义的价值，这是它的当代性所在。

　　穆有衡那一代企业家在初兴而无序的市场经济潮流中打拼，有着某种"肮脏的生命力"。"他们这批小老板，大多白手起家，是斩草劈蛇的开路先锋，也是乱中取胜的野路子，三四十年冲杀下来，固然是吃了很多苦头、流了不少血汗，但毫无疑问，最肥厚的那一勺猪油都给挖到他们碗里了，有的碗大，有的碗小而已。"毫无疑问，鲁敏没有回避资本原始积累阶段可能存在的丑恶与阴暗，她将穆有衡的发迹处理为一个道德自审的故事：许多年前，南下创业有成的何吉祥突遭事故，将数额不菲的金钱与在南方的情人沈红莲及未出生的女儿托付给穆有衡，这造成了他的道德困境：某个瞬间他动念侵吞这笔钱，在陷入到天人交战中时，虽然主观上没有作为，客观上却耽搁了吉祥的治疗，以致于后者身死；同时，他总是疑心沈红莲并不忠诚于何吉祥，所谓遗腹女可能只是一个骗局，在这种自我麻痹与自我安慰中，将何吉祥的遗产挪作了自己发家的第一桶金。但穆有衡并非毫无良心之人——这从他对亡妻的深情可以看得出来，在道德压力驱使下，他开始寻找沈红莲母女，最终只是在孤儿院中找到河山，开始了长期的资助计划。

当穆有衡在弥留之际，通过录音回忆记录这些往事之时，带有陀思妥耶夫斯基般的自我审判意味。与这种困扰其一生的金钱与道德冲突相较，他在商场上不太正当的结交朋友、拉拢关系的手段与伎俩简直不值一提。鲁敏也淡化了金钱积累的过程细节，而集中于金钱的再次分配与心灵的挣扎，也就是说，叙述者在主客观两方面都不认为那些金钱是不道德的。这对于资本批判模式的小说而言，颇具症候意味。金钱在穆有衡那里只是作为一种客观物的存在，而没有自动携带上道德色彩，这是一种中正平和的态度，与子一代王桑的态度迥然有别。

王桑的形象对比有着"肮脏生命力"的穆有衡，显示出一种清洁的无力感。两人的价值观冲突中，叙述者明显倾向于穆有衡。"穆有衡，还有他那一拨子的发家兄弟，都在前赴后继地负着资本往每个方向理直气壮地压迫，且这种压迫总是有效，毫不费力地就纠结起各种力量和欲望，驱动着滚滚向前的日新月异——这想法听起来有点像革命与资本的阵营排异，其实也没那么高尚，实在是因为王桑吃的闷亏太多了，穆某的钱财，从一开始就是拖在他屁股后的尾巴，避之无法，脱之不开。人们实在太崇拜穆某的金钱，而金钱之强大万能，又足以转化为憎恨与批判，解构掉他作为儿子的一切价值。"王桑很清楚资本的逻辑笼罩在时代与社会之上，但他将自己的无能转嫁给了穆有衡金钱的压力，却是一种回避现实的逃离，正如他逃离到同样落寞、式微、几乎穷途末路的昆曲之中。这使得他缺乏主体性，成了一个自命清高的空心人，就像河山一针见血地指出的毛病："既劳不了心，也劳不了力，还瞧不上这，看不上那。"

同属于子一代，河山对于金钱的认识比王桑要清醒得多，她以一种几乎不择手段的方式去获得金钱以及金钱所带来的安全感与尊严感。因为她"是彻底的孤儿，她那套复杂的、贪婪又蛊惑人的作派，正是因为完全的孤立无援"——来自底层的经验生成了相应的生存方式，从而让高蹈的道德评判变得无效。将金钱与道德的关系表现得最为突出的是孤儿院的魏妈妈，她很能干，一方面"把残障孤儿们一鱼几吃，一手领国家的残障补贴，吃空头低保，另一手倒卖人头给劳务公司，帮企业签佣工合同减免税额，除开这些常规操作，她还替残病小孩开发出各种用处，搞车祸碰瓷，扮医闹，扮矿难家属，扮上访户子女什么的，效果极好。后来玩大了，又跟黑社会合作，搞起仙人跳什么的，去胁迫权力人物"；另一方面，"对小孩子还可以的，替他们买药看病，找工作，介绍对象"。这是一个为了生存不择手段的人物，善恶杂呈、美丑难辨，凸显出生活与人性本身的丰富与复杂。

因而问题聚焦到如何认识金钱：是将其作为目的与价值，还是作为手段与工具。王桑鄙视金钱，其背后的逻辑恰恰是将金钱当作了反抗的本体，实际上是缺乏现实感、不谙世事的幼稚。正如王维在《与魏居士书》中评价陶渊明："一惭之不忍，而终身惭乎？此亦人我攻中，忘大守小，不知其后之累也。"他困守在凹九空间想要复兴昆曲也只能求告申请基金，那种对父亲的叛逆并不能彰显自己的高洁，只是证明了他的虚无——设想出有某种纯粹的真空乌托邦，从而也屡次经受无能为力的耻辱。"艺术，这个被资本所供养的败家子，其最大的特点、最主要的诉求，就是骄傲地凌驾于一应的经济与商业之上，而资本呢，一面微笑地听凭来自忤逆之子变着花样的批判与消耗，一面还在变本加厉地勤奋滚动，以创造出更肥沃的金色根基。"艺术与资本的辩证法表明，它们彼此渗透，难以割裂。

相反，在魏妈妈、河山和穆有衡那里，金钱就是金钱，不过是一种客观的物质中介，所要抵达的是金钱背后的事物。所以，穆有衡订立遗嘱的立场和观念都很明确："假如这几个孩子，真经不住这点子事，那也没意思了，真不如把那些阿堵物给铺到大马路上去，给千人踩万人踏呢……想想这辈子经过的所有事，不管好孬，都不是我这个'人'在做主，而是'钱'。从来都是钱在后头装神弄鬼、兴风作浪。"他固然认识到金钱的重要性，但"钱在他，是个滑轮，他所扯上拉下的，所悬起和坠落的，是'别的'。那到底是什么，真还没看明白"。那个"别的"，正是金钱的功能与后果，可能正面也可能负面，关键在于如何去分配与使用。最终王桑在逐渐理解父亲的同时，得到了观念的成长："应当公正地看待金钱，像看待阳光和水。应当爱慕商业，崇拜经济规律，像爱慕春种秋收，崇拜季节流转。"当他把偏见放下的时候，也是金钱真正意义上发挥其积极意义的时候。

拆解金钱与道德的二元对立，并非为资本辩护，鲁敏在这里绕开了关于资本的价值判断，而进入到功能判断，是让主动权回归到金钱与道德的主体人那里。这是一种务实的现实主义，而不是脱离实际的浪漫主义，体现出由本体论到认识论的转型。

传承与赤子之心

写作的自我反思与金钱的认识论，都是含混而无法给出确定性标准的，《金色河流》中对于传承的理解却是确凿无疑的。"金色河流"的标题本身就给出了一个明喻，小说中好几处也点题表明了这种喻指。比如穆有衡在观看周围朋友旧交的全家福照片时发出的感慨："其实全家福差不多，都是一回事儿，所有人的好命歹命都混在一起。他们的孙子就是我们的，我们的票子也是他们的。全在大街上，像河一样，到处流……""什么你啊我啊，什么好命歹命，什么孙子和票子，都是像河一样，大街上到处流……"

这里面包含了两个层面的传承，一个层面是在面临死亡之际，对于繁衍的渴望（孙子），死生之事大矣，是人类及其文明绵延不绝生生不息的恒常普遍性；另一层面是遗产传承的思索（票子），这是关于金钱如何流传使用，是切中于当下现实的财富思考。在最终通达的领悟中，两者都并非固定不变的存在，而是河流一样不断流淌，生命与金钱也唯有在漂流不息中才能获得其赓续不断的生机，成为活的存在。

王桑所操持的昆曲的传承则以更直接的形式表明流动中的变化才是传承的根本。在传统的昆曲中加入声光电色，以便得到更多的关注与传播，固然会被抱残守缺者视为破坏传统、糟蹋国粹，但是，"其实哪有绝对的原汁原味，传送到每一代人手上，不都是其所在的当下此刻嘛。你对昆曲，这点信心没有吗。真正的好东西，自然经得住加汤掺水、插科打诨。"这种探讨是深入而恳切的，它导引出一种灵活的机动性认知。正如穆有衡在设立遗嘱时就明白的，"从来没有形式主义，形式到了，内容就随之有了"，而这个随着形式的变化而生的内容，也显然不会是胶柱鼓瑟的所谓"原生态"的内容。种瓜得豆、求仁得义，原本就是历史流转过程中的法则，认识到这一点才会豁然开朗，接受来自生命与金钱的变革。

而要在变化中不至于失却本真、荒腔走板，其核心要义在于流变不已、喧嚣嘈杂中葆有绝假纯真的赤子之心。穆沧与河山这两个看上去无论从形象、气质到性格都截然相反的人物，在这里就有其特殊的意义，他们几乎是维系整个小说的灵魂。

穆沧如同福克纳《喧哗与骚动》或者阿来《尘埃落定》中的白痴与傻子式的角色，他保持了一种童心，"不区分、不留恋、不占有，只继续保持他的自给自足"，有如大智若愚的圣人。河山则是他的反面，这个人物特别能够表现出我们时代文化中的形式与内容之间的辎辏。因为安全感的匮乏而过早成熟，不得不靠玩世不恭来掩饰脆弱，所以过的是一种表演性的生活："生下来就是大人，最多，我只演过小姑娘"。但这种表演包含着一种核心稳固的自我认同："你是在演，可你也是真心真意的"。这是一种超越了本质主义意义上的赤子之心，所以她可以对世俗中的龌龊和污秽如魏妈妈那样的行为抱着悲悯与同情，对寻找亲生母亲这种伦理关节并不特别在意，也没有执着于对金钱来路与去处的焦虑。她拥有着超出于常人的全新的世界观，与穆沧形成彼此的补充。穆沧的单纯与真诚，让河山升腾起护佑之心，因为她在他那里发现了敏感而又纯洁的内在自我。在帮助穆沧相亲的过程中，河山逐渐找回淹没在世俗中的本真，并且逐渐顺从命运的安排，也正是在她的参与中，穆家的遗产得到了最为有效的安排——成立了以她父亲命名的"吉祥梦想基金会"。

小说的结尾给所有枝蔓情节都做了近乎圆满的安排，穆有衡安然逝去，遗产得到合理去处，将会发挥更大的作用，帮到更多人；王桑与丁宁的婚姻困境虽然仍处于没有落地的开放式结局，但在孕育新生命的过程和昆曲的复兴演出中，他们都找到了真实的自我；河山与穆沧则在相依相偎中逐渐得到彼此的支撑。这种完形结构，显示出作者带有古典气质的理想主义。

唯独谢老师的写作依然没有找到落笔的基点，也许《金色河流》所呈现出来的寻觅过程就是写作的本然状态——小说的叙述者有时候与谢老师合而为一，有时候又彼此暌违，而无论合一还是分离，都体现了小说所要表达的传承与流变之间的纠缠。鲁敏曾经在一篇叫作《或有故事曾经发生》的中篇小说中，创作了一个关于写作、想象与人生、命运之间关系的寓言。她在那篇作品中提出了一个本质性的问题：写作是尊重生命本身的自主、神秘和本然，还是媚俗或媚雅的"创造"？但并没有给出答案。事实上，答案也确实无法由写作者给出，它埋藏在生活的过程之中。《金色河流》同样如此，当读者徜徉在它多重意蕴与叠加主题的叙事之中时，是在随着叙述者一起摸索时代与现实的进程。它表达当下的命题，又切合普遍的议题；刻画当代的人物，又蕴涵不变的人情；描绘社会的世态，又怀抱超然的理想。较之那些"正面强攻"现实的作品，《金色河流》复杂而开阔，具有林壑窅冥之势。

[特约编辑：钟红明]

角斗场的《图兰朵》

田浩江

角斗场的《图兰朵》

维罗纳是意大利的一个城市，城市不大，名声不小，据说罗密欧与朱丽叶著名的爱情悲剧就发生在这里。虽然"据说"是不是发生在维罗纳有争论，也挡不住每年好几百万世界各地的游客慕名而来。维罗纳人根据"据说"，在朱丽叶的故居盖出一个阳台，因为在莎士比亚的伟大戏剧《罗密欧与朱丽叶》中，有朱丽叶在阳台上倾听罗密欧深情示爱的情节。阳台周围的墙被多情的游客们用各种语言、各种笔迹写满了爱的誓言。阳台下朱丽叶铜像的右胸，也被无数人摸得锃亮，据说会为爱情带来好运。

维罗纳出名还有一个重要的原因，是这个城市每年夏季举办世界规模最大的露天歌剧节。演出场地是有千百年历史的古老竞技场，曾经是角斗士们相互拼杀和人兽大战的地方。这是一座完全用大石块堆砌而成的椭圆形露天建筑，巨大，能坐两万五千人。坐席至少有十层楼高，上面有几十个高大的拱门，夜晚灯光打上去极为壮观，每一个拱门都能让你感受到厚重的历史。在维罗纳城里，不管你在东南西北任何角度，都可以看到这个伟大的建筑，全城的人都以维罗纳歌剧节为骄傲。出租车的司机对正在演出的剧目绝对了如指掌，你一上车，他就会唠唠叨叨地告诉你这几天在演什么歌剧，谁指挥谁演唱，有什么花边新闻。

在这个大角斗场，歌剧演出的历史已有上百年。在维罗纳，每年夏天至少演出四五部歌剧，经常上演的有《蝴蝶夫人》（Madama Butterfly）、《阿依达》（Aida）、《托斯卡》（Tosca）、《图兰朵》（Turandot）等，一个夏天总共有几十场演出。所有歌剧的制作场面宏大，舞台的面积和观众的容量，都是世界之最。维罗纳露天歌剧节每个夏天的演出季，至少会吸引六七十万各国的观众，也吸引着世界范围的歌剧演唱家包括巨星们。能到这里参加这个歌剧节是一种荣誉。我一直渴望能在这里演出。

二〇〇三年的六月，我得到了在维罗纳演出的邀请，演出普契尼的歌剧《图兰朵》，全新的制作，一共六场演出。代价是，我必须放弃在纽约大都会的《图兰朵》，总计十一场的演出，损失不小。但能在维罗纳歌剧节首演的吸引力实在强烈，我决定放弃大都会的合同，也许人生只有一次维罗纳呢？

那年夏天是意大利几十年来最热的一个夏天。我和玛莎到维罗纳的时候，发现全城滚烫，白天城里几乎看不见人，所有人都躲进任何有冷气的地方。我们在舞台上的排练是晚上九点以后才开始，巨大的露天舞台被太阳烧烤了一天以后，地面烫得没法下脚。那是一种奇怪的热，皮肤已经热得快烧起来了，但是没汗，好像汗水还没有到达皮肤表面，就被蒸发了。我们只能等太阳下山以后开始走台，太阳好像总不想走，晚上八九点钟还挂在天上，大家只好在台上戴着墨镜排些独唱重唱的场景，等着天能黑下来，最好有点风，才开始排一些大场面。

维罗纳的舞台可能比正规的歌剧院舞台大四倍，演员阵容庞大，合唱队加群众演员至少上千人，所有人全部在台上时就像一个巨大的蜂巢，满台的"嗡嗡嗡嗡嗡嗡"。意大利人说话的位置都在脸上，声音集中明亮，还特别喜欢说话。尤其是合唱队员，都经过专业发声训练，说起话来声音明亮又有激情，是全世界最吵的合唱队。再加上乐队也大，是正规乐队编制的一倍，再加上舞蹈队、舞美团队、舞监团队、哑剧演员，所有人都参加合排的时候，台上少说也有两千人走来走去。"嗡嗡嗡嗡嗡嗡"。

导演是一个俄国人，不会意大利语，也不会英文，每天用俄文排练，他让我们叫他尤拉。尤拉大概和我差不多年纪，是苏联时期戏剧学院训练出来的，站在那里老是一副雄赳赳的样子。尤拉非常结实，浓眉大眼，说话嗓子嘶哑，有一种不由分说的霸气。他根本不管大家用什么语言沟通，上来就一串俄文。翻译是一个脸上皱纹很多，动作却很年轻的俄国女士，经常急得满脸通红，因尤拉说话粗声大气，不停顿，不喘气，她不知道什么时候能插进来翻译。我们总是带着一脑袋的问号在排练，弄不明白导演最想要什么。问号是各种语言的，我们演员中有美国人、韩国人、俄国人、意大利人、阿根廷人，还有我这个中国人。也许是天热，尤拉总是一身汗，满头满脸的花白乱糟糟，也不梳理，全部精力在排练和舞台布景上，每天像坦克一样冲进冲出去。

尤拉总让我联想起苏联战争电影里，一手举枪，一手握拳，带着战士们"乌拉"冲锋的政委。

我们的俄国翻译很棒，可以熟练地说好几国语言，俄文、英文、意大利文随意切换，还会讲些西班牙文。幸亏有她，我们可以感觉到"政委"真正想要的东西。第二天排练时，我已经和女翻译熟了，她曾在苏联时期的外交部工作，担任过首长们的口语翻译。她说跟我在一起工作有一种亲切的感觉，我问她为什么，她说在这些演员中，大概只有我能准确地理解导演。

《图兰朵》这部歌剧我太熟了，在美国和欧洲的歌剧院演过至少十几个不同制作的版本，两百多场的演出。每次跟新的导演合作，我总是特别感兴趣会有什么新的启发。

我的角色是铁木尔，一个双目失明颠沛流离的鞑靼老国王，丧失了家园和一切，在一个中国女奴的帮助下，历经磨难来到北京城，找寻失散的儿子卡拉夫王子的故事。中国女奴叫柳儿，在剧中从开始就照顾我、领着我，心中暗藏着对卡拉夫王子的爱。一直到第三幕柳儿和我即使遭受严刑拷打，也拒绝说出卡拉夫的名字，柳儿最后在冰冷的图兰朵公主和卡拉夫面前悲愤自尽。演柳儿的是一个意大利年轻的女高音米凯拉，我们以前就认识，在大都会一起唱过《阿依达》。

我们在一个闷热无比的小排练厅排戏，没有冷气，四周有几台电风扇。第一幕一开场，柳儿和铁木尔在北京城遇到失散的卡拉夫，导演尤拉希望我要做出戏剧性的动作。他的示范非常夸张，面部表情和手势都很大，"李尔王！李尔王！你要想象你就是莎士比亚里的李尔王，那种悲愤的表情和手势！眼睛睁大！"

第三幕，铁木尔和柳儿被卫兵押上场，冷酷的图兰朵下令拷打我们，逼着说出卡拉夫的名字。浑身汗迹的导演尤拉用嘶哑的嗓子先跟我们讲了一下走台的顺序，然后又叫来押送我和柳儿上场的四个演卫兵的意大利小伙子，开始排戏。

钢琴声起，我和柳儿被卫兵们押着上场，图兰朵正要命令拷打我们，只听尤拉对我和柳儿大喊："不行不行！你们这样演绝对不行！一点儿劲头都没有，你们是被押去挨打招供，你们绝不屈服，能这么演吗？不行不行不行！"我和柳儿困惑地互相看看，不知导演要我们怎么演。

只见满头花白都是汗珠的尤拉跑过来说："你们要像共产党员一样，共产党员！被押着走向刑场！你们挣扎，英勇不屈！像一个真正的共产党员！"他停了一下，把大拳头往上一举，用嘶哑的嗓子低声说了一句："英勇就义，明白了?!"翻译翻得声情并茂，柳儿听得一头雾水，演卫兵的意大利小伙子们一脸莫名其妙。一屋子人只有我懂尤拉，马上想起了洪常青。

于是我跟柳儿低声讲了几句，让她模仿我。我们再试一次的时候，我告诉两个抓着我胳膊的卫兵使点劲，因为我会做出挣扎的动作。钢琴声起，开始排戏。到我们出场的时候，我是昂首挺胸，一脸的大义凛然，想着大松树下的洪常青，一挣扎就冲了出去。

从李尔王到洪常青，自然过渡。

最高兴的是尤拉，过来就拥抱我。

第二天是在舞台上合排，从头排第一幕，我们一直等到天黑才开始。台上无数的灯光都亮了起来，把刚开始降低的温度又提升上去。台上到处是人，蚊子像雨一样在飞舞。我用目光丈量着舞台，思考着我出场的时候，怎么才能穿出合唱队，让观众能够看见。我在选择最适合演唱的几个点。

维罗纳的舞台是水泥做的，坚硬无比，由于舞台太大，走路的戏在这里要跑着演，跑慢了到不了既定位置，跑快了气喘吁吁没法歌唱，这需要你精确地计算步伐。由于我是一个经常被卫兵们按倒在地的沧桑老国王，我发现我的膝盖在这个水泥舞台上很快就磕破了。于是赶快跟舞台助理A讲我必须要有一副护膝，助理说："没问题，明天可以给你。"

第一幕快结束的时候，有一个场景是图兰朵公主出现在皇宫城墙上，做一个手势，让卫兵们带没有猜出谜语的波斯王子，去刑场砍头。所有人在求情，图兰朵公主不为所动。

尤拉在舞台上搭出一个巨大的中国城门，安排图兰朵公主出现在城门上，下面散布着一千多演员，什么姿势的都有，乱唱的也有，第一次排练，散漫的意大利演员们一片乱哄哄。

"停！停！停住！！"巨大的扩音器传出尤拉俄文的吼声。"停！停！停住！！"女翻译吼起意大利文，想让大家能安静下来。尤拉嘶哑的沙喉咙传出一长串的俄文，不停顿，也不喘气。我突然听到他说了一句："毛泽东！"

翻译的一长串意大利文中，也说出一句"毛泽东！"。

导演的意思是让大家想象在天安门见到毛泽东的感觉。可是你问这些二三十岁的意大利青年人，他们能知道多少过去几十年世界上发生过的事呢？他们了解中国吗？

过了两天还没人给我送护膝，膝盖已经痛得不敢往地上跪。我就换个人，跟舞监助理B说我实在需要护膝，那个小伙子赶快说没问题，明天一定给我。

每天排完练都是深夜，我和玛莎会在回旅馆的路上找一个冰激凌店坐坐。一整天让人头晕脑涨的酷热，在冰激凌里可以得到暂时的缓解，再加上意大利的冰激凌实在是世界一流。

我总是点那种没加牛奶没有糖的"瘦"冰激凌。也怪了，除了在意大利，任何国家都没有这种冰激凌。意大利文是：Senza latte, senza zucchero.（无奶无糖。）

我们的旅馆不错，古色古香，房间还有厨房让玛莎发挥厨艺，可以想象，我们开过好几次party了，玛莎做菜，请一堆演员来吃。意大利的菜市卖的青菜和肉都特别新鲜，而且大多是自然生长，有机蔬菜，菜有菜味儿肉有肉味儿，玛莎做饭的情绪大增。我们有很多朋友从不同的城市和国家来，也交了不少新朋友。玛莎在大街上认识了一对美国老夫妇，男士是费城大学的遗传学教授，玛莎的同行，还有不少互相都认识的科学家朋友，所以很谈得来。玛莎和这位老教授的友谊持续了很多年，一直到他去世。玛莎到费城去参加了老先生的葬礼，回来说那里一个人都不认识，也许他的家人在猜玛莎是不是教授曾经的秘密女友。

由于酷暑，所有人的房间整天开着冷气，否则根本受不了。那年夏天据说意大利热死了七百多人。可以想象旅馆的电费也惊人的贵，老板实在吃不消了。于是他会在半夜十二点以后偷偷地关上冷气，以为大家睡着就不用冷气了。可是在老板拉下冷气机的电闸后，用不了一分钟我就热醒，汗水马上就从胸部冒出来，根本无法入睡了。楼里会传来高声的抗议，不少人会半裸着出现在走廊，每个人都在找电闸，开动那该死的冷气机。

第五天舞台联排，仍然没有人给我护膝，我的膝盖已经肿起来，我简直愤怒了，揪住舞监助理C就大喊："我——需——要——护膝！问过你们两个人了，我膝盖要碎了！"舞监助理C惊恐地赶快道歉，连连说一定一定，明天一定会给我。第二天还是没人给我护膝。

两天以后是我们彩排，可以开始用化妆间了，我走进我的化妆间，一眼看到化妆台上面整齐地摆着三双护膝。

维罗纳的露天剧院有个规定，只要下雨，所有乐手和演员都可以去避雨，第二幕之前如果雨停了，所有人必须回来继续演出，如果第二幕开始雨还没停，演出就取消，演员会有酬劳，演出票不退款。我们排练的时候下过一两次小雨，哪怕天上就掉下来一滴雨，乐手们会立刻夹着乐器站起来，头也不回地走进剧院的咖啡厅，合唱队的人也会一哄而散，去咖啡厅或什么地方躲雨。

这个两万五千座的剧场，完全不用麦克风，演出绝对真唱。

每个歌唱家都希望自己的声音在这个巨大的剧场能传送出去。这是一个椭圆形的露天场地，音响效果出奇的好。只要你不紧张，不被这个大场地吓住，别撑你的声音，别乱使劲，每一个观众都会听到你的声音。

这次维罗纳歌剧节的《图兰朵》有两组演员，两个图兰朵，两个卡拉夫，两个柳儿，我的角色铁木尔只有我，跟两组主演分别演出。A组的卡拉夫是著名的阿根廷男高音何塞·库拉（José Cura），库拉声音很棒，音量很大，又传得非常远，戏也很好，人也不错，排起戏来非常认真。我的角色是他饱经风霜双目失明的老父，排戏时，库拉会非常动感情地在台上拉着我，前后照顾我，对于一个明星来说不容易。库拉是一个表演型的演员，在演出中全力以赴，会产生令人激动的效果。《今夜无人入睡》（Nessun Dorma）是男高音在《图兰朵》中最著名的咏叹调，高音唱到B，而且普契尼把这段咏叹调写得充满激情，非常戏剧化，唱好不容易。库拉在整个演出中能聪明地节约声音，把全部力量最后放进《今夜无人入睡》里爆发，高音唱得又响又长。

两万五千人鼓掌喝彩声绝对是滚雷般的震撼。库拉的《今夜无人入睡》最后一个音还没唱完，观众们已开始大声地叫好，不减弱不停顿加上跺脚，直到他把《今夜无人入睡》从头到尾再唱一遍！在我演过的两百多场《图兰朵》中，第一次有男高音重复演唱这首咏叹调。

B组的卡拉夫是一个年轻的英国男高音Z，大概三十多岁，在维罗纳的演出是他在意大利的首演。Z只演一场，只参加过两次在小排练厅的走台，没上过大舞台，没合过乐队，直接上台演出。Z大概有一米九，身材一流，形象一流，排起戏来也不错，但从来没有在排练中放声，所以我们都不知道他的歌唱状态如何。Z有点傲，没跟我讲过几句话，我也没兴趣跟一个冰冷的人讲话。偶尔我会听到他在旅馆的房间里练唱，声音还不错，是那种中规中矩的唱法。能签到合同来维罗纳歌剧节演出，应该还不错，至少是一个新秀。

跟库拉一起的演出进行得很顺利，每场演出他都会被狂热的观众要求连唱两遍《今夜无人安睡》。最后一场演出换成了英国男高音Z。

我非常喜欢维罗纳的化妆间，这不是一般的化妆间，像是从巨石上凿出来的山洞，到处是凿痕，墙壁凹凸不平，灰黑色，周围都是坚硬的花岗岩。窗户很小，上面有铁栏杆，石墙上镶着几个大铁钉，上面挂着拇指粗的铁环。后来化妆师告诉我，这些花岗岩凿出的化妆间，几百年前可能是角斗士们上场之前做准备的地方，也许是关猛兽的小屋。

最后一场演出。

我已经化好妆，坐在那里再仔细看一下这个石头屋子，摸摸冰冷的花岗岩，想象一下这些大铁环之前到底栓过什么人或者猛兽，几百年间这里发生过什么？明天我就要离开这里，已经开始留恋这个神奇的石头屋。

忽然听见有人敲门，敲得很轻。"请进！"我大声说，进来的是英国男高音Z。

Z先转身把门小心地带上，回过身来的表情吓了我一跳，这完全不是我认识的骄傲男高音了。Z已经化了妆的脸遮不住他苍白的脸色，眼睛里神情慌乱。

"这个剧场好唱吗？"Z的声音显得很紧张。

"还不错，音响效果很好。"我想帮帮他。

"刚才我到舞台上站一下，真是太大了，我在台上试了一下音响，根本听不到自己的声音，你是怎么唱的？"

我知道Z已经开始丧失信心。

对一个马上要上场演出又极度紧张的歌唱家，你说什么都没用，最后只有自己救自己，想办法稳定自己的情绪，找回勇气，保持正常的歌唱状态，否则演出一定失败。

我站起来走到他面前，拍了一下他的肩膀，说："你没问题！肯定能唱好！在这个舞台上唱，你可能觉得自己声音小，但观众席上可以听得非常清楚，别担心！"

我又告诉他："我听过你在旅馆的练唱，声音非常好，不会有任何问题！记住，在台上不要撑大你的声音，正常发挥就好。"

我能感到Z就想听到这些，唱歌剧的，心理状态太重要了，有时一句话就能直接影响你的歌唱状态。

"谢谢！谢谢！"Z抓着我的手说，他双手冰凉。

"你知道吗？今天我父母从伦敦飞过来了，我未婚妻也来了，还有我的经纪人，这是我第一次在意大利演出，我必须唱好！"Z的声音已经多了一些自信。

说实话，整场演出Z唱得不错，正常发挥，后半场唱的比前半场还好，《今夜无人入睡》唱得也不错，也有不少人为他喝彩。但是，他的声音不够大。

谢幕。

在维罗纳舞台上谢幕是个力气活儿，你得跑，从台后到台前有好几十米，你还得快点跑，才能赶到台前给观众鞠躬致意。女歌唱家们更辛苦，穿长戏服的就得拽着裙子跑，挣扎地奔到台前谢幕。

我的单独谢幕之后就是柳儿。柳儿这个角色永远受观众欢迎，不但有两首极其优美的咏叹调，而且为了对卡拉夫的爱不惜自刎身亡的情节会让人深受感动，所以柳儿的谢幕往往会得到最热烈的掌声。柳儿向四面大声喝彩的观众鞠躬谢幕后，过

来站在我旁边，我拥抱了她一下，为她高兴。这时，男高音Z从台后上来往台前跑去，毕竟年轻，步履矫健，一脸的兴奋。

突然，一阵巨大的"BOOOO！"如排山倒海迎面扑来。"BOO"的意思全世界都一样，不喜欢你的演唱，哄你。

Z像被钉在台上一样，突然站住不动了，眼睛茫然地环顾着四周，观众喝倒彩的声音越来越大，很多观众还跺起了脚，滚雷般地震耳。两万五千人齐声喝倒彩的场面我从来没经历过，那种声音简直恐怖无情，我站在那里心里非常难过，不知道能为可怜的Z做点什么。

大约有一分钟，Z一动不动，观众的吼声也一点不减弱，我和其他演员互相看了一下，像约好了一样，一起跑上前跟Z站成一排，拉起手，开始向四面的观众们连连鞠躬，瞬时间观众的"BOOOO！"改变成巨大的喝彩声。

当我们谢完幕往后台走的时候，我过去抓住Z的手使劲握了一下，跟他大声地说了一句："Bravo！"Z苦笑了一下，什么也没说，推开他化妆间的门，高大的身影消失在门后。

午夜，我和玛莎迎着闷热的晚风走出剧场。明天就要告别维罗纳，我们很想到哪儿去度几天假，没想好去哪里。街上已经没什么人，石板路反射着路灯的光，偶尔看见人影的晃动。射向角斗场拱门的灯光已经熄灭，一切融入夜色，那海啸般的喝彩和起哄早已化为沉寂。Z呢？

整个维罗纳若无其事地进入梦乡。

我们在找冰激凌。

Senza latte, senza zucchero.

石灰岩上的歌剧院

序 幕

"Mr. Tian, good morning, Mr. Tian! (田先生,早上好,田先生!)"

有人叫我?我看看四周,挺长的一条街,阳光下没人,阴凉里也没人。

"Mr. Tian! I'm here, here! (田先生!我在这里!这儿!)"

左前方一座楼房的二层阳台上,有人向我招手,指了几下楼下。

"Hi! (你好!)"我也挥挥手,打个招呼,那个人看来想跟我说话,我就向那个楼走去。

在大门口迎接我的人不认识,像个生意人,中年发福的身材,头发梳得一丝不乱,西服革履打着领带,很客气。我抬头看到大门上方的招牌是一家银行,但这个四层小楼的外表实在就像个住家。

陌生人自我介绍他叫约瑟夫,客气地问我有没有时间聊几句,我说当然可以,就被请进银行的会客室。我心想不是找我投资吧?那他可找错人了。

这位先生说话也干脆,几句话我就听明白他是怎么回事。

戈佐的《麦克白》

我们来之前以为是在马耳他首都的歌剧院演出,也查过,知道马耳他是岛国,五十多万人,在地中海中心,靠近意大利。

我喜欢去没去过的地方唱歌剧。没想到在马耳他下了飞机又上了轮渡,在海上航行半小时后,我和玛莎被放在一个叫戈佐(Gozo)的小岛上,花了些时间才从接我们的人那里弄清楚:我们是在戈佐岛演歌剧。

我还从来没有在一个岛上演过歌剧。这真是个小岛,只有十几平方公里,人口两万多。岛上倒是有几条公路,才两个红绿灯。最神的是,就这么个小岛,却有两个正经规模的歌剧院,都有一千多的座位,都有几十年的历史,专门演出意大利和法国的大歌剧。两个歌剧院斜对门,在同一条街上,每年挤在一起演歌剧。你演完我演,我演完你演,比着演,看谁的制作好,谁的演员阵容厉害,歌剧成了岛上的大事。观众分两大阵营,来自两大家族,每一边都有几千狂热的支持者。其他观众哪儿来的都有,马耳他首都的人会来,意大利人会从西西里飞过来,还有欧洲的游客。大家是来看歌剧,也是来看歌剧"龙虎斗"。

我们是来戈佐演威尔第的《麦克白》(Macbeth),主要的角色演员都认识,以前在美国就合作过。演麦克白的是我的黑人哥们儿男中音马克·拉克,女主角是帕梅拉。帕梅拉在纽约曼哈顿住,导演巴歇塔也住曼哈顿,我们在不同的歌剧院一起演出过几部歌剧了。剧组的人一熟，排练和演出的压力就少一半。这次每场演出的酬劳很少，我和玛莎还是想来。有档期，没压力，喜欢《麦克白》。而且我在这里结束就去以色列演出，离这里不远。再有就是想换环境，来一个一辈子可能都不会再来的地方。

我们这组人很快就引起了整个岛的注意。歌剧演员在这里地位不一般，想认识我们的人越来越多。我们是在戈佐岛的阿斯特拉（Astra）歌剧院演出，所有认识的人都跟这个剧院有关。不是在这个剧院里工作，就是这个剧院的支持者，或者是跟这个剧院相关家族的成员。

没几天我们就发现这条街上还有一个歌剧院，叫奥罗拉（Aurora）歌剧院，每天排练都会经过。那里也有一大帮人。同样，这些人不是在那个剧院工作，就是那个剧院的支持者，或者就是跟那个剧院有关系的家族成员。

马耳他政府两个歌剧院都支持，都给钱，觉得促进了歌剧文化的发展，又吸引了游客，都是好事。再加上戈佐岛的人极其善良：剧院如此对立，彼此却从不对骂，不会打架，不会说对方的坏话，也绝不来往。

戈佐的两大家族各有自己的俱乐部和鼓号队（Band club），逢年过节两边都会游行庆贺，各自的队伍都是鼓乐齐鸣，彩旗飘飘，又唱又跳，热闹至极。最后发现能把对方镇住的方式还得是歌剧，大歌剧。于是两边都盖了歌剧院，模仿意大利的建筑风格和装饰，像模像样，就开始比着演歌剧。

这边演威尔第《茶花女》（La Traviata），那边就演比才《卡门》（Carmen）。这边刚宣布演《纳布柯》（Nabucco），那边马上宣布演《奥泰罗》（Otello）。两个剧院都争着请欧美的演员，尤其是在著名歌剧院演出的歌唱家。纽约大都会歌剧院是个大招牌，宣传起来能把对方镇住，我们就被万里迢迢地请来，为阿斯特拉歌剧院助阵演出《麦克白》。

这两个歌剧院运作方式一样。从院长到钉布景的、做服装的、办公室的、合唱队、舞蹈队，所有人都是兼职，各行各业都有，医院的、幼儿园的、做装修的、家庭妇女等等。大家都是下了班就跑来歌剧院无偿地干活儿。不管是白领、蓝领、男女老少，每个人都努力地帮助自己的剧院，一定要做得比马路对面的好。阿斯特拉歌剧院院长朱瑟夫是一个大胖子，平时是律师，歌剧院有任何跟法务有关的事就是他的义务，不收费。

邀请我们的歌剧院知道我们的演出酬劳不多，就想尽办法照顾我们。院长朱瑟夫用律师的三寸不烂之舌，说服了岛上最好的度假村酒店做赞助。我们签到住进这个旅馆时，发现这是一个非常舒适的五星级酒店，简直像来度假。所有的房间都是独立的、平层，有自己的小花园和游泳池，到处栽种着鲜花，不远处就是大海，蓝得不能再蓝的大海。

住在岛上，我就总想，这么个小岛淡水从哪里来呢？排污往哪里排呢？两万人用水一定很厉害。后来发现这里有很科学的储水装置，能有效地收集雨水，转化成生活用淡水。排污是经过严格处理过才会排进大海。有一次有人在海岸的悬崖上指给我们，能看见在海面下，有一排巨大的管道口，说这就是岛上部分排污管道。

我们在戈佐连排练带两场演出一共待

了二十天。我和玛莎越来越喜欢这里，甚至说了几次将来退休搬到戈佐来。

整个岛上的建筑几乎都是石灰岩（limestone）造的，就在本地取材。到处是自然色的石灰岩：教堂、住宅、墙、柱子、楼梯、地板、厕所。很多工艺品、室内的装潢也都会用石灰岩。周围的一切都是那种令人非常舒服的淡米色。这种颜色既不刺眼，又跟绿树和鲜花绝配，太阳升太阳落都好看。再让大海的湛蓝一衬，美得让你根本挪不开眼睛。

戈佐岛上的人太好了，具有一种跟世界完全无关的善良，我们那时觉得这里是地球上最后一个纯洁的地方。

首先，戈佐岛上是零犯罪率，请注意，是零！还有，我们到处看见钥匙插在汽车的门上，没人。到处看见钥匙插在住家门上，也没人。还有还有，路上遇到人，无论男女老少认识不认识，一定是先跟你笑然后问你好。

歌剧院就像是一个大家庭，热闹至极。排演一部歌剧好像在一起准备大派对。就算是要跟马路对面的歌剧院对着干，每个人也都高兴得像是要过节，准备工作有条不紊。在小排练厅排了大约一个星期后，我们马上就要进剧场在舞台上排练，整个舞台制作团队的人动作都快了一倍，到处是迅速的敲打声。主要的舞美制作负责师傅是戈佐岛政府文化部部长，那边办完公就马上奔过来干活儿，最忙的地方准能看见部长。只见他胡子茬上都是灰，穿着破工作服，锯木头钉钉子，不停地刷油漆。他要保证我们进剧场排练时能用上布景。

一切都要就绪，突然，我们的男主角麦克白，我兄弟男中音马克不干了。

"我不进去，这个剧场到处发霉，你们闻闻这霉味儿，我嗓子受不了，过敏！"马克和他妻子赛迪，坐在剧院大门外的台阶上，一脸的不高兴，拒绝进剧院。

我非常同情马克，但不知道怎么帮助他，因为我没有闻到霉味儿。

剧院的管理人赶快打开所有的窗户，甚至搬出风扇吹，马克还是摇着头坐着不动。我们都站在周围，看看剧场看看马克，他是第一主角，没他我们无法排练。

马克跟我以"兄弟"互称，他个子不高，很壮，属于很黑的黑人。马克永远穿黑色的衣服，无论春夏秋冬，毛衣、夹克、大衣或是短袖T恤衫，都是黑色。马克告诉过我们他生在芝加哥最穷的黑人区，知道什么是最底层的生活。我和玛莎都感到马克是一个极度敏感的人，尤其对任何有关肤色和种族的事儿，他都会有很强的反应。他能成为合同很多的歌唱家，是因为他的声音很有力量，虽然不是那么好听，却是一个可以唱非常戏剧性角色的男中音，这种歌唱家很难找。马克从来不缺活儿，美国唱得多，欧洲少。他在大都会歌剧院第一次演出是《阿依达》（Aida），扮演阿依达的父亲埃塞尔比亚王阿姆纳斯特罗。这是一个很重要的深色皮肤角色，白人演员演，就要涂黑一些，黑人演员能演这个角色的不多。马克在大都会首演时，我的角色是埃及国王，也多少画得黑一些。

演出前化好妆，我去马克的房间预祝他首演一定成功。他谢谢我之后马上补一句，说："我猜因为我是黑人才拿到这个角色。"

我们在戈佐得到过很多热情的邀请，只要晚上没有排练总会有人请客。有一个英国人的家我和玛莎都喜欢，那是一个巨大的用石灰岩造的房子，里外淡淡的米色。

房顶很高，从墙上可以看到大块的石灰岩交错迭起的纹路，朝海的一面墙是落地窗，可以完全打开。地中海的风景在戈佐岛的衬托下，像一幅巨大的宽银幕，壮丽地在你面前展开。主人在客厅中间放置了一个很大的圆型沙发，上面可以横躺竖卧七八个人，整个房间任意铺放着一些色彩鲜艳的阿拉伯和意大利毛毯。很多舒适的沙发随便你坐，到处都摆着食物、酒和蜡烛。大家都很放松，聊着各种话题，每当这种时候，我总觉得我兄弟马克不能完全放松，坐在那里老带着一点戒备的神态，好像时刻准备反击任何可能对他的歧视。我对种族问题也很敏感，但没他那么尖锐和沉重。派对快结束的时候，我和马克站在屋子外面，面对着迷人的地中海闲聊，就听他突然说了一句："告诉你，我永远不相信会有种族平等这回事。"

马克的妻子赛迪是一个再好不过的人，肤色比马克白，南美人。她是一个极好的歌剧指导，弹一手好钢琴。她永远贴着马克站着，即便坐下，也是挨着马克坐。我总觉得赛迪对马克太重要了，她总是在鼓励他，照顾他，为他跑前跑后。我有一种感觉，如果有危险出现，马克还没看见，赛迪就一定扑了上去保护他。

那天在剧场门口"霉"危机的解决方式，还是靠他们自己。马克旅行总带着一大黑手提包，里面有各式工具、插头、接线、变压器和各种医疗设备。跟他们在一起的时候，玛莎所有关于电脑和任何有关电路的问题都是问马克。只要他打开那个黑色的"百宝"手提包，一切都会解决。这次"霉"危机的解决，是马克在自己的黑提包里找到一个小型喷雾器，带小马达，接着一个有喷嘴的白色塑料瓶，灌上水可以在周围喷出一米左右雾状的水汽。马克兄最后是举着喷雾器，喷着雾气进剧场。

给我们伴奏的是一个"拼"起来的意大利乐队，大部分是来自西西里某乐团的乐手，还有一些哪来的就不知道了，反正有人组织张罗，排练起来的声音还不错。

首演前一天是最后彩排，也是第一次合乐队。第一幕一切都好，进行顺利，中场休息时，乐队突然发难，要求剧院马上付全部工资，现金，否则罢演。院长朱瑟夫一头大汗地跑进跑出，紧急协调，跟乐队组织人指手画脚地争执。合唱队还在喝咖啡，舞台团队从容不迫，该抽烟抽烟，该说笑说笑，一点不急。我们这几位演员看傻了，从来没见过这种戏剧性的"劳资纠纷"。

现金，最后是现金解决问题。几个剧院的人一张张地点纸币，点给所有的乐手。纸币点完，排练继续，乐手们从容演奏，似乎什么事也没发生过，声音效果比上半场还好。

首演惊人地隆重，居然马耳他共和国的总统、总理，还有很多部长们都来了。另外还有美国、德国、爱尔兰、法国等十几个国家的大使也来了。

我在《麦克白》里扮演的角色是将军班柯（Banco），在歌剧进行一半的时候，被麦克白设计杀害，然后变成鬼魂。我的唱段只在上半场，下半场没有我。首演时导演决定，让我在上半场结束时跟大家一起谢幕，歌剧最后演完时就不用再谢幕了。

没想到观众不干了。

由于最后谢幕我没出现，演出一完，观众就开始四处打听，猜我出了什么意外？病了？不高兴了？后台有什么事故？连第二天当地报纸的乐评都在猜，为什么这个

415

演班柯的歌唱家神秘消失，谢幕都没出来。于是我成了戈佐岛当天的一个话题。院长朱瑟夫和导演赶快决定第二天的演出我必须在中场和演出结束时两次出去谢幕，平息大家的猜测。这里的人实在太纯了，第二天我在演出结束最后出去谢幕时，观众掌声突然极其热烈，还可以听到很多人"啊"地松了一口大气，如释重负。

尾 声

叫约瑟夫的那个陌生人把我带进银行的会客室，自我介绍是这个银行的行长，很有礼貌地问我昨天《麦克白》演出怎么样，我说很好。

"听说你唱得特别好，祝贺！"他说。

"非常感谢！"我说。

"我是奥罗拉歌剧院的院长。"他又说。

"……啊！"我噎住了一下。

"很高兴认识你！"我说。

"你有回戈佐演出的计划吗？"

"我很喜欢这里，有邀请当然想回来。"

"我可以邀请你来这里跟我们演出《厄尔南尼》（Ernani）。"

"好啊！我太喜欢这部歌剧了。"

"不过我有个要求。"

"请说。"

"你要回来跟我们演出，就不能再接受对面阿斯特拉剧院的任何邀请。"

很多年过去了，我和玛莎还是会聊到戈佐岛。

我真是很喜欢石灰岩。你要仔细看那种米色的石头，会看到石头上隐约地有小昆虫和植物的化石痕迹。这种两三百万年形成的石灰岩，似乎不是那么坚硬，使点劲，用指甲都可以划出一条线。

但是，石灰岩承得住两座歌剧院。

大师小泽

"请告诉我,这个'渐慢'(Rollentando)标记,你想怎么唱?"小泽大师拿起谱子和笔,认真地看着我。

周围至少有三十个人,也在看着我。

这是我们在东京第一次跟著名指挥小泽征尔做音乐作业,把普契尼的《波西米亚人》(La Bohème)用钢琴伴奏,从头到尾唱一遍。每个演员都严肃地盯着谱子和指挥,非常认真地演唱着。

我们到达东京后,已经连着五天戏剧排练,大家都没有放声唱,主要排戏,现在是第一次全部放声唱整部歌剧。

这种放声唱的音乐排练很难,像声乐比赛的决赛,每个人都想发挥出最好的状态,也很想听其他人唱得怎么样。就算是明星,也希望在第一次音乐排练能唱好。

最重要的,是第一次给小泽大师唱。

除了歌唱家们,排练厅里坐了三十多人,艺术节的主管团队、导演组和制作团队,还有B组的日本替补演员们,大家都坐在那里,听你唱。

我们来参加的是日本著名的小泽征尔音乐塾艺术节,每年一度,演出一到两部歌剧,还有很多音乐会。艺术节在世界范围聘请歌唱家、导演和舞台设计,所有的演出由小泽征尔指挥。这个音乐节已有二十多年的历史,小泽首创,是他对日本歌剧事业发展的推动,对培养日本青年一代音乐人才的重要贡献。

演员阵容中我只认识男低音保尔·波利申卡(Paul Plishka),他是大都会歌剧院最资深的主要演员,老朋友。近年来我们经常在大都会演出同样的角色,分担演出场次。演咪咪(Mimi)的是年轻的法国女高音诺拉·阿姆斯勒姆(Nora Amsellem),刚从大都会歌剧院青年歌唱家训练项目毕业不久,在欧洲演出比较多。饰演穆赛塔(Musetta)的是国际著名的俄国女高音安娜·奈瑞贝科(Anna Netrebko),演马尔切洛(Marcello)的是波兰男中音马利乌斯(Mariuze Kwiecien),当时已开始出名,在很多欧美的剧院担任男中音主角。虽然演主角的南美男高音弱一点,但这个剧组的组合已经够厉害,有两个国际当红的歌唱家撑着,显得很有朝气和分量。我的角色是剧中四个巴黎贫穷的青年艺术家之一,哲学家柯林(Colline)。

四个"青年艺术家"中,只有我过了"青年"的年纪,其他三个人都比我小十多岁,动作比我灵活两倍。五天戏剧排练下来,我是浑身淤青扭伤,因为四个人要追来追去,跳上跳下,还要打闹。幸亏我的角色是哲学家,动作迟钝点还说得过去,哲学家嘛。

在这个歌剧的最后一幕,我有一段咏叹调《旧大衣老伙计,听我说》(Vecchia zimarra, senti),很短,才两分三十二秒,但是非常难唱。这个唱段的音域不高不低，不强也不弱，有普契尼那种拉人的长句子，要唱得非常平静但要有内在的激情。

柯林跟他多少年忠诚的旧大衣告别，要卖掉它给重病的咪咪买药，告别就是永别，全是内心的情感。这么短的唱段很难发挥，唱好了感人，唱不好平淡无味。要唱出藏在简单音符中细微的变化，不容易。在谱子上，普契尼给这首咏叹调标注了很多感情记号：渐强、渐弱、很弱、慢、渐慢、原速等等。要唱好这段咏叹调，每一个感情记号都要做到，还要把所有的音唱准。这首东西看起来简单，里面的学问可不简单。普契尼写了十二部伟大的歌剧，给男女高音和男中音都写了无与伦比的咏叹调，很多成为世界经典。唯独只给男低音写了这一首，两分三十二秒，为什么？简单吗？

我从来不敢小看这首咏叹调，就算在大都会已经演过很多场。第一次跟小泽做音乐作业，我拼命集中注意力，逼着自己把每一个音和每一个字都要唱好，记下他所有的要求，注意他每一个指挥手势。

"我要知道这个有'渐慢'（Rollentando）标记的四个字，'我对你说再见（ti dico addio）'，你想怎么唱？"大师看我没回答，又问。

我是一时不知说什么，愣了一下。从来没有一个世界大师级的指挥家问过演员想怎么唱，歌唱家们都太习惯了跟着指挥的手势和威严，大师怎么指，我们就怎么唱。

"Maestro（大师），我会渐慢，然后换气，再看你的手势，回到原速。"我赶快回答。

"这样吧，这个地方我们都互相看一下，先渐慢，然后你呼吸，我给你手势，回到原速。好吗？"大师一边说，一边在谱子上标记。

"好的，Maestro，我会跟着你。"我回答。

一个世界级的大师跟你商量一句歌词的渐慢方式，没听说过，心里一阵感动。

前五天我们开始排戏的时候，日程上并没有小泽，只是他的助理指挥在跟我们工作。负责日程的人觉得进入音乐排练后会很忙，大师已经七十多岁，尽量先让他休息。小泽还是来了两次，每次都工作了五六个小时。他会拿着谱子和笔，不出声地站在导演旁边，记下很多导演的戏剧要求，包括演员的走位，上场下场，甚至我们的动作。

小泽征尔出名的是演出时不看谱子，无论多么复杂的交响乐，多么长的歌剧，小泽完全背谱指挥，不用谱架，每一个手势在整场演出中绝对准确，从始至终。

他的助手告诉我们，小泽每天早上五点准时起床背谱子，一年三百六十五天，天天如此。

我对小泽的总谱印象极为深刻。上面有无数标记，分打印的本色、铅笔、红笔和蓝笔，四种颜色。音乐方面的标记是红色，呼吸和重音记号是蓝色，意大利文原谱上，是小泽用细铅笔手抄的日文歌词翻译，密密麻麻。很多原有的音乐表情记号，大师为了强调，还会用红笔再描一遍。

小泽在观看我们戏剧排练的时候，会不停地在他的总谱上增加标记。音乐排练时，他不但会跟歌唱家们讨论音乐上的要求，还会征求助手的意见。只要他认为是合理的，就会在谱子上画上一个圈，或者一个小方块。只要是他标记下的，在指挥中就会绝对准确地给出手势——而且完全背谱。

小泽谱子上的记号，直接影响了我的学习方式，从此我的谱子上开始有越来越多的标记。只要看到一个年轻歌手的谱子是干干净净的，就会告诉他，这等于没做过功课。

那天音乐排练结束后，我终于找到机会跟大师说了一会儿话。

我告诉他我是北京人，一九七九年他带着波士顿交响乐团访华演出的时候，我在北京。我是当时中央乐团的声乐学员，他在我们乐团排练的时候，我就站在他的背后。我还告诉小泽，我记得特别清楚他在北京体育馆，指挥波士顿交响乐团和中央乐团一起演出的情景，演到最后观众都疯了。谢幕时，小泽穿着一身白色的演出服，顶着一头蓬松浓密的黑色长发，绕着体育馆跑了一圈儿，向观众致意。整个体育馆爆炸似的沸腾，所有观众都站起来狂呼，我说我当时就在第一排，从来没见过这种疯狂场面。

我越说小泽越激动，眼睛里有些晶莹的亮点在闪动。

"你知道吗？那是我人生中最美好的一天。"小泽动感情了，"那场演出，我许多亲人都去了，母亲、夫人、孩子们、朋友们。你知道我是生在中国的，父亲已过世没能跟我回去。那是我在中国的第一场演出，我用了谱架，上面放着父亲的照片，整个演出我都能感到父亲就在那里……"大师的声音有些沙哑，说完向远处看去。

有几秒钟我们都没说话。小泽收回目光转过脸，看着我，一字一顿地说："I love China.（我爱中国。）"

"We love you too!（我们也爱你!）"

我回答的时候心里一阵感动。

真的，在中国所有知道小泽的人，都会有跟我一样的感觉。

我和小泽都是九月一号生的，他比我大十九岁。

"我们这些中国出生的人要在一起吃一顿饭！"大师跟玛莎说过三次。

四月中旬，樱花已过绽放期，开始飘落。

我第一次来日本是三年前，在山多利音乐厅演出威尔第的《唐·卡洛》（Don Carlo）。那时樱花刚开始绽放，是另一种美，树上的每一朵樱花都像一个小小的雕塑。这次我发现我更喜欢看樱花飘落，那漫天覆盖的粉白花瓣，好像是飞舞的生命，活的。

来到东京第一天，我们休息。我和玛莎在旅馆旁边发现一个小小的寺院，就走了进去，在院落里转了一下，然后在一个磨得很平滑的石头台阶坐下，看花。

寺院很静，没人，阳光满树，树上的樱花在温暖的阳光中，一片片地离开枝杈，随着微风慢慢地旋转，落向地面。

我们突然发现在细雨一样飘落的樱花瓣中，出现一个瘦高美丽的女子，缓缓地迎面走来跟我们打招呼。她穿了一件白色的衬衣，肩膀上围着一条橘红色毛衣，紧身的白裤子上有浅粉色的花纹。她的微笑和随意的神情，与围着她旋转的樱花雨那么般配，好像花瓣们飘下就是来找她。那是我们和安娜·奈瑞贝科第一次见面，很快就熟识。一个已经世界闻名的女高音，能像樱花那样平易和自然，不容易。

小泽征尔音乐塾合唱队的歌手们基本都是日本的声乐学生，小泽每年也会邀请十几位中国年轻的声乐学生和器乐学生，主要来自北京中央音乐学院，来他的艺术节，参加合唱队和乐队的演出。

这次小泽音乐塾艺术节，会在日本的五个城市巡回演出《波西米亚人》，每隔两三天，我们会去不同的城市。先后去了东京、横滨、滨松、京都和名古屋。两百来人的演出团队，所有的行程、旅馆、排练、旅行等都安排得极其精确和周到，没出过任何问题。只有一次，我们晚上到达大阪，下了高铁，被安排分别坐出租车到旅馆。我们到了旅馆签到后，发现我的手提箱不见了，想起是在出租车的后备箱给忘记了。接待人员看我和玛莎非常着急，就安慰我们说没有问题一定会找到。一个小时后，有人从前台打来电话，说手提箱马上就会送到我们的房间。

日餐好吃，好看，但对年轻学生来说，不经饱。中央音乐学院来的七八个声乐学生都是二十来岁，总饿。玛莎阿姨一路上就在担心这些年轻人吃不饱，到处买东西给他们吃。这次演出住得是没有厨房的旅馆，否则玛莎一定是每天东坡肉、北京烤鸭、清蒸鱼地给学生们做饭。记得在横滨的中国城，突然发现满街都在卖大肉包子，热气腾腾地当街蒸着。玛莎是一路买过去，横扫所有肉包，后面是一群北京的学生们，还有我，边走边往嘴里塞包子，过节一样。

日本的观众是认真的，观众席里总有不少人是拿着歌剧谱子来看演出，有的甚至看得是乐队总谱。我们在五个不同城市的巡回演出，有一批观众是每场必看，跟着我们旅行。无论在哪个城市演出完，在剧场的出口，又看见他们等在那里，鞠躬鼓掌，请我们签字。

令人惊讶的是，有些观众拿出我在纽约和旧金山、华盛顿等地演出的节目单让我签字。那都是过去很多年的节目单，真不知道他们在哪里找的。在京都剧院的后台，居然有人拿出大都会歌剧院演出的歌剧盗版 CD 要我签名，因为我在演员表上，还很骄傲地说，是从大都会实况转播的录音录制的，做了精美的封面，说在日本几个城市都能买到。我被吓了一跳，不知能不能签字，这绝对是非法 CD，犯罪的事儿。

在日本的每次签名，我都尽可能端正地写下"田浩江"三个汉字，我知道这里每个人都能认识汉字。看到我的签名，这些日本观众都会"啊啊，Tian San（田先生）"地发出惊讶的声音，表情会多了些尊敬。也许很少有人在节目单中注意到我是一个中国人。

在名古屋演出时，我的咏叹调那个"渐慢"没唱好。前三场演出都非常顺利，我和小泽大师已经有了一个默契，唱到"我对你说再见（ti dico addio）"时，相互注意看一下，然后渐慢，跟着他的手势，吸气，回到原速。

那天晚上唱到咏叹调那个"渐慢"时，我看到大师睁大眼睛看着我，两手停在空中，他在等我，我也在等他，乐队也在等，我们在那一刻都在犹豫。大师和我之间的约定在瞬间中有两秒钟的恍惚，跟乐队在节奏上错开了一点点，应该是我的错。

实况演出没有绝对的完美，接近完美就是成功。那天晚上的演出绝对是成功的，观众不停地鼓掌和欢呼，我们在台上一起谢幕至少十次。

小泽大师在中间，他左手边是安娜，安娜旁边是我。我们排成一排拉起手，跟着大师走向台前，鞠躬，退后。再走向前台，鞠躬，再退后。

当我们又一次走向前台时，小泽侧过脸，探出身，越过安娜，在观众热情的掌声和呐喊声中大声跟我说："抱歉，Tian！我欠你一个Rollentando！"

给歌手道歉的指挥大师全世界只有一个。

小泽让我热泪盈眶。

最后一场演出时，我给大师写了一个贺卡，告诉他我是多么珍惜这次演出机会，还写道："一九七九年我在北京第一次看到您指挥，等了二十五年才有机会跟您演出，希望不用再等二十五年再合作！"

我们和他告别时，后台挤满了人，我和玛莎看着人们那么热情地围着大师，有点犹豫不想上去打扰他。没想到大师远远地看到我们，一边跟周围的人打招呼说着话，一边向我们走过来。

"谢谢你的卡片，明天一路顺风，我们一定还会一起工作，不用再等二十五年！"小泽那头标志性的蓬松长发已经开始灰白，上面都是汗水，他笑着，一边说一边拍了一下我的脸。

我不知道说什么好，对一段难忘的经历，说什么都是多余的。

"我说过我们这些中国出生的人要在一起吃个饭，可惜后来太忙了！"大师带着遗憾的表情对玛莎说。

"下次我做饭，给你做北京烤鸭！"玛莎认真地说。

玛莎认真的事儿，都能成。

两年以后在维也纳，小泽在那里指挥《漂泊的荷兰人》（Der Fliegende Holländer），我和玛莎去看演出。演出之前我们去了大师的住处。玛莎做了锅贴，还有精心准备的一只"北京烤鸭"。奥地利鸭子，玛莎的烤法。

两个中国出生的人圆满了心愿。

又过了两年，大师来到纽约，再次回到大都会歌剧院指挥，剧目是柴可夫斯基的《黑桃皇后》（The Queen of Spades）。上次受邀大都会是十五年前。

在日本的时候，小泽就说说他经常会感到浑身的关节和肌肉痛，我们就告诉他纽约有一个极棒的正骨医生，如果他有机会来纽约，可以做一下推拿。小泽最喜欢做推拿，到了纽约就找我们，给他约见医生的时间。

这位医生不一般，我们不管叫她医生，叫她周阿姨。

周阿姨是老北京人，讲道地的北京话，说话声音又亮又脆，隔多远都能听到。周阿姨是祖传三代的正骨医师，后来嫁到上海，生了五个儿女，一家人都说上海话，唯独周阿姨一口京片子。再后来周阿姨来纽约了，在皇后区法拉盛的家里开了一个诊所，病人从早到晚不停地进来。周阿姨凌晨会打坐，然后一整天为病人推拿，没看过她累，说话永远是亮的，包括她的笑声，都是北京味儿。

周阿姨矮小，却长了一双大手，骨节粗大结实，好像她浑身的力量都长到手里。只要她把手放在你身上，没有人不大声叫痛的，那手指能像刀一样切进你的骨头缝里。也许因为我是唱歌剧的，声音比一般人大，每次周阿姨给我推拿，不管她碰我哪里，我都会痛得高声惨叫。周阿姨好像特别欣赏我的叫声，只要听我叫，她就会用北京腔"哈哈哈"地乐："叫吧！叫吧！没人来救你！谁让你把自己的腰扭成这样？叫吧！这房子塌不了！"一边说，一边在我的骨头缝里收拾我。

不过，让她把你的骨头放回对的地方，把你的肌肉捋顺，把每一根神经摆好，不管你进来的时候是什么毛病，走的时候都会轻松得像另一个人。

周阿姨治好过我脚跟上的骨刺，解决了玛莎多年的腰椎问题。我们不停地给她介绍病人，本地的、外地的、中国人、外国人，现在把小泽大师带来了。

周阿姨一句英文不会讲，也听不懂。她根本不用问你问题，大手把你一摸就知道了。周阿姨做了一个手势，请大师趴在按摩床上，两只手很快地在小泽身上按了几下，就跟我说："他呀，没什么毛病，累的！你就告诉他，别那么累！"

不累，就不可能成为世界大师，成为世界大师后就更累。小泽在最忙的时候，每年演出不会低于一百场。

小泽实在了不起，一个小时的推拿，他一声都没出过，没叫过痛！

周阿姨越按越纳闷儿，最后说了一句："这个人太厉害了，不得了！他能在我这里不叫，你就说他身上平常有多痛，心里能忍多少事儿吧！"

周阿姨给小泽推拿时，我能看到大师很多时候身体在剧烈抖动，还会触电般地弹起来一下，那都是疼痛，他哼都没哼一声。

大师是脸朝下趴着，我看不见他的表情，推拿结束时，大师坐起来，满脸是汗地说："这个医生太厉害了，了不得！我差点叫出来了。"我说叫出来会没那么痛，他笑着摇摇头。

周阿姨听说小泽是有名的指挥大师，就指指桌上一个病人就诊时间表的小本子，请他签个字。小泽翻了一下密密麻麻的日程表，顽皮地吐了一下舌头，找了一个能下笔的地方，用中文工整地写下：

小泽征尔

山楂树

我第二次回到德国波恩歌剧院演出是冬天，从十一月一直到二月。这次回来演三部歌剧：莫扎特的《唐璜》(Don Giovanni)、普契尼的《西部女郎》(La fanciulla del West) 和再次演出的戈梅兹的《瓜拉尼人》(Il Guarany)。

五个月前在波恩首演《瓜拉尼人》的时候，巨星多明戈饰演第一男主角，又是世界首演，吸引了各国来的好几千观众。小城有两个星期热闹得像过节，聚集了很多多明戈的崇拜者。

这次回来演出三部歌剧的日程交错，三个月不能回纽约。多明戈没有回来主演《瓜拉尼人》，第一男主角换成了一个巴西的男高音。

德国冬天的天气真不好，老下雨，下那种不大不小的雨，像裹着雨丝的雾。打伞？雨雾如毛，都下不直，飘散着不值得撑伞。不打伞？一会儿衣服上就会有一层细小的水汽，阴湿。

我住在一个四层的连体楼里，大概是一百多年前的建筑，很厚实的墙，没有复杂的墙饰，浅黄色，大门也很厚实，深棕色，好木头做的，重，推门关门都得使点劲儿。这家德国人住在一层和二层，三四层出租，我住第四层。每一层楼都有挺高的屋顶，我需要爬很多台阶的楼梯。四层是顶层，房间不大，天花板也不高，有客厅睡房和厨房。房间的布置和颜色跟主人的性格一样，干净，整洁，有条有理，实实在在。

我的厨房里所有的电器都是德国产品，一看就经久耐用，的确，特别是洗碗机。这个洗碗机不大，但上面的按钮非常多，启动洗碗后有好几个大小红灯闪烁，然后是长达一个小时以上的洗碗过程；左转右转，上冲下喷，至少经过两三道洗碗液，再反复地烘干。第一次用洗碗机时，我基本上被这个严肃而一丝不苟的家伙折腾晕了。

据说我之前的租客是一位德国画家，在这里住过两年，现在搬到阳光灿烂的西班牙海边去了。公寓里挂了他七八幅水彩风景画，不大，每张一尺见方。看得出来，一半是在西班牙画的，色彩亮丽，远山、近树、鲜花、大海。另几张一看就是波恩，冬天，街巷暗淡，行人举伞弓腰，大衣下摆飘起。

接连三个星期都没有阳光，让我第一次感到没有阳光的生活有多可怕。我客厅只有一扇不大的窗户，也就一米宽，一米五高。窗外的风景就是波恩小城，看见的都是三四层相连的小楼，楼顶大部分都是灰色或者黑色的，被雨水冲刷得很干净，应和着阴郁的天空。

我不能在这扇窗户前面站太久，会头痛，远近都是乌云。这里的乌云看着很重，一层层地裹着，一动不动。准确地说，你要是站在窗户前,那乌云就压在你眉毛上,不动。

日子过得很慢,排练的速度也很慢,日程定得干干净净,极为细致,一点一滴的情节都会排到,就是慢。很多场景重复地排,几个小时地磨,力求精确。剧院的乐队、合唱队、舞台工作人员,还有绝大部分独唱演员,都是剧院固定聘用的艺术家,工作有保障,每月定期领工资,政府每年拨资金,感觉不到压力和危机。德国人排练起来倒是极为认真,只是很难交上朋友。他们看着你的时候眼神清澈,直视,几乎不眨眼,很有礼貌加客气,没有玩笑。排练一结束,都加快脚步走出剧院门口四散离去,消失得无影无踪。

有一段时间我很好奇,真不明白德国人晚上干什么。这个小城所有的商店晚上六点全部打烊,你要是关门时间到了还在店里,店员会走到大门边,礼貌地站住,看着你。你得走,否则他不眨眼。

寂静。

波恩的极度寂静总让我怀疑自己的耳朵是不是出了毛病。一到晚上,城里没人也没车,偶尔一辆车开过去,好像不好意思打破宁静似的,赶快就消失在黑暗中。我注视着那些亮灯的窗口,非常想听到生活的声音在哪里,所有的窗户都无声无息。

这次在波恩演的第一部歌剧是《唐璜》,我的角色是石面人,唱段并不是很多,让我多了时间休息,也多了沉闷——不知道能干什么。带的几本书很快看完了,玛莎在纽约上班,不能来,只能打电话,从德国打长途电话那时候还极贵。我不是一个看电视的人,又没有朋友,每到夜晚就开始忧郁。

一天排练完,我走出剧院大门,外面依旧下着冰冷的细毛雨,我站在剧院门口,左右张望,不想抬头,知道天上压得是乌云。看看表六点多了,周围已无人迹,街灯还没亮,一排排三四层的小楼都站在雨中沉默不语,没有亮灯的窗户像一片紧闭的眼睛,雨迹如一缕缕湿发贴着墙垂下。

去哪里吃饭呢?晚上干什么?我正犹豫着,感到忧郁开始在全身蔓延。突然听到不远的地方传来一阵音乐,曲调很熟,熟得那么意外,我马上被吸引,开始精神起来。于是我沿着湿漉漉的石板地,把大衣裹紧,顺着乐声走进剧院前面那条小街。只见一家商店的屋檐下有三个中年男乐手在演奏,一个站着,弹奏着像贝司提琴似的三角形大木琴,一个坐着拉巴扬手风琴,一个拨奏着像曼陀林似的乐器,他们正在演奏苏联时代的歌曲《山楂树》。

《山楂树》啊《山楂树》……多么熟悉的旋律!手风琴的声音一下子把我带去了遥远的地方,心被揪起,记忆从深处缓缓地涌上来:"歌声轻轻荡漾在黄昏的水面上,暮色中的工厂已发出闪光。列车飞快地奔驰,车窗里灯火辉煌,山楂树下两青年在把我盼望。啊,茂密的山楂树,白花满树开放,啊你山楂树啊,你为何要悲伤……"这几句旋律和歌词,我们这一代无人不知,持续了几十年的感动。

小街上回荡的《山楂树》只有我一个听众。

三个演奏者专心地弹奏着,手风琴手是主要领奏者,旋律都出自于这个小小的巴扬。他半闭着眼睛,完全沉浸在演奏中,似乎在巴扬键盘上下移动的手指都与他无关。

乐手们开始感觉到我的存在,他们一定觉得这个听众有点特别,要不然不会不打雨伞，站在细雨中一动不动。三个音乐家的演奏变得兴奋起来，一首接一首忘情地演奏着，用心地演奏着。所有的曲子我都知道，天呐！都是我们十几岁时唱的歌。接着《山楂树》的是《小路》《喀秋莎》《莫斯科郊外的晚上》《灯光》《三套车》《去动荡的远方》……

不知过了多久，我还站在那里没动，浑身的血都涌进了头，激动得几乎失控。所有的歌词我都记得，如果不是拼命抑制自己，不想打搅他们，我会跟着唱出声，会热泪盈眶。

多么熟悉的歌啊，它们在七十年代陪伴着我从少年走入青年，它们和我一起度过了六年半在北京工厂的生活，见证了我的成长，我的初恋，给过我多少安慰，让我交了多少朋友，直接影响着我走上专业的歌唱之路。当他们弹奏起《海港之夜》的时候，我的眼眶一热，乐手们变得模糊起来。

《海港之夜》是一首深沉的歌，据说是苏联水兵在卫国战争时期，唱着这首歌，驾驶舰艇去冲击纳粹海军的封锁线，十有八九是牺牲，但这首歌鼓舞着水兵们视死如归。"当天刚发亮，亲人的蓝头巾，在船尾上飘荡，再见吧可爱的城市，明天我们要到海上去航行……亲爱的老船长，让我们一起去远航。"这首歌让我想起了我的大哥，曾经的水兵，喜欢和我一起合唱《海港之夜》，穿着他的海魂衫，胸肌隆起。他唱低声部，我唱高声部，一唱这首歌就会唱好几遍，我拉手风琴。

三个有棕黑色卷发的乐手显然都是俄国人，上唇都留着胡须，年纪与我相仿，似乎有过与我类似的经历，也许都有像我大哥一样的兄弟姐妹，否则不可能如此投入地演奏。他们穿着一种粗麻布的俄罗斯民族服装，灰白色，领子和袖口有些暗红红的绣花，在冬季的寒雨中显得有些单薄。他们演奏得非常默契，一首接一首，没有停顿，也没人提示商量，手风琴拉出第一个音，两个弹拨乐手自然就合奏进入。这些歌都美得有些伤感，旋律显得那么久远，似乎能把你带到俄罗斯的原野，能看到大片的白桦林，能听到第聂伯河的水流，在讲那些简单又感人的爱情故事。

天早就黑了，街上空无一人，乐手们身后的餐具店也已关门。老板好心，没有关店门外屋檐下的灯，给低头演奏者和湿透的听众留下几缕温暖的光。

在波恩的日子里，总会经过那条小街。

有时我会在那个德国餐具店的橱窗外站一站，看看那些闪亮的餐具。我会想起那三个乐手，他们再也没出现过，跟着《山楂树》一起消失了。

我们在波恩演出的《瓜拉尼人》观众越来越少，明星不在，加上天气恶劣，我想都是原因。有一场《瓜拉尼人》的第一幕，大幕一开，我们在台上一边唱一边大吃一惊，观众席空的，我暗数一下，才十二个观众，台上演员加乐队和舞美至少有一百五十人。我意识到该回家了。

当我演完所有三部歌剧，准备回纽约的时候，我又走去那条小街，在那个餐具店买了一整套不锈钢的刀叉，八刀八叉八勺。餐具的设计师是 Paloma Picasso，大师毕加索的女儿。设计风格中规中矩，餐具质量不错，透着德国人那种认真的工艺，实用，而且不贵。我很高兴买了这套刀叉，一定会用很久很久，会让我记住这条小街，还有《山楂树》。

我知道不能把这套餐具放进行李箱，

于是手提着，随时准备在机场应付检查。在德国的机场被检查过，在纽约的机场也被要求打开查看。美国海关的一位大胡子官员拿出刀叉仔细看了一番，让我出示购物发票，我找不到，就告诉大胡子，这套餐具的价格不贵，没有超过一个人六百美元的礼品免税规定。没想到这位大胡子官员很不高兴，说我要是找不到发票，就去交二百五十美元超额免税金额的罚款。我觉得很委屈，明明这套刀叉的价格没有超过免税金额，于是一再解释。大胡子一下子生气了，向我逼近一步，指着付款的窗口说："你这套刀叉绝对不便宜！你选择，去那个窗口付二百五十美金，或者我扣下你这套餐具。"然后又压低嗓子补了一句：

"你以为我不知道毕加索是谁吗?!"

露易丝与奈特

我被带进一个大房间，天花板很高，迎面是一个巨大的玻璃窗，窗上是有许多宗教图案的彩色玻璃，五颜六色的，从地面延伸到屋顶。我局促地站在那里，只觉得房间很大很暗，从玻璃窗射进来的阳光却很刺眼。屋里空空荡荡没家具，就一台巨大的三角钢琴站在房间中央。逆光中坐着一个瘦长的女士，坐得很直，上身是白色的套头衫，头顶着一层阳光，脸在暗影里看不清五官，只觉得她眼睛很亮，盯着我不动，有点吓人。

女士的左胳膊肘架在钢琴上，手臂伸向空中，两根指头竖着，夹着根烟，烟柱不慌不忙地旋转而上。彩色的阳光穿过烟雾直射着我，我感到一阵紧张，本来英文就差，准备好的几句话全忘了。

"我是露易丝（Louise），你要唱什么？"

女士嗓音低沉，语气直截了当，像男的，略微沙哑。

我来这个教堂是为了考科罗拉多歌剧院的合唱队。

那是我第一次见到露易丝，命运带我来到她面前，一推，把我交给了她。我当然不会想到，我的歌唱事业在未来的五年会跟她紧密相连。

"你要唱什么？"

我被她那种命令式的语气和冷酷的表情一时噎住，还没来得及张口，她又问了一句。

我结结巴巴地说，想唱威尔第歌剧《麦克白》中班柯的咏叹调。

"乐谱给我。"

女士打断我还没说完的话，一伸左手，把烟头按进烟灰缸，同时对着我把右手一摊。

也许我从来没碰到过这么有个性的女士，她当时的样子我记得非常清楚。露易丝的举止很帅气，带着一种男性的干练和力量。她大约四十多岁，短发紧紧地扎在脑后，白色的套头衫配一条牛仔裤，加一双白球鞋，使她瘦长的身形像一个运动员。可能是房间暗，也许是逆光，她的白衣白鞋白得耀眼。我对与众不同的女子总会记得很清楚，而女子一像男子就显得与众不同。

我不记得最后是怎么把乐谱递给露易丝，怎么站的，怎么唱的，慌乱之中试唱已完成。

我最后一个高音还没唱完，露易丝的双手已经离开钢琴键。

"O——K！"

露易丝的"O"拖得很长，一边说一边从烟盒拽出一支烟，点着火，一抬头，向上喷出一口烟，仍然坐得很直，眼睛没离开过我。

她是什么意思呢？我费劲地猜着。"O——K"的意思是说我唱得好还是不好？还是不好也不坏？

这时旁边的一扇门开了，快步走进一位先生，浅蓝色的西服，一条红领带，秃顶，围着一圈儿齐脖子长发，前额又高又宽，戴一个大黑框眼镜。他看了我一眼，迅速地问露易丝："是他唱的？他是谁？"露易丝用烟指了指我，眼睛闪过一丝笑意，摇了一下头。我才想起还没有自我介绍过。

我赶快报了姓名，尽量说得慢些。来美国没多久我已经知道，我的名字 Haojiang Tian 这几个字不好念，尤其是 Haojiang，几乎没有任何一个美国人念得出来，记得住。我后来的习惯，是永远告诉不认识的西方人叫我 Tian，Ti-an Tian。

男士两步走到我面前，透过大黑眼镜框打量我，也许他是远视眼，镜片像放大镜，里面是一双放大的三角形眼睛，带着一种威严盯着我。他极快地说着话，一个音高，不张嘴，咬着牙说，带着一种丝丝的声音，像机枪扫射。他用命令似的口气说了一串话，最后指了一下露易丝。

我根本没听懂他说了什么。那时我刚到美国三个月，还在大学的语言中心艰苦地学英文，只能猜。觉得他是说喜欢我的唱，还似乎说了让我跟那位女士学习，最后一句是"No charge"，我记住这个词儿的原因是他说了两遍。

男士说完，根本没等我回答，递给我一张名片，说："给我打电话。"然后跟露易丝点个头，一转身，快步走出。

这就是奈特（Nat），露易丝的先生，科罗拉多歌剧院的院长。

露易丝和奈特是歌剧界出名的一对歌剧夫妇，两人缺一不可，合作严丝合缝，没有他们就不会有科罗拉多歌剧院。

露易丝是一个著名的歌剧专家，弹一手好钢琴，会讲流利的意大利文、德文和法文，对歌剧剧目娴熟，任何角色的咏叹调、任何合唱的唱段、任何语言，张口就来。她的职业就是训练歌唱家，帮助他们练习整出的歌剧，从演唱到风格，从节奏到音准。她参与训练过所有欧美的主要歌剧演员，不乏大明星，包括帕瓦罗蒂（Pavarotti）、多明戈（Domingo）、萨瑟兰（Sutherland）、米尔恩斯（Milnes）、斯科托（Scotto）、弗蕾妮（Freni）等。

露易丝在纽约大都会歌剧院当过十五年的歌剧指导，英文叫"Coach"，意大利文是"Maestro"，大师的意思。歌唱家们在学习或者复习一部歌剧时，会找歌剧指导学习，自己安排，自己付费。如果是在歌剧院排练期间，剧院会安排歌唱家跟剧院的歌剧指导练习。如果你找的是一个出色的 Coach，还懂声乐技巧，那是幸运，会对你的歌剧事业有至关重要的影响：可以帮助你提升歌唱水平，关系到你演出的成功，意味着你会有更多的合同。

世界范围的 Coach 至少有数千名，大都集中在一些闻名的歌剧城市，如纽约、维也纳、柏林、伦敦、巴黎、米兰等。欧美国家的 Coach 通常都可以帮助你练习两、三种语言的歌剧和艺术歌曲。在意大利的 Coach，主要以训练意大利文的歌剧剧目为主。从事这个专业的歌剧专家通常是从学习钢琴开始，对歌剧发生兴趣后转歌剧 Coach 和声乐伴奏专业。

最近一些年，中国有些年轻的钢琴专业的学生，开始学习歌剧指导和伴奏的课程，用功些的会争取到欧洲和美国去学习歌剧指导专业兼为声乐学生弹伴奏。但这些学生对语言的掌握，对歌剧文化的全面了解，对西方艺术歌曲的修养，还有很长一段路要走。中国年轻的声乐学生，也越来越认识到学习过程中需要好的 Coach 帮助。总体来讲，中国极度缺乏真正的懂歌剧演唱和声乐专业的 Coach，这对中国声乐学生的全面修养和歌剧演唱水平的提高有严重的影响。也许要经过一两代人的努力，才会出现一批真正的中国 Coach，填补这方面的需求。中国需要自己的露易丝。

奈特是美国著名的歌剧导演，从一九五六到一九八五年曾是纽约大都会歌剧院最主要的导演，在那里导过十四部新制作歌剧，他同时在美国和欧洲的一些主要歌剧院导戏，一度叱咤西方歌剧界。他导的歌剧曾在许多歌剧院反复上演，最有代表性的制作会连续上演十几二十年。譬如在大都会歌剧院的《玫瑰骑士》（Der Rosenkavalier）、《汉斯和格利特》（Hänsel und Gretel）、《爱的甘醇》（L'elisir d'amore）和《鲍基与贝丝》（Porgy and Bess）等，像《玫瑰骑士》，在大都会歌剧院连续演出超过三十年。那些年代的歌剧明星很多都演过奈特导的戏。

在八十年代初期，奈特夫妇离开纽约来到丹佛市，成立了科罗拉多歌剧院。丹佛有两百多年的历史，是美国中西部开发时的牛仔城，揣着左轮枪养牛马的地方，跟歌剧没关系。很多歌剧界的人都对他们来到丹佛另起炉灶大为不解，一定有什么原因，让他们离开纽约，离开大都会歌剧院，一跺脚就来开发美国西部了。

当时美国中西部这几个州都是歌剧艺术的荒地。有钱人喜欢附庸风雅，一听说丹佛市要成立歌剧院，领军的夫妇又都是世界歌剧界的知名人物，于是赞助者蜂拥而至。科罗拉多歌剧院的起点很高，一九八一年的第一个演出季就惊天动地，首演推出了一流国际水平的意大利名剧《波西米亚人》。很多歌剧明星前来捧场出演主要角色，巨星男高音多明戈慨然加盟，饰演主角鲁道夫。

科罗拉多歌剧院每年演三到四部歌剧，总共十几场演出。歌剧院没有全职的合唱队，合唱队员们都有自己的工作，白天上班，晚上和周末来排演歌剧。合唱队员的工资微乎其微，每场演出每人的薪酬不会超过五十美元，但想来参加合唱队的人无数，竞争激烈。这个合唱队不一般，很多人都是上过音乐学院的专业歌手，声音都不错，音乐素质很高，站在那里每个人都挺有范儿，而且对歌剧演唱有一种痴迷的献身精神。

一个歌剧院的发展和质量，跟领导者的才能息息相关。奈特是国际知名的导演，专门负责剧目的选择和制作，还主管筹款。任何一个歌剧院的运作，筹款都是最重要的一个环节，每一个歌剧院的院长必须具有筹款的能力。剧院的音乐指导是露易丝，除了负责歌剧的音乐排练，还创建了合唱队。每一个队员都经过露易丝严格挑选，亲手调教，合唱队一出声完全是专业水平。科罗拉多歌剧院发展迅速，每个演出季的几个剧目都是名剧，很快成为受歌剧界瞩目的剧院。

我就是奔着这个合唱队来的。

一九八四年的春天，我刚开始在丹佛大学学习了三个多月，什么都新鲜，都想试试。反正我是一穷二白赤手空拳来到美国，无所畏惧。我每天除了在语言中心学习五个小时英文，还在音乐学院上声乐课和歌剧表演课，早上六点多钟就开始在学校的食堂打工洗碗。我不知道有没有时间参加科罗拉多歌剧院合唱队的排练和演出，也不知能不能考上，就想试试。我是从学校食堂的厨房洗完碗赶来考试的，鞋还是湿的。

离开那个教堂的时候，我还没反应过来，自己到底是考没考上这个合唱队呢？也没敢问。我拼命回忆我是怎么唱的，一句句地回忆，什么地方不好，最后那个高音是不是站稳了，我唱的节奏怎么样？音准？奈特那一连串的话是说了些什么？他最后说的"No charge"这两个字是什么意思呢？唯一的印象是他似乎说了让我跟露易丝学习。

我哪儿有钱跟露易丝学习啊？她多少钱一堂课呢？至少一百美金？那时对我来说一百美金是天价。我在学校有全额奖学金，就是免学费，但没有生活费，得靠自己。我在学校注册上学那天，出了注册办公室的门就进了另一个办公室找工作，找校园里合法的工作，第二天就开始在学校食堂洗碗。每天四个小时，才挣不到十美元，怎么付得起露易丝的学费啊！

我两个多月没有给奈特打电话，也没有任何人通知我是否被歌剧院合唱队录取，直到我在一个聚会碰到他们。奈特和露易丝是来宾，我是被请去唱歌，唱完歌兼端盘子服务客人。

奈特一见到我就从人群中快步走过来，大眼睛从黑镜框里瞪出，吓我一跳："哎，你躲到哪里去了？！为什么不开始跟露易丝上课？也没给我打电话？！"啪啪啪的问号，语气逼人，他显然不高兴。我赶快解释是因为我没钱跟露易丝上课，所以没打电话，连声说："Sorry！"

"No charge！I told you！！"奈特声音里带着火气，我惶恐地问"No charge"是什么意思，奈特的脸一下子逼到我眼前，大黑眼镜框几乎撞到我的脸，大声

说："No charge 的意思是：不——收——学——费！！"奈特后面站着微笑的路易丝，双臂抱在胸前，右手两指夹着一根烟，竖着，一缕烟雾缓缓向上。

我跟路易丝整整上了五年的课，每周一次，no charge。

请告诉我，在今天的世界，有没有任何一个老师，给学生上了五年声乐课，不——收——学——费？

跟露易丝上课真是难为她了，我歌唱的状态、音乐修养和语言的掌握都在低水平，很多时上课没听懂也不敢问，就一再重复错误。于是露易丝会用一种可以杀人的目光盯着我，声音更低更哑，再重复一遍她的要求，同时用手指头"咚咚咚"地戳着钢琴键。那"杀人目光"深深地刻在我的记忆中，以致我永远都不会再犯类似的错误。一直到今天，我都会时不时想起她教给我的那些知识，会突然领悟到她的要求。

露易丝在她的时代非常有名。在一九六五年的大都会歌剧院，成为第一个女性助理指挥兼歌剧艺术指导，是真正的大师。她是跟明星级的歌唱家工作，不知道为什么会那么耐心和严肃地帮助我，所以我每一堂课都认真至极，希望做到她的每一个要求。我不是一个聪明的学生，但愿意拼命，最后我总结出的真理是：把你唱不好的地方唱四十遍，每十遍停下来想一想问题所在。不要重复错误，不要装懂，不要自以为是，记住中国的老话"不耻下问"。

除了跟露易丝学习整出的歌剧，我还跟她结结实实地学了六首咏叹调，分别是意大利文、德文、法文和英文的歌剧选段——作为参加考试的曲目。

《啊，我的帕莱莫》（O, tu Palermo）

430

是威尔第歌剧《西西里的晚祷》（I Vespri Siciliani）里的男低音咏叹调，很长，很难唱，但可以充分地显示出歌手的声音和修养，露易丝把它选为我未来声乐考试的主打曲目。她一定有某种特异功能，预见到后来的好几年中，我在试唱考试时的第一首曲目，永远是《啊，我的帕莱莫》。

这首咏叹调真是不好唱，很少有男低音选来做试唱曲目，唱不好会很沉闷。开始的宣叙调，第一句是"O, patria!（啊，故乡！）"，表现一个被驱逐的爱国者，很多年后乘船回到故乡，在海岸边上岸时激动的呼唤。

"你必须记住，"露易丝说，"'O, patria'是这首咏叹调的第一句，也是你参加歌剧院试听唱出的第一句。你必须要给考你的人一个强烈的第一印象，让他立刻对你产生兴趣。不要炫耀，不能胆怯，绝对不能忽视。怎么张口唱出第一个音，怎么运用呼吸支持，怎么站，用什么表情，长音要唱多长，都要反复练习。这第一句你要唱出你全部的修养，你声音的质量、音量，你的技巧，你的角色感。这第一句极为重要，是奠定你是否能被这个歌剧院录取的基础。"露易丝第一次给我这个曲目时，郑重地跟我说了这些，语重心长。

就这开口的第一句，露易丝带着我练了至少几百次。

就这首咏叹调，给我带来了很多歌剧院的合同，其中包括纽约大都会歌剧院。

我从来没有旷过露易丝的课。有一次给人家打扫房子，从梯子上掉下来，腰扭了，第二天还是去上课。腰疼，怎么也唱不好，吸气就痛，最后被露易丝看出来了，目光溢出同情，说："回家！休息好再来。"那是五年中唯一的一次，她把我轰出了家门。

一九九〇年，我在纽约赢了"罗莎·庞塞尔国际声乐比赛"的一个奖，奖金是两千美元，写明是支付获奖者学习的奖金，老师每个月需直接把课时费单据寄到比赛委员会，委员会按时按月，直接把课时费寄给老师。

我欣喜若狂，算了算可以支付露易丝十个月的学费！回到丹佛见到露易丝，高兴地告诉她我终于可以付她学费了！

一个月后，跟她上课结束时，露易丝眼神神秘，用夹在指头上的香烟做了一个很利索的姿势，示意我跟她走。在她办公室的桌子上有一个白色的信封，她用烟指了一下，微笑着说："给你的。"我犹豫地拿起信封，打开看到里面是两百美元的现金，顿时糊涂了。

"这是你赢得奖金，你的钱，我知道你需要钱。"露易丝笑了，眼睛闪亮，开心地说。

露易丝一定是世界上唯一的一位老师，下课付钱给学生。

一九八四年十月，我在科罗拉多歌剧院演出的歌剧《玛侬·莱斯科》（Manon Lescaut）里扮演了一个配角，船长。那是我歌剧演唱生涯的第一个歌剧角色。

一个歌剧演员当然要唱得好，但演戏同样重要。学校里的表演课坦率地说学不到什么，真正的课堂在舞台上，在排练厅里，最重要的是"泡"在歌剧里。还有，悟性。

我小时候是一个很羞怯的男孩儿，用父亲一个同事的话说："我记得田小鹿（我的小名）小时候走路都是贴着墙根儿走，没想到，怎么成了歌剧演员了?!"他说的一点都不错。

刚参加科罗拉多歌剧院《玛侬·莱斯科》的排练时，我是笨手笨脚还紧张，怎么站，站在哪儿，眼睛看谁，怎么上下台等等都不知道。排第三幕的时候，我这个船长唱了几句，让监狱的看守把要流放的女囚点名登船，包括玛侬，主角男高音德格利厄冲过来苦苦哀求，让我容许他登船和玛侬一起流放。

第一次排练，我周围都是歌唱演员，每个人都在表演，我完全晕了，不知道自己站在那里干什么，更别说演戏了。突然，奈特一手拉着男高音主角穿过人群向我冲来。那是在第三幕很戏剧性的时刻，也就几秒钟的过程。奈特在为男高音做示范，一个不顾一切要登船的情节。奈特冲过来的时候脸部扭曲，眼睛睁得巨大，眉毛竖在额头，身子前弓，公牛般地撞上我，我还没反应过来已经飞了出去，重重地摔在地上。后来奈特跟我讲，他看我站在那里整个儿一傻瓜，完全没在戏里，对自己的角色根本没感觉，根本没注意男高音的表情动作和唱腔，就别说做出反应了。奈特决定给我一个教训，让我记住怎么演戏，于是我就飞了出去。教训要付出代价，代价是我胳膊和腿上的擦伤和淤血疼了很久，记住的是在排练中别走神，永远在戏中。

露易丝是在家里给我上课，我喜欢去他们家，那是一个两层楼的连体屋，位于丹佛市一个很有名的住宅区，几条街的大小房屋围着几条街的商业区，很多有个性的商店和饭店，周围的房屋价格不低。

他们的家到处都是奈特导过的歌剧海报和歌剧题材的绘画作品。客厅中间是一个舞台设计的模型，大概一米见方，是奈特在大都会歌剧院导过的歌剧《纽伦堡的名歌手》（Die Meistersinger von Nürnberg），按舞台比例缩小的模型。这个模型给我留下了深刻的印象，因为它整个用的是灰蓝色：灰蓝色的教堂，灰蓝色的庭院和街道，街上有几个灰蓝色的吊灯，给我一种夜深人静的感觉，里面还有一个戴三角帽穿长大衣的人，肩膀上扛着一根长矛挑着一盏灯，在一片灰暗的色彩中，只有这盏灯里有隐约的黄色，像火苗。这个模型给我的舞台感太强了，我去上课休息的时候，总会看几眼这个模型，从各个角度看，每次都会看出些新的感觉。但绝对没想到，我未来会在大都会歌剧院演出这个角色，在灰蓝色的舞台上。那根长矛又长又重，压得我走不了路唱不了歌。

他们的家还有一些显然很有纪念意义的照片，大多是跟歌剧界明星们的合影，有一张是六十年代美国总统肯尼迪看了歌剧后跟奈特的握手照，就在肯尼迪被暗杀前不久。最多的是大都会歌剧院的演出海报，当然都是奈特导的戏，至少有二三十个，辨认当年参与演出和制作的人名是一件愉快的事。

露易丝跟我简单地介绍过一些他们墙上的艺术品，还有那些海报和照片，但很少讲到他们夫妇在大都会歌剧院的经历。我总是非常好奇，他们在那个世界最著名的歌剧院有过二十八年辉煌的经历，奈特在那里导过那么多歌剧。露易丝得到过那么多歌剧明星们的信任。到底发生了什么让他们离开了大都会歌剧院？

有一天上课的时候，露易丝突然停了下来，说："你知道，我们当年离开纽约的时候怎么运的这架钢琴吗？"她伸出手拿起没抽完的烟，深深地吸了一口，让烟雾慢慢地冒出。她用夹着香烟的指头点了一下钢琴。那是一台九尺长的斯坦威三角钢琴，

"我们住在曼哈顿的上西城,那天我们搬家,钢琴要从九层楼上运出去,你知道在纽约怎么运这么大的钢琴吗?"

我摇摇头。

"从窗户,得把整个窗户拆下来,从楼顶固定一个脚手架,把钢琴吊出窗户洞,再一点点地放到地面。"

露易丝看我惊讶的样子淡淡地笑了一下,眼神停在香烟上。她再开口的时候,声音轻了下来。

"当时是中午十二点,搬运工们说要吃午饭,一下子都走了。钢琴已经吊出窗外,悬在半空,九层楼高的半空中!"

露易丝的眼睛看着上升的烟雾。

"于是我一个人坐在楼门洞外面,抽着烟,看着半空中的钢琴。那天风不小,钢琴在半空中缓缓地荡来荡去,我第一次感到一种无能为力的无奈。一个小时之后,工人们才回来,若无其事地开始往下放钢琴。"

那是我们认识这么久唯一的一次,我看到露易丝的眼睛里闪过一丝惆怅。她想念纽约吗?我真想问她。

一九八八年,在美国六个城市举行过"美声国际声乐比赛",是在芝加哥的一个意大利歌剧基金会赞助和主办。无论你居住在哪个城市,都可以报名参加六个赛区之中的任何一个城市的比赛,每个赛区的第一名获奖者,将会得到赞助,去意大利布赛托(Busseto),跟国际著名的男高音大师卡罗·贝尔冈齐(Carlo Bergonzi)学习一个月,所有的费用将由这个歌剧基金会支付,包括路费、学费和食宿等。丹佛市就是一个比赛点,由科罗拉多歌剧院主持。周围几个州很多青年歌手都报名参加比赛,我也是其中之一。

"Tian,"露易丝有一天上课跟我说,"我看到你报名要参加下个月的'美声国际声乐比赛'。"

"是的。"我说。

"你可能知道,我是这个声乐比赛丹佛区的总评委,我认为你最好不要在丹佛参加这个比赛,我绝对不可能把第一名给我的学生,你不会有希望的。"

我怔住了,虽然我没有信心能赢第一名,但还是想试试,露易丝既然这样说,那我只好放弃?

"这样吧,你报名,去得克萨斯州的圣安东尼奥赛区参加比赛,你要是在那里赢了比赛,就可以去意大利学习了。"露易丝又说。她是个非常敏捷的人,往往是我还没来得及提完我的问题,她已经把答案告诉了我。

我去了圣安东尼奥,在一个很大的购物中心参加了决赛,决赛有六个青年歌手,我这个并不年轻的"青年歌手"得到第一名。

我当时做的第一件事,就是冲到公用电话,第一个电话打给玛莎,那时我们正在热恋。第二个电话打给露易丝。打完电话我是乐得连跑带颠地离开了购物中心,我随身带的一切都忘记在公用电话旁。

六个第一名的歌唱家,从各自的城市聚集在芝加哥,从那里飞意大利。走的前一天晚上,这个意大利美声基金会举办了一个大型的晚宴,大约有两百多来宾。所有六个获奖歌手每人唱一首咏叹调,我唱的是跟露易丝磨了五年多的曲目,《唐卡洛》(Don Carlo)里菲利普国王的咏叹调《她从来没有爱过我》(Ella giammai m'amo)。奈特去了,跟玛莎坐在一起。

那是我一九八三年去美国留学后第一次去欧洲，去歌剧的故乡意大利，跟贝尔冈齐大师学习。布赛托（Busseto）在意大利的中部，是伟大的威尔第的诞生地，也是他去世的地方，想到这一切都让我止不住地激动。

在芝加哥告别的那个晚上，奈特非常激动，大黑镜框后面的眼睛从来没有那么温情过。他紧紧地抓住我的手跟我告别，说我刚才唱得很好，记住了露易丝所有的要求。我突然觉得他的手心中有什么东西硌着我的手心。

"这是给你的一点礼物，你一定会需要的。"奈特在我耳边说。

我低头一看，手里是他塞给我的几张美元，有一百块和二十块的，还有两张五块的和一块的。奈特一定把他兜里所有的钱都掏给我了。

一九九〇年，我已经跟露易丝学习了五年。有一天奈特郑重地递给我一张纸，说："你应该找个经纪人了，我跟纽约的八个歌剧经纪公司介绍了你，他们都答应了给你一个试听的机会，当然了，他们都需要推荐自己的歌唱家来我这里唱歌剧，所以不会驳我的面子。"奈特在大黑眼镜框里挤了挤眼睛，"谁愿意跟你签约就看你的运气了，这是他们的电话号码，你去跟他们联系吧，祝你好运！"

几天后，我登上了去纽约的飞机。

之后的一个星期，我经过了颠簸震荡的经历，八个经纪人有七个用各种方式拒绝了我，有些拒绝得很粗鲁，还带着明显的歧视态度。最后的一个，第八位，是一个仪表堂堂很有礼貌的男士，听我演唱之后沉默了一下说："明天你到我办公室来一下。"对我来说，这句话似乎是从天堂里传出来的。

他叫保罗，后来他告诉我，如果没有奈特的推荐，他根本不会愿意浪费时间，去听一个从中国来学声乐的，已经三十五岁还没有歌唱事业，来自一个牛仔城，在科罗拉多这个闭塞的地方学的声乐，听上去就是一个没戏的歌手。奈特说对了，保罗说答应听我试唱，就是为了能让奈特聘请他公司的歌唱家，参加在科罗拉多歌剧院演出。当保罗开始试着给我安排一些歌剧院试听的时候，意外地发现这个"中国牛仔"试唱成功率不低。保罗从来没跟我签过合同，却跟我一起工作了八年。

保罗是对的，歌剧界的竞争太大太残酷，没有任何人能保证我会不会有歌唱事业，尤其是来自中国的歌唱家，在西方歌剧界还没有建立任何信用。

作为一个刚起步的歌手，我那时已近中年，已经从音乐学院毕业了三年；看不到未来，还在歌唱事业的边缘艰难挣扎，一边打工一边跟露易丝学习，银行里的存款只有几百美元。但我一有点钱就飞纽约，去学习，去参加声乐比赛，看歌剧和去唱给任何愿意听我唱的人，到处寻找事业的突破点。那时一年最多从丹佛飞去纽约十二次，没钱了赶快回丹佛，一下飞机就去打工。

我的动力非常简单，当你爱上一个人的时候，会为爱而激发出陌生的力量。我对自己立下一个誓言，要在两年中成为一个能自食其力的歌剧演员，能和玛莎在一起，不让她失望，能养家。为此我逼迫自己付出百分之三百的努力。

努力常常伴随着失败。在我感到绝望的时候，几次跟玛莎商量放弃歌唱，找个什么可以赚钱的工作，玛莎总是笑笑说：

"再试试吧。"她后来跟我"坦白"过：第一，她发现我除了唱歌没有任何其他本事和特长；第二，一些歌剧界专业的人告诉她："Tian 应该可以有歌唱事业，他的声音非常特别"；第三，她相信奈特夫妇，如果我没戏，他们不会一直那么认真地教我，帮助我。

一九九一年三月十八日，丹佛虽然仍被大雪覆盖，已经可以感觉到春天。我在家里收到一个大信封，里面是我的经纪人寄来的纽约大都会歌剧院的合同。

合同很复杂，看不太懂，只看出这是一个一整年的合同，演出两部歌剧，做三部歌剧的替补 B 角，有医疗保险和五个星期带薪假期，最后看到了酬劳的数字，掰着指头数了半天，激动地奔到电话旁边，给玛莎的遗传研究实验室打电话。

"玛莎！你能回家吗？"
"不行啊，我这里很忙。"
她显然觉得奇怪。
"为什么？"她问。
"我觉得我们应该今天结婚。"我说。
玛莎几秒钟没出声。
"我十分钟后回家。"她说。

一个小时以后我们去了丹佛市的市政局登记结婚，证婚人是我爱尔兰父亲般的好朋友 Lou 和夫人。

第二天，我和玛莎请了奈特夫妇来家里吃饭，想郑重表示感谢，因为没有他们我绝对不可能有歌唱事业，也不会有我人生中最重要的转折，其实说感谢都显得做作，怎么谢啊？

"我觉得你应该拒绝大都会歌剧院的合同！"奈特一脸严肃地坐下，认真地拿出一张纸和一支笔。露易丝点起了一支烟，静静地看着我。

我大吃一惊，我应该拒绝大都会歌剧院的合同？！拒绝大都会歌剧院？！我奋斗了多少年才走到这一步，我的全部希望都在这个合同上，而且这是奈特和露易丝多少年的帮助我才拿到的合同，而且，我能跟玛莎结婚也完全是因为有了这个合同……全世界有多少青年歌唱家梦寐以求的盼望着这个合同……而现在我要去……拒绝这个合同？！玛莎也停止了做饭，屋子里有一种紧张的气氛。

"你是一个刚起步的歌手，大都会歌剧院就是个大工厂，你的才能会完全被淹没在那里，你在那里每天就在演出些配角和做替补中消耗你的生命，你最后会失去你应该有的歌唱事业。"奈特声音不大，抿着嘴，丝丝地快速说着，口气坚决，不容分辩。

我是彻底糊涂了。我能真正地开始我的歌剧事业，能进入最好的歌剧院，不正是他们培养我的目的吗？我完全不明白，也不知说什么。

"你看，"奈特用笔在纸上划了一道，"你应该留在丹佛，就在科罗拉多歌剧院，做我们的驻院歌唱家。"他一边说一边写。

"大都会给你的是这些配角，这是他们要给你的酬劳数目。"奈特在那条线的另一边开始说边写，"这些，是我在未来一年可以给你的角色，都是主要的歌剧角色，这是我可以给你的酬劳。"他写下些数字，划掉，又写上些数字。

玛莎走过来和我一起看着奈特写下的字。无论奈特如何加减，他写下的酬劳数目还不及大都会合同上的一半。对我和玛莎来说，问题不是钱，奈特的要求将完全改变我们的未来。

奈特的表情保持着坚决的神态："你要

知道大都会歌剧院的头儿都是谁,他们很坏,他们只会使用你,把你的价值榨光,然后甩掉你。"他的眼睛紧紧地盯着我,说:"不要去纽约,留在科罗拉多!"

露易丝没说话,她是一个永远毫无保留站在奈特后面的人。歌剧院行政和歌剧制作方面的事,露易丝会退后一步任奈特全权处理,从不插嘴。音乐训练和合唱队的事情,露易丝会往前迈一步,带着坚决的权威意志指挥一切。他们是无比和谐的搭档,连穿衣服的风格都很相似,两人都喜欢穿浅颜色的套头棉毛衫,长袖的,都喜欢在做事的时候把袖子往上拉一下,显得非常爽气。露易丝最喜欢穿牛仔裤,白球鞋,除了抽烟的时候,常常会把两只手都揣进裤兜里,缩起肩膀走路,显得更高,更利索。此刻,她没有说一个字,但我从她的眼睛中可以看出她的意思——我应该听奈特的话。

那是一个万分尴尬的夜晚,我始终没有答应奈特留在科罗拉多,感到自己像个罪恶的叛徒,但我怎么能够对大都会歌剧院的合同说"NO"呢?我当然还没有想象到,这个对我歌唱人生最重要的合同,直接关系到我未来三十年的歌剧事业。

当奈特最终说出他最不喜欢的那个人名时,我才意识到这个在大都会歌剧院位高权重的人物,或许跟奈特黯然离开那里有直接的关系,所以,也许这就是奈特想说服我放弃这个合同最主要的原因。我好像一下子明白了这几年一直在想的问题,如此世界一流的导演和这么杰出的歌剧指导,怎么就会愿意离开世界一流的歌剧院,来科罗拉多艰苦创业?也回答了我为什么他们极少谈及大都会歌剧院的缘故。明显的,他跟这位权威有一种势不两立的矛盾。

最后,我当然不可能说服奈特,他也知道我绝对不会拒绝大都会歌剧院,我们的结论是:我会去大都会,在那里待不下去的时候就回到奈特这里,回到科罗拉多歌剧院。

我们都能隐约感到,告别的时刻来到了。

一九九一年八月,我和玛莎从丹佛搬到纽约,九月我在大都会歌剧院开始了第一次排练。玛莎在她医学院的研究所申请了留职一年的要求,我的合同也是一年,我们住在纽约的计划也就是一年。人生就是没有闸的列车,只要你上了这列车,你的人生只有前行没有退路。我们在纽约住一年的计划变成一住三十年。

一九九八年露易丝去世,我在欧洲演出时得到的消息,据说她去世前两天还在给合唱队排歌剧。

露易丝死于肺癌。

二〇〇三年,奈特从科罗拉多歌剧院退休,据说他是"被退休"。传闻说他跟歌剧院理事会不和,被指责在歌剧制作上经常超出预算,花钱太多,于是理事会决定"buy him out",意思是付他一笔钱请他离开。还听说那时奈特已经患上老年痴呆症,记忆正在缓慢地离开他。他在科罗拉多歌剧院导了三十五部歌剧,我有幸参加过演出的大约有十部。

后来的消息让我们倍感安慰,奈特又再婚了,他的新夫人帕姆我们也认识,是一个六十多岁酷爱歌剧的女士。帕姆从科罗拉多歌剧院成立她就捐款加出力,是歌剧院一个长期的支持者,也是奈特的崇拜者。崇拜者跟崇拜的人结婚是圆满的,据说帕姆把奈特照顾得无微不至。

二〇〇六年我在意大利维罗纳夏季音

乐节演出《图兰朵》，帕姆联系我们，说她和奈特想去看我的演出，这真让我们喜出望外！演出完他们夫妇到后台，见到奈特真是太高兴了！他的样子没怎么变，快八十岁了，还是大黑眼镜套头衫，显得兴致勃勃，看不出来任何病态。帕姆大声笑着说："你们相信吗？我们在米兰下了飞机，租了车，奈特一定要开，一路几个小时都是他开过来的！"我们带他们在宽阔的舞台上转了一下，周围都是正在清理布景的工作人员。维罗纳夏季歌剧节是在一个古老的角斗场原址上改建的，露天，巨大，椭圆形，可以坐两万五千名观众，是世界上最大的露天歌剧艺术节。我才知道原来奈特早在七十年代就在这里导过戏，是一个全新制作的威尔第歌剧《游吟诗人》，男高音主角是明星多明戈。奈特一挥手指了一下观众台那一层层高高的台阶，说："你们知道我们第一场《游吟诗人》演出时最疯狂的场面是什么吗？"奈特的语速明显缓慢了很多，虽然还是那种发号施令的语气，"第一场演出开幕之前，多明戈说要给我一个意外，结果在他唱那个著名的咏叹调《看篝火熊熊》时，在最后一个无限延长的高音上，他就一边唱着高音，一边一级级地跳上高高的台阶，把高音一直拖到观众席最高处才停！别忘了有两万五千人坐在那里！观众那种疯狂我根本没见过！"

奈特一边说，一边用眼睛迅速地扫了一下舞台，那种大导演的目光和自信瞬间再现。

广阔的苍空星光灿灿，古老的角斗场已归于沉寂，我们在铺满石块的街道上走进午夜。

奈特说想吃冰淇淋，然后拿出一盒烟，抽出一根，点着，深深地吸了一口，两指竖着夹着烟。

烟柱不慌不忙地旋转而上。

[特约编辑：俞东越]

图书在版编目（CIP）数据

收获长篇小说.2021.秋卷 /《收获》文学杂志社编.
-- 上海：上海文艺出版社,2021
 ISBN 978-7-5321-8133-9
Ⅰ.①收… Ⅱ.①收… Ⅲ.①长篇小说－小说集－中国－当代 Ⅳ.①I247.5
中国版本图书馆CIP数据核字(2021)第203196号

名誉主编：李小林
主　　编：程永新
副 主 编：钟红明　王　彪

发 行 人：毕　胜
责任编辑：李伟长　张诗扬
封面设计：陈安栋
特约法律顾问：王　嵘　光　韬

书　　名：收获长篇小说 2021 秋卷
编　　者：《收获》文学杂志社
出　　版：上海世纪出版集团　　上海文艺出版社
地　　址：上海市闵行区号景路159弄A座2楼 201101
发　　行：上海文艺出版社发行中心
　　　　　上海市闵行区号景路159弄A座2楼206室 201101 www.ewen.co
印　　刷：苏州市越洋印刷有限公司
开　　本：710×1000　1/16
印　　张：27.5
插　　页：2
字　　数：570,000
印　　次：2021年10月第1版 2021年10月第1次印刷
Ｉ Ｓ Ｂ Ｎ：978-7-5321-8133-9/I.6438
定　　价：55.00元
告 读 者：如发现本书有质量问题请与印刷厂质量科联系　T: 0512-68180628